KB017649

재생

재생

이광수 장편소설

애플북스

춘원 닮은 나

고 정 욱

오늘은 오전에 부산, 오후 늦게는 창원에서 강연이 있는 바쁜 날이다. 부산과 창원은 멀지 않지만 기차로 가려면 시간을 맞추기가 쉽지 않다. 결국 나는 부산에서 밀양까지 살짝 올라온 뒤에 밀양에서 창원 가는 KTX를 타고 다시 내려가는 방법을 택했다. 결국 하루에 KTX를 네 번 타는 셈이다.

밀양역에서 잠시 기다렸다 서울에서 내려오던 KTX에 올랐다. 경부선 기차는 도중에 부산으로 가거나 창원으로 갈라진다. 그 갈라지는 요충지가 삼랑진이었다. 삼랑진이라는 말을 듣자 나는 문득 과거의 어린 시절로 돌아갔다. 삼랑진이 왜 나에게 익숙할까? 아무리 생각해보아도 기억이 나지 않았다.

한참 뒤에야 삼랑진에서 수해가 났다는 문장 하나가 떠올랐다. 그것은 바로 어렸을 때 읽었던 작품 춘원 이광수의 《무정》마지막에 나오는 대목이었다. 어려서부터 책벌레였던 나의 독서욕을 충족시키기 위해 아버지는 부단히 노력했다. 책을 사다 주기만 하면 금세 읽어대는 통에 직업군인이던 아버지는 육군본부 도서관에서 책을 대출해다 주셨다. 그때 처음으로 접한 작품이 이광수의 《무정》이었다. 정이 없다는 제목의 뜻부터가 아리송했다. 그런데 한번 붙잡으니 도저히 놓을 수가 없었다. 춘원 이광수의 독자들을 끌어들이는 필력은 이제 갓 사춘기에 들어선 나에게는 마력이나 마찬가지였다. 정신없이 스토리 안으로 빠져들어 갔다.

주인공들은 작품 전개 과정에서 온갖 사건을 일으키며 뒤엉키다가 결국 모든 갈등과 아픔을 뒤로하고 기차를 탄다. 일본과 미국으로 유학을 가기 위해 경부선 열차에 몸을 싣는다. 그 열차 안에서 운명의 주인공들인 형식과 선형, 그리고 영채, 병욱은 만난다. 해피엔딩을 향한 종착점에 춘원 이광수는 삼랑진의 수해를 설정해놓았다.

수해를 입고 모든 것을 잃어버린 이재민들을 보면서 이들 유학생은 다시 태어난다. 그리고 음악회를 열어 그들을 위로한다. 이들을 구해주기 위해 자신들이 외국에서 선진 문물을 익히고 돌아와 우리 땅을 위해 봉사하겠다는 결심을 한다.

외국 학생들에게 왜 공부를 하느냐고 물으면 다 돈을 많이 벌거나 좋은 직장에 가서 행복하게 살기 위해서라고 답을 한다. 하지만 우리나라 학생들은 부모를 위해 가정을 위해 국가와 민족을 위해 공부한단다. 나 역시 그러한 생각에서 자유롭지 못하다. 전국으로 강연을 다니는 이유도 바로 이 땅의 어린이들과 청소년들에게 장애의 고통과 아픔을 널리 알리고, 그들의 삶에서 장애인을 배려하고 사랑하는 마음을 싹 틔우기 위해서다. 한마디로 나는 계몽주의 시대를 벗어나지 못하는 구닥다리 인간인 셈이다. 나 같은 게 뭔데 감히 세상을 바꾸겠다고 나서며 전국을 돌아다니느냐 말이다. 어디서 나의 이러한 생각과 소명의식이 왔을까 곰곰이 생각해보니 청소년기에 읽었던 일련의 작품들 가운데서도《무정》때문이다.

주인공인 형식은 우유부단한 인간이었다. 떠돌다가 애국자 박진사의 신세를 지며 그의 딸인 영채와 약혼을 하고는 그 뒤에 경성학교의 영어선생이 된다. 이 대목도 어린 시절 공교롭다고 생각했다. 내가 졸업한 학교와 이름이 같았기 때문이다. 나는 우리 학교의 어느 영어선생님을 상상하면서 이 작품을 읽었다. 이형식은 그 옛날 영어를 가르칠 정도의 실력을 갖췄으니 대단한 인텔리였음은 분명하다.

그 후 영채는 아버지 옥바라지를 위해 기생이 된다. 기구한 운명이지만 약혼자인 형식만을 애오라지 바라본다. 이때 형식은 미국으로 유학 갈 김장훈의 딸 선영을 가르치기 위해 영어선생으로 들어간다. 그러면서 이들의 삼각관계가 시작된다. 사랑 가운데 가장 재미있는 게 삼각관계 아니던가.

까까머리 고등학생이었던 나는 그때 여자라면 치마만 둘러도 다 예쁘고, 보기만 해도 가슴 설레지 않을 수 없었다. 전교생이 수천 명인 나의 모교 학생들이 하교 시간에 시커먼 교복을 입고 쏟아져 나오면 거리가 온통 검게 물들었다. 그때 이 검은 물결을 거스르며 자기 집으로 가는 여고생이 하나 있었다. 화사한 미모에 단발머리, 훤칠한 키의 그 여학생은 바로 학교 앞에 있는 커다란 프랑스식 주택에 살고 있었다. 남학생들은 모두 힐끔힐끔 그녀를 쳐다보았다. 하지만 그녀는 이미 남고 앞에 사는 여고생의 바람직한 태도를 알고 있는 듯했다. 도도하게 시선 하나 곁에 주지 않고 자기 집을 향해 걸어갔던 것이다.

우연한 기회에 나는 그 여학생 성이 구씨라는 사실을 알게 되었다. 내 여동생이 그 여학생 동생과 같은 중학교에 다녔기 때문이다. 나는 가슴속에 구씨 성을 가진 그 여학생을 살포시 품고 있었다. 지금 생각하면 짝사랑도 되지 못하는 웃기지도 않은 일이었지만 먼발치에서 그 여학생이 자기 집으로 들어갈 때면 가슴 설레며 쳐다보았다. 가까운 친구에게 참지 못하고 이 작은 정보를 흘렸다. 그 여학생 성이 구씨라는 것만 안다고.

짓궂은 친구 녀석은 어느 날 그 여학생이 하굣길에 자기 집으로 자주색 가방을 들고 가는 것을 보자 큰 소리로 외쳤다.

"어이, 구 씨!"

그 여학생이 그 소리를 들었는지 안 들었는지 모르지만 정작 얼굴이 빨개지고 화들짝 놀란 것은 나였다.

"야야! 그만해."

"어이 구 씨! 나를 봐!"

녀석은 더더욱 소리를 질렀다. 그 여학생이 구씨인지 아닌지 확인할 길은 없었다. 하지만 그때 여학생만 보면 가슴 설레던 이 팔청춘은 밤새 춘원 이광수의 《무정》을 읽으며 다시 설레었다. 사랑하는 남자를 쫓아가는, 그러나 그에게 인정받지 못하는 비운의 여주인공 영채. 남자는 자신의 출세를 위해 돈 많은 집의 딸을 바라보고 신분 상승을 꾀하는 이 극적이면서도 통속적인 상황 설정. 거기에 배 학감에게 겁탈을 당하는 여주인공 영채를 보고는 주먹이 불끈 쥐어졌다. 그러한 영채를 선영과의 사이에 놓고 갈등을 벌이는 주인공 형식의 비겁한 모습에서는 분개하지 않을 수 없었다. 같은 남자로서 부끄럽기 짝이 없는 형식이었다.

밤을 새워 춘원의 《무정》을 읽고 난 뒤 나는 가슴이 설레어 잠도 잘 수 없었다. 사랑이 무엇이길래 이렇게 가슴 아프게 하는 것일까. 갈등과 배신, 그리고 안타까움으로 점철되던 《무정》은 마지막 대목에서 삼랑진의 홍수라는 대화합의 장을 만난다. 모두 공부를 마치고 오면 민족을 위해 노력하자는 대목에서 나는 고개를 끄덕였다. 그 결과 나도 크면 뭔가 이 사회에 도움이 되는 사람이 되어야겠다는 결심을 은연중에 하게 되었다. 처음으로 접한 한국문학 작품의 감동이 내 삶을 결정짓고 말았다. 운명인지 필연인지 나는 국문학을 전공하게 되었고 지금은 글밭을 일구어 먹고사는 작가까지 되었다.

지금 나의 삶은 《무정》을 만난 뒤 하게 된 그 결심대로 펼쳐지고 있다. 전국을 다니며 강연을 하고 어린이들에게 장애인에 대한 인식을 개선시키고 책을 많이 읽으라고 권하며 그들을 독려하고 있지 않은가. 나도 모르게 춘원의 메시지를 그대로 받아들이며 살아가고 있다. 세상을 바꾸고 선한 영향력을 미치겠다는 말도 안 되는 당돌한 목표가 결국 평생 나의 삶을 좌우하고 있다. 나의 소명이 그것이기 때문이다. 청소년기에 읽은 작품 하나하나가 사람들의 삶에 영향을 끼치고 변화를 준다지만 춘원의 작품은 분명 내 삶을 지금까지 규정하고 있다.

지금도 나는 대동강 변에서 빠져 죽으려고 했던 가련한 영채를 생각하면 가슴이 아릿하다. 우리 어머니도 소아마비에 걸린 아들인 나를 업은 채 한강 다리에서 뛰어내리려 하시지 않았던가. 남의 일 같지 않았다.

《무정》을 포함한 수많은 문학작품을 통해 나는 삶을 미리 예습한 게 아닌가 싶다. 그리고 그들 주인공의 삶을 함께 고민하고, 번민하며 간접경험을 키웠다. 내가 조금이라도 남들에게 기여하는 바가 있다면 젊은 시절, 춘원의 작품을 만났기 때문인 듯싶다.

이 겨울 찬바람 부는 어느 날 나를 실은 KTX 고속열차는 작품 속의 삼랑진을 지나 내가 강연할 창원으로 빠르게 달렸다. 차창에 비친 내 모습은 춘원 이광수의 그 동그란 안경 쓴 얼굴과도 제법 비슷했다.

고정욱 | 1992년 〈문화일보〉 신춘문예에 단편소설 〈선험〉 당선. 대표작으로는 《아주 특별한 우리 형》《안내견 탄실이》《가방 들어주는 아이》《까칠한 재석이가 사라졌다》《까칠한 재석이가 돌아왔다》 등이 있다.

차례

일러두기

1. 이 책에 수록된 작품은 1924년 11월 9일부터 1925년 9월 28일까지 〈동아일보〉에 연재된 작품으로 단행본으로 처음 출간된 1934년 박문서관 판 초간본을 그 대상으로 삼았다.
2. 맞춤법, 띄어쓰기는 현대어 표기로 고쳤으나 작가가 의도적으로 표현한 것은 잘못되었더라도 그대로 두었다. 띄어쓰기와 맞춤법은 국립국어원의《표준국어대사전》을 기준으로 삼았다.
3. 한글로 표기된 외래어는 외래어맞춤법에 맞게 고쳤으나 시대 상황을 드러내주는 용어는 원문을 그대로 살렸다.
4. 한자는 한글로 표기하고 의미상 필요한 경우에만 한글 옆에 병기하였다.
5. 생소한 어휘는 독자들의 이해를 돕기 위하여 각주로 설명을 달아두었다.
6. 대화에서의 속어, 방언 등은 최대한 살렸으나 지문은 현대어로 고쳤다.
7. 대화 표시는 " "로 바꾸었고, 대화가 아닌 혼잣말이나 강조의 경우에는 ' '로 바꾸었다. 또한 말줄임표는 모두 '……'로 통일하였다.

상편

1

  청년회에 열린 추기 음악회가 아직 다 파하기도 전에 부인석에 앉았던 순영淳英은 슬며시 일어나서 소곳하고 사뿐사뿐 걸어 밖으로 나온다. 그의 회색 삼팔치마는 흐느적흐느적 물결이 치는 대로 삭삭하고[1] 연한 소리를 내며 걸음발마다 향수 냄새가 좌우편 구경꾼의 코에 들어갔다. 사람들은 잠깐 무대에서 눈을 돌려 순영을 바라보고는 픽픽 웃기도 하고 수군수군하기도 하였다.

  "순영이다."

  "저게 김순영이다."

---

1 삭삭거리다. 거침없이 밀리거나 쓸리거나 비벼지는 소리가 자꾸 나다.

하는 속삭임이 학생들 중에서 들린다. 과연 순영은 이날 밤에는 더욱 예뻤다. 호리호리한 키와 날씬한 몸맵시, 얌전하게 튼 윤이 흐르는 머리 모양, 오늘따라 순영은 더욱 예뻤다. 바탕도 예쁜 얼굴이지만, 학교 안에서 소문이 나도록 순영은 화장에 힘을 쓰고, 또 화장하는 솜씨가 있으며 옷감 고르는 것이라든지 옷고름 매는 것까지 모두 남보다는 모양 있었다. 게다가 그는 지금 갓 스물이라는 한창 필 대로 다 핀 꽃이다. 다만 흠을 잡자면 그의 얼굴에 살이 좀 부족해서 풍부한 맛이 없는 것이다. 그러나 흠 없는 옥이 어디 있나, 이만하면 서울 여학생 중에 이름난 미인으로 청년들의 사모하는 꽃이 되기에는 넉넉할 것이다. 게다가 재주도 있고 공부도 잘하고 음악도 잘한다. 진실로 서울 장안에 젊은 사람치고 김순영의 이름을 모를 사람은 없다.

순영은 가만히 문을 열고 나왔다. 문밖에는 한 삼십분이나 전부터 어떤 네모난 모자 쓴 학생 하나가 맘을 진정치 못하는 듯이 지키고 서서는 가끔 사람 안 보는 틈을 타서는 문틈으로 방 안을 들여다보고 있었다. 순영이가 나오는 것을 보고 그는 얼른 모자를 벗었고, 순영은 잠깐 멈칫하더니 얼른 그 학생의 곁으로 뛰어가서 손이라도 잡을 듯이 반가운 모양을 보이며,

"아이, 벌써부터 나와서 기다리세요?"
하고 방끗 웃는다. 앞니에 씌운 금니가 비상히 강하게 번쩍한다.

"나온 지 한 삼십분 됐어요! 벌써 아홉시 반입니다."
하고 학생은 순영이가 늦게 나온 것을 책망하는 듯한 눈으로 순영을 노려본다.

"아이 어느새 그렇게 늦었어요? 그래도 시간은 넉넉하지요?"

순영도 무슨 일을 그르친 듯 근심하는 표정을 한다. 그 쌍긋하고[2] 양미간을 찌푸리는 것이 말할 수 없이 사람을 미혹하는 힘을 가졌다.

"어서 나가야 돼요! 그놈의 청량리 전차를 믿을 수가 있나, 어떤 때에는 이십분씩이나 사람을 기다리게 하는걸! 댁에 갔다 오실 새는 없습니다. 바로 나가야지."

하고 학생은 순영이야 따라오거나 말거나 급히 가야 된다는 듯이 한 걸음 앞서 층층대[3]를 향하고 나온다.

순영은 어찌할 바를 모르는 듯이, 또는 좀 성을 내는 듯이 한번 더 양미간을 쌍긋하고는 눈을 깜박깜박하더니 다시 상긋 웃고 빠른 걸음으로 학생의 뒤를 따라 층층대 중간에서 그를 앞서려는 듯이 몸을 스치며 그의 손을 더듬어 한번 꼭 쥐고,

"그럼 바로 나가요, 우리 자동차 불러 타고 나가요! 시간 안 늦게."

하고 고개를 돌려 학생을 본다.

학생도 하릴없는 듯이 빙끗 웃고는 둘이서 청년회관 문을 나섰다.

"자동차!"

자동차란 말에 너무 으리으리해서 놀라기도 하였으나 전차를 타고 가다가 아는 사람들을 만나는 것보다는 차라리 돈을 좀 들이더라도 자동차로 가는 것이 좋겠다. 더욱이 순영이와 단둘이 자동차를 달려가는 것을 상상할 때에 학생은 자릿자릿한 기쁨을

2 눈이나 코를 약간 찡그리다.
3 층층다리.

깨달았다.

'마침내 순영은 내 것이다!' 하는 승리의 강렬한 기쁨을 깨달았다. 음악회장에서는 손뼉 치는 소리가 어디 딴 세상에서 오는 소리같이 들린다.

2

순영을 동아부인상회로 들어가 기다리게 하고 신봉구라는 그 학생은 자동차를 구하러 돌아다녔다. 오늘이 마침 음력 팔월 중순이라 장안 인사들이 한강 철교로 청량리로, 혹은 술친구를 싣고 혹은 기생들을 싣고 달구경 다니느라고 자동차들은 모두 다 나가고 말았다. 봉구는 종로로 구리개[4]로 마라톤 경주하는 사람 모양으로 돌아다니며 자동차를 찾았으나 하나도 얻어 만나지 못하였는데, 그의 왼쪽 팔목에 맨 니켈 시계의 가느다란 바늘은 벌써 열시 하고도 반을 가리킨다. 인제 삼십분이다. 열한시까지는 청량리역에를 나가야만 한다. 그런데 인제는 전차로도 안 되고 인력거로도 안 된다. 만일 자동차를 얻지 못하면 오늘 기회는 지나가버리고 만다. 이 주일 동안이나 그렇게 무진 애를 쓰고 밤잠도 편히 못 자고 학교도 결석을 하여 가면서 지어놓은 이 기회를 놓쳐버리고 마는 것이다. 이 기회를 한번 놓치면 다시 안 돌아올는지를 누가 아나. 여자의 맘은 바람개비와 같다. 금방 동쪽을 향

---

4 중구 을지로1가와 2가 사이에 있던 나지막한 고개로, 구리고개 또는 줄여서 구리개라 불렸다.

하였다가도 어느덧 서쪽을 향한다. 한번 서쪽으로 향한 여자의 생각을 동쪽으로 다시 끌기는 하늘에 오르기와 같은 일이다. 여자의 맘은 결코 두 번도 한번 가던 길을 다시 가기를 원치 않고 그는 항상 새 길을 찾는다.

"그렇게 어려우시거든 그만두세요, 다른 데도 구하려면 구할 데가 있으니까요."

하던 순영의 말에 전신이 찌르르하게 아팠던 기억이 지금도 새롭다. 그까짓 돈 삼백 원! 순영이 같은 계집애 뒤에는 삼백 원커녕 삼천 원, 삼만 원의 수표는 아무 때나 떼어드리리다 하고 수정 도장 한 손에 들고 따라다니는 어중이떠중이가 여간 둘셋만이 아니다. 봉구에게는 그 삼백 원 돈은 자기의 일생의 밑천인 학비인 동시에 육십이 넘은 늙은 어머니의 양식이다. 그러나 순영에게야 그것이 무엇이 끔찍하랴.

오늘은 꼭 순영이를 데리고 가야만 된다. 순영의 내게 향한 맘이 바람개비 모양으로 팽 돌아서기 전에 순영을 내 것을 만들어야 된다. 그리하려면 원산 가는 오늘 밤차를 꼭 잡아타야만 된다. 이렇게 생각하면 봉구의 맘은 견딜 수 없이 조급해진다.

'순영을 잃어버리고도 내가 살 수가 있을까?'

조급한 중에도 조선호텔을 향하고 예전 소공동 골목으로 뛰어들어가는 봉구는 혼자 생각하였다.

'못 해! 못 살아! 꼭 못 살 것을 어찌하나?'

순영이가 없으면 봉구는 꼭 못 살 것만 같았다.

조선호텔에는 마침 들어오는 자동차 한 대가 있었다. 지배인은 호텔 손님이 쓰실 터이니 못 빌려주겠다고 하는 것을 마침 어느 아는 사람의 조력으로 얻기는 얻었다. 그러나 시간은 열시 사십오분, 열한시까지에는 겨우 십오분이 남았다. 그러나 열한시 오분에만 정거장에 가면 차는 탄다. 봉구는 푸근푸근한 자동차 쿠션에 앉아서 몸을 흔들면서 길게 한숨을 쉬었다.

자동차가 동아부인상회 앞에 서서 뚜뚜 하고 두어 번 소리를 지를 때에 순영은 문을 열고 무엇을 한 아름 안고 나온다. 안에서는, "안녕히 가십시오." 하는 소리가 들리고 문이 닫힌 뒤에도 창으로 내다보는 여자 점원의 흰 얼굴과 깨득깨득[5]하고 웃는 소리가 들린다. 봉구는 무슨 큰 모욕이나 당하는 듯이 불쾌하였다. 그래서 자동차 문장 그늘에 몸을 숨기고 고개를 행길 쪽으로 돌렸다. 순영이가 곁에 앉는구나 하면서도 일부러 외면하고 있을 때에 웬 인버네스[6] 입은 얼굴 흰 자가 고개를 기웃하고 자기네를 들여다보고 지나간다. 봉구는 더욱 불쾌하여서 자동차가 떠난 뒤에도 순영을 돌아보지도 않고 말도 아니하였다.

순영은 봉구의 눈치도 못 차린 듯이 동아부인상회에서 들고나오던 뭉텅이를 쳐들어 봉구의 눈앞에 내밀면서,

"이것 봐! 이게 뭔데요?"

하고 몸을 봉구에게로 싣는다.

---

5 '깨드득깨드득'의 준말. 주로 아이나 여자들이 명랑하고 천진하게 자꾸 웃는 소리. 또는 그런 모양.
6 소매 대신에 망토가 달린 남자용 외투.

3

　그래도 봉구가 아무 대답이 없는 것을 보고는 순영은 머쓱하여 고개를 기울여 봉구의 얼굴을 들여다보며,

　"왜 노여웠어요?"

한다. 그 목소리와 어조가 어떻게 슬프다, 미안하다는 빛을 띠었는지 봉구는 단박에 순영을 껴안고,

　"아니야요, 당신을 슬프시게 해서 미안합니다."

하고 사죄라도 하고 싶었다. 그러나 여태껏 미친놈 모양으로 장안 대로상으로 자동차를 찾아 돌아다니던 것을 생각하면 분하기도 하고 수치스럽기도 하여 얼른 성난 모양을 풀기가 싫었다. 실로 봉구는 오늘날까지에 별로 남의 심부름을 하여본 일이 없었고, 누구의 시키는 말을 들어본 일도 없었다. 어려서 아버지가 죽고 편모슬하에 톡톡한 꾸중 한번도 들어보지 못하고 제 맘대로 뛰고 놀고 자랐다. 그러므로 학교에서 선생이나 교무주임이 무슨 일로 자기의 자유를 누르더라도 곧 반항할 맘이 생기도록 불쾌하였다. 그는 제 맘에 맞지 않는 명령은 복종하지 않았다. 그래서 벌도 여러 번 섰고, 학업의 성적은 늘 우등이면서 품행에 을을 받은 일이 두어 번 되었다. 다만 그에게는 자기의 위엄을 중히 여기는 일종의 자제력이 나면서부터 있기 때문에 할 수 없는 악소년이 되지 않고 말았다. 이렇게 자존심이 강한 그는 기미년 통에 감옥에 들어가서 무진무진 간수들의 속을 썩였다. 그 까닭에 한 달에 한 번 어머니를 면회하는 특권조차 빼앗기고 독방에도 서너번 들어가서 남들이 다 가출옥을 당할 때에 그것도 못하고 이 년

팔 개월의 형기를 날수대로 다 채우고야 나왔다. 그렇게 자존심이 강한 봉구로는 어떤 사람의 명령으로 자동차를 구하러 돌아다닌 것이 불쾌하지 아니치 못하였다.

그래서 순영의 말에는 대답도 잘 않고 뚱 하고 앉은 것이다.

순영은 봉구를 달래는 듯이 한 팔을 들어 봉구의 목을 안으려 하다가 놀란 듯이 팔을 도로 물리며,

"에그머니 땀을 흘리시네…… 이를 어째!"

하고 향내 나는 부드러운 손수건을 꺼내어 우선 봉구의 목의 땀을 씻고 그러고는 한 팔로는 봉구의 어깨에 매달려서 그 이마의 땀을 씻고 그러고는 그의 가슴의 땀을 씻으려는 듯이 저고리 단추를 두어 개 끄르더니 그럴 수는 없다는 모양으로 손에 들었던 수건을 봉구에게 주며,

"자, 단추를 끄르고 땀을 씻으세요. 네, 어서!"

하고 봉구가 몸을 맘대로 움직일 자유를 주느라고 잠깐 물러앉는다.

"어서." 하는 순영의 목소리에는 아직도 평양 사투리가 남아 있구나 하고 경기도 태생인 봉구는 빙그레 웃으면서 그 수건을 받아서 몸의 땀을 씻었다.

순영은 봉구가 땀을 씻는 것을 보며,

"아이 어째, 감기나 드시면 어쩌나! 차 타는 대로 활활 벗고 침대에 들어가 누셔요, 네. 내복을랑 말려드릴게."

하고 아직도 정거장에를 안 왔나 하는 모양으로 고개를 기울여 바깥을 내다본다.

어느덧 북적북적하는 야시[7]터도 다 지나고 아마 배오개[8]도 지

나온 모양인지 침침한 길로 자동차는 전속력을 내어 달아난다.
순영은 그래도 자동차의 속력이 마음에 차지 않는다는 모양으로
허리를 굽혀 손가락으로 운전수의 어깨를 꾹 찌르며,

"좀더 빨리 가요, 바쁘니."

한다. 그 어조가 항상 자동차를 타서 자동차의 속력이 얼마나 하
면 느리고 빠른 것을 잘 아는 귀부인의 어조와 같다.

운전수는 잠깐 고개를 돌리고는 들릴락말락,

"네."

하고는 기운차게 뿡뿡 하고 사람 비키라는 소리를 지른다.

봉구는 순영이가 차 속에서 내복을 말려주마 한 것이 사랑스
럽기도 하고 우습기도 하여,

"무엇에다 내복을 말려요?"

하고 웃었다.

순영은 봉구의 성난 것이 풀린 것을 기뻐하는 모양으로 몸을
봉구에게 실으며,

"왜요, 스팀히터(증기난로)에 말리지요."

한다.

---

7 야시장.
8 종로구 인의동 112번지 해운항만청 동쪽에 있던 고개이다. 고개 입구에 배나무가 여러 그루
   가 심어져 있던 데서 배나무고개 또는 배고개라 하다가 음이 변해 배오개가 되었다.

4

봉구는 스팀히터란 말에 더욱 웃었다.

"겨울에나 스팀이 있지, 여름에도 있소?"

하고 봉구는 소리를 내어 웃었다.

순영은 한참 맥맥하더니,[9]

"아이 참, 아직 겨울이 아니지, 나는 지난겨울에 동래온천에 갈 적에……."

하다가 순영은 말을 뚝 끊는다. 그러고는 제가 한 말에 제가 놀라는 듯이 몸을 흠칫한다.

봉구도 불의에 말을 듣는 듯이 목을 쑥 빼었다. 그리고 부지불식간에,

"동래온천? 누구허구?"

하고 부르짖었다. 봉구의 가슴에는 형언할 수 없는 의심과 질투의 불이 확 일어났다.

'내가 감옥에서 덜덜 떨고 있는 동안에 나를 사랑하노라는 순영이가 동래온천에? 또 그것은 누구허구 갔을까?' 할 때에 봉구는 단박 순영의 멱살을 움켜쥐고 싶었다. 그러나,

"아니야요! 이런! 둘째오빠하고 동래온천 구경갔다 왔단 말이야요."

하고 부끄러운 듯이 순영이가 고개를 숙이는 판에 봉구의 분은 풀렸다. 그러나 둘째오빠라는 것을 생각할 때에 여러 가지 불쾌

---

9 생각이 잘 돌지 않아 답답하거나 갑갑하다.

한 생각이 났다. 둘째오빠라는 자가 봉구에게는 가장 위험한 인물인 줄을 봉구는 잘 안다. 순영의 집 재산을 없애버린 것도 둘째오빠요, 순영을 이용하여 어떤 부자의 돈을 좀 얻어먹으려고 여러 어중이떠중이를 순영에게 소개하고, 따라서 자기와 순영과의 사랑을 훼방놓는 자는 둘째오빠인 줄은 봉구는 잘 안다. 그러므로 만일 순영이가 둘째오빠와 같이 동래온천에를 갔다면 반드시 어떤 돈 있는 녀석이 따라갔으리라, 할 때에는 잠깐 잠잠해졌던 봉구의 가슴 바다에는 또 물결이 일기를 시작하였다. 또 한 가지 '오빠'란 말에 봉구가 괴로워하는 것은 순영에게 오빠라는 소리 듣는 젊은 남자가 많은 것이다. 그중에도 김창현이라는 바이올린도 들고다니고 소설편도 쓰는 얼굴 희고 머리 긴 사람을 순영이가 가장 친밀하게 교제하는 것이 퍽 싫었다. 이 사람은 도리어 봉구와는 동향 친구련만 그럴수록 더욱 미웠다.

"아니야요, 미스터 김은 그런 사람이 아닙니다. 장차 큰 예술가가 되실 분입니다. 또 내가 미스터 김을 사랑하는 것은 형제의 사랑이야요. 형제의 사랑과 애인의 사랑과는 다르지 않아요! 아니 미스터 신은 퍽도 완고해서."

하고 순영이가 어린 사람을 타이르듯이 자기에게 설명할 때에는 암만해도 그렇게 찬성은 못하면서도 더 다툴 필요도 없다 하여 혼자 입만 다시고 말았다.

왜 둘째오빠 같은 사람이 순영에게 있을까, 왜 김창현이 같은 작자가 순영에게 있을까, 그런 것들이 다 없고 순영은 오직 나 하나밖에 믿을 곳도 없고 의지할 곳도 없었으면 작히나 좋을까, 그러면 순영의 가슴속에는 오직 신봉구라는 나 한 사람밖에는 없을 것이다. 이렇게 생각하고 봉구는 순영의 가슴 속을 들여다보려는 듯이 물끄러미 순영을 바라보았다.

진실로 순영은 이때의 봉구의 눈이 무서웠다. 항상 봉구를 자기보다 채 어린 남동생같이 생각하였건만(기실은 봉구가 순영이보다 네 살이나 위이다.) 이때에는 봉구가 자기보다 큰 위엄과 권세를 가진 재판관같이 보였다.

'모른다 — 알 리가 없다.' 하면서도 순영은 감히 봉구를 바로 보지 못하였다. 그리고 순영의 맘속에는 슬픔과 후회의 아픈 정이 일어났다. 그러나 '나는 봉구 씨를 사랑한다 — 가장 사랑한다.' 하고 생각할 때에 순영은 스스로 위로도 얻었고 또 봉구의 얼굴을 정면으로 볼 용기도 얻었다.

순영은 고개를 들어 봉구를 쳐다보며,

"왜 그렇게 저를 보세요? 제가 무엇 잘못한 거나 있어요?"
하고 동생이 그 형에게나 하는 모양으로 고개를 기울여 봉구의 어깨에 기대고 한 팔로 봉구를 껴안으면서,

"설혹 제가 잘못한 것이 있더라도 유(당신)께서는 모두 용서해주세요, 그렇지요? 유께서는 저를 사랑하시니까요."
하고 말끝이 흐린다. 어떻게 그 어조가 가련하고 순진한가.

5

진실로 이때에 순영의 가슴속에는 봉구를 사랑하는 정과 봉구에게 대하여 자기가 신실하고 정성되지 못한 미안으로 차서 울

고 싶었다. 봉구가 지금까지 만 사 년 동안이나 자기에게 대하여 어떻게 충실하였던 것과, 더욱이 그가 감옥에 있는 동안에 어떻게 자기를, 오직 자기만을 생각하고 있었던 것과, 또 감옥에서 나온 뒤에도 자기를 위하여 어떻게 두 번이나 적지 않은 돈을 만들어준 것과, 이 모든 일을 생각할 때에 울고 싶도록 봉구가 고마웠다. 순영은 봉구의 어깨에 기대었던 머리를 굴려서 봉구의 가슴에 묻고 비볐다. 순영의 등은 들먹거렸다 ― 그는 운다.

봉구는 손으로 순영의 들먹거리는 등을 만졌다. 그리고 순영의 머리에 자기의 뺨을 비비면서,

"자, 다 왔소, 일어나시오!"

하였다. 순영은 더욱 느끼면서,

"제가 잘못한 것이 있더라도 다 용서해주세요. 네? 저를 불쌍히 여겨주세요."

"잘못은 무슨 잘못이야요? 자, 일어나요, 정말 다 왔어요."

하고 봉구는 순영을 안아 일으켰다. 자동차는 휘움히 돌아서 청량리 정거장 앞에 대었다.

자동차에서 내려 정거장으로 들어선 두 사람에게는 자동차를 탄 동안이 두 시간은 넘은 것 같았다. 오랫동안 단둘이만 만날 기회를 얻지 못하던 그들은 비록 십오분 못 되는 시간에라도 단둘이 만나게 될 때에 자기네 스스로 생각하여보아도 의외라 하리만큼 여러 가지 복잡한 감정이 흐른 것이다. 그들의 얼굴은 심히 피곤한 사람과 같이 보였다. 더욱이 그렇게 항상 근심이란 모르는 듯하던 순영의 얼굴에 아주 인생의 모든 슬픔과 근심을 통과하여 온 사람과 같은 빛을 주어 그것이 그를 좀더 노성하게 갸륵

하게 한다.

강원도, 함경도 방면으로 가는 시골 손님들은 흔히 듣지 못하던 자동차 소리와 함께 그 속으로 나오는 청년 남녀 한 쌍을 주목하지 않을 수 없었다. 그중에도 속속들이 비단으로 내리감은 미인 순영에게 정신을 안 빼앗길 수 없었다.

봉구가 차표를 사는 동안에 순영은 몸을 숨기려고도 않고 그렇다고 주위를 살피려고도 않는 모양으로 대합실 한복판에 정신 없는 사람 모양으로 서 있었다.

이윽고 개찰구가 열리고 사람들은 저마다 앞을 다투어 비비고 틀고 떠들고 서로 욕지거리를 하면서 나간다. 봉구와 순영은 맨 뒤에 떨어져서 다른 사람들이 다 나가기를 기다렸다.

마침내 두 사람은 달빛이 찬 플랫폼에 섰다. 벌써 가을은 깊어서 홍릉으로 거쳐오는 바람이 산들산들한데 봉구는 아까 땀났던 몸이 마르느라고 추우리만큼 몸이 식었다. 그래서 바람을 피하는 듯이 정거장 이름 쓴 패 그늘에 들어서서 열차가 올 왕십리 쪽을 바라보고 있다. 순영은 어른에게 책망받기를 두려워하는 아이들이 하는 모양으로 가만가만히 봉구의 곁으로 가서,

"추우시지요? 나도 추운데……. 내 내복 말려드릴게요……. 픽 추워하시는데, 에그 감기나 드시면 어찌해."
하고 근심스러운 얼굴로 봉구의 생각 많은 듯한, 그리고도 애티 있는 얼굴을 쳐다본다.

"좀 선선하지만 석왕사는 어지간히 차겠는데, 겹옷이나 한 벌 가지고 오실걸 그랬지요."
하고 봉구도 부드러운 눈으로 순영을 내려다보았다. 그때에 봉구

의 생각에는 순영은 좀더 자기 것이 된 것 같고, 자기에게밖에 의지할 곳이 없는, 오직 자기의 사랑과 자기의 힘으로만 보호할 수 있는 가련한 여성과 같이 정답게 사랑스럽게 보였다.

순영도 그러하였다. 이때에 그의 맘속에는 봉구밖에 없었다. 지금까지도 그를 그리워하지 않은 것은 아니지만 지금같이 그에게 기대고 의지하고 싶은 생각은 난 일이 없었다. 그렇게 생각할 때에 순영은 봉구가 지극히 사랑스러우면서도 일변 그에게 대하여 미안한 듯한 생각이 가슴의 어느 구석을 쏙쏙 찌르는 듯하였다.

6

이때에는 경원선에는 서울로 향하고 오는 손님은 많아도 서울로서 북으로 가는 손님은 적은 때여서 마침 침대는 비었다. 봉구와 순영은 네 사람이 차지할 침실 한 칸을 단둘이 차지할 수가 있었다. 봉구가 자리를 깔고 나가는 보이에게 돈 얼마를 미리 쥐어줄 때에 보이는 모자를 벗고 허리를 굽히고 그러고는 의미 있게,

"안녕히 주무십시오."

하고 나가버렸다. 봉구도 순영이도 빙그레 웃었다.

두 사람은 우선 한자리에 가지런히 앉아서 조그마한 방 안을 둘러보았다. 젖빛같이 하얀 천장, 까무스름하고도 누르스름하게 칠한 벽이며, 짙은 초록 문장과 눈같이 흰 하얀 자리며, 그것을

비추는 조그맣고도 밝은 전등하며, 쿵쿵쿵 하고 차바퀴 굴러가는 소리까지도 말할 수 없이 봉구에게는 유쾌하였다. 더욱이 봉구는 생후에 차에 이등이 처음이요, 더구나 침대차라고는 구경도 하여 본 일이 없었고, 또 자기가 일생에 그것을 타리라고 생각해본 일도 없었다. 그래서 봉구는 자못 흥분도 하고 또 어찌할 줄도 몰랐다. 그러나 기쁘기는 퍽 기뻤다. 그래서 만족한 듯이 곁에 앉았는 순영을 바라보며 빙그레 웃었다.

순영은 마치 이런 이등 침대 같은 것은 언제나 늘 탄다는 듯이 별로 호기심도 보이지 않고, 다만 어머니가 어린애를 지키고 앉았는 모양으로 물끄러미 두리번거리는 봉구를 보고 앉았더니, 일어나서 제 손으로 봉구의 모자를 벗겨 C자 셋을 얽어서 만든 모자표를 처음 보는 듯이 이윽히 들여다보고 손가락 끝으로 만져도 보더니 서슴지 않고 벽에 있는 모자걸이에다 걸어놓고는 침대 담요 위에 개켜놓은 자리옷을 들어 활활 털어 봉구 앞에 내밀면서,

"자, 어서 갈아입으세요. 감기 드세요."

한다. 봉구는 벌떡 일어나면서 손을 내밀어 순영이가 들고 섰는 자리옷을 받으려 하였다. 그러나 순영은 안 주려는 듯이 그것을 자기 편으로 당기며,

"어서 저고리허구 내복을 벗으세요, 내가 입혀드릴게."

하고 역정 내는 듯이 순영은 발을 한번 구른다.

봉구는 저고리 단추를 서너 개 끄르더니,

"아니야요. 그걸 날 주세요!"

하고 우뚝 선다.

순영은 하릴없는 듯이 봉구를 물끄러미 보더니 상긋 웃고 그 자리옷을 봉구에게 주고 자기는 픽 돌아서면서,

"그럼, 내 나갈게, 갈아입으세요."

하고는 나가버리고 만다.

봉구는 문을 열고 순영이가 어디로 가나 하고 고개를 내밀어 본 뒤에 얼른 제자리에 돌아와 저고리 단추를 끄르고 저고리를 벗었다. 아직도 땀에 젖은 내복 단추를 두어 개쯤 끄르다가 그는 손을 마지막 단추에 댄 대로 무엇에 놀란 듯이 고개를 번쩍 들었다.

'이게 잘못이 아닌가, 내가 아직 혼인도 안 한 여자와 같이 한 방에서 자는 것이 잘못이 아닌가.'

이렇게 생각하매 무슨 큰 위엄을 가진 것이 어느 높은 곳에서 자기를 내려다보며 책망하는 듯하였다.

'처음이다, 처음이다. 어머니 곁에서 자던 것 외에 여자와 한 방에서 자기는 처음이다.'

봉구는 갑자기 무슨 큰일이나 저지르는 듯이 무서웠다. 그래서 자리옷을 든 채로 침대에 펄썩 주저앉았다.

'그러나 순영은 내가 사랑하는 여자가 아닌가, 내가 일생을 같이하기로 맹세한 여자가 아닌! 순영은 내 아내가 아닌가, 그렇다. 그는 내 아내다.'

이렇게 봉구는 자기를 변호하고, 또 자기에게 용기를 주었다. 그러고는 벌떡 일어나서 내복을 벗어서 등과 가슴을 씻고 풀향기가 나는 간소한 자리옷을 걸쳤다.

7

'아내? 순영이가 내 아내? 그러나 아직 내 아내는 아니다. 남들도 순영을 내 아내라고 불러주지를 않고, 내 생각에도 어쨌든 그가 내 아내는 아닌 것 같다. 나는 입을 대로 옷을 갖춰 입고 단추 하나도 떼어놓지 않고 손까지라도 감추고 그를 대하여야만 될 것 같다.'

봉구는 다시 어쩔 줄을 몰랐다.

'아무려나 변괴는 변괴다!'

'그렇지만 애초부터 석왕사로 오려고 할 때에는 이런 모든 일을 예기한 것이 아니냐, 이렇게 함으로 그는 더욱더욱 내 것이 되고 나는 더욱 그의 것이 되는 것이 아니냐! 또 여행 중이 아니냐! 차 중이 아니냐! 침대차가 아니냐!'

이렇게 생각하고 봉구는 급작스럽게 옷을 갈아입었다. 그러나 그의 얼굴은 후끈거리고 그의 가슴은 뛰었다. 그는 무슨 죄나 지은 사람 모양으로 얼른 담요를 들고 자리 속으로 들어가서 벽으로 얼굴을 향하고 돌아누웠다.

'잘못했다. 도로 옷을 입자. 내복만이라도 입자. 무어 괜찮지.'

이 모양으로 봉구의 머릿속은 심히 혼란하였다. 그러나 그가 다시 옷을 입을까 말까를 결정하기도 전에 누가 문을 열고 들어왔다. 봉구는 그것이 순영인 줄을 알았으나 돌아볼 용기가 없이 죽은 듯이 가만히 누워서 처분만 기다리는 사람 같았다.

순영이는 들어와서 한참이나 우두커니 섰더니 봉구가 벗어놓은 옷을 개킬 것은 개키고 걸 것은 걸고 구두는 길체로 들여놓고 그 자리에 슬리퍼를 가지런히 놓고 땀에 젖은 내복은 옷침대 줄에 잘 펴서 걸어놓고, 그러고는 또 한참이나 말없이 섰더니 전등 스위치를 틀어 불 하나를 끄고 봉구가 자는 침대의 장을 늘여 전등빛이 봉구의 얼굴에 가지 않게 하고, 그러고는 자기도 자기의 침대로 들어가버렸다.

봉구는 가만히 돌아누워 있으면서도 순영이가, '지금은 무엇을 한다, 지금은 무엇을 한다.' 하고 다 알았다. 그러고는 아까 있던 불안과 무서움도 다 스러지고 더할 수 없는 만족을 느꼈다.

'내가 순영이와 한집에 살아서 저렇게 일생을 두고 순영이가 내 옷을 돌보아주고 만져주고 하면 어떻게나 행복될까?'

봉구는 진실로 이 순간에 행복되었다. 일생에 처음 당하는 기쁨과 만족함을 깨달았다.

'과연 인생이란 행복된 것이다!'

이렇게 봉구는 속으로 부르짖지 않을 수 없었다.

차는 정거장에 잠깐 섰다가는 또 가고 섰다가는 또 간다. 역부들이 정거장 이름도 외우는 모양이요, 밖에서 사람들도 떠드는 모양이나 어느 정거장을 지났는지, 몇 정거장을 지났는지 봉구는 모른다.

봉구는 가만히 눈을 떠서 순영의 침대의 초록장을 바라보고 그 밑으로 살짝 나온 하얀 담요를 보고 침대 밑에 가지런히 벗어 놓은 끝 뾰족한 조그마한 구두가 칠같이 반짝거리는 것을 본다.

'저 속에 순영이가 있다. 그렇게도 오래 그리워하던 순영이가 이 방 안에 있다. 아무도 그를 건드리지 못한다! 그는 내 것이다. 이제부터는 확실히 내 것이다.'

이렇게 생각하고 봉구는 혼자 웃었다. 기쁨과 행복을 이기지 못하는 웃음이다.

'그러나 만일 순영이가 내 것이 안 되면 어찌할까? 내일 하루는 같이 있을 터이다. 석왕사의 송림 속으로 손을 이끌고 산보도 같이한다. 그러나 내일 저녁 차에는 다시 서울로 올라와야만 한다. 그러면 나는 어머니 집으로 가야 되고 순영은 둘째오빠 집으로 가야만 된다. 그러면 우리는 만나기가 심히 어렵다.'

이런 생각이 날 때에 봉구는 다시 괴로워졌다. 그러고는 그 뻔질뻔질한 둘째오빠며, 그 녀석이 몰아들이는 돈푼도 있고 나이깨도 먹은 어중이떠중이며, 웬일인지 그 집에는 통내외하고 다니는 김창현이며, 이 모든 것이 생각이 나서 가슴이 답답하도록 불쾌하고 불안한 생각이 난다.

'어찌하면 이 행복을 붙들어매나 — 어찌하면 순영을 영원히 내 품에서 못 떠나도록 만드나?'

8

'혼인을 해버려야 한다.' 하고 봉구는 순영을 영원히 자기 것을 만들 방침을 생각한다.

'혼인을 하여서 순영을 영원히 내 안방에 갖다가 가두어놓아야 한다. 그때에는 둘째오빠도 그에게는 아무 힘이 없다. 창현이나 백윤희 놈 따위야 내 집 문전에 발길이나 얼른할까 보냐. 만일 내 아내와 — 그렇다. 순영이가 아니다. 내 아내 — 다만 한마디라도 이야기를 해, 한번이라도 곁눈질을 해, 그래만 보아라. 그때에는 내가 턱 나서며 점잖은 목소리로 "여보 정신을 차리시오. 이것은 내 아내요!" 하고 소리를 지를 것이다. 그때에는 아무도 감히 내 아내에게 범접을 못한다!'

이렇게 생각할 때에 그는 기뻤다. 당장에 자기의 소원은 다 달해진 것 같았다.

'가 보아야.' 하고 그는 벌떡 일어나서 잠든 어린애 곁에나 가는 모양으로 가만가만히 순영의 침대 곁으로 가서 그의 얼굴이 있으리라고 생각되는 데를 자리장을 가만히 약간 밀었다. 그런즉 전등빛이 그의 하얀 담요를 덮은 가슴을 반쯤 비추고, 그리고 남은 훤한 빛이 약간 봉구의 섰는 편으로 기울인 순영의 하얀 얼굴을 희미하게 비춘다.

순영은 잠이 들었다. 그는 잠깐 동안 성욕의 충동을 받았으나 봉구 모양으로 여러 가지 공상도 하지 않고 내일 하루의 즐거울 것을 꿈꾸면서 잠이 든 것이다.

봉구는 사랑스러움과 기쁨이 가득한 눈으로 순영의 평화롭게 자는 얼굴을 언제까지나 들여다보았다. 그러고 그는 생각하였다.

'어쩌면 이것이 내 것이람! 이렇게 아름다운 것이 내 것이 되어? 내가 아내라고 부를 사람이 되어?'

진실로 봉구는 무슨 꿈을 꾸는가나 싶었다. 도저히 이것이 자기 사람이라고는 믿어지지를 않았다.

봉구는 과연 사 년이 넘도록 일념에 순영을 생각하였고 어찌하면 내 사람을 만들까를 생각하였다.

그것은 기미년 이월 전국을 한번 들었다 놓은 만세운동이 일어나기 바로 사오일 전이다. 각 학교(각 학교라야 전부는 아니나 그렇게 불렀다.) 학생을 연합하려 할 때에 우연히 봉구는 남학교를 맡고 순영은 여학교를 맡게 되어 자주 만날 기회를 얻었다. 그전에도 순영의 셋째오빠가 봉구보다 두 반이나 앞선 동창이기 때문에 그 집에 놀러 가서 몇 번 인사나 서로 한 일은 있었고, 그때부터 '아름다운 여자다.' 하고 생각은 하여왔으나 별로 특별한 정이 든 것도 아니었다. 그러다가 역시 순영의 셋째오빠 되는 순흥의 알선으로 두 사람은 나랏일을 위하여 자주 만날 기회를 얻은 것이다.

학생 간에 통지를 하고 기를 만들게 하고 그날에 할 일을 다 지휘한 뒤에, 그러고는 삼월 초하룻날 일이 터진 뒤에 봉구와 순영은 다른 여러 남녀 학생과 함께 경찰을 피할 몸이 되었다. 시골서 올라와 사는 순영과 순흥은 서울에 친척을 많이 둔 봉구의 힘을 빌리지 않고는 몸을 숨기지 못할 사정이었으므로 봉구는 자기의 위험도 돌아보지 않고 순흥과 순영을 이 집에서 저 집으로 빼어돌리느라고 무진 애를 썼다. 그 통에 순흥이와 순영이와 봉구와 셋이서 봉구의 어떤 일가집 광 속에서 사흘 낮 사흘 밤을 지낸 일조차 있었다. 그러면서도 그들은 가만히 있지 않고 일변 서울 사정을 해외로 통신하며 또 아직도 감옥에 안 붙들려가고 서울에 남아 있는 동지에게 열렬한 격려의 말을 써 돌렸다. 그들이 가는 곳에 반드시 등사판이 따랐다. 박은 것을 돌리는 직책은 봉구가 맡았었다.

봉구는 여러 번 위험한 지경을 당하였고 또 마침내 셋 중에 맨 먼저 붙들렸다. 그러나 그가 순영을 생각할 때에 모든 고생과 위험은 꿀과 같이 달았다. 만일 자기가 사형대에 올라선다 하더라도 순영이가 곁에서 보아주기만 하면 목이 달리면서도 기쁘리라 하였다.

9

봉구는 무슨 까닭으로 이 운동을 시작하였는지 그것조차 잊어버렸다. 인제는 다만 자기가 힘을 쓰면 쓰는 만큼, 위험을 무릅쓰면 무릅쓰는 만큼, 순영이가 기뻐해주고 애썼다고 칭찬해주는 것이 기뻤다. 잡힐 뻔 잡힐 뻔하던 여러 가지 위험을 벗어나서 자기의 사명을 마치고 세 사람이 숨어 있는 곳으로 들어갈 때에 그가 얼마나 기뻤을까. 그가 똑똑 하고 문을 두드릴 때에,

"아이구 오시네."

하고 순영이 문을 열어줄 때에 그가 얼마나 기뻤을까.

"아니 어쩌면! 나는 아직도 안 오시길래 붙들려가신 줄 알고 얼마나 가슴이 두근거렸는지."

하고 자기의 얼굴을 쳐다볼 때에 얼마나 기뻤을까.

"무어요? 그렇게 만만하게 붙들려요?"

할 때에 얼마나 유쾌하였을까.

삼월이지만 아직도 어떤 날은 몹시 추웠었다. 봉구가 밤에 늦게 들어와서 추워하는 양이 보일 때에,

"아이 어쩌! 추우신 모양인데."

하고 자기가 입고 있던 재킷에 손을 대고도 그것을 봉구에게 주

어야 옳은지 안 주어야 옳은지 몰라서, 곁에서 등사판 원지를 쓰고 앉았는 셋째오빠를 돌아볼 때에 봉구는 얼마나 기뻤을까. 그때에 순흥이가 고개를 번쩍 들어 순영이와 봉구를 번갈아보면서,

"벗어드리려무나."

하는 말이 떨어지자마자 얼른 단추를 끄르고 그것을 벗어서 봉구에게 입히려는 듯이 손에 들고,

"아니야요. 이것이 저고리 위에야 들어갑니까? 저고리를 벗고 속에 입으세요, 네."

할 때에 봉구는 얼마나 기뻤을까. 그야말로 눈물이 흐르도록 기뻤다.

모든 위험하고 고생스러운 임무를 다 마치고 혹은 으슥한 뒷방이나 행랑방 구석에서 혹은 그 추운 광 구석에서 셋이 한 이불을 덮고 잘 때에, 봉구가 여러 가지 생각으로 잠을 이루지 못할 때에 순영의 손이 그 셋째오빠를 지나와서 이불로 자기의 몸을 가려줄 때에, 더구나 그의 손이 자기를 더듬는 서슬에, 혹은 그의 뺨에 혹은 그의 등에 스칠 때에 얼마나 봉구는 행복되고 감사하였을까.

그때에 만일 순영이가,

"미스터 신, 죽으십시오."

한마디만 하였다면 그는 그 자리에서 기쁘게 죽었을 것이다.

순흥이도 봉구와 순영이가 깊이 정들어하는 양을 알아차리고 만족해하는 눈치를 보였다. 그래서 한번은 봉구더러,

"여보게, 이 애가 이렇게 자네 앞에서는 얌전을 빼지만 어지간한 말괄량일세."

하고 농담 삼아 유심한 말을 한 적도 있었다.

그러다가 봉구가 먼저 붙들려가고 뒤따라 순흥, 순영 남매도 붙들려갔다. 그 후부터 한 삼 년 동안은 봉구는 순영의 소식을 알 길이 없었다.

그러다가 이 년 육 개월의 징역을 마치고 오래간만에 봉구도 이 세상에 다시 나오게 되었다. 세상에 나오는 날 그의 늙은 어머니가 서대문 감옥에 그를 맞으러 왔다. 그는 곧 순영과 순흥의 말을 물었다. 그때에 그 어머니의 대답은 이러하였다.

순흥은 오 년 징역을 받고 경성 감옥에 있고 순영은 붙들려갔다가 두어 달 만에 다시 나왔다. 나온 뒤로부터 순영은 한참 동안 여전히 학교에 다녔으나 얼마 아니하여 어떤 큰 부자의 후실로 가느니, 작은집으로 가느니 하는 소문이 났고, 또 전과 달라 밤낮 모양만 내고 웬 놈팡이들하고 돌아다닌다는 소문이 있단 말을 들었다고 한다.

봉구는,

"어머니 잘못 들으셨습니다. 순영씨는 결코 그럴 리가 없습니다! 제가 잘 압니다."

하고 굳세게 어머니 말을 부인하였다. 어머니는 오랫동안 감옥에 가 있던 아들이 성하게 돌아온 것만 기뻐서 아들의 말을 꺾으려고도 않고 다만,

"그래! 내가 아느냐?"

하고 말았다.

10

봉구가 감옥에서 나와서 할 첫 일은 순영을 찾아보는 것이었다. 그가 감옥에 있는 동안에 생각한 것은 오직 순영뿐이었다. 그 며칠 못 되는 순영이와 같이 있던 기억을 천 번이나 만 번이나 되풀이를 하였다. 그리고 밤에 홀로 찬 자리에 누워서 조그마한 창으로 흘러들어오는 달빛을 바라보고는 중이 염불을 하는 모양으로 수없이 순영의 이름을 불렀다.

'나는 조선을 사랑한다 — 순영이를 낳아서 길러준 조선이니 사랑한다. 만일 순영이가 없다고 하면 내가 무슨 까닭에 조선을 사랑할까? 순영이를 알기 전에도 나는 조선을 사랑하노라고 하였다. 그러나 그때에는 내가 왜 조선을 사랑하였는지 모른다. 순영이를 떼어놓으면 조선에 무슨 의미가 있을까. 아아, 얼마나 순영이가 조선의 자유를 원하였나. 그가 몇 번이나 밖에서 들리지도 않을 만한 소리로 조선을 사랑하는 여러 가지 노래를 부르고는 울었다. 나도 울었다. 순흥도 울었다. 순영은 부른 노래 끝을 눈물로 마쳤다. 순영이가 그처럼 사랑하는 조선을 내가 아니 사랑할 수가 있을까? 내가 조선을 위하여 이까짓 감옥의 고초를 받는 따위는 엿이다. 살이 찢기고 뼈가 부서지고 목숨이 가루가 된들 무엇이 아까우랴!'

이러한 소리를 혼자 중얼거렸다. 그리고는 간수에게 반항하는 것을 조선을 사랑하는 한 의무와 같이 알고, 그러다가 매를 얻어맞거나 독방에 갇히거나 감식의 벌을 받아 배가 고플 때에, '이것이 다 조선을 사랑하는 일이다.' 하고 마음에 만족하였었다.

이 모양으로 삼 년 동안을 오직 순영이만 생각하고 살았다. 그렇기 때문에 봉구의 생각에는 순영이는 마치 퍽 오랫동안 한집에서 동거하던 동생이나 아내와 같았다. 자기가 감옥에서 나오는 날에는 반드시 순영이가 어머니와 함께 감옥 문밖에서 기다려야 옳다고 생각하였다. 그랬던 것이 감옥 문을 나서본즉 그 어머니 하나밖에 아무도 없을 때에 그는 얼마나 낙담하였을까.

"어머니 혼자 오셨어요?"

하고 물을 때에,

"그럼, 누구 또 올 사람 있니?"

하는 어머니의 대답을 들을 때에 얼마나 섭섭하였을까. 얼마나 낙담하였을까. 그는 그가 오랫동안 가지고 오던 모든 달콤하고 행복스러운 생각이 일시에 깨어진 듯하여 천지가 깜깜하여지는 것 같았다.

'허기야 순영이가 내가 감옥에서 나오는 줄을 알았을 리야 있나? 그렇지만 내가 나왔다는 말을 들으면 뛰어올 테지.' 하였다. 이렇게 생각하고 겨우 마음을 위로하였다.

그는 곧 이화학당 기숙사로 순영에게 편지를 썼다—

"저는 오늘 감옥에서 나왔나이다. 모친으로부터 대강 소식은 들었나이다. 다행히 몸은 건강하오니 염려 마시옵기 바라오며, 순흥 형은 아직도 옥중에 계시다 하오니 얼마나 염려되시올는지, 동정함을 마지아니하나이다. 약 일주일간 집에서 정양하려 하옵나이다." 하고 '제 신봉구배弟申鳳求拜'라고 서양 사람이 서명하는 모양으로 초서로 썼다.

일주일 동안 집에서 정양한다 함은 물론 자기 집으로 놀러와

달란 뜻이요 또 반드시 그리할 줄을 믿은 것이다.

그러나 그 이튿날 종일 기다려도 답장이 안 오고 또 이튿날 종일 기다려도 답장이 안 왔다. 봉구 따위가 감옥에서 나왔대야 어느 신문에 그런 말 한마디 나는 것도 아니기 때문에 누구 하나 그를 찾아오는 이도 없고 다만 아침부터 저녁까지 그의 늙은 어머니가 끝없는 이야기를 할 뿐이었다.

봉구는 어머니더러 산보 나가노라 하고 무교정 자기 집을 떠나서는 대한문 앞으로, C예배당 앞으로나 여학교 앞으로 휘돌아서 새문턱까지 갔다가는 다시 W여학교 앞으로, C예배당 앞으로, 대한문 앞으로 돌아서 집에 돌아오기를 여러 번 하였다.

11

봉구가 W여학교 앞으로 오느라면 담과 집의 모든 벽돌이 다 눈이 되어 자기를 내려다보고 비웃는 듯하여 부끄러웠다. 피아노 소리가 둥둥둥 울려나올 때, 맑은 노랫소리가 스며 들릴 때, 유리창으로 사람의 그림자가 얼른할 때, 잔디판 위에 처녀들이 번뜻번뜻 보일 때에 그것들이 모두 순영이만 같아서 힐끗힐끗 보았으나 하나도 순영은 아니었다.

보통부 코 흘리는 학생들이 그 대문으로 뛰어들어가고 뛰어나오는 것을 볼 때에 그는 얼마나 그들의 신세가 부러웠을까. 허리 굽은 늙은 소사[10]가 빗자루를 들고 어슬렁어슬렁 학교 구내로 돌아다닐 때에 그는 얼마나 그의 신세가 부러웠을까.

'아마 순영은 나를 잊었나보다.' 하고 봉구는 정동 대궐 모퉁이로 고개를 푹 수그리고 나오면서 한숨을 쉬었다. 그렇게 생각하면 봉구에게 천지가 아득해지는 듯하였다.

'아아 내가 왜 감옥에서 나왔을까. 무엇을 바라고 내가 감옥에서 나왔을까. 순영이가 없는 세상일진댄 내가 무엇을 바라고 나왔을까. 차라리 감옥에 있어서 순영의 향기로운 옛 기억을 가슴에 품고 있는 편이 낫지 않았을까.'

봉구의 어머니는 봉구를 위하여 근심하였다. 그는 감옥에서 나온 후로 날이 지날수록 기운이 없어지고 말이 없어지고 밥을 먹다가도 멍하니 숟가락을 떨어뜨리게 되었다. 그 어머니는 봉구의 괴로워하는 까닭은 짐작한다. 봉구가 밖에서 돌아오는 길로,

"어머니 내게 편지 안 왔어요?"

할 때마다,

"아니 무슨 편지를 그리 기다리느냐?"

하고는 봉구가 기다리는 편지를 기다릴 필요가 없다는 뜻을 은연히 보였고, 한번은,

"요새 계집애들이 돈밖에 안다든? 더구나 낯바닥이나 밴밴한 년들은 눈깔에 돈밖에 안 보이나보더라. 그러길래 모두 학교까지 졸업한 애들이 남의 첩으로 들어가지. 저 복례도 첩으로 들어갔단다."

이 모양으로 은연히 봉구더러 순영에 대한 것을 단념하라는 뜻을 표하였다.

---

10 관청이나 회사, 학교, 가게 따위에서 잔심부름을 시키기 위하여 고용한 사람.

"복례가 첩으로 갔어요? 그 약혼한 남편은 어찌하고?"

하고 얼굴 동그스름하고 항상 방글방글 웃는, 창가 잘하는 여학생을 머리에 그리면서 물었다.

"어찌하긴 어찌해!"

하고 어머니는 네 들어 보아라 하듯이 힘있게 말하였다.

"성환이(복례와 약혼했던 사람이다.)는 그 때문에 학교도 다 그만두고 울고 돌아다니다가 청국으론가 달아나고 복례는 속속들이 비단옷을 내리 감고 밤마다 조선극장, 단성사로만 다닌다나…… 요새 계집애들이 누구는 안 그러냐. 모두 돈만 알지. 순영이도 벌써 어떤 다방골 부자허구 말이 있다더라. 순영이 둘째 오빠가 미두[11]를 해서 돈을 다 없애버리고 은행빚을 많이 졌는데 그 백 무언가 하는 다방골 부자허구 순영이허구 혼인을 해야만 그 빚을 벗어놓지, 그렇지 않으면 쓰고 있는 집까지 빼앗긴다나. 그리구 요새는 그 애 학비두 그 백 부자가 대어준다고 그러더라."

하고 이 말을 듣고 괴로워하는 아들을 위로하는 듯이 일어나 마루로 나가며,

"낸들 아니? 예배당에서들 모두 그러드구나. 아니 인제는 저녁 지을 때가 되었지? 몇 시냐?"

하고 마루에서 묻는다.

"다섯시 반입니다."

하고 봉구가 대답한즉,

---

11 현물 없이 쌀을 팔고 사는 일. 실제 거래를 목적으로 하는 것이 아니고 쌀의 시세를 이용하여 약속으로만 거래하는 일종의 투기 행위.

"다섯시 반, 에그 늦었네. 오늘이 삼일 저녁이다. 너도 예배당에 나가자. 세상 사람을 어떻게 믿니? 하나님밖에 믿을 사람이 어디 있나?"

하는 어머니의 소리가 점점 멀어지더니 부엌에서 덜거덕거리는 소리가 난다.

'아아, 육십 넘으신 어머니가 손수 부엌일을 하시는구나!' 하고 봉구는 픽 슬펐다. 그리고 어떻게 한번 큰 부자가 되어볼 도리가 없을까 하였다. 그러고는 민영휘, 이완용, 백인기……. 이 모양으로 생각나는 대로 부자의 이름을 꼽아보았다. 그러고 본즉 세상에는 귀한 것이 돈뿐이요, 돈이 없는 자기 따위는 사람값에도 못 가는 보잘것없는 물건같이 보였다.

12

저녁을 먹고 그는 어머니와 함께 사 년 만에 처음 C예배당으로 갔다. 초종은 치고 아직 재종은 치기 전이라, 사람들은 예배당 마당에서 서성서성하고 이야기들을 하고 있다가 봉구를 보고 모두 반갑게 인사를 하며 위로하는 말을 하였다. 그중에는 같이 붙들려갔던 사람들도 여럿 있었으나, 모두 그때 일은 다 잊어버린 듯이 더할 수 없이 유쾌한 모양으로 재미있던 옛날 일을 회억이나 하는 모양으로 소리 높이 유치장 이야기와 감옥 이야기를 하고는 크게 웃었다. 그것을 볼 때에 봉구의 맘에는, '예끼 천박한 것들!' 하고 반감이 안 들어갈 수 없었다. 진실로 사 년 전의 세상

을 보던 눈으로 지금 이곳에 모인 사람들을 볼 때에 봉구는 놀라
지 아니치 못하였다. 감옥에 있는 동안 봉구의 생각에는 아직도
사람들은 이 구석 저 구석에서 수군수군거리고 사람 많이 모인
자리에 가면 모두 근심스러운 얼굴로 말들도 잘 안 하려니 하였
다. 그러나 지금 본즉 사람들은 모두 쾌활하고 아무 근심 걱정 없
는 사람들같이 보였다. 세상에 어리석은 것은 오직 자기 혼자뿐
인가 하고 양미간을 찌푸리지 않을 수가 없었다.

봉구가 오래 못 보던 사람들과 이야기하는 동안에 뒤로는 W
여학교 여학생들의 흰 옷이 번뜻번뜻하는 모양이 보였다.

'아마 저 속에 순영이도 섞였으리라.' 하면서도 그는 고개를
돌이킬 용기가 없었고, 다만 순영이가 자기의 뒷모양이라도 알아
보아서 옛날 생각을 다시 살려나주었으면 하고 바랐다. 이윽고
재종이 운다. 땡땡 하는 그 소리가 봉구에게는 심히 슬펐다.

풍금 울고 찬미를 하고 목사가 무슨 기도를 하였으나 봉구의
귀에는 들어가지 않았다. 그러다가 교인들이 자유로 기도를 드릴
때에,

"또 오랫동안 감옥에서 고생을 하던 사랑하는 형제를 도로 자
유의 몸이 되게 하시와 이 자리에 나와서 같이 예배를 드리게 하
여주시오니 감사하옵나이다."

하는 소리가 들린다. 그것은 늙은 부인의 목소리다. 그러나 목소
리만으로 그가 누구인지를 알 수가 없다. 다만 자기를 위하여 기
도하는 것은 분명하다. 아마 어머니에게서 자기가 감옥에서 나왔
다는 말을 듣고 하는 모양이다. 그 목소리가 어떻게나 참스럽고
간절한지 봉구는 모든 괴로운 생각을 다 잊어버리고 그의 순박

한 기도 소리에 귀를 기울였다.

"……그 형제의 몸을 강건하게 도와주시옵고 성신의 힘을 풍부히 부어주시와 그 형제가 우리나라에서 주께 큰 영광을 드리는 일을 하는 큰 일꾼이 되게시리 주님께서 도와주시옵소서."
할 때에 부인석에서는 여러 사람의 "아멘!" 하는 소리가 들리고 그 속에는 봉구의 어머니의 소리가 더욱 분명하게 들렸다. 봉구는 몸이 저리도록 감동이 되어서 자기를 잊고 "아멘!"을 안 부를 수가 없었다.

그러나 '순영이가 없이 내가 살 수가 있을까?' 할 때에는 그의 가슴에서 잠깐 흩어졌던 괴로움과 번뇌의 구름은 다시 모여들었다. 기도가 끝나고는 이화합창대의 특별찬양이 있었다.

풍금이 다시 웅웅 하고 울기를 시작할 때에 봉구는 고개를 번쩍 들었다. 그의 눈은 합창대 앞줄 왼편 셋째로 선 순영이를 본 것이다.

'순영이다!' 하고 봉구는 순영을 바라보았다. 얼굴이 더 피었다. 애티가 좀 줄었다. 몸이 좀 났다. 더 환해졌다. 머리 쪽찐 모양이 변하였다.

순영은 두 손을 치마 앞에 읍하고 고개를 약간 뒤로 젖히고 아무 시름없는 듯이 입을 벌렸다 다물었다 한다. 그러나 순영이가 크게 노래하는 소리를 들어본 경험이 없는 봉구는 그 합창하는 소리에서 순영의 목소리를 골라낼 길이 없었다. 그가 순영의 목소리를 골라내려고 애쓰는 동안에 합창도 다 끝났다. 순영의 눈은 두어 번 사람들의 위로 돌았으나 봉구의 위에는 머물지도 않고 지나가버리고 말았다.

13

'어쩌면 저렇게 냉랭할까.' 하고 봉구는 제자리로 돌아가는 순영을 보며 생각하였다. 그때 마치 따뜻한 피나 정이라고는 한 점도 없는 겨울 하늘의 달과 같이 차디찬 사람으로 보였다. 후에 본즉 순영에게는 어떤 때에는 얼음장으로 싸늘해지고 어떤 때에는 불덩어리 모양으로 이글이글 더워지는 특성이 있었다. 그가 싸늘해진 때에는 그의 입에서는 찬바람이 솔솔 나오고 그의 눈에서는 찬 빛이 흘러 마주앉은 사람의 피라도 얼어붙게 할 듯하고, 그와 반대로 뜨거워진 때에는 입과 눈과 두 뺨에서까지 뻘건 불을 토해서 온 방 안 사람을 태워버릴 듯하다. 이날 밤 예배당에서 본 순영은 차디찬 순영이었다.

기실 이때에는 순영이가 봉구에게 사랑하는 일의 의무가 생기지도 않았었다. 사 년이나 전에 며칠 동안 같이 고생을 하였고 그때에 젊은 청년 남녀가 가까이할 때에는 으레 생기는 정다움이 순영에게도 생기기는 생겼었다. 그러나 순영은 아직 봉구를 사랑하겠다고 결심한 일도 없었고 더구나 봉구에게 대하여 그러한 뜻을 표한 적도 없었다. 그렇기 때문에 피차에 흩어진 지 얼마가 아니하여 순영은 거의 봉구의 일을 잊어버리고 말았었다.

재작년 이래로 순영에게는 혼인문제가 생겼다. 사실상 청혼하는 자도 많았다. 순영이만 한 얼굴, 그만한 피아노, 그만한 학식은 청년 남자의 맘을 끌기에 넉넉하였다. 더욱이 작년에 어떤 미국 다녀온 남자가 순영이를 못 잊어 한참 발광을 하다가 세상의 웃음거리가 된 이래로 순영은 장안의 말거리에 오르게 되었다.

실로 그 미국 다녀왔다는 김 모의 사건은 당시 서울을 뒤흔들었다. 그가 미국 다녀왔다는 것과 어떤 전문학교의 교수라는 것과 상당히 이름 있는 집 자손이란 것과 또 그가 서울에서 유명한 하이칼라 신사라는 것도 이 사건을 크게 한 원인이 되었으나, 그보다도 이 사건을 크게 만든 것은 그 김 모가 그렇게 열심으로 거의 미쳤다 할 만하게 순영을 사랑한 것과 순영이가 그렇게도 냉랭하게 그를 물리친 것이라 할 것이다.

김 모는 순영을 한번 만나본 후로는 모든 일을 제쳐놓고 일변으로는 그의 사랑을 끌기에 전력을 다하고 다른 일변으로 W여학교의 선생 되는 서양 부인을 달래기에 전력을 다하였다.

순영을 사랑하던 P라는 늙은 부인도 김 모가 순영과 좋은 배필인 것을 깨닫고 한번은 순영을 집으로 불러,

"순영이 혼인할 생각 없소?"

하고 물을 때 순영은 벌써 그 뜻을 알아차리고,

"이태만 지나면 대학을 마치지 않습니까? 그러고는 미국으로 갈 테야요."

하고 은근히 선생의 말을 거절하고는 웃어버리고 말았다.

그러나 순영을 딸과 같이 사랑하여 십여 년을 길러낸 P부인의 생각에는 순영이가 이 좋은 혼처를 놓쳐버리는 것이 심히 아까웠다. 그래서,

"순영이, 미스터 김 좋은 사람이오. 내가 억지로 시집가라고는 아니하지마는 순영이 그이와 혼인하면 대단히 좋다고 내가 생각하오. 미스터 김 이렇게 말씀하시오. '약혼만 하면 공부 다 끝나기를 기다려서 혼례할 수 있소!' 이렇게 말하오. 순영이 지금 대

답 아니 해도 좋소. 잘 생각해보시오."

하였다.

순영은 그 자리에서는 아무 대답도 않고 방으로 돌아갔다.

방에 돌아와서 순영은 김 모를 또 생각해보았다. 순영의 생각에도 그러한 신랑이 조선에 드문 것을 안다. 또 동창으로 있는 많은 여자들 중에는 그 사람에게 시집을 가고 싶어 겉으로 말을 못하더라도 속으로 혼자 애쓰는 사람이 많은 것과 그 애들이 자기를 부러워하는 줄도 잘 안다. 또 자기의 둘째오빠 때문에 온 집안이 다 망해버리고 또 그가 자기를 이용하여 어떤 부자를 후려내려는 것도 잘 안다. 이 모양으로 자기의 처지가 심히 위태한 때에 확실한 사람과 혼인을 하는 것이 가장 옳은 일인 줄도 알았다.

14

그러나 순영에게는 김 모가 싫었다. 그 자기가 천하에 제일인 체하고 자기면 누구나 줄줄 따라오리라 하는 태도와 더욱이 순영을 대할 때에 마치 아버지가 귀여운 딸을 어르는 듯한 그 태도가 몹시 순영의 자존심을 상하였다.

'나는 저런 사내는 싫어!' 하고 순영은 속으로 부르짖지 않을 수 없었다.

게다가 김 모는 미국 가기 전에 자기보다 여덟 살이나 위되는 아내가 있던 것을 까닭 없이 쫓아보냈다고도 하고, 혹은 그이가 김 모에게 소박을 당해서 어디 가서 여승이 되었다고도 하고, 미국 가 있는 동안에도 누구누구 하는 계집애들을 혹은 누이로 정하고 혹은 사랑을 청하다가 거절을 당하였다고도 하고, 또 본국에 돌아온 뒤에도 환영회가 끝나는 날부터 깨끗한 계집애라면 추근추근도 따라다녔다 하며, 혹은 여학생을 데리고 우이동으로 자동차를 타고 가는 것을 보았다고 하고, 혹은 웬 여자와 함께 어느 온천 여관에 가서 삼사일이나 묵었다고 하여, 이런 말이 교회 안 여학생 간에 퍼지자, 혹은 정말이라고도 하고 혹은 그럴 리가 없다 거짓말이라고도 하여, 이것저것 다 합하여 김 모라 하면 순영에게는 구역이 나도록 싫었다. 그 분을 바른 듯이 하얀 얼굴, 기름 바른 머리, 여름에도 까만 지팡이와 같이 밤낮 팔에 걸고 다니는 외투, 속에도 없는 것을 지어서 하는 듯한 그 공손한 태도와 웃음 — 어느 것 하나도 순영의 비위를 안 거스르는 것이 없었다. 그가 순영에게 친절한 태도를 보이면 보일수록 더욱 싫어졌다.

그러나 김 모는 선교사 편에서는 매우 신용을 얻은 모양이었다. 그는 가끔 선교사의 집에 저녁에도 불려가고 P부인 집에도 두 달에 한 번씩은 저녁 먹으러 왔으며, 그때에도 P부인은 반드시 순영이와 다른 여학생 한둘을 불렀다. 그것은 물론 순영이 하나만을 부르기가 어려운 까닭인 줄은 순영은 잘 안다.

순영은 P부인을 사랑하므로 그가 시키는 대로 차 심부름도 하고 피아노도 쳤다. 다른 여학생들도 P부인이 자기네를 부른 것은 순전히 순영이 혼자만을 부르기가 어려워서 그러한 줄을 알기 때문에 식탁에 앉았는 동안에도 연해 순영이를 바라보고는 입을 비죽거렸고 열시나 되어 김 모가 돌아가고 P부인 집에서 기숙사로 돌아올 때에는,

"애야, 오늘도 우리는 순영이 들러리를 서주었지."

하고 순영이를 쿡쿡 찌르며 웃었다. 그리고 난 이튿날은 반드시 P부인이 순영을 불러서 김 모에게 대한 뜻을 물었다. 그러나 순영은 어머니와 같은 P부인이 그처럼 칭찬하고 그처럼 애써 권하는 사람에게 단 한마디로 "아니야요, 저는 싫어요." 하기는 어려웠다. 그래서 그저,

"저는 학교 졸업하고도 미국 가요."

하고는 어물쩍해버리고 말았다. 이래서 P부인은 다만 순영이가 부끄러워서 "네" 하는 대답을 안 하는 줄로만 알았다. 또 순영이가 김 모의 앞에 있을 때에도 별로 싫어하는 눈치도 보이지 않고 도리어 유쾌한 듯이 김 모의 이야기를 듣고 또 자기가 먼저 김 모에게 친절히 말을 걸기도 하였다. 이것을 김 모와 P부인은 꼭 순영이가 김 모에게 뜻이 있는 것으로만 여긴 것이다.

하기야 김 모가 생각하기에 순영이가 자기에게 시집오기를 좋아하지 않을 리가 없었을 것이다. 자기와 같이 모든 자격이 구비한 신랑감이 또 어디 있나 — 김 모에게는 이러한 자신이 있었다.

바로 이때다. 이때에 둘째오빠가 백윤희를 앞세우고 나섰다. 다방골 부자로 백윤희를 모르는 사람이 어디 있을까. 그는 장안에 셋째로 간다고 하고 넷째로 간다고도 한다. 추수하는 것만도 만 석이 넘거니와 그가 가지고 있는 주권과 현금에 비하면 그것은 몇 십 분지 일도 안 될 만큼 큰 부자다.

15

　백윤희가 화투를 하여서 하룻밤에 이십만 원을 잃었다는 등 사흘 밤에 백만 원을 잃었다는 등 한참은 백이 화투로 해서 못살 게 된 것처럼 소문이 높았지만 워낙 등댄 데가 많은 사람이라, 형사문제도 되네 안 되네 하다가 말고 여전히 한성은행 취체역,[12] 조선상업은행 취체역, 이 모양으로 일류 실업기관에 중역의 이름을 셋씩 넷씩 가지고, 게다가 독력[13]으로 대정무역주식회사라는 큰 회사를 세워 자기가 사장이 되어 있다. 그 밖에도 시내에 있는 집과 토지만이 수백만 원 가격어치는 된다 하며, 다방골 그의 큰 집과 동대문 밖 별장만 하여도 여러 십만 원어치라 한다. 세상이 전하는 말을 모두 믿을 수는 없지만 어쨌거나 천만 원 가까운 재산을 가진 큰 부자인 것은 사실이다.

　그가 수없이 기생첩을 들이고 내인 것은 말할 것도 없거니와 아무리 수단이 많은 기생도 그와 일 년 이상을 살림을 계속한 이가 없는 것과 갈려나올 때에 쓰고 있던 집 한 채도 얻지 못하고 겨우 제가 들어가 장만하였던 세간과 옷벌이나 들고 나온다는 것도 유명한 이야기다. 그러하건만 그가 워낙 돈이 많은 것과 또 풍신이 좋고 첩을 끔찍이 귀해준다는 소문이 높으므로 어떤 기생첩이 쫓겨날 때에는 세상에서는 그 잘못을 백에게 돌리지 않고 대개는 쫓겨나는 기생에게 돌렸고, 쫓겨난 기생도 웬일인지 그를 원망하는 것보다도 두고두고 그를 사모한다. 이 까닭에 전

12　예전에, 주식회사의 이사理事를 이르던 말.
13　혼자의 힘.

기생이 나가기가 바쁘게 새 기생이 또 달라붙는다. 서울에는 백과 같이 이러한 생활을 하는 계급이 꽤 많거니와 그들 중에는 백은 부러워하는 표적이 되어버렸다. 더욱이 그의 건강은 주색의 생활을 하기에 적당하리만큼 좋았다. 모두들 고량진미에도 입맛이 없고 죽을 먹어도 잘 내리지를 않아 골골하는 중에 유독 백하나는 언제나 핑핑하였다.[14] 해마다 세포, 검불랑으로 다니며 녹용과 녹혈과 멧돼지 피를 먹는 때문이라고 자기도 자랑하고 남들도 부러워하거니와 천품으로 좋은 건강을 타고난 것이다.

그러하던 백이 한참 동안 기생첩을 안 두었다고 소문이 났다. 그것은 꽤 큰 사건인 듯이 장안에서는 문제가 되었다. 그런 지 얼마 아니하여 또 이러한 소문이 났다. 백이 요사이 기생첩을 안 하는 까닭은 여학생 장가를 들 맘이 있는 까닭이라고. 또 이런 소문도 났다. 맘에 드는 여학생만 나서면 본처를 이혼하고 그 여학생을 정실로 맞기까지라도 한다고. 또 이런 소문도 났다. 동대문 밖별장을 산 뒤로는 그 별장에는 아직 '부정한 계집'은 들여보지 않고 여학생 새 아내를 위하여 깨끗하게 아껴두는 것이라고.

이러한 소문은 모두 거짓말은 아니었다. 그가 요사이 각 여학교의 인물 깨끗한 여학생을 고르는 것은 세상이 다 아는 사실이 되어서, 그의 대정무역주식회사 사원 중에는 그것을 전문으로 하는 사람까지 있었다. 이 통에 첫째 간택으로 걸려든 것이 순영인 것은 말할 것도 없고, 순영이를 꼭 백에게 붙여주려고 애를 쓰는 것이 그의 둘째오빠 되는 순기인 것도 말할 것이 없다.

14 살이 올라 뚱뚱하거나 피부 따위가 탄력 있다.

순기가 동경 유학을 하고 나와서 재령 나무리에 조상 적부터 전래하던 금전옥답을 다 팔아가지고 서울에 커다란 집을 사고 주식중매업을 하네, 금융업을 하네, 토지업을 하네, 자동차상회를 하네, 한창 흥청거릴 때에 실업가의 한 사람으로 백과는 교분이 있었고, 또 순기가 아주 판셈[15]을 하게 되는 판에 백에게 빚도 좀 졌다.

이러한 처지에 백은 순기에게 예쁜 누이 순영이가 있는 줄을 알았고 순기는 백이 순영이에게 맘이 있는 줄을 알았다. 이만하면 이 속에서 무슨 변화가 나올 것은 누구나 상상할 수 있을 것이다.

그러나 백이나 순기나 모두 실업가다 ─ 장사하는 사람들이다. 그들은 흥정의 원리를 안다. 흥정의 원리란 것은 서로 배부른 체하는 것이다.

16

백과 순기는 흥정의 원리를 아는지라 서로 먼저 말을 꺼내지 않았다. 피차에 저편이 먼저 꺼내기를 기다리는 것이다. 이러는 동안에 백은 순영의 사진을 모으고 순영에 관한 이야기를 모으고 또 순영을 먼빛으로라도 볼 기회를 구하고, 그리하고 어찌하면 순영의 마음을 끌어 ─ 말하자면 그 약점을 이용하여 가장 힘

15 빚진 사람이 돈을 빌려준 사람들에게 자기 재산의 전부를 내놓아 나누어 가지도록 함.

과 돈을 덜 들이고 그를 손에 넣을까를 연구하였고, 그와 반대로 순기는 어찌하면 백에게서 가장 많은 값을 받고 순영을 팔까 하는 계책을 연구하였다.

이러던 차에 순기는 미국 다녀온 김 모가 순영에게 미쳐 뛴다는 말을 듣고 '옳다!' 하고 그것을 이용하기로 하였다. 그래서 어떤 주석에서 순기는 능청스럽게 어떤 사람더러,

"자네 저 미국 다녀온 김○○ 아나? 사람도 상당하고 재산도 상당한 모양이어. 내 누이동생에게 청혼이 왔는데 합당하겠지?"

하고 의논하는 모양으로 물었다. 물론 그 곁에서는 백이 바둑 훈수를 하고 앉아 있다가 순기의 이 말을 들었다. 그러고 아니 놀랄 수가 없었다. 인제는 더 흥정의 원리를 이용할 때가 아니라고 생각하였다.

과연 백의 심복 되는 대정무역회사 사원 하나가 순기를 찾았다. 그는 순기에게 백이 청혼한다는 뜻을 통하였고 그 교환조건으로는 상당히 큰 자본을 순기에게 제공할 수 있다는 뜻까지도 은연히 비쳤다. 순기는 자기의 계책이 들어맞은 것을 기뻐하였으나 그 기쁨을 발표할 때가 아직 오지 않은 것을 잘 안다. 그래서 짐짓 성내는 빛을 보이며,

"그게 무슨 말이오? 아무리 내가 사업에 실패를 했기로, 거지가 되었기로, 내 동생을 남의 첩으로 팔아먹는단 말이오? 내가 그이한테 진 빚은 있소만 그것을 자세하고 내 동생을 뺏으련단 말이오?"

하고 소리를 질러 돌려보냈다.

그러나 그 이튿날 백이 몸소 순기의 집을 찾아왔다. 순기는 그

때까지도 백에게 대하여 심히 냉랭하였다.

　백은 한참 동안이나 어떻게 말을 할 바를 모르고 우두커니 앉았다가,

　"노형께서 그렇게 노여워하시는 것도 마땅하시지요."

하고 심히 공손하게 말을 꺼냈다.

　"어디 첩이라니, 내가 노형의 매씨를 첩으로 달라고 할 리가 있나요? 노형은 내 집 사정을 아시는지 모르지만 내 아내라는 자가 벌써 병으로 누워 있는 지가 삼 년째니까 그대로 내버려두더라도 금년을 넘기가 어려울 것이고, 또 만일 내가 하려고만 하면, 만일 노형 매씨와 혼인만 하게 된다면, 금시라도 이혼수속을 할 수 있는 것이니까 ─ 그러니까 말이지 어디 노형 매씨를 첩이란 말이 당한 말씀인가요……. 부청 민적계에 있는 사람들이 모두 내 사람이나 다름없고 또 부윤으로 말하더라도 내 말이라면 거스를 리가 없으니까 만일 이혼이 필요하다면 그것은 금시에라도 될 일이지요……. 그래서 그러는 것이니까 그처럼 노형께서 노여워하실 것은 아니지요."

하고 말할 수 없이 미안하고 공손해하는 태도를 보인다.

　순기는 백에게 대하여 더욱 성내는 이유를 보일 이유가 없었다. 그러나 한 푼이라도 더 값을 높여야 하겠고 또 그것을 구체적으로 작정한 후에야 비로소 허락하는 것이 마땅한 것을 알았으며, 겸하여 비록 어린 동생이라 하더라도 순영의 뜻도 한번 물어볼 필요가 있다고 생각하였다. 그래서 술을 먹고 얼마 동안 유쾌하게 담화를 한 끝에,

　"허지만 요새 계집애들이 제 맘에 들기 전에야 시집을 가오?

하니까 최후의 결정은 제게 있지요……. 허지만 김씨하고 거의 승낙이 다 되었으니까 심히 어렵겠는걸요. 그 애가 공부에 골똘한 애니까 지금 다니는 대학교를 마치고는 미국으로 유학을 간다고 그러는구려. 그런데 김씨 말이 혼인한 뒤에 내외가 다 미국을 간다고 그러니까 그 애는 더욱이 거기 마음이 솔깃하는 모양이야요."

하였다.

17

봉구는 아직도 근 일 년이나 있어야 감옥에서 나올 어떤 가을날이었다. 아직 개학은 안 하였으나 학생들은 모두 기숙사에 모여 들어서 밤낮으로 웃고 떠들고 사다 먹고 즐길 때였다.

마침 사흘만 지나면 개학을 한다는 어떤 날 기숙사 몇 동무들이 P부인 집에 모여서 한바탕 놀려고 하는 판에 순기 집 계집하인이 순영에게 편지 한 장을 가지고 왔다. 그것은 순기에게서 온 것이었다 ─ 해주 아주머니께서 올라오셔서 너를 보시기를 원하니 선생님께 이틀 수유[16]만 얻어가지고 집으로 나오라는 뜻이었다.

순영은 둘째오빠를 싫어한다. 그는 자기에게 이롭지 못한 사람이라고 순영은 생각하였다. 그의 셋째오빠 되는 순흥을 사랑하고 따르는 반비례로 순기를 싫어한다. 순기는 순영이가 어렸을

---

16 말미를 받음. 또는 그 말미.

때부터 소리나 지르고 걸핏하면 때리기나 하고 "계집년이 공부는 무슨 공부" 하고 야단이나 하고, 돈을 한창 잘 쓸 때에도 학비도 잘 안 주는 아주 무정한, 또 밤낮 술이나 먹고 기생집에 다니는 사람답지 못한 오빠로 알았다. 그렇던 오빠에게서 평생 처음 이렇게 정다운 편지를 받는 것이 이상도 하거니와 그래도 불쾌하였다. 그러나 둘째오빠를 생각할 때에는 둘째 오라범댁을 생각지 않을 수가 없었다. 그는 구식 부인이지만 순영이가 보기에는 심히 좋은 부인이었었다. 순영이가 방학에라도 둘째집에를 가는 것은 그 언니가 보고 싶고, "학교 아주머니!" 하고 매달리는 조카들이 보고 싶은 때문이었다.

그러나 만일 해주 아주머니만 아니면 순영은 안 나왔을 것이다. 해주 아주머니는 젊어서 홀로 되어 양자를 데리고 늙은 육십이 넘은 아주머니다. 방학 때마다 순영은 반드시 해주 아주머니댁에를 다녀오던 것인데, 금년에는 동무들과 같이 원산을 가느라고 못 갔었다. 해마다 혹은 세찬으로 혹은 옷값으로 돈도 가끔 보내주고 또 명절 때나 제사 때나 잔치 때에는 떡 같은 것까지도 소포 우편으로 부쳐주었다.

'그 아주머니가, 내가 보고 싶어서 올라오신 것이다.' 할 때에 순영은 가슴이 뛰도록 기뻤다. 그래서 순영은 그 편지를 들고, 볕드는 창 앞에 커다란 안경을 쓰고 앉아서 피아노 곡조를 고르고 있던 P부인 곁으로 뛰어가서 영어로 해주 아주머니의 이야기와 둘째오빠가 나오라고 했다는 뜻을 고하였다.

P부인은 큰 안경을 손에 떼어들고 순영의 이야기를 듣더니,

"응, 그 아주머니여?"

하고 웃으면서 유창한 조선말로,

"이담엘랑 제사음식은 보내지 마시라고……. 순영이 가보오. 모레 오전에 들어오오."

하고 수유를 주었다.

순영은 섭섭한 듯이 다른 동무들에게 부득이 다녀온다는 인사를 하고 얼른 뛰어나와 문밖에서 기다리던 인력거를 타고 관철동 둘째오빠의 집으로 왔다.

순영은 안방으로 들어오는 길로 사방을 돌아보며,

"언니, 해주 아주머니 어디 가셨소?"

하였다.

순영의 목소리에 아이들이 모여들어서 순영에게 매달렸다.

언니는 의심스러운 듯이 순영을 보며,

"웬 해주 아주머니요?"

한다.

"그래도 오빠가 해주 아주머니가 오셨으니 이틀 수유를 얻어가지고 오라고 이렇게 편지를 하고 인력거를 보냈는데."

하고 순영은 웬 영문을 모르는 듯이 그의 독특한 눈살을 찌푸린다.

"그게 웬일이야?"

하고 언니는 여섯 살 먹은 계집애더러,

"용아, 사랑에 가서 아버지 들어오시라고, 학교 아주머니 오셨다고."

세 아이는 한꺼번에 우르르 사랑으로 뛰어나갔다.

이윽고 양복을 입은 순기가 들어왔다. 순영을 보고,

"응 너 왔니?"

하고 퍽 말소리가 부드러웠다.

18

순영은 질문하는 듯이,

"오빠, 해주 아주머니 어디 계세요?"

하고 한번 눈을 흘겼다.

"해주 아주머니나 오셨다고 해야 네가 오지, 그렇지 않으면 어디 오느냐?"

하고 유쾌한 듯이 껄껄 웃으며 반가운 듯한 눈으로 순영을 한번 훑어본다.

순기에게서 평생 처음 반가워하는 빛을 보고 귀여워하는 말소리를 들을 때에 순영은 그를 미워하는 생각이 다 사라지고 도리어 눈물이 나도록 고마웠다. 그래서 성난 것도 다 풀어지고, '아마 오빠가 그래도 속으로는 나를 사랑하는 정이 깊을 것이다.' 하고 동기의 정을 본 듯이 기뻤다.

그래서 순영은 어이없어 웃으며,

"아이 오빠두, 오빠가 오라시면 내가 안 오우? 언제 오라고 해 보셨나 봐."

하고 젖먹이 조카를 쳐들고 흔든다.

"말 탄 양반 *끄떡끄떡*, 소 탄 양반 *끄떡끄떡*."

하고 웃었다.

"그동안에 벌써 이 애가 갑절은 무거워졌수 — 인제 쳐들기가 힘이 드는데."

하고 젖먹이 뺨에 입을 맞추었다.

"그럼 벌써 누이가 다녀간 지가 언제요? 애들은 밤낮 '학교 암지 학교 암지 왜 안 와?' 한다오. 어쩌면 그렇게도 안 오시우?"

하고 언니는 순영의 팔에 안긴 어린애를 보며 만족해한다.

'언니도 늙는구나.' 하고 순영은 언니의 약간 까무족족한 눈초리에 잡힌 가는 주름을 들여다보았다. 나이는 아직 서른댓밖에 안 되었으나 오빠가 밤낮 기생집에나 돌아다니고 첩이나 얻고 돌아다니고 게다가 근년에는 생활조차 어려워지니 왜 언니가 늙지를 않을까 하고 순영은 언니가 불쌍해졌다. 그리고 곁에 선 오빠를 보면 그도 살은 피둥피둥하나 사업에 실패한 뒤로는 풀이 죽어서 어디인지 모르게 궁한 빛이 보이고, 하루에도 양복을 두세 번씩이나 갈아입던 그가 오늘은 풀이 죽은 낡은 셔츠를 입은 것을 볼 때 순영의 가슴에는 동기가 아니고는 경험할 수 없는 본능적 동정을 깨달았다.

'오빠는 불쌍하다. 다시 한번 옛날 모양으로 돈이라도 있게 해 드렸으면.' 하는 생각에 순영은 가슴이 답답하였다.

세 사람 사이에 한참 동안이나 침묵이 계속되는 것을 보고 언니가 남편을 향하여,

"오래간만에 누이가 오셨는데 무슨 대접이라도 해야지요."

한다. 언니에게는 순영을 대접하려야 대접할 돈이 없는 것이다.

순영은 여성의 민감_{敏感}으로 언니의 충정을 직각하고,[17]

"아니야요, 언니두…… 내가 손님인가 무어."

하고 방구석에 흩어진 아이들 장난감과 그림을 주워 한편 구석에 치워놓았다. 이리함으로 자기가 결코 특별한 대접을 받을 손님이 아니요 이 집 식구인 것을 표하려 함이다. 진실로 이상한 기회에 순영은 그 둘째오빠에게 대한 동기의 애정을 회복하였다.

순기는 필 대로 핀 순영의 몸맵시와 얼굴을 취한 듯이 물끄러미 보고 있더니 아내가 순영이 대접할 걱정하는 말을 듣고,

"아니, 오늘은 이 애를 어디로 데리고 가서 점심을 먹일 테야. 아마 저녁도 먹고 좀 늦어야 돌아올 것 같소. 날도 좋고 하니 밤낮 기숙사 구석에만 있던 애를 소풍이나 한번 시켜주어야지."

하고 아직도 방을 치우고 있는 순영을 향하여,

"그만두어라. 그걸 치우면 얼마나 가니? 금방 또 벌려놓을걸. 자동차 소리 나거든 대문 밖으로 나온."

하고 사랑으로 나가버렸다.

자동차를 태워주고 소풍을 시켜준다는 말이 다 순영에게는 기뻤으나 한끝 생각하면 오빠의 태도가 갑자기 변한 것이 이상도 하고 또 한끝 생각하면 언니만 혼자 집에 두고 나가는 것이 미안하였다. 그래서,

"언니, 나는 가기 싫어!"

하였다. 그리고 오빠가 자기에게 태도를 변한 것은 아마 나이 많아 가면서 동기 생각이 나는 것인가 하였다. 그리고 어서 자동차 소리가 안 나나 하고 도리어 어서 자동차 소리 나기를 기다렸다.

---

17 보거나 듣는 즉시 곧바로 깨닫다.

19

    자동차의 뿡 하는 소리에 순영은 한번 더 미안한 듯이 언니를 돌아보고는 다소 허겁지겁 대문 밖으로 뛰어나갔다.

    운전수가 운전대에서 익숙하게 툭 뛰어내려서 순영을 슬쩍 보고는 모자를 벗으며 자동차 문을 열고 그리로 올라앉으라는 뜻을 보인다.

    순영은 어찌할 줄 모르는 듯이 잠깐 주저하다가 '이럴 게 아니라.' 하는 듯이 얼른 귀부인의 위엄을 지으며 한 손으로 치맛자락을 걷어잡으며 자동차 자리에 올라앉았다. 털썩 올라앉을 때에 자리 밑에 있는 용수철이 들썩들썩 순영의 몸을 움직이게 한다. 그것이 순영에게는 퍽 유쾌하였다.

    순영은 값가는[18] 비단으로 돌아 붙인 자동차 내부를 돌아보고 손길같이 두껍고 수정같이 맑은 유리창과 그것을 반쯤 내려 가린 연회색 문장을 얼른 손으로 만져보고 그러고는 천장에서 늘어진 팔걸이에 하얀 손을 걸치고는 운전대 뒷구석에 걸린 뾰족한 칼륨유리에 꽂힌 백국화 한 송이를 바라보았다. 이때의 순영의 얼굴에는 흥분의 붉은빛이 돌고 가슴에는 알 수 없는 욕망의 오색 불길이 타올랐다.

    자동차에 올라앉아서 그 오빠가 나오기를 기다리는 순간 ─ 진실로 순간이다. 삼분이나 될까 말까 하는 극히 짧은 순간은 순영이가 십 년 동안 학교에서 P부인에게 배운 모든 도덕적 교훈을

---

18 '값나가다'의 준말.

이길 만한 큰 인상을 주었다. 물론 순영이가 지금 처음 자동차를 타보는 것도 아니다. 그는 해주 아주머니 집에 다닐 때에 사리원에서부터 장거리를 자동차를 탔고, 금년에 원산해수욕장에서도 가끔 동무들과 같이 십오 전짜리 자동차를 탔다. 그러나 그때에는 다만 유쾌하다 하였을 뿐이요 이처럼 깊은 충동은 받지 않았다.

그러나 이 자동차는 부의 상징이었다. 수없는 인류 중에 오직 뽑힌 몇 사람밖에 타보지 못하는, 마치 왕이나 왕후의 옥좌와도 같은 그렇게 높고 귀한 자동차와 같았다. 자기가 그 자리에 턱 올라앉을 때에 순영은 이 자동차의 주인이 되어 마땅한 사람인 듯한, 지금까지에 일찍 경험해보지 못한 자기의 높고 귀함을 깨달았다.

이 자동차가 순영이가 처음 보는 화려한 것인 것도 한 이유지만 그보다도 더 큰 이유는 순영의 오늘 기분이다. 오늘따라 순영의 맘이 왜 이렇게 봄날 종달새 모양으로 날개를 돋아 둥둥 떠오를까.

순기가 왕과 같은 위엄으로 모자를 벗고 섰는 운전수는 보지도 않고 슬쩍 올라앉을 때에 순영은 만족하게 웃는 눈으로 그를 보았다.

"뿅."

길게 한 소리를 내고는 자동차가 움직였다. 좁은 골목을 가만가만히 굴러나가 바다와 같은 종로거리로 나설 때에는 초가을 볕이 바닷물과 같이 온 세상을 덮은 듯하였다.

바다와 같은 종로 넓은 길에 오고 가는 수없는 사람들이 순영에게는 자기의 자동차 길을 방해하는 하루살이떼 같기도 하고 또 넓은 바다의 물거품 같기도 하다.

　순영은 너무 기뻐하는 빛을 그 오빠에게 보이기를 부끄러워하는 듯이 일부러 시치미를 떼며,

　"오빠, 그런데 우리는 어디로 가요? 오늘은 날도 퍽은 좋아요……. 오빠허고 이렇게 가는 게 좋아요."

하고는 그만 참지 못하고 입이 벌어지도록 웃었다.

　순기는 순영이가 기뻐하는 것이 퍽 만족한 듯이,

　"좋은 데로 간다."

하고 잠깐 쉬었다가,

　"그런데 요새도 그 김가가 귀찮게 구니?"

하고 순영의 눈치를 보았다.

　"귀찮게야 무엇이 귀찮게 굴어요. P부인이 자꾸만 조르시지요……. 아무려면 내가 그 사람한테 가요……. 오빠 웬일인지 그이가 싫어요. 내년부터 그이가 우리 학교 선생으로 온다나. 오면 대수요?"

하고 순영은 고개를 기울여 획획 지나가는 길가 집들을 바라본다. 순영이는 마치 그 집들이 당성냥갑[19]이 바람에 불려가는 것 같았다.

19 성냥개비를 담아놓은 통.

20

순기도 순영이가 좋아하는 것을 볼 때에 심히 기뻤다. 미상불 순영의 태도를 근심하였던 것이다. 백을 대하여서는 겉으로는 최후의 결단이 순영에게 있단 말을 하면서도 은연히 순영의 혼인에 대한 전권이 자기에게 있는 것을 장담하여 두었고, 또 속으로도 그렇게 생각하였었다. 그러나 정작 순영을 대하고 본즉 그는 이미 "이년아 귀찮다." 하고 머리를 때려올리던 어린 계집애가 아니요, 벌써 커다랗게 어른 꼴이 나는 부인네일뿐더러, 그가 대학생인 것과 또 시체 여학생인 것을 생각할 때에 용이히[20] 자기의 주먹에 들 것 같지 않고 좀 벅찼었다. 만일 순영이가 "아니오, 싫소!" 하고 말을 안 들으면 어쩌나, 그리되면 형인 체, 가장인 체하던 자기 모양도 수통하거니와 또 오려던 큰 복을 잃어버리게 되는 것이다. 그래서 근심근심하던 차에 순영이가 기뻐하는 것을 보고 자기의 복이 가까워오는 것을 기뻐하였다.

'대체 오빠가 어디를 나를 데리고 가나?' 하고 가는 데를 물어볼까 물어볼까 하면서도 자기가 너무 흥분되어 하는 것을 오빠에게 보이는 것이 부끄러워 심히 조급한 맘으로 자동차 서기만 기다렸다.

자동차는 오래 가뭄에 마르고 마른 길바닥에다 호기 있게 뽀얀 먼지를 일으키면서 동대문 모퉁이를 휘돌아 얼마를 더 나가서는 높다란 솟을대문으로 그냥 자동차를 들이몰아서 수목과 화

20 어렵지 아니하고 매우 쉽게.

초 사이로 꼬불꼬불 몇 바퀴를 돌아서 바로 어저께 역사를 끝낸 듯한 길이 넘는 하얀 돌층층대 앞에 섰다.

'으리으리하게도 큰 집이다!' 이것이 자동차에서 아직 흙도 안 묻은 화강석 층층대에 내려설 때의 감상이었다. 순영이는 이렇게 으리으리한 마당과 집과 석물을 대할 때에 자기가 너무도 초라한 듯한 것을 깨달았다. 비록 자기가 입은 옷이 희기는 희지만 여러 물 빨아 다린 말하자면 철에 맞지 않는 모시생풀 치마다. 순영의 눈은 뒤축이 약간 한 편으로 기울어지게 닳아진 낡은 구두에 떨어졌다. 처음부터 이 구두가 맘에 들지 않아서 돈만 생기면 새것을 하나 맞추려고 노상 맘에 두었던 것이다. 학교 안에서 돌아다닐 때에는 그렇게 맘에도 걸리지 않았지만, 또 만일 오늘도 오빠의 집에 올 때까지도 그런 생각이 없었고 자동차를 타고 올 때에도 그런 생각을 할 여유가 없었으나, 이 으리으리한 대문으로 자동차가 속력도 줄이지 않고 달려들어 올 때에 무엇인지 모르게 내리눌리는 생각이 났고, 아직 때도 안 묻은 화강석 층계에 설 때에는 일시에 자기의 초라함이 뒤통수를 덮어눌러서 자기의 온몸뚱이가 그 돌층계로 졸아드는가 싶었다.

그러나 순영이가 자동차에서 접힌 치마의 주름살을 채 만져 펴기도 전에 머리 위에서는 극히 점잖은 느린 목소리로,

"어, 지금 오시오? 나는 지금 댁으로 전화를 걸려던 참이야요. 허허허, 자, 올라오시오."

하는 것이 들린다.

순영은 눈을 들어 위를 바라보지 아니하지 못하였다. 순영이가 선 층계에서 여섯 층계나 더 올라가서 하얀 마루의 꼬불꼬불

한 난간에 기대어 잠깐 허리를 굽히고 선 사람이 셋이나 있다. 하나는 나이 사십이나 되었을까, 몸이 좀 뚱뚱하고 얼굴이 희고 눈이 가늘고 근시안인 듯한 안경을 쓰고 조선옷에 조선버선을 신고 회색 대님을 쳤는데 난간을 짚은 손가락이 마치 여자의 손가락과 같이 희고 토실토실하다. 그 담에 선 이는 얼굴이 붉고 키가 작달막하고 나이는 그렇게 많아 보이지 않건만 머리가 반백이나 되었는데 검은 양복을 입었고, 그 담에 선 이는 어떤 여학생 하나가 섰는데 좀 큰 두 눈이 하얗게 분 바른 조그마한 얼굴에 둥둥 뜬 것 같고 짧은 치마 밑으로는 흰 양말을 신은 다리가 좀 보기가 숭없도록[21] 통통하고 대받다. 순영은 그를 어디서 본 여자다 하였으나, 얼른 누구인지 생각이 나지 않았다.

21

　순영은 그 오빠의 뒤를 따라, 발자취까지 그 오빠의 뒤를 따르면서 화강석 층층대를 올라갔다. 한 걸음 두 걸음 층층대를 올라갈수록 순영의 정신은 무엇에 취하는 듯하여 발을 헛디디리만큼 혼란하여졌다. 마루 위에 턱 올라서서,

　"이 양반이 너도 알겠지만 백윤희라는 양반이시다."
하는 순기의 말을 따라 공손히 허리를 굽힐 때에는 순영의 얼굴은 마치 복날 더위에 먼 길을 걸어온 사람 모양으로 더운 김이

21　말이나 행동 따위가 불쾌할 정도로 흉하다.

피어오르도록 빨갛게 익었다. 그것이 심히 아름다웠다.

"허, 변변치 못한 곳에 이렇게 오시니 과시 봉필蓬篳의 생광生光[22]인데요, 허허."

하고 백이 답례를 하면서 한번 슬쩍 순영을 바라본다.

백의 이 말에 그 얼굴 붉고 머리 센 사람은 순영에게 인사를 청하는 모양으로 두어 걸음 가까이 오며,

"영감, 봉필[23]은 좀 과분한걸. 생광은 되겠지마는."

하고 백을 바라본다.

"허허, 봉필이지요. 나 겉은 야인이 사는 곳이야 금전옥루도 무비봉필이 아니오니까, 허허."

하고는 백은 마치 무슨 잊어버렸던 것이 생각난 모양으로 그 얼굴 붉고 머리 센 사람의 어깨를 툭 치며,

"영감은 내가 김 양께 소개하지요. 이 영감께서는, 어, 윤 변호사시라고 하는 양반이시구요."

그 뒤에 섰는 치마 깡뚱한 여자를 가리키며,

"이 부인 어른은 명선주 양이신데 음악가로 유명하시지요."

하고 윤 변호사라는 이를 보고 빙그레 웃으며,

"그리고 장래 이 윤 변호사 영감의 영부인이시지요."

한다.

이 모양으로 말마디마다 순영을 힐끗힐끗 보며 소개를 할 때에, 순영은 눈도 거들떠보지 않고 다만 자기에게 소개받는 사람이 섰을 듯한 곳을 향하고 고개를 숙일 뿐이다. 그러나 그러면서

---

22 봉필생광蓬篳生光. 가난한 사람의 집에 점잖은 사람이 찾아온 것을 영화롭게 여긴다는 말.
23 쑥대나 잡목의 가시로 엮어 만든 문이라는 뜻으로, 가난한 사람이 사는 집을 이르는 말.

도 백의 눈이 차차 가을 석양길의 하루살이 모양으로 자기의 얼굴과 목을 빈틈없이 간질이는 것을 깨달았고 그럴 때마다 숨이 막힐 듯한, 전신에 식은땀이 흐르는 듯한 괴로움이 가슴속에 일어나서, 소개가 끝나기가 바쁘게 얼른 순기의 등 뒤로 돌아가 숨었다. 더욱이 그 사람들의 하는 말이 여태껏 학교에서는 들어보지 못한 말이라 영어보다도 어렵게 못 알아들을 구절이 있을 때에 순영은 이 사람들이 이상한 사람들이다 하였다. 이러한 이상한 사람들 틈에 있으면서도 수줍어하는 빛이 없고 도리어 자기는 벌써 이러한 상류사회의 생활과 예의에는 익었다는 듯이 웃을 데 웃고 시치미 뗄 데 시치미를 떼고 하며, 극히 태연한 모양이 순영에게는 한끝 밉기도 하고 한끝 부럽기도 하였다.

'명선주!' 하고 순영은 혼자 생각하였다.

'내가 저를 모르나 — 제까짓 게 무언데. 학교라고 겨우 저 시골 변변치 못한 것을 졸업하고 피아노깨나 울린다고 가끔 나서지만 내게야 어림이나 있나. 그런데 저 계집애가 이렇구 저렇구 꽤 도도한 소리를 한다더니 어째서 저 엎어삶은 상 같은 영감장이한테로 시집을 갈까, 알 수 없는 일이다.'

이 모양으로 속으로 한바탕 명선주를 짓이기고 나니 순영의 푹 가라앉았던 맘은 점점 땅에서 떠오르려는 비행기 모양으로 슬슬 올라 뜨기도 하고 또 마루로 지나가는 첫가을 시원한 바람이 상기한 얼굴을 식혀주는 것도 같았다. 그래서 순영은 한번 더 속으로,

'제까짓 게 무어? 얼굴은 저게 다 무에야? 저 뭉퉁한 다리는 다 무엇이구.' 하고는 얽어매었던 줄이 풀린 새 모양으로 자유로

날아다닐 수가 있는 듯함을 깨달았다.

'내가 무엇하러 이렇게 수줍어? 내가 대학생이 아니야? 내가 수백 군중을 앞에 놓고도 연설도 하고 피아노도 치는 사람이 아니냐? 나는 학식으로 보더라도 저 사람들보다 나은 사람이 아니야? 백윤회! 피웅. 그 기생작첩 잘하기로 유명한 부자 녀석이야? 윤 변호사! 옳지, 대가리가 허연 것이 어린 계집애를 따라다니기로 유명한 그 녀석이로구먼!'

22

이렇게 한바탕 거기 있는 사람들을 속으로 비평하고 나니 문득 자기의 몸이 공중에 날아올라 백 부자나 윤 변호사나 자기 둘째오빠까지도 저 발밑으로 내려보이는 듯하고, 더구나 저 손녀 같은 계집애를 따라다니기로 유명한 영감장이의 마누란지 첩인지로 되어가는 선주가 개새끼만큼도 안 보이고 순영이 자기는 그 사람들보다는 천층만층 높고 깨끗한 천사와 같았다. 그는 이리하여 용기를 내어서 마루에 붙인 주련과 그림도 보았고 방에 들어가서는 주인 되는 백씨가 앉으라는 대로 사양도 않고 비단 교의에 털썩 자리를 잡고는 값가는 고물과 서화로 장식한 벽을 둘러보았다. 실상 여학교에서 자라난 그로는 백씨 집 응접실 설비에 그다지 놀랄 것은 없었다.

별로 이야기도 있기 전에 점심 준비가 되었다고 계집하인이 나와 백에게 말하였다. 백이 앞서고 다른 사람들이 뒤를 따라 문

하나를 지나 양장판 한 마루를 지나 까만 테를 두른 장지를 열면 거기는 넓은 육간이나 되어 보이는 네모 번뜻한 장판방인데 한 가운데는 하얀 상보를 덮은 팔각 교자상이 놓이고 그 위에는 어른어른하는 은그릇과 오색이 영롱한 유리그릇이 놓였다.

사람들은 백이 앉으라는 자리에 둘러앉았다. 윤 변호사와 명선주는 이웃해 앉고 명선주 담에 순영이가 앉고 그 담에 순기가 앉고 순기 담에는 한 자리를 비워놓고 주인이 앉았는데 바로 순영이와 마주보게 되었다.

순영이는 그 설비의 화려함에 아니 놀랄 수가 없었다. 그의 잠깐 진정되었던 정신은 다시 산란하기 시작하였다. 식탁 위에 놓인 기명들이 모두 은인 것과 주전자와 술잔 같은 것에는 모두 금으로 아로새긴 것이며, 그 이름도 잘 알 수 없는 기명에 담긴, 이름도 알 수 없는 음식도 순영에게는 놀라웠거니와 방에 깔린 보료와 방석에 모두 일월무늬가 뚜렷뚜렷한 모본단[24]인 것이며, 이 구석 저 구석에 놓인 화류문갑, 화류탁자에 오색이 영롱하게 자개로 아로새긴 것이며, 미닫이, 갑창틀까지도 모두 금시에 피가 뚝뚝 떨어질 듯한 화류로 된 것이며, 갑창[25]에서 잠깐 삐죽 내민 겹미닫이의 초록빛 하며 이런 모든 것은 수없는 바늘모양으로 순영의 신경을 폭폭 찔렀다.

"어째 이 사람이 안 올까?"

하고 백은 비워놓은 자리를 차지할 사람이 안 오는 것을 근심하면서도 음식을 시작하기를 청하였다. 백은 손수 주전자를 들어

24 중국에서 나는 비단의 하나로, 짜임이 곱고 윤이 나며 무늬가 아름답다.
25 추위나 밝은 빛을 막으려고 안팎으로 두껍게 종이를 발라 미닫이 안쪽에 덧끼우는 미닫이.

술을 따랐다. 노란 술이 하얀 은주전자 귀로 휘임하게[26] 무지개를 그리면서 금으로 아로새긴 은잔에 떨어질 때에 돌돌 가는 가을 시내 소리와 같은 음향을 일으켰다. 순영에게도 그것이 심히 맛날 것같이 보였다.

술 주전자가 순영의 앞에 올 때에 순영은 어쩔 줄을 모르고 자기 앞에 놓인 술잔을 집어치우면서,

"저는 못 먹습니다."

하였으나 그 소리는 처량하게도 떨렸다. 백은 눈을 들어 순영을 한번 슬쩍 보고는 무안한 듯이 주전자를 끌어 자기의 잔에 따랐다.

윤 변호사와 순기는 이 자리를 유쾌하게 만들려고 애쓰는 듯이 연해 무슨 이야기를 끌어냈으나 매양 실패되고 말았다. 식탁은 퍽 적적하였다. 순영은 몇 가지를 입에 넣는 체하고는 젓가락을 놓아버리고 곧잘 집어먹던 선주도 순영이를 본받는 듯이 얌전을 빼고 말았다. 주인 되는 백도 내려던 흥이 아니 나는 듯하여 불쾌한 빛이 보였다.

순영은 점점 이 자리에 앉았는 것이 고통이 되게 되었다. 이 자리는 무슨 좋지 못한 자리인 듯한 생각이 나서 놀라는 모양으로 스스로 반성을 해보려 하였다.

'이 사람들이 무엇에 쓰는 사람일까?' 순영은 웬일인지 모르나 이러한 생각이 났다. 그러고는 그 뒤를 따라, '이 사람들은?' 그런 생각이 나매 순영은 곧 기숙사로 돌아가고 싶었다. P부인과

---

26 약간 휘어져 있다.

동무들이 보고 싶었다.

23

그러나 순영은, "저는 가요! 여기는 있기 싫으니 저는 기숙사로 돌아가요!" 하고 일어나 나올 용기는 없었다.

순영이가 아무 흥이 없어서 멀거니 무슨 생각을 하고 있는 것을 보고 주인과 다른 사람들도 흥이 깨져서 제각기 제 생각을 하다가 식탁에서 일어나려고 할 때에 웬 양복 입은, 퍽 사내답게 생긴, 얼굴 기름한[27] 신사가 들어왔다.

"아, 최 군, 웬일이여?"

주인은 일어나려다가 다시 자리에 앉으며,

"우리는 이렇게 자리를 남겨놓고 기다렸는데 어디서 무얼 하다가 인제야 오우?"

하며 최 군이라는 사람더러 앉기를 청하였다.

"아이 오빠두, 어쩌면 인제야 오시우?"

하고 명선주가 일어나며 응석 부리듯 최씨를 흘겨본다.

"응, 어느새 동부인이여?"

하고 최씨는 윤 변호사를 유심히 보며,

"영감도 젊으셨는데. 그런데 영감, 좋은 일이 있어요. 신문을 보니깐두루 아주 좋은 약이 발명되었는데……. 아니여, 약이 아

27 조금 긴 듯하다.

니구 수술이여. 주인영감도 좋아하실 일요. 아주 썩 도저한 수술이 발명되었다는데, 그 수술을 받으면 아무리 늙은 사람도 도로 젊어진다는구려! 낙치落齒가 부생復生[28]허구 백발白髮이 환흑還黑[29]까지는 되는지 나도 자세히는 모르지만 일본서는 지금 돈 많은 늙은이들이 꽤들 많이 수술을 받는다는데, 아주 효험이 도저허데. 어떠시우, 영감. 이번 신혼두 허시구 하니 한번 안 받아 보시려우?"

이렇게 큰 목소리로 떠들면서 식탁 곁에 앉아서 자작으로 주전자의 술을 수없이 잔에 따라 마신다. 다른 사람들은 그 기운에 눌린 듯이 아무 말이 없고 다만 빙그레 웃으면서 그 최씨라는 사람 입이 열리기만 바라는 듯하였다.

"왜 자네부터 그 수술을 받아보게그려."
하고 순기가 말을 붙이니 최씨는 무엇을 연해 입에다 집어넣으면서,

"내야 너무 젊어서 걱정이구, 기운이 너무 많아서 걱정일세! 어디 빨리 늙게 해주는 수술이나 있다면 가 받아볼까? 자네나 내나 프롤레타리아는 하루 더 살면 하루 더 고생이 아닌가? 우리 같은 놈에게 예쁜 아가씨들이 따른단 말인가. 흥, 인제는 기생들도 아저씨라고 부르지! 기생한테 오라버니 소리 듣던 때도 다 지났어! 나이 많아 그런 게 아니라 돈이 없어 그렇단 말이야."

최씨라는 사람은 이 모양으로 방약무인하게 떠들더니 갑자기

---

28 낙치부생落齒復生. 늙어서 빠진 이가 다시 남.
29 백발환흑白髮還黑. 허옇게 센 머리에 검은 머리털이 다시 남. 늙은 나이에 도로 젊어짐을 일컫는 말.

무슨 생각이 나는지 모자를 벗으며 순기를 보고,

"이 어른이 노형 매씨신가?"

하고 순영의 앞에 고개를 숙이고 나서 갑자기 점잖은 어조로,

"실례하였습니다! 저는 이런 미친놈이니 허물 마세요."

하고는 다시 모자를 쓰고 술을 먹어가면서,

"가만있자. 내가 무슨 말을 허다 말았나. 시장했다가 한잔 먹었더니 좀 이상한걸. 옳지, 영감 어떠시우? 그 수술 한번 안 받아보시우?"

하고 당장에 회답을 구하는 듯이 윤 변호사를 향하고 고개를 쑥내민다.

윤 변호사는 자기를 늙은이 대접하는 것이 퍽 불쾌한 듯이 좀 외면을 하면서,

"그건 그리 젊어서 무엇하오?"

해버린다.

"왜 이러시우? 이건 왜 이래? 영감은 오늘 밤차로 수술 받으러 떠나고 싶을걸. 일본 가는 밤차가 밤 열시하고 아침 열시에 있습니다. 하하! 좋대, 좋대, 저렇게 좋아한단 말이야. 왜 평생에 젊어 있구 싶다구 좀 시원히 말을 못 허우? 영감 무어 헐 일 있수? 하루 한두 시간씩 재판소에 가서 응, 에, 어 하고 거짓말이나 몇 마디 하면 돈이 절절 끓것다. 젊고 예쁜 마나님이나 데리고 안방문 꼭 닫아걸고 자깔자깔[30]할 일밖에 또 무슨 일 있수? 하하, 아무려나 내 동생이나 잘 귀해주. 적어도 삼 년 동안은 다른 마누라

---

30 여럿이 모여서 조금 낮은 목소리로 저희들끼리 떠들며 이야기하는 소리. 또는 그 모양.

생각하면 안 돼!"
하고 주먹을 한번 두른다.

24

　점심이 끝나기까지에 이럭저럭 세 시간이 넘어 걸렸다. 최씨
는 남들이야 듣거나 말거나 한참 동안 혹은 이 사람을 거들고 혹
은 저 사람을 거들다가 간다온다 말없이 어디로 휙 달아나버리
고 말았다.

　최가 나가는 것을 보고는 백이나 윤이나 모두 안심이 되는 듯
이, 그러나 서운한 듯이 마주보고 싱그레 웃는다.

　"어쨌거나 저 군도 사람은 좋아!"
하고 백이 힐끗 순영을 보더니,

　"허지만 밤낮 떠들고 돌아다니기만 하지, 어디 한자리에 붙어
야 무슨 일을 하지…… 월전에도 만주 가서 조무역을 한답시고
한참 떠들고 돌아다니더니 웬 정말 조를 사왔는지 안 사 왔는지
알 수 없지. 그래도 만주를 가기는 갔던가 보데. 아마 한 달 반 동
안이나 안 보였지?"
한즉 윤 변호사가,

　"그겐들 누가 아나? 그 사람 동에 번쩍 서에 번쩍 하니까 만주
에 간답시고 일본이나 안 갔던지 뉘 아나? 그런 짓을 곧잘 하지.
아마 일본에 무엇이 있는 게야. 그러기에 가끔 가지."
하고 조롱하는 어조가 보인다.

이렇게 최를 조롱하는 듯하는 말이 나매 선주는 얼굴에 불쾌한 빛이 나타나며 그 불룩 나온 듯한 두 눈방울을 디굴디굴 굴리더니,

"아니야요. 우리 오빠는 그러실 양반이 아니야요. 그이가 일 없이 돌아다니는 것 같지만 무슨 큰일을 경영하시는 것이야요. 그이가 그렇게 가볍게 볼 인 줄 아세요?"

하고 멍멍하니 앉았는 윤 변호사를 한번 흘겨본다.

윤 변호사도 잠깐 얼굴에 불쾌한 구름이 끼는 듯하며 무슨 말이 나올 듯이 두 볼이 경련하는 모양으로 우물우물하더니,

"여보시오, 인제부터는 그 사람더러 오빠라고 마시오! 오빠가 무슨 오빠란 말이오? 그 사람이 무슨 친족이란 말이오? 나는 그 말이 듣기가 싫소!"

하고 말끝을 맺을 때쯤 해서는 더욱 불쾌한 모양으로 두 볼이 우물우물한다.

백은 마땅치 않은 듯이 고개를 돌려 창밖을 내다보더니 다시 고개를 돌려 한편 구석에 가만히 앉았는 순영을 바라본다. 순영은 부끄러운 듯이 고개를 돌려 벽에 달린 바다 물결을 그린 액자를 바라보았다.

선주는 퍽 신경질인 듯이 분을 참지 못하는 듯이 여윈 열 손가락을 모조리 겯고 배배 꼬며 윤 변호사의 느리게 느리게 하는 말이 다 끝나기를 기다리더니,

"아니야요, 아니야요. 왜 그래요? 왜 내가 그이를 오빠라고 못 불러요? 내가 그이를 오빠라고 사랑하지를 못해요? 그렇게 내 자유를 꺾으세요? 나는 싫어요, 싫어요!"

하고 틀어얹은 머리가 요동을 하도록 굳세게 고개를 두른다. 방 안에는 불온한 기운이 도는 듯하였다.

윤 변호사는 아니꼬운 듯이 부모가 자식을 꾸짖는 듯한 눈으로 선주를 물끄러미 보더니,

"오빠로 사랑해요? 사랑이란 말을 아무런 데나 쓰는 것인 줄 아시오? 요새 여자들은 다들 그렇소? 남편 따로 사랑하고 오빠 따로 사랑하고……."

하다가 차마 할 말을 다 못한다는 듯이 말을 뚝 끊고 만다. 그러나 그의 붉은 얼굴은 더욱 붉어지고 씰룩거리는 두 볼은 더욱 씰룩거렸다.

선주도 더욱 흥분한다. 그는 여성의 위엄을 이때에나 보여야 겠다는 듯이 허리를 쭉 펴고 고개를 번쩍 들어 싸움을 돋우는 모양으로 마른입술에 두어 번 침을 바르더니,

"왜 못해요? 남편에게 대한 사랑 따로 있고 오빠에게 대한 사랑 따로 있지요. 그래 남자는 민적에 이름 있는 본처라는 것 두고 기생첩 두고 또 유처취처有妻娶妻[31]로 처녀장가 들고! 계집을 둘씩 셋씩 해도 상관이 없고, 그래 여성은 순결하게 그야말로 순결하게 플라토닉 러브로 이성을 오빠로 사랑해서는 못쓴다는 법이 어디 있어요? 안 그래요?"

하고 응원을 청하는 듯이 순영을 돌아보다가 순영이가 벽을 향하여 외면하고 앉았는 것을 보고는, '후원은 해서 무엇해? 나 혼자라도 넉넉히 싸울걸!' 하는 모양으로 윤 변호사를 향하여,

---

31 아내가 있는 사람이 또 아내를 얻음.

"글쎄 안 그래요? 어디 대답해보세요? 남자들이 안 그러면 여자도 안 그러지요."

하고 어성을 번쩍 든다.

25

윤 변호사는 마치 법정에서 재판에 질 때에 가지는 듯한 태도로 기가 막히는 듯이 선주의 변론을 한참 듣고 앉았더니 비웃는 듯이 빙그레 웃으며 일부러 외면을 하고,

"그래 시체 여자들은 사내첩을 하나씩 데리고 시집을 온단 말이로구려? 어 참, 해괴한 소리도 다 듣겠네."

하고 귀찮다는 듯이 벌떡 일어난다.

백의 근시안이 가늘어지며 그 양미간이 여송연 연기 속에서 잠깐 찌푸린다. 백은 과연 호남자다. 그 눈살 찌푸리는 태도가 꼭 순영과 같다.

선주의 얼굴은 푸르락누르락하고 전신이 경련적으로 두어 번 떨리더니,

"무엇이 어째요? 무에라고 하셨어요? 사내첩이 어찌허구요? 어디 한번 더 말해보세요! 그것이 여성에게 대한 모욕적 언사라고 생각하지 않으십니까? 그렇게 아무렇게나 입을 놀려도 괜찮아요?"

하고 윤 변호사를 때리기나 할 듯이 벌떡 일어나 바싹 대든다.

백도 일어나고 지금껏 아무 말도 않고 담배만 피우고 앉았던

순기도 일어나고 순영도 가슴을 두근거리면서 일어났다.

선주는 여러 사람들이 일어나는 것을 보고 더욱 기운을 얻은 듯이 한 걸음 바싹 윤 변호사 앞으로 대들어 그의 얼굴을 정면으로 흘겨보고 성난 서양 여자 모양으로 한 손으로 옆구리를 짚으면서,

"왜 대답이 없으세요? 왜 말씀을 못하세요?"

하고는 순영을 돌아보고 순영의 팔을 끌어 잡아당기며,

"글쎄 안 그래요? 지금 그 말을 다 들으셨지요? 그런 모욕이 어디 있어요?"

하고 몸부림을 하려는 듯이 발로 방바닥을 텅 구른다.

"괴변이여 괴변!"

하고 윤이 밖으로 나가려는 것을 백이 앞을 가로막으며,

"영감 글쎄 왜 이러오? 어느새에 이렇게 내외 싸움들을 하시오? 영감이 잘못했으니 아따 사죄를 허시구려."

하고 자기 말에 찬성을 구하는 듯이 선주와 순영을 한번 둘러본다.

윤은 더 고집을 부리고 밖으로 나가려고도 않고, 그래도 성이 다 풀리지 않는 듯이 두어 번 입을 실룩거리더니 선주의 어깨에다가 손을 얹으며,

"내가 잘못했소이다. 허지만 이훌랑 그렇게 여러분이 계시는 데서는 그 사람더러 오빠니 무에니 그러지는 말아주우."

하고는 싱그레 웃는다.

백은 깨어졌던 홍을 다시 일으킬 양으로 쾌활한 빛을 보이며,

"자, 부인네 두 분은 안으로 들어가시지요. 안에는 아무도 없

습니다. 아직 안을 차지할 양반이 없어요."

하고 유심히 이번에는 순기를 바라본다. 순기는 알아차린 듯이
또 자기도 이 자리에서는 중요한 사람이라는 듯이 빙그레 웃는
다. 순영은 왜 그런지 모르게 그것이 자기를 모욕하는 듯하여 불
쾌하기는 하면서도 또 맘의 어느 한편 구석에서는 '내가 이 집
주인.' 하는 생각이 난다. 그러나 순영은 제 맘이 부끄러워서 얼
른 그 생각을 작소³²하느라고 눈을 한번 찡그렸다. 백은 말을 이어,

"맘대로 들어가서서 노시지요. 변변치 못하지만 악기도 있고
그림도 좀 있습니다. 악기라야 사다놓기만 하고 한 번도 써보지
도 못한 것이지요. 어디 소리나 고른지 한번 울려보아 주시지요."

하고 이 말은 특별히 순영에게 하는 뜻이란 것을 보이려는 듯이
순영을 바라본다.

그래도 순영이와 선주가 가만히 있는 것을 보고는 백은 후원
을 청하는 모양으로 순기와 윤을 바라본다. 그렇게 하는 태도가
모두 점잖고 자리가 턱 잡혀서 일종의 위엄이 있다.

"주인영감 말씀대로 하려무나."

하고 순기가 순영에게 눈짓을 한다. 순영은 자기의 오빠가 집에
서는 왕 노릇을 하면서도 여기 모인 중에 제일 못나 보이는 것이
부끄럽고 불쾌하였다. 남들은 다 기운을 펴고 어성을 높여서 떠
드는 판에 그 오빠만이 말참견도 잘 못하고 풀이 죽어 앉았는 것
이 불쌍도 하고 또 그 때문에 순영이 자신의 지위가 떨어지는 듯
도 하였다. 그래서 순영은 맘에는 없었지만 그 불쌍한 오빠의 시

---

32 말이나 행동의 흔적을 없애버림.

키는 말대로 유순하게,

"네."

하고는 동의를 청하는 듯이 선주를 바라보았다.

26

윤도 인제는 성도 다 풀리고 선주가 귀여운 생각이 다시 일어난 모양으로 빙그레 웃으며 선주를 향하여,

"가보시우! 김 양 모시고 안으로 들어가시우. 들어가서 피아노들이나 치고 노시우."

한다.

"자, 첨이시니 내가 길은 안내해드리지요."

하고 안으로 통한 문고리에 손을 대고 뒤를 돌아보며,

"내 잠깐 댕겨오리다! 이 양반들을 모셔다드리고 오리다! 그리고 아, 저…… 응, 내가 와서 하지."

하고는 문을 열어잡고 두 여자가 나가기를 기다린다. 선주가 먼저 나가고 순영이가 그 뒤를 따라나가고 맨 나중에 백이 나가고는 문을 닫아버렸다.

세 사람이 복도로 걸어가는 발자취 소리가 스러지기를 기다려 윤이 먼저 안석에 기대어 앉으며 순기더러,

"어, 매씨는 참 미인이신데! 드문 미인이신데!"

하고 찬탄함을 말지 않는다는 듯이 두어 번 고개를 기웃기웃한다.

"아직 어린애야요."

하고 순기도 웃는다.

"아니, 참 미인이신데."

하고 윤은,

"내가 왜 저 미인을 못 가졌을까."

하는 듯이 입맛을 쩍쩍 다신다.

"왜 명선주 씨는 미인이 아니시오?"

하고 순기는 백이 없는 곳에서 좀 기운을 펴서 비스듬히 문갑에 기대어 천장을 향하고 담배연기를 뿜는다.

"아니! 어림이나 있나요? 게다가 성미가 그 모양이로구려. 허니, 그보다 난 게야 좀처럼 나 같은 사람 차례에 돌아오우?"

하고 진정으로 낙심하는 듯이 윤은 한숨을 진다.

"그런데, 대관절 매씨와 김 박사라던가 하는 이와 말이 있다더니 그것은 다 허설이던가요?"

하고 윤이 눈을 껌벅거린다.

"왜 오랫동안 말이 있었지요. 지금도 김가 편에서야 야단이지요. 저 낙산 밑에다 일변 새 집을 짓고 재헌테 편지질을 하고 야단이지요. 그 사람은 미국 공부를 한 사람이니까 우리와 달리 여자를 섬기려고 들지요. 무릎이라도 끓고 발바닥이라도 핥으라면 핥을 지경이지요."

하고 순기는 비웃는 듯이 하하 웃는다. 그러고는 우연히 생각이 난 듯이 벌떡 일어나서 목소리를 낮추며,

"그런데 영감! 이 백이 왜 평양 여자허구두 무슨 말이 있다지요. 그게 정말인가요?"

하고 엄숙한 얼굴로 묻는다.

윤은 지어서 하는 모양으로 웃으며,

"백에게야 왜 하나만이겠소? 사람이 잘났것다, 돈이 많아 천하 여자가 모두 백에게만 쏠릴 것 아닌가요? 실상 말이지, 요새 계집애들이야 돈만 있으면 백 개는 못 사고 천 개는 못 사요? 그래도 우리네가 체면을 보니까 그렇지, 저 누구누구 모양으로 체면 불구하고 덤비면 당일에 이십 명은 모아들일걸! 허허허."

하고는 이것은 농담이라는 모양으로 슬쩍 태도를 고치며,

"그러나 노형이야 염려하실 것 없지요. 매씨가 저만하신데야 누가 경쟁을 해요? 지금 백이 정신 다 뺏겼소이다. 이 틈을 타서 바짝 졸여야지. 아따, 한 이천 석 떼어내시오그려. 매씨가 이십만 원짜리는 착실히 되시는걸."

하고는 윤은 순기더러 눈을 끔적거려 가까이 오라는 뜻을 표하며 큰 비밀이나 되는 듯이 순기의 귀에 입을 대고,

"그런데 내가 노형께니 하는 말이지, 애어 천석이면 천 석, 몇 십만 원이면 몇 십만 원 작정을 해놓고 허셔야지 그렇지 않다가는 매씨만 떼우고 마시우. 이 백이 어떤 사람인 줄 알고 그러시우. 그동안에도 몇 십 명 여자가 헛수고를 했는지 아시우? 그러기에 애어 단결에 졸여요."

하고 '잘 알아들어라.' 하는 듯이 눈을 끔적끔적한다.

순기는 큰 걱정이나 생긴 듯이 눈을 한참 감고 앉았더니,

"영감만 믿지요. 모두 영감께 일임합니다. 그렇기루 내가 직접 말할 수야 있어요? 허니까 영감께서 일이 잘되도록만 해줍시오그려. 그러면 내가 넉넉히 사례를 드리지요……. 정말 영감만 꼭 믿습니다."

하고 단단히 다진다.

　윤은 말없이 손가락 둘을 내민다. 순기는 그 뜻을 깨닫는 듯이 고개를 끄덕끄덕한다. 그러고는 들릴락말락한 소리로 빠르게,

　"십 이상이면."

하는 것을 윤도 얼른 알아듣고,

　"십 이하면."

하고 손가락 하나를 내민다.

　순기는 또 알아들었다는 듯이 고개를 끄덕하고는 머리를 긁는다.

　　27

　"꼭 되기는 될까요?"

하고 얼마 있다가 순기는 그래도 의심이 나는 듯이 윤에게 묻는다. 윤이 무슨 대답을 하려고 할 때에 안으로 통한 문밖에서 발자취가 들린다. 윤은 큰 목소리로,

　"비가 오는구려!"

하고 영창을 내다본다.

　순기는 알아차린 듯이,

　"응, 비가 뽀얗게 지어 넘어오는걸."

하고 얼른 시계를 내어본다. 네시 반이다. 그는 오늘 비가 만일 우박으로 변하면 기미 값이 오르리라는 생각이 난 것이다. 벌써 밑천이 끊어져서 기미를 못한 지도 오래건만 그래도 오래하여

오던 버릇이라 비가 오거나 바람이 불거나 볕이 나거나 그는 곧
벼 값이 오르고 내리는 데 끌어붙였다.

"허, 비가 오는걸."

하고 백이 들어와 자리에 앉는다.

"어떠시오?"

하고 윤이 웃으며 백을 쳐다본즉 백도 웃으며,

"무엇 말이오? 과연 윤 부인은 피아노를 잘 치시던걸."

한다.

"이건 왜 이러시우? 왜 백 부인은 그만 못하십디까?"

하고 아까 순기에게 대하여 하던 모양으로 부러워하는 빛을 보
인다.

"허, 허, 어디 감히 그런 양반을 내 아내로 할 복력이 내게 있
을까요?"

하는 백은 진정으로 순영을 존경하는 듯하였다.

"그런데 오래 끌 것 있어요? 아주 오늘 작정해버리지."

하고 윤은 순기를 바라보며,

"그렇지 않아요? 좋은 일에는 마가 많은 법이니까, 단결에 해
버리는 것이 좋지 않아요?"

하고는 다시 백을 향하여,

"자, 영감부터 먼저 말을 내시지요. 신랑이 먼저 청혼을 해야
안 허우? 자, 영감이 말을 내시우. 내가 중매가 되지……. 허허,
이 김 형의 매씨와 같이 재색덕才色德이 겸비하신 양반의 중매가
되는 것도 큰 영광이여. 허허허."

하고 두 볼을 씰룩씰룩한다.

백은 이때에도 배부른 체하는 비결을 잊지 않는다. 그는 다만 점잖은 사람 모양으로 입에 미소를 띨 뿐이다. 그리고 지금 안에서 피아노 곁에 섰던 순영의 모양을 눈에 그리고 있다.

백은 순기의 입에서 먼저 말이 나오기를 기다리지만 순기도 먼저 자기 입으로 말을 내는 것이 이롭지 못한 줄을 잘 안다. 그러나 백의 맘이 조급하니만큼 순기의 맘이 조급하다. 그래서 순기는 어서 백에게서 무슨 말이 나오기를 기다린다. 그러나 백의 입에는 웃음이 떠돌 뿐이요, 무슨 말이 나올 듯싶지도 않았다. 윤도 더 백에게 재촉하는 말을 하여서 자기가 이 혼인에 무슨 이해관계나 가진 듯한 속을 보이기가 싫었다.

방 안은 고요하고 가을 소낙비가 함석 차양에 부딪치는 소리만 새삼스럽게 요란한데 세 사람의 눈은 서로 남의 눈치를 정탐하는 듯이 떠돌았다. 백도 이 침묵이 괴로운 듯이 신경질 모양으로 몸을 연해 움직이더니,

"자, 우리 비도 오고 하니 소일이나 하지요."

하고 문갑 속에서 오동나무 조그만 갑을 꺼내어 뚜껑을 열고 달그락달그락하는 화투를 방석 위에 좌르륵 쏟아놓는다. 어떤 장은 누런 등을 보이고 엎어지고 어떤 장은 송학이니 공산명월이니 하는 울긋불긋한 배를 보이고 자빠진다. 윤은 유쾌한 듯이 그중에서 한 줌을 집어 무슨 점이나 하는 모양으로 여기저기서 한 장씩 쪽쪽 뽑아서는 손을 피끈[33] 돌려서 슬쩍 그 배를 보고 던진다. 순기는 윤이 던지는 장을 들어서 손에 모아 가지런히 하면서 땅

33 살짝 비틀어 돌리는 모양.

에 떨어진 것을 다 주운 뒤에는 윤의 손에서 다시 새것이 떨어지기를 기다린다. 그리고 백은 윤이 젖히는 장이 무엇인지를 우두커니 보고는 담배를 빨고 앉았다.

한참 동안이나 이 모양으로 싱거운 짓을 하고 있더니 윤이 손에 들었던 화투를 방바닥에 모두 내던지며,

"자, 한번 해보지요."

하고 백을 본즉 백은 순기를 보며,

"비도 오는데 한번 하지요, 저녁도 아직 멀고 했으니……. 저녁에는 좀 이상한 것을 시켰는데."

하고 두 사람의 흥미를 끌려는 듯이 웃는다. 세 사람은 화투놀기를 시작했다. 소일이건만 한 끗에 금 일 원 내기였다. 순기와 윤의 손은 가끔 떨렸으나 백은 지나 이기나 항상 태연하였다.

28

순영은 백의 뒤를 따라 안으로 들어갈 때에 진실로 아니 놀랄 수가 없었다.

'어쩌면 집이 이렇게 굉장하고도 화려할까. 조선 집은 도저히 서양 집만 못한 줄로 알았더니 이런 집은 도리어 서양 집보다도 으늑하고 화려하다.' 하였다.

사랑에서 안방까지 전부 복도로 되었는데 복도래야 모두 어떤 방의 마루다. 방도 많기도 많다. 이화학당 기숙사 모양으로 많은 듯하였고 그 방들이 모두 딴 방향이요 또 조금씩이라도 딴 모양

인 데는 아니 놀랄 수가 없었다.

몇 굽이를 지나고 몇 마루를 지나고 몇 문을 지나고 또 화초 심은 몇 조그만큼씩한 마당을 지나서 환한 안마당이 보이는 곳에 다다랐다. 안마당은 네모반듯하게 되고 저쪽 산으로 향한 곳에는 두어 길이나 될 듯한 화초담이 쌓이고 거기서 좀 위로 아주 산꼭대기를 향한 곳은 툭 터졌는데, 수없는 길 굽이가 노송과 바위틈으로 번뜻거리고 마당 한가운데는 조그마한 연당이 있고 거기는 맑은 물이 다 마른 연줄기를 흔들고 있는데 그 연당이 안방 큰 마루에서는 한 서너 길이나 떨어져 있는 듯이 까맣게 보인다. 그리고 층계는 전부 대패로 민 듯이 잘 깎은 화강석들이다. 그리고 바로 안방 앞과 건넌방 앞에는 연꽃 모양으로 곱게 깎은 돌소반을 두어 길이나 될 듯한 돌기둥에 얹어놓은 것이 있는데, 그것이 무엇인지 순영은 알지 못하였다.

"마당을 만들어만 놓고 당초에 손을 대지 않아서 모두 저 꼴이 되었어요."

하고 백은 옷이 스치도록 순영의 곁에 바싹 다가서면서,

"무엇 맘에 드실 것도 없겠지만 특별히 좋지 못해 보이는 데가 있거든 말씀해주세요. 명년 봄에는 좀 고쳐보렵니다."

하고 순영을 돌아보면서 웃는다.

"천만에 말씀이세요. 제가 무얼 아나요."

하고 저 높은 돌담이 좀 속되다고 생각하였다. 그러면서도 백이 자기의 눈을 높이 보아서 그러한 일을 물어주는 것이 기뻤다.

순영은 안방으로 안내함을 받았다. 여섯 간은 될 듯한 네모반듯한 방이 서창으로 광선이 비스듬히 흘러들어와서 방 안은 마

치 옥등피를 끼운 큰 전등에 비추인 듯이 은은하고도 맑다. 장이며 병풍이며 보료방석이며 사람이 몸만 들어오면 살림할 수 있도록 차려놓았고 방 윗목에는 예쁜 서양 테이블과 소사한 비단의자 둘을 놓고 테이블 위에는 탁상전화와 조그마한 화병이 있으나 꽃은 없었다. 순영은 방 안을 한번 둘러보고는 남모르게 까닭 모를 한숨을 지었다. 모두 새것이다. 장판도 마른걸레를 쳐서윤이 돌지만 사람의 때는 묻지 않았다.

순영은 다시 건넌방으로 인도를 받았다. 거기는 별 장식은 없으나 역시 한번 들어가 앉았고 싶게 차려놓았고, 가장 눈에 띄는 것은 앞창에 파르스름한 서양 문장을 친 것과 뒷구석에 한편에는 가야금, 또 한편에는 거문고를 세워놓은 것이다. 그리고 벽에는 여러 가지 그림과 글씨 족자를 걸었으나 그것은 그다지 순영의 맘을 끌지 않았다.

건넌방을 보고는 다시 마루로 나와서 안방 쪽으로 뒷문을 열면 또 조그마한 마당이 있는데 그것은 바로 큰 바위와 노송을 건너 뒷산으로 연하였고 유리 분합을 들인 복도로 얼마를 걸어가면 거기는 돌로 지은 조그마한 양실이 있다.

순영은 이 양실에 들어가서는 더욱 놀라지 않을 수 없었다. 대개 방은 사간통四間通[34]밖에는 안 되어 보이지만 방 안이 온통 비단으로 장식되었은 까닭이다. 응접실식으로 가운데 테이블이 있고 의자 넷이 둘러 놓이고 사방에는 눕는 교의, 기대는 교의, 앞뒤로 흔들리는 교의가 놓이고, 한편 구석에는 대리석으로 만든 서

---

34 방 하나 크기만큼의 칸수를 네 칸으로 만든 건축 양식.

양 아궁이요 나머지 세 구석에는 여러 가지 모양으로 생긴 화류 탁자를 놓고 그 탁자 위에는 소나무와 국화의 분이 놓였는데 국화는 아직 피지는 않았으나 수없는 꽃봉오리가 달린 줄기가 수양버들 가지 모양으로 거의 방바닥까지나 축 늘어졌다. 그보다는 놀라운 것은 벽을 온통 초록빛 나사羅紗[35]를 발라서 흙이나 돌이나 나무는 조금도 보이지 않고 천장에서는 금빛 같은 전등대가 마치 꽃나무 가지 모양으로 네다섯 개 꽃전등을 달고 늘어진 것이다.

29

"여기 좀 내다보세요."

하고 백은 방에 볕 들어오는 것을 막으려는 듯이 무겁게 드리웠던 누런 바탕에 자주 무늬 놓은 문장을 걷고 서창을 드르르 열며,

"밤에 내다보면 꽤 좋습니다. 이것 하나이 쓸 만하지요. 그런데 오늘은 날이 흐려서…… 아차, 비가 너무 옵니다그려."

하고 뽀얗게 비에 싸인 남산을 가리킨다.

순영도 내다보았다.

"저 성 위에 소나무 보아요!"

하고 선주가 소리를 질렀다. 과연 낙산 마루턱으로 굼틀굼틀 기어올라간 성 위에는 웬 뭉투룩한 소나무 한 그루가 외로이 서서 가을 소나기를 몰아오는 바람에 가지를 흔들고 있다.

35 포르투갈의 모직물 라샤(raxa)에서 온 말로서 두꺼운 모직물을 통틀어 일컬음.

"으응."

하고 순영도 그 소나무를 바라보면서 부지불각에 대답을 하였다.

"옛 성에 늙은 소나무!"

하고 백은 시나 읊조리는 듯이 중얼거린다.

"그것을 우리가 바라보고요."

하고 선주가 대구를 놓는다.

순영은 속으로,

'풍우에 흔들리는 외로운 솔.' 하고 혼자 빙그레 웃었다. 백은 순영의 입에서 무슨 말이 한마디 나오기를 바랐으나 없으므로,

"저게 동대문이지요?"

하고 소낙비 속에 우뚝 선 동대문을 가리켰다. 동대문은 마치 날개를 벌리고 금시 날아오르려는 새같이 순영에게 보였다.

이때에 바람에 불리는 소낙비가 창으로 들이쳐 맨 앞에 섰던 순영의 머리와 얼굴에, 적삼에 이슬방울이 맺혔다. 순영이가 뒤로 물러설 때에 백의 발을 밟고 그 턱에다 머리를 부딪쳤다. 순영이가 얼굴을 붉히고 고개를 숙이며,

"용서하십시오."

하였으나 백은 웃으면서,

"아차! 적삼을 적시셨습니다그려."

하고 얼른 창을 닫치었다. 그러고는 또 한 문을 열었다. 그것은 이 방보다 좀 작다. 한복판에 누런 침대가 놓이고 거기는 하얀 시트가 덮이고 천장에는 분홍 망사 서양 모기장이 달렸다. 그리고 서창을 옆에 끼고 북벽을 향하여서는 그리 크지는 않으나 얌전한 피아노 하나가 놓이고 다른 구석에는 서양 경대와 서양 의걸

이가 놓이고 침대 곁에는 조그마한 탁자와 의자들이 놓이고 침대 머리에는 초인종 대가리가 달리고 동창에는 짙은 초록 문장을 드리웠는데 그 위에는 나체 미인화 하나를 걸었다.

"이게 하꾸라이[36]는 하꾸라이라지만 내야 음악을 알아요?"
하고 백은 피아노 뚜껑을 들고 되는 대로 키를 서너 개 눌러보더니,

"맘대로 쳐보세요. 그리고 무엇이나 시키실 것이 있거든 이 초인종을 누르세요. 나는 사랑에 나가보아야겠습니다. 이따가 비가 그치거든 뒷동산에 올라가보시지요."
하고 처음은 선주에게 고개를 숙이고 담에는 순영에게 웃고 고개를 숙이고 가만히 나가버리고 만다.

백이 나간 뒤에 순영은 어찌할 줄을 모르는 듯이 우두커니 서 있었다. 그러나 선주는 백이 슬리퍼를 끄는 소리가 스러지기도 전에 방을 휘휘 둘러보더니,

"에라, 침대도 좋기도 하다. 누가 이 침대에를 드러누우려노?"
하고 슬리퍼도 안 벗고 침대 위에 털썩 드러눕더니 등으로 포근포근한 침대의 용수철을 들먹들먹하여 본다.

"여보 순영 씨, 왜 그렇게 얌전만 빼구 서 있소? 인제는 선볼 사람도 없는데."
하고 히스테리 병자 모양으로 깔깔 웃는다.

선주의 이 말에 순영은 얼굴이 빨개지도록 성이 났다.

"그게 무슨 말씀이야요?"

---

36 박래품舶來品, 즉 외국 제품을 말함.

하고 순영은 창을 향하고 돌아섰다.

"왜요? 내 말이 잘못되었어요? 지금 이 집 주인 양반이 당신께 이렇게 되었단 말이야요. 당신 때문에 죽을지 살지를 모른단 말이야요. 이 집도 당신을 준다고 이렇게 찬란히 차려놓았단 말이야요, 하하하하. 왜 어때요? 나 같으면 춤을 추겠어요."
하고 혼자 좋아서 침대에 누운 춤을 추고는 혼자 웃는다.

순영은 분에 못 이겨 이를 갈았다. 그러나 이년 저년 하고 대들어 싸울 수도 없고 다만 입술만 물고 부르르 떨 뿐이었다.

30

자기가 암만 떠들어도 순영이가 돌아선 대로 대답이 없는 것을 보고 선주도 무안하여진 듯이 가만히 침대 위에 누워서 그 큰 눈을 껌벅껌벅하고 있더니 침대발이 움직이도록 벌떡 일어나서 순영의 곁으로 와서 그 어깨에 손을 대며,

"순영 씨! 내 말에 노여우셨어요?"
하고 눈이 똥그래서 순영의 핼끔해진 눈을 쳐다본다.

"왜 노여우세요?"
하는 선주의 목소리는 회개하는 유순한 빛을 띠었다.

그 목소리에 순영도 적이 맘이 풀려서 선주의 눈을 보았다. 그때의 선주의 얼굴은 마치 어린애와 같이 얌전스러운 얼굴이었다.

"글쎄, 무슨 말씀을 그렇게 하세요? 우리 오빠가 놀러가자고 그러니깐 어딘지도 모르고 놀러왔는데 무얼 선을 보이느니 이

집 주인이 어쩌니 하세요?"

하고 책망은 하면서도 순영의 목소리는 부드러웠다. 선주는 이때의 순영의 얼굴이 심히 예쁘다고 생각하였다. 그래서 한구석에서는 질투의 불길이 일어나면서도 또 한구석에서는 순영을 사랑하는 맘도 일어났다.

"에그머니, 그러면 모르시우?"

하고 선주는 심히 의외라는 듯이 눈이 둥그레진다.

"무엇 말이야요?"

하고 순영도 눈이 둥그레지지 않을 수가 없었다.

"에그머니, 웬일이야? 나는 오늘 두 분이 약혼을 하신다고 해서 왔는데. 그래도 백씨 말이 오늘 약혼을 할 테니 둘이 와서 증인이 되어달라고 그러던데."

하고 선주는 동정하는 듯이 순영의 손을 꼭 쥔다.

"무어야요? 정말이야요?"

하고 쓰러지는 듯이 순영은 곁에 있는 교의에 앉았다. '아아, 그랬구나!' 하고 자기의 오빠가 자기를 기숙사에서 불러내 온 것과 오늘에 생긴 모든 일이 다 무슨 까닭인지 모든 문제가 다 풀려버리고 말았다. 그렇게 깨닫는 순간에 순영은 무슨 무서운 함정에나 빠진 듯하고 큰 죄나 저지르는 듯하여 가슴이 덜컥 내려앉았다. 이 자리에 앉았는 것만이 무슨 크고 더러운 죄악이나 되는 듯하여서 얼른 머릿속에 학교 기숙사가 생각이 났다. '어서 돌아가야 한다. 어서 돌아가서 P부인한테 매달려야 한다.' 이런 생각이 불현듯 가슴에 일어났다. '아아! 무서워!' 하고 순영은 한번 더 몸을 떨었다. 그러고는 문을 향하고 한 걸음 나서며,

"나는 가요!"

하고 선주에게 고개를 숙였다. 선주는 길을 막고,

"아이 왜 이러세요, 가기는 왜 가요? 여기서 우리 둘이 이야기나 하세요. 그러다가 비나 그치거든 가시지요."

하며 정답게 순영의 손을 잡았다.

"아니야요, 기숙사 시간이 있으니까 가야 해요."

하고 순영은 선주에게 잡힌 손을 빼려 하였으나 선주는 놓지 않을뿐더러 도리어 다른 팔로 순영의 허리를 안았다.

"아이, 그러실 게 무어야요. 혼인하기가 싫으시면 이따가라도 싫다고만 하시면 그만이지, 그렇게 황겁해서 달아날 게 무어야요? 왜 그렇게 약하시우?"

하고 순영을 안아다가 피아노 곁에 앉히고는 자기도 교의를 끌어다가 순영의 곁에 앉는다.

선주의 말을 듣고 보니 그렇기도 하다. 그렇게 황겁해서 달아날 것이야 무엇인가 하였다. 또 아까부터 그렇게 얄밉던 선주가 상냥하게 구는 것을 보니 정다운 생각도 난다.

순영이가 좀 안정되는 것을 보고 선주는 안심한 듯이 빙그레 웃으며,

"그래 조금도 몰랐어요?"

하고 물었다.

"난 몰랐어요."

하고 순영은 머리를 흔들었다.

"아이 어쩌면……. 아마 오빠께서 속여서 데리고 오신 게지. 그렇기루 어쩌면 말도 안 할까. 대관절 혼인 말은 있었지요?"

한즉 순영은 또 고개를 흔들며,

"아니오, 오빠를 만나기를 한 달 만에나 첨 만난걸……."

하고 무엇을 생각하는 양을 보인다.

"말이야 있었구 없었구."

하고 한참 무엇을 생각하더니,

"그래 어때요? 이이와 혼인할 맘이 없어요? 이 주인 백씨허구?"

하고 단도직입으로 묻는다.

순영은 이 묻는 말에 얼른 대답할 수가 없었다. 왜 "없어요."

하는 대답이 얼른 안 나올까 하고 순영은 혼자 놀랐다.

31

그래도 순영은 무엇이라도 대답하지 않을 수가 없었다.

"난 아직 혼인할 생각은 없어요. 나 다니는 학교를 졸업하거든 미국으로 가려고 해요."

하고 순영은 우연히 대답이 잘된 것을 만족하게 여겼다.

"공부는 뭐 일생 공부만 허다 마나? 언제 죽을지 모르는 세상에."

하다가 선주는 자기의 말이 점잖지 못한 것을 감추려는 듯이 얼른 웃어버리고,

"아니 참, 그런 말도 있습다. 순영 씨하고 혼인을 하면 이이도 미국으로 같이 간다고, 가서 자기는 상업을 경영하고 순영 씨

는 맘대로 공부를 시킨다고, 그런 말도 들었어요. 아이구 부러워. 나 같으면 얼른 이이하고 혼인해버리겠소. 글쎄 부족한 것이 무엇이람! 돈이 밀리어네어(백만금부자)렷다, 사람 잘났겄다, 나이 좀 많지. 사십이 넘었으니깐 나이야 좀 많지만 나이 많은 남편이 아내 귀해준다우. 나는 오십이 넘은 이헌테두 가는데! 또 이이야 말이 사십이지 아주 새서방 겉지 않수? 몸 튼튼허구……. 또 점잖기는 어떻게나 점잖은 인데……. 인제는 다시는 첩도 안 얻는대, 기생도 안 불러들이고. 인제는 여학생 부인 얻어가지고 새살림허기로 꼭 작정을 했대요. 그래서 작년에 얻었던 기생첩도 둘 다 내보냈다우. 그리구는 이때껏 첩은 안 얻는다던데……. 글쎄 이만한 자리가 쉽수? 조선 십삼도를 골라두 이만한 자리야 없지요."

하고 선주는 신이 나서 순영의 무릎에다 자기의 두 팔굽을 올려놓으며,

"그래서 내가 순영 씨 말을 했다우. 순영 씨는 날 모르지만 나는 잘 알아요. 순영 씨도 나 모양으로 오빠 안 있수? 아니 정말 오빠 말구 사랑하는 오빠 말이야. 그이허구 우리 오빠허구 친허다우. 그래서 우리 오빠가 노상 당신 말을 해요. 어떻게두 칭찬을 하는지. 그래서 내가 샘을 내서 울기까지 했다우, 히히히히. 그런데……."

하고 말을 더 이으려는 것을 순영은 자기의 오빠라는 이에게 대하여 한마디 변명할 필요가 있다고 깨닫고 얼른,

"아니야요. 내가 그이를 사랑해서 오빠가 아니라 어찌어찌 어려서부터 그이가 우리 셋째오빠허구 친해서 노상 집에 오기 때

문에 어찌어찌 오빠라구 부르게 된 것이야요. 그것두 요새야 만나기나 하나요. 우리 오빠 감옥에 들어가신 뒤로는 두어 번이나 만났을까."

하고 극히 냉정한 태도를 보였다. 자기가 정말 오빠도 아닌 사람을 오빠라고 부르는 것이 심히 수치인 것 같았던 것이다.

"에그, 그다지 변명을 안 하시면 무슨 큰일나우? 응, 내가 남편 되실 어른헌테 일러바칠까 봐서? 애어 그런 염려는 마세요. 또 내가 일러바치기루 어떻단 말이오? 제 맘에 드는 남자를 오빠라고 좀 사랑허기루 무슨 잘못이야요? 사내들은 안 그러나, 실컷 이 계집 저 계집 함부로 주워먹던 것들인데. 안 그렇수?"

하고 선주가 웃는 것을 보고 순영도 어째 속으로 불쾌한 듯하면서도 아니 웃을 수가 없었다. 그래서 둘은 한바탕 웃었다. 웃고 나니 순영도 맘이 펴이는 듯싶었다. 두 여자는 벌써 친하여졌다.

"그거 다 우스운 말이구."

하고 선주는 말끝을 찾느라고 고개를 기울이더니,

"아니 내가 무슨 말을 허다 말았나?"

하고 순영을 본다.

순영은 방글방글 웃으면서,

"그래 오빠헌테서 내 말을 들으시구."

한즉 선주가 한 손으로 무릎을 치면서,

"응 옳지! 그래 우리 오빠헌테 들어서 나는 당신을 잘 알아요. 당신 오빠는 내 말 안 해?"

하고 순영을 바라보더니 순영의 대답이 없는 것을 보고 좀 불만한 듯이 잠깐 찡그리고 다시, '그러면 어때?' 하는 듯이 웃고,

"그래서 내가 이이헌테 당신 말을 했다우. 이이가 윤 변호사허구 친해요. 오랜 친구래. 이 집 소송사건은 다 윤 변호사가 맡는다나. 그랬더니 이이가 야단이 났지요. 그래서 예배당에를 다 가구, 음악회에를 다 가구. 어쨌거나 이럭저럭 당신을 세 번이나 보았다우. 순영 씨는 다 모르지?"

하고 순영을 본다.

"그럼은, 내가 어떻게 알어, 아이 숭해라."

하고 순영은 부끄러운 듯이 손으로 입을 가리고 엎더지는 듯이 선주의 어깨에 이마를 댄다.

32

"그러더니."

하고 선주는 순영이가 일어나기를 기다려서,

"어저께 이이가 ― 당신 영감 되실 어른 말이오, 호호호호 ― 윤 변호사 집에 와서 오늘 약혼을 하게 되었다구, 오라구, 와서 증인이 되라구, 그리구 나는 당신 동무를 해드리라구, 그래서 내가 왔는데, 내가 죄다 아는데, 그렇게두 멀쩡스럽게 시치미를 뚝 따우? 아이 참, 인제는 죄다 자백을 허우!"

하고 아파라 하고 순영의 넓적다리를 꼬집어뜯는다.

"아야, 아야, 정말이오."

하고 소리를 지르면서 순영은,

"나는 짜장 몰랐어. 알았으면 내가 왜 거짓말을 허우? 아이 아퍼, 어쩌면 그렇게도 몹시 꼬집어요. 피가 났겠어요."

하고 꼬집힌 자리를 비빈다.

"피가 좀 나우!"

하고 선주는 순영을 향하여 눈을 흘긴다.

그동안에 몇 소나기가 지나갔는지 모르나 두 여자가 서창을 바라볼 때에는 외솔나무 박힌 낙산 성머리에 술 취한 듯한 시뻘건 해가 검은 구름 틈으로 얼굴을 반이나 내어놓고 뉘엿뉘엿 걸리고, 성 밑 해굴조개 모양으로 다닥다닥 박힌 조그마한 초가집들이 어스름한 자줏빛 안개 속에 가물가물하다. 동산에 까치들이 둥지로 모여들어서 지저귀는 소리가 들린다.

순영은 벌떡 일어섰다.

"아이, 가야 되겠어! 너무 늦었어요."

하는 순영을 두 손을 붙들어 앉히며,

"이거 왜 이래. 픽두 변덕두 부리우. 절에 온 색시가 오기는 맘대로 왔지만 가기두 맘대로 갈 줄 알구, 열두 대문에 창 든 군사 검 든 군사가 모두 지키고 있는데 그렇게 허수히 나갈 줄 아우? 나갈 맘이 있거든 이리로나 나가보아요."

하고 시뻘건 해가 비치는 창을 가리키면서,

"여기가 천인절벽千仞絶壁이 아닙디까. ─ 크리스찬 같은 이가 와서 줄이나 늘여주어야 ─ 그렇지 않구는 간힌 왕녀야요. 호호호호."

하고 웃는다.

"아니야, 정말이야요. 가야 돼!"

하고 또 일어나려는 것을 선주가 붙들며,

"정말야?"

하고 짐짓 시치미를 뗀다.

순영은 '어쩌나?' 하는 듯이 선주의 방글방글 웃는 큰 눈을 내려다보며,

"응 정말이야, 가야 돼!"

하고 애걸하는 태도를 보인다.

"안 돼! 못 가!"

하고 선주는 점잖아지며,

"그런 게 아니라 오늘 이 집 프로그램이 어떤구 허니 점심 먹구 놀구 그리구 저녁 먹구 이야기하구 그리구 의논하게 됐단 말이야. 의논이란 무언구 허니 약혼을 하게 됐단 말이야요. 샛별 같은 다이아몬드 약혼반지가 이 손가락에 들어가서는 환하게 천하를 비치게 됐단 말이야! 알아 있어?"

하고는 순영의 뺨에 자기의 뺨을 비빈다.

순영은 한번 더 놀랐다. 세상이 모두 들러붙어서 음모를 하여서 자기를 무슨 큰 죄악의 함정에 몰아넣는 듯하여서 속이 떨리고 기숙사와 P부인 생각이 났다.

이러는 동안에 전등이 켜졌다. 젖빛 같은 빛이 방 안에 차자 창밖이 갑자기 어두워지는 듯하고, 순영의 앞길도 갑자기 어두워지는 듯하였다. 순영은 전등을 바라보았다. 그리고 벽에 걸린 나체의 미인화를 바라보았다. 그는 목욕을 하고 나오다가 불의에 사람을 만난 모양으로 하얀 헝겊으로 배 아래를 가리고 몸을 비꼬고 앉았으니 자기의 육체의 아름다움을 자랑하는 듯이 방그레 웃음을 떠었다. 순영은 그것이 자기인 것 같았다. 그리고 자기도,

"가야 해, 가야 해."

하면서도 선주에게 붙들려 가지를 못하고 이 자리에 갇혀서 오는 운명을 기다리는 듯하였다.

순영을 붙드는 것이 과연 선주일까, 그런 것 같지 않다. 무슨 알 수 없는 힘이 선주의 손을 빌려서 순영을 붙드는 듯하였다. 그 힘이 순영의 안에 있는 것인지, 밖에서 오는 것인지 순영은 알 수 없었다. 다만 그 힘이 순영의 목덜미를 내리누르는 양이 갈수록 더욱 굳셈을 깨달을 뿐이었다.

순영이가 더 가려고도 않고 멀거니 무엇을 생각하는 양을 보고는 선주는 피아노에 앉아서 보표도 없이 생각나는 대로 이 곡조 저 곡조를 울렸다. 순영의 귀에는 그 곡조가 들어가지 않았으나 웨딩마치(혼인행진곡)가 울릴 때에는 순영은 몸서리를 치지 않을 수 없었다.

33

선주가 피아노를 치고 있는 동안에 순영은 백씨를 아니 생각할 수가 없었다. 처음 만날 때에 순영은 '저것이 백윤희!' 하고 선입견으로 백을 무서운 악인같이 보았으나 이 집에 들어와 오륙 시간을 있는 동안에 백에게 대한 생각이 많이 변하였다.

첫째 백은 점잖고 공손한 사람이었다. 어쩌면 그렇게 젠틀(점잖)해 보이고 엘리건(우아)해 보일까. 순기는 못나 보이고 윤은 못난 듯하고 음흉해 보이고 최는 남자다우나 더퍼리[37]다. 김씨는 말라깽이요 추근추근하고 아니꼽게 군다. 그런데 백은 라운드 (둥글)하고 스무드(미끈)하다. 진실로 아리스토크래틱(귀족적) 이다. 게다가 밀리어네어(백만금부자)요, 이런 좋은 집이 있고 또 나를 사랑한다 — 이렇게 생각할 때에 그는 혼자 웃고 혼자 얼굴을 붉혔다. 그러고는 곁에서 피아노를 타고 앉았는 선주가 그 늙은 변호사에게 시집가려는 뜻을 깨달은 듯도 싶었다. 실상 처음 그가 새파랗게 젊은 계집애로, 또 상당한 교육까지 받은 계 집애로, 그런 돈밖에 아무것도 볼 것 없는 늙은 것한테 시집간다 는 말을 들을 때에 퍽 해괴하게 생각이 되었다. '응, 천한 계집!' 하고 낯바닥에 가래침을 탁 뱉어주고 싶도록 미웠다. 그러나 지 금 생각해보니 좀 알아지는 듯싶었다. 그래서 한끝 선주가 정다 운 듯도 싶고 그에게 대하여 미안한 듯도 싶어서 친한 사람 모양 으로 선주의 어깨를 툭 치며,

"여보, 그래 정말 그이허구 혼인하시려우?"

하고 물었다.

선주는 피아노를 뚝 끊고 돌아앉으면서 순영의 친한 듯한 표 정을 보고 기쁜 듯이 한 팔을 내밀어 순영의 두 다리를 안으면서,

"응?"

하고 재우쳐[38] 묻는다.

"아니, 그래 정말 그이허구 혼인하세요?"

"그럼, 왜? 해서 안 돼?"

"아니 글쎄 말이야, 나는 지금 생각하니까 선주 씨 말을 들었

37 더펄이. 성미가 침착하지 못하고 덜렁대는 사람.
38 어떤 행동이 잇따라 진행되다.

어요. 저 본래 대구서 공부하셨지요? 응, 그래 알아요, 알아요! 내가 선주 씨 일을 잘 알어요."

하고 잠깐 주저하다가 빙그레 웃으며,

"노하지 마우. 내가 잘못 들었는지는 모르지만 선주 씨가 퍽 오래전부터 사랑하는 이가 있었더라지? 노하지 말아요!"

"노하긴 왜?"

하고 선주는, '안심하라, 내가 그만 일에 노할 사람이 아니다.' 하는 듯이 픽 웃고 순영을 더욱 정답게 껴안으며,

"그럼, 있었지 없어? 사랑하는 사람이 있었구 말구요. 있으면 하나만 있어요, 수두룩허지."

하고 깔깔 웃는다.

"아니, 그런 게 아니라."

하고 순영은 좀 무안한 듯이 낯을 붉히고 양미간을 찡그린다.

"그런데 그 사랑하던 사람들은 다 어쩌고 저 영감장이헌테로 시집을 가느냐 말이지? 아마 순영 씨 같은 크리스찬에게는 그것이 꽤 해괴하지?"

하고 분명한 대답을 기다린다는 듯이 선주는 순영을 노려본다. 순영은 어쩔 줄을 몰랐다. 그러나 선주는 얼른 순영을 곤경에서 벗겨내었다.

"아니오, 내가 웃는 말이오. 그렇게 진담으로 들으실 것은 아니유. 아아, 나두 인제는 버린 계집이 다 되었어……. 호호호호, 그럼 어때? 응, 순영 씨, 묻는 뜻을 내가 알어요! 너 예전 사랑하던 사내는 어쩌고 그 영감장이에게로 시집을 가느냐 말이지?"

하고 선주는 지나간 일을 생각하는 듯이 한참이나 멀거니 전등

을 바라보고 앉았더니, 옆에 있는 교의를 자기 곁으로 끌어놓고 순영을 거기 앉히고 나서,

"다 말하자면 이야기가 길지요. 또 그까짓 것은 다 말해 무엇 하우? 간단히 말하자면 이렇지요. 한번은 어떤 남자허구 사랑하다가 그 남자가 내 단물을 다 빨아먹고는 달아나고, 한번은 내가 어떤 남자에게 단물을 줄 듯 줄 듯 하기만 하다가 내 편에서 달아났지요. 사랑이란 오래 두구 할 것은 못 되어요. 오래 두구 하다가는 반드시 무슨 탈이 나고야 말어요. 한두 번 사랑 맛을 보았으면 그것은 그만 제쳐놓고 장래 생각을 해야지, 그렇지 않구 사랑만 따라댕기다가는 큰코를 떼고 마는 법이야요 — 나중에는 아무것도 안 되고 기생퇴물 마찬가지가 되구 마는 것이야요."

하고 선주는 설교하는 사람 모양으로 순영을 내려다본다.

34

선주는 점점 침착하여지면서, 그러나 말에는 더욱 힘이 있고 자신이 있게,

"글쎄 우리 동무 중에도 그런 사람이 수두룩허지 않수? 사랑 따라댕기다가 행랑살이하는 사람이……."

하고 웃는다. 순영도 웃었다. 선주는 다시 말을 이어,

"낸들 왜 사랑이야 싫겠수? 사랑하는 남자허구 부부가 되어서 일생을 같이 살면 작히나 좋겠어요. 허지만 세상사가 그렇게 모두 뜻대로 되나요? 허기는 첫 번 사랑하던 사내가 나를 박차고

달아나지만 않았으면, 그 사람허구만 곁으면 내가 거지가 되더라도 따라갔지요. 그것도 지금 곁으면 어떨는지 모르지만 그때에는 그랬어요 — 어느 게 옳은지 모르지요. 허지만 그 후에 여러 남자와 교제도 해보구 사랑을 주어두 보구 받아두 보았지만 모두 별수가 없습디다. 얼굴이 뺀뺀하면 맘이 틀려먹구, 재주푼어치나 있는 작자는 되지두 못하게 젠체나 허구 — 사람이 좀 쓸 만하면 먹을 게 없구, 먹을 게나 좀 있으면 사람이 젬병이구 — 아무리 사랑두 좋지만 사랑두 먹구 나서 사랑이지 — 안 그렇수? 낫살이나 먹구 세상에서 쓴맛 단맛도 좀 보다 나니 그런 생각이 다 나는구려 — 호호, 내가 타락했지? 타락했으면 어때? 그래서 에라 돈이나 있구 중간에 변치나 않구 내 떼를 잘 받아나 줄 만한 사내를 골라서 시집을 가버리구 말자, 가 보아서 다행히 재미가 나면 좋구 안 나면 먹을 거나 얻어가지고 나오면 구만이지 — 이렇게 생각을 했지요. 그렇게 생각을 허구 있는데 마침 윤씨가 나섭디다그려. 가만히 생각해보니 나이두 늙수그레허니 인제 난봉도 그리 안 피울 것 같고, 난봉을 피우면 대수요만 그래도 다른 계집을 따라댕기지두 않을 것 같구, 또 사람두 못났다 할 만큼 순해서 내 말두 잘 들어줄 것 같구, 또 혼인하기 전에 벼 백어치나 내 이름으로 옮겨도 주마구 그래서, 에라 그래라, 나 곁은 년이 나이 삼십이 가까워 가는데 잔뜩 빼구 고르면 무슨 신통한 수가 있겠나? 하고 허락해버렸지요."

이렇게 단숨에 이야기를 하고 나서는 선주도 약간 흥분된 빛이 보이고 스스로 저를 저주하는 듯한 한숨을 휘 내쉬더니 근심스러운 듯이 순영을 바라보며,

"아마 미친년이라구 생각하시겠지? 더러운 년이라구 생각하시겠지요? 그래두 할 수 없어, 나만 그런가, 세상이 모두 그런걸! 세상이 모두 나를 이렇게 만들어준걸."

하고 어디를 바라보는지도 모르게 이윽히 무엇을 바라보는 듯하더니,

"알 수 있소? 사람의 일을 알 수 있소? 나는 윷가락을 내던지는 셈으로 내 몸뚱이를 내던졌어요. 그 윷가락이 바닥에 떨어져서 모가 될는지 도가 될는지 내가 알아요? 될 대로 되라지. 또 누구는 그 밖에 더 별수가 있나."

하고는 심히 맘이 불평한 듯이 눈물을 막으려고 애쓰는 듯이 그 큰 눈을 껌벅껌벅하면서 고개를 숙인다.

순영은 곁에 앉았는 선주가 심히 불쌍하게 보였다. 마치 캄캄한 무저갱無底坑으로 엎치락뒤치락 둥둥 떠내려가는 사람을 보는 듯하고 자기 혼자 그 무저갱 가에 서서 소리도 못 지르고 몸도 못 움직이고 두 주먹에 땀을 쥐고 발발 떠는 것만 같이 생각하였다. 그래서 무슨 말로 선주를 위로할 바를 모르고 우두커니 앉아 있었다. 그러나 순영의 맘속에는 무엇이라고 형언할 수 없는 생각이 부걱부걱[39] 괴어올라서 마음을 진정할 수가 없었다. 인생은 이화학당의 기숙사에서 생각하던 것과는 다른 듯하였다. 일찍 몽상도 못하던 인생의 한 방면을 본 듯하여 순영은 멀미가 나는 듯하였다.

이러할 때에 백이 웃고 들어와서 저녁이 준비되었단 말을 고

---

39 술 따위가 발효하여 큰 거품이 생기면서 잇따라 나는 소리.

하고 두 사람을 이끌어 아까 오던 길로 아까 밥 먹던 곳으로 나왔다.

그러나 순영은 실심한 사람으로 또는 몹시 피곤한 사람으로 아무 흥미도 깨닫지 못하고 저녁을 마쳤다. 그동안에도 백은 눈에 거슬리지 않으리만큼 여러 가지로 순영에게 친절히 하는 뜻을 표하였다. 선주도 일향 떠들지도 않고 근심스럽게 앉았다. 그래서 백이나 윤이나 모두 무슨 일이 생겼나 하고 가끔 힐끗힐끗 두 여자의 눈치를 엿보았다.

오늘 화투에 평생 처음 많이 따본 순기만 혼자 좋은 듯이 점심 때와는 반대로 기운을 내어 떠들었다.

35

열시나 되어서야 순영은 오빠와 함께 집에 돌아왔다. 그러나 집에 돌아와서까지도 아까 찌뿌듯하던 생각이 풀리지를 않았다. 이튿날 아침을 먹고 나서 순영이가 기숙사로 들어가려 할 때에는 순영은 속으로, '오빠가 왜 아무 말이 없을까?' 하고 속으로 은근히 기다렸다. 그래서 일부러 기숙사에 들어가기를 지체하느라고 어린애와 놀기도 하고 오라범댁과 이야기도 하였다. 그 이야기 제목은 해주 아주머니였다.

열시나 되어서 오빠가 사랑에서 순영을 부른다는 전갈이 왔다.

"왜 사랑으로 나오래?"

하고 순영은 기어오르는 조카를 떼어놓고 귀찮은 듯이 뛰어나갔다.

순기는 무슨 궁리를 하는 듯이 방 안으로 왔다갔다하더니 순영이가 들어오는 것을 보고 앉아서 심히 말을 꺼내기가 어려운 듯이 공연히 손만 싹싹 비비고 앉았다. 순영에게 그것이 퍽 우스워서 깔깔 웃었다.

"왜 웃니?"
하고 자기도 웃으면서 순영을 본다. 퍽도 싱겁게 되었다.

"나 기숙사에 갈 테야요. 왜 부르셨어요?"
하는 순영 자신도 우스웠다.

순기는 겨우 기운을 내어서 여러 가지로 에둘러서 순영이가 백씨와 혼인하기를 권하였다. 일언이폐지一言以蔽之[40]하면 순기는 순영을 사랑한다, 동생이니까 아니 사랑할 수가 있으랴, 사랑하는 고로 순영의 일생이 행복되기를 원한다, 순영의 일생이 행복되기를 원하는지라 백에게 시집가기를 권하는 것이었다.

순영은 아무 말도 않고 오빠의 긴 이야기를 들었다. 물론 순영도 노상 백에게 맘이 없는 것은 아니다. 그러나 순기가 자기더러 백과 혼인하기를 권하는 것이 오직 자기의 행복을 위하는 것이라고 중언부언하는 것이 반감이 났다. 그래서 순영은 쌀쌀스럽게,

"아니야요. 나는 학교 졸업을 하고는 미국으로 가야만 해요. 내 장래를 위해서도 그렇거니와 또 학교에서 벌써 그렇게 작정을 했으니깐 나는 명년에 졸업만 하면 곧 미국으로 갈 테야요."
하고 찬바람이 나게 딱 잡아떼었다.

---

40 한마디로 그 전체의 뜻을 다 말함.

순기는 설마 그럴 줄은 몰랐다는 듯이 깜짝 놀라는 모양을 보였다. 자고 나서 지금까지에 지어놓았던 공상이 모두 깨지고 만 것이다. 순영이를 백에게 줌으로 백에게서 돈을 얼마나 얻어서 어떠한 사업을 시작하여, 어떠한 이익을 얼마나 남겨서, 그것을 어떻게 어떻게 쓰겠다는 것까지 다 예정해놓았던 판에, 순영의 이 쌀쌀한 대답이 그 모든 유쾌한 공상을 다 부숴버리고 만 것이다. 그러나 그렇다고 순기는 그대로 단념할 수는 없는 형편이다. 그는 아무리 하여서라도 순영을 백에게 가도록 하여야만 한다. 여기 일생의 부침이 달린 것이다.

그래서 마침내 순기는 순영에게 애걸하는 태도를 취하였다. 에둘러서 순영이가 백에게 시집을 감으로 자기도 무서운 곤경을 벗어날 수 있는 것이니, 첫째 오라비 하나를 살려주는 줄 알고라도 백에게 시집가기를 허락해달라고 간청하였다. 순영은 오빠의 심사가 밉기는 하나 그래도 마침내 그 속에 먹었던 것을 실토시킨 것이 퍽 유쾌하였다. 그래서 어서 이 자리를 벗어날 양으로 또는 아주 거절해 보이는 뜻을 보이지 않을 모양으로,

"오빠 내 더 생각해볼게요."

하고 기숙사로 돌아왔다.

P부인이 순영을 보고,

"그래 아주머니 반가이 만나보았소?"

할 때에는 순영은 가슴이 활랑활랑[41]하고 얼굴이 붉어졌다.

이날부터 순영에게는 큰 괴로움이 생겼다. 그것은 백에게 시

---

41 심장이 마구 두근거리며 가쁘게 몹시 뛰는 모양.

집을 갈까 말까 하는 괴로움이었다. 이때에 봉구는 감옥에서 미칠 듯이 홀로 순영이를 생각하고 그리워하였었고 또 순영도 자기를 생각하고 그리워하려니 하고 혼자 애를 졸이고 있었지만 순영은 그를 잊어버린 지가 오랬었다. 백에게 시집을 갈까 말까 할 때에도 일찍 봉구를 염두에 둔 일은 없었다. 차라리 밉기는 미우면서도 김 선생이 맘에 걸렸다. 그가 허겁지겁으로 자기를 사랑하는 양이 불쌍하였다. 더구나 그가 자기의 환심을 살 양으로 그리 큰 부자도 못 되는 처지에 땅을 팔아다가 낙산 밑에다가 집을 짓고 피아노를 주문하고 한다는 말을 듣고는 고맙다는 생각까지도 났다.

36

하지만, 털끝만치도 김 선생한테는 시집갈 생각이 없었다. 더구나 백을 본 후로는 그러하였다. 김씨가 미국의 높은 학위를 가진 것이나 김 아무라 하면 조선서 모르는 사람이 없을 이만한 그의 명성이나 전문학교 교수라는 것이나 그것이 다 합하여도 순영의 맘을 끌 수는 없었다. 그러나 백은 순영의 맘을 무섭게 끌었다. 그의 조선 양반식인 무거운 태도가 어려서부터 서양식 교육을 받은 순영 같은 신식 여자의 맘을 몹시 끌었고, 또 백의 중년미中年美라 할 만한 남성미가 무서운 힘을 가지고 순영의 정을 끌었다. 백의 품에 안길 때의 형언할 수 없는 기쁨을 상상할 때에 순영은 몸이 찌르르하도록 기뻤다. '백의 돈은?' 이것을 순영은 생각하지 않으려고 애를 썼다. 그것은 순영이가 지금까지에 받아 온 교육이 금하는 까닭이다. 그러나 백을 생각할 때마다 동대문 밖 집이 보이고 그 집이 보일 때마다 선주의, "아무리 사랑이 좋 더라도 먹고야." 하던 것과, "내 동무들두 사랑만 찾아댕기다가 행랑살이를 하게 되었다우." 하던 것이 생각되었다. 또 백과 혼인 만 하면 미국 유학도 내 맘대로요 영국 유학도 내 맘대로다. 학교 에 빌붙어서 몇 푼 안 되는 학비를 얻어 쓸 필요도 없는 것이다.

그러나 날이 지날수록 순영의 생각은 더욱 변하였다. 그까짓 공부는 해서 무엇하나, 미국 유학은 해서 무엇하나, 꽃 같은 청춘 을 삼십이 넘도록 기숙사 구석에서 보낸다면 거기서 얻는 것이 무엇일까, 이 춥고 쓸쓸한 방에서 젊은 몸이 혼자 늙어야 할 까닭 이 무엇인가.

순영은 자리에 누워 곁에 자는 동창들의 깊이 잠든 숨소리를 들으면서 가슴속에 이상한 젊은 욕심이 일어남을 깨닫는다. 그 의 몸은 지나쳐 발육되었다 하리만큼 발육이 되었다. 그의 뜨거 운 피는 귀를 기울이면 소리라도 들리리만큼 기운차게 돌아간다. 그리하고 그의 정신은 일종의 간지러움과 아픔을 가지고 무엇을 붙잡으려는 듯이 수없는 손을 허공으로 내두른다. 그의 손바닥에 는 수백만 원의 재산이 놓였다. 그의 몸은 동대문 밖 백씨의 집 양실 침대 위에 포근포근한 새털 요와 가뿐한 새 이불에 싸였다. 그의 곁에는 건강하고 아름답고 은근하고 사랑이 깊은 중년의 남자가 누웠다. 밖에서 바람이 불고 비가 뿌린다. 그러나 방 안은 봄날 일기와 같이 따뜻하다.

그의 하얀 몸과 검은 머리에서는 향기가 동한다 ― 살은 비단결같이 부드럽다.

이 모양으로 순영은 끝없는 공상을 한다. 공상이 공상을 낳아 점점 공상의 깊은 구렁으로 빠져들어가매 순영은 도리어 가슴이 벅차는 듯한 괴로움을 깨닫는다. 그래서 곁의 사람이 깰 것을 두려워하는 듯이 가만히 일어나 창으로 달빛이 서리 같은 바깥을 바라본다.

달은 서쪽으로 기울었다. 서리 덮인 학교 뜰은 죽은 듯이 고요하다. 네모 번뜻번뜻한 서양 선생의 주택들이 시커먼 그림자를 앞에다 놓고 그 속에 자는 사람들의 꿈과 같이 고요히 서 있다. 별들은 금시에 바서져 떨어질 듯이 무섭게 차디찬 푸른 하늘에서 반짝거린다.

순영의 눈에는 백의 집에서 보던 낙산 마루턱의 석양에 홀로 선 소나무가 번뜻 보였다. 자기는 그 양실 창에서 밤경치를 바라보는 것이다. 비에 싸인 동대문을 생각하고 무심코 고개를 비끗 돌릴 때에 빤한 불 하나가 순영의 눈에 띄었다.

'P부인이다!' 하고 순영은 놀라는 듯하였다. P부인은 기숙사 학생들이 다 잠들기를 기다려서 기숙사를 한 바퀴 돈다. 방방이 가만히 문을 열어보아서 다들 잘 자면 가만히 도로 문을 닫고 나가고, 만일 어떤 아이가 이불을 차 던졌으면 그는 살그머니 들어와서 이불을 덮어주고 바람이 들어오지 않도록 어깨까지 꼭꼭 눌러주고는 무어라 속으로 중얼중얼하면서 나온다. 그 중얼중얼하는 소리의 뜻이 무엇인지 아는 사람이 없다.

37

그러나 아이들은 그것이 기도라고 한다. 그는 기숙사 방방이 들어갈 때마다 무슨 기도를 올린다고 아이들은 믿는다. "귀여운 당신의 딸들을 잘 자라게 하여줍소서, 아멘." 아마 이러한 기도를 드리나 보다고 어떤 아이가 추측으로 이야기한 뒤로는 아이들은 그것으로 P부인의 기도를 만들어버리고 말았다. 그러고는 저희들끼리도 불 끄고 잘 때에는 P부인의 흉내를 내느라고 이러한 기도를 하고는 웃는다.

이렇게 P부인이 온 기숙사를 한 번 다 돌고는 반드시 채플(기도실)로 간다고 한다. 어떤 아이가 따라가 보았다고도 한다. 거기 가서 한참 꿇어앉아서 기도를 드리고는 반드시 집에 돌아가서는 늦도록 불을 켜놓고 무엇을 하는데 그 하는 것이 무엇인지는 아무도 알지 못한다. 혹은 책을 보는 것이라고도 하고 혹은 기도를 하는 것이라고도 한다.

순영은 조그마한 창으로 커튼 틈으로 스며나오는 불빛을 볼 때에 그 밑에 앉은 키가 크고 얼굴이 기름하고 눈이 크고 깊고 콧마루 몹시 서고, 서양 부인네치고는 약간 고개가 앞으로 숙은 P부인을 아니 생각할 수가 없었다. 그러고는 그의 곁으로 뛰어가려고 안 할 수가 없었다. P부인은 순영에게는 어머니요 아버지요 선생님을 겸한 이였다. 누구든지 다 P부인의 귀염을 받고 P부인을 따르지만 순영은 특별히 그의 사랑을 받았다고 생각한다.

그 P부인을 생각할 때에 자기가 지금까지 자리 속에서 상상한 것이 모두 더러운 죄와 같이 보여서 순영은 몸서리를 쳤다. 자기가 어려서부터 얼마나 P부인을 사모하였던가, 얼마나 P부인과 같이 되기를 바랐던가, 그이와 같이 인격이 높은 교육가가 되어서 우리 불쌍한 조선 여자들을 교육하리라. 그래서 나도 P부인과 같이 늙은 뒤에는 여러 어린 여자들에게 은인같이 어머니같이 사랑하고 사모함을 받으리라. 이러한 생각을 가지고 있었다. 그래서 그와 같은 생각을 가진 다른 여학생들과 결의형제結義兄弟를 한 일도 여러 번 있었다. 그러나 그들은 대부분 고등과를 마치기가 바쁘게 시집들을 가버리고 지금에 남은 것은 순영이 자기와 아직도 순영이와 한방에 있는 강인순과 두 사람뿐이다. 김씨가 자기에게 청혼을 할 때에도 자기는 인순이더러 일생을 교육에 바치기 위하여 청혼을 거절하노라고 말하였고 인순이도 그 뜻으로 청혼을 거절하라고 순영에게 권하였다.

그러나 순영의 생각은 차차 변하기를 시작하였었다. 독립운동이 지나가고 사람들의 맘이 모두 식어서 나라나 백성을 위하여 일생을 바친다는 생각이 적어지고 저마다 저 한 몸 편안히 살아갈 도리만 하게 된 바람은 깊은 듯한 W여학교 기숙사에도 불어 들어 왔었다. 그래서 그때 통에 울고불고 경찰서에와 감옥에 들어가기를 영광으로 알던 계집애들도 점점 그때 일을 웃음거리삼아 이야기할 뿐이요, 인제는 어찌하면 잘 시집을 갈까, 어찌하면 미국을 다녀와서 남이 추앙하는 여자가 될까, 이러한 생각들만 많이 하게 되었다. 순영도 이 바람에 휩쓸려 넘어가기를 시작하였던 것이다.

더구나 오래전부터 학교에 있던 조선 사람 선생들이 혹은 그때 통에 감옥에 들어가버리고 혹은 외국으로 달아나고 혹은 무자격이라 하여 쫓겨나가고, 새로 애송이 선생들이 들어와서는 학생들이 제 몸을 희생하여 조선을 위하여 힘쓰라는 자극을 받을 곳이 없어져버리고, 더욱이 순영에게는 가장 감화하는 힘이 많은 그의 셋째오빠 순흥이가 오 년 징역을 받고 감옥에 들어간 뒤로는 그의 감화도 받을 길이 없어서 순영은 그만 예사 계집애가 되어버리고 만 것이다. 만일 P부인과 그의 옛 친구인 강인순조차 없었던들 그는 백씨를 만나보기 전에 벌써 그의 옛 생각을 모두 잊어버리고 말았을 것이다.

그러나 아직도 P부인의 창에 비추인 등불을 볼 때에는 근 십 년 동안이나 받은 교육의 힘이 그를 찌르지 않을 수가 없던 것이다.

38

P부인은 이름은 부인이라 하지만 그의 남편을 본 사람이 없다. 그는 젊어서 혼인하였다가 남편이 죽고 그 후로는 교회와 교육에 일생을 바쳤다고 한다. 그러나 이것도 남들이 하는 말이요 사실은 어떠한지 아는 사람이 없다. 그는 조선에 온 지가 벌써 이십 년이 넘었고 이십 년 동안을 일찍 W여학교 문밖을 나가본 일이 없다고 한다. 칠 년 만에 한 번씩 돌아오는 선교사의 안식년에도 그는 미국에 돌아가지도 않았고, 여름에 다 가는 피서도 가지 않고 꼭 W여학교 그의 집에 자기와 같이 늙은 조선 부인 한 분과 같이 살아간다. 어린 여학생들이 보기에 그의 생활은 본받을 수

없으리만큼 거룩하고 높은 것 같았다. 사실상 그렇기도 하였다.

그러나 P부인의 생활은 순영에게는 너무도 멀었다. 스무남은 살 때까지는 그 생활을 이상으로도 하였지만 금년에 와서부터는 그 생활은 도저히 자기가 견딜 수 없는 생활과 같았었다. 그러하던 것이 백의 집에를 다녀온 후로는 다만 그 생활만이 우스워보일 뿐 아니라 P부인까지도 어째 어리석은 듯하였다.

'나는 못해! 못한다는 것보다도 안 해! P부인과 같은 생활은 안 해!' 하고 순영은 P부인의 창에 비추인 불에서 눈을 다른 데로 돌리면서 무엇에 굳세게 반항할 듯이 맘속으로 외쳤다. 그러고는 그따위 보기 싫은 것을 다시는 안 보리라는 듯이 창에서 물러서서 자기의 자리로 오려 하였다. 그때에 인순이가,

"얘, 너 왜 안 자고 무얼 그렇게 생각하니?"

하고 물었다. 인순은 순영보다 나이가 두 살 위이다. 그러므로 순영은 인순을 언니라고 부르고 인순은 순영을 동생이라고 부르고 얘, 쟤 하는 것이다.

순영은 깜짝 놀라서 우뚝 섰다.

"너 어째 요새는 걱정이 많은 듯하구나. 왜 내게는 아무 말도 안 하니?"

하고 인순이가 이불을 안고 일어나 앉는다.

순영은 자기 자리에 와 앉아서 한숨을 지었다. 인순이가 내 눈치를 안 채었을 리가 없다 하고 순영은 생각하였다. 그리하고 피차에 털끝만 한 비밀도 없던 인순에게 대하여 자기가 비밀을 가지게 된 것이 미안하기도 하고 부끄럽기도 하였다. 그러나 순영은 지금 자기 가슴속에 품은 생각을 인순에게 말할 용기도 없었

한국문학을 권하다

시리즈 (전 26권)

재미있게 읽는 내 생애 첫 한국문학

한국문학 총서 중 최다 작품 수록

젊고 새로운 감각으로 문학의 즐거움 재조명

작가 10인이 강력 추천한 한국문학 총서

애플북스

한국문학을 권하다 시리즈

한국문학을 권하다 시리즈는 누구나 제목 정도는 알고 있으나 대개는 읽지 않은 위대한 한국문학을 즐겁게 소개하기 위해서 기획되었다. 문학으로서의 즐거움을 살린 쉬운 해설과 편집 기술을 통해 여태껏 단행본으로 출간된 적 없는 작품들까지 발굴해 묶어 국내 한국문학 총서 중 최다 작품을 수록하였다.

01 이광수 중단편선집 · 고정욱 작가 추천 | 532쪽 | 값 13,500원

소년의 비애

시대의 아픔과 사랑을 탁월한 심리묘사로 담아내 문학의 대중화를 꽃피운 춘원 이광수의 대표작 모음!

사회현실에 대응하는 젊은 지식인의 내면세계를 그려낸 이광수 작품의 모태가 되었던 중단편소설 총 15편 수록.

02 염상섭 장편소설 · 임정진 작가 추천 | 676쪽 | 값 14,500원

삼대

돈과 욕망을 둘러싼 삼대에 걸친 세대 갈등 탁월한 이야기꾼 염상섭의 꼭 읽어야 할 장편소설

한국 근대사회의 격변기에 개인과 사회의 욕망을 삼대의 가족사를 통해 그려낸 수작.

03 김동인 단편전집 1 · 구병모 작가 추천 | 696쪽 | 값 15,000원

감자

인간의 원초적인 욕망과 본성의 근원을 탐구한 한국 단편 문학의 선구자 김동인의 작품세계

예술지상주의를 표방하고 순수문학을 지향했던 김동인의 단편소설 36편 총망라.

04 현진건 단편전집 · 박상률 작가 추천 | 356쪽 | 값 12,800원

운수 좋은 날

하층민의 비극적인 삶을 사실적으로 그려내며 한국 단편소설의 금자탑을 이룬 현진건 문학의 백미

다양한 작품을 통해 개인의식과 역사의식을 사실적으로 묘사한 대표적인 단편소설 21편 수록.

05 심훈 장편소설 · 이경자 작가 추천 | 416쪽 | 값 13,000원

상록수

민족의식과 애향심을 높이는 계몽문학의 전형, 가장 한국적인 농민문학으로 꼽는 심훈의 대표작

민족주의와 계급적 저항의식 및 휴머니즘이 관류하며 본격적인 농민문학의 장을 여는 데 크게 공헌한 작품.

06 채만식 대표작품집 1 · 김이윤 작가 추천 | 500쪽 | 값 13,500원

태평천하

속물적이고 천박한 가족주의를 반어와 역설로 날카롭게 풍자한 천재작가 채만식의 대표작

현실 풍자를 통해 독자적인 작품세계를 구축한 채만식의 대표 작품 〈태평천하〉 〈냉동어〉 〈허생전〉 수록.

07 이태준 중단편전집 1 · 고명철 작가 추천 | 472쪽 | 값 13,800원

달밤

'조선의 모파상'으로 불리며 단편소설의 완성도를 최고 경지로 끌어올린 이태준의 주옥같은 작품선

한국문학사에서 근대 단편소설의 완성자로 재평가받고 있는 이태준의 예술적 완성도를 보여주는 중단편소설 36편 수록.

08 이효석 단편전집 1 · 방현희 작가 추천 | 632쪽 | 값 14,500원

메밀꽃 필 무렵

시적인 문체와 세련된 언어로 예술성을 이뤄낸 순수문학의 대표자 이효석의 걸작 단편 모음집

능숙하고 세련된 언어 감각의 향연을 누릴 수 있도록 예술적 감동을 주는 작품 29편 총망라.

09 김유정 단편전집 · 이명랑 작가 추천 | 528쪽 | 값 14,000원

봄봄

향토적 서정과 도시 빈민층의 삶을 가감 없이 그려 해학과 비애의 조화를 보여주는 김유정의 문학세계

1930년대 농촌 현실을 해학적이면서도 진정성 있게 그려낸 매력적인 단편소설 30편.

10 이상 소설전집 · 임영태 작가 추천 | 420쪽 | 값 13,500원

날개

자유분방한 형식과 역설의 재치, 독특한 난해함으로 한국문학을 새로운 경지로 이끈 이상 문학의 진수

20세기 모더니즘의 전위 이상 문학의 진수를 감상할 수 있는 소설 16편 수록.

11 염상섭 대표작품집 · 임정진 작가 추천 | 500쪽 | 값 13,500원

두 파산

세밀한 사실주의로 식민지 현실과 인간의 분노, 절망을 고스란히 담아낸 염상섭의 작품세계

혼란했던 근현대를 온몸으로 겪어낸 인간의 삶이 고스란히 담긴 염상섭의 대표작 10편 수록.

12 채만식 대표작품집 2 · 김이윤 작가 추천 | 516쪽 | 값 14,000원

레디메이드 인생

흔들리는 청춘과 무기력한 지식인의 모습을 날카로운 풍자로 그려낸 채만식의 작품세계

무기력한 지식인의 자의식을 날카롭게 투시한 채만식의 풍자적 리얼리즘을 대표하는 작품 15편.

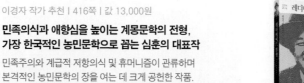

"내 생애 최고의 한국문학을 권하다"

젊고 새로운 감각으로
문학 읽기의 즐거움 재조명

어려운 해설 대신 '내 생애 첫 한국문학'이라는 주제로 현재 문단에서 활발하게 활동 중인 구병모, 고명철, 고정욱, 김이윤, 박상률, 방현희, 이경자, 이명랑, 임영태, 임정진 등 총 10명의 작가들이 쓴 인상기는 지금까지 시험 대비로만 읽어왔던 작품에 새로운 의미를 부여하고 문학 그 자체의 매력을 맛보는 새로운 감상의 기회를 제공할 것이다.

 "춘원의《무정》은 분명 내 삶을 지금까지 규정하고 있다. 밤을 새워 그의 작품을 읽고 난 뒤 나는 가슴이 설레어 잠도 잘 수 없었다." 고정욱, 소설가

 "염상섭만큼 세대 간의 가치충돌과 가족심리를 탁월하게 그려낸 작가가 또 있을까 싶다. 탁월한 이야기꾼을 만난다는 건 정말 큰 행복이다." 임정진, 소설가

 "김동인의 진짜 재능은 세속적 인간의 원초적 욕망을 표현하는 데에서 만개한다. 그는 글을 써서 살아가는 나를 반사하는 거울과 같다." 구병모, 소설가

 "사실주의 문학을 개척한 현진건 작품 속의 주인공들은 내 삶의 폭을 한층 넓혀주었다. 그를 통해 이른바 공감 능력이 생긴 것이다." 박상률, 소설가

 "심훈의 작품은 거의 하얀 도화지 같던 내 정신에 밑그림을 그려주었다. 공동체에 도움되는 삶이 아름답다는 생각이 내 정신에 새겨졌다." 이경자, 소설가

 "채만식이 보여준 모순에 눈 맞추면, 모순을 타파하는 길도 짚어갈 수 있지 않을까? 쉽지 않은 세상을 어떻게 살 것인가, 그가 건네는 확대경을 들여다보자." 김이윤, 소설가

 "사람과의 관계에 피로감을 느낄 때 이태준의 소설은 삶의 청량제이다. 단편소설의 완성도가 무엇인지 보여주는 그의 작품은 하나같이 놀랍다." 고명철, 평론가

 "봉평의 새하얀 달빛과 숨이 막힐 듯한 메밀꽃 향기, 그것이면 충분하지 않을까? 그래서 나는 책을, 손에서 놓을 수 없는지도 모르겠다." 방현희, 소설가

 "김유정의 소설은 내가 읽은 최초의 로맨스 소설이었다. 그의 작품을 통해 연애의 기본 정석을 배웠고, 나도 이런 소설을 쓰고 싶다는 생각을 하게 되었다." 이명랑, 소설가

 "이상의 작품들이 보여주는 자유분방한 형식과 역설의 재치와 독특한 난해함들… 그는 그 시대의 개성 있는 작가들 중에서도 가장 인상적으로 주목된다." 임영태, 소설가

다. 언제 그것이 발로가 되어 자연히 인순이가 알고 원망하는 한이 있다 하더라도 순영은 자기 입으로 그 말을 낼 수는 없었다.

"아니오 언니! 아무것도 없어, 달이 좋아서."

하고 더 말하기를 꺼리는 듯이 이불을 쓰고 자리에 들어가고 말았다.

인순은 우두커니 앉아서 한참이나 순영을 바라보더니 역시 한숨을 짓고 이불을 쓰고 누워버렸다.

이러하는 동안에 길어 보이던 가을학기도 다 가고 크리스마스 방학이 되었다. 그동안에 김씨의 간절한 청혼이 두어 번 있었고 또 둘째오빠에게서 백씨에게 허혼하라는 재촉이 두어 번 왔다. 그러나 김씨에게 대하여서는 듣기 좋게 공부한다는 핑계로 거절을 하여버렸으나 백씨에게 대하여서는 아주 허락하는 것도 아니요 거절하는 것도 아닌 대답으로 어름어름[42]하여 왔다.

동기방학이 된 이튿날 순영은 순기의 집으로 갔다. 순기는 순영이가 오기를 기다린 것처럼,

"너 구경 안 갈래?"

하고 물었다.

"무슨 구경이요? 어디요?"

하고 순영의 묻는 말에는 깊은 호기심이 있는 듯하였다.

"내가 신경통이 생겨서 의사가 온천에를 가라는데 너도 가고 싶거든 가자."

한다.

---

42 말이나 행동을 똑똑하게 분명히 하지 못하고 우물쭈물하는 모양.

순영은 인순이가 혼자 있을 것을 생각하였으나 순기의 말대로 곧 행장을 수습해가지고 그날 밤차로 동래온천을 향하여 떠났다.

순영이가 놀란 것은 순기가 새 양복에 털깃 단 외투까지 입고 서슴지 않고 일등침대를 타는 것이었다.

39

일등침대는 순영에게는 생전 처음이다. 깨끗하고 조그마한 방 안에, 외투 깃을 대려고 해도 저마다 못하는 우단침대며 백설 같은 담요와 그보다도 더 흰 시트가 퍽 기뻤다.

순기는 이런 데는 익숙한 듯이 담배를 두어 대 피우고는 얼른 자리에 들어가서 잠이 들어버린 모양이었으나 순영은 좀체로 잠이 들지를 않았다. 차가 쿵쿵 하는 대로 몸이 알맞추 흔들릴 때에 순영은 더할 수 없이 유쾌하였다.

'사람은 이렇게 살 게야!' 하고 순영은 빙끗 웃었다. 게다가 방 안은 덥다고 하리만큼 따뜻하여서 가슴을 내어놓아도 추운 줄을 몰랐다. 순영은 가만히 누워서 혹은 하얀 천장을 바라보고 혹은 자기의 윤택 나는 손과 팔을 물끄러미 들여다보고 혹은 부드러운 자기의 살을 만져보았다. 세상이 모두 봄날이요 자기의 온몸이 모두 아름다움과 기쁨과 행복으로만 된 것 같았다.

이튿날 식전에 부산역에 내려서는 곧 정거장 호텔에서 아침을 먹고 자동차를 내어 타고 동래온천으로 올라갔다. 그렇게 춥던 서울과 달라 이 남녘나라는 아직도 늦은 가을 모양으로 따뜻하였다.

"봉래관은 크기는 크지만 욕실과 음식이 명호(여관 이름)만 못해!"

하여 자동차는 명호여관 앞에 놓였다. 뉘 집 부인네가 아니면 어느 댁 아가씨들같이 아름다운 하인들이 나와 허리를 굽히고 땅에 엎드려 두 사람을 맞았다. 모두 순영에게는 처음 보는 광경이요, 처음 하는 호강이었다.

'사람이란 이렇게 살 게야!' 하고 순영은 한번 더 웃었다.

얼마나 넓고 깨끗한 방인가, 순영의 방은 바로 서남 모퉁이에 있는 방이었다. 환하게 밝은 방에는 매화가지가 꽃이 피어 있었다. 화롯불이언만 방은 알맞추 더웠다.

"밤낮 기숙사에서 얼었으니 메칠 동안 잘 쉬어라. 어서 가서 목욕이나 해라."

하고 순기는 거기서 한 방 건너서 자기 방으로 가버렸다.

순영은 그날 종일 퍽도 행복되었다. 목욕을 하고 와서는 책을 좀 꺼내어보려 하였으나 책이 눈에 들어오지를 않았다. 그렇다고 가만히 있을 수도 없어서 앉았다 일어났다 거닐었다 창으로 내다보았다, 화젓가락[43]으로 불을 묻었다가 팠다가, 매화가지에 코를 대고 싸늘한 향기를 킁킁 맡다가, 이 모양으로 맘이 흥분하였었다. 순기도 술이 뻘겋게 취한 얼굴로 자리옷을 입고 한번 들여다보고는 영 오지를 않았다. 그래서 순영은 혼자서 즐거운 심심 속에 앉으락일락[44]하였다.

43 '부젓가락'의 방언.
44 반복하여 앉았다 일어났다 하는 꼴.

순영은 누구를 기다리는 듯함을 깨달았다. 도저히 이런 곳에서 혼자 있을 것은 아니라고 생각하였다. 오빠한테로 갈까, 아니다, 오빠도 내가 기다리는 사람은 아니다. 인순이? 아니다. 그도 인제는 나의 기다리는 사람은 아니다. P부인? 그도 물론 아니다. 그들로 하여금 내가 이렇게 행복된 것을 보고 부러워하게 하고는 싶다. 그러나 그들은 나의 기다리는 사람은 아니다.

아아, 그게 누굴까? 기다리는 그 사람이 누굴까? 그때에 순영의 눈앞에는 한 떼의 남자들이 주욱 늘어섰다. 순영은 두 팔을 뒤로 세우고 두 다리를 쭉 뻗고 고개를 번쩍 들고 앉아서 자기의 눈앞에 나타난 남자들을 일일이 점고[45]해보았다.

순영에게 사랑을 청하던 여러 남자들, 길에서 순영의 뒤를 따라다니던 추근추근한 학생들, 누군지도 모르나 혹은 기차 속에서, 혹은 전차 속에서, 혹은 길가에서 우연히 번뜻 보인 남자들 중에서 순영의 맘에, '아이 얌전도 한 남자다!' 하고 정다운 생각이 나던 남자들, 이러한 남자들이 수십 명이 주욱 늘어선 가운데는 머리에 기름을 바르고 팔에 외투를 걸고 까만 지팡이를 든 김 선생이 자기를 보고, "순영 씨 나를 사랑해주세요." 하고 애걸하는 모양도 있고 손에 파란 연기가 오르는 반쯤 탄 여송연을 들고 음전하게 서서 빙그레 웃고 자기를 바라보는 백씨도 있다.

---

45 명부에 일일이 점을 찍어가며 사람의 수를 조사함.

40

　순영은 장군이 군대 검열이나 하는 모양으로 높은 데 떡 서서 그 남자들의 무리를 내려다보기도 하고 또 하나씩하나씩 자기 앞으로 불러내어서 사랑할 만한가 아니한가, 그보다도 쓸 만한가 아니한가를 시험도 하여보았다. 그들은 무섭고 존경하는 어른 앞에 나오는 모양으로, 또는 아이들이 선생님에게 불려서 칠판 앞으로 나오는 모양으로, 또 감옥 죄인들이 전옥典獄⁴⁶ 앞으로 불려나오는 모양으로, 모두 머리의 가리마와 옷깃을 바로잡고 분주히 턱과 목을 쓸어보며 두 손을 읍하고 순영의 앞으로 나와서는, "순영 씨 저를 사랑해줍시오!" 하고 청을 하는 것 같았다. 그럴 때마다 순영은 혹은 빙끗 웃고, "저리 가!" 하고 한번 눈짓을 하면 뒤에 대어 섰던 남자가 팔굽으로 이 불쌍한 남자를 홱 떼밀치고," 천사 같으신 순영 씨여, 저는 어떠합니까?" 하고 나선다. 그럴 때에는 순영은 혹은, "안 돼!" 하는 뜻으로 입을 비쭉하기도 하고 혹은, "네까짓 게?" 하고 노려보기도 하고 혹은, "염치없는 녀석!" 하고 깔깔 웃어버리기도 한다.

　그러는 중에는 김도 나오고 백도 나온다. 그러나 그것은 의례 것인 모양으로, "당신네는 저리 가서 있으우." 하고 밀쳐버리고, "그 밖에는 또 나올 사람 없어?" 하고 다른 남자들을 불러내 세운다.

　이때에 우연히 한 남자가 나선다. 순영은 여러 해 못 만났던

46　교도소장.

사람을 의외에 이곳에서 만나는 모양으로 깜짝 놀란다. 그 남자는 꼭 다문 입, 항상 무슨 깊은 생각이 많은 듯한 좀 자그마한 눈, 호걸스러우면서 착한 뜻을 표한 높고 풍부한 코, 그 하얗고 널찍한 이마, 아마 아직도 애 티가 있는 예쁘장한 두 뺨, 숭글숭글[47]하게 아무렇게나 갈라젖힌 머리, 약간 무슨 의심이 있는 듯한 걸음으로 당연히 만날 사람한테 가까이 오는 듯이 와서 순영의 손을 잡으려고 한다. "아아, 이것은 봉구 씨다! 봉구 씨다!" 하고 순영은 갑자기 얼굴이 엄숙하여졌다. 그리고 일어나 앉았다.

순영의 눈앞에는 삼 년 전 그 셋째오빠와 봉구와 같이 몸을 피해 다니던 광경이 번개같이 지나갔다. 그때에 봉구가 자기에게 대하여 얼마나 친절한 태도를 가졌고 또 자기도 얼마나 그를 정답게 대하였던가. 얼마나 봉구가 자기 눈에 사내답고 그러고도 항용 학생들과 같이 난잡하거나 빼거나 여자에게 추근추근한 빛이 없이 일종 위엄이 있고도 다정해 보였나, 더욱이 많은 청년들이 그를 믿고 그의 말에 달게 복종하였나. 셋째오빠도 항상, "우리 동무 중에는 제일이다. 얼마 아니해서 큰일을 하는 사람이 되리라."고 칭찬을 하였다. 이런 것을 회억할 때에 순영은 불현듯 봉구를 그리워하는 생각이 간절하였다.

그러나 그때에는 순영은 아직 시집이라는 것도 생각해보지 않았고 연애라는 것은 더구나 입에 담을 수도 없는 죄악으로 알았었다. 그때는 아직 순영이가 꽃으로 이르면 아직 필 생각도 안 하는 봉오리였었다. 그렇기 때문에 그처럼 봉구를 정답게 생각하면

---

47 숭글숭글. 얼굴 생김새가 귀염성이 있고 너그럽게 생긴 듯한 모양.

서도 '그와 일생을 같이할까?' 하는 생각은 없었다. 그래서 봉구가 감옥에 간 뒤에 한참은 퍽 섭섭도 하였으나 셋째오빠가 붙들려간 뒤에는 그 일이 근심이 되어서 봉구를 생각할 여유는 없었다. 그러다 다시 기숙사에 들어오고 공부를 하게 될 때에는 맑은 하늘과 같은 처녀의 맘에는 봉구의 그림자가 오래 머물 동안도 없었다.

봉구가 순영의 눈앞에 나서자 지금까지 관병식에 온 병정들 모양으로 수없이 모여 섰던 남자들은 다 흩어지고 말았다. 그리고 봉구의 때 묻은 학생복에 되는 대로 머리를 갈라붙인 모양만이 마치 자기를 위협하는 듯이 또는 보호하려는 듯이 앞에 우뚝 섰다.

41

그러나 그 모양으로 봉구를 길게 생각할 새도 없었다. 여관 하인이 와서,

"작은아씨, 오라버님께서 잠깐 오십사고."

하고 나갔다.

순영은 여자의 본능으로 옷고름을 다시 매고 얼른 머리에 손질을 하고 오빠의 방으로 갔다. 들어서면서 놀랐다. 백이 와 있는 까닭이다. 순영은 어쩔 줄 모르고 고개를 숙였다.

"여기서 만나보이게 되었습니다. 나도 우연히 놀러왔다가 두 분께서 오셨단 말을 듣고……"

하면서 담배를 화로에 놓고 일어나서 은근히 인사를 한다.

순영은 얼른 이번 길도 해주 아주머니 핑계와 같이 순기가 자기를 꾀어낸 것임을 깨달았다. 처음 동래로 오자고 할 때도 어째 그런 듯한 예감이 없지는 않았었다. 그러나 그때에는 백을 보았으면 하는 맘도 있었다. 그러나 봉구를 금방 생각하다가 인제 백을 대할 때에는 순영의 가슴은 몹시 울렁거렸다. 자기의 앞에는 무슨 큰일이 가로막힌 듯하여 머리가 쭈뼛하도록 무서운 생각이 나고 당장에 이 방에서 뛰어나와서 서울 기숙사로 달아나고도 싶었다. 그러나 순영에게는 그만한 용기가 없이 자기도 알 수 없는 무슨 힘에 질질 끌려가는 것만 같았다.

아니나 다를까 이튿날 순기는 새로 잡화 직수입 무역상을 시작한다 하여 약 일주일간 대판을 다녀올 테니 순영은 그동안 기다리고 있으라고 떠나버리고 순기가 있던 방에는 백이 올라왔다. 순영은 순기의 이 행동이 심히 옳지 않은 줄을 알면서도 혼자 떨어져 있었다.

순기가 떠나는 것을 부산까지 전송하고 순영은 백과 한 자동차를 타고 열시나 가까운 깊은 밤에 동래로 같이 올라오게 되었다. 그때에 순영은 일종의 무서움을 깨달았으나 백은 극히 신사답게 자동차로 오는 동안에는 순영이를 보지도 않고 말도 안 하므로 순영은 속으로, '존경할 만한 사람이다.' 하고 의외인 듯이, 또는 바라던 바가 만족한 듯이 기뻤다. 그러다가 여관 앞에 다다라서 자동차에서 내릴 때에 백이 순영의 손을 꼭 쥐어 내리웠으나 그것은 서양식으로는 으레 하는 일이라 하여 아무렇지도 않았다.

순영은 목욕을 갈까 하다가 혹 백과 만날 것을 두려워하여 그만두고 간단하게 잘 때에 하는 기도를 올리고 자리에 누웠다. 그러나 이상하게 흥분이 되어 잠이 들지를 않고 무엇인지 종잡을 수 없는 생각이 끊임없이 끓어올랐다.

'불을 안 꺼서 그렇다, 불을 꺼야.' 하고 순영은 전등을 껐다. 그러고는 아무 생각도 다 잊어버리려는 듯이 머리를 한번 흔들고는 눈을 감고 깊이 잠든 사람이 하는 모양으로 숨소리를 내어 숨을 쉬었다.

그러나 잠이 들지를 않았다. 눈앞에는 봉구가 나서고 백이 나서고 P부인이 나서고 인순이가 나서고 셋째오빠가 나서고, 기숙사 방에 걸린 십자가 위에서 피를 흘리는 예수의 모양이 나선다. 그러고는 또 봉구가 나오고 백이 나오고 이 모양으로 끝없이 되풀이를 한다.

'만일 백이 이리로 들어오면?' 하고 불현듯 순영은 몸을 흔들었다.

'그럴 리가 없다. 그런 점잖은 이가 그럴 리가 없다.' 하고 제 생각을 작소해버렸다.

'그러나 만일 들어오면?' 하고 순영은 스스로 물었다.

'물론 거절하지 ― 준절하게 거절하지.' 하고 순영은 결심하는 듯이 주먹을 불끈 쥐었다. 그러할 때에 순영은 자기에게 일종의 위엄이 생김을 깨달았다. 그러고는 안심한 듯이 또 잠이 들 양으로 머리를 한번 베개에 비볐다.

밖에서 바람 부는 소리가 들린다. 휘휘 소리가 나고는 덧문이 덜걱덜걱 소리를 낸다.

42

셋째오빠가 순사에게 붙들려가는 무서운 꿈을 꾸다가 순영은 무슨 소리에 놀라서 잠결에 숨소리를 죽였다.

"순영 씨!" 하고 누가 부르는 것 같았다.

순영은 눈을 떴다. 그러나 자던 눈에 캄캄한 어두움뿐이요 아무것도 보이는 것은 없었다. 전등을 켜리라 하고 일어나려 할 때에 누가 뒤로 자기를 껴안으며,

"나요, 나요."

하였다.

백이다, 백이다, 하고 순영은 몸을 움직이려 하였으나 꼼짝할 수가 없었다.

"이게 무슨 일이세요! 놓으세요! 놓으세요!"

하는 소리는 떨릴 뿐이요 크지는 않았다.

"용서하시오. 하지만 내가 얼마나 오래 참고 기다렸는지 아시오? 자, 오늘 허락을 하시오. 그리고 순기 형이 오시는 대로 곧 혼인을 하십시다."

한다.

그러나 순영은 더할 수 없이 욕을 당하는 듯하여 분이 치밀어 올라왔다.

"이것은 모욕이야요. 이런 법이 어디 있어요?"

하고 순영의 목소리는 고요하던 여관의 공기를 울렸다. 그러나 백은 순영보다 육체의 힘으로나 의지의 힘으로나 짐승 같은 욕심의 힘으로나 순영의 대적이 되기에는 너무 강하였다.

순영은 후일에, "백이 억지로 자기의 정조를 깨뜨린 것이다." 하고 변명하였으나 만일 순영이가 진실로 백을 저항하려 하였으면 저항할 길도 있었던 것이다. 그러나 그는 첫째 소리를 질러 망신을 살 것이 무서웠고, 둘째는 백을 망신을 시켜서 백이 전혀 돌아보지 않을 것이 무서웠고, 셋째는 순영의 속에 움직이는 유혹의 힘이 무서웠다.

"누가 보는 사람이 있소?"

하고 백의 말은 점점 예가 없어져 가고 그의 씨근거리는 입김은 마치 성난 맹수와 같았다.

'응, 아무도 보는 사람은 없다. 감쪽같다.' 하고 순영의 성난 것은 가라앉았다.

참 일순간이었다 ─ 일순간보다도 더 짧은 순간이었다 ─ 그렇게 짧은 순간에 사람의 성격은 시험을 당하는 것이다. 순영은 엄한 교육을 받았다. 좋은 말도 많이 들었다. 정조가 굳어야 할 것도 많이 들었다. 그러나, "누가 보는 사람이 있소?" 하고 유혹이 부를 때에 또는, "이 기회를 놓치면 일생의 행복이 아주 영영 지나가버리고 마오." 하고 유혹이 위협할 때에 그것을 이길 아무 준비도 없었다. P부인도 여기서 순영의 교육에 실패한 것이다.

아침에 하녀가 숯불과 끓인 물을 가지고 들어와서 창문을 열어 환한 아침빛이 확 방으로 들여쏠 때에 순영은 화로에 숯불을 일으키고 앉았던 하녀를 바라보았다. 그는 젊고 예쁘고 젊은 여자에게서 항용 보는 얌전함이 있었다. 그 하녀는 불을 피워놓고 차 한 잔을 따라 순영의 앞에 놓고는 방끗 웃으면서 나가버리고 말았다.

'저 계집애도 처녀일까? 이렇게 남자들이 많이 드나드는 여관에 하인으로 있는 저 계집애도 아직 처녀일까?' 이러한 생각이 날 때에 자기가 몹시 부끄러웠다.

순영은 차를 들어 마시려고 일어나 앉았다. 열병을 앓고 난 사람 모양으로 무섭게 목이 말랐다. 찻잔을 들다가 순영은 멈칫하였다. 왼손 무명지에 번쩍번쩍하는 금강석 반지가 눈에 띈 것이다.

"자, 표로 이것 줄게, 무엇은 안 주나, 달라는 것은 다 주지." 하고 어린애를 달래는 모양으로 이 반지를 끼워주며 울고 있는 자기를 달래던 백의 짐승과 같은 모양이 나타난다. 그렇게 공손해 보이고 그렇게 점잖아 보이던 것도 다 껍데기다. 그는 사람이 아니요 짐승이다! 하고 순영은 반지를 빼어서 부서져라 하고 아무렇게나 함부로 내던졌다. 그러나 원망스럽고 분한 눈을 가지고 얼른 일어나서 그 반지의 보석이 부서지지나 않았나 하고 찾아보아서 그것이 무사한 줄을 알고는 울기를 시작하였다.

43

순영은 울수록 더욱 슬퍼짐을 깨달았다. 마치 끝없이 자라오를 듯이 하늘로 뻗어 올라가던 나무가 갑자기 순을 잘린 듯한 절망 섞인 슬픔이 복받쳐 올라왔다. 천하에 저보다 높은 사람도 없고 저보다 큰 사람도 없고 저보다 더 깨끗한 사람도 없어 하나님 앞에서밖에는 고개를 숙일 데도 없는 듯한 처녀의 자랑이 일시에 여지없이 부서져버리고, 자기는 길에 다니노라면 수없이 보는 기름 묻고 때 묻고 사내의 장난감으로 실컷 밟히고 이기운 보통 여자와 같은 여자가 되어버리고 말았다. 하물며 자기의 행실은 분명히 남에게 알리지 못할 더러운 죄악인 것을 생각할 때에 순영은 가슴을 북북 긁고 싶도록 분하고 원통하였다.

'예끼, 짐승 같은 놈!' 하고 순영은 백이 자기 앞에 서 있기나 하는 듯이 노려보았다.

'짐승이다, 짐승이야! 사람은 아니다. 어쩌면 그렇게 점잖은 가면을 쓰던 것이 그렇게 금시에 짐승과 같이 숭없고 더러운 놈이 되어버리나. 그는 나를 사람으로 보지 않았다!'

순영은 백이 자기를 어떻게 추하게 음탕하게 대하던 것을 생각하고 몸서리를 쳤다. 그리고 두 손으로 방바닥을 치며 앞으로 엎어졌다. 그러다가 다시 일어나면서 두 손으로 자기의 머리카락을 쥐어뜯었다.

'아아, 어찌하나! 다시는 회복할 수 없는 일이다!'

이때에 백은 자기 방에서 유쾌하게 한잠을 자고 나서 목욕하러 갔다오던 길에 순영의 방문을 열었다. 순영은 문이 열리는 것을 알고 고개를 들더니,

"가요! 가요! 들어오지 말아요!"

하고 백을 향하여 소리를 질렀다.

백은 처음에는 놀라는 듯하였으나 빙그레 웃고 문을 닫고 도로 자기 방으로 가버렸다. 그리고 속으로 중얼거렸다.

'아무 계집애나 처음에는 다 저러는 법이지.' 하고 제 방에 들어와서 또 한번 웃었다. 여러 번 계집애를 깨뜨려준 경험을 생각한 것이다.

'그렇지만 얼마만 지나면 제 편에서 달라붙을걸.' 하고 백은 순영을 손에 넣은 것이 유쾌하였다. 그래서 하녀를 불러서 아침을 가져오라고 명하고 술을 잘 데워오라고 이르고 순영에게도 맛나는 특별한 반찬을 주라고 일렀다.

그러나 순영은 백의 얼굴을 볼 때에, 더욱이 자기가 그렇게 분해하고 슬퍼하는 양을 보고 도리어 빙그레 웃는 것을 볼 때에 심히 분하였다. 대들어서 그 웃음 띤 눈깔을 손가락으로 할퀴어 빼내어서 입으로 아작아작 씹어버리고도 싶었다.

순영은 미친 사람 모양으로 일어나서 세수를 하고 올라와서는 곧 주섬주섬 짐을 쌌다. 하녀가 밥을 가져왔으나 먹으려고도 않고 인력거 하나를 불러달라고 말하였다. 그러고는 또 짐짝에 얼굴을 대고 한바탕 울었다.

'나는 서울로 갈 테야.' 하고 순영은 어린애 모양으로 혼자 중얼거렸다.

그러나 순영은 깜짝 놀랐다. 자기에게는 한 푼도 돈이 없었다. 인력거 값은 무엇으로 주고 차표는 무엇으로 사나, 이것을 생각할 때에 순영의 눈에서는 더욱 뜨거운 눈물이 펑펑 쏟아졌다. 그리고, "P부인!" 하고 소리를 질렀다.

이러할 때에 하녀에게서 순영이가 울고 짐을 싸고 인력거를 불렀단 말을 듣고 백이 순영의 방으로 왔다.

백이 순영의 방으로 들어와도 순영은 거들떠보지도 않았다. 백이 순영의 엎디어 우는 양을 보고 빙그레 웃더니 방바닥에 떨어진 반지를 보고 놀라는 양을 보이고는 얼른 집어서 가방 위에 순영의 머리 밑에 깔린 순영의 손을 잡아당겨 어젯밤에 끼우던

모양으로 끼우려고 하였다. 그때에 순영은 벌떡 일어나면서,

"그걸랑 도로 가지세요! 난 그런 것, 그런 더러운 것은 싫어요."

하고 소리를 질렀다.

44

"글쎄 왜 이러오? 이왕 된 일을 이러면 어찌허오? 자 남편이 주는 것은 일생에 지니는 것이 옳지요."

하고 떨어졌던 그 반지를 다시 집어들고 순영의 곁으로 간다.

"남편?"

하고 순영은 눈을 크게 떴다.

"암, 남편 아니오? ─ 내가 오늘부텀은 순영 씨 남편 아니오? 자, 그러지 말고……."

하고 백은 순영의 팔을 잡아끌었다. 그 손은 차다.

"나를 놓아주세요 ─ 나는 학교로 갈 테야요. 나를 인력거 값과 삼등 차표 하나만 사주세요 ─ 그리구 나를 건드리지 마세요."

하고 순영은 무서운 것을 피하는 사람 모양으로 고개를 돌렸다.

백은 반지를 들고 어찌할 줄을 모르는 듯이 우두커니 섰더니,

"글쎄 가실 때 가시더라도 아침이나 자시고 이야기나 더 하다가 가시지 지금 나가면 차가 있나요 ─ 그렇게 꼭 가셔야만 되겠거든 오늘 밤차로 가시지 ─ 자아, 아침이나 자시오."

하고 종을 누른다.

'차 시간이 없다?' 순영은 생각하였다. 과연 차가 없을 것이다. 벌써 아침 열시가 아니냐, 인제는 밤차밖에는 없을 것이다. 순영은 낙심하는 듯이 방바닥에 푹 거꾸러졌다.

하녀가 왔다. 백은 아침을 다시 가져오기를 명하고 순영의 등을 만지면서,

"자, 일어나시오. 처음에는 그렇게 슬픈 듯하기도 합니다. 우리 앞에는 행복된 생활이 있지 아니하오? 낫살이나 먹은 남편을 그렇게 못 견디게 굴지 마시오. 자, 일어나 아침 자시오!"
하고 어머니가 우는 자식을 달래는 모양으로 백은 순영을 안아 일으킨다. 순영은 더 반항하려고도 아니하였다. 다만 기운도 다 빠지고 정신도 다 빠진 사람과 같이 되어, 백을 미워하고 원망할 경황도 없는 듯하였다. 어쩌면 이렇게도 갑자기 세상이 암흑이 되어버릴까. 마치 환하게 광명으로 찬 천당에서 영원한 지옥의 암흑 속에 떨어져버린 것 같다. 또 어쩌면 이렇게 갑자기 내 몸이 작아지고 더러워지고 천해진 것 같을까, 마치 백설 같은 흰 날개를 펄럭거리며 한없이 넓은 허공을 자유로 날아다니던 천사의 몸으로서 갑자기 날개를 분질리우고 구린내 나는 더러운 누더기에 감기어 다니엘이 바벨론에게 잡혀 갇혔던 토굴 속에 이빨에 피 묻는 사자들과 같이 갇힌 듯하였다.

순영은 자기가 이 모양으로 갑자기 무서운 변화를 겪은 것을 놀라는 동시에 어저께까지의 자기가 몹시 그립고 부러웠다. 그러나 어저께까지의 자기는 지금의 자기 얼굴에 침을 탁 뱉고 비웃는 눈으로 나를 힐끗힐끗 보면서 높이높이 구름 위로 올라가면서,

"마지막이야, 다시는 나를 못 만나! 이 죄 많은 더러운 년아." 하고 외치는 듯하였다.

　백이 만류하는 것을 듣지 않고 그날 저녁 차로 순영은 서울로 올라와버렸다.

　기숙사에는 인순이와 집 없는 다른 여학생밖에는 아무도 없었다. 모두 다 기다리고 기다리던 방학을 이용하여 크리스마스가 끝나자마자 그리운 집으로 내려가버린 것이다.

　순영이가 의외에 속히 돌아온 것을 보고 인순은 한편으로 이상하게도 알았으나 퍽 반가워하였고, 순영도 인순이가 무척 정답고 반갑고도 한끝으로는 미안하였다. 전에는 인순을 언니라고는 부르면서도 자기보다는 좀 못한 사람으로 속으로 알아왔으나 지금은 자기는 도저히 인순이와 같이 깨끗한 사람의 곁에는 갈 수도 없는 것같이 부끄러웠다.

　"순영아, 너 웬일이냐, 갑자기 서너 살 더 먹은 사람 같구나." 하고 참다못하여 얼마 후에 인순이가 순영에게 말하였다. 그 말을 들을 때에 순영은 가슴이 찔리는 듯하였다. 과연 순영이 몹시 변하였다. 그렇게 항상 방글방글하던 아이가 요새는 말도 없고 항상 무엇을 생각만 하고 있는 것 같다고 동무들이 모두 이상하게 여겼다. 그러나 동래온천 일은 하나님밖에는 아는 이가 없는 듯하였다.

45

꽃 피는 봄이 되어 순영은 사년급에 진급을 하였다. 명년이면 졸업이다.

봄 방학 동안에 순기는 여러 번 순영을 불렀으나 순영은 그 부름에 응하지 않았다. 순영은, '하나님, 제 죄를 용서하여 주시옵소서. 저를 버리시지 마시고 당신의 뜻대로 써주시옵소서.' 하고 그 추운 겨울밤에 학교 뒤 바위 밑의 눈 위에 꿇어 엎디어서 울고 회개하는 기도를 올리고 자기도 인제부터는 일생에 결코 결코 짐승과 같은 남자를 접하지 않고 P부인 모양으로 일생을 교회 일과 교육에 바치리라고 결심을 하였다. 그러고는 P부인에게 동래사건도 다 자백해버리고 P부인이 세상을 떠나는 날까지 그와 늘 함께 있으리라고 결심을 하고 그 이튿날 하학 후에 P부인의 방에를 찾아갔으나 마침 다른 손님들이 있어서 말을 못하고, 그러고는 어찌어찌 점점 결심이 무디어서 그런 말을 할 생각이 없어지고 그럭저럭 한 학기를 지내어왔다.

그러다가 학년 시험이 끝난 뒤에 김씨가 P부인 집에 와서 한 번 더 순영에게 약혼을 청할 때에 순영은 이때야말로 내 결심을 말할 기회로구나 하고 이렇게 담대하게 말하였다.

"P선생님, 저는 일생에 혼인을 않고 선생님을 따라서 교회 일과 교육에 종사하기로 결심하였습니다. 죄 많은 저를 버리지 않으시면 인제부터 일생을 선생님 곁에 있게 해주십시오."
하고 P선생에게 대한 말로써 김씨의 청혼을 거절해버렸다.

그 순간에 순영은 마치 눈앞에 하나님을 뵈옵는 듯하였다. 그가 자기의 머리에 손을 얹으시고, "사랑하는 딸, 순영아, 내가 네 죄를 다 용서한다! 그리하고 네게 나의 복음을 전하는 사도의 힘을 준다." 하시는 듯하였다.

순영은 마치 기절하는 사람 모양으로 천지가 아득하여짐을 깨달았다. 다시 정신을 차릴 때에 순영은 실심한 듯이 앞에 고개를 수그리고 앉았는 김씨의 기름 흐르는 머리를 가엾게 여기는 듯이 내려다보며,

"김 선생님!"

하고 불렀다.

벌써 약혼반지까지 준비하여 가지고 오늘은 꼭 순영을 내 손에 넣으리라고 친한 친구들에게는 그날 저녁에 새로 지은 집에서 약혼 피로로 한턱내기까지 약속하여 놓았던 김씨는 죽었다가 깨어나는 사람 모양으로 고개를 번쩍 들었다. 그의 좀 간사하고 아첨하는 듯한 눈에는 눈물이 빛났다.

순영은 높은 자리에서 밑에 있는 자에게 호령하는 듯, 훈계하는 듯한 태도로,

"선생님께서도 이미 한 번 혼인하셨던 일도 있고, 또 연세도 사십이 가까우니 인제는 혼인하실 생각은 마시고 사도 바울의 말씀과 같이 독신으로 하나님의 일을 하시지요. 지금 우리 조선에는 일신의 행복을 돌아보지 않고 하나님과 민족의 일을 위해서 일생을 바치는 이가 많아야 하지 않겠습니까. 선생님같이 학식도 많으시고 명망도 높으신 어른이 그런 일을 안 하시면 누가 합니까. 저는 선생님 같으신 어른이 이 여학생을 따라다니는 양을 보면 제가 부끄러워 못 견디겠습니다."

하였다.

이 말에 김씨는 물론이어니와 P부인도 너무 의외여서 어안이 벙벙하여 한참은 말이 없었다.

순영은 그러고는 일어나 나왔다. 문밖에는 서너 계집애가 순영이 약혼한다는 소문을 듣고 지키고 엿듣고 섰다가 순영이 나오는 것을 보고 모두 비켜나면서,

"애, 시원스럽게도 말을 했다. 그 김가 녀석의 낯바닥을 좀 보았더면."

하고 킥킥 웃으며 달아났다.

김씨는 순영에게서 이러한 선고를 받고 나와서는 머리가 아프다 하고 어디로 가버리고 말고, 서울 안에서는 한참 동안 그를 볼 수가 없었다. 그리고 이 이야기는 순영의 말을 엿듣던 세 계집애 입으로 전지전지[48]하여 교회 안에는 쪽 돌았다. 다들 이 말을 듣고는 재미있다고 웃었다. 그리고 순영의 믿음이 굳고 생각이 도저한 것을 칭찬도 하고 비웃기도 하였다. 그러나 순영의 맘은 여름 구름과 함께 움직이기를 시작하였다.

46

순영의 맘은 결코 편안하지를 못하였다. 그의 맘 한구석에는 항상 바람이 될지 비가 될지 검은 구름점이 떠돌았다. 그러할 때

48 전진전지傳之傳之. 전하고 전하여.

마다 순영은 기도를 하였으나 하나님이 자기의 기도에 귀를 기울이시지 않는 듯하였다. 이 모양으로 여름도 점점 깊어서 방학 때에 가까워졌다.

하루는 하기 시험 준비를 하느라고 순영이가 인순과 함께 복습을 하는데 고등부에 다니는 아이 하나가 와서,

"순영 씨, 사감선생님께서 오시래요."

하고 불렀다.

"사감선생님?"

하고 순영은 놀랐다. 사감선생님은 사월 학기부터 새로 들어온 이다. P부인이 사감을 겸하여 오다가 점점 나이도 늙고 몸이 괴로울 때가 많아서, 미국에서 금년에 새로 대학을 마치고 돌아온 강 부인이라는 이가 사감이 되었는데, 이이가 사감이 된 뒤로는 학생들은 맘을 펼 새가 없었다. 그는 애정은 조금도 없고 오직 엄하기만 한 선생이었었다. 그가 젊어서 기생으로 있다가 중간에 강 참령의 첩으로 갔다가 강 참령이 죽은 후에 거기서 얻어가지고 나온 몇 천원 돈으로 단연한 결심을 하고 미국을 갔다. 간 지 칠 년 만에 대학을 졸업하고 왔다. 그래서 강 부인이라면 여자의 모범으로 일반에게 많은 추앙을 받았다. 그러나 자기의 과거가 과거이기 때문에 마치 여자이던 모든 것 ─ 즉 애정이라든지 부드러움이라든지 이런 것은 다 내버리고 남자 중에도 가장 쌀쌀하고 매서운 남자와 같이 되어버려서, 학생들은 그의 앞에 불려가면 검사의 앞에 불려간 죄인 모양으로 벌벌 떨었다.

"무슨 일이야, 사감선생님이 왜 너를 부르니?"

하고 인순도 의아롭게 여겼다.

순영이가 강 부인의 방에 들어갔을 때에는 강 부인은 타이프라이터에 무슨 편지를 쓰느라고 순영이가 인사하는 것을 거들떠보지도 않았다. 사람을 불러놓고 짐짓 무슨 일을 계속하는 것은 불길한 징조인 줄은 학생들이 다 안다. 순영도 마음이 놓이지를 않았다. 그의 눈에는 동래사건이 번쩍하였다.

'그러나 그것을 알 리야 있나.' 하고 순영은 태연하게 강 부인의 편지 찍는 것이 끝나기를 기다리고 우두커니 서서 방 안을 둘러보았다. 방 안에는 예수, 마리아, 사도들, 강 부인의 선생들, 이러한 그림과 사진이 둘려 걸리고 사치한 빛은 하나도 없었다. 강 부인에게 남은 것은 그의 천연한 미인의 자태와 옷 모양이다. 옷은 대개 검은빛이나 산동주빛[49]밖에 안 입건만 감은 퍽 값나가는 것을 택하고 모양도 심히 얌전하였다.

'참 젊어서는 미인이었겠다.' 하고 순영은 소곳하고 앉아서 타이프라이터를 찍는 강 부인의 한편쪽 얼굴을 바라보면서 생각하였다. 그의 이마에서 콧마루를 지나 동그레한 턱으로 내려온 선이 어떻게 예뻤는지 몰랐다. 비록 가까이 가보면 얼굴에 가는 주름이 약간 있지만 이렇게 몇 보쯤 떠나서 보면 젊은이의 살과 같이 부드럽고 윤택하였다. 다만 나이는 속일 수가 없어서 살빛이 좀 누렇다. 이것이 강 부인의 젊어서부터 가지고 오는 자궁병에도 관계가 될 것이다.

이런 생각을 하고 섰을 때에 타이프라이터 소리가 뚝 그치며 강 부인은 고개를 들고 오른편 둘째손가락을 한번 꼬부린다. 이

---

49 중국 산동에서 나는 명주 빛. 누르스름한 빛.

것은 가까이 오란 말이다.

순영은 강 부인의 책상머리에 섰다.

"자, 이것을 보아."

하고 양봉투에 넣은 편지 한 장을 주며,

"그것을 보고 내게 할 말이 있거든 내가 이 편지봉투를 쓰는 동안에 생각을 해두어."

하고 봉투를 꺼낸다.

피봉에는 '이화학당 김순영 양'이라고 썼다. 그러고는 붉은 연필로 니은자 표를 하였다. 이것은 사감선생이 편지를 검열하다가 '불온'하다고 인정하는 표다. 이러한 편지를 받는 학생은 대개는 그 이튿날 기도회 시간에 여러 사람 앞에서 책망을 당하고 적어도 한 번은 사감실에 불려서 눈물이 쏟아지도록 책망을 당하는 법이다.

순영은 떨리는 손으로 그 편지를 뽑아들었다.

47

그 편지 속에는 차마 입에 담지 못할 말이 씌어 있다. 대강 뜻은 순영이가 백윤희와 동래온천에서 추한 관계를 맺었다는 말과 그러고도 시치미를 떼고 가장 깨끗한 처녀인 듯이 빼고 있다는 말과 만일 제 죄를 회개하고 곧 학교에서 나오면 좋지만 만일 안 그러면 좋지 못한 일을 당하리라는 위협이었다.

순영은 앞이 아득해졌다.

'누가 이런 줄을 알았을까? 아무도 알 리는 없는데.'

그러나 순영은 이럴 때가 아닌 것을 깨달았다. 그래서 그 편지를 도로 봉투에 넣어서 사감의 책상 위에 놓았다. 이렇게 태연하게 하는 것이 좋으리라고 생각한 까닭이다.

"그래 이게 웬 소리요?"

하고 사감이 철필을 픽 집어내던지며 물을 때에,

"저는 모릅니다."

하고 순영은 기가 막히는 모양을 보였다.

"작년에 동래 갔던 일은 있소?"

하고 사감은 순영의 가슴속을 꿰뚫어보려는 듯한 눈으로 순영을 본다.

"네, 오빠허구 가서 하루 묵어서 왔습니다……. 누가 무슨 원혐怨嫌으로 그런 편지를 했는지 저는 몰라요."

하고 순영은 울었다.

사감은 한참이나 순영의 모양을 바라보더니 그의 얌전하고 천연한 태도에 정이 드는 듯이 일어나 순영의 어깨를 만지며,

"어서 나가오! 내 잘 조사해보지."

한다.

순영은 사감의 방에서 나왔다. 그러나 그의 유순한 태도가 도리어 순영의 가슴을 찔렀고, "잘 조사해보지." 하는 말이 냉수를 머리에서 내려얹는 듯하였다.

방에서 인순이가 근심스럽게 기다리다가 순영이가 낙심해서 돌아오는 것을 보고,

"얘, 왜 부르든? 어떤 못된 놈이 무슨 편지나 했든?"

하고 동정하는 눈을 향한다.

순영은 말없이 고개를 끄덕끄덕하였다.

"어떤 놈이 무어라고 했어?"

"……."

"걱정 마라……. 너 울었구나. 그까짓 사내놈들이 그런 편지를 했으면 어떠냐, 그까짓 편지야 밤낮 오는걸."

이 모양으로 대답도 없는 자기를 보고 위로하느라고 애쓰는 인순의 호의까지도 순영에게는 도리어 바늘방석과 같이 온몸을 찌르는 듯하였다.

그 편지가 순영의 한참 동안 고요하였던 맘을 흔들어놓았다. 왜 모처럼 잊어버리려 하는 순영의 양심의 괴로움을 새로 끌어 일으키나, 모처럼 순영이 자기까지도 아주 그 더러운 기억을 잊어버리고 일생을 P부인과 같이 깨끗이 살아가겠다고 결심한 때에 무엇하러 그러한 편지가 들어왔나. 그 편지를 한 사람이 누구인지 모를수록 더욱 그것이 심상한 사람의 짓은 아니요 무슨 피할 수 없는 운명의 소위인 듯하여 몸서리가 치도록 무서웠다. 이번뿐이 아닐 것이다. 이 알 수 없는 시커먼 손이 일생을 두고 순영을 따라다니면서 야속히도 순영의 옛 기억을 끌어내어서는 순영의 간을 바짝바짝 졸일 것 같다. 그러다가 언제나 한번 순영의 부끄러운 옛 기억을 말썽 많은 사람들 앞에 펴놓고 그 시커먼 큰 손이 큰 소리로 외쳐서 자기의 죄상을 들추어 자기로 하여금 영영 고개를 들지 못하게 할 것도 같았다.

이렇게 생각할 때에 순영에게는 모든 사람이 다 무섭고 의심이 났다. 인순이까지도 자기의 비밀을 죄다 알고 앉아서는 자기를 빈정거리고 맘 졸이게 하느라고 모르는 체하는 듯하고, 무심코 찾아오는 동무들까지도 심술궂게 자기의 눈치만 보러 오는 듯하였다. 그래서 사감 방에서 나온 뒤로부터 순영은 잠시도 맘의 평안을 얻지 못하고 지금까지의 따뜻하고 행복스럽던 온 천지가 변하여 순영에게 저주의 독한 눈살을 몰아붓는 것 같았다.

'아, 죗값이다!' 하고 순영은 그날 밤에 학교 뒤 큰 바위 밑에서 혼자 탄식하였다.

48

'암만해도 나는 깨끗한 사람이 되지 못한다. 그 알지 못할 검은 손이 한사코 나를 따라다니면서 동래사건을 가지고 나를 비웃고 위협할 것이다. 별수 없다, 별수 없다.'

시험을 다 마치는 날 순영은 혼자 이렇게 생각하였다.

아무러나 사감선생에게 그 편지가 온 때부터 사감선생과 P부인이 순영에게 대한 태도가 퍽 변하여진 것 같다 — 싸늘해진 것 같았다. 예전 같으면 마땅히 자기에게 시킬 만한 일도 일부러 자기를 따고 남에게 시키는 듯하였고, 명년에 미국 보내는 것도 혹은 인순이를 말하고 혹은 순영이와는 아주 원수라 할 만하게 서로 미워하는 혜원이 말도 하게 되었다 하며, 그렇게 생각해서 그런지는 모르거니와 근래에 와서는 혜원이가 자주 P부인을 찾는 듯도 하고, 또 예전에 순영이 자기 일신에게 모였던 온 학교의 사랑과 존경이 점점 자기의 몸을 떠나며 반은 인순에게로 반은 혜원에게로 가버리고 말고, 자기는 비웃는 눈으로 밖에는 돌아보지도 않는 듯하였다. 그래서 그는 마치 맏딸 아기의 특권을 빼앗긴 모양으로 한끝으로는 서운도 하고 원통하기도 하고 또 원망스럽기도 하였다. 그놈의 뾰죽뾰죽[50]한 학교 집까지도 미웠다. 물론 다른 사람들이 순영의 비밀을 알 리는 만무하지만 순영의 맘에는 모든 사람이 다 자기의 비밀을 알고 자기를 돌려놓는 듯만 싶었고, 또 학교 안 사람들도 웬일인지 순영에게 대하여 다소간 범연스러운 태도를 취하게 된 것도 사실이다. 그것은 말하자면 여러 사람의 잠재의식과 순영의 잠재의식이 서로 교통하는 까닭이라고나 할까.

이리하여 시험을 다 끝내는 날까지에 순영은 아주 세상에 모든 희망을 잃어버린 사람같이 되어버렸다. 그래서 P부인한테도 될 수만 있으면 안 가고 인순이와도 될 수만 있으면 말을 하지 않았다. 그리고 기회 있는 대로 혼자 있기만 원하였다. 이것이 P부인이나 인순의 눈에 안 띄었을 리가 만무하고 또 근심이 안 될 리가 없었다. 그러나 그네들은 순영의 눈치만 볼 따름이요, "너 무슨 까닭이 있구나." 하고 물어보고 싶으면서도 참았다. 그리고는 각각 여러 가지 상상으로 순영에게 일종의 의심을 가지게 되었다.

방학되는 날 다른 학생들은 다 집으로 달아났으나 순영은 데리러 오는 사람도 없었고 또 오라는 말도 있기 전에 둘째오빠의 집에 가기도 싱거웠다. 그렇지만 학교에는 있기가 싫었다. 둘째

---

50 여럿이 다 끝이 점차 가늘어져서 매우 날카로운 모양.

오빠의 집에라도 가고 싶었고 아무 데고 좋으니 학교 아닌 데면 좋을 듯싶었다. 그래서 갈까, 방학되었으니 데리러 와달라고 엽서를 할까, 하고 온종일 학교 마당으로 헤매다가 그날 밤은 인순이와 같이 자고 이튿날 식전에 순영이가 둘째오빠에게 데리러 와달라는 편지를 부치려 할 때에 삼월 방학에 하던 모양으로 어멈과 인력거가 왔다. 순영은 뛸 듯이 기뻤다.

"언니, 나는 가오!"

하고 여러 날 만에 처음 웃는 낯으로 인순에게 인사를 하고는 그냥 뛰어나오다가 잊었던 것을 생각하는 듯이 P부인에게로 뛰어가서 하직을 하고 나오려 할 적에 P부인은 근심스러운 듯이 순영을 붙들며,

"순영이 요사이에 무슨 괴로움이 있소. 괴로움은 다 죄요. 괴로움을 맘속에 오래두면 영혼이 썩어지오. 순영이 지금 대단히 위태한 때요. 사람 한번 잘못하면 아주 일생 잘못하는 것이오. 내 들으니 순영의 둘째오라버니 좀 좋지 못한 사람이오. 순영이 조심하오. 나는 순영이를 딸같이 사랑했소. 그런데 순영이 지금 좋지 못한 괴로움이 있는 것 보니 슬프오."

하고 만족한 대답이나 구하는 듯이 눈물이 그렁그렁한 눈으로 순영을 내려다본다.

P부인의 말은 마디마디 순영의 가슴을 찌르는 듯하였다. 일찍 김씨를 충고할 때의 여왕과 같은 자기의 태도와 감옥의 교회사의 훈계를 듣는 파렴치죄의 죄수와 같은 오늘의 그의 태도에는 무서운 차이가 있었다. 순영은 그 차이를 볼 때에 정신이 아뜩하도록 슬펐다.

49

학교 문을 나설 때 순영은 말할 수 없이 괴로웠다. 십 년 적공 積功이 아무것도 남은 것이 없는 듯하였다. 그래서 아주 영원히 학교를 작별이나 하는 듯이 슬픈 얼굴로 다시금 뒤를 돌아보았다.

'아아, 다시 만날 수 없는 무엇을 내가 잃었다.' 하고 긴 궁장宮 牆을 끼고 인력거에 흔들리면서 순영은 생각하였다.

'암만해도 인생이 찌그러졌다.' 하고 순영은 자기도 무슨 뜻인지 모르면서도 이렇게 생각을 하고는 그 생각이 재미있다는 듯이 혼자 웃었다. 그러할 때에 인력거가 대한문 큰 거리에 나왔다. 거기는 더운 날이지만 자동차도 다니고 일인, 청인 할 것 없이 사람들도 많이 다녔다.

기숙사에서 생각하던 세상과도 다른 세상이다. 저 사람들은 사감선생의 절제도 받지 않고 기도회 시간도 두려워하지 않고 살아간다. 모두 제멋대로 먹고 마시고 지껄이면서 곧잘 살아간다. 보라, 그들의 더위에 상기한 땀 흐르는 얼굴에는 자유로움이 있지 않은가!

이렇게 생각할 때에 순영은 지금까지 자기의 몸을 내리누르던 무거운 무엇이 떨어져나가는 듯이 몸이 가뿐해졌다. 그리고 인력거가 북악을 향하고 달릴 때에는 난데없는 서늘한 바람조차 자기의 근심에 다는 몸을 살살이 식혀주는 듯하였다.

'에라! 세상은 넓은 것을.' 하고 순영은 유쾌하게 길 가는 사람들을 바라보았다.

모든 것은 순영의 맘대로 되었다. 도리어 바라던 이상으로 되었다.

"애, 백이 날더러 너를 데리고 원산 별장으로 오라고 했다."
하고 순기는 순영이가 아주 똑 잡아떼는 태도가 없어진 것을 본
뒤에 편지 한 장을 양복주머니에서 꺼내어주면서 말하였다. 그
편지에는 이러한 구절이 있다.

"……이 별장은 어떤 이태리 부인이 원산 경치를 사랑하여 지
어놓은 것이라 하오며 오래 돌아보지 아니하여 집이 퇴락하고
마당과 길에는 풀이 자랐사오나 그것이 도리어 운치 있사옵고
달밤에 난간에 기대어 바다와 먼 산을 바라보는 경치는 내 자랑
같지마는 더할 수 없이 상쾌하여이다. 그러나 이것도 다 그이를
위한 것이라 그이가 있고서 쓸 데 있는 것이니 오는 십오일 전으
로 형도 함께 오시기를 바라오며 먼저 기별하시면 정거장에 나
가 맞으려 하나이다. 또 이곳은 원산 시가에서 발동기 배로도 한
시간이나 넘어 오는 데라 극히 조용하오며……."

이러한 심히 긴 편지다. 그런데 그 편지에 군데군데 거슬리지
않으리만큼 점잖게 순영을 그리워한다는 뜻과 모든 것을 순영을
위하여 한다는 뜻을 표한 것이 순영이 보기에 퍽 아름답고 점잖
았다. 다만 영문식 교육을 받은 순영에게는 한문식인 백의 어조
가 불만한 듯한 점도 있었지만 그래도 그 속에 말할 수 없는 은
근한 맛이 있었다.

'짐승 같은 것!' 하고 그를 물어뜯어 주고 싶던 생각보다도 그
의 불덩어리같이 뜨거운 살이 그립고 힘있게 자기를 꽉 껴안던
두 팔이 그리워졌다.

'내가 왜 이렇게 변했을까, 며칠 동안에?' 하고 혼자 물었으나,

'가는 대로 가자. 인생의 향락이 여기 있지 않으냐?' 하고 썽긋 웃어버리고 말았다.

"그래 너 가련?"

하고 순기가 근심스럽게 순영에게 물을 때에,

"글쎄."

하고 주저하는 듯한 순영의 대답을 듣고 순기는,

"글쎄 할 것 없다. 백이 금년 가을에는 아주 혼인식을 해버리기를 원한다고 그러더라. 그러니깐 너도 가서 피차에 의논도 해야지! 지난 봄방학에도 그렇게 간절히 청하는 것을 네가 안 나와서 어떻게 백이 낙심을 했는지 모른다."

하고 순영이가 돌아설 틈이 없게 복병을 해놓았다.

"예전 동래서 모양으로 혼자 내버리고 달아나지 않으신대야."

하고 순영은 어리광을 부렸다. 순기는,

"글쎄, 달아나지 말라면 안 달아나지."

하고 빙그레 웃었다. 순영은 얼굴이 빨개졌다.

50

이리하여 순영은 한여름을 원산 바다 외따른 섬 별장에서 백으로 더불어 아무도 꺼리는 사람 없이 순전한 부부생활을 하였다. 처음에는 인사 체면도 돌아보아서 딴 방에 자리를 폈으나 일주일이 못하여서 아주 한자리에서 자는 생활을 하게 되었고, 오작 삼사일에 한 번씩 몸이 피곤한 것을 쉬기 위하여 딴 방에서 잤다. 순기도 상당한 핑계를 만들어가지고는 이삼일이 못하여 가버리고 별장에는 하인들밖에 아무도 아는 사람이 없이 되매, 또 순영이도 점점 수줍은 티와 학교에서 쓰고 있던 탈을 벗어버리게 되매, 백과 순영과는 마치 여러 해 같이 살아온 흠 없는 내외와 같았다. 순영이가 십 년 동안 학교에서 얻은 금박은 극히 떨어지기 쉬운 것이었다. '아무도 보는 이'가 없으매 그 금박은 일주일이 못하여 벗어져버리고 말았다. 그리고 순영은 차차 백과 동무하기 위하여 술 한 잔을 마시기와 담배 한 모금 빨기까지도 가장 쉽게 배워버렸다.

바다로 향한 누마루 위에 비스듬히 누워 독하고 단 서양술에 얼근히 취하여 향기로운 청지연을 피우고 있는 순영의 모양은 여학생 시대의 얌전보다도 무섭게 사내를 호리는 힘이 있었다. 백은 순영을 바라보고는 끝없는 기쁨에 취한 듯하였다. 심부름하는 하인들까지도 입을 비죽거릴 만큼 두 사람의 태도는 나날이 난잡하게 되었다.

"결혼식은 언제 할까?"
하고 백이 물으면,

"흥! 결혼은 먼저 하고 식은 나중에 하는구려."
하고 순영이가 담배연기를 백의 얼굴에다 푸우 불어보내며 빈정거린다.

"누군 안 그러나?"

"허, 허, 계집애들은 다 쓰게 되었소. 세상에 당신 같은 불량한 이가 많으니까 결혼은 먼저 하고 식은 나중에 하게 되는구려……. 왜 나도 본래는 이런 계집애가 아니라오."

이러한 회화를 하게 되었다. 심지어 몇 번 내외 싸움까지 하게 되었다.

개학 때가 가까워 순기와 함께 발동기선을 타고 근 오십 일 만에 백의 별장에서 나올 때에는 순기도 기막히는 듯한 얼굴로 순영의 얼굴을 물끄러미 아니 바라볼 수 없었다.

"왜 그렇게 쳐다보세요? 모두 오빠 때문이지요!"

하고 순영은 에라 빌어먹을 것 하는 태도로 바스켓에서 청지연 하나를 꺼내어 피워 물었다.

"너 담배 먹니?"

하고 순기도 놀랐다.

"무언 못 먹어요? 술은 못 먹어요?"

하고 순영은 일부러 하는 모양으로 청지연 연기를 해풍에 길게 날리면서,

"그래 오빠, 장사는 잘되어요?"

하고 빈정거리는 듯이 물었다. 순기는 미안도 하고 무안도 하다는 태도로 외면을 하면서,

"얘, 가을에는 결혼식을 해버리자. 백도 그것을 원하는 모양이다."

하고 동문서답을 한다.

"흥! 아무 때나 하지요! 그런데 장사는 잘돼요?"

"그저 그렇지······. 아차, 저기 물고기가 뛰는구나!"

하고 순기는 일어나 순영의 말소리가 안 들릴 만한 곳으로 가버렸다.

'흥! 원산만 내리면 이것도 못 먹지.' 하고 순영은 또 궐련 한

대를 피워 물고 무심도 한 듯이, 다한多恨도 한 듯이 파란 바닷물을 내려다보았다. 벌써 가을 맛이 있다. 하늘에 그은 산의 날들이 분명하였다.

그날 밤 열한시 차에는 해수욕장에 왔던 사람들이 많이 탔다. 순영은 아는 서양 사람과 조선 사람을 많이 만났다. 그러나 조금도 꺼림 없이,

"용서하세요, 나는 몸이 곤해서."

하고 침대로 들어가고 말았다.

'오십 일!' 하고 순영은 오십 일 동안 백과 같이 지내던 일을 생각하였다. 그러할 때에는 지금 차에서 만났던 선교사 부인, 교사, 장차 혼인하려는 사람, 여학생, 이러한 사람들과 기숙사에 있는 P부인, 인순이, 이러한 사람들이 생각이 났다.

'오십 일! 아아 과연 변화 많은 오십 일이다!' 하고 순영은 한숨을 쉬었다. 과연 이 차로 올 때 순영과 지금 갈 때 순영과는 무섭게도 달라진 딴 사람이었다.

51

기숙사에 돌아온 순영은 전이나 다름없이 예쁘고 얌전하였다.

도리어 여름방학까지에 가지고 있던 근심스러운 빛도 다 없어지고 예전과 같이 유쾌하게 방글방글 웃게 되었다. 인순이도,

"너 이번 여름에 퍽 좋았던 게다. 혈색도 좋아지고 또 정신도 쾌활하게 되었으니."

하고 기뻐해주었고 그러면 순영은,

"응, 아주 경치가 좋아, 공기두 좋고⋯⋯."

하고 천연덕스럽게 대답을 하였다.

처음 몇 날은 담배와 술이 좀 먹고 싶어서 괴로웠으나 아직 그렇게 인이 박힌 것은 아니라 삼사일이 지나매 그다지 견디기 어렵도록 먹고 싶지는 않았다. 그래서 퍽 유쾌하게 며칠을 지냈다. 그러는 동안에 크리스마스 임시[51] 해서는 백과 혼인식을 거행하기로, 또 그 혼인식은 예수 교회 예식으로 예배당에서 거행하기로 모두 승낙을 하였으나 다만 절대로 비밀을 지키고 있었다.

순영은 돈과 육의 쾌락이 심히 기뻤다. P부인을 따라가거나 인순과 뜻을 같이하거나 그런 일은 침 뱉어버릴 우스운 일이요 아직 세상 모르는 어리석은 계집애들의 꿈이라 하였다. 과연 선주의 말은 옳았다. 선주는 자기보다는 아무리 보아도 선진이라고 감탄하지 않을 수가 없었다. 그러나 지금은 순영이 자신도 깨달았다 — 지혜로운 사람이 된 것이다. 그래서 그는 P부인이며 다른 모든 동무들을 비웃는 눈으로 내려다보고 속으로는,

'이것 봤구.' 하고 자기의 영화로움을 자랑하는 태도를 가졌다.

하루는 순영이가 자기의 행복을 감추려다 못하여 조용한 틈을 타서 인순에게 자기가 혼인 정했단 말을 자랑삼아 하고 앉았을 때 보통부 어린 여학생 하나가 순영에게 편지 한 장을 전하고는 아무 말도 없이 달아나버린다.

순영은 무심중 놀라면서 그 편지를 떼어보았다. 노트북 장에

---

51 그 무렵.

철필로 똑똑하게 길게 쓴 편지다.

"나의 사랑하는 순영 씨께." 하는 허두[52]를 읽어보고는 얼른 편지 끝을 보았다. '신봉구'라고 이름이 씌어 있다. 순영은 숨이 막힐 듯이 깜짝 놀라며,

"아, 신봉구!"

하고 소리를 쳤다.

"신봉구?"

하고 인순도 같이 놀라며 순영의 손에서 떨리는 편지 끝을 보았다.

"그이가 언제 감옥에서 나왔니? 어디 그 편지 좀 보자."

순영은 정신없이 봉구의 편지를 인순에게 주었다. 그러고는 멀거니 삼 년 전 셋째오빠 순흥과 봉구와 자기가 함께 피신해 다니던 일과 봉구가 붙들려간 뒤에 자기가 남모르게 한참 동안 애를 태우던 것과 그 후 아주 잊어버리고 말았다가 작년 겨울 동래 온천에서 우연히 생각이 나서 그리워하던 일과 또 그때부터 지금까지에 자기가 지내오고 변해온 여러 가지 일을 번개같이 생각하였다. 그러다가 인순이가 읽는 편지 소리에 깜짝 정신이 들었다.

"……나는 감옥에 있는 동안에 한 시각도 순영 씨를 잊은 일이 없나이다. 내가 아니 잊으려 하여 그러한 것이 아니라 아무리 잊으려 하여도 잊을 수가 없어서 그러함이로소이다. 만일 세상에 다시 나아가 당신을 뵈오리라는 희망이 없었던들 이 사람은 벌

52 글이나 말의 첫머리.

154

써 죽어버리고 말았을 것이로소이다……. 내게는 아무것도 없나이다. 아시는 바와 같이 돈도 없고 학식도 없고 명예도 없고 오직 빨간 마음 하나와 든든한 주먹 둘이 있을 뿐이오니, 빨간 마음이 족히 순영 씨를 사랑할 것이요 든든한 주먹이 족히 순영 씨의 입으실 것과 자실 것을 벌어들일 것이로소이다……. 비록 세상이 모두 황금만능주의로 변하였다 하더라도 순영 씨는 결코 그러시지 아니할 줄을 확신하나이다……. 아시는 바와 같이 내게는 오직 늙으신 모친 한 분이 계실 따름이오며……. 지금 동지요 또 사랑할 벗 되는 순흥 형이 아직 옥중에서 고초를 당하는 이때에 내가 먼저 나와서 이러한 편지를 쓰는 것이 심히 죄송하오나 나에게는 생사문제라 염치를 불고하고 이 편지를 쓰나이다……."

52

"얘, 이거 큰일났구나!"
하고 인순은 편지를 좀더 눈으로 가까이 끌어가며 말했다. 순영은 말이 없었다. 그러나 그의 얼굴에는 심히 슬픈 기운이 떠돌았다.

"……순영 씨, 나는 이로부터 나의 몸과 마음을 모두 당신에게 바치나이다. 만일 내가 조선을 사랑하는 맘이 있다 하면 그것은 당신을 낳고 길러준 나라이기 때문이로소이다. 순영 씨! 사랑의 힘이 어찌하면 이대도록 크고 무서우리까. 그 뜨거움이 눈 깜짝할 사이에 나를 온통 살라버릴 듯하여이다……. 나는 당신의 앞에 이렇게 두 무릎을 꿇고 두 팔을 들어 당신의 손이 이 불쌍한 영혼을 쳐들어 일으키기를 고대하고 있나이다……."

몽롱한 순영의 정신에 인순이가 읽는 봉구의 편지 구절이 높았다 낮았다 멀었다 가까웠다 울려올 때마다 자기도 경기구輕氣球 모양으로 또는 풍랑 사나운 바다 위로 흘러가는 조그마한 배 모양으로 오르락내리락 뜨락잠기락하면서 끝없는 허공으로 가물가물 떠내려가는 것 같았다. 그렇게 움직임을 따라서 슬픔과 반가움과 깨끗함과 더러움과 에라 빌어먹을 하고 자포자기하는 생각과 가슴이 쓰린 뉘우침과 이 모든 정서情緒들이 비비 틀리고 꼬여 이상야릇한 끈을 이룬다.

"얘, 이이가 무섭게 너를 사랑하는구나!"

하고 인순은 편지를 무릎 위에 놓고 깊이 동정하는 듯 또 처음 당하는 무서운 경험에 놀라는 듯 탄식하였다. 과연 인순에게는 남자의 이러한 편지는 처음이었고 따라서 이렇게 뜨거운 사랑의 고백은 처음이었다. 그 편지의 구절구절이 모두 불덩어리 같았다. 그 말 구절 중에 하나만 사람의 몸에 닿더라도 몸이 펄펄 타오를 듯하였다. 이러한 감격을 받을 때에 인순은 알 수 없이 가슴이 두근거리고 얼굴이 화끈화끈함을 깨달았다. 그 편지가 마치 자기에게나 온 듯하였다.

순영은 한 손으로 고개를 고이고 색색 한숨만 지우고 말없이 무엇을 생각하고 있을 때에 인순이가 도리어 맘이 바빴다.

"얘, 무어라고 답장을 해드려라……. 그이가 아무렇게나 말할 이가 아니다. 그때에 안 보았니? 무서운 이다!"

"무어라고 답장을 해요?"

하고 순영은 어찌할 줄을 모르는 듯한 눈으로 인순을 보았다.

"순영아! 될 수 있거든 그이헌테로 가려무나."

"가닷게?"

"봉구 씨하고 혼인하란 말이다. 백씨하고 혼인하면 너 말 많이 듣는다……. 또 백씨가 너를 이만큼 사랑하겠니? 돈 있는 사람은 사랑도 돈으로 사는 줄 알고 있다고, 그 말이 옳아. 봉구 씨는 네게 몸과 맘을 다 바친다고 안 그러니?"

'몸과 맘?' 순영은 "몸과 맘을 먹고 사오?" 하려다가 말았다. 그러고 자기에게 이러한 생각이 나는 것이 부끄러운 듯하였다.

순영의 맘에는 난데없는 봉구가 뛰어들어와 평화를 어지럽게 하였다. 동대문 밖 고래등 같은 큰 집에 여송연을 피워 들고 선 백과 때 묻은 학생복을 입고 머리를 아무렇게나 갈라넘긴 봉구와 두 사람이 순영의 분홍꽃 핀 맘 동산을 서로 제 것을 만들려고 싸운다. 백은 "엇다, 금강 석 반지를 받아라! 자동차를 받아라! 음란한 육욕의 만족을 받아라!" 하고 거만하게 점잖게 자기를 부르고, 그와 반대로 봉구는 "내 몸을 받으소서. 내 맘을 받으소서." 하고 자기의 발밑에 꿇어앉았다. 순영은 그 사이에 서서 이 팔을 내밀까 저 팔을 내밀까 하고 망설인다.

순영에게는 둘이 다 가지고 싶었다. 백에게도 좋은 것이 있었고 봉구에게도 좋은 것이 있었다. 백의 음탕한 것과 돈과 봉구의 깨끗하고 어린 것과 뜨거운 사랑과 이것을 다 아울러 가지고 싶었다. 순영의 속에는 두 순영이가 있었다. 하나는 백의 순영이요 하나는 봉구의 순영이다. 만일 한 팔로 백을 안고 또 한 팔로 봉구를 안고 동대문 밖 집에나 원산 별장에 누웠으면 작히나 좋을까! 순영은 이렇게 생각하고 괴로워한다. 그래서 답장도 못하고 있는 동안에 봉구에게서 또 둘째 편지가 왔다.

53

둘째 편지, 셋째 편지는 갈수록 더욱 열렬하였다. 인순은 순영에게 처음에는 답장하기를 권하였고 그 다음에는 한번 만나주기를 권하였다.

순영도 봉구를 만나볼 맘이 퍽 간절하게 되었다. 그저 보고 싶기도 하고 그의 천진한 사랑도 받아보고 싶기도 하고 될 수만 있으면 겨울옷 장만할 돈도 좀 얻고 싶었다. 그래서 미리 아무 날 가노라고 통지를 해놓고 그날 시간을 맞추어 봉구의 집에 봉구를 찾아갔다. 그것이 봉구가 예배당에서 순영이가 독창하는 것을 보고 나온 지 이삼일 후이다.

봉구의 집에서 만날 때에는 피차에 별로 많은 말도 하지 않았고 다만 순영이가 마침 사흘 동안 연해서 휴가가 생기니 우선 가을옷 장만하기 위하여 돈 이백 원만 내일 안으로 취해달라 하고 또 한 삼백 원(왜 하필 삼백 원이라고 하였는지 그것은 봉구도 모른다.)가량만 준비가 되거든 내내주일 금요일 밤 종로 청년회관 음악회에서 만나서 석왕사로 같이 가기를 청하여 봉구도 허락하고 자세한 말은 석왕사에서 하기로 하고 흩어져버리고 말았다.

순영의 이러한 태도를 보고 봉구는 그가 자기를 사랑하는 것이 물론인 줄 자신하였다. 그래서 갑자기 큰 기운을 얻어서 어머니에게서 자기가 옥중에서 팔아먹다가 남은 땅 문권文券[53]과 지금 들어 있는 집 문권을 얻어가지고 그날, 그 이튿날 종일 쏘다녀서 아는 사람들의 힘으로 제발 빌어서 석 달 삼푼변으로 돈 오백 원을 얻어내었다. 그 오백 원 돈이 손에 들어올 때에 봉구는 어떻게나 기뻤는지 모른다.

'아아! 나는 그이가 구하는 것을 이루었다!' 하고 곧 그 뜻으로 편지를 하였다. 순영은 저녁 먹고 난 틈을 타서 사감 모르게 봉구의 집을 찾아갔다. 봉구는 순영이가 자기에게 끌려온 것을 생각할 때에 황송하기도 하고 기쁘기도 하였다. 그래서 도적질해 온 물건이나 남모르게 전하는 모양으로 십 원짜리 스무 장을 넣은 서양 봉투를 살그머니 순영의 손에 쥐어주었다.

"에그, 얼마나 애를 쓰셨어요."
하고 순영은 그 돈을 얼른 손가방에 넣고 그대로 돌아서 나가려다가 잠깐 서서 생각하더니 핑그르르 몸을 돌려 봉구에게 안기는 듯, 그 입으로 얼른 입술을 스치고는 달아나버리고 말았다.

봉구는 순영의 입술이 자기의 입술에 닿던 기억을 잃어버리지 않으려는 듯이 우두커니 그 자리에 서 있었다.

이리하여 지금 두 사람은 석왕사를 향하여 가는 길이다. 순영이가 봉구와 만날 때까지의 이야기가 의외로 너무 길어졌다. 그러나 그 이야기를 하지 않고는 이야길 할 수가 없기 때문에 이렇게 지루한 설화를 집어넣은 것이다. 이로부터 이야기가 외줄기로

---

53 땅이나 집 따위의 권리를 팔아넘기는 문서.

돌아갈 것이다.

봉구는 침대차에 누워 자는 순영을 마치 천사와 같이 깨끗하게 생명과 같이 귀중하게 바라보고 섰다. 그는 순영이가 과거에 어떠한 일이 있었는지 꿈에도 알지 못한다. 다만 순영의 태도가 심히 활발해지고 전에 있던 수줍은 티가 없어진 것과 옷 모양을 내는 것이 이상도 했으나 그것은 순영이가 명춘[54]에 대학을 졸업할 여자인 것을 생각할 때에 가장 자연스럽게 보일 뿐이었다.

순영은 티 없는 처녀다. 오직 하나님의 품에밖에 안겨볼 일이 없을 그러한 깨끗하고 티 없는 처녀다. 저 하얀 가슴속에는 아직 끌러보지 못한 사랑의 봉지가 있다! 그것은 오직 나에게만 끌러 놓을 것이다! 봉구는 이렇게 생각한다.

그러할 때에 순영이가 눈을 뜬다. 차가 정거장에 닿느라고 속력을 늦춘 것이 순영의 잠을 깨운 원인이 된 것이다.

"아니, 아직 안 주무세요?"
하고 순영은 봉구의 손을 잡으며 방긋 웃었다. 잠이 다 안 깬 눈에 웃는 웃음이 예뻤다.

54

"왜 안 주무셨어요? 그리구 나 자는 양만 보셨네, 아이 숭해라!"

54 내년 봄.

하고 봉구의 손을 잡지 않은 다른 손으로 눈을 가리더니 벌떡 일
어나 앉으며,

"여기가 어디야요? 평강 지나왔어요?"
하고 눈을 비빈다.

"담 정거장이 삼방이야요."
하고 봉구도 순영의 곁에 걸터앉았다.

"삼방?"

"왜요? 삼방 와보셨어요?"

"아니오. 잠깐 들렀었어요……. 아이 그렇게 안 주무셔서 어찌
해?"

"가서 자지요."

"인제 석왕사까지가 몇 정거장이야요?"

"삼방! 고산! 용지원! 인제 셋 남았습니다."
하고 봉구가 일어나서 옷 벗어놓았던 데 가서 시계를 꺼내어서
귀에다 대어보고 본다.

"벌써 다섯시나 되었는데요."

순영은 가만히 이윽히 앉았더니,

"기쁘세요?"
하고 봉구의 어깨에 기댄다.

"네."

봉구는 퍽 싱겁게 대답을 하였다 하고 혼자 낯을 붉혔다.

"저도 기뻐요. 미스터 신이 이렇게 저를 사랑해주시니깐 기뻐
요. 저를 오래오래 사랑해주세요, 네?"

"오래오래?"

"네, 오래오래, 아주 오래."

"……."

"그러시지요? 그런다고 그러세요…… 네. 오래오래 사랑해주신다고 그러세요, 네."

봉구는 말없이 순영을 물끄러미 바라보기만 하였다. 그러다가 순영이가 여러 번 재촉하므로 봉구는 웃으면서 고개를 끄덕끄덕하였다. 그런즉 순영은 마치 어른에게 무슨 어려운 일에 허락이나 받은 모양으로 들썩들썩 앉은 춤을 추었다. 그러더니 끓어오르는 정열을 억제할 수가 없는 듯이 봉구를 껴안고 수없이 키스를 하였다. 봉구는 어찌할 줄을 모르는 듯이 순영이가 하는 대로 맡겨두었다. 그러나 맘속에는 일종의 기쁨도 있는 동시에 일종의 불쾌함도 있었다. 자기가 순영에게 기대한 것은 그런 것은 아닌 듯하였다. 그러나 그것도 좋은 듯도 하여서 봉구는 어떤 게 옳은지 어떤 게 그른지 그만 판단의 표준을 잃어버리고 말았다. 그러나 순영이가 하는 일은 아마 모두 옳은 듯하였다. 그렇게 아름다운 순영이가 무슨 일이나 잘못할 수는 없는 것 같다. 그래서 봉구는 맘놓고 순영의 포옹과 키스를 받았다.

이로부터 석왕사 감천정에 있는 동안 봉구는 마치 순영의 장난감과 같았다. 악의로 하는 장난은 아니라 하더라도 마치 어린 동생이나 자식을 귀애하는 듯한 귀염으로 순영은 봉구를 대하였다. 봉구도 어린아이 모양으로 순영의 예쁜 손에서 놀았다.

순영은 봉구의 무릎 위에 올라앉거나 또는 봉구의 무릎을 베고 누워서 이러한 소리를 한다.

"봉구 씨, 다른 여자 사랑해보신 일 있어요?"

"나요? 없어요! 나는 당신을 사랑하는 것이 첨이요, 마지막이야요."

"허기는 남자마다 사랑하는 여자 앞에서는 다 그런 소리들을 한대 — 자기는 과거나 현재나 미래나 꼭 너 하나밖에는 사랑하지 않겠노라고. 그렇지만 천하에 그러한 맹세를 지켜본 이가 있었나요? 아아, 나도 일생에 변치 않고 사랑해줄 이의 사랑을 받아보았으면."

순영은 낙심하는 듯이 고개를 돌린다. 그러나 고개를 돌리고는 웃었다.

"정말이오! 내가 거짓말하는 것을 들으셨소? 당신은 나를 안 믿는구려. 어찌하면 나를 믿으실 테요? 응, 염려할 것 없소. 두고두고 보면 내가 어떠한 사람인지 아실 테지요."

하고 봉구는 순영에게 대하여 다소간 분개한 모양을 보인다.

"아이, 노여우셨어요? 이를 어째? 부러 그런걸."

하고 순영은 봉구에게 매달린다.

봉구는 일부러 귀찮은 듯이 순영을 떠밀며,

"순영 씨는 어떠시오? 나밖에 다른 사내를 사랑한 일이 있소?"

하고 순영의 눈을 들여다보았다.

55

순영은 봉구의 시선이 자기를 내려다볼 때에 그 시선 속에 자기의 맘을 폭폭 찌르는 날카로운 날이 있는 듯하여서 무심중에 몸서리를 쳤다. 그러나 얼른 그의 특유한 웃음과 찡그림으로 그 것을 가리워버리고,

"내가? 어떻게 생각하세요? 봉구 씨 생각에는 내가 다른 남자를 사랑한 일이 있을 것 같아요?"

하고 반문하였다.

"글쎄."

"글쎄? 글쎄가 무에요?"

순영은 성내는 양을 보였다.

"아니, 그런 게 아니라, 들으니까 요새 여학생들은 모두 그렇다고 그럽디다그려."

하고 봉구는 웃어버렸다. 그리고는 어조를 고쳐서,

"내가 순영 씨를 그렇게 의심하였다면 나는 벌써 순영 씨를 죽여버렸거나 내가 죽어버렸거나 했지, 아직까지 이렇게 무사하겠어요. 조선 여자를 다 의심하더라도 순영 씨는 의심할 수가 없지요. 자기가 사랑하는 사람까지 의심하고야 어떻게 살아요?"

하고 봉구는 순영을 믿는다는 표적을 보이려는 듯이 한번 힘있게 순영의 입에 키스를 하였다. 이 순간에 순영의 눈에는 시퍼런 칼을 들고, "이년! 이 부정한 년!" 하고 자기를 노려보는 봉구의 모양이 번뜻하였다. 그 봉구의 눈에서는 피와 눈물이 흘렀다.

'그럴 것이다.' 하고 순영은 한숨을 쉬었다. '그렇게 참된 사람인데, 그렇게 열렬한 사람인데.' 하고 봉구의 성격을 생각해보면, 자기가 봉구를 속이는 것이 심히 미안도 하고 또 멀지 않은 장래에 이 속임의 씨에서 무섭고 큰 비극의 열매가 맺히어 순영의 몸

이 그 열매에 눌리고 깔려 부서져버릴 듯하였다.

'그러나 어떻게 차마 이 말을 하랴. 못 해, 못 해.' 순영이가 봉구를 속이는 것은 결코 미워서 하는 일이 아니요, 도리어 사랑하므로 하는 일이다. 순영은 봉구를 사랑한다. 더구나 석왕사에 온 지 이삼일 동안에 더욱 깊이깊이 정이 듦을 깨달았다. 처음에 석왕사에 오려고 할 때에는 비록 어디 순결한 남자란 어떠한 것인가, 음탕한 백과 비겨 어떠한가를 비교해보려 하는 호기심도 있었지만 그동안 봉구와 기거를 같이하매 봉구의 참됨과 열렬함에 깊이 감화함이 되어 자기도 한 부분은 옛날 순영에 돌아간 듯하였다. 그러나 옛날 순영에 돌아갈수록 봉구에게 진정을 말할 수는 없었다. 자기의 지나간 일을 봉구에게 말할 때에 생길 봉구의 고통은 순영이가 견디기에는 너무 무서울 듯하였다.

하루 이틀 봉구와 같이하는 시간이 오랠수록 순영은 봉구에게 끌리는 것이 더욱 심하였다. 역시 백은 음탕한 사람이요 짐승 같은 사람이요 자기를 장난감으로 아는 사람이다. 그는 자기에게 대하여 아무 존경도 가지지 않는다. 그러나 봉구는 정말 영혼이 있는 사람이다. 돈이 있는 백과 영혼이 있는 봉구와……. 순영은 돈과 영혼과 어느 것을 잡을까 방황하였다. 두 가지를 동시에 가지기는 점점 불가능한 것을 깨달을 때에 순영은 돈을 차버리고 영혼으로 가 붙을 생각이 났다. 그러나 그대로 작정할 수도 없었다.

그러나 마침내 순영은 분명히 자기의 태도를 안 정하면 안 될 때가 되었다.

"여보, 명년에 졸업하고 미국 가려오?"

"글쎄……."

"글쎄라니, 학교에서 보낸다지요?"

"보아야 알지, 갈까?"

"가우! 나도 가도록 주선을 해보지요. 한 해 더 있어야 하지만."

"당신도 미국 가려오?"

"순영 씨가 가면 가지. 태평양을 헤엄을 쳐서라도 따라가지."

이러한 이야기를 하던 끝에 봉구는,

"그럼, 우리 혼인은 언제 해요? 명년에 당신이 졸업하는 대로 곧 해버릴까, 좀더 기다릴까?"

하고 중대한 문제를 제출하였다. 순영은 정말로나 거짓말로나 이 문제에 대답하지 않을 수가 없었다.

56

순영은 곧 대답하기를 피하는 듯이,

"혼인은 꼭 해야만 하우?"

하고 웃고 말았다.

봉구도 그 자리에서 더 다져 묻는 것도 어리석은 듯하여 그만 입을 다물고 말았다.

저녁을 먹고 나서 약수터로 산보를 가느라고 갈 때 우연히 선주가 어떤 남자와 함께 이야기를 하고 오는 양이 보였다. 가까이 온 때에 본즉 그 남자는 최씨다.

"아이, 이게 누구여? 사뭇 얼마 만이오?"

하고 선주가 먼저 가까이 뛰어와서 순영의 손을 잡으며,

"이런, 그때 동대문 밖에서는 고렇게도 얌전을 빼더니 금년 여름에는 잘 놀았드구먼그래, 에끼 여보! 아기나 안 뱄소? 그래 이번에도 영감과 같이 왔소?"

하고 순영이가 듣기 어려워하는 눈치도 못 알아차리고 한참 떠드는 것을 참다못하여 순영은 선주의 옆구리를 슬그머니 찌르며,

"쉬쉬."

하고 엄지손가락을 흔들어서 봉구를 가리켰다. 선주는 깜짝 놀라는 듯이 봉구를 바라보았다. 봉구는 내외하는 모양으로 너덧 걸음 앞서서 저쪽으로 외면하고 섰다.

선주는 순영의 귀에 입을 대고,

"응, 잘허는구려. 어느 사이에 이 짓이여. 대관절 저이는 어떤 수렁이[55] 도령님이오?"

하고 누구나 다 들으라는 듯이 깔깔 웃는다.

순영은 선주를 부러워하였다. 선주는 과연 순영보다도 그 방면으로는 능란하고 씩기었다.

순영으로는 도저히 곧 그를 따를 수는 없었다. 그래서 좀 수줍은 태도로,

"아니오, 그저 친구야."

하고 순영도 웃었다. 두 여자의 웃는 소리가 봉구와 또 그보다 두어 걸음 더 가까이 서서 담배를 피우고 있는 최씨의 귀에 들렸다.

---

55 번데기. 수퇘지.

"그럼, 좋으신 친구지, 응?"

선주의 어조와 몸짓은 퍽 음탕하였다.

"그런데 영감은?"

하는 순영의 말에,

"역시 이게지."

하고 아까 순영이가 하던 모양으로 엄지손가락을 흔든다.

"그럼, 그 어른은 안 오셨소?"

"응, 그이는 무슨 일이 있어서 일본을 간다고 갔는데, 그 틈을 타서 우리 오빠하고 잠깐 놀러왔지. 그런데 어디 계시우? 여러 날 있으려우? 우리 하루 모여 놉시다그려. 여기 청요리가 다 있어요."

순영은 자기의 어려운 문제를 해결해줄 지혜를 가진 사람은 선주밖에는 없는 듯하였다. 그래서 약수터를 지나서는 마침 달밤인 것을 이용하여 큰 절을 향하고 걸어올라가면서 자기의 사정을 설파하였다.

순영이가 봉구와 처음 만나던 이야기로부터 지금까지 지나온 경로를 말할 때에 선주는 가끔,

"재미 좋구려!"

이러한 농담을 끼워가면서 들었다. 그러다가 순영이가,

"그런데 지금은 자꾸 혼인을 하자는구려. 그러니 무에라고 대답을 하면 좋소?"

하고 물을 때에는 선주는 늙은 소나무 사이로 비치는 밝은 달을 우러러보면서, 극히 심상한 말이나 되는 듯이,

"그이헌테 시집갈 생각이 있으면 가고 없으면 마는 게지, 무슨

걱정이야. 아이 참, 달이 좋기는 좋소. 이렇게 달이란 소나무 새로 보아야만 쓴다더니 참 그런데, 또 어떤 사람 말이 아무리 달이 좋아도 젊어서 보아야만 좋대, 그렇지 여보!"

하고 순영은 돌아보지도 않고 달만 본다.

"그렇지만, 글쎄 진정을 말하면 이이헌테 가고야 싶지. 그렇지만……."

"그렇지만 백헌테도 가고 싶단 말이지. 양수집병兩手執餠[56]이라는 게야 그것이. 두 손에 떡을 들었는데 어느 떡을 먹을지 망설이는 게야. 아차 아차, 저놈의 구름이 달을 가리는구려. 이놈의 구름! 그러면 두 손의 떡을 다 먹구려. 이 떡 한입 먹고 저 떡 한입 먹고 그러면 안 좋은가. 하나만 먹으면 물리지 않우? 지금 세상에 누구는 안 그런답디까? 흥, 그렇지 않으면 열녀 정문 내리우. 열녀도 죽으면 썩어지고 나도 죽으면 썩어지지. 그렇게 근심할게 무에요? 어, 달 나온다!"

57

"그럴까?"

하고 순영은 선주의 말에 너무도 놀라는 듯이 한탄을 하였다. 과연 선주의 말은 순영에게는 좀 과하였다. 자기도 한 팔에는 백을 안고 한 팔에는 봉구를 안고 동대문 밖 집이나 원산 별장에 누웠

---

56 '두 손에 떡 쥔 격'과 같은 뜻으로, 어느 것을 해야 좋을지 모르는 경우를 일컫는 말.

으면 하는 공상을 안 해본 것도 아니지만 그것은 자기 스스로에게도 몰래 한 생각이다. 이렇게 확신 있는 어조로 분명히 말하는 것을 들을 때에는 순영이도 아니 놀랄 수는 없었다.

"그럼, 안 그래? 나는 그렇게 사니 좋기만 하던데 ─ 나뿐인가, 모두야요."

'모두' 하고 자기의 말에 더욱 힘을 주는 듯이 팔을 내두른다. 반지의 보석이 달빛에 번쩍한다. 가늘디가늘게 되어 여흘여흘[57] 울리는 시내 소리가 퍽 구슬프게 순영에게 들렸다.

"그러면 세상은 어떻게 되우?"

순영의 말은 퍽 근심스러웠다.

"세상이 어떻게 되어, 저 될 대로 되지. 왜 세상에 무슨 큰 변이나 생긴답디까? 제일 큰 변이 있습니다. 그것은 나나 당신이나 병이 나는 것허구 돈 없어지는 것허구. 이 밖에는 세상에 큰일이라고 할 것이 하나도 없습니다. 다른 놈들이야 죽거나 살거나 내게 무슨 상관이오? 그놈들이 우리 생각해준답디까, 제 생각뿐이지. 저마다 제 생각만 하는 세상에 남 생각하는 놈 다 어리석은 놈입니다. 나는 그 대가리가 허연 영감장이를 생각해서 그리로 시집을 갔나요? 나 위해 갔지. 또 그 영감인들 나 위해 내게 장가를 들었나요? 돈푼이나 생기니깐 젊은 계집 얻어가지고 한바탕 호강할 양으로 지랄발광을 하고 나를 얻었지. 누구는 안 그렇소? 당신은 안 그렇소? 다 그래, 다 그래! 그러니깐 당신도 저이를 데리고 노는 것이 재미있는 동안 실컷 데리고 놀구려. 그저 백씨 눈

57 강이나 개울의 물살이 빠르게 촬촬 흐르는 모양.

에만 띄지 않게 하구려. 사내란 질투가 심하니깐……. 그러다가 싫어지거든 혹 불어세지.[58] 그리고 또 새 사내 얻지. 어디 사내 흉년 들었소? 우리네가 손가락만 한번 움직이면 줄줄 따라올걸. 그러다가 우리네가 늙어지면 사내가 안 돌아볼 테니깐, 시방 눈 밝게 덤비어서 먹을 게나 해놓는단 말이야요. 그런데 당신은 무슨 걱정이우? 걱정이 무슨 걱정이야? 아아 추워! 자, 인제는 내려갑시다."

"그러면 정조란 아무 상관없어요?"

"정조? 뉘 집 애 이름인가. 아직 내 말을 못 깨닫는구려. 사내들은 사내들 제 욕심 채우느라 우리를 따라오는데 우리네가 그 사람들에게 무슨 의무가 있수? 그저 사내를 노엽게 하면 내 경영이 틀려지니까 몰래 이러는 게지……. 흥, 흥. 과연 교회 학교에 다니는 양반이라 다르구려. 정조! 정조!"

선주는 말없이 두어 걸음을 내려가다가 문득 좋은 것이 생각이 난 듯이 우뚝 서며,

"그래 여태껏 정조를 지켰수?"

하고 순영을 본다. 순영은 그 말에 얼굴이 화끈화끈하였다. 과연 자기는 벌써 두 남자에게 몸을 허해버렸다. 인제는 자기는 정조를 말할 사람이 되지 못하였다. 그렇게 생각할 때에 자기가 작년 가을까지도 지니고 오던 처녀의 사랑과 깨끗함을 생각해서 슬펐다. 밝은 달빛, 맑은 가을바람, 그것에 움직이는 맑은 솔 그림자, 시내 소리……. 이러한 모든 것을 덮은 파랗게 맑은 푸른 하늘이

58 불어세우다. 남을 따돌려 보내다.

다 사람으로 하여금 맑은 것을 생각하게 할 때에 순영은 자기의 맑아 보이지 않는 양심을 보고 하늘과 땅에 대하여 면목이 없는 듯하였다.

"그래도 양심에 찔리는 것을 어찌해요. 정조란 반드시 이해관계만은 아니겠지요."

하는 순영의 말은 가엾이 울렸다.

"양심, 그것이 사람의 맘속에 만들어놓은 먼지가 켜켜이 앉은 귀신 그릇입니다. 그 속에 빈대도 들어가고 쥐며느리도 들어가서 가끔 꼭꼭 찌르기도 하고 서물서물[59]하기도 합니다. 그놈의 귀신 오장이[60]를 번쩍 들어내어요. 내다가 훅 불어세란 말이야. 그러면 아주 맘이 깨끗합니다. 그놈의 오장이를 끼고 다니는 사람들은 밤낮 우는 소리만 하여서 인생을 슬프게 만들어놓지요. 당신도 당장에 그놈의 먼지 앉은 양심 오장이를 내던져요."

58

"에그머니!"

하고 순영은 아니할 수가 없었다. '양심 오장이'를 내버리라는 말은 참으로 상상도 못하던 말이다. 그래서 그는 이렇게 소리를 지르고 멈칫 섰다.

"그 말이 그렇게 놀랍수? 지금 세상에 누구는 양심 오장이를

---

59 벌레가 살에서 기는 것처럼 자꾸 근지러운 모양.
60 오쟁이. 짚으로 엮어 만든 작은 섬.

안 내버린 사람이 있는 줄 아시우? 그야 우리두 고등여학교에나 다니던 어린시절에야 그것이 생명이나 되는 듯이 소중하게 지니고 있었지만 한번 세상 풍파를 겪어보니깐 그것이 다 쓸데없는 것이요, 도리어 우리에게 해 되는 것임을 깨달았단 말이지. 그러니깐 내버리는 것 아니오? 해 되는 줄 알구두 끌구다니는 게야 어리석은 짓 아니유?"

"그럼 선주 씨는 양심을 다 내버렸소?"

"그럼 아직두 끌구다녀?"

"언제부터 내버렸소?"

"한 삼 년 되었어. 첫 번 사내 녀석이 달아난 줄을 알던 날."

"그리구는 다시는 양심을 가져본 일이 없소?"

"왜, 가끔 있지."

"어떤 때에?"

"더러 있지만 근래에는 거의 없어. 그만큼 수양이 되었으니깐."

"수양?"

"그럼은, 여간 수양으로 그 병을 떼어버리는 줄 아우? 그 병이 다시 일어나면 어쩌하게, 슬퍼서 죽게."

"그럼 당신은 영감을 사랑하는 맘은 조금도 없소?"

"내 맘에 들 때에는 사랑도 하지. 그렇지만 깊이 정 들이는 것은 좋지 못한 일입니다. 무슨 일이 있어서 헤어질 때 안 되었어……. 내야, 영감 앞에서 아양도 부리고 내 몸뚱이도 맘대로 내맡기지. 그래야 저 편도 내게 상당한 값을 물어주지 않수? 세상일이 모두 다 흥정이니깐……. 그러다가 그 사람 없는 데서는 또 내 맘에 드는 사내허구 맘대로 놀기두 하구 다니기두 하지. 그 사람이 내 몸을 안 쓸 때에 내 몸을 아무렇게 쓰면 어떠우? 흥, 왜 나는 이런가? 세상에 안 그런 사내는 몇이나 되며 안 그런 계집은 몇이나 되는 줄 아우? 지금이니 말이오만 처음 나를 버려준 사내가 누군데? 우리 학교 선생님이라누. 내가 재주가 있고 장래성이 있다구 퍽 귀애줍디다그려. 그래서 나도 따랐지요. 나보다 아마 이십 년은 위야. 어쨌거나 그 친구의 딸허구 나허구 한 반이니깐. 허더니 그 후에 일아본즉 그 작자는 내 장래를 위하여 나를 귀애준 것이 아니라 내 낯바닥이 빤빤하니깐 그랬던 게야. 나를 일본으로 유학 보내줍네 하고 꿀구가다가 버려놓고는 시치미 뚝 따고 여전히 그 학교의 선생님이라나. 아주 얌전합신 학감선생님이시라누……. 세상이 다 그런 게야……. 우리 있는 여관을 보구려. 여관 주인이 굉장하게 친절히 해주지? 왜 그렇수? 우리가 언제 보던 친구라고? 그게 다 저를 위해 그러는 게로구려……. 이기주의라나, 제 몸만 이롭게 하려는 주의 말이야. 세상이 다 그게야요. 사랑도 그렇구……."

선주는 대단히 흥분하였다. 선주의 말을 듣는 순영도 역시 흥분하였다. 지금까지 생각하던 바와 달라 순영에게는 선주는 무슨 대단히 지혜롭고 경험 많은 사람같이 존경할 만하였다.

두 사람은 물터에 돌아와서 성냥불을 켜들고 얼음같이 찬물을 두어 잔씩 먹었다. 순영은 쭈그리고 앉아서 물을 마시고 있는 선주를 바라보았다. 그 찬물을 꿀꺽꿀꺽 들이켜는 것이 변변치 못한 이 몸뚱이의 목숨을 안타깝게 늘여서 몇 푼어치 안 되는 쾌락을 하루라도 더 맛보려고 빠당빠당[61] 애를 쓰는 양이 보이는 듯하여 심히 가엾었다.

선주는 셋째 그릇을 쭉 들이켜더니 순영을 바라보고 싱긋 웃으며,

"그래두 살겠다구 이 추운 밤에 냉수를 이렇게 켜는구려. 가엾지, 나는 소화불량에, 신경쇠약에, 모두 병주머니야. 소화가 불량하니까 이렇게 수척하구려. 내가 꽤 늙었지."

하고 여윈 뺨을 만지며,

"순영 씨는 혈색도 좋아."

하고 부러운 듯이 한숨을 쉰다.

59

그럴 때에,

"선주, 선주!"

하고 부르는 소리가 들린다. 선주는 순영에게 눈을 끔쩍하며 인기척 말고 가만히 있으라는 뜻을 보인다.

"저이는 무얼 하는 이요?"

하고 순영은 소리를 낮추어 물었다.

"돌아댕기는 이야, 내 동무나 해주구."

"그래도 무슨 업이 있지 않겠소?"

"안 해본 업이 없다나, 교사 노릇도 하고 신문기자도 좀 하고

---

61 건드리면 소리가 날 정도로 몹시 팽팽한 모양.

공장도 벌여보고 무역상도 해보고 저 만주에 갔다가 개간사업도 좀 해보고 상해 가서 독립운동도 좀 해보고 사회주의자도 되어보고…… 어쨌거나 이루 다 그 이력서를 내려섬길 수가 없다우. 허지만 그중에 하나도 일 년 이상을 해본 일은 아마 학교 공부밖에는 없나봅디다. 응, 그리구 계집애 후리는 것은 썩 능란하지. 누구든지 그 오빠 눈에 한번 들기만 하면 별수 없지. 당신도 조심허우."

하고 웬일인지 어두운 속에 순영의 손을 더듬어서 꼭 쥔다.

"선주, 선주." 부르던 소리가 안 들리게 되매 두 사람은 문밖으로 나왔다. 개천에 놓인 다리를 건너서 두리번두리번 최씨를 찾으려 할 때에 어두운 그늘에서, "우아앙." 하고 소리를 지르며 무엇이 뛰어나온다. 최다. 두 여자는 깜짝 놀라서 뒤로 물러나며 소리를 질렀다.

"그렇게들 놀래?"

하고 최가 웃는다.

"그게 무슨 짓이오? 사람을 그렇게 놀래는 법이 어디 있단 말이오?"

하고 선주가 최를 책망을 한다.

"어, 잘못했네. 용서하게. 어디 동태나 안 되었나? 그랬다가는 내가 경을 칠걸."

최는 참 풍채가 좋았다. 그리고 그 말하는 양이 사람을 어디까지든지 내리누르고 비웃어버리려는 것 같은데 일종의 위엄이 있다.

최는 두 사람 곁으로 가까이 오더니 순영을 향하고,

"얼른 내려가보세요. 같이 오신 양반이 매우 괴로워하는 모양 같습디다. 가서서 단단히 위로를 하셔야 되겠나 보든걸요."

한다.

"그 말을 들었구나."

하고 순영은 깜짝 놀라며 선주를 바라보았다. 봉구가 혼자 방에서 고민할 것을 생각할 때에 순영은 맘이 괴로웠다. 그래서 얼른 발길을 돌리며,

"나는 먼저 가요."

하고 최씨와 선주를 향하여 고개를 숙였다. 얼마를 걸어오다가,

"아직 어린애야."

하고 선주가 자기를 비평하는 소리를 듣고는 부끄럽기도 하고 분하기도 하였다.

여관에 돌아온즉 과연 봉구는 혼자 책상에 가슴을 기대고 열 손가락으로 머리카락을 막 그러쥐고 앉았다. 순영은 자는 사람 곁으로 가는 모양으로 가만가만히 걸어서 방에 들어가서는 봉구의 곁에 우두커니 서서 봉구가 고개를 들기를 기다렸으나 잠이 들었는지 영 움직이는 기색이 없었다.

순영은 봉구를 건드리기가 무서운 듯도 하고 미안한 듯도 하여 그냥 내버리고 돌아서서 다다미 위에 통통하는 소리를 내며 자리를 깔았다. 자리를 깔고 난 뒤에는 봉구의 곁에 가만히 꿇어앉아서 애걸하는 목소리로,

"여보세요, 여보세요."

하고 불렀다. 그 연연하고 온공한[62] 목소리가 마치 극히 정숙한 아내가 그의 남편에게 무슨 용서함을 청하는 것 같았다. 그 목소

리를 듣고야 누구든 그의 참됨과 정성과 깨끗함을 믿고 사랑하지 않으랴.

"여보세요, 무엇에 노여우셨어요. 왜 그러세요. 내가 너무 늦게 들어와서 그러세요, 네?"

하고 손으로 가만가만히 봉구의 어깨를 흔들었다.

"순영 씨!"

하고 고개를 번쩍 드는 봉구의 얼굴과 눈은 무섭게 되었다. 순영은 그것을 보고 무서워서 앉은 대로 뒤로 물러서지 않을 수가 없었다.

"여보시오, 순영 씨. 당신은 나를 사랑하시오? 나밖에는 사랑하는 남자가 없소? 분명히 당신은 처녀요? 나는 이 자리에서 그 대답을 들어야 하겠소이다."

60

순영은 말없이 봉구의 무릎에 엎더지면서 울었다. 이 울음에는 두 가지 뜻이 있었다. 첫째는 봉구가 자기에게 그러한 말을 묻게 된 것이 슬펐고, 둘째는 이 경우에 자기가 우는 것이 가장 이로운 일이라고 생각한 까닭이다.

"왜 우우?"

하고 봉구는 심히 냉담하게 순영을 내려다보면서 부르짖었다.

62 성격이나 태도 따위가 온화하고 공손하다.

"분명히 단마디로 말을 해요. 처녀라든지 아니라든지, 한마디 하면 그만이지 울기는 왜 우?"

하고 봉구는 순영의 울음에 움직이려는 맘을 억지로 굳게 하면서 더욱 냉담하게 소리를 질렀다.

아까 최가 자기에게 하던 말을 생각할 때에 봉구의 맘속에는 순영에게 대한 의심이 부쩍부쩍 높아졌다. 최의 말은 실로 사람으로 못 견디게 하도록 빈정거리는 어조였다. 봉구가 오라는 말도 없는 것을 봉구의 방까지 따라와서 마치 어른이 어린 자녀에게 훈계나 하는 태도로 이러한 말을 하였다.

"사랑을 너무 중하게 알지 마시오! 사랑을 한 장난으로 아시오. 이게 심히 중요한 처세술입니다. 그런데 노형과 같은 순진한 청년은 사랑을 너무 소중하게 아는 것이 걱정이여. 장난으로 알아요. 장난감이란 한참 가지고 놀다가 깨지면 내버리고 누구누구 달라면 주어버리기도 하고 그리고 또 가지고 싶으면 새로 장만하면 그만이지만, 아직 세상에 경험이 없는 청년들은 사랑을 한번 잃어버리면 다시는 찾지 못할 무슨 하늘에서나 떨어진 것처럼 생각을 하다가는 만일 거기 실패를 하면 죽네 사네 하고 야단들을 하지요. 사랑이란 그런 것이 아니야요. 말하자면 감기지. 감기란 앓을 때에 몸이 펄펄 끓지만 하루 이틀 내서 아스피린이나 먹고 땀이나 한번 빼면 씻은 듯 부신 듯 나아버리는 게란 말이야요. 그 대신에 몇 번이라도 감기는 들 수 있지요. 허지만 될 수만 있으면 당초에 감기를 안 드는 게 좋아. 들었다가 조리를 잘 못하면 폐렴이 되기 쉽단 말이야, 하하하하. 나도 폐렴까지 될 뻔한 적도 있는걸요. 그러나 지금이야 까딱없지, 까딱없어요……. 보니까 노형은 퍽 순결한 청년인데 아아 단단히 감기를 붙들린 모양이외다. 선병자先病者 의醫로 나도 경험한 일이기 때문에 미리 말씀해 드리는 것이니 들으시기는 좀 거북하리다만 내 말이 진리는 진리입니다……. 그러니까 사랑을 장난으로만 알아두시우! 그러기만 하면 걱정 없지요. 그리고 모든 계집애는 다 거짓덩어리로만 알고 애어 그들의 과걸랑 묻지 말아요. 과거를 물어야 바로 대답하는 법도 없고 공연히 피차에 어성버성[63]하게만 되는 것이니 애어 계집애들의 과걸랑 묻지 말아요. 또 미래의 맹세도 받지 말아요. 계집애들의 맹세란 썩은 새끼입니다. 그것을 믿고 몸을 실었다가는 경치지요. 내 친구도 그런 사람 많소이다. 그러니까 계집애들은 과거야 어찌 되었든지, 장래야 어찌 되었든지, 내 품속에 들어온 동안 실컷 데리고 놀고는 어지간히 물리거든 혹 불어세요. 그런 뒤에야 제가 무엇이 되거나 무슨 상관이요? 그래야 살지, 그렇지 않으면 어떻게 괴로워 사오? 아, 내가 너무 오래 지껄였군. 난 갑니다."

최가 이런 소리를 지껄이고 달아난 뒤에는 더욱이 아까 들은, "영감허구 왔수?" 하던 소리가 심상치를 않았다. 그래서 순영이가 없는 동안 혼자 방에서 번민을 하였다. 최의 말에 순영의 정조를 의심케 하는 구절이 있는 것도 아니건만 또 어찌어찌 생각하면 최의 말 전부가 "이놈아, 순영이는 벌써 헛것이야!" 하고 자기를 비웃는 빛이 보이는 듯도 하였다.

'만일 순영이가 자기만 사랑하는 것이 아니라면?'

---

63 분위기가 어색하거나 사람을 대하는 것이 부자연스럽고 사이가 서먹서먹한 모양.

이렇게 생각할 때에 봉구는 도저히 견딜 수가 없었다. 그래서 혹은 그것을 부인했다, 혹은 그것을 시인했다, 갖가지로 번민할 때에 또 최가 와서 마루에 걸터앉으며,

"데리러 가지 않으시려우? 이런 때엔 데리러 가주어야 좋아해요, 허허."

한다.

"혼자 가시지요."

하는 봉구의 얼굴은 불빛에 보기도 무섭게 초췌하였다.

61

이러한 때에 순영이가 돌아온 것이다. 순영의 예쁘고 정다운 모양이 곁으로 가까이 옴을 깨달을 때에 봉구의 맘은 더욱 괴로웠다. 그처럼 사랑이 믿을 수 없는 것일까. 그처럼 사람이 믿을 수 없는 것일까. 그처럼 사람은 오직 제게만 좋도록 아무러한 일이라도 해서 좋을 것일까. 이 아무도 없는 방에 두려워하는 빛이나 꺼리는 빛도 없이 서슴지 않고 더벅더벅 들어와서 자기와 둘이서 같이 잘 잠자리를 훌훌 까는 순영을 볼 때에 어떻게 그의 자기에게 대한 정성을 의심할 수가 있을까. 더구나 자리를 다 깔아놓고는 자기의 곁으로 와서 어깨에 손을 대며, "여보세요, 여보세요." 하고 다정하게 부를 때에 어떻게 그의 자기에게 대한 참됨과 정조를 의심할 수가 있을까.

더구나 자기가 "처녀냐?" 하고 물을 때에 울며 자기의 무릎에

엎더지는 것을 보고 어떻게 그를 의심하랴. 만일 그래도 순영을 의심할 것이라면 봉구는 하늘을 의심하고 모든 존재를 의심하고 마침내 자기를 의심해야 할 것이라고 생각하였다. 그러나 최의 말이 어떻게 사람을 미혹하게 하는 맘이 있는지 아무리하여서라도 순영의 입에서 한마디 안 듣고는 마지않을 듯하였다.

순영도 지금까지는 아무쪼록 봉구가 자기의 과거를 묻지 말기를 바랐고 또 말이 그 방향으로 향하는 눈치가 있으면 곧 무슨 꾀를 써서 화두를 돌리기를 힘썼다. 그러다가 지금 봉구에게서 이러한 단도직입적 질문을 받고는 낭패하지 않을 수 없었다. 순영은 한마디로 봉구의 질문에 대답을 하여야만 된다. 그런데 이 경우가 순영에게는 죽기만큼이나 괴로웠다. 더욱이 봉구의 얼굴에 나타난 그 괴로움을 볼 때에 눈물이 안 쏟아질 수가 없었다. 그래서 순영은 울었다.

그러나 봉구는 한 번 더 물었다.

"왜 대답을 못하시오?"

그 어조는 여전히 냉담하지만 좀 떨렸다. 순영은 그것을 깨달았다.

"그것은 왜 물으세요?"

"……"

"무슨 까닭에 갑자기 그런 숭한 말씀은 물으세요?"

하고 순영은 '숭한'이란 말 한 마디를 살짝 집어넣었다.

"내가 알고 싶어서 묻지요. 일생을 같이하기를 맹세하는 사람의 과거를 모르고 어찌해요?"

하고 봉구의 말은 좀 부드러워졌다.

"내가 순영 씨를 의심할 생각을 왜 하겠소? 천하를 다 의심하고 내가 내 맘을 의심할지언정 순영 씨를 어찌 차마 의심하겠소? 그런데 오늘 저녁에는 내가 당신을 의심하지 않을 수 없게 되었으니 이런 슬픈 일이 어디 있어요."

하고 말끝이 울음에 묻혀버렸다.

순영은 잠깐 생각하였다. 그 잠깐에는 안 나는 생각이 없도록 많은 생각이 나왔다. 그러다가 여자에게 특유한 지혜와 결심으로 얼른 이렇게 말하였다.

"응, 내가 다 알아요. 아까 명선주가 한 이야기를 들으셨구려. 또 최씨가 무어라고 해요?"

봉구는 고개를 끄덕끄덕했다.

"그래서 나를 의심하세요, 나를 그처럼 못 믿으세요?"

순영의 두 눈에서는 새로 고인 눈물이 굵은 방울을 지어서, 울어서 불그레해진 순영의 두 뺨으로 흘러내렸다.

그러더니 봉구가 잠깐 눈을 감고 무슨 생각을 하는 동안에 딱 하는 소리가 나며 순영은 좌수 무명지를 이빨로 물어서 살 한 점을 떼어 내고 거기서 흐르는 피로 삼팔수건에 '영원불변' 넉 자를 써놓았다. 봉구는 하도 어이가 없어서 미처 만류할 생각도 나지 못하였다. 그러다가 글자를 다 써놓은 뒤에야 허겁지겁으로 순영의 손가락을 싸매었다.

"내가 잘못했소. 용서해요."

하고 봉구는 순영을 껴안았다. 순영은 만족한 듯이 봉구의 가슴에 고개를 기대고 조는 사람 모양으로 가만히 있었다. 봉구는 한 번 더,

"잘못했소, 용서해요."

하고 뺨을 비볐다.

62

봉구는 진정으로 미안하였다. 순영을 잠시라도 의심한 것이
더할 수 없이 미안하였고 미안한 지경을 넘어서 죄송하고 황송
하였다.

"용서해요. 사랑하는 이를 의심하는 것은 내가 사랑이 부족한
까닭이지요. 그러나 인제는 믿습니다. 다시는 내 맘에 당신께 대
한 의심을 품지 않습니다. 영원히 당신을 믿을께……. 자 울지 마
시오."

순영은 이 말을 듣기가 괴롭고 가슴이 찔리는 듯했으나 그래
도 자기의 과거를 말하지 아니치 못할 것보다는 훨씬 편하였다.
그러나 자기는 장차 어찌 되는 심인가, 백에게로 가는 심인가, 또
는 봉구에게로 가는 심인가. 선주의 말 모양으로 그렇게 간단하
게 양심 오장이를 집어내던질 수도 없었고, 또 돈이 제일이라 하
여 확실하게 백에게로 가기로 작정하기도 어려웠다. 며칠 동안
지나보니 봉구에게는 백에서는 보지 못할 여러 가지 아름다움이
있었다. 그러나 꼭 백을 떼어버리고 일생 봉구를 쫓으리라 하는
굳은 결심도 얼른 생기지 않았다. 그것이 무엇이라고 이름지어
말하기는 어려워도 백에게는 봉구에게 있는 것보다 더 큰 힘이
있어서 순영의 허리를 잡아끄는 까닭이다. 이 모양으로 정치 못

한 생각을 가지고, 미친 듯이 뜨거운 사랑을 순영에게 퍼붓는 봉구에게 안겨서 그날 밤을 지냈다. 이튿날은 서울로 가야만 한다. 순영은 봉구의 품을 벗어나는 것이 아쉽기도 하고 시원키도 하였다.

낮차에 가려다가 봉구의 간청으로 밤차에 가기로 하고 아침 일찍이 떠나서 향적암에 올라가 바다를 바라보고 또 수미암에 구 처사를 찾아 두 사람의 일생 운명을 묻기로 하였다. 순영에게는 노곤한 빛, 원치 않는 빛이 보였으나 봉구는 더할 수 없이 유쾌하였다. 그래서,

"염려 말아요. 가다가 다리 아프거든 내 업어 내려올게."

하고 순영과 단둘이서 산골길을 걷는 것이 마치 오래 그리워하던 애인들끼리 혼인을 해 가지고 신혼여행이나 하는 것처럼 기뻤다.

아무쪼록 걷는 거리를 줄이기 위하여 큰 절까지 자동차를 타기로 하고 점심과 과자와 수통을 봉구가 둘러메고 큰 절이나 어디 적당한 곳에서 기념으로 사진을 박을 양으로 사진사 하나를 데리고 떠났다. 늦은 가을 일기는 청명한데 바람이 꽤 쌀쌀하다. 순영은 어제 저녁 선주와 이야기하던 터를 지나오면서 선주가 하던 이야기를 되풀이하였다. 그러나 중간중간에,

"저것 봐요, 단풍 단풍!"

하는 봉구의 부르짖음에 되풀이를 끊기었다. 과연 단풍이 좋았다. 좀 늦기는 늦었으나 그래도 좋았다.

"참, 단풍이 좋은데요."

순영이가 감탄을 하면,

"그까짓 것이요! 내원암만 지나가 봐요, 거기는 온통 금수강산이니……. 금강산에야 비길 수 없겠지만……. 우리 금강산 갑시다."

"언제요?"

하고 순영은 웃었다.

"신혼여행으로 — 명년 가을에, 아니 내명년 가을에. 명년에는 내가 졸업을 못하는걸……. 그래요, 우리 가요, 응."

순영은 빙그레 웃으며 고개를 끄떡여 보였다. 봉구는 어느새에 금강산 가는 노정기까지 꾸미었다. 그러나 노정기가 끝나기 전에 자동차가 불이문 밖에 정거하였다. 봉구는 먼저 뛰어내려서 손수 자동차 문을 열고 순영의 손을 끌어내리며 운전수더러,

"향적암까지 못 올라가? 비행기를 탔더면 좋을 것을……. 오후 네시에 와 기다리우."

하여 자동차를 돌려보냈다.

"불이문不二門이라, 이름 좋다. 왜 불이문인지 아우, 마이 디어?"

"당신하고 나하고 둘이 아니란 말이야."

봉구와 순영은 손을 한번 꼭 마주 쥐었다.

"여기서 찍으시지요."

하고 멀리 가기 싫은 사진사가 영월루 앞에 사진기계를 끌러놓으려는 것을 사람 많은 데는 싫다는 순영의 반대로 그냥 사진사를 끌고 조용한 내원암으로 올라가서 봉구와 순영이 앞마루에 가지런히 앉고 절에 있는 늙은 중을 청하여다가 증인을 뒤에 세우고 약혼 기념사진을 박았다.

63

사진사를 돌려보내고 봉구와 순영은 졸졸졸졸 흘러가는 맑은 시내를 따라 약간 늦은 듯한 단풍 속으로 향적암을 찾아 올라갔다. 몇 번 친 서리에 벌레소리는 벌써 다 없어지고, 가끔 새 날개에 떨어지는 마른 잎새의 바삭거리는 소리가 들릴 뿐이었다.

조그마한 개천을 건너도 봉구는 순영의 손을 잡아 건너고 조그만 바위 하나를 넘어도 손을 끌어넘기며 한 걸음 앞서가다가는 순영을 돌아보고 두 걸음 가다가는 순영을 돌아보았다. 그러하기가 봉구에게는 심히 기뻤다. 순영도 그 눈치를 알므로 일부러 오똑이 서서 발자취를 끊기도 하고, 혹은 바위 모퉁이에 서서 숨기도 하였다. 그러할 때면 봉구는 깜짝 놀라는 듯이 뒤를 돌아보고는 찾았다. 이러할 때에는 순영은 어린애 모양으로 허리를 굽히고 깨득깨득 웃으면서 뛰어와서 봉구에게 안겼다. 두 사람에게는 끝없는 행복이 있었다. 가을의 얇은 볕이 행복된 두 사람을 싸고 맑은 시내는 사랑의 끝없는 곡조를 아뢰는 듯이 단조하고도 신비한 곡조로 졸졸졸 소리를 내어 흘렀다.

향적암에서는 파란 바다가 보였다. 구름 한 점 가리운 것 없이 파란 바다와 파란 하늘이 마주 붙은 것이 보였다. 그리로 떠다니는 꿈같은 배들도 보였다. 두 사람들은 그 어디로서 와서 어디로 가는지 알지도 못하는 배들에게까지도 사랑을 부쳐 보내었다.

"아이가! 조 속에들 사람이 타고 있겠지."

하고 순영이가 조그마한 배를 가리키며 물을 때에 봉구도 그 속에 사람들이 오글오글할 것을 생각하고는 공연히 우스워서 깔깔 웃었다.

"사람이 조렇게 조그맣구려."

"글쎄 말이야, 우리들이 여기 섰는 것이 저 배에서는 안 보일 테지."

"흥, 산에 녹아 붙어버리고 말 테지. 허지만 저 멀리 별세계에나 올라가면 이 산은 보인답디까, 지구는 보인답디까? 우리가 한없이 크다고 생각하고 타고 다니는 이 지구도 창해지일속滄海之一粟인데 우리네 사람이야 말은 해 무엇하오. 생각하면 과연 한바탕 꿈이지."

"참 그래요. 하지만 사랑도 한바탕 꿈일까요? 우리 이 사랑도."

순영은 봉구를 보고 생긋 웃는다.

"글쎄, 사랑 하나만은 꿈이라고 할 수 없는 것 같아. 이 지구가 다 부서져버려도 사랑 하나만은 환한 불덩어리 모양으로 허공에 둥둥 떠 있을 것 같구려, 안 그래?"

"글쎄, 그럴 것 같애요. 사랑도 헛되면 어찌하나, 나는 그것이 무서워."

순영은 근심하는 표정을 하였다.

봉구는 순영을 좀 빈정거려주고 싶었다. 왜 그런지 모르나 그저 한번 그러고 싶었다. 그래서,

"순영 씨 사랑은 저기 산골짝에 구름 같고 내 사랑은 이 산 같지요. 저 구름은 내 가슴에 안겼다가 날아가버리더라도 이 산은 그대로 있어서 그 구름을 생각하고 울 테지요."

하고 나니 과연 그러할 것도 같아서 비감한 생각도 난다.

순영은 잠깐 양미간을 찡그리더니,

"아니야요, 안 가요! 안 가요! 내 사랑은 구름이 아니라 저 바위야요. 네, 저 커단 바위야요. 저 바위, 어디 구름 모양으로 날라가요? 산이 있는 날까지는 늘 있지요, 네. 그래 응, 당신은 이 산이구 나는 바위구……. 응 그렇다고 그러우!"

하고 어리광을 부린다.

"그래!"

하고 봉구는 힘없이 대답을 하고는 싸늘하게 웃었다.

"나는 청산이요 너는 백운이라, 백운이 날아가니 청산 홀로 섰는구나. 만고에 흐르는 시내는 눈물인가 하노라. 백운이 어이 가리 청산을 두고 어이 가리, 때 아닌 광풍이 구태 떼려 하옵거든, 차라리 소낙비 되어 님의 품에 들리라."

"무얼 중얼거리셔? 시 지으세요?"

"시조를 지었소이다. 하나는 내가 되어서 짓고, 하나는 당신이 되어서 지었어요."

하고 위에 중얼거리던 것을 불렀다.

64

"참 잘 지으셨어요! 어쩌면."

하고 순영은 노래 곡조로,

"때 아닌 광풍이 구태 떼려 하옵거든 차라리 소낙비 되어 님의 품에 들께요."

하고 봉구의 손을 잡는다.

'과연 봉구는 산과 같다.' 하고 '산'이란 말이 이상한 힘으로 순영을 감동을 시켰다. 그래서 진정으로 아무러한 일이 있더라도 봉구를 떠나지 않으리라, 모든 것을 다 버리고 오직 봉구를 따르리라는 생각이 났다.

"우리 더 가요 네, 저 누구, 구 처사인가 한 사람 찾아가요, 네. 깊이깊이 산속으로 들어가는 게 좋아. 당신을 따라서 이렇게 어디까지든지 가고 싶어요. 어디까지든지 어디까지든지 고개를 넘고 또 넘고 단둘이서만 자꾸자꾸 가고 싶어요. 그래요 응?"

"다리 안 아프시우?"

"아니……. 암만 가도 아플 것 같지 않아."

"그래도 여기서 점심을 먹고 가야지요."

"어서 가요. 갔다가 오다가 먹어요. 그렇지 않거든 거기서 우리 지어 먹어요. 내 지을께, 네?"

"정말? 정말 다리가 안 아파?"

"그럼."

"일생 가도 안 아플 테요?"

순영은 고개만 까닥까닥한다.

"그럼 갑시다."

하고 봉구는 아까 향적암 중이 가리키던 길을 향하고 앞섰다.

"못 가십니다. 길이 없어요."

하고 중이 뒤에서 소리를 친다. 그러나 봉구도 순영을 인도하기 위하여서는 불구덩이라도 기쁠 것 같고 순영도 봉구를 따라가는 길이면 아무러한 데라도 갈 수 있을 것 같았다.

길은 대단히 험하였다. 나무잎사귀가 떨어져 여기도 길 같고 저기도 길 같고 갈수록 담벼락같이 가팔랐다. 봉구는 한 손으로 순영의 손을 끌고 한 손으로 나무뿌리를 더위잡으면서[64] 땀을 흘렸다. 그러나 사랑하는 이를 위한 노역은 괴로울수록 유쾌하였다. 순영도 얼굴이 빨갛게 상기가 되고 연해 흘러내리는 옷을 치켰다. 두 사람은 몇 걸음 만에 한 번씩 서로 바라보고는 말없이 웃었다. 그것이 기뻤다. 발이 미끄러져 넘어질 뻔한 것도 기쁘고 싸리가지에 몸이 찔리는 것도 기쁘고 힘들고 숨 차는 것도 기뻤다. 원컨대 이 길이 천리 만리에 뻗쳤고 싶었다. 아마 사십분 동안이나 이 모양으로 애를 써서 구 처사가 산다는 수미암 들어가는 고개 마루턱에 다다랐다.

"바다! 바다!"

하고 순영이가 기운이 지친 듯이 펄썩 앉는다.

"곤하지요?"

"그래도 기뻐요."

"정말요?"

"그럼. 자 앉으세요. 등의 땀 씻겨드릴께요. 날 끌고 올라오시느라고."

"이렇게 고생스럽더라도 일생에 날 따라오실 테야요?"

"그럼은요."

"정말, 이렇게 고생스러워도?"

"으응……. 나를 손수 끌어만 주시면."

---

64 높은 곳에 오르려고 무엇을 끌어잡다.

서늘한 바람이 두 사람의 땀 흐르는 상기한 얼굴을 스쳐 불었다. 서로 바라볼 때에 서로 웃었다. 하늘도 웃고 땅도 웃고 멀리 보이는 바다도 웃었다.

　"갑시다."

　"응."

　"있기나 한가?"

　"없으면 대수요?"

　"있거든 무얼 물어볼까?"

　"우리 장래?"

하고 순영이가 봉구의 어깨에 손을 짚는다.

　"그러다가 좋지 못한 소리나 하든?"

　"글쎄……. 그럼 죽은 뒤에 어찌 되나 물어봅시다. 죽은 뒤에 정말 영혼이 있나 없나?"

　"글쎄……. 조심해요, 구르리다."

　"염려 마세요."

　"응, 있다, 있어."

　"어디? 그이가?"

　"응, 저거 아니오? 저 시꺼먼 바위 밑에 저거 사람 아니오?"

봉구는 저 밑에 검은 바위 곁에 하얀 점을 가리킨다.

　"어디? 응 저거?"

　"그게 사람이오. 이 골짜기에서 혼자 이십 년을 살았다는 사람이야요. 어쨌든 뜻은 무척 굳은 사람이지요?"

　"나 겉으면 이십 년은커녕 이틀도 못 견딜 테야."

하고 순영의 하는 말을 봉구가 유심히 듣더니 우뚝 서며,

"일생이라도 좋다더니?"

하고 묻는 듯이 순영을 쳐다본다.

65

순영은 어째 자기의 말이 천박했던 것 같아서 시무룩했다. 두 사람 사이에는 말이 한참 끊기고 두 사람의 발에 밟히고 몸에 흔들리는 마른 잎사귀 소리만 부스럭거렸다.

내려오기는 그래도 쉬워서 얼마 힘들이지 않고 구 처사가 있는 수미암에 다다랐다. 여러 군데를 모양 없이 기운, 빨래를 잘못해서 회색빛이 나는 무명 바지저고리에 헝겊총[65] 짚세기[66]를 신고 조그마한 상투 바람에 수건을 동여맨 사람 하나가 장작을 패고 있다가 고개를 돌려 두 사람이 오는 것을 눈이 부신 듯이 눈을 가늘게 해가지고 슬쩍 바라보고는 자기에게 아무 상관도 없다는 듯이 여전히 장작을 팬다. 그의 얼굴은 빛이 검고 이마는 넓고 하턱이 빠르고 고개가 한편으로 좀 기울어지고 눈초리가 위로 올라가고 눈은 가늘고 입은 크고 얼른 보기에 농촌에서 흔히 보는 반쯤 어리석은 사람 같았다. 별로 신기한 모양도 안 보여서 봉구와 순영은 생각하였던 것과 좀 틀려서 낙망이 되었다.

"구 처사 계세요?"

하고 봉구는 그 수건 쓴 사람에게 물었다. 그 사람은 패던 장작을

---

65 신발의 앞부분에 대는 헝겊.
66 짚신.

마저 패려는 듯이 말없이 두어 번 더 도끼질을 하더니 쪼개진 장
작을 장작더미에 내던지고 도끼자루를 짚고 일어나 허리가 아픈
듯이 가까스로 허리를 펴며,

　"어디서들 오셨나요?"

하고 두 사람을 본다. 역시 눈이 부신 듯이 반쯤 감았는데 그 짧
은 살눈썹 사이로 가늘게 보이는 눈씨가 몹시 빛나는 듯하였다.

　"네, 우리는 서울서 왔어요. 석왕사에를 왔다가 구 처사라는
이의 이름이 높은 것을 듣고 찾아뵈일 양으로 일부러 이렇게 올
라왔어요."

하고 봉구는 다소간 구 처사에게 아첨하는 태도를 보였다.

　"네, 세상에서들 나를 구 처사라고 하지요. 오셔야 보실 것이
있나요. 들어오시지요."

하고 문을 연다. 문이란 것은 찌그러진 문틀에 칡으로 이리저리
서너 번 어리고는 게다가 베 헝겊과 종이로 발랐는데 통나무를
가로놓고 세로놓아 지은 집이 그것도 한편으로 찌그러져서 문을
열어 잡았다가 놓기만 하면 덜컥하고는 그 탄력으로 서너 번 찌
국찌국 소리를 내다가야 가만히 있게 생겼다. 구 처사가 안내하
는 대로 방 안에 들어가니 초어스름 모양으로 캄캄한데 그래도
넓기는 간 반 폭이나 되고 벽은 칠한 듯이 검으나 자세히 보면
종이로 도배한 흔적이 있다. 아마 그가 이십 년 전에 처음 이리로
올 때 한 번 바르고는 다시는 손질을 안 한 모양이다. 얼마 앉아
서 눈이 어두움에 익으니 저 뒷벽에 무슨 부처 그림 하나가 역시
내어걸려서 채색 흔적도 보일락말락한 것이 있고 그 앞에는 촛
대와 질향로 하나가 놓인 것이 보인다.

구 처사는 손님을 청해 들여놓고는 무엇을 할 바를 모르는 듯이 우두커니 앉아서 고개를 두리번거리고 있다.

"여기 몇 해째나 계세요?"

"나요? 수십 년 되지요."

함경도 사투리가 약간 있다.

"적적하시지 않은가요?"

"왜요, 적적하지요."

"그래도 사람들이 더러 찾아옵니까?"

"가끔 오지요. 당신네들같이 구경 오시는 이도 있고 또 기도하러 오시는 이도 있고."

"한 달에 얼마나 와요?"

"대중없지요. 겨울 동삼에는 너덧 달 동안 사람 구경 못하는 때도 있구요, 또 봄철이나 가을철에는 한 달에 두어 사람 오는 때도 있구요."

봉구와 순영은 마주보고 놀라는 웃음을 웃었다. 순영이가,

"그러면 일 년에 여남은 사람 와요?"

하고 물은즉 구 처사도 빙그레 웃으면서,

"왜요, 한 이십 명이야 오지요."

한다.

"일 년에 겨우 이십 명만 보고 사람이 보고 싶어서 어떻게 견디어요?"

하고 순영이가 놀라는 소리를 질렀다.

"무어요, 그것도 지나나면 상관없어요. 가만히 눈을 감고 있으면 삼계 중생三界衆生이 모두 이 방 안에 들어오는걸요. 또 정말 사

람이 보고 싶으면 큰 절에 내려가도 좋고……. 허지만 사람을 만
나면 무슨 재미가 있나요."

하고 구 처사는 벽에 붙은 관음상觀音像을 쳐다본다. 두 사람도 그
를 따라 쳐다보았다.

66

관음상은 산 것같이 보였다.

"그래, 이렇게 혼자 수십 년을 산중에서 보내실 때에는 무슨
뜻이 있으시겠지요?"

하고 이번에 봉구가 엄숙한 어조로 물었다.

"그저 이럭저럭 이 세상에 오고 이럭저럭 이 산중에 들어와서
이럭저럭 수십 년을 보냈지요. 나 같은 사람이 무슨 다른 뜻이 있
겠어요?"

"겸사 말씀이지요. 그럴 리가 있어요? 우리도 인생의 참뜻을
진정으로 알고 싶어서 묻는 것이니 바로 가르쳐주세요."

처사는 봉구의 얼굴을 슬쩍 보더니 그의 얼굴에 진실한 빛이
있는 것을 보고 안심한 듯이 염주 꾸러미를 한 손으로 빨리빨리
돌리면서,

"그저 내가 무엇인가를 알자는 것이지요."

하고 극히 심상하게 조금도 흥분하는 빛이나 호기심을 내는 빛
없이 평범하게 대답을 한다.

"그러면 나란 무엇인가요?"

"저마다 생각해보면 다 알지요."

"우리 같은 사람이라도 그저 생각만 해보면 알아요?"

"그럼은요. 바로 생각만 하면 알도록 다 마련이 된 것이언만 사람들이 부질없는 물욕에 어두워서 생각들을 안 하지요."

"그러면 처사께서는 분명히 아시나요?"

"그럼은요."

"그럼 우리가 죽으면 어찌 되나요?"

"죽는 거요? 죽는 거란 자고 나는 것과 일양이라오. 사람이 길을 가면 주막에 안 드는가요? 어떤 주막에서는 점심만 하고 말기도 하고 어떤 주막에서는 하룻밤을 묵기도 하고 어떤 주막에서는 다리가 아프든지 비나 눈을 만나든지 하면 오륙일을 묵지도 않나요? 사람이 세상에 왔다가 얼마를 살다가 죽는 것이 이와 같지요."

"그럼 우리가 죽으면 무엇이 되나요?"

이것은 순영이 묻는 말이다.

"길을 가는 것이니까 대체 어떤 고개를 넘어가서 어떤 주막에 들는지 보아야 알지요. 무엇이 되면 대순가요."

구 처사의 말이 어떻게나 천연스러운지 그 말을 듣고 나니 과연 고대 죽어도 무섭지 않을 것 같다. 그 생각이 서로 사랑하는 두 사람에게 큰 위로와 기쁨을 주었다.

"죽는 것은 무섭지 않다 하더라도 늙는 것은 어찌할까요? 늙는 것도 슬프지 않아요?"

하고 봉구는 순영을 대신하여 묻는 듯이 순영의 얼굴을 바라보았다. 순영의 아름다운 얼굴이 늙어질 것이 말할 수 없이 봉구를 슬프게 하였다.

"글쎄요, 인생에 슬픈 일이 있다고 하면 청춘이 늙어지는 것이 겠지요. 그렇지만 좀더 크게 생각하면 젊으나 늙으나 마찬가지지요."

하고 적막하게 웃는 그의 눈초리에는 나이를 감출 수 없는 주름이 잡혔다. 그래도 봉구와 순영과 같이 청춘을 대할 때에는 오랫동안 잊어버렸던 웃음이 안 돌아올 수 없었다. 그러고는 맘속에 질투에도 가깝고 축복에도 가깝고 후회에도 가깝고 경멸에도 가까운 일종 이상한 감정이 둔하게 둔하게 메마른 처사의 맘속에서 움직였다. 그는 벽에 붙은 관음화상을 바라보고 들리지 않게 무엇을 중얼중얼하면서 미처 눈에 보일 새 없이 염주를 빨리빨리 넘긴다. 봉구와 순영도 말없이 처사의 마른 나무와 같은 모양을 물끄러미 보고 있었다. 봉구의 맘속에는 처사를 불쌍히 여기는 듯한 또는 무엇인지 형언할 수 없는 슬픔이 들어옴을 깨달았다. 구태여 이름을 지으려 하면 인생의 슬픔이라고나 할 만한 슬픔이었다.

"나도 처사와 같이 되고 싶은 맘이 있어요."

이것은 봉구의 이때의 형언할 수 없는 슬픔을 억지로 표하려 하는 말이었다.

"좀 있다가……. 아직은 청춘에 재미있게 지내시고."

처사는 웃는다.

"처사께서도 청춘의 재미가 있었어요?"

"조금이야 없었겠어요?"

"청춘의 행락을 믿을 수가 있을까요?"

"그저 꿈으로 아시지요."

"꿈?"

하고 봉구는 감개무량한 듯이 한숨을 지었다.

처사는 고개를 기울여 문틈으로 마당의 볕을 내다보더니,

"시장하시겠지요. 반찬이 없지만 내 집에 찾아오신 손님을 점심이나 드려야."

하고 끙끙하며 일어나 밖으로 나간다.

67

처사가 나간 뒤에 봉구는 손을 내밀어 순영의 손을 잡았다. 순영도 봉구의 곁으로 가까이 와서 그의 어깨에 기대었다.

"순영 씨!"

하는 봉구의 소리는 슬펐다.

"응? 왜요?"

하는 순영의 소리도 가라앉았다.

"얼마 안 있으면 늙어버리는구려."

"글쎄."

"그리구는 죽는구려."

"에그, 왜 그런 말을 하세요? 앗아요!"

하고 순영은 무서운 듯이 봉구에게 착 달라붙어서 바르르 떤다.

"죽기는 싫어요?"

하고 봉구는 순영의 등을 쓸어주면서 물었다.

"안 죽어요. 우리 언제까지든지 살아요. 살다가 살다가 정 살기가 싫거든 죽더라도."

"하하하하."

봉구는 웃었다. 순영도 웃었다.

"죽기까지나 이렇게 늘 같이 있었으면……. 우리 얼른 혼인해버려요. 혼인을 안 하면 안심이 안 돼. 웬일인지 그래, 졸업은 하거나 말거나 우리 서울 올라가는 대로 혼인해버려요. 그래 가지고 우리 집 다 팔아 가지고 어떤 경치 좋은 시골에 가서 농사해 먹읍시다그려. 우리 집 죄다 팔면 아직도 농사 밑천은 돼요. 우리 그럽시다. 서울 가는 대로 곧 혼인합시다. 우리 저 관음보살 앞에서 혼인식을 해버릴까. 저 구 처사를 목사로 삼고……."

봉구의 어조는 말할 수 없이 간절하였다. 그것이 순영에게는 무척 애처롭기도 하고 슬프기도 하였다.

"제가 언제까지나 늘 이렇게 사랑해드리면 당신께서는 행복되시겠어요?"

"그럼은요."

"제가 없어지면요?"

"천지가 깜깜하지요. 아마 죽어버리겠지요."

"무얼 그래요?"

"정말이야요!"

"정말?"

"그럼은요."

순영은 봉구의 가슴에 얼굴을 파묻고 이윽히 한숨 섞어 무엇을 생각하더니 번쩍 고개를 들어 봉구를 쳐다보며,

"내 일생 — 죽는 날까지 당신을 사랑하고 당신 곁에 있을께요."

하고 눈에서 눈물이 뚝뚝 떨어진다. 봉구는 손수건으로 순영의 눈물을 씻어버리고 순영의 가슴이 부서져라 하고 힘껏 안았다.

"고맙습니다. 꼭 그래 주세요, 네. 굳게 작정하고 맹세해주세요, 네."

꼭 껴안은 두 사람의 높은 숨소리밖에 방 안에는 아무 소리도 없고 이따금 부엌에서 처사가 불 때는 소리와 잎나무 꺾는 소리가 깊은 산중의 적막을 깨뜨릴 뿐이다.

수미암을 떠날 때에 봉구는 십 원짜리 지전 한 장을 내어 구 처사에게 주며,

"무엇에나 보태어 쓰세요."

하였다.

"네. 이걸로 향과 초를 사다가 관음보살님 앞에 켜고 두고두고 양위兩位의 수부귀다남자壽富貴多男子[67]를 비옵지요."

하고 구 처사는 사양도 않고 그것을 받았다. 그는 사람들을 위하여 혹은 명을 빌어주고 혹은 자식을 빌어주고 혹은 복을 빌어주고 그들이 주는 대로 돈이나 양식이나 의복이나 소금이나 간장이나 아무것이나 받아가지고 살아간다는 말을 봉구가 들은 까닭이다.

"내가 내 몸을 깨끗이 하고 사람을 위하여 복을 빌면 사람들이 나 먹고 살 것을 갖다줍지요."

---

67 오래 살고 잘 살고 아들이 많음.

처사는 이렇게 믿고 또 말하며 실상 그러하기도 하다.

두 사람이 가물가물 안 보이게 되도록 처사는 마당에 서서 바라보았다. 두 사람도 가끔 뒤를 돌아보며 손을 흔들었다. 석양은 설봉산에 걸렸는데 벽송대碧松臺 골짜기에서 피어오르는 구름이 이상하게 험상스러운 모양을 이루어 가지고 저녁 하늘을 덮어 차디찬 가을 한 소나기가 금시에 쏟아질 듯하다. 음산한 바람이 단풍든 관목잎을 흔들어 어지러이 날리는데, 두 사람은 말없이 아래로 아래로 걸어내려온다. 그러나 비록 날이 저물 염려가 있고 찬 소나기가 올 근심이 있더라도 두 사람의 맘은 기뻤다. 다만 순영이가 무슨 말을 할 듯 할 듯하다가는 못하기를 여러 번 하다가 봉구가 자기가 할 말이 있어 하는 눈치를 챈 줄 안 뒤에야,

"만일 내게 허물이 있으면 어찌하세요?"

하였다.

"무슨 허물?"

"아니, 무슨 허물이든지 말이야요, 용서해주세요?"

"순영 씨께 허물이 있을 수가 없지요. 그렇지만 만일 있다면 천번 만번이라도 용서하지요."

순영은 봉구의 목에 매달려 봉구에게 감사하는 뜻을 표하였다.

68

그렇지만 아름다운 꽃이 오래가지 못하는 것과 같이 아름다운 사람도 오래가지 못하는 것 같았다. 꽃이 항상 날리는 바람을 탓

하는 것과 같이 사랑을 지어버리는 사람은 항상 운명을 한탄하는 것이다.

봉구와 순영이가 석왕사에 다녀온 지 한 달이 못하여 관수동 백윤희의 집(동대문 밖에 있는 집은 백의 정자요 원집은 관수동이다.)에는 성대한 잔치가 벌어졌다. 동리 사람들은 백씨 집에서 며느리를 맞는가 또는 조카사위를 맞는가 하고 공론도 많았거니와 기실은 이것도 아니요 저것도 아니요 백씨가 유처취처로 첩장가를 드는 잔치인 것은 아는 사람이나 알았다. 백의 돈에 고개를 숙이는 장안의 많은 사람들은 백의 혼인(?)에 대하여 여러 가지로 축하하는 뜻을 표하였다.

이 소문을 봉구의 어머니가 듣기는 이 잔치가 있기 한 주일쯤 전이었다. 그는 이 소문을 듣고는 차마 봉구에게 전하지는 못하였다. 봉구가 오는 봄이 오기를 손꼽아 기다리는 정경을 보매 그것을 실망시키기가 너무도 가엾은 까닭이다. 그래서 그는 봉구에게는 아무 말도 안 하고 혼자서 이 혼인을 깨뜨릴 도리를 연구하였다.

첫째에 봉구의 모친이 취한 방책은 직접 신부될 순영을 찾아보는 일이다. 그는 맛난 과자 한 봉을 사서 보자기에 싸가지고 하루는 순영을 찾았다. 순영은 벌써 학교에서 퇴학을 하여 순기의 집에 나와 있을 때다. 순영은 봉구의 모친을 볼 때에 처음에는 퍽 부끄러운 빛을 보였으나 곧 태연하게 그를 영접하였다.

"에그, 과자는 왜 사오셨어요?"

하는 인사를 할 여유도 있었다. 그러고는 봉구의 모친이 무슨 말을 할 듯 할 듯하면서도 하지 못하는 양을 보고는 순영이가 먼저,

"그렇지 않아도 제가 오늘이나 내일이나 한번 찾아가 뵈이려고 했어요. 오늘 이렇게 저한테 찾아오신 뜻도 짐작은 합니다. 그러나 여기서 여러 말씀 드릴 수도 없으니 일간 댁으로 찾아가 뵙고 봉구 씨한테도 이야기를 하겠습니다."

하여 봉구의 모친의 말을 막아놓았다. 진실로 순영은 한번 봉구를 찾아볼 맘도 있고 일도 있었던 것이다.

봉구의 모친은 순영의 태도를 볼 때에 벌써 일이 틀어진 줄을 알았다. 그러할 때에는 봉구의 전도가 눈앞에 보이는 듯하여 가슴이 아팠다.

며칠 후에, 바로 순영이가 백의 집에 시집을 가기 바로 전날에 봉구의 집을 찾았다. 봉구는 이때까지도 순영이가 백에게로 시집 가게 된 줄도 모르고 가슴에 장래의 아름다운 꿈을 품으면서 학교에서 돌아왔다.

마루 앞에 여자의 구두가 놓인 것을 보고 봉구는 가슴이 두근거렸다.

"어머니, 나 왔어요."

하고 일부러 소리를 높였다. 그 소리에 응하여 봉구가 예기하던 바와 같이 순영이가 문을 열고 마루 끝에서 구두끈을 끄르는 봉구를 내다보고 반가운 듯이 웃으며,

"제가 왔어요. 추우시지요."

하고 봉구의 낡은 외투를 본다.

석왕사 다녀온 후에도 두어 번 만났다. 만나서는 아주 부부와 같이 정답게 지냈다. 그러나 지나간 두어 주일 동안은 순영이가 여러 가지 평계로 오지를 않아서 봉구의 마음을 좀 괴롭게 하고

있었던 터이다.

순영은 봉구가 아무것도 모르고 자기가 찾아와 준 것만 좋아하는 양이 심히 불쌍하였다. 그래서 맘껏 오늘 하루에 그를 위로해주리라 하고 극히 봉구를 정다워하는 생각으로 봉구의 곁에 놓인 책보와 모자를 들고 앞서서 건넌방으로 들어갔다. 건넌방은 봉구의 방이다. 봉구의 책상머리에는 여전히 자기의 사진과 자기가 석왕사에서 향적암 갔다 오다가 꺾어주었던 단풍가지를 아직도 그 사진에 그늘이 지도록 필통에 다 꽂아놓았다. 그것을 볼 때에는 순영은 피를 토할 듯이 가슴이 아팠다.

"웬일이야요? 오늘은 무슨 바람이 불었어요?"

하고 벙글벙글 웃고 들어와 자기를 안으려 하는 봉구를 순영은 피하였다.

69

피해가는 순영을 봉구는 껴안았다. 순영은 애써 피하려고도 않고 봉구가 하는 대로 안겼다. 그러나 봉구는 순영의 눈에서 눈물이 흘러내리는 것을 보고 깜짝 놀랐다.

"왜 우우?"

어머니가 안방에서 들을까봐서 봉구의 말소리는 가늘었다. 기실 불쌍한 어머니는 가슴을 두근거리면서 건넌방에서 무슨 일이나 생기지 않는가 하고 근심을 하고 있었다.

그러나 순영은 대답이 없이 그저 울기만 하였다.

"무슨 일이오? 응? 내가 무얼 잘못했어?"

"아니……. 아니오."

순영의 말소리는 떨린다.

"그럼 왜 우우?"

"……."

"말을 하구려. 말을 해야 알지, 왜 울어요?"

봉구가 재우쳐 물을수록 순영의 입은 더욱 굳어지는 듯하였다. 이것을 보고는 지금까지 아무 다른 생각 없던 봉구의 얼굴에도 무슨 의심과 근심의 빛이 돌았다. 그러나 '그럴 리가 없다.' 하고 혹 순영이가 다른 데로 시집을 가려는 뜻이 아닌가 하는 의심에 대하여는 혼자 굳세게 부인을 해버렸다. 그러고는 자기의 무릎 위에 쓰러진 순영의 눈물에 젖은 뺨을 만지며,

"자, 일어나요, 일어나 말을 해요. 자, 내가 순영 씨 오면 드릴 양으로 사다둔 과자가 있으니 우리 그게나 먹으면서 이야기를 해요. 울기는 왜 울어……."

하고 봉구는 순영을 무릎 위에 누인 대로 허리를 펴서 책장 문을 열고 종이로 만든 과자상자를 내놓는다. 한 일주일이나 전에 우연히 진고개를 갔다가 과자집에서 가장 맛나 보이는 것으로, 또 순영이가 좋아할 듯한 것으로 이것을 사고, 어머니를 위하여 다른 과자를 좀 사가지고 왔다. 그러고는 날마다 날마다 순영이 나오기만 기다린 것이다. 봉구에게는 석왕사에서 돌아와서부터는 순영은 잠시 일이 있어서 어디 출입한 아내라고밖에 더 생각할 수가 없었다. 그래서 순영을 기다리는 것도 어디 다니러 갔던 가족을 기다리는 것과 같았던 것이다.

"이 과자 사온 지가 일주일이나 됐어요. 그런데 어쩌면 과자가 다 말라빠지도록 오지를 아니하오?"

이 모양으로 봉구는 과자상자를 열어놓고 우는 순영을 달래었다. 그제야,

"저는 기숙사에서 나왔어요."

하고 순영이가 결심한 듯이 고개를 들고 말을 내었다.

"기숙사에서? 왜요?"

봉구는 눈이 둥그레졌다.

"우리가 석왕사 갔다온 것이 탄로가 됐어요?"

"아니오, 그런 것도 아니지만……."

"그러면 왜요? 왜 기숙사에서 나오셨어요?"

"저를 용서해주세요!"

"무얼요?"

"용서하시는 것보다는 저를 못된 년이라고 잊어버려 주세요. 과연 제가 안된 년입니다. 그렇지만 봉구 씨는 저를 용서해주시 겠지요? 저도 제 맘으로 그러는 게 아니니까요. 제 맘으로야 그 럴 리가 없지만……. 그야 제 맘이라고도 할 만하지만……. 그렇 지만 어디 제 맘으로야 그럴 리가 있어요? 그렇지만……."

"아니, 대관절 무슨 말이오?"

하고 봉구의 낯빛은 엄숙해진다. 순영은 그것을 보고 무서운 듯 이 몸을 뒤로 흠칫 끈다. 그리고 말이 뚝 끊긴다.

"아니, 대관절 어쨌단 말야요? 지금 무슨 말씀을 하는 심이야 요? 당초에 알아들을 수가 없으니."

"모르세요?"

"무얼?"

"에그머니, 내가 어쩌면 좋은가?"

하고 순영이가 또 운다.

"울더라도 이야기나 시원히 하고 우시오! 무얼 내가 모른단 말이야요?"

봉구가 지금까지 어머니를 꺼리던 것도 다 없어지고 점점 목소리가 커가고 관자놀이에 핏줄이 불끈불끈 내민다. 그러나 아직도 봉구는 무슨 일인지 알지는 못한다.

"제가 내일은 혼인을 해요!"

하고 순영은 고개를 들어 잠깐 봉구를 바라보고는 무슨 무서운 처분이나 기다리는 모양으로 고개를 숙인다.

봉구는 순영의 말을 들었는지 못 들었는지 마치 이목구비와 오장육부가 모두 굳어진 사람 모양으로 움직임도 없이 소리도 없이 멍멍하니 앉았다. 방 안에는 찬 기운이 핑 돈다.

70

봉구가 말없이 앉았는 것이 순영에게는 퍽 무서웠다. 순영의 눈앞에는 봉구가 피 선 눈으로 시퍼런 칼을 들고 자기에게 덤벼드는 것이 눈앞에 번쩍하였다. 그리고 눈을 가만히 들어 봉구를 바라보니 봉구는 여전히 말없이 자기를 건너다보고 앉았다. 그때의 봉구의 얼굴은 오직 엄숙하게 침착하게 보였는데 그것이 순영에게는 말할 수 없이 무서웠다. 이 순간에 순영은 봉구가 자기

보다 심히 높고 크고 무서운 사람인 것을 깨달았다. 그의 좀 크고
도 순해 보이는 눈은 한없이 깊은 듯하고 그 속에는 무서운 불이
숨어 있는 듯하였다. 만일 봉구가 한번 큰 노염을 발하여 그 눈을
부릅떠 자기를 노려본다면 자기는 그 불에 타서 스러져버릴 것
같다.

'아아, 봉구에게는 말할 수 없는 무슨 큰 힘이 있구나!' 하고
순영은 봉구가 그리워졌다. 백은 고깃덩어리다. 욕심과 음욕과
점잖은 체를 꾸미는 허식을 채운 보기 좋은 고기주머니다. 그러
나 봉구에게는 무슨 무서운 힘이 있다. 불이 있다. 그의 아직 애
티 있는 귀여움 외에 역시 봉구에게는 심히 높고 귀한 무슨 힘이
있는 것을 순영은 봉구를 무서워하여 가슴이 두근거리면서도 깨
달았다.

"왜 저를 그렇게 가만히 보시고만 계세요? 무서워요. 차라리
저를 책망해주세요, 때려주세요!"
하고 순영은 손을 내밀어서 봉구의 무릎 위에 놓인 손을 잡으려
하였다. 그러나 봉구는 그 손을 치우고 거절하는 뜻으로 고개를
흔들며,

"무에라고 하셨소. 어디 한번 더 말해보시오. 나는 내 귀를 믿
을 수가 없소이다. 무엇이 어때요? 내일 어때요?"

순영은 잠자코 말이 없었다.

"혼인을 해요?"

"……."

"누구하구?"

"용서하세요. 둘째오빠가……."

"가오. 더러운 것, 가!"

하고 봉구가 순영을 피하여 돌아앉는 서슬에 책상 위에 놓였던 순영의 사진이 눈에 띄었다. 봉구는 그것을 사진틀에 끼인 채로 어깨 위에 높이 들었다가 방바닥에 내던지니 요란한 소리를 내며 유리알은 부서지고 사진은 꺼꾸러진 사진틀 밑에 반이 찢겨서 방바닥에 떨어져버렸다.

순영은 절반이 찢어진 자기의 사진을 보고 아랫입술을 꼭 물었다. 그러고는 가만히 일어나서 봉구의 등 뒤를 돌아서 도망하는 사람 모양으로 마루로 나왔다. 마루에는 아까부터 봉구의 어머니가 지켜섰다가 건넌방에서 나오는 순영을 눈물 머금은 눈으로 물끄러미 보았다. 그러나 순영에게 무슨 말을 하려고는 아니하였다. 그의 맘에는 순영을 경멸히 여기는 생각이 가득히 찬 까닭이다.

순영은 봉구 어머니의 눈을 피하여 얼른 구두를 신고 난 뒤에 손에 들었던 보퉁이에서 커다란 서양 봉투 하나를 내어 말없이 봉구 모친 앞에 내놓고는 고개를 푹 수그리고 빠른 걸음으로 봉구의 집을 뛰어나왔다.

밖에는 살을 베는 듯한 찬바람과 아울러 싸락눈이 부슬부슬 뿌렸다. 순영은 얼마를 뒤도 안 돌아보고 뛰어나오다가 종로 한일은행 모퉁이에 나와서 요란한 차 소리와 사람의 소리에 비로소 정신이 든 모양으로 멈칫 섰다. 서서 생각하니 과연 자기가 언제 봉구의 집에를 갔다가 어떻게 여기까지 뛰어나왔는지 마치 무슨 무서운 꿈을 꾸다가 중도에 깬 것 같았다. 혹 뒤에 눈에 피가 서고 손에 칼을 든 봉구가 따라오지나 않나 하고 무서운 생각

으로 뒤를 돌아보았으나 석양에 좁은 골목에서 다니는 사람조차
드물었다.

순영은 잠깐 추녀 끝에 몸을 감추고 인제 손에 들고 오던 목
도리로 목과 코를 쌌다. 그리고 머리 모양과 옷 모양과 구두끈 맨
것을 한번 살펴보고는 비로소 맘이 놓이는 듯이 예사로운 걸음
으로 집을 향하고 돌아왔다. 그러나 아무리 그 생각을 안 하려 하
여도 일전 선주와 같이 백인이라는 점쟁이한테 갔을 때에 그가
자기를 보고, "미인이 본래 박명하니 신변에 항상 나를 원망하는
이가 따르는도다. 재물이 누거만累巨萬[68]이나 마침내 와석종신臥席終
身[69]이 어려우리라. 도무지 나의 탓이어니 누구를 원망하리오." 하
던 것이 무서운 힘을 가지고 연해 생각되었다.

71

앞날이 어찌 되려는가? 순영의 맘에는 근심이 가득하였다. '내
잘못이야. 내 잘못이야!' 하고 혼자 애를 태우나 그것이 아무 소
용이 없었다. 순영의 앞에는 무서운 시커먼 굴이 가로막혔는데
아무리 자기가 그 굴을 피하려 하여도 피할 수 없이 자기가 지금
까지에 뿌려놓은 여러 가지 씨의 열매가 눈에 안 보이는 수없는
동아줄이 되어 울고 발버둥치는 자기를 무서운 굴속으로 몰아넣
으려는 것 같았다.

68 매우 많음. 또는 매우 많은 액수.
69 제명을 다하고 편안히 자리에 누워서 죽음.

'에이, 누가 아나? 아무렇게나 되는 대로 되어라!' 하고 순영은 길게 한숨을 쉬었다. 그러고는 백을 졸라서 조선에 있지 말고 어디 멀고 먼 나라로 가리라. 그리하면 '원망하는 자'가 신변을 따르지도 못하리라. 봉구에게는 자기네가 오는 곳에 올 만한 돈이 없는 것이 다행이다. 이렇게 생각하고 홀로 안심하려 하였다.

그러나 순영의 맘에는 평화가 오지 않았다. 그날 밤새도록 순영은 눈이 뻘겋게 되고 손에 칼을 든 봉구의 그림자에게 위협을 당하느라고 조금도 잠을 이루지 못하였다. 그리고 그 이튿날은 혹 봉구가 와서 야료惹鬧[70]나 안 할까 하여 어서 오전이 가고 오후가 가서 혼인식이 끝나고 자기가 백의 집 안방에 깊이 몸을 감추게 되기를 기다리고 맘이 초조하였다. 그럴수록 그날은 더욱 길었다. 흐리기 때문에 더욱 긴 것 같고 눈이 오기 때문에 더욱 긴 것 같았다.

마침내 오후 네시가 왔다. 윤 변호사와 함께 밀려다니는 변호사 측 몇 사람이 오고 순기의 친구라는 자 몇이 오고 백의 친구라기보다 백에게 달려서 먹고 사는 병정이 한 사오 인 오고 선주와 함께 오정 때부터 와서 설레는 여학생 출신으로 남의 첩으로 간 여자 사오 인이 있고, 돈만 주면 어떠한 혼인 예식이라도 하여 준다는 김 목사가 오고 마침 신랑 되는 백이 오고 이리하여 한 이십 명이나 모여서 순기 집 사랑채에서 혼인예식을 하기로 되었다. 순기 부인의 반대로 안채는 못 쓰게 된 것이다.

이렇게 손님도 적게 모였건만 모두 많이 모인 체하고 남모르

70 까닭 없이 트집을 잡고 함부로 떠들어 댐.

게 하는 모양 같건만 아주 당당히 하는 체하느라고 순기는 안팎으로 나왔다 들어갔다 하며 호기롭게 호령을 하고 지휘를 하였다.

예식도 꼭 같았다. 순영은 곱게 화장을 하고 연분홍 신의에 면사포를 쓰고 계집애 둘 얻어다가 꽃 들리고 신랑은 프록코트[71] 입고 풍금 갖다 놓고 혼인행진곡 치고 목사가 성경 읽고 기도하고 갖은 격식을 다 차렸다.

"김순영 백윤희에게로 시집간즉⋯⋯."

하고 순영의 맹세를 청할 때에 순영은 극히 엄숙하게,

"네!"

하고 대답하였다.

"이 혼인이 마땅치 않다고 생각하는 이가 있거든 지금 말하시오."

하고 목사가 방 안을 둘러볼 때에는 아무 말도 없고 오직 순영의 가슴만 뛰었다. 만일 봉구가 있으면 어찌하나 하고 순영이 맘을 졸였다. 그러나 마침내 봉구도 오지 않아 순영이가 백윤희의 첩으로 들어가는 혼인예식은 무사히 끝이 나고 손님들을 곧 조선호텔로 보낸 뒤에 신랑 신부는 관수동 백의 본집으로 갔다. 이 집에서는 상당히 큰 잔치를 베풀었다.

백의 집에 와서 순영은 신식 혼인 복색을 벗고 구식으로 차렸다. 다만 신랑 신부의 차림은 모두 첩의 예에 의지한 것이다. 순영은 그것이 심히 불쾌하였으나 모두 다 참았다.

"신부가 얌전도 해."

---

71 보통 검은색이며 저고리 길이가 무릎까지 내려오는 남성용 예복의 하나.

"어쩌면 저렇게 이쁘우?"

"무산선녀巫山仙女⁷² 같으이."

이러한 여편네들의 자기를 비평하는 말이 들릴 때에는 맘에 기쁘기도 했으나,

"첩으로는 아깝다."

하는 어떤 사내 목소리 같은 노파의 비평이 들릴 때에는 가슴이 선뜻했다.

시부모에게 폐백을 드리는 것은 당연한 일이지만 백의 본마누라에게 절을 하라고 할 때에는 그 자리로 이 귀신 같은 복색을 벗어버리고 뛰어나가고 싶었다.

'그러나 그것도 해야 된다.' 하고 순영은 양미간을 찌푸렸다. 자기가 힘들여 절을 하고 나서 잠깐 눈을 들어보니 본마누라는 며느리 절이나 받는 듯이 앉아 받은 모양이다. 본마누라는 얼굴에 벌써 잔주름이 잡혔으나 예쁘장하고 점잖은 얼굴이었다. 그의 눈과 순영의 눈이 마주칠 때에 순영은 깜짝 놀란 듯했다.

72

순영이가 모든 예식을 마치고 동대문 밖 집으로 나가려고 자동차에 오르려 할 때에 문득 구경꾼 틈에 봉구의 모양이 번뜻 보이는 것을 보았다. 순영은 정신이 아뜩하여짐을 깨달았다. 그러

---

72 중국 전설에 나오는 얼굴이 매우 예쁘고 아름답다는 선녀.

나 다시 정신을 차려볼 때에는 봉구는 벌써 거기 있지 않았다.

'얼마나 내게 대하여 원망을 품었을까.' 하고 생각할 때에 순영의 몸에는 오싹 소름이 끼쳤다. 그렇더라도 봉구를 따라갈 수는 없는 것이 아니냐. 또 봉구가 자기를 위하여 썼던 돈 오백 원도 갚아준 것이 아니냐. 봉구는 자기에게 대하여 밑진 것은 하나도 없는 것이 아니냐. 순영은 이렇게 생각하였다.

그러나 순영의 맘은 결코 편안할 길이 없었다. 잠깐만 방에 혼자 앉아 있게 되어도 혹은 문으로 혹은 창으로 봉구의 뻘겋게 된 눈이 보이는 듯하였고 밤에 자리에 들어 자다가 밖에서 들리는 바람 소리에 문득 잠이 깨더라도 머리맡에 시퍼런 칼을 든 봉구가 와 섰는 듯하여 가만히 팔을 늘여서 슬슬 더듬어보고야 휘 한숨을 지고 다시 잠이 들었다.

찾아오면 어찌하나, 백에게나 자기에게 여러 가지 말을 쓴 편지를 하면 어찌하나, 또는 자기를 잃어버린 것을 비관해서 봉구가 유서를 써놓고 자살이나 하면 어찌하나, 자살한 뒤에 그 유서가 나와서 각 신문에 그와 자기와의 관계가 탄로가 되면 어찌하나, 지금 세상에 그럴 리는 없겠지만 자살한 봉구의 원혼이 자기 곁을 떠나지 않고 못 견디게 굴면 어찌하나.

백에게 시집을 와서 동대문 밖 구중궁궐 같은 집 안방에 깊이 깊이 들어앉아서 생각해보면 역시 자기의 일생 운명은 봉구의 손에 달린 것 같았다. 어찌하여 봉구의 맘을 좀 풀어줄 도리가 없을까. 자살을 하거나 따라다니거나 편지질을 하지 않고 가만히 있도록 할 도리가 없을까. 순영이가 시집오던 날 자동차에 오르는 순영을 힐끗 보던 봉구의 눈! 그것이 생각이 날 때마다 순영은 모골이 송연함을 깨달았다.

　이 모양으로 십여 일이나 지났다. 단꿈과 같아야 할 신혼생활은 도리어 바늘방석에 누운 것 같았다. 마침내 백이,

　"어디가 편치 않소?"

하고 근심스러운 듯이 순영에게 묻게 되었다.

　"아니오, 좀 피곤해서."

하고 말을 흐려버리고 말았으나 거울에 비치는 자기의 얼굴을 보더라도 십여 일래에 퍽 수척한 빛이 보인다.

　"겨울을 타오? 온천에나 가려오?"

하고 백은 순영의 속도 모르고 친절히 물어주었으나,

　"아니야요, 괜찮아요."

하고는 두근거리는 가슴이 남편의 눈에 띨까 봐서 두 겹으로 애를 태웠다.

　날마다 봉구의 손으로 말미암아 무슨 일이 날 것을 기다려도 아무 일이 없었다. 봉구는 결코 그렇게 무지한 일을 할 사람이 아니다. 이리로 달려오거나 못된 편지를 보내어 나를 괴롭게 할 사람이 아니다 하고 순영은 의외에 안심을 얻었다. 그러나 봉구는 한번 하려고 맘에 먹은 일은 하고야 마는 사람이니 그가 그날에 나를 위하여 어떠한 일을 생각하였을까, 그때에 생각한 일은 반드시 실현되고야 말 것이다. 이렇게 생각하면 여전히 무서움과 근심이 있었다. 도리어 여러 날을 두고 아무 소식도 없는 것이 무서웠다.

　'편지로 빌까, 죽을죄로 잘못했으니 용서해달라고, 이왕 잘못한 것을 어찌하느냐고.' 그래서 순영은 편지도 여러 장을 쓰다가

말고 써서는 찢어버렸다.

'한번 찾아가보자. 가서 울고 매달려서 빌자. 기왕 일을 저질러 놓았으니 용서해달라고 울고 빌자.' 순영은 자기의 아름다움의 힘과 눈물의 힘을 믿었다. 그래서 둘째오빠 집에 간다는 핑계로 봉구를 찾아갈 것도 생각해보았다. 그러나 오늘 내일 하고 그것도 곧 실행이 되지는 못하였다.

그러나 하루는 순영이가 탐보원探報員으로 세운 계집하인에게서 무서운 보고를 받았다. 그것은 웬 학생 하나가 대문 밖에서 왔다갔다하더니 들어올 듯 말 듯 서너 번이나 머뭇거리다가 가버렸다는 말이다. 그 사람의 모습을 물으면 계집하인은 순영이가 묻는 대로, "네, 네." 하고 모두 승인을 하였다. 얼굴이 기름하고 콧마루가 서고…… 그렇다면 이것은 분명히 봉구다. 어찌하나.

하편

73

순영을 돌려보내고 나서 봉구는 순영의 뒤를 따라볼 양으로 마루에 나섰다. 그때에 마루에 놓인 봉투를 보고, '흥, 유언인가.' 하고 봉구는 분노하는 맘으로 떼었다. 그 속에는, '일금 오백 원 야'라고 쓴 종잇조각 하나와 십 원짜리 쉰 장이 들어 있었다.

"응. 그래도 돈은 도로 가져왔구나."
하고 그 모친이 말하는 것을 봉구는 그것을 마룻바닥에 동댕이를 치며,

"그년이 돈만 도로 가져왔어요. 돈만 도로 가져오고 내 희망은 영 가지고 달아나고 말았어요. 어머니, 나는 그년의 원수를 갚고야 말 텝니다. 어머니, 지금 그년이 하던 말을 들으셨지요? 내가

잘못 들었습니까? 아아 어머니!"

하고 뛰어나가는 것을 모친이 붙들었다.

"얘, 지금 따라가면 어찌하니?"

"내가 왜 그년을 살려 돌려보냈어요? 고년을 — 혓바닥과 맘을 둘씩 셋씩 가진 년을 내가 왜 칼로 박박 찢고 오리지를 못했어요? 어머니, 놓아주세요!"

마땅히 당장에 차고 때리고 칼로 찌르고 할 것을, 헛된 체면과 위엄을 차리느라고 그 죄인을 그냥 돌려보낸 것이 말할 수 없이 분해서 봉구는 그 어머니가 붙드는 것을 뿌리치며 이를 갈았다.

"이년을 — 이런 년을 안 죽이고 세상에 살려두면 세상이 썩어진단 말이야요."

"얘, 네가 분한 것을 나도 안다만 사내대장부가 그게 무에냐. 그까진 계집애 하나 때문에 일생을 버린다는 것이 말이 되느냐. 늙은 어미를 생각하더라도 네가 어디 그럴 수가 있느냐."

어머니의 목소리는 슬프고 말은 간절하였다. 또 생각해본즉 지금 달려가서 순영을 쾌하게 죽여버린다 하더라도 그것은 너무도 힘없는 보복이다. 순영이를 죽여만 버려가지고는 도저히 이 원망은 풀 길이 없었다. 그를 오래오래 살려두고 지지리 지지리 괴로움과 부끄러움을 당하게 해도 시원치 않고 저승에까지 따라가서 순영을 지옥의 유황불 가마에다 넣고 재글재글 끓이고 볶아도 이 분풀이가 될 것 같지는 않았다.

봉구는 어머니에게 반항하기를 그치고 마루에 펄썩 주저앉았다. 모친은 식은 숭늉을 갖다가 목을 축이기를 청하였다. 진실로 봉구의 목구멍에서는 보이지 않는 불길이 확확 타오르는 듯하였

다. 벌떡벌떡 서너 모금이나 물을 마시고는,

"어머니, 제가 불효자올시다."

"앗어라, 그런 소리 말고 어서 맘을 가라앉혀라. 왜 조선 천지에 순영이밖에는 계집애가 없느냐. 그런 계집애가 들어오면 집안 망한다, 집안 망해, 우리 집에 안 오기를 잘했다."

"어머니, 그렇지만 어쩌면 사람의 맘이 그렇게도 변합니까. 다른 사람도 그런가요?"

"그럼, 지금 세상에 누구를 믿니? 부모형제도 서로 못 믿는 세상에."

"어머니도 저를 못 믿으세요?"

"네가 나를 안 믿지."

"아니오. 나는 어머니를 믿지만 어머니가 나를 안 믿으시지요. 어머니, 제가 불효자입니다. 그렇지만 어머니, 좀더 저를 불효하도록 내버려주세요, 네?"

"무어?"

모친은 의심스러운 듯이 눈을 치뜬다.

"아니야요. 제가 지금 결심을 했습니다 — 그년의 원수를 갚을 결심을 했습니다……."

"이 애가 또 그런 소리를 하는구나. 앗어라."

"아니야요. 어머니 원수를 갚는 데야 그년을 죽이거나 그렇게 하지를 않습니다. 대번에 그년을 죽여버려요? 안 돼요, 어떻게 하는가 하니……. 아니 지금 그런 말씀 드릴 필요가 없습니다. 삼년만 저를 내보내주세요. 그러면 이 원수를 갚고야 말겠습니다."

"왜 그런 소리를 하느냐. 감옥에서 나오던 맡에 왜 또 그런 소

리를 하느냐. 삼 년 동안을 어떻게 기다리기는 하며 또 원수는 무
슨 원수를 갚는단 말이냐. 안 된다, 안 되어. 인제는 나를 묻고 가
고 싶은 데로 가거라. 내 생전에는 다시는 아무 데도 못 간다. 봉
구야, 가지 말아, 응."

　모친의 말끝은 울음소리에 흐려졌다. 그러나 가야만 할 봉구
는 순영에게 원수 갚는 길을 안 떠나지 못하였다.

　　74

　십여 일이나 공로를 들여서 마침내 봉구는 김영진金英鎭이라는
가명으로 인천 마루 김金 미두거래중매점에 사환 겸 점원 겸 들
어가게 되었다. 처음에는 매삭 십 원씩을 받고 손님을 끌어들이
는 대로 구문 모양으로 또는 상급 모양으로 얼마든지 먹게 된 것
이다.

　봉구는 학교 정복에서 학교 단추를 떼어버리고 각단추를 단
헌 옷을 입고 큼직한 운동모자를 푹 눌러쓰고는 아침 여덟시도
치기 전에 중매소에 와서 다른 사환 하나와 함께 방과 책상을 치
우고 난로를 피우고 '영감'이라고 칭하는 주인 김연오金淵五가 발
에 철철 끌리는 인버네스를 입고 회색 중절모를 곱다랗게 앞을
눌러쓰고 인력거를 타고 오는 것을 기다려서는 그의 외투와 모
자를 받아 걸고 그때부터는 탁상전화 하나를 들고 앉아서는 여
러 손님에게 오는 전화에 일일이 대답을 하고 전장前場이 파하고
후장後場이 시작되기 전과 기타의 여가에는 이 집 단골손님이며

그 밖에도 각처에서 미두하러 와서 묵는 손님을 찾아다니며 주문을 받아오는 것이 그의 일이다. 이것을 거간이라고 한다. 그러나 아직 봉구는 완전한 거간도 되지 못하였다.

어떤 날은 종일 전화를 받기에 귓속이 윙윙하도록 피곤하여 가지고는 빈손 치고 객주로 돌아오고 어떤 날은 우연히 '소액거래꾼' 손님의 주문을 조금 얻어서는 '차액 따먹기'로 돈 원이나 분배를 받아가지고 돌아온다. 그러나 객주에 돌아오면 독방 치이고 밥값 내고 있는 당당한 손님이다. 봉구는 아무리 하여서라도 건강하고 아무리 하여서라도 오래 살아야 할 몸을 위하여 아무쪼록 음식과 거처에는 돈을 아끼지 않았다.

저녁을 먹고 나서는 두어 시간 동안 손님들을 찾아 돌아다니고 아홉시나 되어 방에 돌아와서는 거래에 관한 서적과 각 신문의 경제란을 보았다. 얼마 지나서는 봉구가 일어와 일문을 곧잘 아는 것이 주인의 눈에 들어 전보통신사에서 오는 하루에도 삼사차의 통신을 맡아보아 특별히 볼 만한 중요한 것을 주인 '영감' 김씨에게 골라 드리는 직임을 맡게 되었다. 이것은 봉구에게는 여간한 다행이 아니니, 첫째는 매삭 백 원 돈이나 들여야 볼 통신을 보는 것이 큰 이익이요, 둘째는 주인영감과 토론을 함으로 기미에 대한 식견이 느는 것이다. 더욱이 봉구는 잠시라도 상과에 있었기 때문에 주인영감에게는 매우 중요한 말동무가 되었다. 이렇게 이 집에 온 뒤 봉구의 지위는 너무도 속히 쑥쑥 올라가서 석 달이 다 지나지 못해서 월급은 삼십 원으로 올라가고 주인의 비서와 같은 자리를 맡게 되었다. 그렇게 되면 또 손님들 중에도 점점 낯익은 이가 많아지고 또 봉구를 신용하는 이도 생겨서 주문도 남보다 많이 받게 되어 차차 수입이 늘어서 어떤 날에는 하루에 백여 원이나 들어오는 때도 있었다.

그렇건만 이것이 봉구를 만족케 할 리는 없었다. 봉구가 어머니를 버리고 학교를 버리고 말하자면 인생을 버리고 이 속에 들어온 것은 큰돈을 잡아보자는 큰 뜻을 품은 까닭이다. 얼마나한 돈을 모으면 흡족할까, 적어도 백을 곯려서 순영이가 자기의 발밑에 목숨을 빌러 올 이만하게 돈을 모아야 한다. 봉구는 오백만 원이라는 무서운 돈을 목표로 하였다.

'나는 인생의 모든 이상과 모든 의무를 다 내버렸다. 오늘부터 나는 오백만 원의 돈을 모으기 위하여 사는 사람이다.' 이것이 봉구가 기미중매소에 들어가던 날의 결심이다. 그래서 아무리 하여서라도 기미에 관한 지식을 얻으면 한번 크게 떠보자, 그리해서 제이의 반복창[73]이가 되되, 그보다 더욱 큰 반복창이 되자 하고 결심한 것이다. 이렇게 되는 길밖에는 맘껏 순영의 원수를 갚을 수는 없는 것이다.

전화 앞에 우두커니 앉아서 연해 걸어오는 손님의 전화에 대하여

"오정입니다."

"팔정이야요."

하고 연해 전보로 오는 대판 시세와 인천거래소 시세를 대답하다가도 잠시라도 빈 시간이 생기면 순영이 생각과 분한 생각이 나고 언제나 목적한 오백만 원 돈을 만들어 맘껏 순영과 백윤희

---

73 반복창(1900~1940). 일제 강점기 시절 미두시장을 평정했던 투자자.

에게 원수를 갚아볼까 하고는 혼자 한숨을 쉬고 주먹을 부르쥐었다.

"여보게, 영진이, 얼른 이 돈 은행에 맡기고 오게. 이만 원일세."

이 모양으로 차차 주인은 봉구를 신용하게 되었다. 그러나 봉구가 기다리는 날은 언제나 오나.

75

하루는 봉구가 지금 배달된 전보통신을 읽고 앉았다가 런던전보로 이러한 것을 발견하였다.

"독일은 프랑스에 대한 배상지불을 거절하는 결의를 하였다. 영국은 독일의 이번 결의에 대하여 동정하는 태도를 가지리라."

이 전보에는 분명히 무슨 깊은 뜻이 풍겨 있다. 봉구는 곧 그 전보를 가지고 주인에게로 갔다. 주인은 마침 어떤 손님과 돈 거래를 하는 중이므로 봉구는 문밖에서 그 손님이 나오기를 기다렸다.

이윽고 그 손님이 나온다. 봉구는 깜짝 놀랐다. 그 손님은 다른 이가 아니고 자기 있던 학교 선생 김 박사다. 순영과 혼인을 하려고 애를 쓰다가 실패한 그 김 박사다. 봉구는 얼결에, "선생님." 소리가 나오는 것을 꾹 참고 얼른 외면을 하였다. 그는 물론 자기가 누구인지를 모르고 모자를 푹 숙여쓰고 외투깃으로 두 뺨까지 싸고 나가버렸다.

"영진이 내게 무슨 말이 있나?"

주인의 음성은 매우 다정한 듯했다.

영진은 전보 통신을 주인의 책상에 펴놓고 그 런던 전보를 보였다.

주인은 안경 너머로 한참 동안이나 그 전보를 들여다보더니 별로 신기하지도 않은 듯이,

"그게 어쨌단 말인가?"

하고 봉구를 바라본다.

"그 전보가 참이라면 반드시 일본 경제계에도 큰 영향이 올 것입니다. 제 생각에는 주株는 떨어지리라고 믿습니다."

주가 떨어진단 말에 주인은 놀라는 듯이, 그러나 그 이유를 알 수 없다는 듯이,

"응? 주가 떨어져? 어째서?"

하고 심히 황황한[74] 모양이다.

"독일이 만일 불란서에게 배상금을 안 준다면 불란서 공채가 뚝 떨어질 것 아닙니까. 그렇다면 영미의 경제계가 동요가 될 것이요, 따라서 일본에도 그 파동이 올 것입니다. 알아듣기 쉽게 말하면 독일이 배상금 지불을 거절하기 때문에 세계적으로 큰 불경기(전황)가 올 것입니다. 설사 불란서가 들고 일어나서 독일의 이 결의를 눌러버린다 하더라도 한참 동안은 야단이 나리라고 믿습니다."

이 말을 듣는 동안 주인은 가끔 고개를 끄덕거리기도 하고 근

---

74 갈팡질팡 어쩔 줄 모르게 급하다.

심되는 듯이 눈살을 찌푸리기도 하더니 봉구의 말끝이 끊어지자,

"자네 말이 옳으이! 지금 몇 신가. 열한시 십분. 아직도 시간이 조금은 남았으니 영진이 자네 서울 백락삼白樂三이 중매점에 얼른 전화 걸어서 내 주 지금으로 팔아버리라고 그러게. 일오一五에 팔아버리라고 그래 주게."

하고 자못 황황하다.

봉구는 주인이 많은 주권을 가진 줄은 생각도 않았던 바요, 다만 기미 시세를 말하기 위해서 이 전보를 보였던 것이다. 이번 기회를 이용해서 자기의 조그마한 밑천(오백 원)으로 돈을 좀 만들어보려 하였던 것이다.

"그런데 영감, 저는 이번 기회에 쌀을 팔고 싶습니다. 비록 그 전보가 잘못이거나 또는 불란서가 일어난다 하더라도 적어도 일주일 이상은 이 영향이 가리라고 믿습니다. 제게 돈 오백 원이 있으니 그것을 맡으시고 제 이름으로 천 석만 팔아줍시오."

"그러게, 그러게! 자, 어서 서울 걸어 응, 인제 한 시간. 어서 해야, 어서 해야."

하고 주인은 서울 주 파는 일을 봉구에게 맡겨버리고는 거래소로 들어가버리고 만다.

봉구는 서울 백락삼 중매점을 불러놓고는 회답이 오는 동안 가만히 생각해보았다. 주인이 너무도 자기의 말을 믿어주어 쌀을 모조리 팔아버렸다가 아주 낭패가 되면 어찌하나 하였다. 그러나 모든 것은 모험이다. 나도 내 전 재산 오백 원을 내던지는 것이 아니냐. 아무러나 시간이 늦어지면 만사가 다 틀어져버리고 만다. 사람들이 모두 이 소문을 듣게 되면 다들 팔려고만 들고 살

사람이 없을 것이다. 봉구는 자기가 맘대로 나가서 시각이 바쁘게 팔지 못하는 것이 애가 탔다.

이윽고 서울서 전화가 왔다. 봉구는 주인의 뜻을 전하였다.

봉구는 혼자 앉아서 거래소에서 오는 전화를 받고 손님에게 오는 전화를 대답하였다. 거래소에서는 정부에서 이십만 석 사들인다는 소문 때문에 얼마가 안 남은 토요일 끝장에 기미 값은 끝을 모르고 자꾸 올라갔다.

76

봉구는 애가 탔다.

'이러고 있을 수가 없다. 반드시 몇 분 내에 큰 변동이 생길 것이다. 어서 이때에 팔아야 할 텐데.' 하고 거래소에 주인을 부르나 주인은 나오지를 않았다. 마침내 봉구는 참다못하여 자전거를 달려서 거래소를 갔다. 우연히 전화가 혼선이 되어 어떤 일본 사람이 급한 듯이 "일만 석 팔아라." 하고 전화로 소리 지르는 것을 들은 때문에 더욱이 자기의 판단에 확신을 얻은 까닭이다.

"영감, 팝시오. 얼마라도 팝시오. 시각이 급합니다."

하고 옷소매를 잡아채었다.

"글쎄, 자꾸 이렇게 올라가는데."

하고 주인은 매우 주저하는 모양이다.

"그러면 제 돈 오백 원 갖고 천 석만 팔아줍시오."

하여 봉구도 꽤 황황하게 졸랐다. 자기는 약은 체하지만 기실은 혜식은[75] 궁리가 둔한 주인은 봉구가 서두는 판에 만 석을 덥석 팔아버렸다.

그러는 것을 보고는 봉구는 안심한 듯이 집으로 돌아왔다.

시계는 벌써 열한시 오십오분, 만일 이 시계가 거래소 시계와 꼭 맞는다 하더라도 나머지는 오분밖에 없다. 아아, 무서운 운수의 바늘이 똑딱똑딱 소리를 내고 돌아간다.

아니나 다를까, 각처에서 전화가 온다.

"팔아주시오!"

하는 주문이다. 그러나 이때에는 벌써 시간이 없었다.

"시간이 없습니다. 이분밖에 없습니다."

이 모양으로 대답하는 동안에 오포午砲[76]가 울었다. 일은 다 끝난 것이다.

이날 거래소에서는 일본 정부에서 이십만 석 산다는 소문에 구미가 동한 미두꾼들이 나도 나도 하고 사기를 다투었다. 그러다가 열두시에 겨우 십분을 남겨놓고 마루 김이 만석을 팔고 이어서 스즈끼가 만 석을 팔게 되매 장내는 대혼란이 되었다. 그러나 벌써 손쓸 새도 없이 오정이 울었다. 많은 사람들은 벼락 맞은 사람 모양으로 영문도 모르고 눈이 둥그래서 비슬비슬[77] 거래소 밖으로 나왔다.

"대관절 웬 심이야?"

"글쎄 나도 알 수 없어."

---

75 바탕이 단단하지 못하여 헤지기 쉽다.
76 오정포午正砲. 낮 열두시를 알리는 대포.
77 자꾸 힘없이 비틀거리는 모양.

"아마, 대판 무슨 일이 생긴 게야."

이러한 근심 가득한 회화가 거래소에 몰려나오는 조선 사람들 중에서 들렸다.

봉구는 전승 장군 모양으로 의기양양하게 교의에 걸터앉아서 꾸역꾸역 몰려들어오는 손님들에게 오늘 시장에서 대혼란이 일어난 이유를 설명하였다. 그러고는 맘놓지 못해하는 사람들에게,

"염려 마세요. 사셨거든 참고 견디세요."

하고 비결을 가르쳐주었다. 그러나 팔아라, 팔아라 하는 미두 심리라 할 만한 일종의 군중심리에 휩쓸려 군중에게는 그렇게 냉정한 생각을 할 만한 여유가 없고 오직 어서 월요일이 오면 앞장에 첫절에 팔아버릴 생각뿐이었다.

"영진이, 옷 입고 나와!"

영진은 깜짝 놀라서 고개를 돌렸다. 그 큰 얼굴에 넘치는 웃음을 띠고 자기의 어깨에 손을 짚은 주인이다.

"네? 어디를 갑니까?"

하고 봉구는 상관의 앞에서 하는 모양으로 벌떡 일어나 '차려'를 했다.

"자, 어서 나하구 가세."

봉구는 주인과 같이 인력거를 타고 만국공원 못 미쳐 있는 청요릿집 사해승평루로 올라갔다.

"당신의 신세가 크이."

주인은 테이블에 마주앉은 봉구를 유심히 보면서,

"지금 모두들 야단이여! 하하, 서울도 전화를 걸었더니 내 것 팔린 뒤에 오분이 못 되어서 대혼란이 일어나 가지고는 반시간

내에 이백 정 떨어졌다네그려. 모두 자네 덕일세. 어, 수만 원 패
볼 뻔한걸."

하고 여간 좋아하지를 않는다.

봉구도 기뻤다. 돈이 좀 생기는 것도 기뻤거니와 자기의 지혜
를 믿게 된 것이 더욱 기뻤다. '오백만 원!' 오백만 원 돈을 만드
는 것은 결코 공상이 아니요 순식간에 될 것 같았다.

"영진이 자네 암만해도 이상한 사람일세. 내 어째 첨부터 이상
하게 보았거니······. 진정을 말하게, 말해. 내 힘으로 도울 수 있
는 일이면 힘껏은 도와줌세."

"진정이 별것이 없습니다. 학교에라고 좀 다니다가 학비도 없
어지고요, 또 실업계에서 실습도 좀 해보고 싶어서 그러는 겁지
요. 말하자면 돈을 좀 벌고 싶어서 그러는 겁지요. 그 밖에 무슨
다른 진정이 있겠습니까."

그래도 주인은 믿지 않는 듯하였다.

77

그러나 원래 좀 헤식고 더펄더펄[78]하는 성격이 있는 주인은 더
자세히 봉구의 비밀한 사정을 물으려고도 않고 기쁜 김에 혼자
술만 마셨다.

"아까 아침에 왔던 이가 여러 번째 오십니까?"

---

78 자꾸 들떠서 침착하지 못하고 경솔하게 행동하는 모양.

하고 봉구는 주인이 말없는 틈을 타서 물었다.

"응, 김 주사? 가끔 오지. 그런데 복이 없어. 웬일인지 그이가 팔면 오르고 사면 내린단 말이야. 오늘도 그이가 사더니 내리는구먼. 왜 안 먹나, 어서 먹게."

"네, 많이 많이 먹었습니다."

하며 봉구는 해삼 한 조각을 입에 넣고 씹었다.

과연 여러 가지 사람이 미두판에 모인다. 망건을 도토리같이 쓴 학자님 같은 이가 있으면, 얼굴이 볕에 그을린 농부 같은 이도 있고, 십수 년간 서양이나 다녀온 사람 모양으로 양복을 말쑥하게 차린 사람도 있고, 기성복에 기성 외투에 풀이 죽은 옷을 질질 끄는 시골 협잡꾼 같은 이도 있고, 또 어떤 이는 보기에 매우 점잖은 지사와 같은 이도 있었다. 이렇게 거의 모든 계급 모든 종류 사람들이 갑작부자[79]를 바라고 모여드는 것이 우습기도 하고 자기도 그 무리들 속의 하나라 하면 부끄럽기도 하였다.

"전라도 손님이 제일 많은 모양이지요?"

하고 봉구가 물은즉,

"응, 작년까지는 경상도 손님이 제일 많더니 이제는 거진 다 불어먹었으니까……. 아마 명년 봄쯤 되면 전라도 손님들도 다 불어먹고 말겠지……. 차차 남에서 북으로 올려먹는단 말이야. 지금 조선 사람이 돈벌이할 일이 있나? 벼슬을 해먹을 터인가, 장사를 해먹을 터인가, 배운 재주가 있으니 재주를 팔아먹을 터인가. 그래도 먹을 노릇이 이것밖에 있어야지……. 그야 망하는

---

79 '벼락부자'의 북한말.

놈이 많지. 아흔아홉 놈이 망해야 한 놈이 부자가 되는 것 아닌
가. 미두란 금을 파내는 것도 아니요 은을 파내는 것도 아니니까,
그저 저놈에게 있던 돈이 이놈에게로 오는 것이니까, 한 놈이 잘
되려면 아흔아홉 놈이 망해야 되는 법이여…… 허허, 이 사람 말
말게. 나도 이 노릇을 하는 지가 인제는 칠팔 년 되네만 돈을 벌
기도 무척 벌고 잃어버리기도 무척 잃어버렸네, 허허.”

　주인은 많은 경험을 가진 것을 자랑하는 듯이 웃는다. 점점 술
이 취해 간다.

　'심히 호인인 듯하면서도 한편으로 저 볼 장을 다 보노라고 자
신하는 그러한 사람이다!' 이렇게 봉구는 생각하였다.

　"자네 장가들었나?"

　술이 점점 취해 가매 이러한 소리까지도 묻게 되었다.

　"장가가 무슨 장가입니까?"

하고 그런 일에는 전혀 흥미가 없는 듯이 부인해버리고 말았다.

　이 일이 있은 뒤에 주인은 더욱 봉구를 사랑하게 되었다. 후에
알아본즉 주권에서 이만 원을 남기고 기미에서 삼만 원을 남겨
서 사오일래에 오만 원을 남겼다고 하고, 봉구도 약속한 대로 천
석 이익으로 삼천 원을 얻었다. 만일 봉구가 아니었다면 주인은
이렇게 크게는 이익을 보지 못하였을 것이다. 대개 불란서가 라
인 지방에 출병한다는 전보를 받자 봉구는 쌀값과 주권이 올라
갈 것을 예언한 까닭이다.

　그러나 반드시 모든 일이 생각대로 되지 않아서 봉구는 이듬
해 일 년 동안에 거의 판셈할 지경을 여러 번 당하였다. 그러나
그 일 년이 끝날 때에는 봉구는 기미에 대한 지식을 정통하게 되

었고 수중에는 만여 원 돈이 굴게 되었다. 그러나 이 모양으로 해서는 오백만 원 목적을 달할 것 같지도 않았다.

봉구는 혹시 이익이 많이 난 날에 어떤 요릿집에 혼자 들어가서 배운 술을 마시고 얼근히 취하여 자기의 과거와 현재와 장래를 생각하고는 웃기도 하고 울기도 하였다. 어떤 때에는 오백만 원 목적이란 것이 우스워 보이기도 하고 어리석어 보이기도 하였으나 순영을 생각할 때에는 이가 북북 갈려서 자리에 가만히 앉아 있기가 어려웠다.

'응, 내가 오백만 원을 벌어가지고 서울로 들어가는 날은…….'

주인은 봉구를 자기의 작은딸의 사위를 삼으려는 뜻을 보였다. 작은딸은 인천서 날마다 서울로 통학을 하였다. 봉구는 여러 번 그를 보았다. 원래 혼인할 맘이 없기도 하지만 얼굴이 길고 눈이 크고 모두 그 아버지를 닮아서 조금도 여자다운 얌전함이 없어서 봉구의 맘을 끄는 것이 없었다.

78

그러나 봉구가 더욱 주인의 사사집에 자주 출입하게 되매 그의 작은딸이라는 경주瓊珠와 만날 때가 많았다. 만난대야 피차에 이야기를 하는 것도 아니언만 여러 번 만나면 사람이란 낯이 익는 법이다. 더구나 젊은 남녀 사이에 그러하다.

주인이 출입하고 없으면 사랑은 비기 때문에 경주는 가끔 어떤 동무 하나나 둘을 데리고 아버지가 없는 동안 사랑에서 떠들고 놀았다. 주인 김씨가 본래 혜식은 사람이요, 또 근본이 그렇게 규모 있는 집에서 자라난 사람이 아니기 때문에 이 집에도 그렇게 가규家規가 엄하지는 않은 모양 같았다. 들은즉 벌써 삼 년째나 친정에 와 있어서 시집으로 갈 생각을 안 하는 그의 맏딸에 관하여서도 이러쿵저러쿵 말썽이 없지 않다. 적어도 그 시집과는 서로 인연을 끊고 있는 것은 사실인 듯하였다.

"혼인이란 어려워! 그저 사람 하나만 보아야 해!" 하고 주인은 혼잣말 모양으로 노상 중얼거렸다. 그렇게 만사태평인 듯한 그에게도 그래도 딸의 일이 맘에 걸렸던 모양이다.

주인의 부인은 어찌 된 연고인지 예수를 믿어 예배당에를 다녔다. 돈도 많이 내고 부자댁 마님이라 하여 예배당에서 대접이 융숭하였고 또 그 남편이나 다름없이 맘은 좋은 사람이었다.

봉구도 주인의 생일날 아침에 청함을 받아 갔을 때에 안방으로 불려 들어가서 상을 받으면서 부인께 인사를 하였다. 영감은 아직도 그렇게 피부가 좋고 얼굴도 동탕한[80] 편이지만, 영감보다 삼 년이 위라는 그 부인은 오십이 많이 넘은 부인 모양으로 바스러졌었다.

'좀 앙큼이 있겠는데.' 봉구는 그 부인과 인사하면서 이렇게 속으로 생각을 하였다.

"영감이 노상 김 서방 말씀을 하신다우. 젊은 양반이지만 그렇게 얌전하시고…… 어떻게 입에 침이 없이 칭찬을 하시는지."

부인은 처음 보는 사람에게 대한 것 같지 않게 친절했고 그러

---

80 얼굴이 두툼하고 잘생기다.

는 동안에 경주는 오라버니 앞으로나 지나다니는 듯이 수줍은 빛도 없이, 어떤 때에는 장에서 무엇을 꺼내느라고 봉구를 스치고 지나가기도 두어 번 했고, 머리 쪽찐 맏딸까지도 자기가 있는 것을 꺼리지 않고 방으로 들어왔다 나갔다 했다. 그러나 주인은 다 좋다고 벙글벙글 웃고 있고 그 부인은 바쁜 듯이 들락날락하며 하인들을 나무랐다. 이렇게 주인집에서는 봉구를 친족이나 같이 대우하였다.

가끔 봉구는 주인집 안방에서 이러한 대접을 받았거니와 맘에 못 견딜 아픔을 품어 무서운 결심을 하고 있는 적막하고 냉랭한 봉구도 주인집에서 이처럼 친절하게 해주는 것이 맘에 싫지는 않았다.

여러 번 주인은 봉구더러 객주에 있지 말고 아주 자기 집에 와 있으라는 간청을 받았으나 봉구는 이것을 거절해버렸다.

"나는 남의 신세를 져서는 안 된다. 신세진 종이다. 돈을 모으려거든 식은밥 한 술도 신세를 지지 마라. 돈을 모으자면 맘을 짐승과 같이 만들어야 된다."

이러한 말은 어디서 들었던 것이 생각이 나고 또 그 말이 옳은 듯하여 봉구는 결코 남의 신세를 안 지기로, 또 따뜻한 인정이란 것을 베어버리기로 결심한 것이다. 《금색야차金色夜叉》라는 일본 소설에 나오는 주인공 하자마 간이치를 생각한 것이다. 그는 가끔 자기를 간이치에게 비겨본다. 비겨보면 어떻게도 이렇게도 같은가 하고 감탄하게 된다. 그러나 간이치가 왜 그렇게만 오미야에게 원수를 갚았나, 왜 더욱더욱 철저하게 통쾌하게 시원하게 갚지를 않았나 하였다.

그러나 봉구의 맘은 그렇게 냉혹해지지를 못하였다. 그래 가끔 주인집 부인이, 어떤 때에는 경주까지도, 혹시는 경주를 통하여 경주의 형(시흥 아기라고 어머니에게 불린다.)까지도 봉구에게 무슨 부탁을 할 때에는 봉구는 금할 수 없는 따뜻한 기쁨으로 그 일을 맡는다. 부탁이라는 것은 대개는 시시부러한[81] 물건을 사오는 것이요, 그중에도 주인영감 모르게 사오는 것이었다. 봉구가 자기의 돈을 쳐서 사다주기도 한두 번만 아니었다.

'흥, 나를 저의 집 청지기[82]로나 아나비.' 하고 혼자 이것을 불쾌한 의미로도 해석해보려 하였으나 따뜻한 인정은 어느 때에나 따뜻한 것이었다.

79

여름 어떤 날 봉구는 주인집 사랑에서 웬 양복하고 술 취해 누워 자는 청년을 보았다. 그래서 웬 셈을 모르고 마당에서 망설이는데 마루에 경주가 나서며 봉구더러 가까이 오라는 뜻을 표한다. 봉구는 갔다.

"우리 오빠야요."

하고 경주는 봉구의 귓바퀴에 입김이 닿도록 입을 가까이 갖다대고 말한다.

"우리 오빠가 동경 조도전 대학교에 가 계시다가 어저께 왔

---

81 시시하고 보잘것없다.
82 양반집에서 잡일을 맡아보거나 시중을 들던 사람.

어요."

"네?"

하고 봉구는 고개를 기울여서 오빠라는 사람을 들여다보았다. 과
연 비슷하게 생겼다.

"그런데 어쩌면 내가 몰랐을까?"

하는 뜻으로 경주에게 말을 하고 싶었으나 그게 다 부질없는 소
리요 공연히 남의 정만 끄는 소리다 하고 꾹 참고는 맥고모[83]를
들어 경주에게 작별하는 뜻을 표하고는 발을 돌릴 때에 경주는
뛰어내려와서 봉구 곁을 가까이 오며,

"가시지 마세요."

한다.

"네? 왜 그러세요?"

하고 봉구는 놀라는 빛을 보였다.

"인제 아버지가 오시면 또 야단이 날걸요. 오빠하고 싸우고 나
가셨는데요."

경주는 애걸하는 뜻을 표한다. 그 태도가 퍽 순진하고 사랑스
러웠었다. 그러나 자기는 남의 부자싸움에 참견할 이유가 없다고
봉구는 생각하고 또 한번 모자를 벗으며,

"제가 있으면 어찌합니까?"

하였다.

그때에 보니 경주의 적삼 고름에는 W여학교 교표가 붙었다.
얼마나 무심하였으면 이 집에 다닌 지 팔개 월이 넘도록 경주가

---

83 맥고모자. 밀짚 같은 것으로 만든 서양식 여름 모자.

어느 학교에 다니는 것도 몰랐을까, 봉구가 스스로도 아니 놀랄 수가 없었다.

"W여학교에 다니세요?"

봉구는 거의 무의식적으로 이렇게 소리를 질렀다.

"네, 왜요?"

하고 경주가 물을 때에는 다시 대답할 말이 없었다.

"우리 학교에 누구 아는 이가 계세요? 누구 아세요?"

하는 경주의 말소리와 낯빛은 이상하게 떨렸다.

"아니오. 이전에 아는 사람이 하나 있었는데 죽었어요."

하고 봉구는 고개를 돌렸다.

"응, 죽었어? 누가 죽었어? 내가 아직도 안 죽고 살아있는데 누가 죽었어?"

하고 방 안에 취해 누웠던 오빠라는 이가 입안의 소리로 중얼거린다.

그런 뒤에 며칠을 지나서 봉구는 주인영감의 명령으로 사랑에 있는 금고에서 무슨 중요 서류를 꺼내러 왔을 때에 경훈(경주의 오빠다.)을 만났다. 경훈은 역시 술이 반이나 취하여서 왜못[84] 몇 개를 들고 금고 가에서 어름어름하더니 봉구가 오는 것을 보고 손에 들었던 왜못을 집어 내던지고 봉구의 곁으로 와서 손을 내밀며 아주 친한 듯이,

"따와리쑤(동무여), 노형 잘 오셨소. 내가 지금 이 금궤를 열려고 애를 쓰던 판인데 노형 잘 오셨소이다. 자 열쇠 좀 주시우."

---

84 쇠로 만든 못의 하나. 몸은 위아래가 같고 끝이 뾰족하며 못대가리는 둥글납작하다.

하고 손을 내민다.

"네, 내게 그 금궤 열쇠가 있기는 있어요. 하지만 그것은 춘부 영감께서 맡기신 것이니까 아무에게도 드릴 수가 없습니다."

봉구의 말은 공손하고도 엄숙하였다.

"아따, 좀 주구려. 우리 아버지가 생전 내게는 금궤 열쇠를 안 주니 나는 언제 이것을 열어본단 말이오?"

봉구는 우스운 것을 참았다. 그러나 경훈의 얼굴에는 비통한 빛이 있는 것을 볼 때에는 도리어 불쌍한 생각이 났다.

"여보시우, 좋은 일이 있소. 그 열쇠를 내게 줄 수가 없거든 노 형이 이 금궤 문만 좀 열어주시구려!"

봉구는 참을 수가 없이 웃어버렸다.

"왜 웃소? 내 말이 우습소?"

하고 처음에는 성낸 모양을 보이다가 자기도 웃음을 못 참는 모 양으로 하하 웃는다.

"노형은 아마 나를 미친놈으로 아시겠지요? 그렇지만 언제 아 버지가 죽기를 기다린단 말이오? 아버지가 죽어서 이 금궤 열쇠 가 내게 오기를 기다린다면 그것은 불효자지요. 그러니깐두루 내 가 지금 이 왜못으로 이놈을 열어보려고 해두 당초에 열리지를 않는구려."

하고는 또 한번 왜못 끝을 열쇠구멍에 넣어본다.

80

'이 사람이 미친 사람이로구나.' 하고 봉구는 경훈의 어쩔 줄 모르는 태도를 물끄러미 보다가 동정하는 어조로,

"왜 그렇게 금궤를 열려고 애를 쓰세요?"

하고 물었다.

"왜? 돈을 쓰려고 그러지요."

"얼마나 쓰세요?"

봉구는 얼마 안 되는 돈이면 자기라도 대어주려고 했다.

"얼마를 쓸는지 보아야 알지요. 우리 아버지 재산이 온통 얼마나 되는지는 모르지만 아버지 자실 것 돈 천 원이나 남겨놓고는 다 써야지요."

봉구는 경훈의 말에 놀랐다.

"그건 다 무엇에 쓰세요?"

"술 사먹지, 허허. 술 사먹어. 그런데 대관절 열어줄 테요, 이 금궤를?"

"지금 좀 열고 서류를 꺼낼 것이 있으니 열기는 열겠지만……."

"자, 어서 여시오."

하고 경훈은 구경 좋아하는 아이 모양으로 금고 곁에 우두커니 선다.

봉구는 주저하였다. 열기도 위태하였고 안 열기도 어려웠다.

"나는 춘부영감 심부름을 하는 사람이올시다. 지금 급한 일이 있어서 무슨 급한 문서를 가져오라고 하시니 내 일을 방해하지

마시기를 바랍니다."

하고 열쇠를 내어 금고를 열었다.

자물쇠 열리는 소리가 곡조 있게 우는 것을 경훈은 빙그레 웃으면서 물끄러미 보고 있다. 봉구는 한 눈과 한 팔로 경훈을 방비할 준비를 하면서 할 수 있는 대로 빨리 필요한 서류를 꺼내어 손가방에 넣고는 다시 금고 문을 잠갔다. 다 잠그고 나서 봉구가 일어나려 할 때에 경훈은 봉구의 팔목을 붙들고 마치 활동사진에 나오는 강도가 하는 모양으로,

"돈 백 원만 내라, 내!"

하고 눈을 부릅뜬다. 봉구는 그것만 청구하는 것을 다행히 여겨서 지갑에서 돈 백 원을 내어주고 백 원을 받았다는 영수증을 받았다.

봉구는 이로부터 경훈의 행동을 감시하지 않을 수가 없었다. 대개 그는 미친 것도 같고 아니 미친 것도 같은 까닭이다.

봉구를 만날 때마다 으레 반가운 듯이 '따와리쑤'를 부르고 악수를 하고 그러고 나서는 돈 걱정을 하고 그 끝에는 반드시 몇 원이나 몇 십 원 돈을 달라고 하였고, 돈을 받고는 반드시 영수증을 써주었다. 그러고는 그 눈에는 무슨 괴로움이나 비밀이 있는 것 같았다.

"그 자식이 웬 심이냐?"

하는 영감이 안방에서 마누라와 말하는 걱정 소리도 가끔 들렸다. 또 몇 번은 경주가 봉구를 조용히 만나서,

"오빠가 웬일인지 이상해요."

하고 걱정을 하였고 봉구가,

"어디 가시지는 않나요?"

하고 물으면,

"누가요? 오빠가? 왜요 날마다 저녁때면 나갔다가 자정에나 들어오시지요."

하였고,

"누가 찾아오는 사람은 없어요?"

하면,

"왜요! 웬 사람이 와서는 한참씩 단둘이 이야기를 하고는 가요. 그것도 거진 날마다 그러는데 내가 나오는 소리가 들리면 '손님 계시다. 나오지 마라.' 하고 소리를 빽 질러요."

하고 그 둥글둥글한 둔해 보이는 눈에는 의심과 무서움의 표정이 보인다.

남의 일을 근심하지 않기로 작정은 하였건만 봉구에게는 경훈의 일이 아무리 하여도 심상치 않게 보여서 다소 근심이 안 될 수 없었다.

"경훈 형이 맘에 무슨 근심이 있나 봐요."

하고 한번은 주인영감에게 그 말을 비추었다.

"무슨 근심?"

"글쎄올시다. 무슨 근심인지는 몰라도 심상치 않은 근심이 있는 것 같습니다."

"글쎄, 또 어떤 계집한테 미쳤남, 그래도 안 될걸."

"무엇이 안 된단 말씀이세요."

"제 본처 이혼해달라고 그러지, 어림도 없는 소리를……. 워낙 사람 놈이 못났어."

하고 주인은 불쾌한 듯이 고개를 흔들고 일어나더니 그래도 근심이 되는 듯이 다시 봉구를 돌아보며,

"여전히 모두 자네만 믿네. 경훈이도 잘 돌아보아주게."

하고는 봉구의 어깨를 만졌다.

"아니올시다. 그보다 더 큰 무슨 일이 있는 것 같습니다."

하고 봉구는 예언하는 어조로 말하였다.

81

봉구의 생각에 경훈에게는 분명히 크게 수상한 점이 있건만 주인영감은 그것을 그렇게 귀담아듣지도 않는 모양이요 다만 무엇이라고 형언할 수는 없이 근심만 되는 모양이었다. 주인은 그 아들에게 대하여 특별한 애정이 있는 것 같지 않았다. 원래 주인은 무슨 일에나 그렇게 애착심이 있는 사람은 아니어서 기생도 상당히 좋아하지만 어느 기생 하나에 미치는 일이 없었다. 이것을 어떤 친구들은 주인이 약은 까닭이라고도 하거니와 반드시 그런 것도 아니었다. 그는 애착심이 없는 것과 마찬가지로 누구를 미워하는 생각도 오래가지고 가지를 못하였다. 경훈과도 거의 날마다 다투고 다툴 때에는 아주 영원히 부자의 윤기가 끊어질 듯이 성을 내건만 몇 시간이 못 되어 곧 풀어버리고 말았다. 그의 좀 불뚝 내밀고 꺼벅꺼벅[85]하는 큰 눈이 그의 성질을 소와 같이

---

85 자꾸 머리나 몸을 멋쩍게 숙였다 들었다 하는 모양.

순하게 그리고도 불끈하게 만든 것 같았다.

그렇게 순해 보이고 좀 헤식어 보이는 것이 그의 장처[86]다. 사람들은 이 점을 보고 결코 속을 것 같지 않아서 그를 찾아오는 것이다. 실상 주인은 결코 남을 속일 사람은 아니었다. 만일 그가 거짓말을 하는 일이 있다면 그것은 저 사람을 속여넘기려는 것이 아니요 저 사람을 실망시킬까봐 두려워서 그러함이다. 그러나 그러면서도 돈에 관하여서도 꽤 분명하여 남에게 속아넘어가는 일은 별로 없었다.

경훈도 그 눈하며 긴 얼굴하며 그 아버지를 닮은 점이 많다. 그러나 웬일인지 가끔 미친 사람 모양으로 까닭도 모를 소리를 떠들었다.

그러나 봉구는 차차 경훈이가 불평해하는 까닭을 알게 되었다. 경훈은 주인의 전실 아들이요 시흥 딸은 그 담 후실의 딸이요 지금 아내에게는 경주와 열 살 되는 경옥이라는 계집애가 있을 뿐이다.

"나도 자네 같은 아들이 있으면 작히나 좋겠나. 이것들은 해 무엇하나."

하고 부인이 딸들을 돌아보며 봉구를 향하여 한탄하리만큼 친하였다.

이리하여 이 집에는 한 백만 원이나 될락말락한 재산을 쌓아두고 맏아들과 계모와 그 딸과의 사이에 오랫동안 암투가 있어 온 것을 봉구는 알게 되었고, 또 주인 부인이 특별히 봉구 자기를

---

86 마음씨나 행실의 가장 나은 점.

가까이하려는 것과 사위 삼을 뜻이 있는 듯이 비추는 까닭도 알게 되었다. 그러나 이 재산싸움에는 시흥집도 한몫 들 것은 물론이다. 또 통진 산다는 매우 심술궂어 보이는 웬 일가 작자도 드나들고 꼭 경찰서 형사 모양으로 생긴 경주의 외숙이란 사람도 찾아왔다가는 주인은 보지도 않고 주인 부인더러만 무슨 이야기를 하고 돌아가는 일이 가끔 있었다.

그러나 주인은 이 모든 일에 대하여 나는 상관 않는다는 태도로 지나는 듯하였다. 모든 재산권이 자기의 수중에 있으니까 아무러한 사람들이 무슨 생각을 하고 무슨 음모를 하더라도 상관없다는 태도였었다.

이 집에는 금고 셋이 있다. 하나는 안방에 있고 하나는 주인이 쓰는 큰 사랑 골방에 있고 또 하나는 사무소에 있는데, 그 열쇠는 항상 주인이 조끼 속주머니에 지니고 다니며 그가 생각하기에 모든 재산을 이 금고 속에다 넣고 열쇠 세 개만 몸에 지니고 다니면 하늘이 무너져도 까딱없을 듯이 턱 믿고 있는 모양이었었다. 사무실과 사랑 골방에 놓인 금고는 봉구도 가끔 열어보았고, 그 속에 무엇이 있는 것도 잘 알지만 안방에 있는 것은 겉만 보았을 뿐이요 봉구도 그 속은 본 일이 없으며, 그뿐더러 그 열쇠를 여는 법도 알지 못하였다. 그렇지만 이 집 재산의 대부분이 그 속에 있을 것은 다른 두 금고의 내용을 보아서 알 것이다. 이 중에서 경훈은 사랑 골방에 있는 금고를 엿보고 경주 모녀는 안방 것을 엿보고 시흥집은 거기서 떨어지는 부스러기를 엿보는 것이다. 이렇게 생각할 때에 봉구도 일종의 굳센 유혹을 안 받을 수가 없었다.

하루는 봉구가 저녁을 막 다 먹고 여관에 앉아서 신문을 떠들어보며 오늘의 시장의 혼란과 거기서 이겨낸 것을 자랑스럽게 생각하고 있을 때에 밖에서,

"김영진 씨!"

하고 부르는 소리가 났다.

82

그것은 경훈이다.

"저녁 잡수셨소?"

하고 경훈은 들어오려고도 않는다.

"네, 지금 막 먹었어요. 들어오시오."

봉구는 경훈을 바라보았다.

"좀 늦었군……. 약주 자시지요? 맥주야 못 자셔요?"

하고 경훈이가 웃는다. 그 웃는 것이 도리어 처량했다.

"먹지요. 사다드려요?"

"아니오. 우리 맥주 먹으러 갑시다. 월미도 갑시다."

봉구는 경훈의 청을 거절할 수도 없어서 두루마기에 맥고모자를 쓰고 경훈과 같이 나섰다. 무척 덥다. 해안통에도 바람 한 점 없었다. 그래도 월미도나 건너가면 시원한 바람이 있을까 하고 사람들은 수없이 열을 지어서 길다란 축동으로 건너간다. 자동차가 꼬리를 마주 물었는데 마침 만조인 바닷물은 길다란 축동에 켜놓은 전등을 비추어서 흔든다. 자동차가 축동으로 건너갈 때

에는 그래도 소금냄새 나는 바람이 땀방울 맺힌 살을 스쳐 건너 갔다.

"아차, 잊었구려."

하고 경훈이가 놀라는 듯이 말을 시작한다.

"왜 그러세요?"

"기생을 두엇 불러가지고 올걸."

하고 아깝다는 듯이 입맛을 다신다.

두 사람은 마침 호텔의 바다로 향한 방 하나를 얻었다. 맥주잔 이 두 사람에게 들렸다. 경훈은 무섭게 목마른 사람 모양으로 한 육칠 잔이나 맥주를 벌꺽벌꺽 들여마시더니,

"노형, 나를 정말 미친놈으로 아시오? 천치로 아시오?"

하고 다시 한번 판단해달라는 듯이 자기의 기름한 얼굴을 봉구 의 눈앞에 내어대더니,

"그렇게 노형이 나를 아시면 잘못이오. 물론 내가 아버지 닮 아서 그렇게 똑똑하고 영악한 사람은 못 되오만 그래도 천치는 아니오. 내 속에도 육조배판六曹排判을 다 해놓았단 말이오…….
어……. 나도 어려서는 꽤 또렷또렷했다오. 누구는 나 모양으로 어리석은 아버지와 흉악한 계모 슬하에 삼 년만 박아두면 나같 이 안 될 줄 아시오? 나같이 안 될 사람 없지, 없어!"

하고 한바탕 자기 집의 좋지 못한 내막을 타매[87]하고 나서 맥주 한 병을 또 들이켜고는 바싹 봉구의 곁으로 다가앉으며 목소리 를 낮추어서,

---

87 아주 더럽게 생각하고 경멸히 여겨 욕함.

"그런데 따와리쑤! 따와리쑤가 무엔지 아오? 아라사 말인데 동무란 말이야. 사회주의자들이 쓰는 말이야. 여보 따와리쑤."
하고 벌써 취해버린 어조다.

"그런데 지금 내가 꼭 돈을 써야 될 일이 생겼단 말이오. 인제 열흘 안으로 돈을 써야만 할 일이 생겼는데 아무리 생각해보아도 이 일은 노형이 아니고는 할 수 없단 말이오. 왜 그런고 하니 지금 우리 집 재산을 맡은 사람은 김영진이니까."

"천만에, 천만에, 어디 그럴 리가 있나요? 내야 춘부영감 심부름이나 하는 사람이지, 내가 댁 재산을 알 리가 있나요?"

"왜 이러오? 나를 그렇게 천치로 아시오?"
하고 경훈은 봉구를 노려보더니 다시 웃는 낯이 되어 봉구의 손을 잡으며,

"나는 노형을 믿으니까 이 말을 하는 것이오. 노형과 나와는 초면이나 다름없지만 웬일인지 노형이 그렇게 믿어지는구려. 그러니까 노형께 이런 말을 하는 것이니까 내 말을 꼭 들어주어야만 되오. 만일 노형이 내 말을 안 들어주신다면 나는 죽는 사람이오. 내 집은 망하는 집이외다."
하고 비창한 눈으로 봉구를 바라본다. 봉구는 그것을 보고 무서웠다. 과연 경훈의 눈에는 무슨 살기가 뻗은 듯하였다. 순하게 생긴 눈에 살기가 뻗은 것이 더욱 무서웠다.

"왜 그런 말씀을 하세요."
하고 봉구가 위로하는 말을 하자 팔을 내둘러 막으며,

"글쎄 내 말 들을 테요, 안 들을 테요?"
하고 경훈은 양복바지 주머니에서 손수건에 싼 것을 꺼내더니

손수건을 벗겨 던지고 말긋말긋[88]한 육혈포六六砲를 내어 허리를 뚝 꺾어서 알 검사를 하고는 곧 발사하려는 듯이 오른손 식지로 방아쇠를 끌어쥐고 한 번 더,

"내 말을 들을 테요, 안 들을 테요?"

하고 위협하는 태도를 보인다.

"대관절 무슨 일인지 말씀을 하시지요."

하고 봉구는 경훈의 육혈포 잡은 손만 주목하였다.

83

"이런다고 내가 위협하는 것은 아니오. 노형이 누구의 위협에 겁날 사람이 아닌 줄을 나도 아오. 나도 이렇게 못나 보여도 정말 그렇게 못난 사람이 아니지요. 하여간 내가 노형을 위협하는 것은 아니오. 어디 위협을 할 수가 있소? 말하자면 내가 노형께 애걸하는 게지요."

"암, 애걸이구 말구요."

하고 경훈은 육혈포를 들어 자기의 관자놀이를 겨누며,

"만일 노형이 내 말을 안 들으시면 나는 이렇게 할 수밖에 없소."

하고 극히 비통한 빛을 보인다.

봉구는 황망하게 팔을 내밀어 경훈의 팔을 잡으며,

88 생기 있게 맑고 환한 모양.

"앗어요! 위태합니다. 무슨 일이든지 말씀을 하세요. 내가 들을 수 있는 일이면 들어드리지요."

하였다. 진실로 봉구의 깊은 동정이 경훈에게로 갔다.

"그럼 말하지요."

하고 경훈은 사람을 꺼리는 듯이 사방을 둘러본 뒤에 봉구더러 자기 곁으로 가까이 오라는 눈짓을 하고는 반만 취한 커다란 눈을 번뜻거리면서 말을 시작한다.

"어디서부터 이야기를 시작할까. 무어 여러 말 할 것 없지요. 내가 노형께 청하는 것은 다른 것이 아니라 우리 아버지 재산 중에서 한 삼십만 원만, 곧, 될 수 있으면 열흘 안으로 만들어달란 말이오. 삼십만 원 이상이면 암만이라도 좋지만 삼십만 원 이하가 되어서는 안 되겠단 말이야요."

"삼십만 원? 그것은 다 무엇하시게요?"

하고 봉구는 이 어리석어 보이는 사람이 그처럼 많은 돈을 쓰려는 것이 신기하였다.

"무어요? 삼십만 원이 많단 말이야요? 실상은 그것도 부족하지요. 그렇지만 우리 집 재산에서 삼십만 원밖에는 꺼낼 도리가 없으리다. 그러니까 삼십만 원이란 말이지요."

봉구는 경훈의 말이 점점 지혜로워지는 것을 깨달았다. 그래서,

"그것은 무엇에다 그렇게 급작스레 쓰시려나요?"

하고 물어보았다.

"그것은 좀 비밀이구요, 응, 좀 말할 수 없는 비밀이지만 만일 노형이 내 말을 들어준다면 그것까지도 물론 알려드리지요! 어떠시오, 내 청을 들어주시려오?'

"글쎄 댁 재산에 대해서 나 같은 사람이 무슨 관계야요? 내가 그렇게 할 힘은 있나요?"

"힘이 있지요. 노형이 힘이 있지요."

하고 경훈은 봉구의 동정하는 듯한 어조에 안심하는 듯이 점점 맘을 턱 놓는 태도로 말을 한다.

"원래 내가 집으로 돌아올 때에는 노형이 우리 집 일을 보시는 줄도 몰랐으니까 몇 번 아버지를 졸라보다가 안 되면 최후수단을 쓰려고 했었지요. 물론 말로 해서 알아들을 아버지가 아니고, 또 아버지는 처시하妻侍下[89]니까, 내 계모 말이오, 내 계모가 말을 들을 리가 만무하니까, 부득이 열이면 열 최후수단을 쓸 수밖에 없다고 생각하였지요. 했더니 나와 본즉 노형이 계시단 말이야. 얼마를 두고 지나 보니깐두루 노형이 가히 일을 의논할 만한 사람이란 말이오. 그리고 본즉 상서롭지 못한 최후수단도 쓸 필요가 없이 노형만 말을 들으면 일이 될 수가 있겠단 말이오. 안 그러오?"

"내가 어떻게……."

"금궤 쇠만 열면 되는 것이니깐두루. 그리구 아버지 도장만 얻으면 되는 것이니까. 안 그래요?"

하고 경훈은 만족한 듯이 빙그레 웃고 맥주 한 컵을 새로 따라서 맛나는 듯이 맛을 본다.

"어떻게 그렇게 할 수가 있어요?"

"왜요?"

---

89 아내를 모시는 그 아래라는 뜻으로, 아내에게 눌려 지내는 남편의 처지를 놀림조로 이르는 말.

"그러면 사기 절도가 아니야요?"

"사기 절도?"

"……."

"그 돈을 아버지 금궤 속에 넣어 두면 무슨 좋은 일에 쓰일 줄 아시오? 하지만 지금 내 손에 있으면 그것이 큰일하는 밑천이 된단 말이오. 노형도 알지만 지금 ○○○○에서 삼십만 원이 없어서 ○○○○를 못하는 형편이 아니오. 우리 할아버지가 가난한 백성들 속이고 빼앗아 모아두었던 돈을 이런 때에 한번 써야 지옥에 간 할아버지 죄까지 풀린단 말이야요. 나도 가만히만 있다가 우리 아버지가 죽기만 기다리면 그 재산이 다 내 것이 될 줄도 알지만 나는 그런 것 다 바라지 않아요. 나도 천상천하에 외로운 몸이니깐 두루 어디 가서 어떻게 둥굴다가 죽어도 상관없어요. 재산도 다 소용없어요."

끝에 와서는 자기의 슬픈 신세타령이 된다. 그의 눈에는 눈물이 있었다.

84

봉구는 실상 경훈의 속에 이만큼 크고 엉큼한 생각이 들어앉았으리라고는 상상도 못하였었다. 그래서 처음에는 '이 사람이 이중인격을 가진 것이 아닌가.' 하고 의심도 하였다. 그러나 오래 이야기해본 결과로 이만한 엉큼한 말을 하는 것은 어떤 동지가 불어넣어 준 것임을 깨달았다.

기실 경훈은 지금은 독립한 사람으로 움직이는 것이 아니요 어떤 비밀결사의 기계로 움직이는 것이다. 그러나 그렇게 기계로 움직이는 것을 그는 수치로 생각하지 않을뿐더러 도리어 영광으로 안다. 대개 그가 동경에 유학한 지 오륙 년이 되어도 학우회에서나 기타 무슨 회에서나 그의 존재를 인정해주는 이도 없었다. 그러면서도 경훈에게는 남에게 인정을 받으려는 야심이 있기 때문에 사람들이 자기를 돌아보아 주지 않는 것이 그 단순하고 반쯤 어리석은 맘을 무척 슬프게 하였었다. 그래서 혹 누구누구 유학생 간에 명성 있는 사람을 청하여 대접도 하고 혹 돈도 꾸어주어 보았으나 오직 꾸어준 돈을 잘릴 뿐이요 신통한 효험이 없었다.

이러한 때에 ○○단의 고려인이라는 사람을 만나게 되었다. 고려인이라는 것이 그 본이름이 아닌 것은 분명하지만 그 본이름은 아무리 물어도 말을 안 할뿐더러 도리어,

"지금에 우리가 네다 내다 할 때가 아니라 우리는 모두 고려 사람이니까 김씨니 이씨니 할 것 없이 모두 고려인이라. 어, 이 사람 그렇지 않은가?"

이렇게 말하였다. 그의 사투리로 보아 경훈은 그가 경상도 사람인 것만 알았다.

고려인은 경훈과 만나는 날 자기는 상해에서 들어온 것과 여러 동지가 비밀히 들어온 것과 해외에는 ○○단의 동지가 여러 천 명 되는 것과 자기네가 이번에 조선과 일본 내로 들어온 것은 삼십만 원 돈을 만들고자 함인데 경훈이 십만 원만 담당해야 한다는 말과 만일 경훈이가 십만 원만 내면 경훈은 ○○단 중에 가

장 큰 공로를 가진 이가 되어서, ○○단의 재정을 맡는 직임을
가질 것이란 말과 또 ○○단의 목적은 이렇고 저렇고 대단히 크
고 좋다는 말을 하고, 또 맨 나중에 자기네는 육혈포와 폭발탄을
가지고 다니니까 만일 자기네의 일을 경찰에 밀고하거나 동지로
약속하였던 사람이 배반하는 자가 있으면 천리만리를 따라가서
라도 목숨을 없애버리고야 만다는 말을 하고는 양복 속주머니에
서 과연 육혈포를 꺼내어 경훈의 눈앞에 번쩍 내대었다. 그때에
경훈은 한끝 무섭기도 하고 또 한끝으로는 그렇게 큰 사업을 하
는 사람들이 특별히 자기를 찾아와서 자기에게 그러한 큰 의논
을 하는 것이 고맙고 기쁘기도 하여서 너무도 흥분된 끝에(좀 절
제력이 부족한 사람이니까),

"삼십만 원 내가 혼자 다 내지요. 염려 마시오."
하고 장담을 했다.

그랬더니 그 이튿날 고려인이가 경훈을 어떤 외딴 요릿집으로
청하였다. 거기는 고려인과 같이 이상한 사람이 사오 인이 모여
있다가 경훈이가 들어오는 것을 모두 일어나서 존경하는 뜻으로
맞았다. 그때에 고려인이가,

"동무들이여, 이이가 우리의 나라와 주의를 위하여 삼십만 원
을 혼자 담당하기를 허락한 우리의 귀한 동지 김경훈 군이외다."
하고 공식으로 소개를 하였다. 그러고는 그 자리에서 간단하고도
맹세가 심히 엄한 입단식을 행하고 또 돈 삼십만 원을 금년 칠월
삼십일 안으로 하여 놓는다는 계약서를 써놓았다.

그 자리에서 경훈은 일생에 처음 경험하는 기쁨을 깨달았다.
남들이 다 못났다고 대수롭게 보아주지도 않던 자기가 갑자기

큰사람이 된 것같이 보였다. 그때부터 그의 태도는 아주 오만하게 되었다. 이 오만한 태도와 술 먹고 미친 모양을 피우는 것은 고려인에게서 배운 것이다. 고려인이 하는 일이면 무엇이나 다 경훈에게는 모본이 되었다. 그의 길게 내버려둔 머리를 더부룩하게 함부로 갈라버리는 것이며 그가 면도를 안 하는 것이며 술을 많이 먹고 미친 모양을 하는 것이며 심지어 손톱에 까맣게 때가 끼게 내버려둔 것까지 경훈에게는 좋아 보이고 모본하고 싶게 보였다. 그래서 실상 불과 일이 개월에 경훈의 행동은 무섭게 변해버리고 말았다.

그러나 차차 경훈에게는 걱정이 생겼다. 그것은 어떻게 하면 약속한 삼십만 원을 만들어낼까 함이다.

85

"어떻게 되었소?"
하고 고려인 일파의 재촉은 날로 급하였다.

"차차 경시청(동경)에서 우리들이 들어온 줄을 안 모양이니까 어서어서 빠져나가야 아니하오."
하고 사오 인이 번갈아 졸랐다.

"내가 나가야지요!"
하고 경훈은 방학 후에 자기가 귀국해야 할 것을 유일한 핑계로 여겼다. 그러나 귀국한 지도 벌써 한 달이 넘고 두 달이 가까웠건 만 날마다 아버지 금고를 노려보고 있어도 삼십만 원 돈이 될 가망이 없었다.

고려인 일파도 더러는 서울에 더러는 인천에 와 있어서 거의 날마다 경훈을 졸랐다.

"우리는 당신일래 다른 일도 못했소."

하고 점점 불쾌한 말까지 나오게 되었고,

"우선 여비라도 좀 주오!"

하고 백 원 이백 원을 졸리웠다. 그것은 더러는 아버지에게 얻어 주고 더러는 봉구에게 취해주었다.

그러다가 하루는,

"칠월 삼십일이 지나간 지가 벌써 열흘이나 되었소. 혁명사업에 이렇게 서로 약속을 안 지키면 어떻게 할 도리가 없지 아니하오. 인제는 우리는 최후수단을 쓸 수밖에 없소."

하고 고려인이 얼굴이 뻘겋게 되어 경훈을 위협하였다. 경훈은 공연한 것을 허락한 것을 후회도 해보았으나 이미 후회할 사이도 없었다.

"그러면 내게다 육혈포 한 자루를 주시오. 아버지한테 한 번 더 담판을 해보고는 최후수단이라도 쓰리다."

하고 경훈은 고려인에게 육혈포 한 자루를 얻었다. 봉구의 앞에 내어 번뜻거리는 것이 그것이다.

"아버지, 내 말을 들어보아요."

"글쎄 글쎄, 안 된다는데 그러는구나."

"무얼 말씀이야요?"

"글쎄 글쎄, 안 돼 안 돼!"

"아니 이혼 말구, 그 돈 말씀이야요."

"글쎄 글쎄, 공부해서 학교만 졸업을 하려무나, 그러면 돈도 주마."

"지금 있어야 해요. 지금 안 주시면 큰일이 틀어지고 집안에도 큰일이 납니다."

"에이 듣기 싫다, 미친 녀석!"

경훈과 그의 아버지와 사이에는 이러한 문답이 수없이 반복되었다. 아버지는 그것이 귀찮아서 아무쪼록 그 아들을 피하였다. 그러나 경훈은 아버지를 붙들기만 하면 그 소리를 반복하였고 그때마다 아버지는,

"안 돼, 안 돼!"

하고 소리를 지르고 나가버렸다.

만일 경훈이가 좀더 들이세면,

"이놈, 아비를 위협해! 그것이 일본 유학까지 가서 대학교까지 다니며 배운 버릇이냐?"

하고 호령을 하였고, 만일 경훈이가 봉구에 말한 것 모양으로 고려인에게 얻어들은 설교를 시작하면,

"듣기 싫어, 듣기 싫어!"

하고 손을 내두르고 달아났다. 그러면 경훈은 여전히 사랑 골방에 놓인 금고를 물끄러미 바라보고는 되지 않을 것을 알면서도 왜못 끝으로 금고의 열쇠구멍과 돌쩌귀[90]께를 딱작딱작 해보았다. 갑갑한 까닭이다.

그러다가 생각난 것이 봉구를 붙드는 것이었다. 둔한 경훈의

---

90 문짝을 여닫게 하기 위하여 암짝은 문설주에, 수짝은 문짝에 박아 맞추어 꽂게 된, 쇠붙이로 만든 두 개의 물건.

눈에도 김영진이라고 부르는 봉구가 사실상 자기 집 재산을 맡았고 또 아버지의 신용을 가진 줄을 아는 까닭이다.

"여보시오, 내가 꼭 열흘 안으로 삼십만 원 돈을 해놓아야만 되겠소. 그렇지 않으면⋯⋯."

하고는 말하기를 꺼리는 듯이 중간을 뚝 끊고 물끄러미 봉구를 쳐다보다가,

"만일 그렇지 않으면 큰일이 생긴단 말이오."

하였다.

봉구는 경훈에게 지금 조선에서 아무리 큰 부자라 하더라도 갑자기 현금 삼십만 원이라는 큰돈을 만들 수 없는 뜻을 말하였으나 경훈은 듣지 않았다. 그러고는,

"인제는 나는 모르우. 이 일이 되고 안 되기는 노형께 달렸으니깐 나는 모든 일을 노형께다 밀 테요, 하하하하. 자 맥주나 좀 더 먹읍시다. 어이, 아가씨."

하고 하인을 부른다. 갑자기 기뻐한다.

이때에 봉구의 맘속에는 무슨 생각이 고개를 들었다.

'돈! 네가 지금 구하는 것이 돈이 아니냐. 그런데 이것이 네게 큰 기회가 아니냐.'

이 생각이 날 때에 봉구는 무서워 떨었다. 자기의 생각이 무서운 것이다. 봉구는 '어찌할까?' 하면서 공연히 기뻐하는 경훈을 물끄러미 바라보았다.

86

"그러시오!"

하고 마침내 봉구는 경훈에게 허락하였다.

"내가 춘부장 손에 돈이 들어가도록은 해드릴 것이니 그 후 일은 노형께서 담당하세요."

경훈은 너무도 좋아 춤을 추듯이 몸을 흔들었다.

그때는 마침 일본 사람이 이르는바 이백십일[91]을 앞에 둔 때라 인천 시가는 미두꾼으로 꽉 찼다. 해마다 이때가 되면 사방으로 큰 미두꾼들이 모여들어서는 약 이주일간은 일 년 동안 다른 데 는 비길 수 없는 대혼란을 이룬다. 이 통에 시골 사람들의 벼 천, 벼 백씩이나 되는 땅들이 훌훌 날아가고 마는 것이다. 봉구는 며 칠 전부터 무섭게 바빴다. 조선 사람 중매점이 워낙 세 집밖에 없 는 데다가 다른 두 집이 근래에 터렁터렁[92]하게 되매 조선 집을 찾는 손님은 모두 '마루 김'으로 모여들었다. 물론 조선 사람이라 도 좀 큰 흥정을 하려는 사람은 대개 일본 집으로 가는 것이 예 사연만 지난번 런던 전보 통에 민첩하게 이기고 난 뒤로는 '마루 김'의 명성이 조선 사람들 속에서만 아니라 일본 사람들 중에도 다소간 알려지게 되었다. 이것을 어떤 이는 김 참사(주인이 경기 도 참사다.)가 운이 트인 것이라고도 하고 어떤 이는 김 참사가 사람을 잘 얻은 것이라고도 하였다. 사람이라 함은 물론 김영진

---

91 일본에서 입춘 날부터 헤아려 이백 열흘 되는 날로서, 양력 9월 1일께인 이때가 되면 저기압 의 태풍이 불어오는 일이 많음.
92 '터드렁터드렁'의 준말. 잇달아 터드렁 소리가 나거나 그리 되는 꼴.

이라고 일컫는 봉구를 가리키는 것이었다. 그 까닭에 봉구는 일 개의 사무원에 불과하면서도 여러 부자 손님들의 사랑과 신용과 이따금은 두려움과 존경까지도 받았다. 그럴 때마다 봉구는 일변 간지럽기도 하지만 일변 만족도 하였다.

이백십일이라는 양력 구월 일일이 앞에 사흘이 남았다. 하늘 어느 구석에 조막만 한 구름 한 장만 떠돌아도 사람들의 가슴은 혹은 희망으로 혹은 절망으로 두근거렸다.

"여보 저 구름장이 괜찮을까?"

"저 구름장이야 그대로 스러지지는 않을 테지."

이 모양으로 같은 구름장 하나가 어떤 사람에게는 희망이 되 고 어떤 사람에게는 두려움이 되는 것이다.

오늘은 일요일이다. 이백십일이 내일모레다. 그런데 하늘에 가끔 떠돌던 구름장도 소리 없이 스러져버리고 오전 중에 솔솔 불던 바람조차도 인제는 머리카락 하나 안 날리게 자버리고 날 은 삼복염과 다름없이 짓무른다.

"에이 더워, 에이 더워!"

하고 인천에 모인 사람들은 하늘을 우러러보며 미친 사람 모양 으로 중얼거린다.

봉구는 주인과 함께 공일의 한가를 이용하여 문서도 정리하고 내일 아침에 할 계획도 의논하였다. 선풍기는 시끄러우리만큼 소 리를 내며 돌아가고 책상 위에는 빨간 얼음냉수 그릇이 놓였다.

이때에 전화가 따르르 울려왔다. 봉구가 처음 받았으나 저편 의 청대로 주인에게 수화기를 주었다. 봉구는 잘 돌아가는 선풍 기를 물끄러미 바라보면서 내일 일과 경훈의 삼십만 원 일을 잠

간 생각할 때에,

"네, 십만 석이오? 네, 파세요."

하는 소리를 듣고는 봉구는 깜짝 놀라는 듯이 숨쉬기를 그치고 가만히 엿들었다. 저편에서 전화로 말하는 소리가 벌의 소리 모양으로 들린다. 전화는 끝났다.

"영진이, 어서 옷 입게."

하고 주인은 기쁨을 못 이기는 모양으로 그 큰 눈과 입이 온통 웃음으로 변하고 만다.

"왜 그러세요?"

하고 봉구는 부러 모르는 체하고 시치미를 뚝 뗐다.

"수났네. 십만 석 주문이 들어왔네. 아아, 자네가 복이 많은 사람인가 보이. 이번에는 자네에게 넉넉히 줌세."

주인은 더할 수 없이 만족한 뜻을 표한다. '참 주인은 좋은 사람이다. 저 사람이 어떻게 장사를 하나?' 하고 봉구는 주인을 고맙게도 생각하고 불쌍하게도 생각하면서 옷을 입었다.

"어디 가요?"

"응, 저 이십만 원 영수증 써가지고 월미도 호텔로 가보게. 돈 받아가지고 오게."

봉구는 영수증을 쓰고 주인의 도장을 찍었다.

"이름은 누구야요?"

"응, 백윤희. 자네 백윤희라고 모르나?"

"네?"

봉구는 손에 들었던 영수증을 떨어뜨릴 만큼 놀랐다.

87

'장난이다 ─ 과연 조물의 장난이다!' 봉구는 자동차를 안 타고 일부러 인력거를 몰아가면서 생각하였다.

봉구는 '백윤희'라는 이름을 듣는 순간에 가슴속이 뒤집히는 듯하였다. 봉구가 순영의 시집가는 것을 보고 서울을 뛰어나온 지가 벌써 이백오십 일이나 지났다. 그동안에 하룬들 봉구의 머릿속에 순영의 생각이 아니 날 일이 없고, 그 생각이 날 때마다 가슴이 찢어지는 듯한 아픔이 없지 않았건만 그래도 백이 지척에 있다면 순영도 따라와 있을 것 같아서 그리로 몸이 끌림을 깨달았다.

'사랑이 원수다. 마땅히 미워해야 할 사람이언만 도리어 보고 싶어하는구나.' 하고 봉구는 빙긋 웃었다. 제가 저를 웃는 것이다.

호텔에 가서 백씨를 찾았더니 하녀는 얼른 알아듣고 '관해정'이라는 현판 붙인 조그만 별장으로 봉구를 인도한다. 별장은 서쪽으로 멀리 바다를 바라보게 되는데, 댓가지로 성긋성긋 운치 있게 담을 두르고 거기는 나팔꽃을 여기저기 올렸고 통로에는 역시 대를 휘어서 조그마한 홍예문을 만들고 거기는 등넝쿨을 올려 검푸른 잎이 서늘한 지붕을 이뤘다. 이 호텔에 부속한 별장 중에 가장 화려한 것임은 얼른 보아도 알 수 있었다.

봉구가 하인을 따라 그 조그마한 홍예문을 들어설 때에 웬 유모가 덮개 씌운 아기수레를 끌고나오는 것을 만났다. 봉구보다 앞서 가던 하인은 그것을 보고 고개를 덮개 밑으로 들여다보며,

"도련님이 자나?"

한다.

봉구도 무심코 하인이 하는 대로 고개를 수그려서 그 속을 들여다보았다. 그리고 깜짝 놀라서 한 걸음을 물러섰다. 그리고 속으로, '꼭 나로구나!' 하고 소리를 질렀다.

하인이 명함을 가지고 들어간 동안 봉구는 아기수레 곁에 서서 아직 눈도 잘 뜨지 못하는 핏덩어리 같은 어린아이를 들여다보면서 자기가 순영과 함께 석왕사에 갔던 때를 꼽아보았다.

'꼭 열두 달이다!' 하고 봉구는 다시 어린애를 보았다. 어린애는 눈이 부신 듯이 눈을 떴다 감았다 한다. 그러나 그 큼직한 눈 모양이 자기 눈과 같은 것을 봉구는 더욱 자세히 알았다. 그러할 때에 봉구는 그 어린애를 쳐들어 안아주고도 싶고 그 연한 뺨에 입이라도 맞추고 싶었다. 그러나 이상한 눈으로 곁에서 보고 섰는 유모를 볼 때에는 그러할 용기도 안 나서 자기의 그 어린애에게 대한 이상한 표정을 그 유모에게서 감추려는 듯이 픽 돌아서서 저 멀리 강화도 있는 쪽 바다를 바라보았다. 질펀한 바닷물, 파란 먼 산 하늘 끝에 뜬 두어 점 구름, 그런 것이 봉구의 눈에 들어가기는 갔으나 그보다도 그의 눈앞에 아른거리는 것은 순영과 그 어린애다.

'아비의 사랑인가?' 할 때에 봉구는 슬퍼졌다.

"왜 거기 섰나, 어서 앞서 가지."

하는 소리는 분명히 순영의 소리다.

"네, 이 손님께서 아기를 보시느라고."

하고 유모는 책망을 피하려는 듯이 평계를 대고는 아기수레를 끌고가려는 모양이다.

순영의 발자취 소리가 가까워진다.

봉구는 피끈 몸을 돌려서 유모에게 끌려가는 아기를 보았다. 하얀 것만이 보이고 얼굴은 안 보였다. 아직도 순영은 봉구의 뒤에 있다. 봉구는 결심한 눈을 마침내 순영에게로 돌렸다.

순영은 멈칫 섰다.

순영을 따라오던 웬 여학생도 멈칫 섰다.

봉구의 눈은 순영의 흰 구두 신은 발에서부터 굴러 올라가서 아직도 산후의 쇠약이 없어지지 않은 해쓱한 순영의 얼굴에 머물렀다. 순영은 마치 봉구의 눈살에 눌림을 당한 듯이 꼼짝을 못하고 그린 듯이 서서 꿈꾸다가 갠 사람 모양으로 봉구를 바라보았다. 순영이 보기에 봉구도 무척 수척해 보이고 그렇게 애티가 있던 얼굴이 어느덧 변하여 풍파를 많이 겪은 사람과 같은 노성한 빛을 띠게 되었다.

하인이 봉구의 명함을 가지고 들어가매 백은 객이 오는 것을 평계로 순영과 인순을 목욕터로 보내는 것이다. 백은 결코 순영의 앞에서는 돈을 번뜩이지 않는다.

88

"들어오십시오."

하고 명함 가지고 들어갔던 하인이 나와서 봉구를 부른다.

봉구는 순영을 만날 때에 무엇인지 하고야 말 것 같았다. 순영을 때리든지 발길로 차든지 또는 반갑게 껴안든지, 다만 말 한마디라도 하고야 말 것 같고 해야만 할 것 같았다. 그러나 아니하였다. 만일 순영이가 혼자만 있을 때에 만났다면 반드시 무슨 일이라도 하고야 말았을 것이지만 곁에 웬 낯모를 여자가 있는 것을 볼 때에 저절로 봉구가 가만히 있게 된 것이다.

봉구는 한번 더 순영과 벌써 홍예 튼 일각문 밖에 나간 아기수레를 슬쩍 보고는 부르는 하인을 따라 뚜벅뚜벅 방으로 걸어들어갔다.

별장이라야 오직 방 두 개로 된 조그마한 집이다. 그중에 한 방에는 흰 상보를 덮은 등탁자와 등교의 사오 개를 둘러놓고 그중 한 교의에 백이 조선 고의적삼을 입고 앉았다. 여름옷에 비치는 백의 육체가 마치 젊은 여자의 육체 모양으로 풍부하다. 그것을 볼 때에 봉구는 견딜 수 없는 불쾌감을 깨달았다.

'그러나 나의 원수 갚음은 모두 계획이 있다. 장래의 큰 목적을 위하여서는 현재의 수치와 괴로움을 참아야만 한다. 만일 입으로 똥구더기나 노래기가 기어들어온다 하더라도 양미간 하나도 찌푸리지 말고 꾹 참자.' 봉구는 이렇게 생각하고 침을 꿀떡 삼키면서 그래도 떨리는 손으로 가방을 열고 이십만 원의 영수증을 꺼내어 백의 앞에 놓았다.

백은 그것을 슬쩍 곁눈으로 보더니 그것은 그렇게 대수롭지 않다는 모양으로 봉구를 바라보고 여송연 연기를 피우면서,

"어, 노형이 김영진 씨요? 김 참사 영감헌테 노형 말씀은 들었지요……. 젊으신 양반이 어떻게 그렇게 도저하시오?"[93]

---

93 행동이나 몸가짐이 빗나가지 않고 곧아서 훌륭하다.

한다.

정말인지 인사말인지 봉구는 바로 판단할 길이 없었으나 어쨌든지 참으로 교제가 능란하구나 하였다.

하인은 식은 홍차를 봉구의 앞에 놓았다. 과연 봉구의 목은 갈하였다. 그러나 비록 냉수 한 잔이라도 이 집 것을 먹기를 원치 않았다.

"어떻게 생각하시오?"

하고 백은 식은 홍차를 마셔 가며 봉구더러 묻는다.

"이 이백십일은 무사히 지나가는 모양이니까 일본도 이와 같기만 하면 금년은 풍년이지요?"

이것은 물론 그러니까 쌀값은 떨어지리란 결론을 약한 말이다.

"글쎄올시다. 하늘이 하시는 일을 알 수야 있습니까만 모두들 그렇게 생각하는 모양 같습니다."

"노형은 어찌 생각하시오."

"제가 무슨 특별한 생각이 있습니까?"

이러한 별로 중요치 않은 문답이 있은 후에 백은 손수 트렁크 자물쇠를 열고 그 속에서 작은 손가방을 내어 또 열쇠로 열고 그 속에서 수표첩과 도장을 꺼내서 매우 정중하게 일금 이십만 원의 수표를 써준다.

십만 석 매도계약이 성립되었다. 내일, 즉 팔월 삼십일일 첫 절에 삼십일 원 이상만 되면 당한當限으로 십만 석을 팔라는 뜻이다. 그렇게 돈이 많다는 백도 이십만 원 — 기실은 몇 십만 원이 될는지도 모른다 — 이라는 무섭게 큰돈이 왔다갔다하는 수표에 도장을 찍을 때에는 그래도 손이 떨렸다.

"노형을 태산같이 믿소."

하고 봉구가 작별하고 나올 때에 백은 정답게 봉구의 등을 쳤다.

'아아, 과연 장난이로구나, 조물의 장난이로구나!' 하고 봉구는 인력거를 타고 오던 길을 돌아나오면서 한탄하였다.

더욱 봉구의 눈을 떠나지 않는 것은 그 어린애다. '그것은 분명히 내 아들이다!' 하고 봉구는 인력거 위에서 홀로 고개를 흔들었다.

주인의 집에 돌아와 사랑에 들어가니 거기는 아무도 없다. 그러나 여기서 주인과 만나기를 약속하였으므로 저고리를 벗어놓고 마루 끝에 걸터앉아서 순영과 이름도 모르는 그 어린애 생각을 하고 괴로워하였다.

"벌써 오셨어요?"

하고 경주가 뛰어나오더니,

"아버지가 곧 오실 터이니 기다리시라고……. 여기 가만히 계세요."

하고 안으로 뛰어들어간다. 얼마 있더니 경주는 수박 하나를 소반에 받쳐들고 나와서 사랑 아랫목 주인 자리에 놓고는,

"수박 잡수세요, 아주 달아요."

하고 웃고 봉구를 부른다.

89

봉구는 목이 갈하였던 김에 경주가 갖다놓은 수박을 먹기 시

작하였다. 꿀을 타고 얼음을 박은 것이 시원하고 달았다. 경주의 후의가 고마워서 곁에 섰는 경주를 바라보았다. 경주는 봉구가 맛나게 먹는 것을 만족하게 생각하는 듯이 빙그레 웃고 있다. 그 좀 둔해 보이는 얼굴에 만족한 웃음이 봉구에게 아름답게 보였다. 순영을 장미꽃에 비기면 경주는 호박꽃에 비길까. 장미꽃같이 아름답지 못할는지 몰라도 도리어 수수하고 순박하지 않을까. 그러면 자기는 순영 같은 참되지 못한 요망한 계집애를 생각하고 맘을 괴롭게 하는 것보다 차라리 경주와 같이 순박한 여자와 일생을 같이하는 것이 좋지 않을까. 설사 자기가 수백만 원 재산을 만들기에 성공한다 하더라도 짓밟힌 자기의 맘은 회복할 수가 없을 것이다. 이런 생각을 하면 지금까지 맘에 맺히며 결심하고 왔던 것이 다 우스운 것 같다.

'흥, 순영은 멀쩡하게 백윤희의 첩 노릇을 하지 않느냐. 분명히 내 자식인 어린애까지도 백가의 자식인 줄 알고 있지 않느냐?'

진실로 그렇다. 그 어린애를 백의 아들이 아니요 봉구의 아들이라고 생각하는 사람은 오직 봉구와 순영뿐일 것이다. 순영이도 모를는지 모른다. 이러한 세상이다.

"우리 학교에 계시던 이가 누구야요?"

하고 경주가 부끄러운 듯이 고개를 숙이고 몸을 비틀며 묻는다. 자기딴에 봉구의 그 말이 퍽 맘에 걸려서 일종의 질투까지 깨달았던 것이다. 얼마나 벼르고 별러서 이 말을 물은 것일까. 봉구는 경주의 이 심리를 추측할 때에 한없이 가련하였다.

"나쁜 계집애야요."

봉구는 이렇게 대답하였다.

"그이가 정말 죽었어요? 언제?"

봉구는 웃었다.

"거짓말이지요? 그 이름이 누구야요?"

경주는 내놓은 걸음이라 끝까지 파들어가려는 듯하다.

"죽지는 않았지만 죽은 것이나 마찬가지야요. 죽었으면 좋지만."

봉구는 시무룩했다.

둔한 경주도 이런 일에 관한 눈치는 밝을 때다. 그는 불쾌한 듯이 입을 다물더니,

"그래도 아직도 그이만 생각하시지?"

하고 노골적인 원망하는 눈으로 봉구를 흘겨본다.

봉구는 이러한 이야기를 더 하기가 싫었다. 그러나 어떻게나 경주의 태도가 진실한지 봉구는 마치 벗어날 수 없는 무슨 줄에 얽매인 듯하였다. 그래서 동정하는 눈으로 물끄러미 경주를 바라보았다. 경주의 뺨에서는 눈물이 흘러내렸다.

"생각은 하지요. 하지만 정다워서 생각하는 것이 아니라 미워서 생각하는 게지요. 그까짓 것 아무려면 어떻니까? 오빠 오늘은 어디 가셨어요?"

하고 봉구는 화두를 돌리려 하였다.

"그게 누구야요?"

하고 경주는 또 이화학당에 있었다고 봉구가 안다는 여자의 이름을 물었다. 경주는 더욱 흥분한 모양이었다. 이러한 때에 만일 누가 보면 창피할 듯하여 봉구는 일어나 나오려 하였다.

"여보세요!"

하고 경주는 한 걸음 따라오면서 부른다. 눈물로 얼굴이 어룽어룽하였다.

"네?"

"여보세요!"

"울지 마시지요."

봉구는 어쩔 줄을 몰랐다.

"아직도 그이만 생각하시지요? 내가 다 알아요. 그렇지요?"

"누군데 그러세요?"

"나는……."

하고 경주는 미리 작정했던 것 모양으로 봉구의 가슴에 몸을 싣고 매달린다.

"나는, 저는 이렇게 영진 씨를 사랑하는데 어쩌면 그렇게 모르는 체하세요? 난…… 난…… 몰라요."

하고는 흔들어도 안 떨어지리만큼 그 팔로 봉구의 목을 껴안고 늘어진다. 봉구는 경주의 불덩어리 같은 몸이 자기의 가슴에 닿음을 깨달을 때에 부지불각에 두 팔로 경주를 껴안아주었다. 경주는 눈을 감았고 얼굴은 술 취한 사람 모양으로 붉었다. 그리고 그의 좀 두껍다 할 만한 입술은 반쯤 열린 대로 봉구의 눈앞에서 불같은 김을 토하고 있다.

봉구는 마침내 불쌍한 거지에게 물건을 던져주는 듯한, 또는 병신 아이에게 불쌍히 여기는 귀염을 주는 듯한 태도로 경주의 열린 입술에 입을 대었다.

90

봉구의 입술이 자기의 입에 닿자마자 경주의 몸은 굳센 경련
을 일으켰다.

'아아, 어떻게 강한 사랑인가!'

봉구는 이렇게 한탄하였다. 그렇게 경주와 같이 몸에 경련이
일어나도록 취할 수는 없었다. 그것이 봉구에게는 슬펐다.

순영이가 석왕사에서 봉구를 안는 양이 결코 이렇게 격렬하지
못하였던 것을 봉구는 잘 안다. 경주가 하는 양을 볼 때에 순영이
가 한 것은 마치 배우가 무대에서 재주를 부린 것과 같이 봉구에
게 생각된다. 봉구는 힘껏 경주를 껴안아주었다. 그러나 봉구의
가슴은 두근거리지 않고 입김은 뜨거워지지를 않는다. 아무리 하
여도 지어서 하는 것만 같았다. 봉구는 경주에게 대하여서 가엾
은 생각이 나서 정답게 손을 가지고 경주의 이마에 돋은 땀방울
을 씻어주었다.

과연 경주도 가엾은 여자다. 나이는 스물한 살 한창 꽃이 필
때이지만 공부를 늦게 시작하여서 아직 중등과 이년밖에 못 되
고 재주로나 공부로나 창가로나 테니스로나 말로나 무엇에나 한
가지도 빼는 것이 없으니, 학교 안에서도 아무도 경주를 찾아주
는 이가 없다. 만나면 모두 인사도 하지만 인사를 하고 나서는 이
야기는 곁에 사람들과만 하고 자기는 돌아보지도 않았다. 선생들
까지도 자기는 못 본 체하는 듯하였고 누구나 안 사랑하는 이가
없다는 P부인까지도 일전에는 경주의 이름까지도 잊어버렸다.
장난꾸러기 상급생이 가끔 경주를 놀려먹는 일까지도 있었다. 그

러할 때에는 경주는 인순이 방에 가서 울었다.

"선생님!"

하고 경주는 울면서 인순의 방에 들어왔다. 그러면,

"경주! 들어와!"

하고 인순은 반갑게 경주를 맞아들였다. 인순도 얼굴이 아름답지 못하기 때문에 학식이나 명망으로는 인제는 학교 안에 제일이면서도 그렇게 눈에 띄지를 못한 것이다. 그 때문에 일종의 적막을 깨닫는 인순은 경주의 불쌍한 심리를 동정할 수 있는 것이다. 학교에서는 계집애들끼리도 하나하나씩 다 사랑하는 짝이 있었다. 그러나 경주에게는 그것조차 없었다. 경주도 다른 애들이 사랑을 주고받는 것이 부러워서 얼마나 사랑할 동무를 구하였는지 모른다. 그러나 자기가 나이가 많기 때문에, 사년생들보다도 도리어 나이가 많기 때문에 남에게 사랑을 받을 수도 없고 그렇다고 어린 동급생이나 하급생이 자기에게 와 붙지도 않았다. 하루 이틀 따라다니는 양을 보이다가는 빙글빙글 웃고 달아나버리고 말았다. 그리고 모처럼 준 은으로 만든 선물(그것이 유행이 되었다.)도 돌려보내기도 하고 경주의 책상에 갖다가 내던지기도 하였다.

경주를 맨 처음 불쌍히 여겨서 사랑하기를 시작한 것은 순영이다. 순영은 웬일인지(아마 나는 이런 미운 계집애까지도 사랑한다는 허영심에서 나온 것인지도 모르지만) 경주를 불쌍히 여겼다. 그래서 방으로 불러다가 귀애주었다. 그러다가 순영은 가버리고 인순이가 남게 되매 경주는 인순에게 매달리게 된 것이다.

이렇게 아무도 돌아보아 주는 이가 없는 경주에게 도리어 더 굳센 사랑의 요구를 넣어준 것은 조물의 작희라고도 하겠다. 그렇게 계집애들을 못 견디게 굴기로 유명한 기차 통학생들까지도 건드릴 생각도 않는 경주는 혼자 사랑해주는 사람을 구하느라고 애를 태웠다. 그러다가 만난 것이 봉구다.

물론 봉구가 경주를 사랑하는 모양을 보인 것도 아니지만 다만 가까이할 수 있는 유일한 남성으로 경주는 봉구로 자기의 애인을 삼아버리고 남편을 삼아버렸다. 봉구는 꼭 제 것이 된 것같이만 생각된 것이다. 아마 자기는 부잣집 따님이요 봉구는 가난한 사람이라는 생각이 경주에게 그러한 생각을 주었는지도 모른다.

경주가 몇 번이나 오늘 모양으로 자기가 먹는다고 수박을 사오래서는 꿀을 치고 얼음에 채워서 식혀놓고는 봉구가 혼자 사랑에 들어오기를 기다렸던가, 사랑문 소리만 나면 가슴을 두근거리며 뛰어나왔던가. 그러다가 문소리 낸 것이 혹은 오빠요 혹은 다른 사람이어서 눈물이 쏟아지도록 낙심을 하고는 "배가 아파서 수박이 먹기 싫다." 하고 그 수박을 하인들에게 내주어버렸던가.

91

경주의 봉구에게 대한 사랑은 거의 극도에 달하였다. 그 사랑이야말로 숫사랑이었다. 지혜가 좀 부족한 경주의 사랑은 마치 굴레를 벗겨놓은 말과 같았다. 뜨거워질 제는 뜨거워지고 불길이 일 대로 일었다. 경주는 꺼릴 것 없다. 꺼릴 줄을 모른다. 다만 아직까지 문을 열지 못하였던 것이다.

"놓세요, 누구 옵니다."

하고 봉구는 경주를 떠밀었다.

"날 사랑해주세요?"

"……."

"그이만 생각하시지요, 내가 그이를 죽여버릴 테야요!"

경주는 눈을 흘긴다.

"그이가 누군데, 부러 하는 말이야요."

"내가 알아요. 내가 죄다 알아요. 영진 씨가 거짓 이름인지도
죄다 알아요. 성씨가 누군지 내가 죄다 알아요. 신씨 아니세요?
이름은 봉구 씨구. 새 봉 자, 구할 구 자……. 내가 죄다 알아요.
무언 모르나요. 내가 다 들은걸요……. 내가 그이가 누군지도 아
는걸요. 김순영이지요? 자, 내가 몰라요? 그 선생님이 나를 귀애
주었지요. 그렇지만 영진 씨가 자꾸 그이만 생각한다면 나는 그
이를 가서 죽여버릴 테야요. 그이가 바로 인천 와 있는걸."

이 모양으로 한바탕 주워섬기더니 또 봉구에게 와 매달린다.

봉구는 아니 놀랄 수가 없다. 이렇게 둔해 보이는 여자가 그렇
게까지 소상하게 조사를 하였는가. 봉구는 지금까지에 보지 못하
던 무엇을 경주에게서 본 것 같았다. 경주는 그렇게 아무것도 모
르고 아무 능력도 없는 고깃덩어리는 아니다. 그에게는 자기가
"내가 그이를 죽일 테야요." 하는 모양으로 사람이라도 죽일 무
슨 큰 힘이 있는 것을 본 것 같았다. 불쌍하게만 생각하던 경주가
무서워진 것이다.

"영진 씨는 모르시지요. 영진 씨는 왜 영진 씨인가, 봉구 씨지!

그렇지만 봉구 씨는 순영이가 부르던 이름이야, 싫어."

하고 고개를 흔들더니,

"그래 영진 씨가 좋아, 나는 영진 씨라고 부를 테야……. 영진 씨는 모르시지요? 순영이가 어떤데? 순영이가 영진 씨하고 석왕 사 갈 적에 처녀인 줄 아시오? 애우! 여름 동안 백 부자하고 원산 가서 실컷 있었다누. 영감 마누라로 있었다누. 그래서 벌써 아들 까지 낳단 말예요."

봉구는 또 한 번 아니 놀랄 수 없었다. 순영이가 자기와 함께 석왕사에 왔을 때에는 벌써 처녀가 아니었었다? 그러면서도 자 기가 좀 의심하는 빛을 보일 때에는,

"그래 나를 의심하세요? 난 몰라요!"

하고 도리어 성을 내지 않았는가. 그뿐인가. 석왕사에 가서 첫날 밤을 자고는 이튿날 순영이가 수심 있는 듯이 앉아 있는 것을 봉 구가 미안히 여겨서 이유를 물을 때에,

"처녀가 영원히 깨졌으니까."

하고 가장 지금까지 지켜오던 처녀가 금시에 깨지기나 한 듯이 슬퍼하였다. 그때에 봉구는 얼마나 미안해하고 슬퍼하였던가.

"내가 죄인입니다."

하고 봉구는 진정으로 순영을 더럽힌 것이 죄송스러워서 울다시 피 사죄를 하였다. 그때에 어쩌면 순영이가,

"무어요, 그보다 더한 것은 당신께 안 드리나요? 무엇은 안 드 리나요?"

이렇게까지 말하지 않았던가.

"에끼!"

하고 봉구는 눈앞에 떠나오는 순영의 모양을 향하여 이를 갈았다.

"그래도 그이를 생각해요?"

"인제는 생각하지 말지요."

"정말요?"

"언제는 생각하나요? 생각하면 미워했지요?"

"인제는 그이는 생각 마세요. 인제도 생각하시면 내가 그이를 죽이고 올 테야요."

"앗으세요. 왜 그런 말씀을 하세요."

봉구는 경주를 위협하는 모양을 보였다.

"그이가 없어야 영진 씨가 나를 생각해주실 테니깐……."

말이 그치기도 전에 경주는 봉구에게서 떨어져서 흑흑 느낀다. 울고 싶게 봉구는 괴로웠다. 아, 어찌하면 좋을까.

문밖에서 왁자지껄하는 소리가 난다. 경훈이가 술이 취해서 들어오는 모양이다. 오늘이 팔월 그믐이다. 오늘은 경훈이가 ○○○에게 삼십만 원을 약속한 날이다.

92

순영은 목욕에도 정신이 없었다.

봉구의 얼굴 — 석왕사에서 보던 얼굴 — 아까 보던 얼굴 — 이 뒤섞여서 순영의 눈앞에 어른거렸다.

불의에 봉구를 대할 때의 감정은 순영이 자신도 형언할 수 없는 것이다. 반가움과 놀람과 두려움과 부끄러움과 미안함과 이 모든 것이 한데 엉클어진 감정이었다.

'그이가 어째 왔을까?' 하는 근심은 순영의 맘속에 일어나는 다른 모든 생각을 눌러버렸다.

'그이가 어째 왔을까, 어째서 남편을 찾아왔을까?' 하고 생각할 때에 순영이의 등에는 냉수를 끼얹는 듯하였다. 그래서 목욕탕 가던 길에 깜짝 놀라는 사람 모양으로 우뚝 섰다.

"애, 왜 이러니?"

하고 인순이가 놀랄 만큼 순영의 얼굴은 변했다.

"아니."

하고 순영은,

"나는 웬일인지 가끔 이렇게 놀라는 일이 있어서……. 그것도 무슨 병이지, 저 애 설 때부터 그래."

하고 인순의 의심을 피해버렸다.

목욕탕에서도 한번 기절하다시피 순영은 정신이 아뜩하였다.

'암만해도 봉구가 찾아온 것은 무슨 까닭이 있다. 변성명[94]은 했더라도 반드시 까닭이 있다.' 하고 순영은 자기의 몸에 이미 무슨 비극이 내려온 것같이 상상하였다. 그래서 산후의 쇠약으로 든든치 못한 신경이 견딜 수 없도록 긴장이 된 것이다.

이런 것을 보고는 인순도 의심이 아니 일어날 수가 없었다. 의심을 하고 생각하면 아까 본 어떤 사람의 모습이 봉구와 비슷한 듯도 하였다. 만일 봉구라면 큰일이다 하고 인순도 걱정하였다. 괜히 왔다는 생각까지도 났다.

---

94 성과 이름을 다른 것으로 고침.

"언니, 나 먼저 가우, 응. 어린애 데리고 오우, 응."

하고 순영은 인순보다 한 걸음 앞서 돌아왔다. 무슨 큰 변이 자기를 기다리고 있는 듯하여서 그렇지 않아도 기운 없는 다리가 허둥허둥하였다.

'아무러면 어때.' 하고 순영은 거진 별장 가까이 와서 혼자 중얼거렸다.

'본래 인생이란 그리 행복된 것도 아닌걸……. 멀리서 바라볼 때에는 천국 같던 생활도 가까이 가보면 역시 고통뿐인걸. 제길 오래 살면 별수 있나. 살기 어렵거든 죽어버리면 그만이지.'

순영은 이렇게 속으로 중얼거려서 울렁거리는 가슴을 억지로 진정해 가지고 돌아왔다.

"혼자 오우?"

남편은 반갑게 인사를 한다.

"다들 뒤로 와요."

순영도 안심이 되었다. 무슨 변은 아직 아니 일어났다.

"그이는 갔어요?"

순영은 봉구 일이 궁금해졌다.

"그이? 누구?"

"아까 왔던 이예요."

"응, 그 사람?"

백은 봉구는 '그이'라는 경어를 붙일 사람이 못 된다는 것처럼 경멸하는 어조다. 순영은 그것이 웬일인지 불쾌했다. 봉구는 역시 순영에게 가장 사랑스러운 사람이다.

백은 유심히 순영의 새로 목욕한 얼굴을 물끄러미 바라보더니,

"왜 그 사람 아우?"

한다.

"아니오."

하는 순영의 대답에는 힘이 없었다. 모르면 다행이란 듯이 백의 얼굴에는 다시 만족의 빛이 떠돌았다. 그러나 순영은 자기에게로 오는 남편의 시선이 고통이 아니 되지 않았다. 그래서 부채를 집으러 가는 체하고 얼굴을 남편에게서 돌렸다.

그러나 순영은 봉구의 일을 잊을 수가 없었다. 아까 번뜻 보인 봉구는 순영의 가슴에 이상한 불길을 던져주었다. 가만히 남편을 바라보고 있으면 남편의 둥그레한 얼굴이 변해서 기름한 봉구의 얼굴이 되어버리고 만다.

'어쩌면 그동안에 그렇게도 늙었을까?' 하고 순영은 혼자 생각하였다.

'얼마나 맘이 괴로웠으면 저렇게 중병을 앓고 난 사람과 같을까?' 하는 생각을 하면 순영의 가슴이 아팠다. 그 아픈 모양이 나와는 아무 관계도 없는 다른 사람의 일을 위하여 아픈 것과는 다르고 나와 가장 깊은 관계가 있는 사람의 불행을 볼 때에 아픈 그러한 아픔이다.

'내가 잘못이다.' 하고 순영은 후회를 해보았다. 그렇게 후회하는 생각을 할수록 봉구가 더욱 불쌍해지고 더욱 그리워졌다.

93

오늘까지 순영이가 봉구를 잊은 날은 물론 없었다. 시집가는 날 — 백의 본마누라에게 절을 하고 동대문 밖 집의 주인이 된 날부터 봉구는 잠시도 잊혀진 때가 없었다. 처음에는 정다움보다 무서움이 많았다. 칼을 들고 들어오는 봉구의 모양이 때때로 눈앞에 어른거려서 순영은 가끔 깜짝깜짝 놀랐다. 대문 밖에 웬 학생이 어른거린다는 말만 들으면 순영은 죽고 싶으리만큼 무서웠다.

'아아, 봉구만 없었으면.' 이렇게 순영은 생각하고 자기에게도 몰래, '봉구가 죽어주었으면.' 이렇게 저주도 여러 번 하였다.

남편이 늦게 들어와서 좀 불쾌한 빛을 보여도 '봉구를 만난 것이나 아닌가.' 하였고, 선주가 시무룩하고 들어오더라도 봉구에게 관한 일이나 아닌가 하였다.

봉구가 이 세상에 살아있는 동안 도저히 자기는 행복을 누릴 수 없는 것처럼 순영의 맘을 맺혔다. 이 떠나지 않는 근심과 남편의 과도한 건강과 음욕이 그렇게 건장하던 순영을 불과 반년에 병인처럼 만들어버렸다. 게다가 첫아기를 서느라고 낳느라고 순영은 거진 죽을 뻔하였다.

만일 몸이 아픈 것을 핑계로 남편을 한 번만 거역하면 남편은 반드시 그 이튿날은 밖에서 잤다. 기생집에도 가 자는 모양이나 간혹 본마누라 집에도 가 자는 모양이다. 본마누라에게서도 한 달 전에 딸 하나가 났다. 이 때문에 순영은 자기의 몸이 못 견딜 지경이라도 남편의 요구를 거절하지 못하였다.

백은 순영에게서 성욕의 만족밖에 구하는 것이 없었다. 그는 아무 때에라도 나갔다가 집에 들어오기만 하면 순영을 껴안았다. 혹 순영이가 피아노를 울리면 그런 것은 듣기 싫으니 그만두라고 소리를 질렀다. 다만 순영의 몸뚱이를 끼고만 앉았으면 그만인 듯하였다.

'그이는 안 이럴걸.' 순영은 이러한 때에 봉구를 생각해보았다.

'역시 사람은 고깃덩어리뿐이 아닌데.' 할 때에 순영은 봉구를 그리워하는 생각이 퍽 간절했다.

돈! 백에게 돈이 누거만이 있으면 무엇하랴. 순영은 일찍 오원짜리 지전 한 장을 손에 들어본 일이 없었다. 더욱 심한 것은 안방에 두는 금고 열쇠는 꼭 백이 자기가 지니고 다니고 순영은 한번 건드려보지도 못하였다. 금고뿐 아니라 장이며 궤며 문갑서랍 같은 것 중에는 순영이가 열어보지 못한 것이 퍽 많다.

"저기는 무엇이 있어요?"

"그것은 알아 쓸데없는 게야!"

이런 문답이 자주 반복되었다.

순영은 도저히 남편의 비밀을 다 알아서는 못쓰는 사람인 듯하였다. 그럴 때에는 분하기도 하고 슬프기도 하였다.

그러할 때에 봉구를 생각하였다. 석왕사에서 어찌하였나. 그는 아직 혼인도 하기 전에, 말하자면 초면이라 할 만한 순영이 자기에게 돈 지갑과 양복 호주머니를 모두 맡겨버렸고 또 거기서 돌아온 후에도 봉구의 방에 있는 모는 것을 모두 순영이가 할 대로 맡겨두지 않았나. 비록 얼마 안 되는 재산이라도 봉구는 자기의 가진 모든 것을 모두 순영이에게 맡겨버린 것이다. 그러하건만 백은 순영에게 열쇠조차 맡기지를 않는다.

'아아 돈! 그까짓 놈의 돈이 내게 무슨 상관이람.' 순영은 입술을 물어뜯었다.

그뿐인가, 순영의 배가 점점 불러갈수록 백은 음욕만으로도 순영을 사랑하는 도수가 줄었다. 그래서 순영은 허리띠 끈으로 배를 꽁꽁 졸라매어서 아무쪼록 배가 작아 보이도록 하였다. 그렇지만 칠팔 삭이 가까워 오면 아무리 배를 졸라매더라도 얼굴과 눈부터 달라지는 것이다. 이때가 되면 남자가 가까이 안 하는 것이 좋기 때문에 자연은 여자의 얼굴을 미워 보이게 만드는 것이다. 그러나 아기를 낳는다는 부부가 합하여서 하는 대사업이 끝나서 아내의 얼굴이 다시 아름답게 보이기를 기다릴 백윤희는 아니었다. 그래서 점점 어성버성해가는 백을 끌어붙임에는 배를 조르는 것과 화장을 하는 것과 음란한 모양을 하는 것과 백과 함께 술동무와 화투동무를 하는 것이었다. 그것이 순영의 원하는 바는 아니지만 그래도 일생을 희생해서 따라온 남편을 그렇게 쉽게 다른 여편네에게 빼앗기기는 차마 못할 일이었다.

이러한 때에도 봉구를 그리워하였다.

94

오랫동안 지내어도 봉구는 칼을 들고 달려들지도 않고 위협하는 편지 한 장조차 안 보내는 것을 보고는 순영은 봉구에게 대하여 안심하였다는 것보다도 고마워하는 생각이 났다.

'정말 착하신 어른이다. 정말 나를 사랑해주시는 어른이다.'
이렇게 생각하면 더욱 그리웠다.

그러다가 어린애가 난 때에 순영은 그 애의 아버지가 누구인
가를 생각해보았다. 그 애가 난 날을 계산해보면 백윤희와 떠난
지 이백구십육 일, 봉구와 떠난 지 이백팔십 일이었다. 순영은 날
짜를 생각할 때에 모든 것이 다 해결됨을 깨달았다. 그러나 신봉
구의 혈육을 낳아 가지고 백윤희의 집에 살기는 전보다도 더한
고통이었다. 그래서 행여나 봉구의 아들이지 맙소사, 제발 백씨
의 아들입소사, 하고 어린아이의 얼굴만 날마다 들여다보았다.

"아아, 봉구다, 봉구다."
하고 순영은 어린애의 얼굴을 들여다볼 때마다 부르짖었다.

"기름한 얼굴, 높은 코, 눈 모양까지도 천연 봉구다!"
그래도 봉구를 본 일이 없는 백은 아무 의심도 없는 듯하였다.
그래도 자기를 안 닮은 것은 알아보아서,

"이 자식, 누구를 닮았어?"
하고는 이리 기웃 저리 기웃하고 어린애의 얼굴과 머리 뒤를 들
여다보고는,

"응, 그래도 귀하고 뒤통수가 날 닮았군."
하고 혼자 위로를 하였다.

남편이 그러한 말을 하는 것을 들을 때마다 순영은 단근질을
당하는 듯이 괴로웠다.

"그 애가 할아버지 안 닮았어요?"
하고 순영이가 미안한 듯이 백에게 물으면 백은 죽은 지 오래여
서 자기도 그 얼굴을 잘 기억하지 못하는 할아버지를 생각하는

듯이 여송연 연기로 그림을 그리며,

"글쎄."

할 뿐이었다.

그러나 그 아이가 자기의 씨가 아니요 얼토당토않은 신봉구의 씨라고는 백은 꿈에도 생각지 않았다. 백은 순영의 처녀를 자기가 깨뜨린 것을 분명히 믿는 까닭이요 또 그것은 사실이었다. 처녀는 한번 깨뜨려진 뒤에는 다시는 아무 형적도 없는 까닭이다. 그래서 백은 그 아이를 자기 자식으로만 믿고 자기 집 항렬을 달아서 영식榮植이라고 축복 많이 하는 이름을 지었다. 더욱이 백의 본마누라가 딸만 오형제를 내리뽑던 판에 순영이가 아들을 낳은 것은 여간 큰 공로가 아니었다. 사실상 순영은 아들을 낳은 후로부터는 온 집안 사람에게 한층 대접을 받았다.

"백영식!"

백씨 집 장손이다. 그래서 서자 되기를 두려워 순영이가 낳은 것처럼 않고 본마누라가 낳은 것처럼 민적에 올렸다. 순영은 그런 줄 추측하면서도 대답을 듣기가 두려워서 더 물어보지도 않았다.

그러나 언제든지 하루는 이 일이 발각될 날이 있을 것 같았다. 그날은 어찌하나? 이것이 순영의 근심이었다. 순영은 처음 백의 집을 찾아갔을 때에 선주와 둘이서 피아노 치고 이야기하던 그 방에서 저 낙산 마루턱 석양에 홀로 선 늙은 소나무와 하늘가에 날아갈 듯이 우뚝 솟은 동대문을 바라보면서 홀로 근심하고 후회하고 울었다. 순영의 단꿈은 실로 짧았던 것이다.

그러나 사람이란 죽지 않으면 사는 것이다. 그렇게 큰 근심과 불안을 품고도 살아가면 살아가는 것이다. 게다가 아이를 낳은 뒤에 얼마를 지나 순영의 모양이 점점 예쁨을 회복함으로부터 남편의 사랑도 따뜻하여졌고 더욱 영식이로 해서 집안에는 웃음이 많았다. 아무리 고깃덩어리만 아는 백도 자식(기실은 자기 자식도 아니지만)에게 대해서는 일종의 사랑을 가진 듯하였다. 순영은 백이 어린애를 귀애하는 것을 보는 것이 한끝 안심도 되고 한끝 근심도 되어 매양 고개를 돌리고는 한숨을 쉬었다.

"어쨌거나 이대로 오래갈 수는 없다!"

이렇게 무엇이 순영의 속에서 소리 지르는 듯하였다. 오래갈 수는 없다. 언제나 파탄이 온다. 이제나 저제나 나의 운명의 마지막 날이 온다. 이러한 무거운 무서움이 마치 폭풍이 몰아올 검은 구름장 모양으로 순영의 맘속에 빙빙 떠돌았다. 그러하던 즈음에 봉구를 만났다. 봉구가 백을 만나고 백이 봉구를 만났다. 아아, 마침내 폭풍우가 오는 것이다. 이렇게 순영의 가슴은 남편으로 더불어 저녁을 먹을 때에 울렁거렸다.

95

'내가 잘못이다!' 하고 순영의 후회는 더욱 깊어진다. 동대문 밖 집이 좋기는 좋았으나 그곳에도 행복은 있지 않았고 순영이가 몸에 감은 옷, 입에 먹는 음식이 모두 값가는 것이었지만 행복은 그 속에 있지 않았다. 또 백은 몸이 건강하고 잘난 사내이언만 행복은 그 속에도 있지 않았다.

'첩!' 이 말은 순영의 귀에 꽤 아픈 말이었다. 그런 생각만 해도 괴로웠다.

'민적이란 무엇인고?' 하고 억지로 그것을 우습게 여기려고 하면서도 그래도 남의 정실로 시집을 가서 민적에 '처妻'라는 글자가 박히는 것이 여간 부럽지를 않았다.

"첩으로 간 것!" 하고 철없는 계집애들까지도 자기를 대하기를 싫어하는 것같이 순영은 아무쪼록 아는 여자를 안 만나도록 피했다. 오래간만에 음악회에나 구경을 가면 거진 다 아는 여자들이 보고도 인사도 잘 않고 저희들끼리만 수군거리는 것을 볼 때에는 그만 죽어버리고 싶도록 괴로웠고, 그중에 특별히 순영에게 대하여 동정이 많거나 호기심을 가진 여자들이 아주 반가운 듯이, 그러나 불쌍한 듯이 순영을 붙들고 인사도 하고 이야기도 할 때에는 적이 낯이 회복되는 듯도 싶었으나 그래도 그 사람들의 심리를 생각하면 그렇게 친절히 해주는 것이 도리어 괴로워서 순영은 될 수 있는 대로 속히 이야기를 끝내고는 뛰어나오다시피 나와서 자동차를 타고 달아났다.

'아아, 전과 같이 맘놓고 사람을 대해 보았으면.' 순영은 이렇게 하는 일도 있었다.

'아아, 그때에는……, 그때에는…….' 하고 순영은 동래온천 가기 전의 자기를 생각해보았다. 그때에는 누구를 대하면 부끄러웠던가. 아는 사람을 대하거나 모르는 사람을 대하거나 자기는 부끄러울 일이 없었다. 학교 마당에 우뚝우뚝 선 늙은 나무들이나 봄철에 포릇포릇 돋는 풀이나 하늘의 달이나 흰 구름이나 무섭게 드릉거리는 우레나 무엇을 대하여도 순영은 겁나거나 꺼릴 것이 하나도 없었다.

'하나님 앞에서라도!' 순영은 고개를 번쩍 들고 겁 없이 손을 내밀었다. 그러하던 옛날 일을 생각했다.

그러나 지금은 어떤가?

하인들 앞에서도 꺼리지 않나, 남편 앞에서도 꺼리지 않나.

"여보시오, 나는 당신과 일생을 같이하고 고락을 같이할 권리가 있는 사람이오!"

이렇게 남편에게 큰소리칠 수가 없다. 자기 방이라고 이름 지은 안방에 자기가 손을 댈 수 없는 궤가 있든지 서랍이 있든지 순영은, "저것을 내게 보여주오!" 하고 큰소리로 청구할 기운이 없었다.

심지어 남편이 기생집에 가서 자고 오더라도, 그런 줄을 분명히 알더라도 그것을 준절하게 책망할 기운이 없었다. 하물며 백이 큰집에 가는 것이야 이틀을 가든지 사흘을 가든지 오직 내 가슴만을 박박 긁어서 피를 낼 뿐이지 무슨 말 한마디 할 권리도 없었다. 영식이가 나면서부터 더욱 남편 앞에 고개를 들지 못하였다. 그 때문에 순영은 아주 겁 많은 사람이 되어버려서 남편의 낯빛 변하는 것만 엿보지 않으면 안 되게 되었다. 바깥 세상에 대하여서는 부자의 첩으로 시집간 것 때문에, 안으로 남편에게 대하여서는 남편의 자식 아닌 자식을 낳았기 때문에 고개를 들 수가 없었고, 이러하기 때문에 아무쪼록 세상 사람의 눈과 남편의 눈을 피하려 하였다. 그러나 순영은 아무리 혼자 어두운 방 안에 있어서 모든 눈을 다 피할 수 있다 하더라도 자기 자신의 양심의 눈까지는 피할 수가 없었다.

"아이! 왜 그렇게 약하우? 무엇이 어떻단 말이유? 그렇게도 세상이 무섭수? 그까짓 세상 놈들이 무슨 상관이길래. 당신이 먹을 게 없기로 밥 한 술이나 주는 놈이랍디까. 아따 내버려두구려. 쩧구 까불구 헐 대루 다 허라구 내버려두구려. 무엇을 공연히 근심허우? 자 일어나, 어뜨무러차.[95]"

이 모양으로 선주는 순영을 위로하고 또 기운을 내게 하였다.

96

"그래도 세상이 아주 상관없지는 않아요, 아주 세상을 떠나서야 사람이 어떻게 사오?"

순영은 이렇게 반대하였다.

그 말을 들으면 선주도 다소간 낙심이 안 되지 않았다. 그러나 선주는 순영처럼 맘이 약한 여자가 아니다. 그는 한번 작정한 것은 잘못된 줄 속으로는 알면서도 밀고나가는 여자다.

"무얼, 맘만 단단히 먹어요!"

하고 화나는 듯이 선주는 담배를 피워 물었다. 이러한 이야기를 할 때면 두 사람 앉았는 방에는 담배연기가 자욱하였다.

'어쩌나, 비록 선주의 말대로 맘을 단단하게 먹는다 하더라도 어린애 영식으로 하여서 조만간 반드시 비밀이 탄로될 것이다. 그 비밀이 어떠한 방법으로 탄로될는지는 모른다 하더라도 한번

---

95 어린아이나 무거운 물건을 들어 올릴 때 내는 소리.

탄로되는 날에는 순영이 자기는 어떻게나 수치와 고통을 참을까? 설혹 그 비밀이 탄로 되지를 않는다 한들 이 무서운 비밀을 가슴속에다 품고 어떻게나 기나긴 세상을 살아갈까?'

그러한 중에도 영식이는 귀여웠다. 그 부드럽고 따뜻한 입에 젖꼭지를 물리는 동안 모든 근심을 잊어버릴 수가 있었다. 그러나 생각하면 서러운 일이 아니냐 — 어머니의 죄로 — 그러나 어미의 죄로 아무 허물도 없는 새 생명이 일생의 고통을 지고 난 것이 아닌가, 만일 이 비밀을 아는 날이 올 때에 영식은 어떻게나 죄 많은 어미를 원망할까, 그렇게 생각하면 눈물이 흘렀다.

이 모든 사정은 순영을 괴롭게 한다. 후회의 날카로운 바늘은 순영의 염통을 푹푹 쑤신다. 그래도 살기를 그만둘 수 없었다. 아무 때에나 올 운명이 저절로 들들 굴러오기를 기다리고 살아갈 수밖에 없었다. 그동안이 비록 짧았지만 순영에게는 한 십 년이나 지난 것 같았다.

그래서 생각해낸 것이 여행이요 어린것을 데리고 몸 약한 사람이 먼 여행도 어려울 터인즉 인천이나 가자 한 것이요, 인천으로 올 때에 그래도 옛날 친구를 생각하여 인순을 청한 것이다.

인순도 옛정을 생각해서 순영의 초대를 받아서 인천으로 내려왔다.

"아이구 언니 와주셨구려."

하고 순영은 인순에게 매달려 울었다.

"그럼 안 와."

하고 인순도 울었다.

"나를 안된 년이라고 했지?"

하고 순영은 자기가 감히 우러러볼 수 없는 사람을 우러러보는 듯이 인순의 자그마한 좀 암상스러운[96] 듯한 눈을 보며 물었다.

"지난 일이야 말을 하면 무엇하나?"

인순은 다만 이렇게 말해버리고 말았다.

인순이가 자기를 — 남의 첩을, 행실 나쁜 년을 — 찾아와준 것이 참으로 고마웠다. 마치 돌아가신 어머니가 살아온 것처럼 반가웠다. 그래서 한 이틀 동안은 정신없이 기쁘게 지내었다. 그러나 점점 순영은 인순과 자기와는 딴 세계 사람인 것을 깨달았다.

'거짓말쟁이!'

순영은 인순을 대할 때에 이렇게 자기를 책망하였다. 자기가 얼마나 이 입을 가지고 거룩하고 깨끗한 소리를 많이 했던가? 얼마나 '남의 첩으로 시집가는 년들'을 꾸짖었던가!

'음탕한 년!'

순영은 또 이렇게 자기를 꾸짖는다. 과연 나는 음란한 계집이다. 이렇게 순영은 인순을 바라보면서 아파한다.

선주를 대하고 선주의 말을 들으면 순영의 맘은 적이 편안하였다. 그러나 인순을 대할 때에 그가 아무 말을 안 하여도 다만 그가 앞에 있다는 생각만이 순영이의 양심을 피가 나도록 푹푹 찔렀다.

'에라 빌어먹을 것, 남이라고 살라고.' 하고 양심의 눈을 딱 감으려고 할 때에는 영식의 우는 소리가 들렸다. 영식의 우는 소리

---

96 보기에 남을 시기하고 샘을 잘 내는 데가 있다.

는 순영이에게는 최후 심판 날에 하나님의 정죄하는 소리 같았다.

정히 이러할 때에 봉구가 뛰어든 것이다.

저녁도 맛 모르게 먹은 순영은 망연하게 서편 바다가 가물가물 어두워지는 것을 보았다.

"나는 이 차로 서울 다녀오겠소. 열시 차에 안 오거든 내일 아침에 오는 줄 아시오."

하고 백이 떠나버리고 말았다. 남편을 전별하고 들어와서 순영은 교의에 펄썩 몸을 던지고 울었다.

"왜 이러니?"

하고 인순이는 두어 번 위로해보았으나 할 수 없는 줄을 깨달은 듯이,

"하나님께 기도를 올려라."

하고는 자기 먼저 기도를 올렸다.

97

"언니! 어쩌면 좋소?"

하고 순영은 울던 눈을 들었다.

"남이 어떻게 말을 하니? 그저 네 생각에 이것이 하나님의 뜻이다 하고 믿는 대로 하려무나. 언제나 그것이 안전한 길이지. 우리 생각에 이렇게 하면 행복될 것 같아서 그렇게 해보지만 어디 우리 생각대로 되나. 너도 그렇지 않으냐……. 사람이 행복되고 불행된 것은 제 힘으로 할 수 없는 게야……."

"그래."

하고 순영은 고개를 끄덕끄덕하였다. 과연 자기의 과거생활을 생각하면 그러하였다.

"허지만 지금은 내가 어쩌면 좋아요?"

"……."

"언니……. 어떤 것이 내 양심의 소리야요? 어떤 것이 하나님의 뜻이야요? 나는 인제는 모르겠어……. 내가 인제 어쩌면 좋소?"

진실로 순영은 이 처지에서 어느 것이 양심의 소리인지 분별할 수가 없었다.

인순의 속에는 생각이 있었다. 어떤 것이 하나님의 뜻인지 인순은 그것을 아는 것 같았다. 그러나 지금 그것을 순영에게 말할 수는 없었다. 대개 그것을 말한대야 순영에게는 아무 이익이 없을 듯한 까닭이다.

순영은 물끄러미 인순을 바라보고 무슨 말이 나오기를 기다리는 것 같더니 그 눈이 이상하게 번쩍 빛나며,

"언니, 나는 인제라도 봉구 씨한테로 가야 옳지? 인제라도?"

하고 결심의 빛이 보인다.

"글쎄."

"왜 글쎄라고 그러우?"

"허지만 저렇게 아기까지 낳고……."

"언니 그 애가……, 그 애가……."

순영은 차마 그 애가 봉구의 아이란 말까지는 하지 못하고 말이 막혔다. 그러나 인순은 알아차렸다. 그리고 놀랐다. 놀라면서

곁에 누운 아이를 보았다. 아이는 이런 일 저런 일 다 알지 못하고 쌕쌕 자고 있다. 인순의 생각에도 어린애가 과연 아까 보던 봉구를 닮았다고 생각하였고 그렇게 생각하면 더욱 순영의 일이 난처하였다.

"만일 그렇게 하는 것이 네 양심에 옳다고 생각되거든 그리하려무나. 양심밖에 누구를 믿니?"

"내가 만일 인제 봉구 씨한테로 간다면 세상이 얼마나 웃을까, 미친년이라고 그럴 테지. 또 백이 가만히 있겠어요?"

"그도 그렇지만 사람이란 그런 이해관계를 생각하기 때문에 일을 그르치는 것이다. 무슨 일이 옳은지 그른지를 볼 것이지, 그래서 옳은 일이면 하고 그른 일이면 하지 말 것이지, 사소한 이해관계만을 돌아보다가는 크게 일생을 그르치는 것이다."

이렇게 인순은 순영 개인의 사정에는 저촉되지 않게 대책론만 하여버렸다.

순영은 이윽히 무엇을 생각하고 앉았더니,

"언니, 나는 가요."

하고 벌떡 일어난다.

"어디로?"

인순도 놀랐다.

"봉구 씨헌테로."

"응?"

하고 인순은 순영의 팔을 잡았다.

"가볼 테야. 가서 적어도 용서라도 청할 테야. 나는 이대로는 살 수가 없는 것 같아요. 내 갔다올께."

하고 순영은 자는 영식을 보며 눈물을 씻는다. 인순도 운다.

"집을 아니?"

"응, 여기 명함이 있어. 내 찾아보고 올께. 언니, 어린애 데리
고 있수, 응."

"그러다가 이 어른이 오시면 어쩌니?"

"웬걸……. 오면 대수요?"

"얼른 다녀와."

"으응……. 언니 있수."

순영은 나가버린다. 인순은 뒤에 혼자 남아서 울었다. 어쩐지
알 수 없는 슬픔이 북받쳐 오른 것이다. 그러는 동시에 사람의 천
성 속에 크고 아름다운 것을 본 듯도 하였다.

여덟시도 지나고 아홉시도 지났다. 그래도 순영은 돌아오지
않았다. 인순은 차차 여러 가지 근심을 하게 되었다.

영식이가 깨어서 보채는 것을 가까스로 달래어 재웠으나 아직
도 순영은 돌아오지를 않는다.

98

"여보시오, 영진 형!"

경훈은 들어오는 길로 봉구의 손을 잡았다.

그의 얼굴에는 무슨 심히 중대한 근심을 가진 때에 보이는 표
정이 보였다. 봉구와 경주가 함께 가까이 있는 것도 눈에 띄지 않
은 듯하였다.

"여보시오, 이거 큰일났소이다. 내 목숨은 노형의 손에 달렸으니 날 살려주시오."

하고 경훈은 아랫목에 놓인 금고를 노려보았다. 경훈의 생각에는 저 금고만 열면 자기는 이 곤경을 벗어날 수 있는 것이라고 생각한 것이다.

"염려 마시오. 나 하라는 대로만 하시오."

하고 봉구는 경훈의 귀에다 입을 가까이 하고,

"지금 그만한 돈이 있기는 있소이다. 하지만 내가 알아보니까 그 사람들의 행색이 향기롭지 못한 듯해요. 혹 ○○단을 빙자하고 협잡을 하는 사람들인지도 알 수 없으니 이렇게 말하시오. 지금 돈이 되었다고. 되었지만 여기서 그네들에게 주면 여러 가지 위험이 있으니 상해 본부에서 서로 주고받기로 하자고 그렇게 말을 하시오."

하였다.

경훈은 이윽히 생각하더니,

"그러면 그 사람들이 들을까?"

하고 눈을 껌벅껌벅한다.

"그 사람들이 정말 ○○단 사람이요 또 노형을 동지로 생각하면 그 말을 들을 것이오. 만일 안 듣는다면 무슨 까닭이 있는 사람들이지요. 그렇게 큰돈을 누구인지 알지도 못하는 사람에게 내맡긴다는 것이 어리석은 일이 아니야요? 근래에 그러한 직업을 하는 사람이 얼마나 많은데."

"그런데 오늘이 약속한 기한이니까 오늘 밤 자정까지에 돈이 안 되면 생명에 무슨 일이 생길 텐데……."

"누구를 죽인대요?"

하고 봉구는 조롱하는 듯이 웃었다.

"그런 소리 마시오."

하고 경훈은 크게 겁을 내는 듯이,

"그 사람들이 신출귀몰이야요. 그 사람들이 무슨 일은 못하나
요, 육혈포가 없나, 폭발탄이 없나, 칼이 없나, 그 사람들이 사람
한두엇 안 죽여본 사람 있는 줄 아오? 경찰은 피할 수가 있어도
그 사람들의 손은 피할 수가 없어."

하고는 혹 곁에서 누가 듣지 않을까 하고 휘휘 돌아보다가 저편
구석에 경주가 서 있는 것을 보고 그 곁으로 가서 경주의 팔을
꽉 쥐며,

"너 지금 내가 한 말 들었지?"

한다.

"응."

"너 누구헌테도 말 말아라. 큰일 나, 큰일 나."

만일 경훈의 생명이 위급한 때에 자기가 담당하마 하는 봉구
의 말에 경훈은 안심한 듯이 스스로 어디로 나가버리고 만다.

봉구는 경훈의 뒷모양이 중문 밖으로 스러지는 양을 보더니
얼른 경주의 곁으로 오며,

"안에 들어가서 아버지 오셨나 보세요. 오셨거든 내가 사랑에
서 기다린다고 말씀하세요."

하였다.

'큰일 났다. 오늘은 무슨 큰일이 날 모양이다.'

봉구는 이렇게 혼자 중얼거리면서 혼자 방 안으로 왔다갔다하

더니 무슨 생각이 나는 듯이 우뚝 서며 또 한 번, '기어코 무슨 일이 난다.' 하고 중얼거렸다.

그러할 즈음에 경주가 안에서 나왔다.

"아부지 서울서 전화가 와서 서울 가셨대요, 막차에나 내려오신다고."

경주는 무슨 다행스러운 기별이나 전하는 듯이 이 말을 한다. 봉구는 두어 곳에 서울로 전화를 걸어보았으나 주인을 만날 수가 없었다. 그래서 하릴없이 경주에게 정답게 작별하는 뜻을 표하고 여관으로 돌아올 모양으로 문밖에 나섰다.

'어찌하면 좋은가?' 하는 근심이 봉구의 머리를 무겁게 하였다. 그 근심은 무엇에서 나온 것인지 분명히 알 수가 없었다. 그러나 가슴이 묵직하게 괴로워서 봉구는 노상 가는 청요릿집에 들어가서 맥주와 저녁을 먹고 짧은 여름밤이 어느덧 아홉시가 지나서야 여관으로 돌아왔다.

"웬 젊으신 부인네가 찾아오셨어요. 두 번이나 오셨다가 또 오신다고 가셨어요. 인력거를 타시고……."

이렇게 여관에 심부름하는 송 서방이란 사람이 봉구의 방을 들여다보면서 말하였다.

"혼자?"

하고 봉구가 물은즉,

"네! 아주 미인이시던데요."

하고 송 서방이 웃는다.

99

'그가 왔구나.' 하고 봉구는 놀랐다. '순영이다!' 그러나 과연 순영이가 봉구를 찾아왔을까? 봉구에게는 꿈속과 같았다.

그러나 봉구가 오랫동안 공상을 하기도 전에 순영이가 들어왔다. 사뿐사뿐 문 앞으로 와서 가만히 고개를 숙이고 서는 것은 분명히 순영이다. 봉구는 다만 돌로 만든 사람 모양으로 뻣뻣이 서서 순영을 노려볼 뿐이요 아무 말이 없었다. 순영은 들어오란 말도 없는 것을 보고 이윽히 주저하더니 굳게 결심한 듯이 구두를 벗고 봉구의 방으로 들어갔다. 그래도 봉구는 말없이 서 있을 뿐이었다. 반가운 듯도 미운 듯도 원망스러운 듯도 괘씸한 듯도, 찾아온 것이 고마운 듯도, 봉구의 가슴속은 진정할 수가 없이 빙글빙글 소용돌이를 쳤다.

"여보세요!"

하고 마침내 순영이가 불렀다.

"여보세요, 제가 이렇게 뵈오려 찾아오더라도 저를 돌아보아 주시지도 않을 줄을 미리 알았습니다. 그렇지만 제가 이렇게 찾아온 것은 꼭 한 가지 청할 것이 있어서 온 것입니다."

순영의 말은 무섭게 침착하였다.

"청이오? 내게 무슨 청이오?"

"잠깐만 앉으세요, 앉으셔서 제 말씀을 들으세요."

하고 순영이 먼저 앉는다.

"아니오. 나는 남의 댁 젊은 부인과 이렇게 밤에 단둘이 마주 앉아서 이야기할 말은 없는걸요. 그보다 어서 가시지요. 주인영감께서 아시면 공연히 내 밥줄까지 떼실 것이니 어서 가시지요."

봉구의 어성은 낮으나 깊은 원한과 분노를 억제하느라고 떨렸다.

"그렇게 말씀하실 줄도 알았습니다만……."

"알았걸랑 여러 말 할 필요가 없지 않나요? 무엇하러 나헌테를 오신단 말씀이야요, 응. 황후가 불쌍한 백성의 정경을 살피는 심으로 오셨나요? 고맙습니다. 흥, 그렇지만 나는 그러한 은혜를 원치 않으니 내 가슴이 터져버리기 전에 어서 가세요. 안 가시면 내가 나갈 테야요."

하고 봉구는 두루마기를 떼어 입고 모자를 든다.

순영은 일어나면서 봉구의 모자 든 손을 잡았다. 그러고 애걸하는 눈으로 봉구를 쳐다보았다.

"죄는 용서받을 수가 없습니까?"

하는 순영의 말소리는 실로 뼈가 저리도록 애련하였다.

봉구는 대답이 없다. 그러나 이 말이 봉구의 맘을 찌른 것은 사실이다.

"네, 저를 용서해주세요. 저를 사랑해주시면 그 사랑으로 저를 용서해주세요."

순영은 그만 지금까지 가졌던 침착하고 냉정한 태도를 잃어버리고 울며 봉구에게 매달렸다.

"용서요? 인제는 용서할 것이 없지 않은가요? 용서할 때도 다 지나지 않았나요? 인제 용서하면 무엇하고 안 하면 무엇해요……. 그렇게도 내게 용서받기를 원하시거든 기다리시지요. 한 번은 내가 용서해드릴 때가 있으니 그때까지 기다리시지요. 아마 그전에는 하나님께서나 용서해드릴는지 모르지만 나는 못해요.
나는 못해요!"

"지금은 용서를 못하세요?"

"……."

"한번은 용서를 하신다니 그것은 언젠가요?"

"생각해보시지요."

"제가 죽으면 용서하신단 말씀인가요?"

"옳게 생각하셨소이다. 돌아가셨다는 소문을 들으면 나도 일
생에 아껴두었던 눈물을 한번 쏟고 당신을 용서해버리겠지요. 그
렇지만 당신이 그 몸뚱이를 쓰고 다니는 동안은 못해요. 나는 못
해요! 그러나 백 부인! 조금도 염려는 마세요. 내가 당신의 행복
에 훼방을 놓으리라고는 조금도 염려를 마세요. 나는 돈이 없기
때문에 어떤 사랑하던 사람에게 버림을 받았으니까, 인제는 평생
소원이 돈 모으는 것밖에는 없으니까요. 그러니깐 나는 오늘 당
신 댁에라도 꺼리지 않고 간 것이지, 조금도 원수를 갚을 뜻은 없
었어요. 또 지금도 없고요. 지금은 원수 갚을 새도 없고 또 힘도
없으니까 아무 염려 말고 재미있게 사시지요. 그것이 청이겠지
요? 그것이 청이라면 들어드립니다."

100

"아닙니다, 아닙니다. 그것은 너무도 저를 무시하는 말씀이야
요……."

"무시? 당신에게도 아직 체면이 남았던가요? 아직도 사람이
조금은 남았나요?"
하고 봉구는 순영을 노려보았다.

"네, 나야 사람이 아니지요. 그렇지만 저 어린애는 어찌합니
까? 어린애야 무슨 죄로……."
하고 순영은 울음에 목이 메었다. 자식을 위하는 걱정에 비기면
자기 일신의 향락은 헌신짝 같았다. 영식이 날 때부터 그를 아비
아닌 이의 아들로 기르는 것이 맘에 괴로워하는 생각이 그칠 날
은 없었지만 이럭저럭 언덕을 굴러내려오는 돌멩이 모양으로 살
아왔다. 그러다가 오늘 봉구를 다시 만나고 인순의 말을 듣고 이
것저것이 합하여 감수성 예민한 순영의 맘을 못 견디게 괴롭게
한 것이다.

어린애란 말에 봉구도 깜짝 놀랐다. 그 아기수레에 누운 어린
애가 자기의 모습을 가졌던 것을 생각하고 석왕사 일을 생각하
였다. 그것은 진실로 자기의 자식인 것 같았다. 그러나 그 자식이
백에게로 간 순영에게서 나온 것을 생각하면 맘이 불쾌하였다.
백에게로 가기 전 순영과 그 어린애를 한꺼번에 회복한다면 얼
마나 기쁠까. 그러나 불가능한 일이다. 서에서 동으로 돌던 땅덩
어리를 동에서 서로 돌도록 뒤집어놓는다 하더라도 이것은 불가
능한 일이다.

"에끼……. 왜? 왜?"
하고는 봉구는 그 밖에 더 말이 나오지를 않았다. 그만해도 순영
은 봉구의 뜻을 알아차렸다.

"절 용서해주세요. 어린애를 보아서 용서해주세요. 그것은 우

리 둘의 것이 아니야요 — 우리 둘의 것이 아니야요? 우리 둘이서 어린애를 데리고 멀리로 달아나요 — 나를 데리고 달아나 주세요."

순영은 차차 말에 기운을 얻고 자기가 반드시 이길 것을 믿는 듯하였다.

봉구는 순영이가 어린애를 데리고 같이 달아나자는 말에 많이 감동되었다. 그리하면 자기 잃어버렸던 인생이 다시 찾아질 것같이 생각하였다. 그러나 그렇다고 곧 좋다고도 할 수도 없었다. 봉구는 좀더 분노할 필요가 있는 것을 깨달았다.

"어때요? 언제는 나를 배반하고 인제는 또 백을 배반할 테야요, 어서 가오! 내가 괴로워 못 견디겠으니 어서 가오!"
하고 극히 억하게 소리를 질렀다. 그렇게 말을 할수록 자기의 말이 옳고 순영의 행위가 더욱 괘씸해 보여서 분한 생각이 북받쳐 올라왔다.

"그럼 영 용서 못하세요?"
하고 순영은 절망하는 듯이 물었다.

"당신이 죽었다면 용서하지요."
하고 봉구의 대답은 여전히 냉랭하고 또 경멸하는 빛을 띠었다.

"나는 가요."
하고 순영은 일어나 나왔다. 순영은 뒤를 돌아보았다. 봉구는 전송하려고도 아니하였다.

열한시나 지나서 순영이가 별장으로 돌아온 때에는 백은 벌써 서울서 내려와 있었다. 순영은 지금까지 월미도 바닷가 바윗등에 앉아서 달 비친 바닷물을 바라보면서 남편을 만나면 할 일과 할 말을 다 준비하였다. 문을 열고 들어서는 순영의 얼굴은 매섭도록 파랗고 해쓱하였다. 백은 물론이요 인순도 놀랐다.

"어디를 갔었소?"

하는 백의 말에는 다소간 노여움이 풍겼다.

"구경을 가거든 이 어른도 모시고 가지, 혼자 어디를 늦도록 다닌단 말이오?"

그 어조에는 일종의 남편의 질투조차 섞였다.

순영은 말없이 교의에 앉았다. '바로 말을 해야 한다.' 이렇게 순영은 생각한다. 자기는 백에게 시집오기 전에 이미 봉구에게 몸을 허하였단 말과 영식은 백의 아들이 아니요 기실은 봉구의 아들이란 말과 봉구란 다른 사람이 아니요 아까 낮에 왔던 사람인 것과 그러므로 자기는 영식을 데리고 봉구에게로 가겠으니 지금까지에 속여온 것을 다 용서해달라는 말을 하여야 한다. 그 말을 하기로 바닷가에서 생각하고 결심하고 맹세한 것이다. 그러나 자기의 몸이 남편의 앞에 놓이매 그 말을 하려던 용기가 다 스러져버리고 만다. 남편은 아무것도 모르고 있지 않느냐. 남편은 여전히 순영을 사랑해주지 않느냐. 자기만 아무 말 말고 가만히만 있으면 감쪽같을 것이 아니냐.

101

정직이란 좋은 것이다. 그러나 이런 경우에 정직은 다만 나의 행복을 깨뜨리는 것이 아닌가. 이렇게 생각할 때에 순영은 지금까지 가지고 있던 결심이 심히 어리석은 일 같았다. 하마터면 큰 일을 저지를 뻔했다 하고 순영은 얼른 어린애를 쳐들었다. 이리 하여 위험한 기운은 지나가버리고 말았다. 인순은 호텔 자기 방으로 가고 순영과 백은 전과 다름없이 자리에 들었다.

순영을 보내고 봉구는 도리어 순영을 그리워하는 생각이 나서 곧 뒤를 따라나와 보았다. 그러나 멀리 서울서 오는 막차가 터덜거리고 올라가는 것이 보일 뿐이요 순영의 모양은 보이지 않았다.

'그러나 순영이가 자살을 하면.' 하고 봉구는 근심이 되었으나, '어찌할 수 없지.' 하고 억지로 단념하려 하였다.

그러나 봉구는 꼭 순영이가 잊어지지를 않아 그 집으로 가보리라 하고 나섰다. 생각하면 역시 순영은 사랑스러웠다. 비록 그가 자기를 배반하고 백에게로 가서 몸이 더럽혀졌다 하더라도 그는 자기에게서 떼어버릴 수 없는 사람인 것같이 생각한다. 그가 자기를 찾아온 것, 자기에게 용서함을 청한 것, 운 것, 모든 것이 다 불쌍하고 가엾게 생각한다. 더욱이, "어린애는 우리 둘의 것이 아니야요?" 하던 것이 더할 수 없이 정다웠다. 그렇게 생각하면 자기가 너무 냉혹하게 그를 대우한 것이 후회가 된다. 얼마나 연약한 그의 맘이 아팠을까!

봉구가 이러한 생각을 하며 대문 밖으로 나서서 몇 걸음을 나가려 할 때에 웬 인력거 하나가 쏜살같이 마주 오더니 그 속에서,

"영진 씨, 영진 씨!"

하는 여자의 소리가 나온다. 봉구는 멈칫 섰다. 인력거 속에서는 경주의 고개가 나온다. 경주는 어찌할 줄 모르게 황황한 태도로,

"인력거 하나 불러 타고 오세요, 어서 나오세요."

하고 발을 동동 구른다.

　봉구는 웬 셈을 모르고 경주를 물끄러미 바라보았다. 그의 눈에는 놀람과 무서움이 가득 찼다. 봉구는 무슨 무서운 일을 예기하였다.

　"왜요, 무슨 일이야요?"

　"저…… 저…… 누가 아버지를 죽였어요……. 육혈포로 죽였어요."

하고 연해 사방을 돌아보더니 암만해도 안심이 안 되는 듯이 인력거에서 툭 뛰어내리며,

　"이리 오세요."

하고 앞서서 어두운 샛골목으로 들어간다. 봉구는 그 뒤를 따랐다.

　"아버지가 서울서 내려오셔서 오빠하고 무슨 말다툼을 하더니 그 담에는 여러 사람의 소리가 왁자지껄하더니……. 그리구는 한참 동안 쥐 죽은 듯하더니……. 그리구는 땅하고 총소리가 나길래 뛰어나가 보니깐 아버지는 벌써 정신 잃고 거꾸러지고 곁에는 사람 하나도 없어요……. 그리구는 순검들이 우르르 들어오더니 오빠를 찾고 영진 씨를 찾아요. 그러더니 누가 암만해도 영진이가 의심스러운걸, 그놈을 붙들어야, 그러길래 내가 뒷문으로 빠져나왔어요. 자, 어서 달아나요. 인제 순검들이 올 테니 어서 달아나요. 나하고 가요. 우리 배 타고 달아나요! 자, 여기 돈도 있으니 우리 달아나요."

　멀리서 사람들의 발자취 소리가 들린다.

　"아이구 저것 보아. 자, 어서 가요."

하고 경주는 마치 어린애 모양으로 발을 동동 구른다.

진실로 청천벽력이다. 그러나 어쩌할 여유가 없다. 여관이 설레는 것은 분명히 경찰서에서 온 것이다.

자기를 의심하는 것은 당연한 일이다. 더구나 자기의 몸에 이십만 원 은행 수표를 지니고 있는 것을 생각할 때에 자기가 잡히는 날이면 반드시 유력한 혐의자가 될 것은 분명한 일이다. 그러나 청청백백[97]한 몸이 달아날 필요도 없는 것 같았다.

'아아, 어쩌면 좋은가?' 하고 봉구는 본능적으로 철로길을 향하고 몇 걸음을 걸어나아갔다. 경주도 봉구의 뒤를 따랐다.

그러나 벌써 뒤에서는 무거운 구두 소리가 들리며,

"거기 섰거라! 뛰면 쏠 테야."

하고 외치는 소리가 들리자마자 사오 인의 경관이 와락 달겨들어서 봉구와 경주를 묶었다. 묶이는 경주는 어린애 모양으로 목을 놓아 울었다.

102

"날 왜 결박을 지오?"

"이이는 김 참사의 따님이오."

이 모양으로 봉구는 경관에게 변명을 하여보았으나 다만 말 한마디에 뺨 한 개를 맞았을 뿐이다.

봉구는 끌려서 주인이 누워 있는 사랑으로 왔다. 대문과 중문

---

97 아주 청렴하고 결백함.

에는 순사가 파수를 보고 안에서는 부인네의 곡성이 울어 나온
다. 봉구를 시체 앞에 끌어다 세우고 시체의 얼굴을 덮었던 홑이
불을 벗긴다. 핏기 없는 주인의 얼굴이 드러난다. 봉구는 그 친절
하고 못났다하리만큼 순하던 주인을 생각하고 고개를 돌렸다. 그
때에 뒤에서 어떤 손이 봉구의 돌리는 뺨을 딱 붙이면서,

"이놈! 저 얼굴을 보아! 네 은인의 얼굴을 보아라!"

하고 호령을 한다.

봉구의 눈에서 눈물이 쏟아졌다.

"총소리가 난 뒤에 분명히 이놈의 그림자가 얼른하였어?"

하고 묻는 경관의 소리가 들리고,

"네 네, 꼭 저 사람의 그림자……."

하는 경훈의 목소리가 들리고,

"또 이 애는?"

하는 것은 경주를 가리키는 것이요,

"네……. 아까 낮에도 둘이 안고 섰는 것을 보았어요."

하는 것은 역시 경훈의 대답이다. 봉구는 눈물 흐르는 고개를 숙
이고 이러한 문답을 들을 때에 혼자 모든 것을 다 상상하였다.

"이게 뉘 게야?"

하고 사복형사 하나가 봉구의 코앞에 내어 대는 육혈포는 분명
히 일전 요릿집에서 자기 앞에 내어놓은 경훈의 것이다.

"몰라요!"

봉구는 이렇게 대답하였다.

그 자리에서는 그만하고 말았다. 경관들은 다만 가장 유력한
혐의자인 김영진을 현장에 붙들어다 놓고 그의 행동을 살펴서

판단의 참고를 삼으려 하였을 뿐이었다.

봉구는 즉각적으로 자기가 도저히 이 죄를 벗어날 수 없는 것 같이 깨달았다. 지금까지 주소와 성명을 속인 것이며 몸에 이십만 원이나 되는 돈을 지닌 것이며 또 경주라는 천치에 가까운 여자를 '유혹'한 것이며 또 봉구가 일찍 만세사건에 상해와 통신하는 것을 맡았던 전과자인 것과 근래 ○○단이 무기를 가지고 횡행하여 경상도에서도 부자 하나가 그 손에 죽은 것을 다 주워모으면 봉구는 의심할 수 없는 진범인이었었다. 이것은 경찰서 형사계 주임의 머릿속에나 검사의 머릿속에나 또는 신문을 보는 모든 사람의 머릿속에 꼭같이 난 생각이요 달하여진 결론이다.

"너 그 육혈포는 어디서 얻었어?"

하는 것과,

"너같이 은혜를 모르고 음험한 놈은 처음 본다."

하는 것은 심문하는 사람이 갈릴 때마다 시끄럽게도 되풀이된 말이다.

"그 육혈포는 내 것이 아니야요."

"그러면 뉘 것이야?"

"몰라요."

"그러면 누가 알아?"

"그 육혈포를 가지고 쓴 사람이 알겠지요."

이러한 문답 끝에는 반드시,

"이놈, 음흉한 놈!"

하고 주먹이나 발길이 떨어졌다.

심문관은 언제까지든지 봉구의 입에서, "그 사람은 내가 죽였

습니다. 돈을 횡령할 목적으로 죽였습니다. 그 사람을 죽인 육혈
포는 ○○단에서 왔습니다. 경주는 내가 유혹하여 내었습니다."
이러한 답변을 요구하였으나 봉구는 결코 그 대답을 하지 않았
다. 그 때문에 심문관의 눈에 봉구는 갈수록 더욱 흉악한 사람이
되고 말았다.

봉구는 이것이 ○○단원이 경훈을 시켜서 한 일인 줄로 분명
히 안다. 자기가 만일 경훈이가 자기를 요릿집으로 불러 이야기
하던 것을 말만 하면 경훈은 반드시 붙들려 들어올 것이요 붙들
려 들어와서 두어 번 얻어맞기만 하면 곧 있는 대로 내어불 것은
정한 일이다. 봉구는 차마 그 못생긴 경훈을 죽을 곳에 몰아넣을
수는 없었다.

더욱 봉구를 흉악한 놈을 만든 것은 경주다. 경주는 심문을 당
할 때 마다 악을 쓰며,

"우리 아버지는 오빠가 죽였어요…… 봉구 씨는 아무것도 모
르고 있는 것을 내가 인력거를 타고 가서 말해드렸어요."
했기 때문에 봉구는 어리숙한 경주를 꾀어서 이처럼 애매한 경
훈을 모함하게 하는 것이라 하였다.

103

이 때문에 경주의 어머니까지도 의심을 면치 못하게 되었다.
'경주의 어머니가 전실 아들인 경훈을 미워하여……' 이렇게
생각할 수도 없지는 않은 까닭이다. 게다가 경훈이도 밝히는 말

하지 않으나 그의 계모에게 대하여 다소간 의심을 가지는 것처럼 보인 것이 더욱 법관의 의심을 돋운 것이다. 이 모양으로 인천의 제일 큰 부자, 그의 딸과 부인에게 다 혐의가 있다는 것, 또 그 범인이 고등한 교육을 받은 자인 것, 또 피해자의 딸로서 공모자의 혐의를 받은 경주가 여학생인 것, 이런 모든 사실이 합하여 이 사건은 소위 '인천살인사건'으로 세상의 큰 이야깃거리가 되었다.

신봉구는 흉악한 인물의 모형이 되다시피 하였다. 더욱이 여러 신문에서들은 바로 봉구의 속에 들어갔다가 나오기나 한 듯이 봉구가 주인을 살해하던 심리를, 그리고 그전에도 봉구에게는 애국자인 듯한 가면 밑에서 여러 가지 향기롭지 못한 일을 한 것처럼 늘어놓았다. 봉구의 동창이며 감옥에 같이 있던 친구들 중에는 봉구의 인격을 잘 믿는 사람도 있었으나 구태여 남의 비위를 거스리기까지 봉구를 변호할 정성도 용기도 없었다.

이 소문을 들은 봉구의 모친의 슬픔은 말할 것도 없다. 별로 신문도 보지 않는 노인이라 세상이 다 떠들 때까지도 모르고 있었다. 예배당에서,

"아, 아드님이 그렇게 애매하게 걸려서……."

하는 교인들의 위문하는 인사를 듣고야 비로소 놀랐다. 그러나 그는 아들의 위인을 잘 알기 때문에 믿지는 않았고 아마 성명 같은 사람으로 알았으나 마침내 안 믿을 수 없는 사실인 줄을 알게 되매 그는 천지가 아뜩하였다.

봉구가 집을 떠나서부터 두어 달 동안은 아무 소식이 없다가 그 후부터는 혹은 백 원 혹은 이백 원, 어떤 때에는 평양에서 어떤 때에는 원산에서 돈이 왔다. 그 돈을 받고는 비록 편지는 없건

만 아들이 잘 있나 보다 하고 안심을 하였다. 그러다가 이런 변을 당한 것이다.

그는 곧 인천으로 내려갔으나 면회를 허하지 않으므로 못 만나보고 얼마 아니하여 경성 감옥으로 올라온 뒤에도 예심이 끝나고 검사국에 넘어간 때에야 겨우 면회의 허락을 받았다. 감옥에는 익숙하다. 그러나 아무리 익어도 익지 않는 것은 감옥이었다.

모친은 벌벌 떨면서 면회실에 가서 조그마한 창이 열리기를 고대하였다. 그래도 행여나 그것이 자기의 아들이 아니기를 바란 것이다. 이윽고 달깍 하는 소리가 나며 조그마한 널쪽 창이 줄에 달리어 올라가고 정거장 차표 파는 구멍 같은 데로 봉구의 여윈 얼굴이 보인다.

"에구머니!"

하고 어머니는 울고 쓰러졌다.

"안 돼, 안 돼!"

하는 소리에 겨우 정신을 차려서 모처럼 얻은 면회의 기회를 잃어버리지 않을 양으로 억지로 일어나 정신을 진정하였다.

"봉구야, 글쎄 이게 웬일이냐!"

어머니의 눈물 고인 늙은 눈이 자기에게로 향할 때에 봉구는 뼈가 저렸다.

"어머니, 저는 아무 죄도 없습니다. 하나님께서는 제가 애매한 줄을 아십니다. 어머니, 염려 마십시오. 검사국에서는 나가게 될 터이니 염려 마십시오. 그리고 제가 저금해둔 것이 있으니 그것을 찾도록 하셔서 지내세요…… 책이나 사들여줍시오."

이렇게 봉구는 극히 냉정한 태도를 가지고 어머니를 안심케 하려고 애를 썼다.

"글쎄, 이놈아! 늙은 어미를 두고 이놈아!"

하고 어머니는 또 목을 놓고 울었다. 봉구도 더 말할 용기가 없이 울음소리를 내었다. 간수는 온당치 못하다고 인정하였던지 널쪽 문을 덜꺽 하고 내려버렸다. 밖에서는 늙은 어머니의,

"아이구 이놈아, 나는 죽는다."

하고 몸부림하고 우는 소리가 들려온다.

'아아, 어머니도 내게 죄가 있는 줄로 아는구나.' 하고 봉구는 간수가 자기를 억지로 끌어내도록 쓰러져 울었다.

어머니까지도 자기를 그러한 사람이라고 생각하는가 하면 분하였다. 봉구는 그날 종일 밥을 굶었다. 반드시 굶어서 죽어버리리라고 결심한 것은 아니언만 세상에 살아있고 싶은 생각이 없었다. 감방 벽에다가 머리를 부딪쳐 골을 바셔서 죽어버리고 싶었다.

104

봉구의 공판은 시월 초승 어느 궂은비 오는 날에 열렸다. '인천살인사건', '딸이 아비 죽인 사건'의 공판이라 하여 옷이 젖는 것도 돌아보지 않고 경성지방법원 제칠호 법정이 뿌듯하도록 방청꾼이 모였다. 방청인 속에 봉구의 모친이 섞인 것은 물론이다. 그를 아는 방청꾼들은 귀와 입들을 모으고 수군거렸으나 그는 아들을 근심하느라고 정신이 다 빠진 사람 같았다. 도리어 슬퍼

하는 빛조차 없었다. 꼭 봉구의 모친의 곁을 떠나지 않고 그의 팔을 붙들어 인도해드리는 청년 하나가 있다. 몸은 좀 작은 편이나 그의 얼굴에는 긴장한 빛이 가득 찼다. 그 눈과 얼굴 모습과 걸음 걸이까지도 순영이와 같은 점이 많았다. 그는 일주일쯤 전에 옥에서 나온 순흥이다.

방청꾼 중에는 순영을 아는 이도 두어 사람이 있었다. 그들은 순흥이가 옛날 동지이던 봉구의 모친을 친어머니처럼 모시는 뜻을 알아보는 듯한 태도를 보였다.

사람들이 이상하게 생각한 것은 이날 방청석에 여자 세 사람이 일찍부터 들어와 앉은 것이다. 아는 몇 사람은 백윤희의 첩으로 간 김순영으로 알아보고 손가락질을 하였으나 다른 두 여자는 알아보는 이가 적었다. 하나는 선주요 하나는 인순이다. 오늘 봉구를 변호하여줄 사람이 윤 변호사이니까 선주가 남편의 변호하는 모양을 보려고 두 동무를 데리고 온 것이라고 아는 사람은 그렇게나 생각하였다.

그러나 오늘 여기 온 데는 순영이가 주인인 것은 물론이다.

'나 때문이다! 봉구 씨의 이 모든 불행이 나 때문이다!' 하는 아픈 소리가 봉구가 경찰서와 검사국에서 살인범으로 심문을 당하는 동안에 순영의 맘에 울렸다.

순영은, '다 쓸데없어, 양심도 하나님도 다 집어치워 버리자. 봉구나 무엇이나 다 잊어버리자. 그리고 편안히 살아가자.' 하고 혼자 맘눈[98]을 감고 맘의 귀를 막아보았으나 맘속에 든 가시는 뽑

98 '마음눈'의 준말. 심안心眼.

을 수가 없었다. 깬 때에는 생각으로 찌르고 잘 때에는 꿈으로 찔렀다.

순영으로 하여금 이렇게 맘의 아픔을 깨닫게 한 것은 물론 백에게 대한 불만도 될 것이다. 그러나 그보다도 더 큰 것은 어린애를 낳음으로 하여서 생긴 정신의 변동이다.

"사람이란 돈으로만 사는 것이 아니야."

"그래도 돈이 없으면 못 살지."

"그렇지만 사람이 굶어죽는 데야 별로 있소. 돈과 정욕의 만족만으로 행복을 사는 것은 아니야."

"또 나왔다. 그놈의 양심을 떼어버려요."

순영과 선주와 사이에는 이러한 문답이 있었다. 순영은 과연 돈도 행복의 근원이 못 되고 육욕의 만족에 부족함이 없는 남편도 행복의 근원이 못 되는 줄을 어렴풋이라도 깨닫기 시작하였다. 수백만 원의 재산보다는, 남들이 다 부러워하는 잘생기고 건강한 남편보다도 도리어 말도 못하는 핏덩어리인 어린애가 자기에게 조금이라도 행복을 주고 뜻을 주고 힘을 주는 듯하였다.

'행복이란 이상한 것이다.' 이 의문은 순영에게는 심히 큰 사실이었다. 그러한 의문이 생길수록 그의 반대 방면이 또 분명히 보여졌다. 즉 불행의 근본이 무엇인가, 돈이 없음인가, 남편이 없음인가. 순영의 맘눈에는 돈 없이 만족하게 화평하게 사는 여러 사람들이 보이고 남편 없이 슬프지만 화평하게 거룩하게 사는 사람들이 보였다. 돈이 무엇인가. 먹을 것, 입을 것이면 그만이 아닌가. 집이 천만 간이라도 내 몸을 담는 것은 불과 한두 간이요 땅이 여러 만석지기라도 하루 세 때 밥밖에 더 먹는가. 내가 무엇하러 돈을 바랐던가.

"얘, 역시 예수께서 가장 지혜로우신 어른이시다."

인순은 마치 어머니 모양으로 이런 말을 하였다. 진실로 이러한 말을 할 때에 인순은 마치 어머니와 같은 자비와 위엄을 아울러 가진 듯하였다. 질투심이 생기리만큼 인순의 영혼은 거룩하다 하고 순영은 퍽 슬펐다.

"언니, 사람이 행복될 수가 있소?"

순영은 이렇게 인순에게 물었다.

105

"사람은 제 힘으로 제가 행복될 수가 없지."

인순은 이렇게 대답하였다.

"그럴까?"

"그럼, 돈이 있으면 행복될 것 같지. 하지만 돈이 생긴 때에 사랑하는 사람이 변해버린다면 어쩌니? 그러면 행복이 없지 않어?"

"둘 다 겸했으면 좋지 않어?"

"그것을 둘 다 겸한다 하더라도 자기가 병이 들거나 죽으면 어쩌니…… 성경에도 안 그랬어? 오늘 밤으로 주께서 네 영혼을 찾아가면 어쩌려고……. 꼭 그렇다."

"그러면 행복이란 것 없소?"

이 말을 묻는 순영은 한숨을 쉬었다.

"왜, 있지. 그러나 그것을 주시고 안 주시는 것은 오직 하나 님이시다. 하나님밖에는 사람을 행복되게 할 힘을 가진 이가 없 지……. 구약에 욥을 보렴. 그 많든 자손과 재물이 일조에 없어지 고, 그 좋든 건강이 없어지고 온갖 병이 다 들어왔지. 그 좋든 명 예도 다 잃어버리고 거지보다도 더 천해지지 않았어? 허다가 또 어찌 되면 일조일석에 옛날보다도 더 자손이 많아지고 더 건강 해지고 더 명성이 높아졌지. 이것이 다 하나님의 뜻이지, 욥의 힘 은 아닌 게 아니냐? 내가 이런 말을 하면 너는 혹 나를 골신자라 고 웃는지 모른다만 이게 진리다. 아무리 생각해보아도 진리 다. 천하를 다 돌아보려무나, 제가 행복되려서 행복된 사람이 어 디 있나. 온 세계 사람이 누구는 행복을 안 구하니? 남녀노소가 저마다 행복을 구하지. 너도 구하지 않었니. 하지만 정말 행복을 얻은 사람이야 몇이나 되니, 왜 그래? 왜 다들 행복이 못 돼? 왜 너는 괴로워해? 안 그러냐?"

"그래."

하고 순영은 고개를 숙였다.

"그러면 우리가 할 일은 무에요?"

"남을 행복되게 하도록 힘쓰는 것이지. 말하면 의와 그 나라를 구하는 것이지!"

"의와 그 나라?"

"왜?"

"내게는 너무도 높구려. 그것이 너무도 멀구려. 내 손에 닿는 행복은 없을까?"

순영은 몸을 내던지는 듯이 인순의 무릎 위에 엎드렸다.

"언니! 나를 도와주! 내가 어쩌면 좋우?"

인순은 어린 동생에게 대하는 듯한 애정과 불쌍한 맘으로 순영의 등을 어루만졌다.

"첫째는 네가 죄로 아는 것을 회개하고 잘못해 놓은 일을 바로잡는 것이지."

순영은 알아들었다.

"언니!"

하고 순영은 무슨 말을 할 듯하다가 입을 다물었다. 자기의 모양이 너무 초라하고 추한 것을 본 까닭이다. 얼마나 순영이가 일찍 자기를 높게 아름답게 보았을까. 얼마나 자기를 세상의 빛같이 보았을까. 천사같이 새침하고 여왕같이 높았을까. 그러나 지금 볼 때에 자기는 마치 때 묻은 누더기와 같았다. 세상에 나갈 때에 고개를 숙이고 다니지 않으면 안 된다.

"언니, 나는 죽고 싶어요."

얼마 있다가 순영은 한마디 탄식하였다.

"사람은 죽어 쓰니? 죽을 권리가 네게 있는 줄 아니? 우리가 진 짐을 다 벗어놓기까지 우리에게 자유가 있는 줄 아니? 또 설사 네 말대로 할 수 있드래도 죽길 왜 죽어? 할 일이 태산 같은데 죽기는 왜 죽어?"

"그럼 내가 인제 어찌하오?"

순영은 가만히 눈을 감는다.

이날 순영은 곧 윤 변호사를 찾아보고 봉구의 죄상과 무슨 조건이 구비해야 봉구가 무죄가 될까를 물었다.

"왜 그러세요? 피고가 불쌍하세요?"

하고 윤 변호사는 웃었다.

순영은 선주를 돌아볼 때에 얼굴을 붉혔다.

윤 변호사에게서 이러한 것을 알았다.

봉구가 무죄인 것을 증명하려면 첫째 봉구의 성격을 유력하게 증명하는 이가 있어야 하고, 둘째 팔월 삼십일 오후 아홉시와 열시 사이에 봉구가 김 참사의 집에 있지 않았다는 것, 셋째 봉구와 경주와 사이에 연애관계가 있지 않았다는 것, 즉 봉구가 경주를 유혹하지 않았다는 것을 증명해야 할 것을 알았다.

106

순영은 곧 자기가 봉구의 여관에 있던 것이 바로 밤 아홉시에서 열시 반까지이던 것을 생각하였다.

"그러면 어떻게 해서든지 그이가 팔월 삼십일 오후 아홉시에서 열시까지에 김 참사의 집에 안 있은 것만 증명하면 피고는 무죄가 되겠습니까?"

하고 순영은 한번 더 확실한 대답을 얻으려는 듯이 윤 변호사를 쳐다보았다. 그 순간에 순영에게는 이러한 무서움이 들어갔다 ─ 자기가 이렇게 봉구의 일을 위하여 근심하는 것을 윤 변호사가 백에게 이르면 어찌하나 하고,

"이를테면 그렇지요. 검사의 기소장으로 보건댄 그렇지요."

하고 윤은 아직 순영의 묻는 말을 농담으로 아는 듯이 그 어리석은 듯한 눈에 빙글빙글 웃음을 띄운다. 그러나 그의 눈에는 법관

과 변호사의 눈에 흔히 보는 의심하는 듯한, 남의 속을 뚫어보는 듯한 빛이 있었다. 순영은 그 빛을 알아차리고 무서운 맘이 생겼다.

"아니야요. 그 피고가 제 작은오빠의 친군데 저도 잘 아니깐 그래요."

하고는 묻지도 않는 말에 순영은 싱거운 변명을 하고는 낯을 붉혔다. 그리고는 윤에게 봉구에게 대한 말을 더 물어보고도 싶으면서도 그 일을 위해서 찾아왔던 표를 안 보이느라고 봉구와는 아무 상관도 없는 이야기를 하고 한참 웃고 떠들다가 집으로 돌아와버렸다.

'내가 그를 옥에 넣은 것은 아니다!' 순영은 윤 변호사 집에서 돌아오는 길에 동대문 밖 대궐 같은 자기 집 대문을 들어오면서 인력거 위에서 생각하였다.

'영식이가 울지나 않나, 남편이 벌써 돌아오지나 않았나?'

순영의 머릿속에 이 생각이 들어가자 봉구에 관한 생각은 저 낙산 허리에 떴던 저녁안개 모양으로 흔적도 없이 스러져버리고 말았다. 그래서 순영은 안으로 뛰어들어가는 대로 유모의 품에 안긴 영식을 빼앗아 안고 미친 듯이 뺨을 비비고 입을 맞추었다.

'이렇게 살면 그만이 아닌가.' 하고 순영은 어린애를 다시 유모에게 맡기고 남편의 저녁상 차리는 것을 감독하였다.

가끔가끔 봉구 일이 생각나지 않음이 아니요 또 인순이가, "첫째는 네가 죄로 아는 것을 회개하고 잘못하여 놓은 것을 바로잡는 것이지." 한 것이 무슨 채찍 모양으로 획획 양심을 갈기지 않음도 아니나, 순영은 그러할 때마다 눈을 감고 귀를 막고, '나는 몰라, 나는 몰라.' 하고 고개를 흔들어버리고 말았다.

내일이 봉구의 공판날이라는 어젯밤에 순영은 무서운 꿈을 꾸다가 남편이,

"여보, 여보, 웬일이야, 웬일이야?"

하고 흔드는 소리에 겨우 깨었다. 깨어나니 몸에 함빡 땀이 흘렀다. 그 꿈은 이러했다.

봉구가 사형선고를 받고 어떤 넓은 마당에서 사형집행을 당한다는데, 순영도 여러 사람들 틈에 끼어서 섰다. 꿈에도 순영은 '아아, 나 때문에, 나 때문에!' 하고 애를 썼으나 꿈에도 또한 남이 자기의 낯빛을 이상하게 볼까봐서 애를 썼다.

그러고 있을 때에 저쪽 조그마한 쇠문이 열리며 그리로 하얀 옷을 입고 하얀 헝겊으로 얼굴을 가리운 봉구가 긴 칼 찬 간수들에게 끌려나왔다. 목매 가는 틀이라는 이상한 틀 앞에 와서는 한 간수가 얼굴 가리운 흰 헝겊을 벗기니, 봉구의 얼굴이 보이고 그 눈이 둘러선 사람들을 돌아보다가 자기에게로 온다. 봉구는 자기를 보고 무슨 말을 할 듯 할 듯하더니 한번 더 눈을 들어 자기를 바라보고는 간수가 시키는 대로 순순히 목매는 틀에 올라선다. 그 다음에는 어찌 되는지 분명치 않으나 봉구는 죽었다 하여 관 속에 넣어놓았다는데, 순경들은 김순영이도 신봉구와 같은 죄인이니 함께 죽여야 한다고 봉구의 관을 들고 순영을 따라다닌다. 순영은 일변 슬프고 부끄럽고 무섭기도 하여 쫓겨다니다가 남편에게 흔들려 깨인 것이다.

'꿈도!' 하고 순영은 진저리를 쳤다. 백은 어린애를 달래는 모양으로 순영을 위로해주었다.

아침에 일어나니 머리가 띵한데 선주가 재판소에 방청을 같이 가자고 순영을 청하러 온 것이다.

107

선주가 순영을 청하러 온 것은 아마 순영이가 봉구의 일에 관하여 애를 쓰리라고 믿어서 하는 호의다.

"가볼까."

하고 순영은 끌리는 체하고 선주를 따라왔다. 재판소 앞에서 인순을 만났다.

기다리는 시간은 무척 길었다. 열시 개정이라는데 아직도 삼십분이 넘어 있다. 아직 재판이 시작도 안 되었건만 순사들이 무서운 눈으로 두리번두리번 살피니까 이야기도 못하고 사람들은 허리를 굽혔다 폈다 하며 하품만 하고 있었다. 이때에 순흥이가 봉구의 모친을 인도하여 들어왔다. 봉구의 모친은 정신 잃은 모양으로 아직도 텅텅 빈 재판관석과 피고석을 물끄러미 바라보았다. 순흥은 순영을 보았으나 얼른 고개를 돌렸다. 그러고는 분함을 이기지 못하는 듯이 고개를 흔들었다.

순흥은 감옥에 있는 동안에 순영이가 백의 첩으로 간 것을 알았고 봉구가 부지거처不知去處[99]로 종적을 감추었단 말도 들었다. 그리고 혼자 절치액완切齒扼腕[100]하다가 감옥에서 나오는 날 감옥까

---

99   간 곳을 알지 못함.
100 이를 갈고 팔을 걷어붙이며 몹시 분해함.

지 마주 나온 순기와 한바탕 싸워서 당장으로 의를 끊고 순영이
도 찾아온 것을 대문 딱 닫아걸고,

"내 집에는 발길도 말어라."

하고 돌려 쫓아버리고 말았다. 순영도 그 길로 돌아와서는 저녁
도 못 먹고 울었다.

그렇게 안 가던 시간도 가기는 간다. 법정 정면에 걸린 둥근
시계의 긴 바늘이 열시 오분 전이 지나자 창밖으로는 바쁘게 다
니는 신 소리가 들리고 검은 옷 입은 사람이 가끔 법관석 뒷문을
열어보고는 닫는다. 그럴 때마다 방청석에서는 행여 피고가 들어
오나 하고 고개들을 늘여서 바라보다가는 도로 움츠린다. 신문기
자들도 이삼 인 들어와서 무슨 좋은 일이나 있는 듯이 웃고 자기
네는 법정에서도 이리할 특권이 있다 하는 듯이 몸을 좌우로 움
직이며 무슨 이야기를 한다. 시계의 긴 바늘이 바로 열두시를 가
리키느라고 함칫하고 한 걸음 뛰어 건너갈 때에 땡땡땡 시계는
열시를 쳤다. 사람들의 하품은 없어지고 정신들은 긴장해졌다.

이윽고 법관석 뒷문이 스스로 열린다. 사람들의 눈은 그리로
쏠렸다. 발 하나가 들어온다. 앞으로 읍한 모양으로 수갑 찬 손이
들어오고 얼굴이 들어온다. 봉구다!

"아이구, 봉구야!"

하는 울음소리가 들렸다. 봉구의 모친의 소리다. 그는 피고석으
로 뛰어들어가려는 듯이 방청석 앞 난간에 매달렸다. 순사가 무
섭게 위협하는 얼굴로 와서 그의 팔을 붙든다.

"그러면 내보낼 테야!"

봉구는 벌써 피고석에 앉았다. 봉구의 모친도 인제는 난간에

서 손을 떼고 순흥에게 안기었다. 순영은 울음을 참느라고 입술을 깨물었다. 봉구의 눈은 그 어머니 위에 오래 머물렀다. 그리고 피고석에 거의 다 온 때에 순영의 눈과 번개같이 마주쳤다. 그러나 오래 바라볼 새도 없이 간수는 봉구를 교의에 앉혔다.

뒤를 이어 경주가 들어왔다. 그는 별로 부끄러워하는 빛도 없이 성큼성큼 들어오더니 순영을 보고는 잠깐 머무르고 입을 오물오물하다가 봉구의 오른편 교의에 와 앉는다.

그러고는 법정은 도로 조용하였다.

순영은 밴밴하게[101] 깎은 봉구의 머리 뒷모양을 바라보았다.

딸랑딸랑 종이 울자 검은 공단으로 만든 이상한 옷에 이상한 감투를 쓴 법관들과 그냥 양복을 입은 서기들이 들어온다. 들어와서는 턱턱 앉으면서 앞에 미리부터 쌓여 있는 서류를 펴놓는다.

공판이 시작되자 문제가 생겼다. 그것은 봉구가 재판장의 모든 질문에 대하여 침묵을 지키는 것이다.

그는 저번 독립운동 사건에도 검사국에서나 재판정에서 입을 열지 않기로 유명하던 피고다. 이번 사건은 비록 정치적 사건은 아니라도 봉구는 검사나 판사를 대할 때에는 누를 수 없는 불쾌감과 반항심이 일어남을 경험한 것이다. 이것이 얼마나 검사의 감정을 해하였는지, 또 감옥 관리의 감정을 해하였는지 알지 못한다.

"대답을 안 하는 것은 피고에게 해로운 줄을 몰라?"

하고 재판장은 봉구를 달래기도 하고 어르기도 하였으나 봉구는

---

101 됨됨이나 생김새 따위가 흠이 없고 어지간하다.

아무 대답이 없고 다만 몸만 좌우로 흔들고 앉았다.

108

"대답 아니하면 결석 판결로 할 테다. 피고에게 불이익한 줄을
몰라?"
하고 재판장은 화증을 내었다. 정내에는 불온한 기운이 돌고 방
청인들도 하회下回[102]가 어찌 되는가 하고 모두 불안한 맘이 생겼다.
　마침내 어쩔 수 없이 봉구의 심문은 뒤로 밀고 경주의 심문을
시작하였다. 주소, 성명, 연령 등의 질문이 있은 후에 재판장은
매우 흥미를 끄는 듯한 어조로,
　"너는 피고 신봉구를 사랑하였느냐?"
하고 물었다. 살벌한 기운이 가득 찼던 법정에도 일종의 화기가
돌았다.
　경주는 잠깐 몸을 움직이더니 그래도 겁내지 않는 태도로,
　"네."
하고 대답하였다.
　순영의 눈썹이 쨍끗 올라갔다.
　"그러면 너는 피고 신봉구에게 시집갈 생각이 있었느냐?"
　"네."
　"신봉구도 너를 사랑하고 너와 혼인하기를 허락하였느냐?"

102　다음 차례. 차회次回.

경주는 말없이 고개를 숙였다. 법정 내에 있는 사람들은 모두 고개를 늘였다. 두어 번 재촉을 받은 뒤에야 경주는 고개를 들어서,

"그런 건 왜 물으세요?"

하고 소리를 질렀다. 재판장은 좀 창피한 듯이 픽 웃더니 얼른 소리를 가다듬어서,

"팔월 삼십일 오후 네시로부터 다섯시 동안에 너는 너의 집 사랑에서 신봉구와 회견을 하였지?"

하고 허리를 쭉 편다.

"그랬어요."

"그때에 무슨 말을 했어?"

경주는 어찌할 줄을 모르는 듯이 발을 움직이고 몸을 비틀기만 한다. 검사는 저것 보라 하는 듯이 재판장을 바라본다.

"그때에 신봉구는 너를 보고 네 아버지 금고에서 돈을 훔쳐 가지고 둘이서 상해로 달아나자고 그런 말을 하였지? 그때에 너는 신봉구의 유혹에 빠지어 그러자고 허락을 아니하였나?"

재판장의 위엄은 더욱 높아가고 방청석의 주의는 더욱 긴장하여 간다.

"아니오. 다른 이야기를 했지만 그런 이야기는 한 일이 없어요. 신봉구 씨는 그런 말을 할 사람이 아니야요."

"그러면 다른 이야기란 무슨 이야기야?"

"그건 왜 물어요? 아무러나 돈을 훔치느니, 사람을 죽이느니 그런 소리는 꿈에도 생각한 일이 없어요……. 돈은 쓰려면 돈이 없어서 돈을 훔쳐요! 다 거짓말이야요. 봉구 씨를 미워하는 사람

들이 지어낸 거짓말들이야요."

"그러면 왜 경찰서와 검사국에서는 했다고 자백을 했어?"

하고 재판장은 경주를 내려다보며 소리를 지른다.

"내가 했다고만 하면 이이를(하고 고개를 돌려 봉구를 본다. 그것이 사람들에게 슬픈 인상을 주었다.) 무죄 방면한다고 그러니 그랬지요. 그래 그 이튿날 물어보면 응 내보내마 내보내마 그러고도 어디 내보냈어요? 모두 거짓말쟁이야요."

하고 경주는 검사를 눈으로 가리키며,

"저 양반도 그러지 않았어요! 네가 아버지를 죽였노라고 하면 이이를 놓아준다고? 그러셨지요? 그러셨지요? 그러고서는 왜 이 모양이야요."

하고 경주의 목소리는 울음으로 변한다.

법정 안에 일종 슬픈 기운이 돈다. 사람들의 시선은 검사에게로 모였다. 그러나 검사는 이런 소리는 너무도 많이 들었다는 듯이 까딱도 않고 혹 재판장의 감정이 움직이지 않는가 하고 연해 곁눈으로 재판장을 보며 연필로 무엇을 적는다.

재판장도 검사의 체면을 꺼리는 듯이 말을 돌린다.

"그렇게 악한 사내의 꼬임에 빠져서 아비를 죽이는 그런 흉악한 일을 해?"

"아니오! 아니오! 거짓말이야요. 아버지를 왜 죽여요? 그렇게 나를 귀애주시던 아버지를 죽인 놈을 만나면 내가 그 사람을 죽여버릴 테야요."

하고 경주는 소리를 내어 울기 시작한다.

"나는 알지도 못하는걸, 그렇게 대답을 안 하면 이이를 죽인다니까 내가 그랬는데, 그러고선……."

109

방청석에서도 우는 소리가 난다. 어리석은 듯한 경주의 답변이 사람들의 맘을 움직인 것이다. 더욱이 슬피 우는 것이 순영일 것은 말할 것 없다.

'사랑하는 이를 죄에서 건져낼 양으로 제 몸에 살인죄를 넘겨 씌우려 하였다.' 하고 경주의 심리를 생각할 때에는 순영은 마치 등에다 냉수를 끼얹는 듯하였다. 만일 자기가 이 살인죄를 씀으로 봉구가 무죄하게 되리라 하면 자기는 당장에 나서리라고까지 생각하였다.

'아아, 나는 저이를 이 지경에 빠지게 하였는데.' 하고 순영은 맘속으로 경주를 높이 보았다. 경주는 학교에 있을 때에도 모름이 아니었으나 그것을 귀애준 것도 지금 생각하면 마치 여왕이 거지의 딸을 귀애주는 듯한 그러한 교만한 태도로 하였던 것이다. 그리고 법정에서 경주를 대할 때에는 마치 순영은 무슨 큰 욕을 당한 것과 같이 생각되었다. 어쩌면 저런 것이 내가 사랑하던 사람을 가져갔던가 하고 시기가 난 까닭이다. 그러나 순영은 경주가 사랑하는 이를 위하여 그 사랑할 이와 자기에게 해가 될 줄도 모르고 짓지도 않은 죄를 자기가 지었노라고 뒤집어쓰는 그 큰 사랑에 경주의 속에 숨어 있던, 그 어리석어 보이고 얌전치도 못해 보이는 속에 숨어 있던 한 거룩한 빛을 보았다. 그리고 그

앞에 고개가 숙었다.

사실 심문은 이 모양으로 확실한 결과를 얻을 수가 없었다. 두 피고 중에 하나는 침묵을 지키고 하나는 경찰서에서와 검사국에서 한 진술을 전부 부인해버리니 법정에서는 어찌할 수가 없었다. 그래서 판사들도 모두 천장만 바라보고 서기들도 연필을 놓고 방청석만 바라본다. 검사만이 태연한 태도를 차리기는 차리면서도 신경질인 듯이 공연히 몸을 앞으로 기댔다 뒤로 기댔다 하고 주먹을 쥐었다 폈다 하였다.

마침내 재판장은 검사에게 논고를 청하였다. 시계의 바늘은 열한시 반을 가리킨다.

검사는 일어났다.

그는 이 범죄가 사회를 위하여 통탄할 범죄인 것, 특히 피고가 모두 중등 이상의 교육을 혹은 받고 혹은 받는 중인 사람인 것, 그중에도 그들은 종교 학교의 교육을 받았다는 것, 게다가 인륜을 깨뜨린 대죄악인 것을 역설한 뒤에 피고의 죄상에 관하여 이렇게 말하였다.

"피고가 어떻게 악인의 소질을 구비한 것은 그가 법정에서 답변 아니하는 것을 보아서 알 것이다. 그는 대정 팔년[103] 소요사건에도 검사정에서와 법정에서 일절 답변을 아니한 불령한 이다. 피고가 출옥 후에 학교를 중도에 폐하고 성명을 변하고 노모를 버리고 인천으로 간 것에는 일종의 비밀이 있다. 그것은 본사건에 관계가 없고 또 어떤 가정에 관계되는 일이므로 말하지 아니

103 1919년.

하거니와, 피고는 독립운동을 빙자하고 어떤 여학생을 유혹하였다가 그가 어떤 부호에게로 시집을 가매 이에 돈을 많이 벌어 한번 크게 분풀이를 할 결심이 생긴 것이다. 그러나 인천에 가본즉 그렇게 갑자기 일확천금의 공상이 실현될 가망이 없을뿐더러 원래 정당한 업에 종사하여 각고면려刻苦勉勵[104]할 정신기백이 없으므로 어떤 요행적 성공을 바라던 차에 그의 독한 이빨에 걸린 것은 피해자의 딸 피고 김경주다. 이것으로 보더라도 피고 신봉구는 가증한 성격자임을 알 것이다. 피고는 인천에 온 후로 피해자의 사환 겸 사무원이 되어 많은 애고愛顧[105]를 받았다. 그 은혜를 돌아보지 아니하고 오직 재산에만 탐욕을 내어서 아직 철도 없고 또 정신적으로도 보통 이하인 그 은인의 딸을 유혹하였다. 그러다가 피해자가 혼인에 허락할 가망이 없으므로 막대한 금전이나 훔치거나 또는 강탈하여 가지고 해외로 달아날 생각을 낸 것은 가장 자연한 일이다."

하고 검사는 자기의 명철한 논고에 스스로 감복이 된 듯이 빙그레 웃고는 더욱 어성을 높여서, 그러나 아무쪼록 피고의 시선을 피하면서 말을 계속하였다.

"그때에 마침 해외로서 군자금 모집의 사명을 띠고 들어온 불령한 무리에게서 흉기를 얻어가지고 기회를 기다리던 차에 마침 이백십일의 중매소에 돈 많이 들어오는 기회를 타서 일을 행하기로 작정한 것이니, 이것은 피고 신봉구의 성격에서 나온 무서운 지식적 범죄다."

104 어떤 일에 고생을 무릅쓰고 몸과 마음을 다하여, 무척 애를 쓰면서 부지런히 노력함.
105 사랑하여 돌보아줌.

하고 검사는 여러 사람의 동의를 구하는 듯이 법정 안을 둘러본다.

110

검사는 비분강개한 어조로 피고석을 내려다보며 이렇게 논고를 계속한다.

"더욱이 피고 신봉구의 범죄 당시의 행위는 가증하고 몰인정하다. 그는 흉기를 그의 정부요 피해자의 딸인 김경주에게 주어 그 아버지를 살해케 하고 자기는 뒤로 따라들어가 피해자의 열쇠를 빼앗아 금고를 열고 돈을 꺼내려다가 아마 밖에서 인적이 나고 또 무서운 생각이 나므로 피고의 몸에 지녔던 이십만 원은 행수표만을 절취해가지고 도망하던 것이다. 그러고는 경주가 자기를 깊이 사랑하는 것을 이용하여 모든 책임을 경주에게 돌리고 자기는 가장 지사인 체하고 침묵을 지키는 것이니, 그 심리의 가증하고 흉악함은 실로 드물게 보는 바다. 만일 피고 신봉구에게 한 조각이라도 남아다운 점, 사람다운 점이 있다면 마땅히 죄상을 일일이 자백하고 도리어 모든 책임을 자기 한 몸만이 지려고 힘을 쓸 것이 아닌가."

"그러나 아무리 피고 신봉구가 죄상을 자백하지 아니한다 하더라도 범죄의 증거가 충분하고 또 피고 김경주의 자백이 소명한 이상 조금도 의심할 여지가 없는 것이다. 피고 김경주는 순실 무구한 처녀로 또 거짓말을 꾸며댈 만한 궤휼[106]이나 지혜를 가진 자가 아니다."

검사는 장내를 한번 돌아보고 다음에는 재판장을 슬쩍 바라보더니 눈가에 승리의 웃음을 띠며 도리어 어성을 낮추어서,

"그러므로 이 사건은 일점의 의심이 없을뿐더러 또 터럭 끝만치도 동정할 여지가 없는 것이니 형법 제○○조에 의하여 피고 신봉구는 사형에, 피고 김경주는 정신발육이 불충분한 것을 동정하여 징역 십 년에 처함을 마땅하게 여깁니다."

하고 자리에 앉는다.

검사의 말이 끝나기도 전에 경주는 여러 번,

"아니야요, 거짓말이야요. 날더러 그렇게 말하면 이이를 놓아주마고 그러구는."

하다가는 간수의 제지를 받았다.

검사의 논고가 끝나자 법정 안의 공기는 움직였다. 그리고 사람들의 시선은 변호사들에게로 옮았다. 변호사들도 인제는 자기네가 나설 때가 왔다는 듯이 분주히 앞에 놓은 서류를 이리 뒤지고 저리 뒤진다. 윤 변호사가 일어나려고 할 때에 재판장은 고개를 우로 기울여 우편 배석 판사와 무엇을 수군거리고 좌로 기울여 좌편 배석 판사와 무엇을 수군거리더니 무엇인지 방청석에서도 잘 들리지도 않는 말을 하고 일어나 나가고 다른 법관들도 뒤를 따라나간다.

"휴게야, 휴게야."

하고 재판소에 여러 번째 다니는 방청꾼들이 중얼거리므로 처음

---

106 간사스럽고 교묘함. 또는 교묘한 속임수.

온 사람들도 그것이 잠깐 쉬는 것인 줄을 알았다. 과연 시계를 보니 오정이 벌써 지나버렸다.

피고들도 점심을 먹으려 끌려나가고 변호사와 신문기자들도 나갔다. 그러나 방청꾼 중에서는 더러는 나갔으나 대부분은 자리를 잃어버릴 것이 무서워서 그 자리에 눌러박이려고 한다.

순영 일행은 윤 변호사를 따라서 태서관에서 차를 마셨다. 그때에 순영은 윤을 조용한 데로 불러내어 이러한 말을 하였다.

"재판이 어떻게 될 모양입니까?"

"피고에게 이롭지 못합니다. 검사의 논고를 반박할 만한 무슨 재료가 있어야겠는데 그것이 없으니 할 수가 있어야지요. 또 피고가 말을 아니하니까 법관의 감정을 몹시 상했단 말씀이야요."

하고 윤 변호사의 어조도 매우 절망적이요,

"그러면 무슨 방법이 없겠습니까?"

하는 순영의 입술은 떨었다.

"글쎄요, 어떻게 사형이나 면하도록 할까 하지요."

윤씨는 봉구의 범죄를 믿는 모양이었다.

"그러면 그이가 정말 범인이라고 영감께서도 생각하십니까?"

하고 순영은 놀랐다.

"우리가 아는 한에서는 그렇게 판단할 수밖에 없지요."

하고 윤 변호사는 재미있는 듯이 웃는다.

"아니야요, 아닙니다. 저를 증인으로 불러주세요. 저는 잘 압니다. 그럴 리가 있어요?"

하고 순영은 매우 흥분된 어조로,

"저를 증인으로 부를 수 있습니까?"

하고 굳은 결심을 보인다.

"앗으세요. 왜 상관없는 일에."

하고 윤은 여러 가지로 만류하였으나 듣지 않으므로 마침내 오후에 공판이 계속될 때에는 순영이가 재정증인[107]으로 불렸다.

111

순영이가 재정증인으로 불려 법정에 나설 때에 사람들은 모두 놀랐다. 봉구와 경주가 놀란 것도 물론이다.

증인석에 잠깐 고개를 숙이고 선 순영의 태도는 아직도 열칠팔 세밖에 안 되어 보이는 처녀와 같이 얌전하고 아리따웠다. 그 항상 조롱하는 듯한 검사도 정신없이 순영을 바라보지 않을 수 없었다.

주소, 성명을 묻고 거짓말 안 하기로 서약하는 형식이 순영의 고운 목소리로 끝난 뒤에 판사는 곧 증인 신문을 시작하였다.

"증인은 피고 신봉구가 피고 김경주와 연애관계가 있지 아니한 것을 증명할 수 있다 하니 그러한가?"

"네."

"무슨 증거가 있는가?"

"신봉구 씨는 결코 남의 여자를 유혹할 사람이 아닙니다. 만일 어떤 여자에게 유혹함이 되었다면 믿을 수 있으려니와 그이가

---

107 미리 증인으로 호출되거나 소환되지 아니하고 법정에서 선정된 증인.

유혹했다는 것은 말이 안 됩니다."

"어떻게? 무슨 증거로?"

하고 판사는 웃는다. 다른 법관들도 웃는다.

"그이는 못났다하리만큼 겸손하고 어리석다하리만큼 정직한
사람입니다."

"글쎄 무슨 증거가 있느냐 말이야?"

재판장은 화증을 낸다.

순영은 얼굴을 붉히고 잠깐 주저주저하더니 결심한 듯이 고개
를 들며,

"그이는 또 다른 사람을 사랑할 사람이 못 됩니다. 그이는 한
번 먹은 맘은 변할 줄을 모르는 사람입니다. 그러니깐 그이는 김
경주 씨를 사랑했을 리가 없습니다."

검사가 일어나더니,

"이 증인의 증언은 요령을 얻을 수가 없으니 그만두는 것이
어떱니까?"

하고 불쾌한 듯이 픽 웃는다.

재판장도 그 말이 옳다는 듯이,

"간단히 증거될 말만 하는 것이 좋지요."

하고 주의를 준다.

순영은 마침내 말을 내었다.

"신봉구 씨는 나를 사랑하던 사람입니다. 그가 한번 나를 사
랑하기 시작한 후로는 감옥에 있는 삼 년 동안에도 조금도 변치
않고……. 나는 변하여도 자기는 조금도 변치 않은 이입니다. 그
이는 나를 사랑은 하면서도 나를 유혹할 줄은 몰랐습니다. 도리

어 나에게 유혹을 받고 나에게 속은 일은 있지만 그이가 나를 유혹하고 나를 속인 일은 없습니다. 나는 이렇게 그이에게 한 굳은 약속도 다 지워버리고 다른 남편에게로 시집을 갔거니와 그이는 아직도 나밖에는 사랑하는 여자가 없을 것을 믿습니다. 만일 여기 있는 경주더러 물어보더라도 그렇게 대답하리라고 믿습니다."

하고 경주를 돌아본다. 경주도 어쩔 줄 모르는 눈으로 순영을 바라본다. 순영이가 아직도 봉구가 자기만을 사랑할 줄 믿는다고 할 때에 가슴에 무엇이 불끈했으나 과연 그렇구나 하였다. 그러고는 벌떡 일어나며,

"그래요! 그렇습니다. 이이는 밤낮 순영 선생님만 생각하고 나는 사랑해주지 않아요."

하였다.

법관들도 빙그레 웃었다. 그러나 경주의 이 법에 어그러진 자백도 그의 넘치는 진정 때문에 법조차도 움직이게 했다.

재판장은 순영에게 쓸데없는 말은 말고 아무쪼록 간단히 사실만 말하라는 주의를 주었다.

순영은 말을 잇는다.

"이것 봅시오. 신봉구 씨는……."

피고에게 대한 경어는 약하라는 주의가 있다.

"신봉구는."

하고 경어 없이 부르기가 심히 어려운 듯이 순영은 말을 더듬는다.

"그러니까 이이가 여자를 유혹하였다는 것은 말이 안 되는 말이올시다."

하고 순영은 재판장을 쳐다본다.

"증거는 그것뿐인가?"

"또 있습니다. 신봉구가 만일 얼굴을 취하여 유혹한다면……."
하고 순영은 심히 말하기 어려운 듯이 머뭇머뭇하더니,

"만일 색을 취한다면 경주에게 대해서는 매우 미안한 말이어
니와 내가 경주보다 낫지 않습니까?"

이 말에 모두 빙그레 웃는다. 그러나 우는 사람도 적지는 않았
다. 인순은 그중의 한 사람이었고 봉구도 그중의 한 사람일는지
모른다.

112

순영은 말을 잇는다.

"내가 그이에게 몸을 허하기를 자청하였습니다. 내가 그이의
집을 찾아가서 그이더러 나와 같이 외국으로 달아나기를 청하였
습니다. 그러나 그때에, 그때에, 그이는 의리로써 나를 책망하였
습니다. 그러하든 그이가 경주를 유혹하겠습니까?"

"또 그날은 바로 이 범죄가 일어나든 날입니다. 팔월 삼십일
밤 아홉시에 내가 그이 여관을 찾아갔다가 열시 반이 넘어서 거
기서 나왔습니다."

순영의 이 말은 청천에 벽력과 같이 법관은 물론이요 방청인
까지도 놀라게 했다.

"응, 아홉시에서 열시 반까지?"

하고 검사는 놀라는 듯이, 그러나 안 믿는다는 듯이 순영을 노려본다. 순영은 확신 있는 어조로,

"네 분명히 팔월 삼십일 오후 아홉시에서 열시 반까집니다. 그것은 일일이 증거를 댈 수도 있습니다. 내가 그날 밤에 그이를 찾아가려고 집을 떠난 것이 여덟시쯤 지내었습니다. 월미도 유원지에서 외리까지 인력거로 반시간밖에는 안 걸렸을 것입니다. 처음 갔더니 아직 그이가……."

"그이가 누구야?"

재판장이 주의를 한다.

순영은 얼른 말을 고쳐서 한다.

"갔더니 아직 신봉구가 안 돌아왔기로 한 십분 동안 거닐다가 또 가보고 그래도 안 왔길래 또 거닐다가 또 가보았습니다. 그때는 아직도 아홉시가 못 되었는데 그때에는 만났습니다. 내가 세 번이나 찾아간 것은 그 여관에서 잘 기억할 줄 압니다. 그리고 마지막 들어갈 때에는 여관 문밖에서 배달부 하나를 만났는데 그 배달부가 나를 퍽 유심히 쳐다보고 또 내 인력거꾼에게 무엇을 묻는 양을 보았습니다. 또 집에 돌아온 것이 열한시 이후인 것은 서울서 막차로 내려온 내 남편이 벌써 와서 기다리고 있다가 내가 늦게 온 것을 책망한 것을 보아도 알 것입니다. 그러니까 그이 — 신봉구는 그날 밤 아홉시부터 열시 반까지는 여관에 있었든 것이 분명하고요, 또 내가 그날 밤에 그 집에 갔든 것은 저기 놓인 저 빗이 증거가 됩니다."

하고 육혈포와 같이 놓인 빗을 바라본다.

"이 빗을 경주의 빗이라고 하시는 모양이나 기실은 내 것입니

다. 내가 그이에게, 용서를 청하느라고 울고 매달리는 것을 그이가 — 봉구가 홱 뿌리칠 때에 내가 방바닥에 쓰러지면서 떨어진 듯합니다. 저 빗은 항용 시장에서 파는 것이 아니요, 삼월오복점[108]에 말하여서 특별히 보석을 박아서 주문한 것입니다."

"또 피고 신봉구가 돈을 탐하여 경주를 유혹하고 또 경주의 부친을 살해까지도 하였다 하지만 내가 바로 그날 밤에 갔을 때에 그이더러 내가 돈 삼십만 원을 변통해놓을 것이니 같이 도망하자고 말할 때에 그이는 픽 웃고 물리쳤습니다. 그러한 사람이 돈을 위해서 사람의 목숨을 살해하리라고는 전혀 믿어지지 않습니다. 나는 오늘 이 증언을 함으로 나의 명예를 다 잃어버리고 또 남편에게서는 어떠한 처치를 받는지도 모릅니다. 그러나 나는 차마 옳은 사람이 옳지 않은 죄명을 쓰는 것을 볼 수가 없고, 또 그렇게 높은 인격자로서 이러한 경우를 당하게 하는 것이 내 책임인 듯도 해서 자청해서 증인으로 나선 것입니다. 재판장께서나 검사께서 밝히 생각하시기를 바랍니다."

말이 끝나자 극도로 흥분하였던 순영은 현기가 나는 듯이 비칠비칠한다. 간수들은 그를 붙들었다. 증인 신문은 끝났으니 순영을 내보내라는 재판장의 명령으로 순영은 간수들의 부축을 받아 법정 밖으로 나갔다. 이때에 방청석에 있던 사람들 중에서는 순영을 따라나가는 사람들이 있었다. 하나는 순영의 셋째오빠 순흥이요 하나는 인순이다.

순흥은 간수의 팔에서 순영을 받아서 마치 어버이가 자식에게

---

108 미츠코시 백화점.

나 대하는 모양으로 순영을 껴안으면서,

"순영아! 너 잘했다! 내 동생이다. 응 잘했다. 고마워라. 내가 무정했다. 용서해라!"

하고 느껴 울었다.

순영은 정신을 차려 오빠를 보고 또 인순을 본다. 인순도 순영의 손을 잡으며,

"고맙다. 하나님의 은혜다!"

하고 울었다.

늦은 가을 오후 볕이 법정에서 나온 사람들의 눈을 부시게 한다.

113

"오빠, 나는 인제 어디로 가요?"

재판소 문을 나선 순영은 겨우 정신을 진정하면서 순흥에게 이렇게 말하였다. 순흥과 인순은 말없이 순영을 붙들어 행랑 뒤로 인도하였다.

"어디를 가요? 나는 인제는 갈 데 없는 사람이야요."

하고 순영의 목소리가 흐린다.

과연 순영은 돌아갈 곳이 없었다. 차마 백의 집으로야 돌아갈 수가 있으랴. 순흥도 순영을 위하여서 가슴이 막혔다.

"염려 마라. 인제는 하나님이 네 편이시다. 하나님은 언제나 의인의 편이시다. 또 내가 있지 않으냐. 아무 염려 말고 기뻐하

여라."

순흥은 이렇게 어린아이를 달래는 모양으로 순영을 위로하고
는 인순을 돌아보며,

"이 아이를 데리고 내 집으로 좀 가주십시오. 혼자 보내지 말
고 꼭 데리고 가주세요."

하고 명령하는 어조로 부탁한다. 순흥은 본성이 교만한 것이 아
니나 사람이 천진하고 단순하기 때문에 남에게 부탁할 때에도
어려운 말을 쓰지 않고 이렇게 명령하는 어조를 쓴다. 그렇기 때
문에 혹 노여워하는 사람도 있지만 그때에는 순흥은 까닭을 알
수 없다는 듯이 물끄러미 바라보다가 간단하게,

"내 말이 당신을 노엽게 하였으면 용서하시오."

해버린다.

"네."

하고 인순은 허락하는 대답을 하고 순영의 팔을 끈다.

"가 있거라. 공판 끝나거든 내 가께."

하며 순흥은 뒤도 안 돌아보고 다시 재판소로 뛰어들어갔다.

순흥의 집은 청진동 천변에 있었다. 순흥의 부인은 남편과 싸
우고 나서는 친정으로 달아나고 집에는 순흥이가 아주머니라고
부르는 침모[109] 겸 식모와 행랑 사람이 있을 뿐이었다.

"아이, 저 아씨가 오시네."

하고 침모가 순영을 나와 맞았다. 그는 순영이가 두 번이나 이 집
에 왔다가 대문 안에 들어서 보지도 못하고 쫓겨난 것을 가엾이

---

109 남의 집에 매여 바느질을 맡아 하고 일정한 품삯을 받는 여자.

생각한 사람이다.

"또 왔어요."

하고 순영은 안방으로 들어갔다. 문 안에 들어서자마자 순영은 지금까지 참았던 것을 풀어놓은 듯이 인순에게 울고 매달렸다.

"언니, 나는 어쩌면 좋아요? 내가 인제 어디로 가요? 죽을 길밖에는 없지요? 그러면 저 영식이 — 어린애는 어쩌나요? 언니!"

"사람의 일생은 사람의 힘으로는 어쩔 수 없는 것이다. 우리가 할 일은 다만 의를 할 뿐이지. 그리니깐 오빠께서 말씀하신 대로 하나님께 모두 맡기려무나."

"언니, 그래도 나는 죽을 길밖에 없는 것 같애, 세상과 다 담을 쌓아놓고 남편 하나만 믿고 살아왔는데 인제는 그이와도 담을 쌓았으니 어떻게 사오? 어디 가서 사오? 하룬들 살 수가 있소? 내일쯤은 신문에들 굉장히 떠들겠지. 그러면 세상에서 오죽들 나를 비웃겠소? 내가 어떻게 고개를 들고 사오? 언니! 아까 법정에서 내가 말을 막 다 마치고 나니깐 앞이 아뜩아뜩하는데 어디서 그러는지 모르지만 인제는 너는 죽어라, 네게 남은 것은 죽는 것뿐이다, 이러는구려. 언니, 나는 죽어야 해. 죽는 수밖에는 없어!"

순영은 몸을 흔들며 운다. 진실로 순영은 이 광명한 세계를 벗어나서 캄캄하고 찬 나라로 끌려들어가는 듯하였다. 아무 빛도 없고 아무 희망도 없다. 오직 기억되는 것은 모든 부끄러운 것, 괴로운 것뿐이다. 자기와 같이 부끄러움도 없고 괴로움도 없는 듯한 인순이가 도리어 미운 듯하였다. 자기가 지금 당하는 이 아픔과 이 부끄러움, 이 괴로움을 값으로 하여 무엇을 얻었는가? 얼마나한 행복과 얼마나한 쾌락을 얻었는가? 아무것도 없다.

"언니, 나 같은 년은 무엇하러 세상에 나왔소? 무엇하러 세상에 나와서 이렇게 갖추갖추[110] 아픈 맛, 부끄러운 맛을 보나요? 이게 다 내 죄일까요? 언니, 이게 다 내 죄일까요?"

"나는 그렇게 생각한다. 네가 지금까지에 갈음길에 섰던 때가 많았을 것이다. 나는 그렇게 믿는다. 이 길은 의로운 길, 이 길은 정욕의 길, 어느 길을 택할까 하고 갈래길에 서서 헤매던 때가 많았을 것이다. 그때에 너는 완전히 자유를 가졌었다. 그때에 잘못 판단한 것이 네 슬픔의 근원인 줄 안다. 하나님의 법칙은 저울에다 머리카락 한 오리만 올려놓아도 한편으로 기울어지는 것이다."

114

"순영아!"

하고 인순은 울음을 머금은 어조로 말을 잇는다.

"네가 슬퍼할 때에 내가 기쁘도록 위로를 해주지를 않고 더욱 슬프고 괴로운 소리만 하는 것을 용서해라. 순영아, 나는 너를 사랑하기 때문에 이런 말을 하는 것이다. 내가 지금까지에 좀더 네게 듣기 싫은 소리를 했더라면 좋을 것을 내 사랑이 부족했던 것이다.

"내가 지금까지 얼마나 너를 위해서 기도를 했겠니. 자정마다

---

110 여럿이 모두 있는 대로.

나는 강당에 혼자 들어가서 너를 건져줍소사고 기도를 하였다. P 부인도 그러셨단다. 그저께 P부인은 나를 보고 일기책을 내보이는데 한 주일에 꼭 세 번씩 너를 위해서 기도를 드렸어. 나를 대하면 네 안부를 묻고……. 순영아, 하나님께서는 아마 나보다 P부인보다도 더 간절히 네가 돌아오기를 기다렸을 것이다……. 그러나 인제는 하나님께서 우리 기도를 들어주셨다. 네가 아까 재판소에서 그렇게 힘있게 그렇게 네가 가진 모든 것을 다 희생하고 너만 침묵을 지켰으면 그만인 것을 그렇게 힘있게 그렇게 말할 때에 나는 무어라고 말해야 좋을까, 나는 엎더져 울었다. 내 동생은 결코 죽은 아이가 아니다, 내 동생의 영혼은 크고 빛나는 영혼이다, 이렇게 울었어."

"순영아, 네가 인생의 고락을 한번 맛보느라고, 인생의 향락이란 것이 얼마나 값없고 얼마나 쓴 것인 것을 한번 알 양으로 네가 고생을 한 것이다. 그러나 너는 너무 늦지 않게 아버지 집으로 다시 돌아왔다. 죽기는 왜 죽어, 왜 죽어? 오래오래 살아서 네가 목숨으로 얻은 진리를 전해야지, 안 그러냐?"

"지금 내가 무슨 일을 한다면 남이 믿어주오, 내가 무얼 해요?"

순영의 맘속에는 오랫동안 잊어버렸던 생각들이 떠나온다. 그것은 나 한 몸의 고락을 다 잊어버리고 세상을 위하여 나라를 위하여 예수를 위하여 P부인 모양으로, 그보다 더 나은 거룩한 일생을 보내리라는 꿈들이다. 이 꿈들은 지나간 일 년 반 동안 일찍 맘에 들어온 일도 없었더니 인순의 말이 인도가 되어서 잊었던 옛 꿈이 다시 맘속으로 떠들어오는 것이다. 순영은 가만히 맘눈을 뜨고 꿈속같이 그 생각들을 받아들여 보았다.

"언니, 나는 다시 그 나라에는 들어갈 수가 없는 사람 아니야
요?"

하고 길게 절망하는 한숨을 쉬었다.

"왜 그럴 리가 있니? 하나님은 회개하는 영혼을 일꾼으로 쓰
신다고 안 그러든?"

"그러면 대관절 나는 어쩌면 좋아요? 오늘부터 어디를 가면
좋아요?"

"나하고 있지. 오빠 집에 있든지."

이렇게 말하고 인순은 빙긋 웃었다. 순영도 따라서 빙긋하였
다. 그러나 젖을 생각하고 영식을 생각할 때에는 다시 눈물이 앞
을 가렸다. 그러나 아직 아기를 가져보지 못한 인순은 그 눈물의
뜻을 알 수가 없었다.

순흥이가 재판소에서 돌아와서, 순영의 증언이 비록 교묘하
나 사실성이 부족하다는 것과 또 순영은 봉구의 정부인 모양인
즉, 그것이 도리어 봉구의 인격이 범죄에 합당하도록 좋지 못함
을 증명함에 불과하다는 것을, 봉구에게 별로 큰 이익을 주지 못
하였다는 것과 판사가 웬일인지 검사에게 눌리는 기미가 있다는
말과 다음 번 화요일에 판결 언도가 있으리란 말을 해주었다.

자기의 증언이 봉구를 구하지 못할 듯하다는 말을 들을 때에
순영의 얼굴은 죽은 사람의 살빛과 같이 변하였다. 자기의 모든
것을 희생하여 봉구를 만일 구하지 못한다면 자기의 소득은 오
직 수치와 파멸뿐인가. 그러나 발은 이미 내어디디었다. 다시 물
러설 수 없는 길을 내어디딘 것이다. 이제는 나가야만 한다.

"순영아, 울지 말어라. 너는 내 동생이다. 너는 그까짓 이 세상에는 아무 쓸데없는 짐승 같은 백가의 노리개로 일생을 보낼 사람이 아니다. 네 앞에는 큰일이 있다. 한량없이 크고 거룩한 일이 있다. 누이야, 너와 나와 우리가 그 큰일을 위하여 몸을 바치자. 애어 슬퍼하지 말어라."

이렇게 순흥은 감격한 어조로 순영을 위로하였다. 그러나 순영에게는 그 말만으로는 위로받을 수 없는 깊은 슬픔이 있는 듯하였다.

115

순영이 인력거를 타고 동대문 밖 자기 집(?)으로 나간 것은 거의 해가 넘어가고 전등불이 켜질 때였다.

'오냐, 무서울 것 없다. 될 대로 되어라.'

순영은 인력거가 집으로 가까이 올 때에 이렇게 생각하였다. 그러나 장차 남편과 자기와, 집과 자기와 사이에 일어날 비극을 생각할 때에 그것은 순영이가 감당하기에는 너무 무거운 것이었다. 삼 년 전 자기가 그 둘째오빠를 따라서 처음 여기 올 때와 지금과의 신세를 순영은 비교하지 않을 수 없었다. 만일 인력거가 무심히 자꾸 끌고가지 않았던들 순영은 중간에서 돌아서고 다시는 백의 대문에 발을 안 들여놓았을는지 모른다. 그러나 인력거 꾼이 끌고가니 순영은 안 따라갈 수가 없었다.

안으로 들어가니 하인들이 여전히 공손히 맞는다.

‘아직도 변이 안 일어났다.’ 순영은 이렇게 생각하고 한숨을 지었다. 그리고는 무슨 일이 생겨서 자기를 막아버린 것이나 두려워하는 듯이 뛰는 걸음으로 안방으로 뛰어들어갔다. 영식을 보려 함이다. 그리운 영식 — 이 세상에 오직 하나로 그리운 영식을 보려 함이다.

그러나 안방에는 영식이 없다.

‘어디 갔나?’ 하고 순영이 숨도 막힐 듯이 놀라는 표정을 보인다.

‘이 방 — 이 모든 손때 먹인 세간!’ 할 때에 눈물이 나오려 하였다. 역시 이 방의 생활은 행복의 생활이던 것을! 역시 그것이 나의 생명의 귀한 부분이던 것을…….

“아기 어디 갔나?”

하고 마침내 순영은 목멘 소리로 불렀다.

어디서 유모가 툭 튀어들어온다.

“마님, 돌아오셔 계시오?”

하고 유모는 동정하는 듯이 순영을 쳐다본다.

“아기 어디 갔어?”

순영은 화를 내는 듯이 물었다.

“아깁시오? 영감마님께서 안으시고 사랑으로 나가셨습니다. 그러지 않아도 왜 이렇게 늦도록 안 돌아오시는가고 걱정을 하시던데요.”

“사랑에 손님 오셨나?”

하고 순영은 유모의 눈을 자세히 살폈다. 무슨 눈치를 보려는 것이다.

"네, 동관댁 영감마님 내외분이 아까부터 오셨습니다."

어찌 되었을까, 윤 변호사 내외가 왜 왔을까? 왔으면 어찌하여 자기가 돌아오기를 기다릴까? 그리고 어린애는 왜 내어갔을까? 그 얼굴을 누구에게 비교해보려는 것은 아닌가?

"아직 신문은 안 왔나?"

하고 자기가 아까 법정에서 말한 때에 뒤에서 마그네슘 사르는 소리가 나던 것을 기억한다. 그러고는 지금 사랑에 남편과 윤 변호사 부부 앞에 그 사진 난 신문이 놓였을 것을 상상해보았다.

'무서운 곳에 가보자! 내놓은 걸음이다.' 순영은 아무쪼록 태연한 모양을 꾸며가지고 사랑으로 나갔다.

"오셨습니까?"

하고 순영은 남편은 보지도 않고 윤 변호사에게 인사를 드렸다.

"어 참, 어려운 일 하셨습니다. 지금도 우리가 그 이야기를 하고 있었어요."

윤 변호사는 마치 치하나 하는 모양으로 유쾌하게 웃는다. 순영은 어찌할 바를 모르고 낯을 붉히면서 남편의 품에 안겨 있는 영식을 바라보았다.

'아, 미안하다. 자기 자식인 줄 알고.' 하고 순영의 맘을 무슨 바늘이 푹 찔렀다.

"어 이놈, 어 이놈!"

하고 백도 별로 불쾌한 빛도 없이 말도 못하는 어린 영식을 어른다. 그의 눈에는 자식에게 대한 어버이의 사랑이 분명히 나타났다.

'미안해라!' 하고 순영의 마음을 또 한번 푹 찔렀다.

"그런데 무슨 증인을 내 승낙도 없이 선단 말이오? 신문에서 좋지 못하게 전하기나 하면 명예에 관계가 되지 않소? 불쌍한 청년 한 사람을 구하는 것도 좋지만 내 일도 생각해야지요."

이렇게 말하면서 남편은 잠깐 책망하는 표정을 보이고는 다시 웃는 낮으로 영식을 들어서,

"자, 엄마한테 간다, 응."

하고 순영에게 준다.

116

'아아, 벌이다, 벌이다. 이것이 더 무서운 벌이다.' 하고 순영은 영식을 받아서 그 뺨에 뺨을 비볐다.

"허기는 그래! 꼭 말이 되었거든."

하고 백은 담배를 피우면서 감탄한다.

"용하세요. 과연 용하시단 말씀이야요. 아주 사실같이 말씀하시는데 어쨌거나 검사가 땀을 뺐어요. 이번에 부인께서 그렇게 증인을 서주시기 때문에 혹 일심에는 그것이 큰 효력을 못 내드래도 복심법원이나 고등법원에서는 반드시 큰 문제가 될 것이지요."

윤 변호사는 연해 칭찬을 한다.

"글쎄 어쩌면 그렇게 능청스러워? 모르는 사람 같으면 꼭 참으로 알 테야, 아이!"

선주는 이렇게 말하면서 순영의 어깨를 툭 쳤다. 순영은 모든 것을 깨달았다. 그러나 윤 변호사 내외의 자기를 구원해주려는

호의가 고마운 것보다도 그 능청스러움이 미웠다. 하기는 윤 변호사는 멋도 모르는지도 모른다. 선주도 자기의 비밀을 순영에게 쥐었기 때문에 순영의 비밀(석왕사 비밀)도 그 남편에게 말 아니 했을 것이다. 만일 그 말을 하게 되면 선주 자기가 석왕사에 갔던 이유도 설명을 하여야만 하게 된다. 그러므로 그런 소리는 애어 입 밖에 안 내는 것이 좋다.

"누구는 안 하나? 사내들은 더한걸!"

순영이가 와서 백과 사이에 아무 풍파가 없는 것을 보고 윤 변호사 내외는 만족한 듯이 돌아갔다. 이러한 말을 남기고,

"우리 내일 저녁은 호텔에서 저녁을 같이 먹고 음악을 들읍시다."

문밖에서 선주는 순영을 보고 귓속말로,

"사내들이란 밝은 체하지만 잘 속아요. 우리가 다 좋게 말했으니 암말두 마우. 그리고 몸이 곤하다구 그러구 자버리구려."
하고 등을 두어 번 툭툭 치고 갔다.

윤 내외가 간 뒤에 백은 무슨 말을 기다리는 듯이 순영을 쳐다보았다. 그러나 순영은 아무쪼록 남편의 눈을 피하였다.

순영이가 이리로 올 때에는 백의 앞에 모든 것을 자백하고 그의 용서함을 청할 생각이었었다. 자기는 백에게 갖은 수욕과 노염을 당할 것을 예기하였고 발길로 차여서 '음란한 계집'이라는 이름을 지고 백씨 집 대문 밖으로 쫓겨날 것도 미리 생각하였다. 그러나 정작 이 집에 와보면 그 집에는 차마 뛰어나가지 못할 무엇이 있어서 자기를 끄는 것 같고 백을 대할 때에는 그에게 대한 정다운 생각뿐이요 아무 미운 생각도 없었다. 게다가 윤씨 내

외가 오늘 재판소에서 자기가 한 일을 이상한 뜻으로 해석을 하여서 백의 맘을 풀어놓은 것을 볼 때에는 더욱이 아무 일도 없는 곳에 풍파를 일으켜서 자기를 괴롭게 하고 남편을 괴롭게 할 필요가 없을 듯하였다.

'봉구가 나온다면.' 순영은 이렇게도 생각해보았다. 윤의 말을 듣건대 봉구가 나오기는 어려울 모양이요, 못 나온다면 십 년 징역이 될는지 종신 징역이 될는지 또는 사형이 될는지도 알 수 없는 일이다. 일생을 간대야 신봉구를 한번 대면하게 될는지 말지 하다. 그렇게 생각하면 봉구는 마치 죽어버린 사람 같아서 그에게 대한 모든 의무, 특별히 사랑하는 이성이 가지던 모든 의무는 소멸되는 것같이 생각하였다.

'내가 왜?' 하고 순영은 스스로 자기의 맘을 책망했다. 남편이 나를 사랑하지 않는가? 그 남편을 사랑하고 기쁘게 하는 것이 내 의무가 아닌가?

'어린애는?'

'누가 알길래? 나밖에 누가 알길래?'

그렇다. 어린애를 위해서도 자기가 이 집을 떠나지 않는 것이 좋다. 그 어린애가 신봉구의 아들이 되기는 아마 지극히 어려운 일일 것이다.

이렇게 생각할 때에 인순과 셋째오빠가 눈앞에 번뜩 보인다.

"쓸데없는 사내 하나의 노리개로 일생을 보낼 네가 아니다. 네게는 네가 맡은 큰일이 있다! 의무가 있다!"

이런 말을 들은 것이 생각난다. 그러나 그것은 순영에게는 너무나 높은 것 같고 먼 것 같았다. 지금 손에 꽉 잡은 행복을 놓아버리고 그러한 십자가를 지기에는 순영은 너무도 행복을 좋아하였다. 너무도 젊었다.

117

순영은 다시 문밖에 나가지를 말고 전과 같은 생활을 하여가기로 결심하였다. 백은 아주 낯빛이 풀리지는 않으나 그렇다고 가혹하게 순영을 책망하지도 않았다. 여전히 끼니때도 들어오고 잠자리도 같이하였다. 순영은 이만한 다행이 없다고 혼자 생각하였다. 그러나 셋째오빠와 인순의 얼굴이 눈앞에 떠올 때에는 매양 괴로웠다. 그러나 참자, 이것이 행복의 값이다 하였다.

'내가 왜 그런 어리석은 소리를 해버렸어?' 하고 혼자 애를 태웠다.

"어디까지가 정말이오? 하기는 그날 밤에 어디를 갔다가 그렇게 늦게 왔소?"

남편이 이렇게 의심스러운 어조로 물을 때에는 순영은 도리어 발끈 성을 내면서,

"신봉구헌테 갔다 왔지, 어디를 가요?"

하고 고개를 패끈[111] 돌렸다.

과연 남자는 잘 속았다. 순영의 이 정책은 잘 성공하였다.

"그렇게 성낼 게야 있소?"

111 파뜩.

남편은 이렇게만 말하고 말았다.

그 공판이 있은 지 사흘 만에 순영은 검사국에 불렸다. 마침 백은 회사 일로 부산을 가고 없었다. 그러나 순영은 가슴이 울렁거리면서 인력거를 타고 우비를 꼭 내려씌우고 검사국으로 갔다. 이때에 신문사 사진반의 사진 기계에 들어간 줄은 순영은 꿈에도 몰랐다.

그 검사다. 그는 순영에게 교의를 권하고 차를 권하고 은근하게 묻기를 시작하였다.

"그대는 신봉구와 애정관계가 있었는가?"

이 말이 순영을 무척 불쾌하게 하였다. 마치 큰 욕이나 보는 듯하였다. 그래서 얼굴을 붉히며,

"없어요!"

하고 좀 어성을 높였다.

"백윤희의 첩으로 가기 전에 신봉구와 같이 석왕사에 갔던 일이 없는가? 가서 추한 쾌락을 실컷 맛보지 아니하였는가?"

검사는 마치 호령하는 듯하였다.

"그런 일 없어요."

하고 순영은 바르르 떨었다. 어쩌면 이렇게도 사람을 욕을 보이나 하였다. 그러나 검사는 도리어 빙그레 웃는다. 목적을 달하였다는 웃음 같다.

"분명히 없어?"

"없어요."

순영의 입술은 파래진다.

"그러면 팔월 삼십일 밤에 그대의 남편의 돈을 도적하여 가

지고 둘이서 멀리로 달아날 양으로 신봉구를 찾아갔다가 머리에 꽂았던 빗을 방바닥에 떨어뜨리고 열시 반이나 지나서 돌아온 일이 있나 — 이것은 그대가 일전 법정에서 말한 것이니까 틀릴 리는 없겠지?"

검사는 무서운 눈으로 순영을 노려보았다.

순영은 분한 생각, 욕을 당하는 생각보다 이 기회야말로 자기에게 큰 이해관계가 있는 것이다 하고 직각하였다. 그리고 자기가 법정에서 한 말을 부인하는 것이 도리어 검사를 기쁘게 하리라 하는 생각도 있었다. 또 법정에서는 봉구와 경주와 여러 방청인도 있었거니와 여기는 검사와 서기와 자기밖에 아무도 없는 것을 보았다.

"제가 그런 말을 했어요."

하고 순영은 부드러운 어조로,

"그때에는 피고가 불쌍해 보여서 그런 말을 할 생각이 났어요. 하지만 그것은 사실이 아니야요. 내가 생각나는 대로 꾸며댄 말이야요!"

하였다.

검사는 또 웃는다. 순영은 자기의 뒤에서도 웃는 소리가 나는 것을 깨달았다. 박달방망이로 얻어맞는 듯한 무서움을 깨달으면서 순영이 잠깐 고개를 돌려보니 그 뒤에는 웬 사람이 둘이나 있고 그중에 하나는 언제 한번 본 얼굴 같다. 순영은 자기의 말을 듣는 사람이 따로 있는 것을 볼 때에 얼굴에 있던 피가 모두 달아나 입술이 파랗게 되었다. 그러고는 웬 셈인지 요 담 방에나 어디나 벽 하나 사이를 두고 봉구와 경주가 지금 자기가 하던 말을 다 엿들은 것도 같았다.

순영은 지금까지 자기가 부인한 것을 모두 부인해버리고 법정에서 한 증언이 옳다는 말을 하고 싶다고 생각은 하나 입이 열어지지 않을 때에 검사는,

"수고했소, 끝!"

하고 일어나 나가버렸다.

순영은 울면서 인력거에 숨어 집으로 돌아왔다.

118

'그 여자의 증언은 오직 일시 허영에서 나온 것이다.' 검사는 이렇게 믿고 다소간 순영의 증언을 믿는 빛이 보이는 판사를 움직이려 한 것이다. 그러나 검사 자신에게도 물론 봉구의 범죄에 대하여서는 의심이 없지는 못하였다. 그렇지만 한 번 기소가 되고 논고가 된 사건은 인제는 그 기소와 그 논고를 한 자기의 힘으로도 어쩔 수 없는 것이다. 설혹 무슨 이유로 검사가 봉구를 건져낼 맘이 생기더라도 할 수 없었을 것이요, 또 그러한 일에 걱정을 할 만한 정성도 없었을 것이다.

공판정에서 돌아온 봉구는 딴판으로 맘이 변하였다. 그 좁고 침침한 독방 속에 갇혀 들어가면서도 봉구는 기뻤다.

감방에 들어오는 대로 봉구는 땅에 엎더졌다. 봉구의 두 눈에서는 눈물이 흘렀다.

"하나님!"

하고는 다시 말이 나오지를 않았다. 다만 가슴속에서 형언할 수 없는 감격과 기쁨이 뭉게뭉게 피어오를 뿐이다.

경주의 자기에게 대한 충성, 순영의 자기에게 대한 헌신적, 희생적인 행위, 이런 것은 봉구가 이 세상에서 눈을 뜬 이래로 처음 보는 것인 듯하였다.

'그들은 자기를 위하는 것이 아니다 — 조금도 터럭 끝만치도 자기를 위하는 생각이 없다. 오직 나를 위하는 것이다 — 나를 살려내기 위하여 그들은 위험과 수치를 무릅쓰는 것이다.'

이렇게 생각할 때에 봉구는 자기의 이기적이던 것이 깨달아지고 자기를 높게 아름답게 보아오던 것이 부서지고 만다.

"내가 왜 순영을 원망하였나?"

봉구는 이렇게 스스로 물어보았다.

"순영이가 내 것이 안 되었기 때문이다."

"왜 순영을 내 것을 만들려고 하였나?"

"그를 사랑하므로."

"정말 사랑하므로? 순영을 위하여 또는 나 자신을 위하여? 만일 진정으로 순영을 사랑하였음이라면 나는 오직 그의 행복만 도모할 것이 아닌가. 비록 그가 나를 길가에 내버리더라도 그가 나를 발길로 차고 또는 나를 죽이더라도, 진실로 내가 그를 사랑한다면 이런 일이 있더라도 나는 결코 그를 원망하거나 미워함이 없이 끝까지 그를 사랑하고 그의 복을 빌어야 할 것이 아닌가. 그런데 나는 순영에게 대하여 어찌하였나?"

"원망하였다. 미워하였다. 저주하였다. 죽기 전에는 결코 용서함이 없으리라고 맹세하였다."

이렇게 봉구는 자문자답하였다.

"보라, 예수께서는 어찌하였는가? 십자가에 달려서도 자기를 십자가에 다는 자들을 사랑하고 그들의 복을 빌지 않았나. 이것이 진실로 사랑이다. 아니 나는 일찍 순영을 사랑하여본 일이 없었다. 아무도 일찍 사랑하여본 일이 없었다. 나는 오직 순영을 욕심내었던 것이다. 순영으로 나의 노리개를 삼을 양으로, 장난감을 삼을 양으로 욕심을 낸 것이다. 그러다가 내 것이 안 되매 나는 스스로 순영에게 대한 나의 사랑이 참되고 깨끗지 못함을 뉘우칠 줄을 모르고 도리어 순영을 미워하고 원망하고 저주한 것이다. 내가 순영을 원망할 무슨 권리를 가졌던가?"

"그뿐인가, 순영은 나를 위하여 두 번이나 위험을 무릅쓰고 수치를 당하였다. 그렇건만 나는 오직 그를 미워하고 원망하고 저주하는 감정의 노예가 되어 있었다. 나는 진실로 값없는 사람이다. 나는 진실로 죄인이다."

봉구의 맘은 더욱 아파졌다. 경주에게 대한 생각을 할 때에는 자기의 손으로 자기를 없애버리고 싶었다. 경주가 어떻게나 헌신적으로 봉구를 사랑하였나, 어떻게나 모든 죄를 자기가 뒤집어쓰고 봉구를 놓아주려 하였나. 이런 것을 다 봉구는 아직도 꿈도 꾸지 못하던 것이다. 이렇게 봉구는 자탄하였다.

"왜 너는 검사정에서와 법정에서 침묵을 지켰느냐?"

하고 봉구는 또 스스로 물었다.

"오직 네가 의리에 굳다는 것을 보이려 함이 아니냐. 너를 위하여 몸을 희생하려는 경주를 희생하여서까지 너는 의리에 굳은 자, 뜻이 갸륵한 자가 되려고 하느냐. 앗아라. 왜 네가 차라리 불쌍한 경주를 위하여 모든 죄를 받아주지를 못하였느냐?"

119

봉구의 눈에서는 지금까지 밝히 보기를 가리던 무슨 껍데기 하나가 벗어진 듯하였다.

'나는 짧은 동안이언만 인생의 길을 잘못 걸어왔다. 잘못 걸어 오면서도 잘 걸어오는 줄로 스스로 교만하였다. 나는 어리석은 자다!'

이러한 결론을 얻었다.

'아아, 얼마나 좁았던가, 추하였던가?' 하고 봉구는 법정에 가 지런히 앉았던 자기와 경주와 또 자기 앞에 서서 말하던 순영과 그때 광경을 생각하고는 혼자 자기를 원망하였다.

'두 여자는 각각 자기를 희생하고 자기를 모욕하여서 위험과 수치를 무릅쓰고 나를 건지려 할 때에, 그 사이에 나는 순영에게 대하여는 원망을 품고, 경주에게 대하여는 경멸을 품고, 오직 나 한 몸의 권위와 명예만을 위하여 우두커니 앉았었구나! 아아, 더 러워! 이기적이다!'

'나도 경훈을 위하여 저를 희생하는 것이 아닌가?'

하고 스스로 위로도 해보았으나 만일 경훈을 걸어넣었다면 그것 은 봉구가 밀정의 행위를 한 것에 지나지 못하는 것이다. 또 봉 구가 살인죄를 뒤집어쓸 위험을 무릅쓰면서도 그렇게 겁도 내지 않은 것은 다른 이유가 있다.

'에라 빌어먹을 것, 이놈의 세상에 오래 머물면 무슨 별수가 있니? 끌려가는 대로 끌려가려무나.' 봉구는 자기가 붙들려갈 때에 이렇게 생각하였다.

'어찌하여 늙은 어머니의 슬퍼하실 것을 생각하지 않았을까. 진실로 나는 이기주의자였다. 내가 오늘날까지 사랑한 것, 슬퍼한 것, 기뻐한 것, 모든 것이 다 이기주의의 더러운 동기에서 나온 것이요, 법정에서 드러난 것과 같은 경주나 순영의 동기와 같이 자기희생의 진정한 사랑에서 나온 것은 하나도 없었다. 진실로 나는 내 몸이 죽을 위험에 있을 때에 내가 귀찮은 세상을 벗어나는 쾌함만 생각하고 늙은 어머니의 슬퍼하실 것조차 생각할 줄 모르는 이기주의자라!'

그렇게 생각하면 자기가 미워졌다.

'미워하고 저주할 자는 오직 너뿐이로구나!' 하고 봉구는 자기를 책망하였다.

감방은 춥다. 이상하게 습기를 띤 바람이 어디선지 모르게 스며들어 와서 봉구의 피곤한 몸에 소름을 돋친다.

'아아, 발가벗은 몸!' 하고 봉구는 몸을 움츠렸다. 얼마나 가난한 몸인가. 아무것도 자랑할 것이 없는 몸, 아무것도 내 것이라고 내어놓을 것이 없는 몸, 헛된 이기욕을 따라서 허덕거리던 피곤한 몸, 이 몸을 앞에 세워놓고 볼 때에 스스로 조상하지 않을 수가 없었다.

"춥다, 춥다. 영혼이 춥다!"

봉구는 이렇게 소리 질렀다.

'만일 다시만 세상에를 살아 나가면……. 다시 세상에 나가기만 하면 나는 새로운 생활을 할 것이다. 나는 모든 이기적 욕심을 버리고 몸을 바치는 사랑의 생활을 하리라. 아아, 그 생활이 참으로 얼마나 갸륵할까, 얼마나 깨끗할 것인가.'

봉구는 고개를 들어 하늘을 향하면서 자기의 장래의 생활을 상상해보았다. 몸 바치는 생활, 진정한 사랑의 생활을 상상해보았다.

'그러나 나는 다시 세상에를 나가볼 것인가?' 할 때에는 봉구의 고개는 수그러지지 않을 수가 없었다.

'나는 지금까지에 사람을 위하여서 무엇 하나 이뤄놓은 것이 없다. 사람들의 땀을 먹고 땀을 입고 땀을 쓰고 돌아다니면서, 아마 이십칠 년 동안에 많은 동포의 피땀, 기름땀을 허비하면서, 무슨 좋은 일 하나를 이뤘는가, 한 가지도 없다. 농촌 소년은 소라도 먹였고 밭의 풀이라도 뽑았다. 지게꾼 아이들도 바쁜 사람의 짐 하나라도 날라주었다. 그러나 나는 한 가지도 없다. 아아, 명예를 따르다가, 연애를 따르다가, 돈을 따르다가, 마침내 이 처지를 당한 것이다. 만일 이대로 죽어버린다면 나는 큰 죄인이다!'

이런 생각을 할 때에는 봉구의 가슴은 아팠다. 그러나 그 아픔은 욕심에서 오는 근질근질한 아픔이 아니요 의무감에서 오는 맑은 아픔이었다. 봉구는 마침내 이렇게 빌었다.

'하나님이시여! 당신의 뜻대로 하시옵소서. 나는 이 몸을 당신께 드리오니 죽이든지 살리든지 당신 뜻대로 하시옵소서. 다만 나로 하여금 내 몸을 내 욕심을 위하여 쓰지 말게 하시옵소서.'

봉구의 인생에 대한 태도는 사오일래로 일변하였다. 봉구는 다시 순영을 원망하고 저주하지 않는다. 그는 순영을 다시 사랑하려 한다. 그러나 그 사랑은 결코 순영을 자기의 것을 만들려는 것이 아니요, 어찌하여 자기와 이 세상에서 깊은 관계를 맺게 되었던 순영을, 아마 자기라는 것이 그의 괴로움의 한 근원이 되었을 순영을 위하여 돕고 복 비는 맘으로 사랑하려 하였다.

'그의 맘에 화평이 있고 그의 앞길에 항상 행복이 빛나게 하소서.'

이것은 봉구가 순영을 위하는 진정한 기도가 되었다. 이러한 기도를 진정으로 올릴 수 있을 때에는 봉구의 영혼은 한없이 기뻤다.

또 경주에게 대하던 일종 경멸의 정도 끝없는 감사와 사랑의 정으로 변하였다. 그는 남들이 어리석다고 할 만한 처녀가 어떻게나 헌신적으로 자기를 사랑해주는가, 더욱이 그가 아비 죽인 죄인이라는 누명을 쓰면서도 자기는 털끝만치도 돌아보지 않고 오직 봉구가 무사하기만 바라는 충정을 생각할 때에는 뼈가 저릴 듯이 감격하였다.

'나는 어찌하여 그의 호의를 갚나, 무엇으로나 내가 세상에 와서 받은 수없는 사랑과 수없는 호의, 지금까지는 잊어버리고 있든 이것을 무엇으로나 갚나?'

참으로 봉구는 그동안 세상을 원망하였거니와 세상에서 받은 은혜와 사랑을 생각하여보지 못하였던 것 같다.

'그야 사람들이 나에게 물려준 것 가운데는 이런 감옥같이 좋지 못한 것도 있지만 대체로 보면 다 고마운 것들이다. 길 하나를 보아라, 그것이 몇 천 년 동안 또는 몇 만 년 동안에 우리 조상들이 밟아 만들어놓은 것인가, 밥은 누가 내었나, 벼 심어 쌀 만드는 법, 집 짓는 법, 옷 짓는 법, 이 모든 것을 만들어내고 지켜오는 이들은 누구인가, 내 몸뚱이는 몇 만 년 몇 만 대 동안에 몇 만 사람의 피와 살이 합한 것인가, 내가 추위와 볕을 피하고 자라난 집은 뉘 집인가, 그것은 인류의 집이다. 내가 먹고 살아온 밥은 뉘 밥인가, 그것은 인류의 밥이다. 내가 걸어다니던 길이 인류의 길인 것은 말할 것도 없거니와 말이나 사랑이나 내가 가진 무엇이 인류의 것이 아닌 것이 어디 있나? 내 것이라 할 것이 어디 있나? 만일 인류의 모든 유산이 다 없고 내가 이 세상에 혼자 떨어졌다면 나는 그날로 죽어버렸을 것이다.'

'그렇다! 나는 세상을 원망할 아무 이유도 없다. 나는 오직 인류에게 빚을 진 사람이다. 그 빚이 얼마나 되나, 한없이 큰 빚이다. 인류의 한없는 사랑으로 내게 그네의 피땀의 유산을 물려줄 때에 오직 한 가지 부탁이 있었다. 그것은 그 유산을 더 좋은 것, 더 많은 것을 만들어서 후손에게 전하라는 뜻이다. 그런데 나는 이것을 잊었다!'

봉구는 옛 잘못을 바로 깨달을 때에 맛보는 기쁨과 슬픔을 동시에 깨달았다.

'대관절 이렇게 분명한 이치를 어떻게 아직까지 못 보았을까?' 이렇게 봉구는 빙그레 웃었다.

그러나 봉구에게는 이 새로운 깨달음을 실현해볼 기회가 영원히 없어지는 듯하였다. 판결 언도일이 연기가 되어가다가 서울에 첫눈이 펄펄 날리던 날에 봉구는 사형, 경주는 작량[112]의 여지가 있다 하여 징역 칠 년의 판결이 내렸다.

판결을 받은 봉구의 탄 마차가 재판소 문을 나서서 전찻길을 건너서려 할 때에 거기 섰던 사람 중에 갑자기 기절해 넘어진 부인네가 있었다. 그것은 순영이었다.

'닷새 동안!'

이 동안에 공소를 하여야 한다. 그렇지 않으면 판결은 확정하고 마는 것이다.

각 신문에서와 일반 사회에서는 판결이 정당치 않다고 말이 많았다. 그러나 그것이 무슨 힘이 있나. 봉구가 사람 죽인 사람이 아닌 것이 분명해지기 전에는 법률은 봉구를 죽이고야 말려 한다. 봉구도 '사형선고'라는 무서운 말을 들을 때에는 몸이 흠칫함을 깨달았다. 그러나 차라리 당연한 일이라는 듯이, 그러나 섭섭하다는 듯이, 소리를 내어 우는 경주를 정다운 눈으로 한번 돌아보고 고개를 숙여버리고 말았다. 장안은 이야기로 짜하였다.[113]

121

"혹 살아나는 도리도 있으니 너무 낙심하지 말고 저녁이나 잘 먹어!"

112 짐작하여 헤아림.
113 퍼진 소문이 왁자하다.

사람 잘 때리기로 유명하고 감옥 안에서 돼지라는 별명을 듣는 홍 간수가 봉구의 등을 툭 쳐서 감방에 몰아넣고 무거운 감방문을 잠그면서 이렇게 말한다.

　"낙심?" 하고 봉구는 마룻바닥에 펄썩 주저앉아 홍 간수 구둣발 소리가 멀어가는 것을 들으면서 고개를 벽에 기대었다. 봉구의 눈앞에는 아까 재판소에서 판결을 언도하던 광경이 선하게 보인다.

　"사형에 처함!" 하는 판사의 엄숙한 소리가 들릴 때에 같이 피고석에 섰던 경주가 어린애 모양으로 소리를 내어 울고 고꾸라지던 것과 등 뒤 방청석에서 늙은 어머니의 울음소리와 함께, "내 아들은 사람을 죽일 사람이 아니야요." 하는 소리가 들려 법정에 비상한 공기가 차던 것이 보인다.

　그러나 재판관들은 그런 일에는 너무도 익숙하여 양미간 하나 찌푸리지 않고 더욱 씩씩한 소리로 판결문을 낭독해버리고는, "만일 이 판결에 불복하거든 오 일 이내로 공소할 수가 있다." 하는 말을 남기고, "인제는 나 할 일은 다하였다. 이 피고들을 갖다가 죽이든지 징역을 지우든지 그것은 내가 알 바 아니다." 하는 듯이 재판장이 먼저 나가고 그 뒤를 따라 다른 재판관들도 다른 데 또 바쁜 볼일이 있다는 태도로 뒤도 안 돌아보고 나가버린다. 오직 뚱뚱한 검사가 "이겼다." 하는 듯이 만족한 비웃음으로 피고와 방청인들을 한번 슬쩍 바라보고는 일부러 마루를 텅텅 울리고 나간다. 몇 달을 두고 꼭 자기를 죽이고야 말려는 듯이 악을 쓰던 뚱뚱한 검사의 뒷모양을 바라볼 때에 봉구는 따라가 그를 붙들고 한바탕 울고 싶다.

그러나 그것은 봉구가 사형을 당한 것을 슬퍼하는 것은 아니다. 도리어 사형선고를 받는 것은 으레 그럴 것을 예기하고 있었다. 그러기 때문에, "사형에 처함!" 하는 소리가 내릴 때에 봉구는 부지불식간에 잠깐 정신이 아뜩하였으나 조금도 놀라지는 않았다. 봉구가 뚱뚱한 검사를 붙들고 울고 싶은 것은 그 때문이 아니다. 그러면 무슨 까닭인가.

어찌하여 경주나 순영의 속에 있는 사랑이 그 검사에게는 그렇게 한 땀도 없을까, 몇 달을 두고 자기를 심문할 때에 일찍 자기는 그 검사가 한번도 자기를 같은 사람으로 불쌍히 여기는 것을 본 일이 없었고 항상 자기를 죄 속으로 끌어넣으려고, 속여서라도 자기를 죽일 놈을 만들어놓을 양으로 애쓰는 것만 보았다. 그러다가 마침내 봉구가 자기의 뜻대로 사형선고를 받는 것을 볼 때에 가장 만족한 듯한 웃음을 웃고 자기를 돌아보고 물러나가는 것을 볼 때에 봉구는 따라가서 그 검사를 붙들고 울고 싶어진 것이다.

봉구는 간수들이 자기를 마치 한번 놓치기만 하면 큰 변이 나기나 할 무슨 짐승 모양으로 좌우에서 끼고 뒤에서 밀어서 자동차에 올려싣고 나오던 것을 생각한다. 그 사람들도 봉구 자기와는 일찍 통성명한 적도 없고 따라서 아무 원수도 없는 사람들인 것을 생각하였다. 그렇건만 그들은 자기가 재판소 문 앞에서 자동차 소리에 섞여 겨우 들리는 여자의 울음소리를 듣고 창살 틈으로 좀 밖을 내다보려 할 때에 자기를 뺨을 때리고 팔을 내밀어서 파랑 문장을 펄렁거리지 않도록 꼭 가리기까지 하였다.

'아마 그 울음소리는 어머니 울음소리!'

봉구는 간수에게 뺨을 얻어맞고 고개를 숙이며 이렇게 생각하였다.

'혹 순영의 울음소릴는지도 모른다!'

이렇게 생각할 때에 봉구는 간수에게 한번 더 뺨을 얻어맞더라도 자동차 창으로 한번 더 뒤를 돌아보고 싶었다. 그러나 생각하면 벌써 자동차는 황토마루나 지나왔을 것이다. 아마 봉구를 위하여 울던 사람들의 눈에는 벌써 봉구가 탄 자동차가 보이지도 않을 것이다.

122

봉구는 자동차를 타고 올 때 생각을 계속하였다.

재판소 문밖에서 바람결같이 들리던 여자의 울음소리 ─ 그 소리의 빛과 그 소리의 뜻을 생각하며 고개를 숙인 대로 눈을 뜰 때에 마주앉은 아까 자기의 뺨을 때리던 간수의 두 발이 보인다. 수없이 틈이 튼 바닥 두꺼운 구두가 무슨 생명 없는 물건 모양으로 가만히 놓여 있다. 그 구두에는 각각 한두 군데씩 기운 데가 있다.

봉구는 차차 눈을 들어서 그 허름한 전바지와 저고리 단추를 차례로 보아 올라가 마침내 그의 얼굴을 바라보았다. 아마 오십은 됨직하다. 주름 잡힌 두 뺨이 쑥 들어가기 때문에 뼈에 껍질만 씌워놓은 듯한 코가 더욱 높아 보인다. 코 밑에 난 그리 많지 않은 영양불량인 듯한 수염, 그 좌우에 기운 없이 껌벅거리는 멀건

눈, 한번 슬쩍 건드리기만 해도 픽 쓰러질 듯한 얼굴이다. 일생에 가난 고생과 여러 가지 뜻대로 안 되는 고생으로 허덕이는 사람인 것이 분명하였다. 그도 불쌍한 사람이다! 저도 불쌍한 사람이면서 왜 같이 불쌍한 사람인 나를 때리나.

"자제 병 좀 낫서요?"

이때에 봉구의 바로 곁에 봉구의 허리와 팔을 얽은 줄을 잡고 앉았던 혈색 좋고 뚱뚱하고 모자를 소곳하게 쓴 젊은 간수가 묻는다.

이 말에 늙은 간수는 기운 없는 한숨을 쉬면서,

"낫지 못해요. 총독부의원에 입원을 시켰더니 돈이 너무 들어서 일전에 퇴원을 시켰지요. 의사 말이 내지로 보내서 정양[114]을 시키라고 하나 그럴 힘도 없고⋯⋯."

하며 괴로워하는 빛을 보인다.

젊은 간수는 "내게는 병이라든지 가난이라든지 죄라든지 그런 것은 상관이 없다." 하는 모양으로 유쾌한 듯이 웃으며,

"나도 어린것이 하나 생기니깐 걱정이 생기든걸요 하하⋯⋯. 그래도 종일 있다가 집에 돌아가면 꼬물꼬물하는 것을 보는 것이 아주 언짢지는 않아요, 하하!"

하고 웃는다.

봉구는 회화를 듣고 생각하였다 ― 저들에게도 사람들이 다 가지는 사랑의 따뜻한 정이 있기는 있구나! 그 뚱뚱한 검사에게도 아내도 있고 아들딸도 있을 것이요 혹 자기와 같이 늙은 어머

---

114 몸과 마음을 안정하여 휴양함.

니도 있을 것이다.

자동차가 섰다. 보통 사람과 조금도 다름없는 어조와 표정으로 보통 사람과 똑같이 슬퍼도 하며 기뻐도 하며 서로 이야기하던 간수들은 자동차가 서는 서슬에 갑자기 모두 피도 없고 눈물도 없는 듯한 무섭고 엄숙한 얼굴이 되어 용수철로 만든 기계 모양으로 일제 벌떡 일어서서 봉구를 자동차에서 끌어내려서 그 무서운 감옥 문으로 끌고 들어갔다.

그때에 봉구는 이 세상을 마지막 본다는 생각이 나서 불현듯 무엇을 잃어버린 듯한 서운하고도 비감한 생각이 났다. 이 감옥은 봉구가 삼 년 동안이나 꽃 같은 청춘의 세월을 보내던 데다, 여러 백 명 — 아마 여러 천 명이라 할 만한 같은 조선의 젊은 아들과 딸들로 더불어 없는 힘에 그래도 나라를 위하노라고 피를 끓이고 애를 태우던 데다, 더욱이 봉구에게 대하여는 이곳이 아름다운 순영에게 대한 천사와 같은 맑은 사랑을 자라게 하고 부걱부걱 고여 오르게 하던 데다, 괴롭기도 그지없이 괴로웠거니와 어찌 생각하면 인생의 일생으로는 즐겁기도 한없이 즐겁던 데다, 불과 같이 뜨겁고 피와 같이 진한 눈물도 많이 흘렸거니와, 오색이 찬란한 공중누각도 픽은 짓고는 헐고 헐고는 지었다.

그러나 이번에 이 문을 들어가면 나는 다시 나올 수가 있을까? 봉구는 또 한번 뺨을 얻어맞을 셈을 치고 우뚝 서서 용수와 같은 피고인 모자 밑으로 잘도 안 보이는 세상을 한번 돌아보았다.

"봉구! 봉구!" 하고 목멘 소리가 들렸다. 그것은 순홍의 목소리다. 그러나 순홍을 돌아볼 새도 없이 봉구는 문안을 몰려들어갔다.

123

봉구는 순흥의 목멘 소리, 울음에 목이 메어서 안 나오는 소리를 억지로, "봉구! 봉구!" 하고 부르던 소리를 한번 더 생각해보았다. 그가 자기가 판결받는 것을 보고는 감옥 문에서나 한번 더 자기의 모양을 볼 양으로 감옥으로 뛰어나오던 것과 자기를 번뜻 볼 때에 "봉구! 봉구!"를 두 번 부르고는 더 말이 안 나오는 정경을 생각하고는 봉구의 눈에서도 눈물이 흘렀다. 그 순직하고도 열정적인 순흥이 — 그렇게도 의리가 굳고 특별히 자기를 믿고 사랑하여주는 순흥이가 주먹으로 눈물을 씻으면서 독립문으로 혼자 돌아갈 것을 생각할 때에 봉구는 곧 뒤를 따라가려는 듯이 벌떡 일어났다. 그러나 이것은 감옥 속이라 아마 봉구는 죽어서 시체가 되어 맞두레[115]에 들려나가기 전에는 나가기 어려울 것이다. 봉구는 힘없이 펄썩 도로 앉았다. 알 수 없는 눈물이 쉴 새 없이 봉구의 두 눈으로 흘러내렸다.

'죽는 것을 내가 무서워함인가?' 하고 밤에 봉구는 자리에 누워서 홀로 생각해보았다. 꼭 그런 것도 아니언만 진정할 수가 없이 맘이 설레고 모든 것이 슬프다.

이놈의 세상에 오래 살면 무엇을 하나, 나는 이미 모든 희망

---

115 맞두레. 함지나 삼태기 따위의 네 귀퉁이에 줄을 매어 두 사람이 마주 서서 두 가닥씩 쥐고 물을 푸게 만든 농기구.

을 잃어버린 사람이 아닌가, 사랑하던 사람에게는 배반함을 당하고, 하려던 공부도 중도에 내버리고 오직 돈이나 모아서 나를 배반한 순영과 순영을 빼앗아간 백윤희에게 한번 시원하게 원수나 갚아보리라 하던 것이 나의 유일한 희망이 아니었던가. 나라를 위한다든가, 세상을 위한다든가 하는 생각은 봉구가 인천으로 내려갈 때에 벌써 한강 속에다가 다 집어넣어 버린 것이다. 예수에게 대한 믿음조차 다 내버리고 술과 담배도 배우고 도적질이나 다름이 없이 알던 미두까지 하지 않았는가.

다만 오래 품었던 생각이 가끔 머리를 들어서 깊은 밤에 홀로 잠을 이루지 못할 때에, "나라 위해 세운 맹세는 어찌하느냐?" "예수를 위해 세운 작정은 어찌하느냐?" 하는 소리가 칼날같이 날카롭게 봉구의 가슴을 찌를 때도 있었다. 봉구는 마치 낮잠을 자려 할 때에 얼굴에 덤비는 파리를 날리는 모양으로 시끄럽게 이러한 생각을 날려버렸다. 그래도 그 생각들이 날렸던 파리 모양으로 야속하게도 다시 모여올 때에 봉구는 견디다 못하여 뛰어나가 술을 사먹었다.

'나는 나라도 모른다, 세상도 모른다. 오직 순영의 원수를 갚을 돈을 알 뿐이다.'

이렇게 억지로 술 취한 봉구는 스스로 자기의 양심을 꾹꾹 눌러버리고 유행하는 속요俗謠를 읊조리기도 하였다.

"에끼 빌어먹을 세상! 망해버릴 세상!"

이렇게 세상을 저주하게 된 봉구에게 인생의 높은 이상이니 의무니 하고 생각할 여지가 없었다. 그저 돈! 아무리 하여서라도 돈을 만들자! 이러한 생각밖에 없었다.

봉구는 이런 생각을 하고 한숨을 쉬었다. 방은 밤이 깊을수록 추워가고 피곤하여야 할 신경은 더욱 흥분하여진다. 봉구는 나오는 대로 생각을 계속한다. 더 살아야 할까, 죽어버리는 것이 좋을까, 이것을 생각해서 결정할 필요가 있는 것같이 생각했다.

사실상 봉구는 김 참사가 어리석은 것과, 그의 딸 경주가 자기를 사모하는 것과, 또 그의 아들 경훈이가 못난이 같은 것을 볼 때에 김 참사의 재산에 탐심을 내지 않은 것도 아니다. 김 참사를 죽이고 그 재산을 빼앗을 생각까지 한 일은 없지만 모든 재산권이 자기의 손에 들어올 때에 알맞추 김 참사가 죽어주었으면 하는 생각도 하였고, 이따금 순영에게 대한 생각이 하도 원통할 때에는 어떻게 주인을 속이든지 금궤를 깨뜨리고라도 몇 십만 원 돈을 훔쳐낼 수만 있으면 훔쳐내려는 생각도 났다. 그것을 안 한 것은 양심 때문이라는 것보다도 그것이 이롭지 못한 일인 줄을 알기 때문이었었다.

124

봉구는 이러한 생각은 자기의 맘에 대하여서도 비밀을 지켰다. 자기의 맘에 먹은 이러한 추한 생각을 자기의 맘에 알리기도 부끄러웠던 까닭이다.

"네가 네 주인의 재산에 탐심을 내어서 항상 그것을 손에 넣을 기회를 기다렸지?" 하고 예심 판사와 검사가 봉구에게 물을 때에 봉구의 맘속으로는 "네!" 하고 대답하지 않을 수가 없었고,

또, "백윤희에게서 이십만 원 수표를, 그렇지 않으면 강탈이라도 할 생각을 내었지?" 할 때에도 봉구는, "아니오!" 하고 대답할 권리가 없었다.

"너는 주인의 딸이 어리석은 것을 기화로 여겨서 그를 유혹하여 주인의 재산을 손에 넣을 흉계를 품고 있었지?" 할 때에 그것도, "아니오!" 하고 힘있게 대답할 권리가 없었다. 그러한 질문을 당할 때마다 봉구의 등에는 진실로 땀이 흘렀고 얼굴에도 죄 없는 사람이 가지는 자신 있는 빛이 없었다. 비록 봉구가 가장 지사인 듯이, 가장 강경한 듯이, 가장 용기 있는 듯이, "아무런 말을 물어도 나는 대답 안 할 테요. 나는 당신네에게는 재판을 안 받기로 작정한 사람이오. 또 당신네에게 재판을 받을 의무도 없는 사람이오!" 하고 큰소리를 하였으나 그것도 가만히 생각하여보면 크로포트킨[116]의 자서전에서 얻은 크로포트킨의 빈 흉내에 지나지 못하였다. 만일 자기가 법관의 심문에 대답하였다면 그것은 오직 한마디, "네! 과연 그랬습니다."가 있었을 뿐일 것이다.

'아아, 나는 죄인이다. 죽어서 마땅한 맘의 죄인이다!' 하고 봉구는 떨었다.

"그러다가 네가 마침내 주인을 위협하여서 김경주와 혼인하는 것과 많은 재산을 네 이름으로 옮겨주기를 간청하다가 주인이 듣지 아니하므로 죽일 맘이 생긴 게지?" 하고 예심 판사나 또는 검사가 최후의 점을 물을 때에도 물론 봉구는 처음에 선언한 대로 입을 다물고 아무 대답도 아니하였다. 그러나 내심으로 역

116　표트르 크로포트킨(1842~1921). 러시아의 아나키스트. 크로포트킨 자서전은 '세계 5대 자서전'의 하나로 꼽힌다.

시 "아니오!" 하고 부인할 권리가 없음을 깨닫고 힘없는 한숨을 쉬었다.

과연 봉구에게는 그러한 생각도 났었다. 한 번만도 아니요 여러 번 났었다. 예심 판사나 검사는 마치 자기의 맘속에 들어갔다가 맘속의 모든 비밀을 조사해가지고 나온 듯싶었다. 봉구는 죽음이 무서운 것보다도 자기의 맘 ─ 스스로 깨끗한 체, 높은 체하던 자기의 맘이 말할 수 없이 추한 것이 부끄럽기도 하고 슬프기도 하였다.

"나는 당신네에게는 재판을 받을 의무가 없소!" 하는 가장 지사다운 큰소리가 기실은 자기의 더러운 속을 감추는 것이 될 때에 한층 더 안 부끄러울 수가 없었다.

주인을 죽인 것은 물론 자기가 아니다. 자기는 주인을 죽일 결심까지 한 일은 없었다. 그러나 자기의 생각은 주인을 죽인 사람들의 생각과 조금도 다름이 없었다. 다만, 주인을 죽인다고 그 재산이 온통으로 자기의 손에 들어오지 않을 것을 알 만큼 약고, 또 설혹 그 재산이 자기의 손에 들어올 수가 있다 하더라도 자기에게 사람을 죽일 만한 용기가 없었을 뿐이다. 그 까닭에 주인을 죽인 사람들이 자기보다 더 악한 사람이라고 생각할 이유는 없었다.

'내가 주인을 죽인 사람이 누구인 것을 일러바치지 않고 그 죄를 내가 뒤쳐썼다고 그것이 무슨 자랑이 될까?' 하고 봉구는 한숨을 쉬었다.

밤이 거진 새도록 봉구는 혼자 어두운 속에서 괴로워했다. 밤도 어둡거니와 봉구의 맘속은 그보다도 더욱 어두웠다. 마치 더러운 냄새 나는 누더기에 싸인 자기의 영혼은 캄캄한 무저갱 속으로 한없이 한없이 둥둥 떨어져가는 듯하였다.

125

이튿날 윤 변호사가 공소 수속에 대하여 의논한다고 봉구에게 면회를 청하였다. 봉구는 윤 변호사를 보는 대로 심문하는 듯이,

"누가 영감을 청하였어요?"

하고 물었다. 윤 변호사는 그 말이 불쾌한 듯이 잠깐 주저하더니 그 말에는 대답도 하지 않고,

"나는 노형이 아무 죄도 없는 줄을 잘 아오. 첫째로는 노형의 인격을 믿고 둘째로 전후 사실이 노형에게 죄 없는 것을 증명한 다고 생각하오. 그런데 노형이 예심정에서와 검사정에서와 법정 에서도 도무지 답변을 하지 아니하기 때문에 법관들의 감정을 내었고 따라서 노형에게 불이익한 판결을 받게 된 것이니까 공 소만 하면 노형의 무죄한 것은 판명될 것이오."

하고 가방에서 공소장을 꺼내어서 신봉구라는 이름 밑에다가 지 장을 치기를 청하였다.

봉구는 물끄러미 그 서류와 윤 변호사의 얼굴과를 번갈아보더 니 무슨 모욕이나 당하는 듯한 불쾌한 어조로,

"나는 그렇게 구차한 짓을 해서까지 살고 싶은 맘은 없어요. 그 사람들이 나를 목을 달아 죽이고 싶거든 죽이라지요. 나는 그 런 종잇조각에다가 손가락에 인주를 묻혀서 찍을 생각은 없어 요!"

하고 고개를 수그린다.

이 말에 윤 변호사는 눈이 둥그레졌다. 곁에 지켜 섰던 간수도
놀라는 듯이 봉구와 윤 변호사를 노려보았다.

"여보시오."

하고 윤 변호사는 한참이나 어안이 벙벙하다가 그래도 이 경우
에 봉구의 맘을 돌리는 것이 자기의 권위를 회복하는 것이라 하
는 생각으로,

"그렇게 고집하실 것이 없소. 노형의 뜻은 내가 잘 아오. 하지
마는 이것이 생명에 관한 일이 아니오? 만일 지금 공소의 수속을
아니하면 이제부터 나흘 후면 일심 판결이 확정이 되는 것이오.
그래서 그 이튿날부터는 어느 날이든지 검사의 맘대로 노형의
사형을 집행할 것이오! 그런데 고집을 부린단 말이오? 다시 생각
을 해보시오."

변호사의 어조는 마치 어버이가 자식을 달래는 것으로 변하였
다. 초췌한 봉구의 모양을 대할 때에 윤 변호사의 가슴속에는 변
호사라는 직업 심리 이외에 사람의 정이 움직인 것이다.

그러나 봉구는 그것이 도리어 자기를 모욕하는 듯이 불쾌하였
다. 자기가 "살려줍시오." 하고 매달리기를 기대하는 듯한 그 태
도가 심히 불쾌하였다.

"싫어요! 나는 그렇게 꼭 살아나야만 할 일도 없고, 또 그렇게
살아나고 싶지도 않고요. 또 나 같은 것이 세상에 오래 산대야 세
상을 위해서 별로 이익될 것도 없고…… 그냥 내버려두면 내 손
으로라도 내 목숨을 끊을 생각이니까, 한 닷새 동안 가만히 있다
가 편안히 죽게 내버려두시오. 조금도 날 위해 애쓰실 까닭은 없

어요."

이렇게 말하고 봉구는 더 할 말 없다는 듯이 몸을 돌려서 문을 향하고 나가려고 하였다. 윤 변호사는,

"여보시오, 잠깐만!"

하고 일어나서 봉구를 붙들려는 듯이 팔을 내밀었다. 간수는 나가려는 봉구의 팔을 붙들어서 아까 있던 자리에 도로 끌어다가 교의에 앉혔다.

"어서, 그렇게 고집을 말고 도장을 찍으시오……. 대단히 흥분되신 모양이오마는 여러 사람의 호의도 생각하셔야 아니하오?"

하고 윤 변호사는 한 번 더 간절히 권하였다.

"어서, 어서!"

하고 간수도 곁에서 재촉을 하였다.

"지금 노형 자당[117]께서와 김순흥 씨가 내 집에 오셔서 우시면서 날더러 노형을 가보라고 부탁을 하셨고 또……."

하고 잠깐 주저하다가,

"순영 씨도 친히 와서 어떻게 해서라도 노형의 맘을 돌려서 공소를 하도록 하여달라고 부탁을 하셨소이다. 노형도 전정[118]이 구만리 같은 이가 왜 공연한 고집을 부려서 목숨을 끊어버리신단 말씀이오?"

하고 윤 변호사는 더욱 간절히 봉구에게 정하였다.

---

117 남의 어머니를 높여 이르는 말.
118 앞길.

126

　진실로 윤 변호사에게는 봉구의 이러한 심리는 알 수 없는 것 중에 하나였다. 사람이란 죽는 것보다는 사는 것이 좋은 것, 사는 데는 돈과 젊고도 아름다운 여자가 있어야 재미있는 것, 법률상으로 죄만 짓지 않으면 선인인 것, 여자라도 얼굴만 예쁘장하고 살이나 포동포동하면 그만이지 정신생활이니 덕행이니 그런 것은 있는 것도 해롭지 않지만 없더라도 상관없는 것……. 이 모양으로 가장 단순하고 유물론적인 인생관을 가진 윤 변호사로는 봉구가 살 길을 버리고 죽을 길을 취하려는 심리를 알 수가 없었다.

　"내가 김 참사 죽인 죄를 안 짊어지면 누가 져요?"

하고 봉구는 냉정하게 물었다.

　"진범인이 죄를 지지요."

　"진범인이 잡혔나요?"

　"진범인이 잡혔으면 문제가 없지요. 진범인이 안 잡혔으니까 법정에서는 노형을 진범인으로 믿은 게지요."

　"그러면 만일 내가 진범인이 아니라면 다른 진범인이 잡혀야 하겠지요?"

　"그렇지요. 또 수색을 시작하겠지요."

　"그 사람이 잡히면 그 사람이 죽을 겝니다그려?"

　"그렇지요. 사람을 죽였으니까 저도 죽어야지요."

　"그러니까 나는 공소하기가 싫단 말이야요. 그 사람은 죽기가 싫으니까 도망을 하였겠지요. 어디까지든지 살고 싶길래 아직도 자현自現[119]을 안 하겠지요. 그러니까 죽어도 상관없는 내가 대신 죽고 그 사람을 맘놓고 살게 해주는 것이 좋겠지요. 또 내가 잘 알아요. 그 사람도 자기 아버지를 죽이고 싶어서 죽인 것이 아니지요. 맘속에는 아버지를 사랑하는 맘이 있으면서도 위협에 못 이겨서, 말하자면 제 맘에도 없는 일을 한 것이지요."

윤 변호사는 깜짝 놀라면서,

"아버지?"

하고 봉구의 말을 반복하였다.

"그러면 김 참사를 죽인 진범인이 김경훈인가요?"

봉구도 자기가 무심코 입 밖에 낸 말을 후회하였다. 그러나 한 번 나온 말을 다시 주워담을 수는 없었다. 법관들 앞에서는 경훈의 말을 입 밖에도 벙끗하지 않다가 윤 변호사와 오래 회화하는 동안에 이것이 감옥인 것도 잊고 윤 변호사가 변호인인 것도 잊고 마치 허물없는 사람을 대하여 비밀한 전정을 설파하는 기분이 되어서 그만 그런 말을 하여버린 것이다. 그러고는 윤 변호사가 "아버지?" 하고 도로 묻는 말에 그만 '아차!' 하고 일 저지른 줄을 깨달은 것이다.

봉구는 신경질적으로 두 주먹을 쥐었다 폈다 하고 이윽히 대답할 바를 알지 못하다가,

"아니야요. 이를테면 그렇단 말이야요."

하고 자기가 한 말을 부인해버렸다.

그러나 변호사인 윤씨에게는 그 말은 그렇게 소홀히 내버릴

---

119 예전에, 자기 스스로 범죄 사실을 관아에 고백하던 일.

말은 아니었다. 그래서 봉구의 낯빛을 유심하게 바라보았다. 윤 변호사도 기실은 지금까지도 봉구의 범죄에 대하여서는 반신반의 중에 있었다. 봉구를 여러 번 대할수록 점점 봉구를 신용하는 정도는 높아졌지만 그래도 봉구가 전혀 그러한 범죄를 못할 사람이라고까지 믿을 정도는 아니었다. 더욱이 그는 변호사가 아닌가. 변호사나 판검사나 경찰관이나 무릇 법률에 관계하는 직업을 가진 사람은 결코 사람을 믿는 법이 없는 것이다.

"아니, 이것은 중요한 문제외다. 다만 노형 한 사람에게만 중요한 문제가 아니라 사법당국이나 법조계에서 보더라도 심히 중요한 문제외다. 그래 노형이 진범인이 누구인 줄을 애초부터 아시는구려!"

윤 변호사는 극히 엄숙한 태도로 가장 중대 사건이라는 태도로 봉구를 노려보면서 물었다. 그는 법정에서 자기의 힘으로 제일심 판결을 뒤집어놓을 공적과 쾌감을 상상하였다. 더욱이 조선인 변호사를 매양 멸시하고 빈정거리는 뚱뚱한 검사를 지워 넘을 것이 한량없이 유쾌하였다.

127

봉구가 자기의 말을 부인하는 동안에 윤 변호사는 가방에서 수첩을 꺼내어서 봉구가 한 말을 기록하였다.

"여보세요. 내가 지금 한 말은 내 실언으로 취소합니다. 이후에 그것으로 말썽이 된다 하더라도 나는 그 말을 부인하렵니다.

왜 나를 괴롭게 구십니까? 왜 며칠 아니해서 죽을 사람을 가만히 맘대로 두지를 않습니까? 과연 내가 알기는 알아요. 정말 죽인 사람이 누구인 줄을 내가 알기는 알아요. 그렇지만 남을 밀고하여서 잡아넣고 내가 살아날 생각은 조금도 없소이다. 아까도 말씀했거니와 나는 살기 싫은 사람이요. 그 사람은 살고 싶어 하는 사람인데 왜 구태여 죽어도 괜찮다는 사람은 살려내고 죽기 싫다는 사람을 죽이려고 헐 게 무엇이야요? 윤 변호사, 내 청을 들어줍시오. 이 인생에서 마지막 청이니 들어줍시오. 세상에 나왔다가 꼭 한 가지 좋은 일이나 하고 죽게 해줍시오. 애어 지금 내가 한 말은 입 밖에도 내지 말아줍시오. 모두 내 거짓말이야요, 거짓말이야요!"

봉구는 심히 흥분한 듯이 주먹으로 테이블을 두드렸다.

윤 변호사는 마침내 봉구의 도장을 받을 수가 없는 것과 아무리 말을 하여도 듣지 않을 줄을 알았다. 그러고는 유심히 간수를 바라보고 봉구에게 정신을 진정하여 다시 잘 생각하기를 청하고 봉구와 작별하였다. 그리고 그 길로 전옥을 만나서 지금 봉구와 면회할 때에 입회하였던 간수를 증인으로 세우고 봉구가 자백하던 말에 대하여 몇 마디 말을 하고는 옥문 밖에 기다리고 있던 전용 인력거를 타고 가버렸다. 전옥은 일본말 발음 나쁜 윤 변호사의 말을 별로 유의도 안 하는 듯이, "네, 그래요?" "응, 그래요?" 하고 들을 뿐이었었다. 전옥에게는 신봉구가 진범이거나 말거나 죽거나 살거나 그다지 중요한 일은 아닌 것 같았다.

봉구는 감방에 돌아와서 다리를 뻗고 벽에 기대어 앉았다. 무슨 무서운 짐을 벗어놓은 듯이, 또는 뜻에 맞는 무슨 좋은 일을 하여 놓은 듯이 몸이 가볍고 유쾌하였다. 빙그레 웃기까지 하였다.

'죽는 게 무엇이람, 그것이 무엇이 무섭담!' 하고 혼자 중얼거렸다. 금시에 검사가 간수를 데리고 와서, "이리 나오너라. 네가 시각이 되었다!" 하더라도 봉구는 눈도 깜짝하지 않고, "오냐, 그러냐. 기다리고 있었다. 자, 나를 내어다가 너희 맘대로 죽여라!" 하고 빙그레 웃고 나설 것 같았다.

'살아? 사는 게 무슨 재미야. 내가 무엇을 바라고 살아? 죽어라, 죽어!' 하고 봉구는 스스로 자기의 맘을 채찍질하였다. 그러고는 학교에서 철학 시간에 듣던 여러 염세주의자들의 이야기를 생각해보았다. 봉구는 원래 철학이란 것을 그리 좋아하지 않기 때문에 철학 개론이나 철학사를 배울 때에도 시험 때 외에는 사람의 이름이나 연대를 기억할 생각은 하지 않고 자기 맘에 맞는 이야기를 기억에 걸리는 대로 보존해두었을 뿐이었었다. 그 중에 제일 먼저 생각나는 것은 어떤 파의 철학자들은 이 인생은 살 가치가 없는 것이라 하며 아무쪼록 속히 죽어버리는 것이 가장 옳은 일이요 가장 지혜로운 일이라고 한 것이다. 그들의 생각에는 애써 이 세상에서 오래 살려고 하는 사람들은 더불어 말할 수 없는 어리석은 자들이요 속된 자들이었다. 그래서 그들은 속히 죽기를 힘쓰되 죽는 데도 병으로 죽는 것을 가장 천히 알아서 제 손으로 제 목숨을 끊는 자살을 가장 지혜롭고 굳센 사람에게 합당한 방법이라고 하였다. 그래서 사실상 여러 사람이 자살들을 하였다.

그러나 자살을 하는 데도 칼로 목을 따거나 끄나불[120]로 목을 매거나 독약을 먹거나 물에 빠지거나 이런 것은 다른 물건의 힘을 빌려서 죽는 것이기 때문에 지혜롭고 굳센 자의 할 일이 못 된다 하여 어떤 이들은 가만히 앉아서 숨을 안 쉼으로 자살의 목적을 달하였다고 한다.

128

"정말 그렇게 죽은 사람이 몇이나 되나요?"
하고 그때에 어떤 학생이 철학 선생에게 물었으나 철학 선생은,
"글쎄, 그때에는 신문이 없었으니까."
하고 웃어버리고 말았다. 학생들도 서로 돌아보고 웃었다. 철학 선생이란 다른 사람이 아니요 순영에게 간절히 혼인을 청하던 김 박사다.

여기까지 생각이 날 때에 봉구는 김 박사라는 생각을 빌미로 순영을 연상하였다. 삼일운동 때에 광 속에서 같이 지내던 일, 바로 이 감옥 속에서 삼 년 동안이나 그를 그리워하던 일, C예배당에서 합창대에 섞인 모양을 보던 일, 석왕사에 갔던 일, 그가 자기를 배반하고 백윤희에게 시집가던 일, 인천서 그와 그의 아들을 보던 일, 김 참사가 죽던 날 밤에 자기를 찾아와서 울던 일, 법정에서 자기를 위하여 증인 서던 일들이 연상이 되다가, 또 연상은 길을 변하여 어린애 재우는 아기수레에 누워 자던 어린애가 연상되었다.

120 끄나풀.

'그것이 내 아들! 내 생명의 씨! 나와 순영과의 사랑의 열매!'

봉구는 갑자기 그 어린애가 그리워졌다. 왜 그것을 한번 만져보지도 않았던가, 순영의 말이 그것은 분명히 내 씨라던 것을, 당당히 만져보고 안아보고 "내 아들아!" 하고 부를 권리가 있는 것을, 그 중대한 권리와 이 세상에서 가질 유일한 기회를 놓쳐버린 것이 분하였다. 그러할수록 그 눈에 보이지 않는 어린애에게 대하여 못 견디게 애정이 끌리는 것을 깨달았다.

'조것이 장차 어찌 될 것인가?' 하고 봉구는 자못 흥분이 되어서 그 어린아이의 운명을 생각해보았다.

그것은 무슨 까닭에 났나, 그 생명 하나가 무슨 까닭에 자기의 생명에서 똑 떨어졌나, 그것이 장차 자라나서 어떤 사람이 될 것인가, 어떤 기쁨과 어떤 괴로움을 맛보고 어떤 일을 하기도 하고 당하기도 하려는가. 자기는 그것을 볼 수는 없다. 자기의 아버지가 자기의 오늘날을 보지 못한 것과 같이.

그러나 그는 남은 아니다. 나와 관계없는 생명은 아니다. 순영이와도 관계가 있고 그렇게 생각하면 내 아버지, 어머니, 할아버지, 할머니, 또 그 아버지, 어머니, 이 모양으로 끝없이 과거에 줄을 달았다. 순영의 아버지, 어머니, 또 그 아버지, 어머니, 이 모양으로 순영의 편으로도 끝없이 과거에 줄이 달렸다. 봉구는 신기한 듯이 고개를 끄덕끄덕하였다. 또 만일 그 어린애가 자라서 아들을 낳고 딸을 낳고 또 그것들이 아들을 낳고 딸을 낳고 또 그러고 또 그러고……. 이 모양으로 미래에도 한없이 끈이 달렸다. 봉구의 눈앞에는 뒤로도 몇 천 갈래 몇 만 갈래인지 알 수 없고, 앞으로도 몇 천 갈래 몇 만 갈래인지 알 수 없는 이억 생명의 고리로 얽어놓은 끝없고 수없는 사실을 본다. 그리고 그 자기가 그 길이가 끝없고 갈래가 수없는 사실의 한가운데에 마치 꼭지 모양으로 달려 있는 것 같고, 과거의 모든 사실은 자기라는 생명의 고리에 모여들었고 미래의 모든 사실은 역시 자기라는 고리에서 생명을 받아나가는 것같이 보였다.

봉구는 눈을 번쩍 떴다.

'모두 내 몸이다! 천하 사람이 모두 내 몸이다.'

이렇게 생각하면 봉구는 무슨 새롭고 큰 진리를 발견한 듯하였다. 그러나 봉구는 이 이상 더 이상 생각의 줄을 따라갈 용기가 없었다.

'나는 죽는다.' 하고 봉구의 생각은 처음 떠난 자리로 도로 돌아왔다.

"이미 죽은 자는 살아있는 자보다 복되고, 일찍 난 일이 없는 자는 죽은 자보다도 복되다." 하는 전도서의 한 구절도 생각하고 자기가 어머니 배에서 나오던 날을 저주하던 '욥'의 자탄 중의 한 구절도 생각했다.

'나는 어찌 되나? 저 어린애는 어찌 되나?'

이 모양으로 봉구의 생각은 갈팡질팡 두서를 잃어버렸다.

129

'그러나 죽는 것은 무서운 일은 아니야!' 하고 봉구는 결론을 힘있게 내렸다. 진실로 봉구에게는 죽음이라는 것이 그렇게 무섭지를 않고 도리어 어서 죽어버리고 싶었다. 그래서 봉구는 죽을 자리나 없나 하고 방 안을 돌아보기도 하고 스토아 철학자 모양으로 한참 동안 얼굴에 핏줄이 일어서기까지 숨을 막아보기도 하였다. 그러나 죽는 것도 그렇게 쉬운 일은 아니어서, '에라, 메칠만 지나면 저 친구들이 나를 끌어내다가 죽여줄걸, 무얼.' 하고 밥을 놓아버리고 말았다.

그러한 뒤에도 판결이 확정되어서 사형집행을 기다리는 동안에 죽고 사는 데 대한 여러 가지 생각이 구름장 모양으로 떠돌았으나 봉구의 생각을 뿌리로부터 잡아흔들 만한 것은 별로 없었다. 봉구는 마치 먼 길을 걸어서 피곤한 몸이 해지게 주막에 들어서 시장하였던 배에 밥을 먹고 뜨뜻한 아랫목에 등을 지지며 드러누운 사람과 같이 한량없이 졸음을 깨달았다. 의식이 몽롱하여져서 같은 생각의 줄을 오래 따라갈 근기가 없이 하루의 대부분을 조는 것으로 보내었다. 사형을 기다리는 죄수라 하여 간수도 봉구를 귀찮게 굴지를 않았다. 사람 잘 때린다는 홍 간수도 문구멍으로 물끄러미 들여다보다가 봉구가 벽에 기대어 조는 것을 보고는 형식적으로, "여봐! 여봐!" 하고 두어 번 불러보기만 하고는 잠 깨기를 두려워하는 듯이 가만히 창 널쪽을 내리고 한숨을 쉬고는 곁방으로 갔다.

하루 한 번 부챗살같이 간을 막은 운동장에서 운동을 시킬 때에도 봉구에게는 좀 관대하게 대우하는 모양이 보였다. 몇 날 안 지나면 죽는 사람이라 하면 누구나 다 불쌍히 여기는 정을 발하는 듯하였다. 감옥 바로 곁에 있는 도수장에서 날마다 앙앙하고 슬픈 소리를 지르고 죽는 소나 돼지들까지도 그 소리를 듣는 이

들은 불쌍하다는 생각을 발하지 않는가? 왜 사람들은 그렇게 죽기를 싫어하는 소와 돼지를 꼭 잡아먹어야만 되는가? 왜 같은 사람끼리 서로 잡아가두고 서로 때리고 서로 죽여야만 되는가? 봉구의 생각에는 김 참사를 꼭 죽여야 할 필요도 있는 것 같지 않고 또 자기를 꼭 죽여야 할 필요도 있는 것 같지 않았다.

사람들이 모두 한 사슬에 달린 고리요 한 그릇 피에 맺힌 방울이라면 서로 귀애하고 서로 아끼고 서로 붙들고 울고 웃고 살아갈 것이 아닌가. 간수도 사람이요, 죄수도 사람일진대 하나가 하나를 얼러대고 하나가 하나를 원망할 필요도 없는 것이 아닌가? 봉구는 모든 사람을 사랑할 생각을 하였다. 죽는 시각까지에 천하 만민을 모두 자기의 사랑의 품속에 안아보고 싶었다. 봉구는 가만히 눈을 감고 전 인류를 자기의 품속에 넣는 것을 상상해보았으나 분명히 품속에 들어가지를 않는 것 같았다. 세계 인류가 다 동포라고 이론으로는 생각이 되면서도 정으로 그렇게 느껴지지를 않았다. 천하 만민 중에는 지금 이 순간에도 기뻐 뛰는 이도 많으련만 그 기쁨에 자기의 가슴이 뛰지를 않고, 슬퍼하는 백성도 많으련만 그 슬픔에 자기의 가슴이 잘 쓰려지지도 않았다. 봉구는 여기서도 실망을 하였다.

'이런! 나의 사랑은 이렇게도 좁구나!' 하고 한숨을 쉬었다. 앞에 며칠 아니하여 죽을 날을 두고 모든 물욕을 다 떼어버리고 고요히 천하 만민을 모두 품속에 넣어보려 하여도, 생각으로만이라도 한번 그렇게 해보려 하여도 그것도 안 되는가 하면 당장에 자기의 주먹으로 자기를 바숴버리고 싶었다.

그러나 졸리는 듯한 봉구의 생활에도 이 생각만은 그렇게 속히 스러지지를 않고 누우나 앉으나 기회만 있으면 마치 외우던 책의 접어놓았던 페이지를 다시 열치는 모양으로 봉구의 맘을 점령하였다.

'예수께서 십자가상에서 하신 모양으로 나도 한 번만! 한 번만이라도 천하 만민을 사랑의 품에 안아보고 싶다!'

130

봉구는 기도를 시작하게 되었다. 그러나 기도는 심히 단순하였다.

'아! 목숨이 스러지기 전에 한 번만 — 꼭 한 번만이라도 — 다만 일 분간만이라도 천하 만민을 나의 사랑의 품에 안아보게 하여줍소서. 사실상 안지는 못하더라도 안았다고 생각이라도 되게 하여주옵소서. 공상이라도 되게 하여주옵소서. 허깨비로라도 꿈으로라도 한번 '나'라고 일컫는 욕심과 편벽의 껍데기를 깨뜨리고 하늘과 같은 넓은 사랑의 품을 벌려 세계 인류를 안아보게 하시옵소서. 나의 이익을 위하여 누구를 사랑한다든가, 내게 해롭기 때문에 누구를 미워한다든가, 내게 좋은 일이 있으니 기뻐한다든가, 내게 싫은 일이 있으니 괴로워한다든가, 이러한 일이 없이 오직 천하 사람의 기쁨을 위하여 웃고, 천하 사람의 슬픔을 위해 울고, 오직 천하 사람의 행복을 위하여서만 나의 몸과 맘을 쓰고, 나의 목숨을 바치는, 그러한 생각이 나게 하여주옵소서. 다만 하루라도 좋고 한 시간만이라도 좋으니 나로 하여금 죽기 전에

그러한 경험을 꼭 한 번만 하게 하여주시옵소서.'

그러나 어떤 때에는 마치 작은 두 팔로 큰 산을 안으려는 것 같기도 하고 혹은 바다와 같이 끝없는 물이나 천지에 가득히 찬 안개를 안는 것 같기도 하여 아무리 하여도 천하 만민이 봉구의 품속에 들어와 안기지를 않았다.

이 까닭에 봉구의 맘에는 번민이 생기고 졸리는 듯하던 봉구의 의식은 점점 분명하게 예민하게 깨어 올라왔다.

'나는 아무리 하여서라도 예수께서 하신 바와 같이 천하 만민을 한번 내 사랑의 품에 안아보고야 죽는다!'

이렇게 봉구는 졸다가 깨어나는 사람 모양으로 부르짖었다.

지금까지의 봉구의 생활은 너무도 작고 너무도 천하고 너무도 뜻이 없는 생활이었었다. 학교에 다닐 때에는 우등하는 것을 기쁨으로 알았고 아름다운 여자를 대할 때에는 내 애인을 만들자는 욕심을 가졌고 돈을 얻어 일신이 안락한 생활이나 하여보자 하는 것을 유일한 희망으로 가지고 있었다. 혹 나라를 위하여 몸을 바치리라 하는 생각을 가졌고 또 몸을 바치는 일도 하노라 하기도 하였으나 그것도 결국은 내 한 몸의 만족을 위한 것에 지나지 못하였다.

그나 그뿐인가. 그러다가 마침내 사랑하던 사람이 자기를 배반하였다 하여 그이게 원수를 갚으려고 인생의 모든 의무를 버리고, 늙고 외로운 어머니를 모시는 의무조차 버리고 양심에 대한 의무조차 버리고, 불의의 재물을 따르다가 마침내 은인을 죽였다는 누명을 쓰고 이 꼴이 된 것이다. 죽을 지경까지에 이른 것이다. 지나간 생활을 돌아볼 때에 더욱 자기에게 대하여 격렬한 저주가 아니 나갈 수가 없었다. 회개의 아픈 눈물이 아니 흐를 수가 없었다. 내 입으로 내 몸을 물어뜯고 내 발로 내 목숨을 썩썩 비벼버리고 싶지 않을 수가 없었다.

'한번 다시 세상에 나가보았으면……. 한번 다시 새로운 생활을 하여보았으면!'

봉구의 가슴속에 회개의 쓰린 생각과 함께 살고 싶다는 새로운 희망이 움트게 되었다.

'인생은 결코 추한 것도 아니요 악한 것도 아니요 무정한 것도 아니다. 추한 것도 없지 않지만 순영의 얼굴과 같이 경주의 맘과 같이 땅 위의 꽃보다도 하늘 위의 별보다도 아름다운 것이 있지 않은가. 악한 것도 없지 않지만 인생은 불타와 같고 예수와 같은 사람을 내지 않았는가. 홍 간수의 맘속에도 불쌍히 여기는 생각이 있고 나 같은 자의 맘속에도 만백성을 사랑의 품에 안으려는 생각이 있지 않은가. 무정한 일도 많거니와 순흥의 따뜻한 우정과 같이 또는 비록 변하기는 변하였다 하더라도 자기를 위하여 생명까지라도 바치려 하는 순영의 사랑이 있지 않은가. 인생은 결코 추하고 악하고 무정한 인생은 아니다!'

131

어떤 사람은 이 세상을 연기 드는 방에 비겼다. 이렇게 봉구는 생각을 계속한다. 음력 시월 보름 달빛이 어디선지 모르게 창틈인지 벽틈인지로 스며 봉구의 누운 자리 앞에 떨어진 것을 보며 봉구는 생각한다.

연기 드는 방에 앉은 사람들 중에는, "제기, 이놈의 방에 사람이 살 수가 있나." 하고 연방 방을 저주하는 사람도 있고, 이 방만 벗어나면 공기는 맑고 일월이 명랑한 세계도 있는데 하고 천당극락을 꿈꾸는 사람도 있다. 그 속에 한 사람은 종이를 가지고 연기 나는 구멍을 찾아 막으면서, "이 사람들아, 왜 그러고 앉았는가. 나와 같이 연기 나오는 구멍을 막거나 그렇지 않거든 나를 괴롭게 말고 이 방에서 뛰어나가라!" 하고 소리 지르는 사람이 있다고 봉구는 생각한다. 자기는 그중의 어느 종류에 속하였던 사람인가. 연기 나는 방을 저주도 하였고 천당극락이라는 꿈 세계를 농담 삼아 이야기도 하였다. 그러나 자기는 그보다 더한 일을 하지는 않았던가. 그렇지 않아도 연기가 나오는 방바닥을 돌아가며 뜯어놓지나 않았으며 애써 연기 나는 구멍을 막는 사람을 비웃고 그의 일을 훼방 놓지나 않았는가. 이리하여 그러지 않아도 괴로운 방을 더욱 괴롭게 하던 사람이 아닌가.

저 하늘을 보라. 저 맑은 달빛을 보고 저 시원한 공기와 생명을 주는 물을 보고 그 속에 사는 모든 생물을 보라! 아름답지 않은가. 즐겁지 않은가.

길가에 모여 노는 벌거벗은 아이들을 보라. 산기슭 조그마한 오막살이에 희미한 등잔불 앞에 종일의 노동을 마치고 저녁상을 대하여 앉은 가정을 보라. 책보퉁이를 끼고 아침이면 학교로 저녁이면 집으로 떼를 지어 뛰어가는 어린 남녀 학생들을 보라. 사람의 눈을 피하여 얼굴을 붉히고 속삭이는 사랑하는 남녀들을 보라. 씨를 뿌리는 농부와 끌을 잡는 공장과 건반을 치는 음악가와 붓을 두르는 그림바치를 보라. 그들에게 모두 사는 기쁨, 일하는 기쁨, 사랑하는 기쁨, 보고 듣는 기쁨이 있지 않은가. 더구나 앓는 아기 머리맡에서 밤을 새는 어머니를 볼 때에, 물에 빠진 아이를 건지려고 폭포와 같은 급한 물속에 몸을 던지는 것을 볼 때에, 순영이나 경주가 자기를 건지려고 위험과 수치를 무릅쓰는 것을 볼 때에, 순흥이가 감옥 문밖에서 울고 자기의 이름을 부름을 볼 때에, 아아! 이 인생은 얼마나 아름다운 인생인가.

'그런데 왜 인생에는 괴로움이 있나? 왜 감옥이 있고 전쟁이 있고 살인이 있고 욕이 있고 미워함이 있나?'

'돈 때문에! 돈 때문에!' 하고 봉구는 고개를 번쩍 들었다. 돈 때문에 사람들의 영혼은 썩었다. 사랑이 있을 곳에 미움이 있고, 화목이 있을 곳에 쟁투가 있고, 서로 아끼고 서로 도와줌이 있을 곳에 서로 해치고 서로 훼방함이 있게 되어, 마침내 즐거움의 동산이라야 할 세상이 피 흐르는 지옥이 되고 말았다.

그러하건만 이 참담한 지옥 속에서 수십 세기를 지내오면서도 사람들의 영혼 속에 뿌리를 박은 사랑의 꽃은 가냘프게나마 때를 찾아 피어서 지글지글 끓는 이 아귀도에서도 사람을 살리는 한 줄기 서늘한 바람, 한 모금 시원한 물이 된 것이다. 인류에게 사랑의 복음을 전하고 인류를 바른 길로 인도하기 위하여 목숨을 버린 수없는 성도들은 이 사랑의 꽃을 피로 길러온 귀한 영혼들이다.

봉구는 마침내 벌떡 일어나 앉았다. 봉구의 눈앞에는 새 천지가 열린 것이다. 봉구의 눈에서는 그 눈의 밝음을 가렸던 비늘이 떨어진 것이다.

'살아나야 하겠다. 낡은 세상을 고쳐서 새 세상을 만들어야 하겠다. 불타와 예수와 그 밖에 모든 성인 성도들이 뿌려놓은 씨를 거둘 때가 왔다. 거둘 사람을 기다린다. 그 사람은 내다, 내라야 한다!'

돈의 욕심과 연애의 욕심과 살려는 욕심과 따라서 나오는 모든 번뇌를 벗어난 봉구에게는 새로운 천지의 문이 열린 것이다.

132

오늘이 제일심 판결을 받은 지 닷새 되는 날이다. 오늘 오후 네시만 지나면 봉구를 사형에 처한다는 판결이 확정되는 날이다. 봉구는 아침에 잠이 깨어 눈이 뜨는 대로 그것을 생각하였다.

'내일 아침이면 내가 사형을 당할는지도 모른다.'

이렇게 생각할 때에 봉구의 가슴속에서는 무엇이 뚝 떨어지는 듯하였다. 어젯밤에 봉구는 공소를 할까 말까 하고 여러 가지로 망설였다. 꼭 살아야 하겠다는 생각이 날 때에 봉구의 맘은 진정할 수 없이 떨렸다. 그러나 윤 변호사를 대하여 그렇게 큰소리를 하여놓고, 또 검사와 판사에게 그렇게 큰소리를 하여놓고 이제 다시 공소를 한다는 것은 너무도 염치없는 일같이 생각하였다. 그러다가 잠이 들어버렸다. 그래서 혹은 사형을 집행한다 하여 여러 간수들한테 끌려나가는 꿈도 꾸고, 또 웬 사람이 들어와서 옥문을 열고 자기를 옥 밖으로 인도하여 나가는 꿈도 꾸었다. 옥졸들이 자기를 사형장으로 끌고나갈 때에 처음에는 점잖게 체면을 잃어버리지 않고 나가려 하였으나 옥졸들이 자기를 비웃고 때리고 함을 보고는 분이 나서 몸에 지녔던 조그마한 비수로 수많은 옥졸들을 대드는 대로 찔러죽였다. 한참이나 찔러죽이고 나서 다시 덤벼드는 자가 없을 만할 때에 옥졸의 시체를 헤어보니 도합 마흔아홉이요 칼을 보니 자루까지도 선지피가 묻었는데 칼날이 마흔아홉 군데가 떨어졌다.

'아아, 내가 사람을 죽였구나, 사람을 죽였구나!' 하고 피 묻은 칼을 다다미에 씻을 때에 문밖에서 다른 옥졸들이 달려와서 봉구를 향하고 육혈포를 함부로 놓을 때에,

"응, 나는 죽는 것을 두려워 안 한다. 자 이 가슴을 맞혀라."

하고 가슴을 벌리고 나서다가 깼었다. 깨어나니 몸에는 땀이 흘렀다.

봉구는 꿈속에 자기가 취한 태도가 심히 불쾌하였고 또 이것이 무슨 앞에 당할 일의 예언이나 아닌가 하여 더욱 불쾌하였다. 밖에는 눈이 오는 모양인지 이따금 유리창을 사뿐사뿐 때리는 소리가 들리고 바람 소리인 듯한 소리도 들렸다. 이웃 방에서도 가위 눌린 듯한 죄수의 무에라고 끙끙거리는 소리가 들린다.

그러다가 다시 잠이 들었을 때에는 베드로라고 생각하던 수염 많은 노인이 펄렁펄렁하는 유대 사람이 입는 듯한 옷을 입고 맨발로 봉구의 방에 들어와서,

"봉구야, 봉구야!"

하고 봉구를 깨우더니 한 팔을 들어 환하게 열린 문을 가리키며,

"자, 문이 열렸으니 나가거라! 나가서 주의 일을 하여라."

하고는 옥문 밖에까지 같이 나가다가 꿈을 깼다. 꿈에 봉구가

그 노인 앞에 꿇어앉아서,

"제가 주의 일을 할 자격이 있습니까? 저는 이 속에 남아 있다가 죽는 것이 가장 마땅한 더러운 몸입니다."
하고 울던 것은 아주 꿈같지 않다. 깨어난 봉구의 눈에는 눈물이 있었다.

어저께 날이 심히 추워서 추위를 잘 견디지 못하는 봉구의 몸이 몹시 얼었고 또 어제 저녁따라 밥과 국이 식었더니 아마 그것을 먹은 것이 체하였던지 밤에 허한[121]이 흐르고 꿈이 많았던 것이다. 이 두 가지 꿈 밖에도 조각조각 생각나는 꿈이 꽤 많았었다.

감옥에 들어온 후로는 봉구는 꿈을 기다린다. 이것은 삼일운동 통에 들어왔을 때부터 그러하던 것이다. 낮에는 한 걸음도 자유로운 천지에 나갈 수 없던 몸이 꿈에는 나갈 수가 있는 까닭이다. 혹 보고 싶은 사람을 보기도 하고 가고 싶은 데를 가기도 한다. 그러나 꿈도 맘대로는 안 되는 것이어서 반드시 보고 싶은 사람을 볼 수 있는 것도 아닐 때에 꿈의 슬픔이 있는 것이다. 만일 꿈을 맘대로 꿀 수 있었다면 얼마나 불행한 죄수들에게 복이 되었을까.

133

이러한 꿈을 꾸고 일어난 봉구의 맘이 매우 산란하였다. 날마

---

121 몸이 허약하여 나는 땀.

다 하는 모양으로 점고를 치르고 아침을 먹고 나서 꿈 생각을 하고 앉았을 때에 불의에 홍 간수가 창구멍을 열고 들여다보며,

"너 살아났다. 걱정 말어 !"

하고 지나갔다.

봉구는 깜짝 놀랐다. 설마 꿈이 맞는 것은 아니련만 그래도 그 말이 참이었으면 하는 요행을 바라는 맘이 생기지 않을 수가 없었다.

'공소를 안 해도 좋은가?'

살고 싶은 생각이 나면 맘이 약하여진다. 죽을 결심을 한 때에는 두려운 것이 없었다.

오늘이 지나면 판결은 확정되는 것이다. 오늘 안으로 공소를 안 하면 다시는 기회를 얻지 못한다. 영원히 기회는 가버리고 마는 것이다. 벌써 오정이 가까웠을 것이다. 오포만 꽝 하면 남은 시간은 한 시간인가 두 시간인가, 봉구는 맘을 진정할 수가 없었다.

이렇게 되면 살고 싶은 맘은 더욱더욱 간절하였다. 비록 온 세계를 다 뜯어고쳐서 낙원을 만들어 천하 만민으로 하여금 사랑의 품에 서로 안고 즐기게 하지는 못하더라도 그래도 살고 싶다. 더러운 세상이면 더러운 대로, 악한 세상이면 악한 대로, 괴로운 세상이면 괴로운 대로 그래도 살고 싶었다. 살아서 울고 고생하고 지글지글 괴로움 속에서 끓더라도 그래도 죽는 것보다는 나은 듯싶었다. 먼지 나는 종로바닥으로 한번 자유로 활개를 치고 다니기만 하여도 얼마나 좋을까. 저 인왕산에를 한번 올라가서 저 바윗등에서 한번 실컷 소리를 질러보면 얼마나 기쁠까. 더구

나 순영의 얼굴을 한번 더 대하여 보고 그 꼬물꼬물하는 어린애를 한번 더 보았으면 얼마나 좋을까. 다만 그 일만 위하여서라도 한번 더 세상에 나가고 싶다.

더구나 이번에 세상에 나가기만 하면 참된 새 생활을 시작하여서 크고 좋은 일을 할 수 있다고 생각하면 더욱 견딜 수 없이 살아 나가고 싶었다. 장님이 되어도 좋고 팔다리가 분질러져도 좋으니 목숨만 붙어서 세상에 나가고 싶다.

사람을 죽이는 것은 악이다. 그것은 어떠한 이유로 하는 것이든지 악이다. 이렇게도 살고 싶은 간절한 의지를 뚝 끊어버리는 것은 그 이유는 물론하고 용서할 수 없는 악이다!

봉구는 일어나서 어찌할 줄을 모르고 방 안으로 헤매었다. 좁은 방 안을 몇 번인지 수없이 빙빙 돌았다.

'공소를 하자.'

이렇게 봉구는 중얼거렸다. 그러나 차마 전옥에게 애걸할 생각은 나지 않았다. 그렇게 하는 것이 자기를 여지없이 모욕하는 것으로 생각하였다.

이 때문에 봉구는 더욱 괴로웠다. 그는 주먹으로 벽을 때려보았다. 발로 방바닥을 굴러보았다. 그러나 튼튼한 벽과 방바닥은 다만 텅텅 하는 소리를 낼 뿐이었다. 마침내 봉구는 정신 빠진 사람 모양으로 키보다도 높은 창에 붙어서 멀거니 밖을 바라보았다.

하늘은 겨울에만 볼 수 있는 파랗게 맑은 하늘이다. 밤에 오던 눈과 함께 바람조차 자버리고 하얀 땅과 파란 하늘 사이에는 햇빛이 넘친다. 눈으로 폭 싸인 인왕산에서는 아지랑이조차 떠오르는 듯하다. 선바위 위쯤 하여 커다란 소리개[122] 하나가 둥둥 떠도는 것이 보인다.

'어떻게나 넓은 우주인가! 어떻게나 자유로운 우주인가? 어떻게나 항상 새롭고 항상 젊은 우주인가! 그런데 지금 내가 갇혀 있는 방은 얼마나 좁은 방인가! 얼마나 갑갑하고 얼마나 더러운 방인가!'

봉구는 몸을 내던지는 모양으로 방바닥에 펄썩 앉아서 울었다.

"죽기는 싫어! 살아야 하겠어."

이렇게 부르짖고 울었다. 정신없이 울었다. 순행하는 간수가 몇 번 창을 두드렸으나 그것도 들은 체 못 들은 체하고 울었다.

오포가 들린다. 봉구는 벌떡 일어났다. 감방 문이 열린다.

134

"어멈, 영감마님 들어와 주무셨나?"

밤새도록 잠을 못 이루고 애를 쓰다가 새벽에야 겨우 눈을 붙였던 순영은 어린 아들의 울음소리에 번쩍 눈을 뜨는 대로 부엌에서 일하는 어멈에게 물었다.

"안 들어오셨어요."

하고 어멈은 상을 보는 마나님이라는 노파를 보고 빙끗 웃으면서 대답한다. 그 웃음은 "킁." 하고 빈정대는 웃음이었다. 순영은 벌써 이 집 하인들에게 빈정거림을 받는 신세가 된 것이다.

122 솔개.

순영은 우는 아들에게 젖을 물리고 정신 안 드는 눈으로 넓은 방 안을 휘둘러보았다. 갑창과 덧문을 꼭꼭 닫고 병풍과 모본단 방장[123]까지 두른 방 안은 아직도 어두웠다. 다만 아침 햇빛이 어느 틈을 뚫고 두어 줄기 여러 번 굴절이 되어서 방장의 둥근 무늬가 어른어른 컸다 작았다 하리만큼 비추일 뿐이다.

순영은 차차 잠이 깰수록 머리와 옆구리가 아픔을 깨닫고 어제 저녁 일을 생각하고 몸서리를 치며 한숨을 길게 쉬었다.

순영은 한 손으로 머리를 만져보았다. 가리마께가 손을 댈 수가 없도록 아프고 머리 껍데기가 들뜬 것같이 부었다.

'어쩌면 그 망할 녀석이 그렇게도 사람을 몹시 때린담!' 하고 순영은 남편이 자기의 머리채를 감아쥐고 뺨을 치고 머리를 병풍에다 부딪고 발로 죽어라 하고 옆구리를 차던 것을 생각하면서 고개를 돌려 아랫목에 두른 병풍을 보았다. 백자동수柏子冬樹[124] 병풍에 순영의 머리로 뚫린 구멍이 마치 무슨 무서운 짐승의 아가리 모양으로 순영을 내려다보았다.

"죽여주우! 죽여주우!"

하고 순영이가 남편의 앞으로 대들 때에,

"이년! 너 같은 개 같은 년을 죽이고 내가 살인죄를 지게."

하고 백윤희는 순영의 옆구리를 푹 찔러 거꾸러뜨리고 창자가 터져나올 듯하도록 등을 밟았다.

순영도 마침내 악이 나서,

"이 녀석! 이 짐승 같은 흉악하고도 더러운 녀석!"

---

123 방문이나 창문에 치거나 두르는 휘장.
124 잣나무와 같은, 겨울철에도 푸르른 상록수.

하고 욕을 퍼붓고 문밖으로 뛰어나오려는 것을 윤희가 다시 머리채를 끌어들여서 병풍 구석에 박고,

"흥, 이년! 어디를 나가! 이년, 네년을 내가 이만 원에 사왔어, 내 집에서 말려죽일걸! 그렇게 맘대로 기어나갈 듯싶으냐! 네년의 행세를 보면 당장에 때려 내쫓을 게지만 돈이 먹었어! 돈이 먹었으니까 못 때려 내쫓는 게야."

하고 또한 귀가 먹먹하도록 뺨을 때렸다. 침모가 보다못하여 뛰어들어와서,

"영감마님 참으세요. 아씨가 홀몸도 아니신데."

하고 뜯어말리려 하는 것을 윤희는 팔로 침모를 뿌리치며,

"저리 가, 웬 참견이야. 이년의 배 속에 있는 아이가 어떤 놈의 씨인 줄 아나?"

하고 소리를 질렀다.

순영은,

"이 짐승 같은 놈! 급살을 맞을 놈!"

하고 몇 마디 못 되는 욕 — 어려서부터 교회 안에서 자라난 죄로 몇 마디 배우지도 못한 욕 — 그것도 근래에 내외 싸움에서 배운 욕을 퍼붓다가 그만 기색氣塞[125]을 하여버리고 말았다. 그러는 것을 보고는 윤희는 나가버리고 말았다.

이런 것을 생각하면 순영은 치가 떨렸다. 그래서 새삼스럽게 울기를 시작하였다.

'그 녀석이 — 그렇게 점잖아 보이는 녀석이 어쩌면 그렇게도

---

125 심한 흥분이나 충격으로 호흡이 일시적으로 멎거나 그런 상태.

사람을 때린담.' 하고 순영은 이를 갈았다.

어린애가 또 울기를 시작한다. 순영은 어린애를 안아일으켰다. 그리고 방장을 좀 밀어제치고 어린애의 몸을 검사해보았다. 다친 데는 안 보인다.

"어쩌면 어린 걸." 하고 순영의 눈물은 더욱 흘렀다. 윤희가 "이 개새끼!" 하고 어린애를 발로 차 굴린 까닭이다.

135

순영이가 재판소에서 증인을 선 때부터 윤희가 순영에게 대한 태도는 돌변하였다. 순영이가 꾀 있게 부인을 하여서 며칠 동안은 괜찮은 것 같더니 어디서 얻어들었는지, 하루는 순영이가 봉구와 함께 석왕사에 갔던 이야기를 가지고 와서는 순영을 졸랐다.

"그래 예수 믿는 여학생의 행사는 그렇소?"
하고 어린애가 진정 뉘 자식이냐고 물었다. 그러나 그때는 그럭저럭 지나버렸다.

또 하루는 어디서 순영이가 인천서 밤에 봉구를 찾아갔던 이야기를 듣고 와서,

"무엇하러 갔었어? 가서 무엇을 했어?"
하고 처음으로 이년 저년 하는 소리를 하게 되었다. 그때에도 순영은 이럭저럭 꾸며대어 큰일은 나지 않고 말았다.

그러나 그로부터는 윤희가 밥을 먹다가도,

"여보, 석왕사 가서 메칠이나 그놈과 같이 있었소? 한방에 있

었지?"

　이런 소리,

"정말을 말하오. 이 애가 뉘 자식이오?"

　이런 소리,

"바로 말을 하오, 서방질을 몇 번이나 했소? 나한테 오기 전에
한 것은 내가 말을 안 하겠소만 나한테 온 뒤에 서방질을 몇 번
이나 했소?"

　이런 소리,

"계집년들을 어떻게 믿어."

　이런 소리를 하고는 혹은 밥상을 홱 밀어놓고 일어서 나가기
도 하고 자리에 누워 자다가도,

"응, 더러운 년!"

하고는 옷을 주워입고 어디로 나가서는 이튿날에야 들어오기도
하였다.

　그러나 순영은 그러할 때마다 오직 우는 것과 비는 것으로 남
편의 환심을 사기를 힘썼다. 그 까닭은 첫째는 자기의 신세를 생
각하는 것이요, 둘째는 배 속에 든 어린애를 생각한 것이다.

　더구나 윤희의 본마누라가 근래에는 병이 중하여 멀어도 금년
을 넘기기가 어렵다 하므로 그가 죽으면 순영은 첩이라는 부끄
러운 이름을 면하고 윤희의 정실이 되어서 이 집의 여주인공이
될 수 있음을 희망한다.

　큰집에서 하인들이 올 때마다 순영은 큰마누라의 병세를 물었
다. 그러나 그것은 병이 더하다는 소식을 들으려 함이다. 하인들
도 순영의 심리를 알아차리기 때문에,

"소복蘇復[126]하실 가망은 없으시대요."

하고 큰마누라의 병이 더욱 위중하게 되는 것처럼 전하였다.

'죽었으면, 죽었으면!' 하고 순영은 자나 깨나 본마누라가 죽기를 기다렸다.

어떤 날 밤에는 본마누라가 죽었다는데 순영이 자기는 굵은 베로 지은 상복을 입고 어떤 고개턱에 서 있는 꿈을 꾸었다. 그때에 저 너머로서 상두꾼의 구슬픈 "어야, 어야." 하는 소리가 들리더니 앙장을 펄렁거리며 본마누라의 상여가 이리로 기웃 저리로 기웃하고 올라오는 것이 보였다. 그때에 순영은 갑자기 무서운 생각이 나서 머리를 쭈뼛거리고, '아이, 불쌍도 하셔라! 저렇게 오래 앓으시다가 돌아가시니.' 하고 죽은 본마누라에게 동정을 표하는 듯한 생각을 억지로 하였다. 그러는 차에 그 상여가 점점 가까이 올라와서 순영의 앞에 오더니 그 상여가 점점 앞으로 기울어지며 씩하고 시커먼 관이 상여 앞으로 쏟아져서 순영의 가슴을 푹 찔렀다. 그 통에 순영은 꿈을 깨어보니 전신에 땀이 흘렀었다.

'그것이 죽었나, 내가 죽을 꿈인가?' 하고 순영은 이내 잠을 이루지 못하였다. 그러고는 자기가 그 사람 죽기를 바라던 벌이 내리는 것이나 아닌가 하여 무서웠다. 그러나 그 생각을 버릴 수는 없었다.

이 모양으로 일변으로 남편의 환심을 사기를 힘쓰고 일변으로 본마누라가 진작 죽어주기를 기다리면서 순영이가 괴로운 세월

126 원기가 회복됨.

을 보내는 동안에 바라던 행운은 안 오고 하루는 크게 슬픈 일이
생긴 것이다.

136

그 슬픈 일이란 이러하다.

하루는 본마누라의 문병을 갔다. 그 숭한 꿈이 무섭기도 하여
한번 문병이나 하는 것이 죄풀이가 될 듯도 하고 또 한편으로는
정말 본마누라가 죽을 것인가 아닌가 알아보기도 할 겸, 또 한편
으로는 남편의 환심을 사는 한 도움이나 될까 함이다.

과연 남편 되는 윤희는 대단히 순영의 이 뜻에 찬성하였다. 퍽
오래간만에 화평한 얼굴을 보이며,

"고맙소. 순영이가 그런 생각을 내니 참 고맙소. 우리 마누라
도 불쌍한 사람이니 가서 문병이나 잘하고 하룻밤 묵어오시오.
어머니께서도 노 말씀하시는데."

이렇게 말하며 순영의 등을 두드리고 곧 자동차를 준비시켰다.

순영은 더할 수 없는 모욕을 당하는 듯하면서도 자동차를 타
고 관철동 큰집으로 갔다.

큰집에서는 물론 그렇게 환영을 받을 리는 없었다. 더구나 순
영이가 재판소에서 증인을 선 말을 신문으로 보고 들은 뒤로는
큰집의 눈에 순영은 한 음탕한 계집에 불과하였고 더구나 시아
버지 되는 노인은 순영의 인사조차 받지 않았다.

"내가 죽었나 볼 양으로 왔나, 아직 이렇게 눈이 시퍼렇아이."

하고 뼈만 걸린 귀신 같은 큰마누라가 순영을 보고 픽 돌아누울 때에는 순영의 얼굴에서는 불길이 화끈화끈 이는 듯하였다.

학교에 갔다 돌아온 딸들도 앓는 어머니 방에 들어왔다가 순영을 보고는 인사도 안 하고 모두 고개를 돌리며 입을 삐쭉거렸다. 유모에게 안긴 순영의 아들까지도 누구 하나 만져보아 주는 이조차 없었다.

순영은 그 자리에서 기둥이나 방바닥에 머리라도 부딪쳐 죽어버리고 싶었다. 하늘 아래 땅 위에 자기와 같이 수모를 당하는 사람은 없는가 싶었다.

"어서 가! 이건 내 집이야! 내가 죽거던 자연 알 테니 그렇게 보러올 것이 무엇 있나?"

하고는 병인은 딸들을 보며,

"얘들아, 저 너의 서모庶母[127] 어서 가라고 그래라!"

하고 갑자기 고통이 더하는 듯이 앓는 소리를 한다.

딸들은 차마 순영이더러 나가라고는 못하고 일제히 눈을 들어 순영을 보았다.

순영은 위문하는 선물로 가지고 온 과자상자를 말없이 방에 놓고 나왔다.

"이것 잊어버렸어."

하고 한 딸이 그 상자를 들고 나와서 반말로 순영을 부른다.

"어머니 드리라고 사온 게야요."

이렇게 말을 하고는 시어머니께 인사도 드릴 새 없이 대문 밖

127 아버지의 첩.

으로 뛰어나오고 말았다. 대문 밖에 나설 때에 안에서 하인들이 깨득깨득 웃는 소리가 마치 굵다란 몽둥이로 순영의 뒤통수를 때리는 모양 같았다.

어디를 가서 이런 설운 사정을 하나. 순홍 오빠 집에 들르고도 싶었고, 학교로 달려가서 오래 못 보던 P부인 앞에 엎드려 울고도 싶었다. 혹은 이 길로 한강으로 나가 철교 위에서 풍덩 몸을 던져버리고도 싶었다. 그러나 이도저도 하도 용기가 없이 골목 밖에 나와서 인력거를 불러 타고 동대문 집으로 왔다. 그러나 이것은 장차 당할 일에 비겨서는 우스운 일이었었다. 순영이가 관철동 다녀오는 전후 한 시간도 못 되는 동안에 집에는 순영의 가슴을 찢는 일이 순영을 기다리고 있었다.

순영이가 인력거에서 내려서 안중문으로 들어가려 할 때에 어멈이 순영을 보고 중문에 마주 나와서 놀라는 빛으로 목소리도 들릴락말락하게,

"아씨, 웬일이세요? 왜 어느새에 오세요?"
하고 순영을 가로막았다.

순영은 놀랍기도 하고 노엽기도 하여,

"왜 그렇게 내가 오는 게 싫은가?"
하고 어멈을 떠밀었다.

137

"아니야요, 저것 보세요!"

하고 어멈은 대청 앞 보석 위를 가리켰다. 순영의 눈에는 그 위에 신 두 켤레가 놓인 것을 발견하였다. 하나는 남편의 신이요 하나는 여학생의 구두다.

순영은 눈이 뒤집혔다. 그러나 억지로 진정하고 막히는 숨을 가까스로 쉬면서,

"왜? 어떤 손님이 오셨나?"

하고 어멈의 낯빛을 보았다.

어멈은 조롱하는 듯이 웃으면서,

"지금 영감마님하고 안에서 주무세요."

하고 순영더러 자기를 따라오라고 눈짓을 하고 자기가 앞서서 뜰아래 방으로 간다. 순영은 유모더러 어린애를 유모방에 갖다가 뉘어두라고 하고 자기는 어멈이 하라는 대로 아랫방으로 따라갔다. 거기는 마나님이라는 차집[128] 겸 침모를 겸하는 노파도 있었다. 순영은 이 두 사람의 입에서 무슨 소리가 나오는가 하고 얼빠진 사람 모양으로, 그러면서도 심히 긴장된 신경으로 두 여편네의 얼굴을 번갈아보았다.

"아씨!"

하고 어멈은 마나님의 눈치를 힐끗힐끗 보다가 마나님의 눈에 '상관없다.'는 빛이 있는 것을 보고 안심한 듯이,

"아씨! 아까 아씨 타고 가신 자동차가 돌아오는 길에 웬 아가씨를 모시고 왔겠지요. 저 회사에 계신 최 서방님이 아남해 가지고 오셨어요. 그런 아가씨야요. 인제 열일곱 살이나 되었을까, 예

128 부유한 집에서 음식 장만 따위의 잡일을 맡아보던 여자. 보통의 계집 하인보다 높다.

뼈요. 아씨만은 못하지만 머리를 척척 땋아 늘이고 그리고 왔겠지요."

하는 어멈의 말을 막고 마나님이 주인을 변호하는 듯한 어조로,

"아씨가 들어오시기 전에는 가끔 웬 여학생이 와서는 한참 있다가 가기도 하고 하룻밤을 자고 가기도 하고 이따금 이삼일 묵어도 갔지만 아씨 들어오신 뒤에는 처음이셔……. 아이, 가엾으셔!"

하고 순영을 쳐다본다.

순영은 아까 하던 말을 계속하라는 듯이 어멈의 얼굴을 보았다.

"그러나 알아요? 마나님은 사랑에서 무슨 일이 있는지 아시나배."

하고 어멈은 마나님의 말을 부인한다.

"그런데 아씨."

하고 어멈은 더욱 신이 나서,

"글쎄 그 아가씬가 들어오더니 최 서방님은 중문간에서 돌아가시고 아가씨만 한참 머뭇거리더니 영감마님과 함께 들어가셨어요. 그러고는 영 무소식이야요."

하고 웃는다.

"어느 방에? 안방에?"

하고 순영은 초조한 듯이 물었다. 괴로운 때에 순영이가 늘 하는 모양으로 양미간과 입을 찡그렸다. 마나님은 바느질하던 손을 쉬고 순영의 괴로워하는 얼굴을 힐끗 보고는 한숨을 지었다. 이 집에 사 년째나 있는 마나님은 여러 첩이 들어오는 것도 보고 알 수 없는 여자들이 들고나는 것을 많이 보았던 까닭에 속으로,

'응, 너도 쫓겨날 때가 가까웠구나.' 하는 생각을 하였다.

"처음에는 건넌방으로 들어가시더니 한참 있더니 안방에다 자리를 깔라고 그러시겠지요! 그래서 이 마나님이 자리를 깔아드렸답니다! 아씨 자리를."

하고 원망하는 듯이 마나님을 본다.

마나님은 안경을 벗으며,

"그럼 어째요? 영감마님이 하라면 했지."

하고 변명하는 태도로 순영을 본다.

순영은 마치 졸리던 얼굴에 냉수를 끼얹은 듯이 쇄락[129]함을 깨달았다. 피는 소리를 내어 돌고 숨은 찼다.

"그래 안방에서 내 자리를 깔고 둘이서 잔단 말이냐?"

하고 부지불각에 순영의 목소리는 컸다.

"네에. 벌써 한 시간도 넘었는걸……. 그러길래 아씨가 나가시지를 마세요. 나가신 것이 잘못이세요."

어멈은 순영을 훈계하는 듯하였다.

138

"어쩌면 대낮에? 내 방에다가."

하고 순영은 치를 떨었다.

"그런 양반들이야 밤낮이 있나요. 돈 있는 양반이야 왜 한 분

---

129 기분이나 몸이 상쾌하고 깨끗함.

이나 두 분만 그렇게 지키시나요?"

마나님은 순영을 위로하는 듯이 말하였다.

"우리 아들이 그러는데 영감마님이 학비 당해주는 여학생이 셋이라든가 넷이라든가 된대요. 왜 공으로 학비를 당해주겠어요. 한 달에 한 번씩이나 두 번씩 영감 수청을 드리길래 학비를 당해 주시지. 아마 이 색시도 학비 얻으러 온 색신가 봐요."

하는 마나님의 말에 어멈은 찬성하는 듯이,

"그럼, 학교에 다니는 아가씨야요. 글쎄 머리를 착착 땋아 늘이고 또 저고리 가슴에 무슨 표를 붙였던데…… 아주 어린애야, 숫색시야."

하고 탐스럽게 이야기를 한다.

"저고리 가슴에 표를 붙였어? 무슨 빛? 퍼렁이? 뻘겅이?"

"노랑든가? 분홍이든가?"

하고 어멈은 분명치 않은 표정을 하였다. 순영은 그 밖에 더 물어볼 기운이 없었다. 자기 방이라고 생각해오던 안방에서 자기의 자리에 자기의 남편이라고 생각하던 사람이 어떤 머리 땋아 늘인 여자와 누워 있는 것을 생각하면 질투의 무서운 불길이 타올라서 금시에 온몸을 다 태워버릴 듯하였다. 순영의 눈에는 손에 시퍼런 칼을 들고 문을 박차고 들어가서 불의의 꿈에 즐거워하는 년과 놈을 푹푹 찌르고 피 흐르는 칼을 들고 떨고 섰는 자기의 모양이 번뜻 보였다. 순영은 저도 모르게 이를 갈았다. 그리고 피가 나도록 아랫입술을 깨물었다.

'뛰어들어갈까, 뛰어들어가서 한바탕 야단을 할까.'

그러나 순영은 자기에게 그러할 권리가 없는 것을 생각한다.

자기는 첩이 아닌가. 법률에는 첩을 보호하는 조문이 없다. 남편이 자기를 내보내려면 아무 때나 내보낼 수가 있다. 자기도 남의 남편을 빼앗아 사는 판에 남이 나의 남편을 잠시 빼앗는다고 나서서 말할 아무 권리도 없었다.

'내가 언제는 그가 나만 사랑해줄 것을 믿었던가. 내가 그 남편을 사랑하여 끌려왔던가.'

순영은 자기의 남편이 자기에게 요구하는 것이 오직 성욕의 만족인 것을 잘 알고 또 자기가 도저히 그 남편의 강한 성욕을 만족시키지 못한 것을 안다.

'이러고는 살 수가 없다. 남편이 가끔 기생집에라도 갔으면 좋겠다.'고 생각도 하였고, 어떤 때에는 남편에게 허락도 하였던 것을 기억한다.

그러나 설마 이렇게까지야 하리라고는 믿지 못하였다.

'어쩌면 글쎄! 어쩌면 글쎄! 이건 사람 대접이 아니다. 개 대접이다!'

순영은 윤희에게 처녀를 깨뜨림 당한 것을 생각하였다. 동래 온천의 그날 밤을 생각하였다.

'그 짐승 같은 놈이 내 몸을 더럽혀주고는……'

또 순영은 과거 일 년 동안에 남편에게 육의 만족을 주느라고 기생이 하는 모든 버릇까지 배우려고 애쓴 것을 생각하였고, 그러하는 동안에 깨끗하던 몸에 매독과 임질까지 올린 것을 생각하였다.

'그놈 때문에 내가 일생을 망쳤는데……. 이놈, 내 일생를 망쳐놓고는……'

순영의 머릿속에서는 검푸른 불길이 용솟음을 치고 눈에는 아무것도 보이지를 않았다.

순영에게 남은 유일한 소원은 한번 윤희의 본처나 되어서 부잣집 여주인공이나 되어 돈이나 한번 실컷 써보자는 것이었다. 그러나 머리 땋아 늘인 계집애가 지금 남편의 품에 있지를 않은가.

순영은 벌떡 일어났다. 마나님과 어멈이 붙드는 것도 다 뿌리치고 신도 신는 듯 마는 듯 미친 사람 모양으로 안대청으로 뛰어들어갔다.

"문 열어요, 문 열어요!"

하고 순영은 문고리를 잡아채며 소리소리 질렀다. 그러고는 돌아서는 길로 보석 위에 놓인 여자의 구두를 획 집어던졌다. 그 구두는 한 짝은 수챗구멍으로 굴러가고 한 짝은 연못 얼음 위에서 한참 떼굴떼굴 구르다가 모로 누워버렸다.

139

"문 열어요, 문 열어요. 대낮에 문은 왜 닫아걸었어요. 문 열어요."

하고 순영은 여남은 번이나 문을 흔들었다. 그러나 문은 열리지도 않고 문고리 소리만이 커다란 집 안에 요란하게 울렸다. 방 안에서는 그제야 옷 소리가 들렸다. 그러나 문은 열리지 않았다.

"아씨, 저리로 가세요."

하고 마나님과 유모가 뒤로 와서 순영을 껴안아 끌었다.

순영도 더 야단할 기운이 없어서 문고리를 한번 더 잡아채고는 끄는 대로 끌려서 건넌방으로 들어갔다.

건넌방 문갑 위에는 여자의 모사[130]로 짠 목도리와 아직 아무것도 들지 않은 오페라백[131]이 놓였다. 순영은 그 목도리를 입으로 물어뜯어 찢어버리고 오페라백도 두 손으로 힘껏 아가리를 벌려 찢어서 목도리와 분홍 장갑과 아울러 마당에 집어 동댕이를 쳤다. 그러고는 방바닥에 엎디어서 목을 놓아 울었다.

"아씨, 참으세요, 참으세요. 누구는 시집살이하면 씨앗 안 보는 사람이 어디 있어요? 너무 그러시면 도리어 사내 양반들은 더하신답니다. 참으세요, 아씨!"

마나님은 진실로 불쌍히 여기는 듯이 순영의 등을 어루만지며 달래었다.

순영은 몇 번이나 뛰어나가려 하였으나 마나님과 유모에게 꼭 붙들리고 또 그것을 뿌리칠 기운도 없어서 그대로 쓰러져 울었다.

삼십분이나 지나서 안방 문소리가 들렸다.

윤희는 몸소 마당에 내려가서 여자의 구두를 주워왔다. 여자는 구두끈도 채 못 매고 중문으로 뛰어나가고 말았다. 윤희도 신을 찔찔 끌며 그 여자를 따라나갔다.

순영은 무어라고 소리를 지르려 하였으나 마치 가위 눌린 사람 모양으로 목소리가 나오지를 않았다. 물끄러미 여자와 남편이 중문 밖으로 스러지는 것을 보고 순영은 부리나케 안방으로 뛰

---

130 털실.
131 예전 서양에서 오페라를 구경할 때에 들고 다니던 작은 가방으로, 부인들이 흔히 쓰는 손가방을 말함.

어들어갔다.

순영은 아랫목에 어지러이 깔린 이불 요를 물끄러미 보다가 미친 사람 모양으로 와락 달려들어서 이불을 찢으려 하였으나 비단 이불은 찢어지지 않고 솔기[132]만 두엇이 터질 뿐이었다. 순영은 그것을 불로 살라버리려고 성냥을 찾았으나 마나님에게 제지를 당하였다.

밖에서 기침이 나며 윤희가 들어왔다. 순영은 눈물에 부은 눈으로 남편을 노려보며,

"이 자식, 이 짐승 같은 자식!"

하고 일생에 처음으로 남편에게 불공한 말을 하였다. 그동안에 내외 싸움이 없지는 않았으나 그런 소리는 할 생각도 못하였던 것이다. 질투는 순영을 태워버리고 만 것이다.

윤희는 말없이 빙그레 웃고 섰다.

"그래 이게 사람의 짓이냐?"

하고 순영은 위협하는 듯이 벌떡 일어섰다.

"글쎄, 남부끄럽게 이게 무슨 야단이야."

하고 윤희는 순영을 달래려 든다.

"흥, 남부끄러워! 그래도 아직도 부끄러운 줄은 아나 보군. 에끼, 개 같은 자식 같으니!"

하고 순영은 윤희의 얼굴에 침을 뱉었다. 침방울이 윤희의 코에 묻었다.

윤희는 손수건으로 침을 씻고 이윽히 순영을 바라보더니,

---

132 옷이나 이부자리 따위를 지을 때 두 폭을 맞대고 꿰맨 줄.

"무엇이 어쩌고 어째? 한번 더 해봐!"

하고 한 걸음 순영에게 다가섰다.

"개 같은 자식! 짐승 같은 자식! 왜 못 해!"

하고 순영은 또 한 번,

"퉤."

하고 남편의 얼굴에다 침을 뱉었다.

140

이래서 싸움이 된 것이다. 전깃불이 들어올 때에 시작된 싸움이 아홉시나 넘도록 계속된 것이다. 그동안에 안 나왔을까. "이 자식." "이년." 하고 갖은 욕설과 갖은 몸부림이 다 나왔다. 윤희는 순영의 머리채를 잡아당기고 때리고 차고 순영은 윤희에게 침을 뱉고 그 팔을 물고 갖은 추태를 다 보였다.

윤희는 순영이와 봉구와의 관계를 전갈하고 순영은 윤희가 짐승 같은 사람이라고 전갈하였다.

"이년아! 너 같은 년이 무서워서 내가 내 맘대로 못 해! 내일 도 또 딴 계집애가 올걸. 내일부터는 안방을 내놓고야 배길걸."

윤희가 이렇게 빈정거렸다.

"내가 다시 네 놈의 집에 있을 줄 아니. 나는 금시로 이 짐승 같은 놈의 집에서는 나갈 테다. 금시로 나갈 테야! 자 먹을 것이 나 내어라. 네 놈 때문에 더러운 병 올리고 일생을 망쳐놓고 이 놈, 네가 급살을 안 맞나 보자! 자 돈 내라. 돈 내! 오만 원만 내라."

하고 순영이 대들면,

"흥, 돈? 내가 너를 이만 원에 사 왔어. 이년, 도리어 돈을 내라, 아직 내가 너를 내보낼 생각은 없으니까 못 나갈걸. 살아서는 못 나갈걸."

하고 윤희가 호기를 부렸다.

이러는 통에 병풍에 구멍이 뚫어지고 순영의 머리에 혹까지 생긴 것이다. 그러다가 마침 사랑에 손님이 왔다 하여 윤희는 사랑으로 나가버리고 이내 그 손님과 함께 자동차로 어디로 나가버리고 빈 자동차만 돌아오고 내외 싸움은 중지가 된 것이다.

순영은 그렇다고 그 길로 나가지도 못하고 자정이나 되도록 혼자 울다가 그 더러운 이불을 마루에 내던지고 새 이불을 내려 덮고 자버리고 만 것이다.

'오늘은 봉구 씨의 판결이 확정되는 날이다. 오늘도 봉구 씨가 공소를 안 하면 며칠 안으로 봉구 씨는 사형을 당할 것이다.'

순영은 봉구를 생각하였다. 가슴에 붙어서 시름없이 젖을 빨고 누웠는 어린것을 보고 봉구를 생각하였다.

봉구와의 사랑은 아름다웠었다. 순영은 일생에 봉구밖에는 사랑하여본 남자가 없었다. 얼마나 내심으로는 봉구를 그리워했던가. 더구나 석왕사에서 봉구의 참된 사랑을 접할 때에 얼마나 그에게 안겨서 일생을 마치고 싶다고 원하였던가. 그러나 봉구에게는 돈이 없었다.

"돈이 제일이지……. 사랑하는 남자는 남편 몰래는 좀 못 보오? 그것이 더 재미가 있다누!"

하던 명선주의 말은 그 자리에서는 순영도 비웃었으나 순영의 일생을 지배하였다. 순영에게는 돈이 없이 사랑이 있을 것 같지 않았다. 봉구에게다가 윤희의 돈을 두었으면 얼마나 좋을까. 그것이 할 수 없는 일이니 돈에게로 끌려간 것이다.

'백이 무슨 급한 병에 죽어! 내가 그때에는 백의 정실이 되어…… 그래서 다문 몇 십만이라도 내 재산을 얻어! 그래가지고 봉구허고 살어!'

생각만 해도 부끄럽지만 순영은 이런 생각도 하였다.

그러나 마침내 순영은 '돈으로 행복을 살 수 없다.'는 것을 깨달았다. 그러나 그것은 너무도 늦었고 또 너무도 값이 많았다. 순영의 몸뚱이는 벌써 영원히 회복할 수 없는 영원히 깨끗하여질 수 없는 더러운 몸뚱이가 아니냐. 순영의 앞에는 오직 시커먼 지옥이 입을 벌리고 있을 따름이다.

그래도 오늘날까지는 순영은 자기가 윤희의 정실이 될 수 있는 기회만 기다리고 있었다. 그 까닭에 오직 그 까닭에 곧잘 봉구를 위하여 양심대로 증인을 서고도 다시 그것을 부인해버렸고, 또 그 까닭에 오직 그 까닭에 생각만 해도 부끄럽고 뼈가 저린 일이지만 내심으로는 어서 봉구가 사형을 당하여서 영영 후환을 끊어버리기를 바란 것이다.

141

'아아, 내가 죽일 년이다, 천벌을 받을 년이다.' 하고 순영은 지나간 닷새 동안 봉구가 사형의 판결을 받고 자동차로 끌려가는 것을 보고 기절을 하고 집에 돌아온 지 닷새 동안에 윤 변호사더러는 공소하도록 권유해달라고 비밀히 조르면서도 내심으로는 공소가 될까봐 두렵던 것과 윤 변호사에게서 봉구가 공소하기를 거절한다는 말을 들을 때에 겉으로는 슬퍼하는 양을 보이면서도 속으로는 은근히 안심이 되던 것을 생각하고 하늘이 무서움을 깨달았다. 순영은 자기의 품에 안긴 어린아이가 무서웠다. 그것이 말없는 속에 그 한없이 깨끗함으로 자기의 영혼의 더러움을 책망하는 것 같았다.

'볕이 무서워! 밝은 볕이 무서워!' 하고 순영은 조금 제쳐놓았던 방장을 당겨놓았다. 방 안은 도로 캄캄하여지고 어디서 새어 들어오는지 모르는 몇 줄기 길 잃은 빛만 어른어른하였다. 순영에게는 그것도 무서웠다.

순영은 안간힘을 쓰며 이를 갈았다. 앞에다가 뻔질뻔질한 남편을 그려놓고 눈을 흘겼다.

'이놈을!' 하고 순영은 한주먹을 들었다. 날카로운 비수를 가지고 그놈의 복장을 북북 우비어[133] 내고 싶었다.

'이놈이 내 일생을 망쳐놓고는, 이놈이!' 하고 순영은 몸을 부르르 떨었다.

실상 순영은 나무에도 돌에도 붙을 곳이 없었다. 이제 어디로 가나, 넓은 세상에 자기의 몸 하나를 지접[134]할 곳이 없다.

'오냐! 원수를 갚자! 원수를 갚자!' 하고 순영은 입술을 물었다. 순영의 머릿속에는 윤희에게 원수를 갚을 모든 수단이 마치

---

133 틈이나 구멍 속을 긁어내거나 도려내다.
134 잠시 몸을 의탁하여 거주함.

활동사진을 보는 모양으로 분명히 보였다.

윤희는 반드시 돌아오리라. 아직도 자기의 살이 그리워 돌아오리라. 자기에게 대하여 음란한 눈치를 가지고 음란한 행동을 하려 할 때에 자기는 품에서 칼을 빼어, "이놈아! 일생을 망친 놈아!" 하고 나는 듯이 대들어 그놈의 복장을 푹 찌르리라. 그러고는 발로 그놈의 가슴을 밟고 마지막으로 껌벅거리는 그 음탕한 눈깔을 내려다보면서, "이놈, 돈만 있으면 천년만년 살 줄 알았더냐, 네가 심은 죄악의 열매를 네가 거둘 줄을 몰랐더냐, 이 짐승 같은 놈아!" 하리라.

그때에 만일 그놈이 살려달라고 빌거든 내 혀끝을 깨물어 선지피를 그놈의 얼굴에 뱉고 실컷 웃어주리라.

'아아 그뿐인가, 더할 것이 없는가?'

그것만 가지고는 원수 갚기에 부족한 듯하였다.

'그놈이 내 머리를 잡아 흔들었으니 방망이로 그놈의 대가리를 바수리라. 칼로 그놈의 눈깔을 파내어버릴까.'

순영은 미친 사람 모양으로 씨근거린다. 그리고 그의 눈에는 지금 있는 이 집이 하늘에 닿는 불길에 싸여 타오르는 것을 본다. 자기는 피 흐르는 칼을 들고 그 불길을 바라보고 섰다.

'흥! 그래라, 그래라. 다 망쳐버린 몸뚱이다. 더 살래야 살 수 없는 몸뚱이다. 집이 거진 다 타오르는 것을 볼 때에 자기도 획 몸을 던져 불길 속으로 들어가 타버릴까, 이 더러워진 몸을 태워버릴까, 이 더러워진 영혼까지도 태워버릴까.'

순영은 벌떡 일어나서 방장을 걷고 윗목에 놓인 옷장서랍을 열었다. 그 속에는 아무 목적도 없이 사다가 두었던 흰 나무로 자루를 한 칼이 있었다. 순영은 어려서부터 칼을 좋아하기 때문에 눈에 드는 칼이 눈에 띌 때마다 사는 버릇이 있었다. 이것도 진고개 어떤 백화점에 갔던 길에 사왔던 것이다. 순영은 아직도 때도 묻지 않은 칼날을 집에서 쑥 빼어들었다.

142

칼날은 햇빛에 번쩍번쩍하였다. 뽀얀 듯 파란 듯한 안개가 피어올랐다. 날카로운 끝에서는 핏빛 같은 살이 뻗친 것도 같았다.

순영은 손길을 펴서 칼날을 한번 쓸어보았다. 그것은 얼음과 같이 찼다.

'아이, 신산한 일생!'

순영은 이 몸이 싫어지고 생명이 싫어진다. 모든 것이 다 신산하고 귀찮아진다. 그러나 이 칼날이 모든 것을 해결하고야 말 듯하였다. 순영은 한번 더 칼날을 눈에 가까이 대고 보았다. 여전히 뽀얀 듯도 하고 파란 듯도 한 안개가 날에서 피어오르고 그 날카로운 끝에서는 핏빛 같은 살이 뻗쳤다.

순영은 한번 더 결심하는 듯이 입술을 물었다. 그리고 칼 쓰기를 시험하는 모양으로 칼을 한번 공중에 휘둘러보았다. 그리고는 파랗게 된 입술에 만족한 듯한 비웃는 듯 싸늘한 웃음이 떠돌았다. 피 흐르는 광경과 불붙는 광경이 눈앞에 떠오를 때에 순영의 맘은 비길 수 없이 쾌하였다. 일생에 가슴에 서렸던 모든 불평과 원한이 일시에 다 풀리는 듯하였다.

'이놈이 안 들어오나.' 하고 순영은 고개를 돌려 창을 바라보았다.

"어멈! 영감마님 아직 안 돌아오셨나? 사랑에 나가보게."

윤희는 아직 돌아오지를 않았다.

어린애가 운다.

어린애가 운다.

첫 번 울음소리는 순영의 귀에 들려오지 않았으나 두 번째 울음은 무서운 힘을 가지고 순영의 가슴을 울렸다. 순영은 칼을 옷장 위에 놓고 우는 어린아이를 붙들어 일으켰다. 어린아이는 조그마한 입으로 어미의 젖을 찾아 물고 울음을 그친다.

"아가, 네 어멈은 오늘 죽는다. 네 아버지도 며칠 아니하면 돌아가신다."

이렇게 말하고 순영은 제 말에 서러워서 어린아이의 등에 얼굴을 대고 울었다.

"아가, 너는 누구허구 사나, 아비 없고 어미도 없이 너는 누구허구 사나."

생각할수록 순영의 눈물은 더욱 흐른다. 눈물에 희미한 눈으로 어린아이를 바라보면 아주 즐거운 듯이 다리를 버둥거리며 잘 나오지도 않는 젖을 빨고 있었다.

"마지막으로 실컷 젖을 먹어라. 내 속에 있는 젖이 다 말라 없어지도록 빨아먹어라. 다시는 못 먹을 젖, 다시는 쓸데없는 젖을 마지막으로 먹어라."

그러나 어린아이가 먹을 젖은 배 속에 있는 핏덩어리가 빨아먹고 있다. 어린아이는 한참이나 빨다가 젖이 시원히 안 나온다고 보챈다.

　배 속에는 그 원수 놈의 씨가 들어 있다. 순영은 당장에 자기의 배를 가르고 그것을 꺼내어 아작아작 씹어버리고 싶었다.

　생각하면 생각할수록 슬프고 분하고 괴로웠다. 원통하였다. 이 년 전 크리스마스 때의 자기는 얼마나 순결하였던가, 얼마나 앞에 희망의 빛이 밝았던가. 하늘을 우러러보거나 사람을 바라보거나 부끄러울 것이 하나도 없었고 오직 순결한 처녀의 프라이드가 있었을 뿐이었다. 이태 전 가을 자기가 둘째오빠의 유인을 받아 처음 이 집에 올 때에 얼마나 자기는 천사와 같이 깨끗하고 높았던가. 그러나 그때에 어떻게 자기의 맘속에는 유혹의 독한 기운이 들어갔던가. 그렇더라도 그 독한 기운은 자기의 순결을 이길 힘이 없었다.

　그러나 지금은 어떠한가, 지금은 남의 첩이다. 돈에 팔려와서 육욕과 재물밖에 모르는 남자의 더러운 쾌락의 노리개가 되다가 더러운 매독과 임질로 오장까지 골수까지 속속들이 더럽히고 게다가 소박을 받는 신세다. 그래도 정당한 아내가 되어보려고 본처가 죽기를 빌고 기다리는 몸이다. 돈 욕심과 본처 되려는 욕심을 달할 길이 없게 되매 남편이라고 부르던 사내를 죽여버리고, 그것도 질투 끝에, 자기 집이라고 일컬을 수 없는 집을 불살라버리려고 칼과 성냥을 품에 품는 몸이다.

143

그러나 순영은 자기를 건져낼 힘이 없었다. 앞도 절벽, 뒤도 절벽이다. 갈 곳도 없고 숨을 곳도 없다. 인제는 마지막 큰 죄를 지을 길밖에 없이 되었다.

살아서 사랑하던 봉구를 못 따랐으니 죽어서 만일 혼이 있다면 혼으로나 봉구를 따라볼까. 죽어서 비록 혼이 있다 하더라도 봉구가 자기를 용서할 리가 있을까.

"이년, 더러운 년. 내 곁엘랑 오지도 말어." 하고 자기를 차버리지 않을까. 설혹 봉구가 자기의 죄를 용서하고 사랑의 손을 내민다 하더라도 자기가 무슨 면목으로 그 손을 잡을 수가 있을까.

'경주도 있는데.'

순영은 봉구를 위하여 몸을 바치는 경주가 봉구의 곁에서 자기를, "이년, 더러운 년." 하고 노려보는 듯이 생각하였다. 그리고 경주가 무섭기도 하고 밉기도 하였다. 순영은 경주에게 대하여서도 일종 격렬한 질투를 깨달았다.

순영은 살아서도 갈 곳이 없거니와 죽어서도 붙을 곳이 없음을 깨달았다.

'내 무덤인들 누가 쌓아주리, 쌓아준들 누가 돌아보아나 주리?'

자기는 이름 없는 한 줌 흙이 되고 말 것이요 더러워진 영혼은 더욱이 영원히 꺼지지 않는 유황불에서 지글지글 타고 있을 것이다.

'음탕하던 년, 사람 죽인 년!' 이러한 누명까지는 차마 생각할 수도 없다.

'그러나 이미 운명은 뇌정牢定[135]되었다!' 이렇게 한탄하고 한번 더 입술을 물었다.

오정이 지나 어린 학생들은 둘씩 셋씩 떼를 지어 재잘거리며 집으로 돌아가고 큰 학생들은 기숙사로 다 돌아간 때에 우비를 씌운 인력거 한 채가 W여학교 문으로 들어와 꼬불꼬불한 길로 올라와 P부인의 사택 앞에 머물고 그 속에서 망토로 몸을 싼 여자 하나가 나와 사람을 꺼리는 듯이 층층대를 올라 문에 달린 초인종을 누른다. 그것은 물론 순영이다.

"아이, 순영 씨야!"

하고 십여 년 동안이나 P부인의 집에 심부름하고 있던 황 부인이라는 노파가 하얀 서양 앞치마를 두르고 나와서 반가운 빛으로 순영을 맞는다.

"P부인 계세요?"

하고 묻는 순영의 음성은 떨린다. 황 부인은 순영의 초췌한 낯색을 보고,

"P부인 계세요. 그런데 손님이 왔어요."

하고 순영의 비단옷을 부러운 듯이 보았다.

"손님?"

"네, 들어오시우. 아래층에 기다리시지."

하고 황 부인은 순영을 응접실로 인도하여 교의를 권하고는 자

---

135 자리를 잡아 확실하게 정함.

기는 선 채로 오래간만에 순영을 대하는 것이 지극히 반갑다는
태도를 보이려고 애를 쓴다.

"아이, 얼마만이야? 아기 잘 자라오?"

"네."

"어쩌면 그렇게 꿈쩍을 안 하시오?"

"그렇게 되었어요……. 손님은 어떤 손님이야요?"

"저 김 박사 부인이라나."

"김 박사 부인? 왜 김 박사?"

"아이, 왜 그 저 순영 씨 따라다니던 김 박사 말이오."

하고 노파는 싱긋 웃는다.

"김 박사가 언제 혼인하셨나요?"

"혼인했길래 부인이 있지요."

하고 노파는 킥킥 웃으며 순영의 귀에 입을 가까이 대고,

"웬 시골 여편넨데, 아마 마흔 살은 되었겠어! 헌데 붕대로 이
렇게 머리를 싸매고서는 P부인을 찾겠지요, 아주 허방지방[136] 무
슨 큰일이나 난 것처럼. 그래 당신은 누구냐 물으니깐두루 자기
는 김 박사 부인이라고 그러겠지요."

하고 놀라운 듯이 눈을 둥그렇게 뜬다.

---

136 허둥지둥.

144

순영도 노파의 말에 흥미를 가졌다.

"그래서요?"

"그래서 P부인께 말씀을 했지요. 김 박사 부인이라는 이가 시골서 왔다고 그러니깐 P부인은 '김 박사 부인 없소. 김 박사 웬 부인 있소?' 하시겠지요. 그래도 김 박사 부인이란 사람이 왔으니 나가보라고 했더니 P부인이 나오시지를 않았겠소? '나 P부인이오, 당신 누구요?' 하니깐 그이가 여전히 '난 김 박사 부인이오. 김 박사 장가처[137]요. P부인 보고 좀 할 말 있어 왔소.' 그러겠지요. 경상도 말씨야."

하고 노파는 웃는 소리가 이층에 올라갈까봐 꺼리는 듯이 손으로 입을 막고 웃는다. 순영도 따라서 웃었다.

"아니오, 아니오. 나 죽은 일도 없고 이혼한 일도 없어요. 나 그 집에 시집와서 잘못한 일이라고는 동이 하나 깨뜨린 일도 없어요. 그 사람이 미국 가서 공부할 때에 십 년 동안이나 집에서 시부모 봉양하고 자식새끼들 길렀어요. 그런데 이제 날더러 이혼을 하자고요. 편지로 이혼을 하자고 했길래 따라 올라왔더니 P부인이 김 박사 중매를 드신다고요. 첩이야 사내가 첩 아니 얻는 사내가 어디 있어요? 나도 인제는 나이도 많고 요새 시체 색시들이 하는 재주도 없으니까 내 남편이 첩 얻는 건 상관 안 해요, 둘을 얻거나 셋을 얻거나. 그렇지만 이혼은 안 돼요. 어디 이혼이라고

137 정식으로 예를 갖추어 맞은 아내.

말이 되나요. 아이고, 망측해라!"

하고 악을 쓰는 소리가 이층에서 울려 내려온다.

P부인이 대답하는 소리는 잘 들리지 않았다.

"김 박사가 누구더러 혼인한단 말이 있었어요?"

하는 순영의 묻는 말에 노파는,

"아이 순영 씨는 아직 모르세요? 저 인순 씨와 혼인한다는 말이 자자하다오. 김 박사가 여기 매일 오다시피 왔다우. P부인도 좀 귀찮은 모양입디다만 순영 씨도 알거니와 김 박사가 여간 끈적끈적해요. 찰거머리야, 찰거머리!"

하고 웃는다.

"그래 인순이는 무어래요? 시집간다고?"

"인순 씨야 싫다지. 공부한다구, 아직 혼인할 생각은 없다구. 왜 미국 안 가오? 여행권도 나왔지. 정월 배에 떠난다나. 미국만 다녀오면 대학부 선생이 된다던데. 그래서 인순 씨는 싫다건만 김 박사가 한사코 따라다니지요. 자기도 인순 씨와 같이 미국까지 따라간다고……."

순영은 윤희가 자기를 달래던 것을 생각하였다. 자기가 서양 유학을 원한다고 하면 윤희는 자기도 회사 일이나 정돈이 되면 같이 서양을 가자던 것을 생각하였고 또 그 말에 자기도 어떻게 솔깃하였던 것을 생각하였다.

이런 생각을 순영이가 하고 있을 때에 초인종 소리가 요란히 들렸다. 노파가 나갔다.

"P부인 계세요?"

하는 것은 분명히 김 박사의 음성이었다.

"네."

하는 것은 노파다.

"누구 오지 않았어요?"

"웬 부인 손님이 오셔서 지금 이층에서 이야기하세요."

이것은 노파의 능청스러운 대답이다.

순영은 일찍 자기가 김씨를 보고,

"지금은 연애니 무에니 할 새가 없지 않습니까. 선생님 같으신 어른은 그보다 더 큰일에 몸을 바치실 때에 계시지 않습니까?" 하고 음전하게[138] 책망하던 것을 생각하였다. 그것이 바로 삼 년 전 이 방에서다.

'그러나 나는 돈을 따르다가, 김 박사는 연애를 따르다가 둘이 다 몸을 망쳐버리고 말았구나!' 하고 순영은 혼자 한탄하였다.

노파가 이층으로 올라가는 소리, P부인이 노파를 따라 아래로 내려오는 소리가 나더니 영어로 빈정대는 어조로,

"김 박사! 부인께서 지금 이층에 오셔서 기다리시니 올라가보시오!"

145

김 박사를 이층으로 올려보내고 P부인은 무슨 자기에게 마땅치 못한 일이 있을 때에 흔히 하는 버릇으로 무어라고 중얼중얼

---

138 말이나 행동이 얌전하고 점잖다.

하더니 노파더러 몇 마디 말을 하고는 순영이가 앉았는 방으로 가까이 오는 소리가 들린다.

순영은 이층에서 무슨 야단이 나는지 그것도 들을 새가 없었다. P부인이 자기 있는 방으로 오는 기척이 보일 때에는 김 박사 생각도 다 잊어버려지고 자기가 오늘 P부인을 찾아온 목적을 생각하게 되었다.

P부인의 손이 문고리에 닿는 기척이 날 때에 순영의 가슴은 억제할 수 없이 두근거렸다.

'어떻게 P부인을 대하나, 무슨 면목으로 대하나?'

그러나 죽기를 결단한 마지막 결심이 순영에게 용기를 주었다.

'응, 용기 있게 P부인을 대하자. 그리고 용기 있게 내 사정을 고백해버리자.'

이렇게 결심하고 순영은 문이 열리고 P부인이 들어오기를 기다렸다.

문이 열리더니 P부인의 뚱뚱한 몸이 문 안으로 들어온다.

"선생님!"

하고 순영은 벌떡 일어나서 마주 나갔다.

오래 못 보던 P부인의 낯을 대할 때에 금할 수 없는 반가움을 느낀 것이다. 외로움을 느끼던 몸이 어머님을 대하는 듯한 반가움이 거의 본능적으로 순영의 가슴속에 북받쳐 오른 것이다.

얼마나 오래 정을 들인 P부인인가, 또 얼마나 사모하고 본받으려 하던 P부인인가, P부인의 얼굴을 대할 때 순영의 맘속에는 깨끗하게 하늘만 바라보고 예수와 조선만 사랑할 줄 알던 옛날 생각이 회오리바람 모양으로 일어나서 정신이 아득아득함을 깨달았다.

　그러나 순영은 실망과 수치와 슬픔을 한꺼번에 깨닫지 않을 수가 없었다. P부인은 순영이가 허겁지겁으로 반가워하는 모양을 본체만체 — 본체만체라기보다도 일부러 안 보려는 체하고 순영의 손이 자기의 몸에 닿기를 꺼리는 모양으로 가까이 오는 순영을 피하여서 테이블 저쪽 교의에 앉으며,

　"순영이 왔소?"

한다. 그 어조는 심히 냉랭하였고 도리어 귀찮다는 듯하였다.

　순영은 P부인의 태도를 보고 낙심하였다. 내가 왜 왔던가하리만큼 기운이 빠졌다. 그래서 벼르고 벼르던 말을 낼 용기도 없이 방바닥만 내려다보고 우두커니 섰다.

　P부인은 순영의 고개를 숙이고 섰는 모양을 이윽히[139] 보더니 눈에 동정하는 젖은 기운이 돌며,

　"순영이 앉으우. 내게 무슨 일이 있소?"

하고 먼저 입을 열었다. 그 말이 냉정한 것이 회초리로 팩팩 종아리를 얻어맞는 것보다도 순영을 아프게 하였다.

　그러나 순영은 용기를 수습하여서 자리에 앉아 입을 열었다.

　"선생님은 저를 사람으로 생각하시지 않으시겠지요. 저도 선생님을 뵈올 낯이 없어서 그동안 와 뵈옵지도 못했어요."

　순영은 고개를 들어서 P부인의 낯빛에 어떤 반응이 있는가 바라보았다. P부인은 가장 무심한 듯이 물끄러미 순영을 바라보고 있었다. 그러나 순영은 P부인의 내심에는 자기에게 대한 사랑이

139　지난 시간이 꽤 오래되게.

있을 것을 믿고 말을 계속하였다.

"저는 속아서 잘못 혼인을 해가지고 여태껏 죽기보담 더한 괴로운 생활을 하였습니다. 그러다가……."

순영의 말이 끝나기도 전에 P부인은 말을 막으며,

"속아? 누가 순영이를 속였소? 나는 순영이 속인 사람, 하나도 없다고 생각하오. 순영이 속인 사람, 다른 사람이 아니오! 순영이오. 제 죄 남에게 미는 것 더 큰 죄요."

하고 엄한 눈으로 책망하는 듯이 순영을 노려보았다.

146

옳은 말은 돌같이 무겁고 칼날같이 날카로웠다. 순영의 맘은 마치 맑은 햇빛을 받은 응달의 버섯 모양으로 시들지 않을 수 없었다. 마치 벽력에 쫓긴 마귀 모양으로 나무 틈이나 돌 틈이나 아무 데나 들어가 그 무서운 위엄을 피하려는 것 같았다. 그처럼 순영의 맘은 "순영이 속인 사람 다른 사람 아니오. 순영이오. 제 죄 남에게 미는 것 더욱 큰 죄요." 하는 말에 저리었다.

순영은 양심의 소리를 들어본 지가 심히 오래다. 귀에 거슬리는 소리를 들어본 지도 오래다. 비록 지금까지 백윤희에게 육욕의 만족을 공궤供饋하는 노예에 지나지 못하였다 하더라도 순영은 자기의 말이면 반드시 시행되고 자기의 뜻이면 반드시 남들이 받아주는 여왕의 생활을 하고 있었다. 누구도 순영의 뜻을 거스르지 못하였다. 오직 하나 어둡고 조용한 때마다 순영을 책망하고 괴롭게 굴던 순영의 양심도 "인제는 무가내[140]하다." 하는 듯이 말하기를 그친 지 오래다. 그러니까 자기를 힘있게 책망하는 자를 대할 때에 놀라고 주저치 않을 수가 없었다.

순영은 떨었다.

순영이가 얼굴이 빨개지며 대답을 못하는 것을 P부인은 불쌍히 생각하는 빛이 그의 늙은 눈을 적셨다.

"그래 순영이 말하오. 내 들소."

하고 어머니가 딸에게 대하는 듯한 인자한 시선을 순영에게 던진다.

"선생님, 저는 죽기로 결심했어요."

순영은 길게 하려던 신세타령이 P부인 앞에서는 아무 효력이 없을 줄을 알아차리고 단도직입으로 자기의 최후 결심을 말하였다. 순영은 그윽이 이 무서운 결심이 P부인을 움직이게 할 것과 또 "죽는다."는 것이 P부인의 눈에 자기를 높이 보이게 하는 효과를 줄 것을 믿고 바랐다.

"윗(무엇)?"

하는 P부인의 음성에는 감출 수 없는 여성다운 놀라는 빛이 있었다. 순영은 자기의 말에 효과가 생긴 것을 만족해하는 듯이,

"저는 죽어버리기로 결심을 하였어요. 영혼이나 육신이 다 더러워진 것이 살아서 무얼 합니까? 저는 죽어버릴 테야요. 이 몸 하나만 없어져버리면 그만인 걸요…… 오늘 이렇게 선생님을 찾아온 것은 오래 은혜를 받던 선생님을 죽기 전 한 번 마지막으

140 막무가내.

430

로 뵐 겸, 또…… 또 선생님께 마지막으로 부탁할 것도 있고 그래서……."

순영은 말을 마치지 못하고 울고 쓰러져버렸다. 모든 슬픔과 원통한 것이 아까 집에서 생각하던 것보다는 다른 빛을 가지고 한꺼번에 북받쳐 올라온 것이다. 다른 빛이란 혹독한 원망과 미움 대신에 후회와 부드러운 슬픔의 빛을 가리킨 것이다.

이때에 문을 두드리는 소리가 나더니 김 박사가 머리를 들여밀고,

"P부인 용서하세요! 나는 갑니다."

하고는 도로 문을 닫으려다가 문득 탁자에 쓰러진 것이 순영인 줄 알아보고는 놀라는 듯이 멈칫한다. 그러나 들어올 처지가 아닌 것을 깨닫고 문을 닫치고 나간다.

"죽소? 자살하기로 결심했소?"

P부인은 순영이가 지금까지 피를 토하는 생각으로 한 말을 잘 알아듣지는 못한 듯이 싱겁게 재우쳐 묻는다. 그 목소리에는 아까 있던 여성다운 놀라는 빛은 없고 냉정하게 무심하게 들린다.

"네."

"순영이 죽는 것 싫지 않소? 사람 다 살기 좋아하오. 죽기 싫어하오. 순영이 무슨 까닭에 자살하오? 나 도무지 모르겠소."

P부인은 정말 모르는 듯이 고개를 설레설레 흔들며 의심스러운 눈으로 순영을 바라본다.

"저도 죽고 싶지는 않지요. 누구는 죽고 싶어서 죽어요? 다시는 살아갈 길이 없으니까 죽여버릴 놈은 죽여버리고 제 몸까지 죽여버리고 말자는 것입니다."

147

P부인은 그래도 알아들을 수 없다는 듯이 여전히 고개를 흔들며,

"나 알 수 없소. 나 알 수 없소. 순영이 생각 도무지 알 수 없소. 요새 자살하는 젊은 사람 많이 있는 모양이오. 그러나 나 그 사람들의 뜻을 다 알 수 없소. 그 사람들 생명 대단히 천한 모양이오. 귀한 생명 가지고 천하게 쓰는 것 죄 아니오? 아까운 생명 아끼지 않는 것 큰 죄요."

"내가 많이 생각해보았소. 이 사람들 왜 이렇게 생명 아까운 줄 모르는가 생각해보았소. 그 사람들 생명의 뜻 — 생명의 뜻 모르는 까닭이오. 생명의 뜻 어떻게 귀한 것 알면 그 사람들 그렇게 아까운 생명 함부로 끊어버릴 수 없을 것이오."

"귀한 아들딸 가진 사람 아낄 줄 알 것이오. 자기가 죽으면 귀한 아들 딸 잘 살아갈 수 없는 줄 알므로 그 사람 죽기 싫어하오. 어떻게 해서라도 오래 살아서 그 아들딸 벌어먹이려고 애쓰고 또 하나님께 그렇게 빌 것이오. 그 사람 자기 생명 자기 것 아니고 귀한 아들딸 위하여 있는 것인 줄 잘 믿소. 이런 사람 대단 복 있는 사람이오."

"나 미국서 조선 나라에 올 때에 조선 여자들에게 하나님 말씀 전하기로 작정하고 내 몸과 맘 조선 여자를 위해 바친다고 하나님께 작정하였소. 나 조선 온 지 이십 년도 넘었으나 죽기를 바란 때 한번도 없었소. 나 한번 큰 병 앓아서 몸 대단히 아팠소. 죽었으면 이 아픈 것 없겠다고 생각났으나 곧 회개하였소. 나 조선

에서 할 일이 아직도 남았으니 병신이 되더라도 오래 살아서 이 일 더하게 하여줍소서, 이렇게 기도하였소. 조선 여자 가르치는 일 아직도 시초요. 그렇게 아까운 줄 모르는 목숨 왜 이 일 위해서 바칠 생각 아니나 오? 참 이상하오. 나 알 수 없소."

"우리 생명 장난감 아니오. 우리 맘대로 가지고 놀다가 싫어지면 아무렇게나 깨뜨려 내버려도 좋은 장난감 아니오. 하나님의 역사하신 것 중에 생명 제일 귀한 것 아니오? 이 생명 하나님의 영광 위해 내신 것 아니오? 주 예수 그리스도께서 그 생명 어떻게 쓰시었소? 만백성, 온 인류 구원하시는 일에 쓰시었으니 우리도 주의 본을 받을 것이오. 우리도 우리 생명 살아있는 동안 하나님의 자녀를 주의 앞으로 인도하기에 이 생명 바쳐야 할 것이오."

"하나님 일 위해서 몸 바치는 사람 결코 실망하거나 낙심하는 일 없소. 제 욕심 채우려고 애쓰는 사람 항상 실망 있소, 낙심 있소. 그런 사람 저밖에 모르오. 셀피쉬한 사람이오. 셀피쉬한 것 가장 큰 죄악이오. 또 모든 죄악의 근본이오. 내가 보니 조선 젊은 사람들 셀피쉬한 성질 많소. 저를 희생하는 정신, 셀프 새크리파이스 정신 심히 부족하오. 저를 새크리파이스해서 하나님께 서브(섬기기)하는 생각, 나라에 서브하는 생각 심히 부족하오. 공부 오래오래 한 사람들, 서양까지 갔다온 사람들도 셀피쉬니스(이기심) 떠나지 못하고 서비스(봉사)하는 생각 잘 깨닫지 못하는 사람 많아. 나 그것 대단히 슬퍼하오. 또 입으로 말하는 사람 있어도 몸으로 행하는 사람 대단히 적어, 나 그것 슬퍼하오. 우리 학교 졸업생 많이 났으나 서비스하는 정신 잘 알고 하나님 위해

사는 사람 많지 아니하니 내 맘 아프오."

"지금 조선 나라 대단히 어려운 중에 있소. 셀프 새크리파이스 (저를 희생) 하는 남자와 여자 많이 있어서 힘을 합하여 일하면 살 수 있고, 저마 다 셀피쉬니스 따라가면 망하는 수밖에 없는 것이오. 그런 누구 그런 사람 있소? 나 아는 사람 그런 사람 대단히 적소? 순영이 그런 사람이오?"

P부인은 자기의 말을 알아들을까 의심하는 듯이 순영을 바라보았다. P부인의 얼굴에는 흥분한 빛이 있었다. 순영의 붉은 얼굴에서는 김이 오르는 듯하였다.

148

P부인은 무거운 몸을 일으켜서 난로에 석탄을 넣고 누런 연기가 피어오르는 것을 물끄러미 보더니 몸을 휘끈 돌려서 순영의 곁으로 와서 순영의 어깨에 손을 얹으며 극히 부드러운 소리로,

"순영이 용서하오! 내가 아까 처음 순영이 볼 때에 순영이 미워하는 생각 가지었소. 나 그동안 순영이 좀 미워하였소. 내가 죄 지었소."

하고는 팔로 순영의 목을 안고 순영의 뺨에 입을 맞춘다. 순영은 어린아이가 어머니에게 하는 모양으로 P부인에게 매달려 흑흑 느껴 울었다. 울면서 P부인의 손이 자기의 등을 만지는 것을 깨달았다.

P부인의 입맞춤, 등을 만짐은 순영의 영혼을 뿌리부터 흔들어

놓았다. 그것은 마치 전기와 같이 순영의 영혼은 찌르르하게 흔들어 들추어서 새로운 영혼을 이루는 듯하였다. 순영의 눈물 흐르는 눈앞에는 오랫동안 보지 못하였던 광명의 세계가 번뜻 보였다. 아침 햇빛이 넘치는 새로운 세계에 끝없이 푸른 벌판이 열린 듯하였다. 그러나 자기가 좋다구나 하고 그 벌판에 춤추며 뛰어들려 할 때에 자기의 몸과 영혼이 여지없이 더러운 것이 눈에 띄었다.

"선생님, 저같이 더러워진 것이 이제부터라도 하나님 나라의 일꾼이 될 수 있겠어요? 제가 인제 무슨 낯을 들고 뻔뻔스럽게 세상에를 나서요?"

이렇게 말하는 순영의 생각에는 자기가 '주와 나라를 위하여 몸을 바친다.'던 옛 생각을 버린 것, 돈과 영화에 취하여 봉구의 사랑을 버리고 육욕밖에 모르는 남자의 첩이 되었던 것, 술과 담배를 먹게 된 것, 임질, 매독까지도 올리게 된 것, 이런 모든 광경이 눈앞에 비치었다.

"더러워진 몸 목욕하여 씻음으로 깨끗하게 될 수 있소. 죄의 더러운 영혼, 주에 회개함으로 주의 앞에 바침으로 깨끗할 수 있소. 그러나 자살함으로 죄 있는 몸과 영혼을 깨끗하게 할 수 없소. 살아서 세상 사람 대할 면목 없다면 죽어서 하나님 대할 면목 더욱 없을 것이오."

"그렇지만 제가 인제 세상에 나서서 일을 한다면 세상이 믿어주겠어요? 선생님인들 믿어주시겠어요?"

"세상이 순영이 안 믿소. 나도 순영이 안 믿소. 세상 순영이에게 속았소. 순영이 나 속인 것이오. 세상이 순영 안 믿더라도 순영이 세상을 원망할 수 없소. 그러하나 순영이 다시 회개하고 셀 피쉬한 생각 — 제 몸만 위하는 생각 버리고 하나님과 나라 위하여 자기를 희생하고 서브하는 정신 가지고 오래 실행함으로 세상의 신용 회복할 수 있소. 또 내 신용 회복할 수 있소. 그것 쉽지 아니한 일이오 — 대단히 어려운 일이오. 그러나 굳건한 믿음 가지고 넉넉히 그렇게 할 수 있소."

"순영이 참 아깝소. 한번 순영이 신용 아니 잃었더면 일하기 어떻게 힘있었겠소?"

P부인은 심히 아끼는 듯이 괴로운 듯이 고개를 흔들더니,

"내 딸! 나는 순영이 사정 다 들을 필요 없소. 순영의 일 순영이 책임 있소. 나 순영이 사랑하므로 내가 믿는 것 말한 것이오." 하고 볼일 다 보았다는 듯이 난로에 석탄을 한번 뒤적거리고는 자기의 자리에 도로 가 앉는다. 그는 순영의 대답을 기다리는 것 같지도 않았다. 자기가 해야 할 무거운 직분을 실수 없이 다한 것이 다행이다, 인제는 내 책임은 다했다는 듯이 안심하는 태도를 가졌다.

순영은 자기가 하려고 가지고 왔던 말을 다할 필요가 없음을 깨달았다. 오직 한마디 할 말이 있다면 그것은,

"선생님 말씀은 과연 옳으십니다. 저도 오늘부터는 선생님 말씀대로 새 생활을 시작하겠습니다. 제 맘이 흐리고 어두워서 보지 못하던 것을 선생님께서 분명히 보여주셨습니다. 저는 구원받은 사람이 되렵니다."
하는 것뿐일 것이다. 그러나 순영에게는 그 말을 할 용기가 없었다.

149

"잘 생각하오! 기도하시오."

"네."

이 모양으로 P부인을 작별한 순영은 십 년 동안 어린 꿈을 기르던 정든 학교를 다시금 둘러보고 대문을 나섰다. 인순을 찾아볼 맘이 간절하였으나 여러 사람들 대하기가 싫어서 그만두고 그 길로 윤 변호사 집을 찾아갔다. 봉구가 어찌 되는지 그것을 알고자 함이다. 말없이 죽어버리기를 기다리던 봉구가 새삼스럽게 순영의 걱정거리가 된 것이다. 맘이 급한 것을 보아서는 곧 집으로 달려가서 끝장낼 준비를 하고 싶건만 이번에 집에 들어가면 다시는 세상 구경을 못할 것 같기도 하고 또 설사 자기가 오늘 안으로 죽어버리더라도 봉구의 운명이 어찌 되는 것은 알아야만 할 것 같았다.

윤 변호사 집 안방에는 많은 여자들이 모였다. 마루 앞에 어지러이 벗어놓은 구두로 보아 그 여자들이 신식 교육을 받은 자들인 것과 또 구두에 대개는 흙도 안 묻고 눈도 안 묻은 것을 보아서 적어도 그들이 출입할 때에는 인력거는 타고 다니는 사람들인 것을 추측할 것이다.

순영이가 왔다는 말을 듣고 방 안에서 웃고 지껄이던 소리가 그치며 선주를 선두로 육칠 인 여자가 우르르 일어나 나와 순영을 맞는다.

선주는 어쩔 줄 모르게 반가운 빛을 보이며 웃고 떠드느라고 흥분된 얼굴에 웃음을 띠고 순영의 외투를 받아들고 한 손을 붙

들어 올리며,

"그래 우리가 생각하는 정성이 미쳐서 기어이 오고야 만단 말이야, 어디 갔었어? 전화줄에 불이 나도록 전화를 걸었다누, 오래간만에 모여서 하루 놀자고. 자 들어가!"

하고 순영의 허리를 안고 방으로 들어갔다. 다른 여자들도 모두 순영에게 인사말을 하고 방에 들어왔다. 방바닥에는 화투, 트럼프장이 넘너른하고[141] 한편 구석 둥근 키 작은 탁자 위에는 납지에 싼 값비싸고 맛날 듯한 과자와 열 개 한 갑에 사십여 전이나 하는 향기로운 청지연과, 서양서 온 포도주와 브랜디 병과 오색이 찬란한 유리접시에는 황금 같은 네이블,[142] 호박빛 나는 능금이 담겨 있다. 조그마한 유리잔들에 핏빛 같은 술이 조금씩 담긴 것을 보면 이 새악시들이 얼굴이 붉은 것이 반드시 웃고 떠들기에 흥분된 때문만 아닌 듯하였다.

선주는 순영에게 궐련을 권하고 또 한 여자는 브랜디 한 잔을 남실남실하게 따라 순영의 앞에 놓으며,

"추운데 한 잔 잡수우."

하고 권한다. 여러 여자들은 모두 아름답고 돈 많은 순영을 부러워하듯 환대하였다. 기쁨이 넘치는 그들은 순영의 속에 죽기보다 더한 괴로움과 무엇이 될지 모르는 큰 변화가 일어나고 있는 것을 알 길이 없었다.

순영이가 궐련 한 개를 피우자 다른 여자들도 모두 한 개씩 피워 물었다. 또 순영에게 브랜디 한 잔을 권하는 길에 자기들도 혹

---

141 넘너른하다. 여기저기 마구 널려 있다.
142 네이블 오렌지.

은 브랜디를, 혹은 핏빛 같은 포도주를 한 잔씩 따라 한 모금씩 마시고는 앞에 놓았다.

모인 여자들은 대개는 순영이가 아는 사람이요 처음 보는 여자도 한둘 있었다. 선주가 소개하는 말을 듣건댄 그중에 키 작고 얼굴은 좀 검으나 퍽 몸맵시 있는 여자는 고향이 평양이요 S여학교를 졸업하고 일본 가서 히로시마의 어떤 교회 학교에 다니다가 온 이요, 또 하나 키 후리후리하고 몸 좀 부대하고 눈 어글어글한[143] 여자는 C여학교를 마치고 동경에 유학을 갔다가 삼일운동 때에 무슨 임무를 가지고 본국에 들어왔다가 징역 언도를 받고 상해로 피신하였다가 아라사[144]로 다녀서 얼마 전에 본국으로 돌아온 사람이라고 한다. 그들은 다 순영을 만나기는 처음이나 말을 들은 지는 오래라고 말한다.

"이 두 분은 무도회에서 친하게 되었지요. 아 참, 순영 씨도 오늘 저녁에는 무도회에 같이 갑시다. 우리 다 저녁 먹고는 갈 텐데."

하고 선주는 주부 노릇을 하느라고 애를 쓴다.

150

그 나머지 여자들 중에 더러는 순영이나 선주 마찬가지로 대개는 돈 있는 사람의 첩이거나 또는 분명치 못한 혼인을 한 사람

---

143 서글서글하다.
144 러시아.

들이요, 더러는 아직 혼인은 않고 또 공부도 않고 말하자면 넘고
처져서 시집도 못 가고 영어니 음악이나 배운다는 사람들이요,
더러는 여학교의 교사요, 더러는 예배당의 찬양대에 나서는 사람
들이다. 나이는 모두 이십삼사 세가 되었으나 아직 일정한 직업
— 아내라든지 어머니라든지 교사라든지 — 이 없는 좋게 말하
자면 여자 중의 귀족이요 좋지 못하게 말하자면 여자 부랑자들
이다. 그중에서 순영이나 선주와 같이 부잣집의 첩으로 간 사람
들이 가장 성공한 것으로 여러 사람의 부러워함을 받는다.

"연애는 신성하지. 사랑만 있으면 나이가 많거나 적거나 본처
가 있거나 없거나 상관있나?"

하는 것이 그들의 연애관이다. 이 연애관이 서로 같기 때문에 그
들은 서로 친하는 것이다.

그 여자들은 대개 예수교회에 다녔다. 그들이 예배당에서 허
락할 수 없는 혼인을 하기까지는 대개는 예배당에 다녔고 혹은
찬양대원으로 혹은 주일학교 교사로 예수교회 일을 보았다.

또 혹은 그들의 가정의 영향으로, 혹은 삼일운동 당시의 시대
정신의 영향으로, 그들은 거의 다 애국자였었다. 만세 통에는 숨
어다니며 태극기도 만들고 비밀 통신도 하고 비밀 출판도 하다
가 혹 경찰서 유치장에도 가고 그중에 몇 사람은 징역까지 치르
고 나왔다. 그때에는 모두 시집도 안 가고 일생을 나랏일에 바친
다고 맹세들을 하였다. 그러한 여자가 서울 시골을 합하면 사오
백 명은 되었다. 그러나 만세열이 식어가는 바람에 하나씩 둘씩
모두 작심삼일이 되어버려서 점점 제 몸의 안락만을 찾게 되었
다. 첩에 한 사람이 시집을 가버리면 맘이 변한 것을 책망도 하

고 비웃기도 하였다. 그러나 그 사람이 시집을 가서 돈도 잘 쓰고 좋은 집에 아들딸 낳고 사는 것을 보면 그것이 부러운 맘이 점점 생겨서 하나씩하나씩 시집들을 가버렸고, 아직 시집을 못 간 사람들도 내심으로는 퍽 간절하게 돈 있는 남편을 구하게 되었다. "조선을 위하여 몸을 바친다."는 것은 옛날 어렸을 때의 꿈으로 여기고 도리어 그것을 비웃을 만하게 되었다.

'연애와 돈.'

이것이 그들의 정신을 지배하는 종교다. 그러나 이것은 여자뿐이 아니다. 그들의 오라비들도 그들과 다름없이 되었다. 해가 가고 달이 갈수록 그들의 오라비들의 맘이 풀어져서 모두 이기적 개인주의자가 되고 말았다. 오라비들이 미두를 하고 술을 먹고 기생집에서 밤을 새우니, 그들의 누이들은 돈 있는 남편을 따라 헤매지 않을 수가 없었다. 이리하여 조선의 아들과 딸들은 나날이 조선을 잊어버리고 오직 돈과 쾌락만 구하는 자들이 되었다. 교단에서 분필을 드는 교사도 신문, 잡지에 글을 쓰는 사람도 모두 돈과 쾌락만 따르는 이기적 개인주의자가 되고 말았다. 순영이가 선주의 집에 모여 앉은 동무들을 대할 때에 아까 P부인에게 들은 말을 생각하였다.

"셀피쉬하고 서브하려는 생각이 없다…… 그런 사람만 많은 나라는 불행하다."

그들의 이야기는 포도주를 마시고 청지연을 피우는 이에게 합당하도록 멋지고 고상한 말들이었다. 음악 이야기, 소설 이야기, 문사 비평, 시집간 동무들의 남편 비평, 집 비평, 세간 비평, 새로 지은 옷 비평……. 이러한 것들이 다 애국이라는 금박과 종교라

는 은박을 벗어놓은 그들에게는 불행히 이런 것 이상의 화제는
없었다.

"인생은 돈이다!"

"오직 나 하나의 쾌락만 생각하여라!"

"나라나 종교나 사회에 대한 의무나 이런 것은 모두 허깨비
다!"

이것이 그때의 조선의 젊은 아들딸들의 생활을 지배한 원리였
었다.

151

재판소에 가서 안 들어온다는 윤 변호사는 오후 네시나 되도
록 돌아오지 않는다. 선주도 순영의 뜻을 알므로 윤 변호사가 가
있을 만한 곳에는 다 전화를 걸어보았으나 혹은 온 일이 없다고
도 하고 혹은 다녀갔다고도 하여 있는 데를 알 길이 없었다.

"또 어디를 갔어!"

하고 선주는 짜증을 내었다. 그것은 자기 남편이 근일에 어떤 여
자와 친히 다니는 눈치를 아는 까닭이다. 그 여자는 선주의 동무
로 자주 선주의 집에 놀러오던 사람이다. 그것이 자기 남편을 가
로채려는 눈치를 보고서는 한바탕 그 여자와 싸웠다. 그때부터
그 여자는 선주를 찾아오지 않았으나 그 대신에 윤 변호사가 가
끔 어디를 가서는 늦게 들어오게 되었다. 그래서 선주는 가끔 바
가지를 긁고 내외 싸움을 하였다. 그러나 선주 자기도 최씨와 하

는 간이 있으므로 군세게 대들지도 못하였고 또 그다지 분할 것
도 없었다.

"영감이 난봉이 나시나 보구려."

"누가 아니래요. 대가리 희어도 여자라면 사족을 못 쓴다나."

"영감이 그러걸랑 선주도 그러구료. 그게 제일입니다."

하고 총독부 어떤 사무관의 부인이요 성악가라고 소문난 문정숙
이라는 쾌활한 여자가 푹 찌른다.

"참 정숙이는 곧잘 그럴걸."

하고 S학교 교사로 있는 웃기 잘하는 여자가 빈정거린다. 이 여
자는 오륙 년래로 시집을 가려고 애쓰건만 데려가는 이가 없는
여자다.

"그럼 안 그래! 남편이 한 번 다른 여자하구 놀거든 나는 꼭
두 번만 해요. 그것밖에 사내를 곯리는 방법은 없다나."

이것은 정숙의 설교다.

이 사람들도 선주와 최씨의 관계를 모르는 것이 아니다. 알기
때문에 더욱 이런 말을 하는 것이다.

순영은 아무리 하여도 흥이 나지를 않았다. 그래서 남이 말을
하면 듣고 웃으면 웃고 속으로 딴 생각을 하고 있었다. 봉구, 락
원이(아들의 이름), 셀퍼쉬니스, 셀프 새크리파이스, 서비스, 자
살, 나랏일, 예수, 돈, 본마누라, 본마누라 딸……. 이런 것이 모두
순영의 머릿속에 핑핑 돌아가는 생각의 필름이었다.

"왜 순영 씨는 오늘 그렇게 흥이 없어? 무슨 심란한 일이 있
수? 영감이 또 놀아나나 보구려."

이렇게 사람들은 순영의 피지 못한 낯색을 보면서 물었다.

"아이 참, 사람 한 세상 살아가는 게 퍽도 귀찮아. 어떤 때엔 한강철교에서 풍덩 빠져버리고 싶은데."

선주는 정말 귀찮은 듯이 눈살을 찌푸리며 브랜디 한 잔을 또 쭉 들이켰다.

이 말이 빌미가 되어서 만좌滿座가 비관적 인생관으로 기울어졌다. 저마다 한 가지씩 불평거리를 제출하고는 자기 것이 가장 중요한 것같이 말하였다. 그러고는,

"나 같으면 이럴 테야."

"그까짓 것 두들겨 부시고 말지."

"그러면 어쩌오! 그저 꾹 참고 살아야지."

이 모양으로 한탄들도 하고 비평들도 하였다. 그러나 그중에 어떻게 하면 먹고 입을 길이 생길까, 어떻게 하면 세상을 좀더 살기 좋게 할까, 이런 생각을 하는 이는 없는 듯하였다. 상해로 시베리아로 다녀온 뚱뚱한 이가 처음에는 사회주의니 소비에트니 하는 이야기를 좀 하였으나 어떤 돈 많은 전문학교 교수에게 영어를 배운답시고 일이주일 찾아다닌 뒤로부터는 그것도 쑥 들어가버리고 말았다.

모두들 무슨 불평을 말하나 순영이가 보기에는 세상에 가장 불행한 사람은 자기인가 싶었다. 그러나 셀피쉬니스, 서비스……이러한 것을 생각하고 여기 모인 동무들을 생각할 때에는 조선을 위하여 울지 않을 수가 없었다.

152

아무러나 그들에게는 다 무슨 불평이 있었다. 불평이라는 것보다도 주림이다. 아직 남편과 돈을 얻지 못한 여자는 남편과 돈에 대하여 주림이 있고, 그것을 얻은 여자도 얼마를 지나고 보면 그것만이 결코 자기네의 주림을 채우지 못할 것을 깨닫는다. 그러할 때에 그들은 전보다도 더 견딜 수 없는 주림을 깨달아서 어찌하면 이것을 채워볼까 헤맨다.

'모두 주렸구나. 쾌락을 찾아서 쾌락을 얻지 못하고 모두 주렸구나.'

순영은 여러 동무들이 저마다 브랜디를 마셔가며 화나는 듯이 청지연을 퍽퍽 피우고 자포자기하는 모양으로 한탄하는 것을 볼 때에 가슴이 막힐 듯이 괴로웠다.

'좋은 집, 맛나는 음식, 맘에 드는 남편, 돈, 비단옷, 화투, 활동사진…… 이것이 행복이 아니었다, 인생의 전체는 아니었다!'

P부인은 행복된 사람이다. 그에게는 이러한 모든 것이 없으되 행복된 사람이다. 그는 남편도 없다. 재산도 없다. 술도 담배도 안 먹고 화투도 안 하고 음란한 이야기도 안 한다. 그러나 그의 생활에는 분명히 평화가 있고 행복이 있었다. 설혹 가끔가다가 그도 화를 낼 때도 있고 한숨을 쉴 때도 있고 눈물조차 흘리는 때가 있었으나 그러나 그 슬픔, 그 괴로움은 바라보기에 심히 높고 귀한 것이었다. 순영은 일찍 P부인이 자기 몸을 위하여 근심하는 것을 못 보았다. 그가 근심하는 일이 있다면 그것은 혹은 학교를 위하여 혹은 학생들을 위하여서다. 순영이 자신도 한때에

는 그렇지 않았던가.

그러면 P부인의 행복은 어디서 나온 것인가. 순영이나 여기 모여 앉은 그 동무들의 불평과 아귀스러움, 추접스러움, 천함은 어디서 나온 것인가.

'셀피쉬니스와 셀프 새크리파이스!'

순영은 휘유 한숨을 쉬었다. '깨끗한 생활', '자기희생의 생활', '의무의 생활' — 이것이 순영의 눈앞에 어른거린 것이다.

'그러나 내가 이제 그런 생활을 할 수가 있을까, 나같이 더러운 몸이.'

순영은 이렇게 한탄하였다.

"남편의 애정을 어떻게 믿소? 올 때엔 오지만 갈 때엔 가는걸. 자식이 제일이야, 자식이."

이것은 사무관 부인의 한탄이다.

"자식은 무얼 하오? 어려서는 따르지만 자라나서 제 계집 얻으면 어미 생각이나 한답디까? 그저 돈이 제일이지."

이것은 명선주의 한탄이다.

"자식이야 가거나 말거나 내가 자식에게 대한 애정이야 변하오?"

이것은 사무관 부인의 반박이다.

"어그, 듣기 싫어, 바로 노파들 수다겉이."

이것은 S학교 교사되는 늙은 처녀의 말이다.

"자, 화투나 해요. 무얼 남편이 어떻구 자식이 어떻구……. 나처럼 교사 노릇이나 해!"

일동은 웃었다. 그러나 왜들 웃는지도 몰랐다.

윤 변호사는 다섯시가 되도록 돌아오지를 않는다. 마침내 순영은 저녁 먹고 가라는 것도 뿌리치고 그 집에서 나왔다. 순영이가 나간 뒤에 여자들은 순영의 비평으로 화제를 삼았다.

순영이가 재판소에서 봉구를 위하여 증인을 선 것이 물론 이야기의 중심이 되었다. 그 일에 대하여 찬성하는 자, 반대하는 자, 제설諸說이 분분하였다.

"아무러나 저마다 못할 일이야."

하고 순영이가 한 일을 찬성하는 이도 있었으나 그것은 현재 같이 사는 남편에게 의심을 일으키게 하는 일이 옳지 않다는 편이 많았다.

다음에는 백윤희의 비평이 나왔다. 워낙 여자를 즐겨하는 사람인 데다가 순영이가 저 모양이니 반드시 두 사람의 부부생활이 얼마 못 가리라고도 하고 혹은 백의 본마누라가 지금 중병 중에 있으니 그것만 죽으면 순영은 땡을 잡는다고 부러워하는 이도 있었다.

153

윤 변호사의 집에서 나온 순영은 곧 청진동 셋째오빠 순흥의 집으로 향하였다. 순흥은 봉구의 일을 알 듯함이다. 아까 학교에서 오던 길에도 순흥에게로 가볼 생각이 없지 않았으나 순흥이가 자기를 미워하므로 감히 찾아갈 용기가 안 났던 것이다. 그러나 인제는 거기밖에 갈 곳이 없었다. 또 오늘 한번 순흥을 만나보지 않으면 다시는 그렇게도 사랑하고 사랑받던 오빠를 만나볼 기회가 없을 듯도 하였다.

순흥은 집에 있었다. 순영이가 들어오는 것을 보고,

"너 무슨 면목으로 내 집에를 또 오니? 내가 오지 말라고 일렀지."

하고 성을 내었다. 순흥은 술이 취한 모양이었다.

순영은,

"나도 오빠 볼 낯이 없어요. 그렇지만 죽기 전 마지막으로 한 번 얼굴이나 대하고 또는 봉구 씨 소식이나 들어보려고 왔어요. 다시는 영원히 안 올게, 오늘만 잠깐 오빠 곁에 있게 해주세요."

하면서 순흥의 곁에 가 앉는다.

순흥은 순영을 피하는 듯이 일어나 윗목으로 가며,

"죽기 전 마지막?"

하고 빈정거리는 소리로,

"죽기는 왜 죽어? 그 비단옷이 너무 분에 겨워서 죽어?"

하고 킁 코웃음을 한다.

순영도 침착한 어조로,

"오빠 맘대로 생각하시구려!"

하고는 더 변명하려고도 않고 어서 볼일이나 보고 가겠다는 듯이 자기도 일어서서 뒤로 돌아선 순흥의 등을 향하고,

"봉구 씨 공소하셨어요?"

하고 물었다.

"너 같은 사람인 줄 아니? 신봉구가 열 번 죽으면 이 재판소에 공소할 사람이냐? 어서 맘 턱 놓고 백가 놈의 첩 노릇이나 해라.

봉구가 인제는 세상에 나올 염려가 없으니까 너도 턱 안심이 되겠다. 내일부터 신문이나 잘 보지, 사형 집행했다는 기사나 시원히 보게."

하고 순흥은 분을 참지 못하는 듯이 고개를 돌려서 한번 순영을 흘겨보았다.

"왜 그러시오? 시누님도 오래간만에 오셨는데."

하고 순흥의 부인이 참다못하여 새에 나서 순흥을 향하여 눈짓을 하고 다시 순영을 보고,

"시누님 앉으세요. 오빠가 신봉구 씨 판결 확정했다는 말을 듣고 저렇게 안 먹는 술을 먹고 여태껏 혼자 울고 저럽니다그려."

하고 위로하는 말을 한다.

순흥은 휘끈 몸을 돌려 순영을 보며 비분함을 이기지 못하는 태도와 어조로,

"순영아! 네가 내 동생이다. 우리 여러 동기 중에 내가 너를 제일 사랑한 것도 네가 알 것이다. 너를 학교에 데려올 때에 내가 어떻게나 애를 쓴 줄 아느냐? 집에서는 돈을 안 주어서 내가 점심 한때를 굶어가면서 네 학비를 대기를 이태나 했어. 나는 재주가 없지만 너는 재주가 있길래 그래도 무슨 큰일을 할 여자가 되려니 그것만 믿었었어. 내가 학교 동무들이나 친구를 대해서 얼마나 네 자랑을 했는지 아느냐? 그러나 지금 생각해보면 내가 눈이 삐었었다. 네가 그렇게 더러운 것이 되어버려서 내 얼굴에 똥칠을 할 줄이야 누가 알았니? 내가 감옥에서도 네 행실이 나쁘다는 소식을 들었지만 나는 털끝만치도 안 믿었다. 네가 얼굴이 반반하고 영어 마디나 하니까 아마 사람의 입에 오르내리는 게다

하고 혼자 사랑으로 알았지. 네가 정말 그렇게 되리라고는 꿈에
도 생각을 못했었어. 나는 네가 백가 놈의 첩이 된 줄을 알고는
칼로 너를 푹 찔러죽이려고 했었다. 허지만 그것도 못하고……."
하고 순흥은 분을 참느라고 고개를 흔든다.

154

"거기 앉아라. 나도 이 세상에서 다시 너를 볼는지 말는지 하
니, 오늘 이야기나 좀 하자. 낸들 왜 네게 대하여 동기의 정이 없
겠니? 그렇지만 나는 의리에 살아보려고 지금까지 애를 써왔기
때문에 불의한 너를 억지로 미워한 것이다. 사랑하는 너를 미워
하느라고 얼마나 내가 괴로웠는지 네가 아느냐?"
하는 순흥의 소리는 울음으로 떨린다. 순영이도 어느덧 독살[145]이
난 듯한 새침한 태도가 스러지고 느껴 울기를 시작한다.
"내가 오늘 울었다, 순영아. 내가 오늘 실컷 울었다. 좀더 울련
다."
하고 소매로 눈물을 씻으며 순흥은 말을 계속한다.
"감옥에서 나와서 참고 참았던 울음을 오늘 다 울어버리련다.
그러고는 이것을 안고 죽어버리련다."
하고 책상서랍에서 종이에 싼 둥그런 공 같은 것을 번뜻 내보인
다. 순영의 머릿속에는 '폭발탄'이란 생각이 번개같이 지나간다.

---

145 악에 받치어 생긴 모질고 사나운 기운.

순홍의 부인도 눈이 둥그레진다. 종로경찰서에 일전에 폭발탄을 던진 것, 총독부에 폭발탄을 던진 것, 효제동에서 김상옥[146]이가 경관과 싸워 죽은 것, 백 검사가 육혈포를 맞은 것, 경성 시내에서 여러 부자들과 이름난 사람들이 협박장을 받고 매를 맞고 한 것, 이런 것들이 순영의 머릿속으로 지나가고 그것이 다 순홍 오빠의 손으로 된 것같이 생각했다.

그러나 순홍은 그 아내나 순영이나 다른 말을 낼 기회를 주지 않고 자기의 말을 계속하였다.

"내가 어떻게 울지를 않겠니? 내가 만일 양심이 온전한 사람이면 벌써 죽어서 마땅한 놈이다. 생각을 해보아! 감옥에서 턱 나오니 산같이 믿던 동지란 자들은 주색에 빠지지 않았으면 제 몸만 돌아보는 이기주의자들이 되어버리고 애지중지하고 산같이 믿던 누이동생은 짐승 같은 부자 놈의 첩으로 가버리고……. 모든 계획했던 것, 약속했던 것은 모두 물거품이 되고 세상은 전보다 더 망해지고……. 순영아, 내가 울지 않으면 누가 우니?

나는 감옥에서 나온 후로 오늘날까지 옛날 동지란 자들, 지도자란 자들. 청년이란 자들, 신문 내는 자들, 잡지 내는 자들, 교사 노릇 하는 자들, 남자 여자 내가 찾아볼 수 있는 대로는 다 찾아보았다. 그러나 그중에 한 놈도 옛날 뜻을 지키고 있는 놈은 없고, 한 놈도 세상을 위해서 몸을 바치려는 놈은 없고, 한 놈도 무슨 일을 어떻게 해야겠다고 계획을 세우고 힘을 쓰는 놈은 없고, 단 두 놈도 서로 합하고 서로 도우려는 놈은 없고, 모두 돈푼에

---

146 의열단원 김상옥(金相玉, 1890~1923). 1923년 1월 22일 서울 종로구 효제동에서 1,000여
    명의 일본 군경과 3시간 넘게 총격전을 벌이며 저항하다가 장렬히 자결했다.

나 눈이 벌겋고 계집애 궁둥이나 따라다니고……. 온통 세상이 소화기와 생식기의 세상이 되어버렸으니 내가 아니 울고 어찌 하니?

더구나 어저께 ○○씨를 만나서 그 늙은이가 별 수 없어, 희망은 조금도 없어, 하고 나가자빠지는 꼴을 볼 때에 나는 견디다 못해서 이 약한 자식, 거짓된 자식 하고 욕을 담아 붓고 뛰어나왔다.

나는 그 맘 잘 변하고 약고 발라맞추고 제 생각만 하고 이런 때에 있어서 조선을 위하여 몸바치려는 맘을 안 내는 놈들! 조선의 재산을 많이 허비해서 고등한 교육을 받은 놈들! 누구누구 하고 지도자 소리, 선생 소리 듣는 놈들을 모조리 내 손으로 죽여버리고 싶었다! 그러고 나서 나마저 죽어버리고 싶었다. 순영아 내가 어찌 울지를 않겠니?

그러다가 오늘은 내가 가장 사랑하는 친구 신봉구의 사형 판결이 확정이 된 날이다. 오늘만 지나면 내일부터는 봉구의 목숨은 언제 끊어질는지 모른다. 그놈도 죽어 싼 놈이지. 그놈 역시 첫 맹세를 잊고 계집과 돈을 따라다니다가 그리 되었으니까! 허지만 신봉구는 좋은 사람이다! 다른 사람 백 놈을 묶어놓아도, 백윤희 같은 놈 만 개를 묶어놓아도 신봉구 하나를 못 당할 것을, 순영아 네가 죽여버렸구나, 내가 어찌 울지를 않겠니?"

155

순흥은 불덩어리와 같이 뜨겁게 되었다. 그 두 눈에서는 눈물이 흐르고 이마에는 땀방울이 맺혔다. 순영은 가끔 수그렸던 고개를 들어서 걱정되는 듯이 순흥을 보았다. 그렇게 보아주는 순영의 눈이 더욱 순흥을 흥분시키는 듯하였다.

"나는 인제는 모든 것을 잃어버린 사람이다. 희망도 없고 욕심도 없고 움직일 근력조차 잃어버린 사람이다. 지금 죽어버리려도 죽어버릴 기운조차 없는 사람이다. 에익 내가 어이 왜 감옥에서 나왔어? 왜 그 속에서 썩어져버리지를 않고 무슨 좋은 일을 보겠다고 이 저주받은 세상에를 나왔어? 눈에 보이는 것이 모두 망할 것뿐, 모두 썩어진 것뿐, 가슴 쓰리고 분통 터지는 일만이니 이러구야 하룬들 어떻게 살아간단 말이냐, 어이휴!

내가 조금 더 어리석어서 이런 것을 아주 모르거나 그렇지 않으면 좀더 능력이 많아서 이것을 바로잡을 만한 힘이 있거나! 꼭 조선 사람들이 날마다 바짝바짝 쟁개비[147]에 지지는 잔고기 떼 모양으로 마르고 졸아들어 가는 것을 빤히 보고도 어찌할 도리는 없어. 네다 나다 하고 떠들던 것들은 빈소리만 떠들고 당초에 정신이 없으니 참말 나는 이 꼴을 보고는 살 수가 없어!"

순흥은 문득 하던 말을 뚝 끊고 주먹을 불끈 쥔다. 그의 눈앞에는 지나간 삼주일래로 하여오던 일과 하려다가 실패하던 일과 오늘 밤에 자기가 하려고 하는 일들이 번뜩 보였다. 그러나 그 일

147 무쇠나 양은 따위로 만든 작은 냄비.

들은 자기 아내에게도 알리지 않은 비밀한 일이다. 말하던 김에 시원히 그 말까지 하여버리고 싶은 유혹이 순흥의 맘속에 일어 났으나 순흥은 '비밀'이라는 동지간의 맹세를 생각하고 입을 꽉 다물었다.

그러나 순영은 순흥의 속을 대강은 추측하였다. 그동안 신문 에 떠들던 폭발탄 사건, 육혈포 사건, 협박장 사건, 몇몇 이름난 사람들을 혹은 찾아가기, 혹은 어떤 곳으로 불러내어서 욕보인 사건들이 비록 모두 다 순흥이가 몸소 한 일은 아니라 하더라도 그가 관계한 일인 것을 짐작하였다. 순흥이가 중학교 시대부터 과격한 언행을 즐겨하던 것을 생각할 때에 더욱 순영은 이 추측 을 믿을 수밖에 없었고, 또 순흥이 본래의 천성과 지금 하는 말로 보아 장차 생명을 내어놓는 무슨 위험한 일을 하려는 결심이 있 는 것도 추측할 수 있었다.

이런 일을 생각할 때에 순영은 자기의 괴로움 ─ 오늘 밤으로 자기의 생명이 끊어질지 모르는 그러한 큰 괴로움도 잠깐 잊 어버리고 순흥의 몸이 근심되는 동기의 정이 일어났다.

"오빠 너무 위험한 일은 마세요, 언니와 아이들을 보아서라 도."

한 것은 순영의 진정에서 생각지도 않고 쏟아져나온 충고다.

"그걸랑 염려 말어!"

하고 큰소리는 하였으나 순영의 말이 순흥의 가슴을 찌른 것은 사실이다. '언니와 아이들', 참 그들은 순흥에게 매달린 생명들이 다. 순흥은 얼마나 그들을 사랑하였을까 ─ 얼마나 위험한 일을 계획할 때마다 그들의 양자가 눈앞에 아른거렸을까. 그러나, '그것을 생각할 수 없다!' 하고 주먹으로 눈물을 씻은 일이 한두 번이 아니다. 인제는 가만히 있더라도 어느 날 어느 시에 경찰서에서 자기 집을 육혈포로 에워싸고 가련한 처자의 목전에서 자기가 당그랗게 묶여갈는지도 모르는 것이다. 그러고 만일 자기가 이번에 묶여간다면 그것은 이 세상을 마지막 이별하는 것임을 순흥은 잘 안다. 그러니까 지금 순흥이가 할 일은 어떻게 해서라도 자기의 죄상이 발각이 되기 전에 해외로 도망을 해버리든지 그렇지 않으면 마지막으로 죽을 일을 한번 더 해보는 것이다. 그런데 순흥은 목숨을 바치기로 동지들과 맹세를 하였고 순흥은 그 맹세를 자기 혼자만이라도 지키려고 한다.

156

"순영아!"

하고 순흥은 한참이나 말없이 있더니 아까와 같이 흥분한 빛은 없어지고 그 대신에 심히 근심스럽고 낙심하는 태도로 고개를 들어 순영을 보고 부른다. 그 목소리는 부드럽고 정다웠다.

"순영아, 내가 네게 한 가지 부탁해둘 것이 있다. 너를 보기 전에는 다시는 너를 생각하려고도 않았더니 너를 이렇게 만나니까 여전히 동기의 정이 생기는구나, 이것이 내가 네게 말하는 마지막이다만 네가 이 부탁을 들을 용기가 있을까?"

순영은 말없이 순흥을 물끄러미 바라보다가 새로운 눈물이 나오는 것을 억지로 참고,

"무슨 말이야요?"

하고 물었다. 순영은 순흥의 낯빛에서 말할 수 없이 비통한 빛을 본 까닭이다.

순흥은 순영의 얼굴에서 무엇을 찾아보려는 듯이 이윽히 보더니,

"너 지금부터라도 그 더럽고 거짓된 생활을 버리고 깨끗하고 참된 생활로 돌아와다오. 너무 늦어지기 전에 회개를 해다오. 네가 만일 그러할 생각이 안 나거든 나를 보아서라도, 이 불쌍한 오라비를 보아서라도 그리 해다오."

하고 애걸하는 어조로 눈물 섞어 말하였다. 그러고는 순영의 대답을 무서워하는 듯이 고개를 돌렸다.

"오빠!"

"응?"

"오빠!"

순영의 입은 열렸다.

"그래."

하고 순흥은 무슨 큰 것을 바라는 듯이 순영에게로 고개를 돌렸다.

"오빠, 내 회개할께요! 내 더러운 생활을 오늘 안으로 끊어버릴께요. 그렇지 않아도 오늘 올 때에는 오빠보고 그 말을 하러 왔는데 오빠가 그렇게도 괴로워하는 것을 보니깐 내가 어쩌면 좋을지 모르겠어요! 내 오빠 말대로 할께요! 네, 할께요."

"정말 그럴 테야, 순영아? 정말 네가 백가 집에서 나올 테야?"

순흥은 순영의 곁으로 몸을 끌어간다.

"그럼, 정말이야요. 두고두고 생각하다가 오늘 아침에 아주 백가 놈을 죽여버리고 그놈의 집에 불을 놓고 그 불구덩이에 나도 뛰어들어가 죽기로 결심을 했어요. 내 장 속에는 백가를 죽이려고 준비해둔 칼까지 있어요. 그놈이 내 몸과 내 일생을 모두 버려주었으니깐, 그리고 내게 대해서 참을 수 없는 모욕을 주었으니깐, 나는 이 더러워지고 쓸데없어진 몸으로 그 원수를 갚기로 결심했어요."

이렇게 말하는 순영의 얼굴에는 독하고 차고 파란 기운이 돌았다. 순흥도 깜짝깜짝 놀라면서 그 말을 들었다. 건넌방에서 가만히 듣고 있던 순흥의 부인도 순영의 말에 몸을 떨었다.

"그러나 어린것 ― 오빠 인제야 내가 무엇을 숨기겠어요. 그 어린것은 백가의 자식이 아니야요, 그 애는……."

"그럼?"

"그 애는 봉구 씨 혈육입니다."

"응?"

순흥은 믿을 수 없는 듯이 놀란다.

"그래요. 그 애는 봉구 씨 아들이야요. 둘째오빠를 꾀어서 나를 동래온천으로 꾀어다가 먼저 버려준 건 백가지만 그 어린애는 봉구 씨 혈육이야요."

"그럼, 신봉구의 자식을 배에 넣고 백가의 첩 노릇을 했단 말이지?"

순흥의 어성에는 새로운 분기가 타오른다.

"네."

순영은 자기가 용서할 수 없는 죄인인 것을 자복하는 듯이 고개를 숙였다.

"에끼! 짐승보다도 더러운 것!"

하고 순홍은 벌떡 일어서며 발로 순영의 어깨를 찼다.

157

순영이가 방바닥에 쓰러지는 소리에 순홍의 부인이 건넌방에서 뛰어들어와서 근심스러운 눈으로 두 사람을 보았다. 아이들의 통통 따라나오는 소리를 듣고 부인은 다시 건넌방으로 갔다.

"오빠!"

순영은 일어나 앉으면서 불렀다. 그러나 순홍은 벽을 향하고 서서 대답이 없었다.

"오빠! 내가 짐승같이 더러운 년이지요. 그렇지만 불쌍하지 않습니까? 신씨의 혈육을 안고 백가의 첩 노릇을 한 것이 불쌍하지 않아요? 그러다가 육신과 영혼이 다 더러워져서 죽어버리는 것이 불쌍하지 않아요? 오빠 나를 불쌍히 여길 사람은 하나도 없지요?"

하고 순영은 목을 놓아 운다.

한참 동안 들리는 것은 오직 순영의 느껴우는 소리뿐이었다.

"그래, 그 어린애는 어찌할 작정이냐?"

하고 얼마 있다가 순홍은 모든 감정을 억제하는 듯이 다시 앉아서 들먹들먹하는 순영의 등을 바라보면서 묻는다.

그러나 순영은 대답이 없다.

"죽지 말고 그 애를 길러라. 백가 집에서 나와서 남의 집 안 잠[148]이라도 자고 그 애를 길러!"

순흥의 말은 명령적이었다.

그제야 순영이가 고개를 들고 눈물을 씻으며,

"나도 그런 생각도 했지요. 나 때문에 봉구 씨가 저 꼴이 되었 으니 그 혈육이나 정성껏 기르고 살까, 설혹 후일에 그 애한테 더 러운 에미라고 발길로 채는 한이 있다 하더라도 그 애나 기르고 살아볼까, 승이라도 되어서 살아볼까 하기도 했어요. 그렇지만 나는 그렇게도 살 수가 없는 년이야요."

하고 또 엎디어 운다.

"왜? 남이 부끄러워서?"

순흥의 말은 아직도 차디차다.

"남부끄러운 것도 참으려면 참지요."

"그럼 양심이 괴로워서?"

"나같이 다 썩어진 년에게 양심은 무슨 양심이야요?"

"그러면 무어야?"

"이 배 속에는 백가의 씨가 들었어요. 이걸 어떻게 해요? 이걸 가지고 어떻게 나와 살아요?"

"흥, 그러니까 결국은 백가 집에서 못 나온단 말이구나 응?"

순흥의 말은 너무도 무정하였다. 너무도 야속하였다. 순영은 순흥에게 대하여 도리어 반감을 일으키지 않을 수가 없었다.

"내 일은 내가 알아요!"

---

148 여자가 남의 집에서 먹고 자며 그 집의 일을 도와주는 일.

하고 순영은 벌떡 일어나서,

"오빠 부디 안녕히 계세요. 나 같은 동생은 다시는 생각도 마세요…… 언니, 나 갑니다."

하고 대문 밖으로 뛰어나갔다. 언니가 대문까지 따라나갔으나 뒤도 안 돌아보고 벌써 청진동 큰길에 나가버렸다.

아직 어둡지는 않으나 벌써 가게에는 전등이 켜져서 추위에 견디지 못하는 듯이 발발 떨고 있다. 군밤장수 아이들이 언 손으로 다 떨어진 부채로 풍로에 숯불을 부치면서 외우는 "군밤 사리렛다 군밤야." 하는 소리조차 얼어붙을 듯하다. 이따금 획획 불어오는 바람이 눈가루와 먼지를 날려다가 길 가는 사람의 언 얼굴에 뿌린다. 사람들은 고개를 숙이고 따뜻한 아랫목과 김 나는 저녁밥을 생각하면서 바쁘게 다리를 놀린다.

이렇게 추운 겨울 저녁에 순영은 어떻게 걸어온지도 모르게 종로 네거리까지 걸어왔다. 전차들이 삐걱거리며 휘임한 선로를 돌아가는 것과 마주칠 때에야 비로소 순영은 정신을 차렸다.

뒤에서,

"순영 씨, 순영 씨!"

부르는 소리가 들린다. 돌아보니 아까 윤 변호사 집에 모였던 패들이 인력거를 타고 온다. 무도회에 가는 길이다.

"같이 가요! 어디를 그렇게 걸어다니시우?"

하고 선주는 인력거에서 내려서 순영의 손을 잡았다.

158

"순영이 왜 이렇게 손이 꽁꽁 얼었소? 아주 얼음장이야ㅣ"

선주는 순영의 손을 두 손으로 꼭 쥐면서 이렇게 말하였다. 그 눈에는 동정하는 빛이 찼다.

"윤이 왔는데 봉구 씨는 공소를 안 한대. 한 시간이나 졸랐건만 어떻게나 고집이 센지 막무가내라는구려. 나 같은 놈은 죽어도 좋소, 죽고 싶은 사람은 죽는 것이 좋소 하고, 아무리 권해두 당초에 삐꿋두 안 하더라는구려. 오늘 공소를 안 하면 내일부터는 당신 목숨 없소 하니깐 픽 웃더라나. 그래서 윤도 화를 내고 뛰어나왔다는구려. 어쩌면 그렇게두 고집이 세우? 어쨌든 사람은 무서운 사람이더라구. 그렇게두 죽는 걸 우습게 아는 사람은 첨 본다구. 법정에서두 큰소리를 하구, 판결이 나오기 전에는 꽤 큰소리를 하는 사람이 더러 있지만 사형선고를 받으면 모두 쭈그러지고 살아보려구 애두 써보는 법인데 당초에 이런 사람은 첨 본다구 그럽디다. 미상불 그이에게는 영웅 기상이 있어! 그러니 순영 씨야 오죽이나 슬프시겠수! 그러나 어쩌우? 모두 운수요 팔자지."

이 모양으로 선주는 묻지도 않는 말에 설명을 하고는 두어 번이나 더 무도회에 놀러가기를 권하다가 순영이가 굳이 안 듣는 것을 보고는 하릴없이 몸소 인력거를 불러 값까지 정하여서 순영을 태워 보냈다.

선주의 말은 순영의 가슴을 더욱 무겁게 하였다. 죽고 싶은 사람은 죽는 것이 좋다고 하는 봉구의 말이 순영의 뼛속까지 찌르르하게 하였다. 그렇게 희망과 야심과 용기가 많던 사람이 그처럼 제 목숨을 저주하게 된 것이 모두 순영이 자기 책임인 듯하여 뼈가 저리게 슬프고 또 선주가 "미상불 그이에게는 영웅 기상이 있어." 할 때에는 새삼스럽게 못 견디게 봉구가 그리워지고 불쌍해지고 아까워진다.

과연 봉구에게는 영웅의 기상이 있다고 순영이 자기도 생각하였다. 자기가 봉구를 사랑한 것이 그 영웅의 기상이 아니던가. 자기는 '영웅의 기상'과 '돈'과 이 두 가지 중에서 어느 것을 택할까 하고 괴로워하지 않았는가. 그러다가 오늘날 조선에서 인격이라든지 영웅의 기상이라든지 하는 것이 아무 소용이 없고 오직 돈만이 전능의 힘을 가진 것을 깨달은 때에 순영은 봉구의 인격은 커녕 자기의 인격과 명예와 신앙과 희망과 영혼까지도 빼어버리고 돈의 첩이 되지 않았는가. 진실로 가난한 영웅의 사랑받는 아내가 되는 이보다 돈 많은 속물의 희롱받는 첩이 되는 것이 행복일 듯이 생각되었던 것이다. 선주의 말과 같이 그깐놈의 영혼이니 양심이니 똥개천에 다 집어던지고 그저 돈과 쾌락만 취하는 것이 상팔자일 것같이 생각되었던 것이다.

그러나 똥개천에 내버렸던 영혼과 양심은 마치 추근추근[149]한 귀신 모양으로 혹은 조용한 틈을 타서 혹은 잘 때에 꿈이 되어서 혹은 여러 사람들의 말이 되어서 쉴 새 없이 순영을 괴롭게 하였고, 또 돈에서 바라던 쾌락도 생각던 바와는 판 팔결[150] 틀려서 오직 몸과 맘을 지글지글 끓이는 괴로움이 있을 뿐인 것을 깨닫게

---

149 성질이나 태도가 검질기고 끈덕지다.
150 팔팔결. 엄청나게 어긋나는 모양.

되었다.

그러나 그것을 깨닫기에 이르기에는 너무도 비싼 값을 내었다. 차라리 깨닫지 말고 살아버렸더라면 편하였을는지 모르거니와 그래도 똥개천에 내던졌던 양심, 예수의 가르침, 공자의 가르침, 이름 지을 수 없는 선조 대대로 내려오는 민족 단체의 가르침, 학교에서 들은 모든 교훈과 학교와 세상에서 보아온 여러 사람들의 갸륵한 행위, 이런 것들이 모두 하나가 되어 무섭고도 추근추근한 힘을 가지고 순영을 내리눌렀다. 그 소리는 강박적이어서 안 들으려 하여도 안 들을 수가 없었다. 심어진 씨는 언제나 싹이 나고야 말았다.

'그러면 나는 어찌할꼬?'

이렇게 순영은 집에 돌아오는 길로 쓸쓸한 방에 어린애를 안고 앉아서 울었다. 백은 아까 잠깐 들어왔다가 나갔다고 한다.

159

자고 나면 날이요 또 자고 나면 또 날이다. 날은 수가 없고 또 수없는 날에는 일이 많다. 해가 뜨고 지고 바람이 불고 자고 별들이 생기고 깨지고 또 새로 생기고, 모든 물질이 합하였다 떨어지고 이 모양의 자연계의 일도 쉴 새가 없거니와 우리 인생 사회의 일도 쉴 새가 없이 많다. 새로 나고 앓고 죽고, 먹기 위하여 일하고 다투고 기뻐하고 슬퍼하고 사랑하고 혼인하고 미워하고 진실로 하루에도 이 지구라는 조그마한 별, 인생이라는 사회에는 수

없이 일이 많다. 그러나 그중에도 특별히 일이 많은 날이 있다. 큰 전쟁이 시작되는 날, 큰 접전이 생겨서 수만 수십만의 생명이 죽는 날 — 이러한 날은 특별히 큰일이 있는 날이라 할 것이요, 석가모니나 예수가 창생을 구제할 진리를 깨닫던 날, 콜럼버스가 서쪽으로 배질하여 동쪽에 있는 인도에 도달하리라는 생각이 나던 날 — 이러한 날도 날 중에 특별히 큰 날이다.

그러나 어떤 이름 없는 사람 하나가 혹은 가족을 위하여 혹은 물에 빠지는 아이를 위하여 혹은 나라를 위하여 목숨을 바치는 날도 무엇에 지지 않은 큰 날이다. 비록 그 일이 아무도 보지 못하는 빈 곳 어두운 밤중에 생겼다 하더라도, 또 비록 그가 내버린 목숨이 세상에 드러날 만한 아무 효과도 생하지 못하였다 하더라도 그날의 해와 달은 그 목숨 하나를 위하여 뜬 것이요 별과 바람과 모든 새와 벌레들은 그 목숨을 위하여 찬송과 기도하는 노래를 부르는 것이다. 진실로 그날의 전 인류가 이 목숨 하나의 덕으로 사는 것이요 그 목숨이야말로 그날의 천지의 주인이다. 날마다 날마다 이러한 생명 — 의를 위하여 저를 희생할 생명이 있기 때문에 해와 달이 날마다 빛이 나고 사람의 생명과 기쁨이 날로 끊어짐이 없는 것이다.

차고 맑은 겨울의 달빛에 새운 서대문 감옥은 지붕에 흰 눈을 이고 자는 듯이 고요한데, 그 속에 있는 천여 명 죄수들도 추운 방 안에 몸을 꼬부리고 찬 꿈을 이루었다. 잠 안 자고 뚜벅뚜벅 파수 돌아다니는 간수들의 귀에는 불쌍한 생명들이 가위 눌리는 소리, 잠꼬대하는 소리도 들리고 잠결에 그러는지 깨어서 일부러 그러는지 모르거니와 팔다리를 방바닥과 판장 벽에 탕탕 부딪는 소리도 들릴 것이다. 특별히 감옥 남쪽 한 부분에 있는 여감옥에서는 깊은 밤에 엉엉 소리를 내어 우는 소리도 들리고 감옥에 들어와서 해산한 애의 울음소리조차 들릴 것이다. 그중에는 경주의 울음소리도 있는 것은 물론이다.

경주도 자기를 맡은 변호사에게서 봉구가 죽기로 결심하였다는 말을 듣고는 그 자리에서 소리를 내어 울었고 자기도 지장까지 찍었던 공소장을 박박 찢어버리고 말았다.

"싫어요, 싫어요, 나는 그이와 함께 죽어버릴 테야요!"

이렇게 소리를 지르고는 변호사의 권하는 말도 안 듣고 뛰어나오고 말았다. 그 후에 몇 번 봉구도 공소를 한다고 속이고 경주의 승낙을 얻으려 하였으나 경주는 봉구의 공소장을 보기 전에는 도장을 안 찍는다고 울고 떼를 썼다. 이 광경을 보고는 변호사도 울었다. 간수도 울었다.

경주는 독방이 아니기 때문에 다른 여죄수들에게 이런 사정을 말하였고 그 사정을 들은 여자 죄수들도 같이 울었다.

판결이 확정된 이날 밤에 경주는 감옥에 들어온 후로 처음 기도를 올렸다. 봉구와 같이만 가는 길이면 천당길이나 지옥길이나 어디나 기쁘게 갈 것 같았다.

경주가 이렇게 봉구를 생각하고 기도를 올릴 때에는 봉구도 잠을 이루지 못하고 수없이 몸만 움직이고 수없이 한숨만 지었다.

밤은 점점 깊어간다. 아마도 달도 무악재를 넘었는지 창에 훤하던 빛도 스러졌다. 조금만 더 있으면 무악재 밑 동네 집 닭 우는 소리가 울려오리라고 봉구는 생각하면서 또 한번 돌아누웠다.

160

어젯밤 이맘때에는 감옥 안에서 어떤 미결수가 자살을 하려던 사건이 생겨서 한 삼십분 동안 소동이 일어났다. 그때에 봉구는 나도 자살을 하여버릴까 하는 생각을 하였고 이 감옥 안에 들어와 있는 사람들이 모두 자살을 안 하고 살아가는 것이 이상하다고도 생각하였다. 봉구의 머릿속에는 불길한 생각만 가득 차고 더구나 이삼일래로 감기로 열이 나서 신경이 흥분되었기 때문에 어지러운 생각을 진정할 수도 없고 두서를 차릴 수도 없었다. 간수의 구둣발 소리가 문 앞으로 지나가고 이웃 방에서 잠꼬대하는 소리가 들린다. 그러고 나서는 봉구는 자기의 심장 뛰는 소리가 들리리만큼 아주 고요해지고 말았다.

봉구가 머릿속에 우글우글 끓는 시끄러운 생각을 떨쳐버리려고 한번 길게 한숨을 쉬고 돌아누우려 할 때에 어디서 쾅 하고 폭발하는 소리가 들렸다. 봉구의 방 창과 누운 자리까지 두어 번 흔들리고는 그 폭발하는 소리는 스러지고 말았다. 봉구는 '폭발탄!'이라고 생각하면서 고개를 번쩍 돌렸다. 그 소리는 바로 감옥 운동장에서 나는 듯하였다. 이어서 소총 소리 두 방이 나고 밖에서는 호각 소리와 언 땅에 사람들 뛰어다니는 구둣발 소리가 들리고 이웃 방에서도 죄수들이 일어나서 쿵쿵거리는 소리가 들린다. 봉구도 일어나서 창으로 내다보았으나 그것은 북창이기 때문에 희끄무레한 인왕산밖에 아무것도 보이지 않았다.

어디서 "만세!" 하는 것도 같고 "으아." 하고 돌격하는 고함도 같은 소리가 들리고는 또 총소리가 두어 방 나더니 조용해버리고 만다.

"삼백구십이 호!"

하고 간수가 창을 열고 봉구를 부른다.

"네!"

봉구는 그것이 황 간수의 목소리인 줄을 알고,

"웬일이오?"

하고 가만히 물었다.

"어떤 여자가 감옥 담에다가 폭발탄을 던졌어. 여자는 죽었어."

하고 가만히 봉구에게 말을 하고 나서는 간수다운 위엄 있는 어조로,

"소동하지 말고 가만히 있어!"

하고 호령을 하고는 다른 방으로 가서 역시 그와 같은 호령을 한다.

봉구는 악박골[151] 약물 먹으러 갈 때에 보던 높은 벽돌담과 아침마다 운동하러 나갈 때마다 원망스럽게 바라보던 높은 벽돌담을 눈앞에 그리고 그것이 폭발탄에 무너지고 그리로 죄수들이 뛰어나가는 양과 뛰어나가다가 간수들의 총에 맞아 껑충 뛰고는 꺼꾸러지는 양을 상상하였다. 그러고는 도로 자리에 누워버렸다. 밖에서 사람들이 지껄이는 소리는 점점 더 커지는 듯하였다.

감옥 담은 삼간 통이나 무너지고 폭발탄 터진 자리에서 한 이십 보나 나가서 흰 옷 입은 여자가 피투성이가 되어 꺼꾸러졌다.

---

151 서울특별시 서대문구 현저동 일대의 옛 이름.

어떤 모양으로 폭발탄을 던지고 어떤 모양으로 죽었는지는 알수 없으나 얼굴과 가슴이 아주 부서져서 누구인지 알아볼 수도 없이 되었고 그 여자의 시체가 꺼꾸러진 곳에는 눈 위에 사람의 발자국이 없고 오직 무엇을 끌어간 형적만 있는 것을 보면 그 여자가 폭발탄을 던지고 뛰어가다가 죽은 것이 아니라 담 가까이 들어와 폭발탄을 던지고는 그것이 폭발되는 바람에 아마 벽돌로 얻어맞으면서 그렇게 불려간 듯싶었다.

감옥에서 건 전화로 서대문 경찰서에서와 경기도 경찰부에서도 자동차로 달려왔으나 오직 감옥 안에 있는 죄수들이 폭동날 것만 경계할 뿐이요 그 범인인 여자가 누구인지는 아직 알 길이 없었다. 경관들은 눈과 피에 싸인 송장 가로 몇 번인지 수없이 돌아다녔다. 그러나 이미 피까지 얼어버린 여자의 송장에서는 아무 소리도 나지 않았다. 이때에 사직골서 독립문으로 넘어오는 터진 고개에서 울고 있는 남자는 아무의 눈에도 띄지 않았다.

161

먹을 줄 모르는 술을 먹은 것과 순영이와 이야기하기에 몹시 흥분되었던 순흥은 순영이가 돌아간 뒤에 저녁을 한 술 뜨고는 곧 잠이 들었다가 어린애 우는 소리에 처음 눈을 뜨기는 책상 위에 놓인 낡은 자명종 바늘이 자정을 약간 지난 때였다. 하마터면 늦을 뻔하였다 하고 순흥은 자기가 할 무서운 일을 생각하면서 벌떡 일어났다. 그러나 일어나는 길로 놀란 것은 아내가 자리에 없는 것이다.

네 살 먹은 딸과 여섯 살 먹은 아들이 "엄마! 엄마!" 하고 우는 것을 볼 때에 순흥은 무슨 깨달음이 생기는 듯이 황황하게 폭발탄을 두었던 책상서랍을 열어보았다. 그것이 없었다.

순흥은 어찌할 줄을 모르는 듯이 방 안으로 허둥지둥 헤매었다.

"그래 꼭 오늘 밤에 그 일을 꼭 하시고 말 테요?"

"그럼."

"그러고는 당신은 어떻게 되오?"

"도망하지."

"그러다가 붙들리면?"

"붙들리면 아마 죽을 테지."

"당신이 돌아가시면 이 아이들은 다 어찌 되오?"

"당신이 힘껏 맡아 기르구려."

"그렇게 폭발탄을 던지면 무슨 일이 되오? 나랏일이 되오?"

"그것으로 아무 일도 안 되지만 모든 희망을 잃어버린 사람이 마지막으로 몸 바칠 길을 찾느라고 그러는 게지. 남들은 다 첫 맹세를 변하고 저마다 안락의 길을 찾더라도 나는 나라를 위해서 이 생명을 바치노라고 맹세하였던 것을 지키는 게지요. 당신께 대해서는 심히 미안하지만 어찌하오? 그저 당신의 팔자로 단념을 해주시오."

아까 순흥이가 잠들기 전에 내외간에 하던 이야기가 생각난다.

"평생에 말이 없는 아내!"

이렇게 생각할 때에 아까 그가 하던 말에 무슨 깊은 뜻이 있었다 하고 가슴이 뜨끔한다.

"메리야, 울지 말아, 응. 내 엄마 데리고 올께, 울지 말고 있어, 응."

하여 놓고 순흥은 황황히 옷을 주워입고 뛰어나섰다. 집 안에 있는 하인에게 아내의 거처를 물어볼 필요도 없으리만큼 순흥은 분명히 아내의 거처를 아는 듯싶었다.

아무쪼록 순사 파출소 없는 데를 골라서 순흥은 남이 의심이나 안 할 만한 빠른 걸음으로 사직골을 추어올라 도정궁都正宮 뒤 성 터진 데를 올라섰다. 달은 벌써 무악재를 넘고 훤한 먼 빛이 인왕산 마루에 비스듬히 비쳤는데 산그늘에 숨은 독립문 근방에는 허연 눈빛에 전등이 반짝거릴 뿐이었다.

순흥은 나아갈 방향을 찾는 듯이 잠깐 주저하였다. 그러나 그 잠깐이란 일분도 못 되는 시간이다.

'어서 가서 붙들어야 한다.'

이렇게 속으로 부르짖고 한 걸음을 내어놓았다. 그때 순흥의 가슴에는 오직 폭발탄을 안고 뛰어가는 불쌍한 아내를 건져내고 싶은 생각뿐이었다.

그러나 서너 걸음도 나아가기 전에 눈이 부시는 번갯불 같은 빛이 번쩍함을 깨달을 때에 순흥은 총 맞은 사람 모양으로 한번 깡충 뛰고는 눈 위에 펄썩 주저앉았다. 그때에 "팽" 하는 요란한 소리가 울렸다.

"만세!"

하고 순흥은 정신없이 소리를 지르고는 두 눈에서 눈물이 흘러 얼음 같은 두 뺨을 적심을 깨달았다.

총소리 한 방이 났다. 또 한 방이 난다. 이어서 서너 방이 또

난다. 순흥은 벌떡 일어나면서 댓 걸음 더 뛰어나가 우뚝한 바윗등에 올라서서 고개를 늘여 총소리 나던 방향을 바라보았다. 그의 눈에 폭발탄을 던지고 서벅서벅하고 눈 속으로 도망하다가 탄환에 맞아 꺼꾸러지는 호리호리한 아내의 펄렁한 모양이 보인 듯하였다.

162

"아아, 내 아내여!"

하고 순흥은 두 손으로 낯을 가리고 울었다. 자기는 혼인한 지 십 년이나 넘도록 그 아내를 잘 사랑해주지를 못하였다. 학교에 다닙네, 여행을 갑네, 하고 일 년에 사오일도 아내를 위로해본 일이 드물었고 삼 년 동안이나 감옥에 있다가 나온 뒤에도 무슨 생각을 합네, 공부를 합네, 하고 아내를 안방에다 두고 자기 혼자 건넌방에 있었다. 그러다가 이번 최후의 결심을 한 후에야 약 일주일 동안 아내와 동거를 하였다. 괴로우나 즐거우나 입밖에는커녕 낯색에도 내지 않는 아내가 얼마나 항상 자기의 사랑에 주려 하였던가. 얼마나 자기가 반가운 낯으로 안아주기를 바랐던가. 자기가 혹 방학 때에 잠깐 집에를 다녀가거나 또는 어디 여행을 떠날 때면 밤을 새워가며 의복, 음식 범절을 준비하여주고 나서 마지막 떠날 때에 얼마나 슬퍼하는 빛이 눈에 나타났던가. 그러나 그런 줄은 알면서도 따뜻한 사랑으로써 그의 간절한 요구를 갚아주지 않았다.

그것이 순흥의 가슴을 심히 아프게 한다.

순흥은 그 아내를 사랑하지 않았다. 그의 맘이 착한 줄은 잘 알았건만, 그가 자기를 몸 바쳐 사랑하는 줄도 잘 알건만 그래도 어쩐 일인지 그에게로 애정이 끌리지를 않았다. 어딘지 모르지만 불만이 있었던 것이다. 순흥이가 순영이를 지극히 사랑한 것도 아내에게 대한 불만이 그 중요한 원인 중에 하나인 것이 사실이었다.

그러나 그 아내는 순흥을 대신하여 목숨을 버렸다. 오직 시골 교회 소학교를 졸업하였을 뿐이요 농촌의 옛날 가정에서 자라난 아내는 남편과 아들딸에게 대한 헌신적 사랑으로 찼었다.

'날 위하여, 날 위하여!' 하고 순흥은 후회와 감사와 감격을 못 이기어 두 손을 비틀고 울었다.

'그러나 이러고 있을 때가 아니다!'

순흥은 다시금 서쪽을 바라보고는 오던 길을 정신없이 걸어서 집으로 뛰어왔다.

울던 메리는 잠이 들었다. 대문도 지친 대로 있다. 그래도 행여나 아내가 돌아와 있는가 하고 문을 열었으나 등불 밑에 두 어린아이가 자고 있을 뿐이다. 메리의 얼굴에는 아직도 눈물이 마르지 않았다.

순흥은 지금까지 다소 귀찮게까지 생각하던 아이들에게 대하여서도 처음으로 누를 수 없는 애정을 깨달았다. 황망한 순흥의 생각에도 이 어린것을 안고 세상을 살아가는 자기의 모양이 그립게 비치었다.

순흥은 아내가 혹 무슨 필적이나 남기지 않았는가 하고 뒤진

데를 또 뒤지고 본 데를 또 보았다. 그러다가 폭발탄 두었던 서랍 속에서 연필로 쓴 종잇조각 하나를 얻었다. 퍽 유치한 글씨로 이렇게 썼다.

"나는 당신 대신으로 갑니다. 나는 다시 살아 돌아오지 아니해요. 내가 죽고 당신이 사시는 것이 좋을 줄로 생각합니다. 반닫이[152] 서랍 속에 돈 이백 원 싸둔 것이 있으니 도망해주세요. 아이들은 동대문 밖 누이께 맡기시었다가 무사히 몸을 피하시거든 찾다가 길러주세요. 부디부디 죽지 말고 도망하세요. 하나님의 신이 나의 사랑하는 남편을 지키시옵소서, 아멘."

순흥은 이것을 읽고 또 읽었다. 그러나 두 번째 읽을 때에는 눈물에 가려 글자가 분명히 보이지 않았다.

유언 끝에 무어라고 두어 자 더 쓰려다가 연필로 까맣게 뭉개어놓은 것이 있다. 순흥은 그것이 무슨 말인지 알아보려고 앞으로 보고 뒤로 보고 불에 비추어도 보고 나중에는 고무로 살살 개칠한 것을 긁어도 보았으나 아무리 하여도 알 길이 없었다. 그것이 마치 무슨 무서운 말을 쓰려다가 만 것 같아서, 무슨 큰 비밀한 뜻이 풍겨 있는 것 같아서 몸서리가 치도록 무섭기도 하고 다시 알아볼 데 없는 것이 더할 수 없이 애가 타기도 하였다.

'행여나 살았으면, 한번 더 만났으면.' 하고 순흥은 책상에 엎더져 울었다.

---

152 앞의 위쪽 절반이 문짝으로 되어 아래로 젖혀 여닫게 된, 궤 모양의 가구.

163

순흥은 반닫이를 열었다. 거기는 아내가 애지중지하던 의복
— 그중에도 자기 생각에는 가장 중요하다고 생각하는 것들을
넣었다. 물론 순흥의 의복과 아이들의 의복 중에도 좀 값진 것은
다 이 반닫이에 있는 줄을 순흥은 잘 안다. 아내가 가끔 이것을
열어놓고는 옷을 꺼내어 마치 그동안(아마 이삼일 동안) 잘 있었
는지를 의심하는 듯이 일일이 만져보던 것을 기억한다. 다른 곳
에 아무 오락도 없고 마음 붙이는 곳도 없던 아내는 아이들과 옷
가지를 만지고 보고 하는 것으로 유일한 낙을 삼던 것 같다. 이런
일을 그때에 볼 때에는 도리어 순흥에게 불쾌감을 주었다. 왜 좀
더 큰 생각이 없을까, 왜 좀더 깊은 데 흥미를 못 가질까, 하고 불
만하게 생각하였던 것이다. 그러나 지금 생각하면 그것이 모두
그립고 슬픈 기억이 되고 말았다.

아내의 유언에 쓰인 대로 반닫이 서랍을 열었다. 그 속에 있는
것은 모두 아내와 아이들의 보물이다. 기실 몇 푼어치 안 되는 것
이언만 아내에게는 차마 내어놓지 못할 보물들이다.

순흥은 마침내 분홍 헝겊에 꼭꼭 싼 무엇을 찾았다. 그 속에는
십 원짜리, 오 원짜리, 일 전짜리, 오십 전짜리 은전까지 모두 아
울러서 아마 이백 원이 되는 모양이다. 순흥은 그 돈을 꺼내어 자
기의 지갑에 집어넣고 또 무엇이나 없는가 하고 서랍을 살펴보
았다. 과연 거기도 연필로 몇 마디 적은 종잇조각이 있었다.

"당신께서 받은 혼인반지는 내가 끼고 가요. 어서어서 이 돈
가지고 도망하세요. 당신의 사랑하시는 아내."

이렇게 써 있다.

순흥은 얼른 반닫이 문을 닫고 그 종잇조각과 책상 위에 놓은 유언서를 한데 꼭꼭 말아서 조끼 속주머니에 집어넣었다.

그 혼인반지 안 옆에는 순흥의 성명을 새겼다. 아내는 미처 그 생각을 못하고 그것을 끼고 간 것이다.

순흥은 슬픈 중에도 깜짝 놀랐다. 설혹 아내가 죽었다 하더라도 그 반지로 곧 그가 자기의 아내인 것이 판명될 것인즉 경찰이 자기를 붙들러올 시간은 임박한 것이다.

"새로 두시!"

순흥은 여러 해 묵은 자명종을 보면서 이렇게 중얼거렸다. 벌써 청진동 골목에는 달려오는 경관의 떼가 있는 듯싶어서 순흥은 귀를 기울였으나 이따금 처마 끝을 스쳐 지나가는 바람 소리 밖에는 아무 인적도 안 들렸다.

순흥은 거의 본능적으로 모자를 집어쓰고 목도리를 감고 장갑을 끼고 문고리를 잡았다. 도망하려 함이다. 그러나 "엄마!" 하고 우는 메리의 소리에 뒤를 돌아보지 않을 수가 없었다. 웬일인지 여섯 살 먹은 아들 베드로도 눈을 번쩍 뜨고 무서운 듯이 순흥을 바라본다. 순흥은 아이들을 귀애하지 않았기 때문에 아이들도 아버지에게는 정이 들지 않고 오직 무서워할 뿐이었다.

메리는 손으로 자리를 더듬어 엄마를 찾고 베드로는 무슨 큰 변이 생긴 것을 짐작한 듯이 눈이 둥그래서 벌떡 일어나 앉는다.

순흥은 한참이나 정신 잃은 사람 모양으로 두 아이를 물끄러미 보고 섰더니 끓어오르는 애정을 이기지 못하는 듯이 앉으며 한 무릎에는 메리를, 또 한 무릎에는 베드로를 힘껏 껴안았다. 안

긴 아이들은 그 아버지의 가슴이 터질 듯한 슬픔으로 들먹거림을 깨닫고 고개들을 돌려 느껴우는 아버지의 얼굴을 쳐다보았다. 그러나 아이들은 처음 맛보는 아버지의 사랑에 만족하는 듯이 암말 없이 가만히 안겨 있다.

"자자, 응, 아빠하구 자구 내일은 학교 아주머니(순영)헌테 놀러 가."

하고 순흥은 옷을 다 벗어 내버리고 자리 속에 들어가 한 팔에 한 아이씩 안고 누웠다. 아이들은 만족한 듯이 잠이 들었다.

순흥은 위험이 시각마다 가까워오는 것을 느끼면서 아이들이 잠깰 것을 꺼려 몸도 꼼짝하지 않고 누워 있었다.

164

짤짤 끓는 조그마한 팔다리가 자기의 몸에 닿을 때마다 순흥은 전에 경험하지 못한 어버이의 사랑과 기쁨을 느끼고 어린것들을 위해서는 목숨을 버려도 아깝지 않다는 순진하고 열렬한 헌신적 사랑을 깨달았다. 붙들려가도 좋다. 붙들려가 죽어도 좋다. 요 조그마한 생명을 품어주다가는 몸이 아무렇게 되어도 아깝지 않다.

메리는 조그마한 손과 불같이 뜨거운 입으로 순흥의 가슴을 더듬어 젖을 찾다가는 두어 번 킹킹하고 실망의 뜻을 표하고는 또 잠이 든다.

'어머니의 사랑!'

순홍의 머릿속에는 이런 생각이 번뜻 난다. 이러한 사랑이 있길래 어머니들이 밤잠을 못 자며 오줌똥을 쳐가며 아들딸을 기르는 것이다.

이런 생각을 하면 아내 생각이 더욱 간절하였다. 남편과 자녀를 위하여 언제나 몸을 바칠 수 있는 그의 사랑 — 진실로 맑고도 뜨거운 사랑의 뜻이 깨달아지는 듯하였다. 그의 갚아지기를 바라지 않는 사랑을 갸륵하게 생각했다.

순홍은 스스로 나라를 사랑한다고 자처하였다. 그러나 과연 그 사랑이 아내의 사랑과 같이 순결하고 열렬하고 그러고도 자연스러웠을까. 순홍은 스스로 의심하지 않을 수가 없었다.

순홍 자신은 아내를 사랑하지 않았건만 아내는 끊임없이 자기를 사랑하였다. 그러나 자기는 조선과 조선 사람이 자기를 사랑하지 않음을 볼 때에 분노와 원망으로써 그들에게 대하였다. "망할 놈의 조선!" "모조리 때려죽일 조선 놈들!" 이렇게 자기는 자기의 뜻과 같지 않다고 자기의 사랑을 받지 않는다고 분노하고 원망하고 실망하여 마침내 몸까지 죽여버리려 하였다.

이번에는 베드로의 팔이 순홍의 가슴 위로 넘어온다.

그러나 어찌하나. 아내의 혼인반지로 아내의 신분이 판명되었을 것인즉 날이 새기 전에 자기는 붙들려갈 것이다. 어쩌면 벌써 형사들이 와서 이목 저목 지켜섰을는지도 모른다. 순홍이가 귀를 기울일 때에 과연 멀리서 구두 소리가 울려오는 것도 같고 들창 밖에서 쑥덕거리는 소리가 들리는 것도 같다. 그러나 다시 가만히 들어보면 아무 소리도 없다.

그렇다고 한편에 하나씩 매달려 자는 어린것들을 내버리고 혼자 달아날 수도 없다. 또 그렇다고 붙들려가기를 기다릴 수도 없다. 또 그렇다고 혼자만 도망하여 살 면목도 없다. 이 밤에 서대문 감옥 외에 왜장대 총독부와 경복궁 안에 새로 짓는 총독부와 종로경찰서와 ○○○의 집과 네 군데 일시에 폭발탄을 던지기로 하였는데 서대문 감옥에서 폭발이 된 후에도 아무 소리가 나지 않는 것을 보건대 모두 중도에 붙들려간 모양이다. 그러면 다른 동지들은 다 붙들려갈 때에 자기 혼자만 달아나 생명을 보존할 면목이 있을까. 그렇게 생각하면 아내의 목숨을 대신 희생하고 자기 혼자 살겠다고 도망하는 것이 더욱 비열한 것도 같다.

'어찌하면 좋은가?'

순흥은 뻔뻔한 눈으로 파리똥 묻은 천장을 바라보았다. 아랫목 못에 걸린 아내의 행주치마가 눈에 띈다. 그 곁에는 베드로의 색동마고자가 걸렸다.

'차라리 경찰서에 자현을 할까, 그래서 동지들과 아내와 운명을 같이할까.'

메리가 무슨 꿈을 꾸는지 발을 바둥바둥하여 순흥의 옆구리를 찼다.

그렇게 아내와 동지들과 운명을 같이하는 것이 옳은 듯도 하나 그래도 자기는 살아야 할 것 같다. 살 필요가 있는 것 같고 희망도 있는 것 같고, 또 아내와 아이들을 위하여서만이라도 살 의무가 있는 것도 같고, 그보다도 베드로와 메리의 입김이 자기의 두 뺨을 스칠 때에는 살고 싶은 욕심이 억제할 수 없이 강렬하여짐을 깨달았다.

'아아, 내가 어찌하면 좋은가?'

순홍은 몸도 움직이지 못하고 애를 태웠다.

165

기나긴 동짓달 밤도 샐 때가 있다. 베드로와 메리가 자주 돌아 눕기를 시작하다가 눈들을 떠서 순홍을 보고는 그것이 어머니가 아닌 것을 수상히 여기는 듯이 물끄러미 아버지의 얼굴을 본다.

"어뜨무러차! 자, 일어나자."

아이들은 일어나서 남의 집에 간 아이들 모양으로 사방을 돌아보고는 다시 아버지를 본다.

서툰 솜씨로 아이들에게 옷을 입혔다.

순홍은 행랑으로 나아가 잠깐 필요가 있으니 아범의 옷과 지게를 빌려달라고 청하고 자기의 옷 한 벌을 대신 주었다. 순홍이가 아범의 옷으로 갈아입는 것을 보고 베드로와 메리는 웃음을 참지 못하는 듯이 깔깔 웃었다. 그 웃는 것을 보는 순홍은 창자가 끊어지는 듯하였다.

순홍은 베드로와 메리를 한 팔에 하나씩 껴안고 그 부드러운 뺨에 수없이 입을 맞추었다. 아이들은 영문을 모르는 듯이 눈만 크게 뜨고 아버지가 하는 대로 가만히 있을 뿐이요 아무 말이 없었다.

순홍은 두 아이를 방바닥에 내려놓고,

"내 가서 학교 아주머니 데려올게."

이렇게 달래어놓고는 아랫방에 자는 안잠자기[153](그는 예수 민는 과수[154]로 하인 대접을 안 받고 사오년째나 순흥의 집에 있는 이다.)를 불러 잠깐 아이들을 보아주라고 이르고, 지게를 지고 목출모(눈만 내어놓는 노동자의 모자)를 꾹 눌러쓰고 대문 빗장에 손을 대었다. 집안사람들은 모두 순흥의 행동을 수상히 보았으나 감히 물어보지도 못하였다.

순흥이가 대문 빗장에 손을 대려 할 때에 대문 밖에서 자주 걸어오는 구두 소리가 들린다. 순흥은 본능적으로 한편으로 비껴섰다.

"문 열어주."

하는 것은 어떤 부인네의 목소리다.

순흥은 지게를 벗어놓고 안으로 뛰어들어왔다. 자기도 어쩐 셈을 모르거니와 가슴이 몹시 설렘을 깨달았다.

그러나 "언니!" 하고 안마당에 들어선 것은 순영이요, "문 열어주." 하던 이는 순영의 아들을 안은 유모다. 순영은 마루에 섰는 순흥을 보고도 누구인지 알아보지 못하였다. 아직 전깃불도 나가지 않은 아침 여섯시다. 순영이가 순흥을 알아본 때에는 놀라서 한참 어안이 벙벙하였다.

"웬일이냐?"

"오빠, 나는 오빠 말대로 참사람이 되어볼 양으로 그 집에서 나왔어요."

아이들이

"학교 아주머니!"

---

153 남의 집안에서 잠을 자면서 일을 도와주며 사는 여자.
154 홀어미 혹은 과부. 남편이 죽어서 혼자 사는 여자.

하고 뛰어나와 순영에게 매달렸다.

"들어오너라."

하고 순영을 끌고 안방으로 들어갔다.

"네 언니가 어젯밤에 서대문 감옥에 폭발탄을 던지고 죽었다. 내 대신 죽었다. 내가 지금 길게 말할 시간이 없으니 너 이 아이들 데리고 살아다오. 나는 어디로 가서 어찌 되는지 모른다. 내가 그동안 네게 대해서 잘못한 것은 용서해라. 나는 내 아내에게도 잘못하고 이 아이들에게도 잘못하고 네게도 잘못하고 나라에 대해서도 잘못하고 모두 잘못만 한 사람이다. 내가 만일 어디 가서 살아나면 좋은 사람이 되어보마. 엇다."

하고 순흥은 속주머니에서 아내의 유서 싼 것을 순영에게 내주고 순영의 손을 한번 힘껏 잡고 베드로와 메리의 머리를 한번 만져주고,

"모든 희망은 이 아이들에게 있다. 새 조선은 이 아이들에게 있다. 다시 내가 너를 못 보더라도 너는 조선의 어린아이들 위해서 몸 바치고 살아라. 자, 나는 간다. 살림살이에 관한 것은 네가 다 알아서 해라. 나는 간다."

하고 나가는 길에 봉구의 아들이라는 순영의 어린아이를 잠깐 보고는 지게를 지고 대문을 나섰다.

"응, 염려 마세요."

순영은 정신없이 마루 끝에 우두커니 서 있다.

166

순영은 너무도 의외의 일을 당하매 자기의 슬픔과 괴로움은 잊어버리고 말았다. 앞에 놓인 어린애 셋을 보고 정신없이 앉았다가 한참 지나서야 순흥이가 주던 종잇조각을 펴볼 생각이 났다.

"내가 사는 것보다 당신이 사시는 것이 아이들을 위하여서는 좋다고 생각합니다."

이 구절에 이르러 순영은 그 종잇조각을 이마에 대고 울었다.

"언니! 내 언니 대신 아이들을 잘 기를께요."

이렇게 순영은 산 사람을 대하는 모양으로 두 번 세 번 중얼거렸다.

"엄마 어디 갔소?"

아까부터 의심스러운 얼굴로 있던 베드로가 우는 순영을 붙들고 묻는다.

"엄마……. 엄마, 저 멀리 가셨어……. 인제는 학교 아주머니하고 같이 잔다, 응."

"학교 아주머니 집에 안 가고 우리 집에 늘 있소?"

"응, 아무 데도 안 가고 있을께."

"엄마 어디 갔소?"

베드로는 엄마 간 데를 알고야 말려는 듯이 또 묻는다. 순영은 대답이 막혔다.

"엄마 죽었소?"

베드로의 눈에는 눈물이 어렸다.

"응, 엄마는 저 천당에 가셨어. 너허구 메리허구는 나허구 살라구."

순영은 이렇게 대답하지 않을 수가 없었다.

베드로는 마침내 어머니를 부르고 소리를 내어 울고 메리도 따라 울었다. 전등불이 나갔다.

그래도 산 사람은 먹어야 한다고 아침을 먹고 앉았을 때에 정복 순사와 사복한 형사 사오 인이 몰려들어와서 순흥을 찾다가 못 찾고 순영을 붙들고 한참 힐난하다가 가택 수색을 하고는 순영을 끌고 경찰서로 가버렸다. 그러나 순영은 곧 집으로 돌아올 수가 있었다.

그날 신문에는, 서대문 감옥 폭탄 사건과 그 범인인 여자는 당장에서 죽었다는 말과 그의 신분은 아직 판명되지 못하였다는 말과 그날 밤에 총독부 앞에서와 경복궁 앞에서 수상한 사람 사오 인이 검거되었고 그들의 몸에서는 폭탄이 나왔으며 새벽 안으로 종로, 서대문, 동대문, 본정 각 경찰서에서 수십 명의 혐의자를 체포하였으나 아직 사실은 비밀리에 있다는 말과 그러나 ○○단의 소위[155]는 분명하다는 말이 게재되었다.

이로부터 며칠 동안 서울 장안은 마치 계엄령 밑에 있는 듯하였고 인심은 물 끓듯 하였다. 각 여관은 무시로 수색을 당하고 평소에 위험분자로 주목을 받아오던 많은 청년이 경찰서로 붙들려 들어갔다.

그러나 여러 날이 지나도록 서대문 감옥 여자 범인의 신분은 판명되지 않았다. 혹은 중국 방면에서 들어온 여자 ○○단원이

155 소행.

라고도 하나 첫째로 머리가 여학생 머리가 아니요 비녀로 쪽찐 것과 젖이 어린아이를 빨려본 것이 분명한즉 여염집 부녀라고도 하였다. 그러나 이런 것은 모두 풍설뿐이요 책임 있는 당국자들은 굳게 입을 봉하고 그 사건에 관하여서는 말이 없었다. 그 때문에 더욱 세상의 호기심을 끌었다. 이로 보아 순흥의 집에 경관이 온 것도 그저 혐의자로 순흥을 붙들러온 것이요 그 범인이 순흥의 아내인 줄을 알고서 온 것이 아님을 순영은 알았다.

경찰에서는 이 여자가 누구인가를 다른 연루자들에게 물었으나 그들도 물론 알 리가 없었다.

이 모양으로 십여 일이나 끌어서 양력 세말이 거의 된 때에야 이 대음모단의 진상과 서대문 감옥 사건의 여자 범인의 신분이 판명되었다. 경찰과 재판소에서는 하도 여자 범인의 신분을 알 길이 없으므로 그 범인의 시체를 해부해보자는 의론이 생겨서 한번 묻어버렸던 것을 다시 파내어서 총독부의원에서 해부를 하였다. 그러한 결과 시체의 위 속에서 김순흥이라고 새긴 금반지를 발견하였다.

167

순흥의 부인의 시체가 해부되어 그 위 속에서 나온 금반지로 하여 서대문 감옥 폭탄 범인이 판명되는 거의 동시에 또 이러한 사실이 판명되었다.

그것을 말하려면 먼저 경훈의 그동안 소경력所經歷을 간단히 말할 필요가 있었다.

경훈은 그 아버지가 죽은 후에 얼마 아니하여 ○○단원을 따라 거대한 돈을 가지고 중국 방면으로 달아났다. 처음 상해로 갔다가 거기서 ○○단의 신임을 얻어 ○○단의 본부가 천진을 거쳐서 관전현으로 올 때에는 벌써 그 단의 중요 간부의 한 사람이 되었다.

그는 다만 돈을 내어바칠 뿐이 아니요 몸까지 내어바쳐서 이삼차 몸소 무기를 가지고 강계, 초산 등지에 들어와 혹은 면소를 습격하고 혹은 주재소를 습격하였다. 그리고 겨울을 기약하여 크게 조선을 소란시킬 목적으로 많은 돈을 허비하여 수백 개의 폭탄과 단총을 준비하였다. 이것은 당시 ○○단의 사정으로는 경훈이 아니고는 이 일을 할 수 없었기 때문에 경훈에게 돌아오는 신용은 여간 아니었다. 그는 어리석은 편이나 고등한 교육을 받았고 또 보통 사람이 따르지 못할 일종의 용기가 있었으며, 또 그가 남의 말을 거절하지 못하고 따라가는 그 약점이 도리어 용기가 된 때가 많이 있었다.

폭탄과 육혈포가 준비되자 경훈이가 몸소 앞길잡이가 되어서 서울로 들어왔다. 서울에 들어와서 각 지방으로 퍼진 이십여 명의 일단은 거의 경훈의 지배를 받는 형편이 되었고 또 경훈이만큼 서울 사정을 잘 아는 이도 그들 중에는 별로 없었다.

순흥은 기실 ○○단원은 아니다. 그는 경성 안에 있는 몇몇 불평분자를 모아 가지고 본디 애국자로서 뜻을 변한 듯한 자들을 찾아도 가고 부르기도 하여 질문도 하고 혹 때리기도 하는 것을 일삼아서 일시 사설 검사국으로 서울 안에 한 무서움이 되었던 것이다. 그러다가 순흥이가 마침내 서울의 지사란 자들에게 실망을 하고 조선의 장래에 대하여 실망을 하고 자기의 생활에 대해서까지 실망을 하게 된 때에 마침 경훈이와 같이 들어온 ○○단원 중의 하나인 이 모를 만난 것이다. 그 이 모라는 이는 본래 의학전문학교 학생으로 만세운동 때에는 순흥, 봉구 들과 같이 앞장을 섰다가 서대문 감옥에 들어갔다가 병으로 보석을 받아 나와 있다가 중국인의 소금배를 타고 중국으로 도망하였던 사람이다. 이리하여 순흥이가 이 폭탄 계획에 참여하게 되었던 것이다. 그러므로 순흥은 경훈을 만난 일조차 없다.

얼마 전 총독부와 종로경찰서에 대한 폭발탄 계획이 틀어져서 세 동지를 잃어버리고는 이번에는 하룻밤에 일시에 행하기로 작정을 하였던 것이 또 실패가 되어 단원들이 많이 붙들리는 판에 경훈도 시흥으로 달아나 어느 친척 집에 숨었다가 서울 그의 첩의 집에 감추어둔 무기와 서류를 처치하고 집에서 돈도 좀 얻어 가지고 달아날 양으로 서울로 올라와 그의 첩(끔찍이 사랑하던 첩이다. 그 때문에 죽은 아버지와도 많이 싸웠다. 그 첩도 퍽 경훈에게 충실하여 경훈이가 해외에 간 동안에도 정절을 지켰다고 한다.)의 집에서 마지막으로 하룻밤을 자다가 새벽에 달아날 준비를 하는 차에 경관이 달려들어서 육혈포를 놓아 경부 한 명을 부상케 하고 마침내 붙들렸다.

경훈은 용기는 있으나 좀 어리석고 묽었다. 이 약점 때문에 붙들려간 지 몇 시간이 못하여 모든 사실을 다 불어버렸다. 그는 심문하는 경관의 꾐과 몸의 고통을 견디지 못한 것과 또 한 가지 호기를 부리자는 일종의 허영심으로 모두 불어버린 것이다.

"당신은 영웅 기상을 가진 지사가 아니오? 당신이 자백을 안 하면 여러 십 명 혐의자가 괜히 고생을 안 하겠소? 또 다른 사람들도 다 자백을 하였는데 당신만 고집하면 무엇하오?"

이러한 경관의 말에 경훈이가 확 내불었다고 전한다. 사실상 그리하였는지 알 수 없으나 경훈을 잘 아는 사람들은 다 그럴 사람이라고 말한다.

168

해가 끝나기 전에 남은 사무를 처리하려고 모든 관청은 밤까지도 바쁘게 일을 하였다. 서대문 감옥에 있는 사형죄인 삼사 인도 이삼일래로 다 형을 집행한다 하여 혹은 가족의 특별 면회를 허하며 혹은 변호사에게 유언장을 위임하기를 허하였다. 이러한 일을 당하는 사형수들은 모두 자기의 죽을 날이 임박한 줄을 알고 혹은 슬피 울며 혹은 소리를 지르며 혹은 방바닥과 벽을 울렸다.

봉구가 그 늙은 어머니와 마지막 면회를 하게 된 것은 십이월 이십일이다.

"이놈아, 네가 정말 사람을 죽였단 말이냐, 이 불효놈아."
하고 늙은 어머니가 몸부림을 하고 울 때에는 봉구도 소리를 내어 울었다.

"어머니, 저는 사람을 죽인 일은 없습니다. 하나님이 아십니다."

하고 봉구는 어머니에게 빌었다. 그러나 어머니는 인제 와서 봉구의 무죄함을 믿지 않는 모양이었다. 아무렇게 해서라도 이 불쌍한 늙은 어머니에게는 자기가 무죄한 것을 알려드리고 싶었으나 인제는 그렇게 할 도리가 없는 것을 깨달을 때에 봉구의 맘은 죽기보다도 더 괴로웠다. 그래서 다만,

"어머니, 어머니, 저는 다른 죄는 많더라도 사람을 죽인 죄는 없습니다. 인천 김 참사를 죽인 사람은 따로 있습니다……. 누군지는 압니다……. 저는 아닙니다."
하고 울 뿐이었다.

그러나 봉구의 그 말도 어머니에게는 아무 위로도 되지 못한 듯하였다. 어머니는 마침내 기절이 되어 끌려나가고 봉구는 윤 변호사에게 조선은행 인천 지점에 예금한 돈 이만 원 중에 만 원을 어머니에게 드리고 나머지 만 원을 순흥의 유족에게 보내어 달라는 유언장을 위임하고는 정신없이 방으로 돌아왔다. 순흥 부인 사건은 윤 변호사에게 들은 것이다.

봉구는 그래도 행여나 하는 한 줄기 살아날 희망을 가지고 왔으나 인제는 아주 끊어져버렸다. 희망이 아주 끊어져버리니 한편으로는 살고 싶은 굳센 욕심이 일어나고 또 한편으로, '에끼 빌어먹을 것!' 하고 단념하는 생각이 났다.

그런 지 이틀 후 십이월 이십이일에 봉구는 검사국에 호출을 당하여 천만 의외에 경훈을 대하였다. 검사는 양인이 자유로 담화하기를 허하였다. 그것은 자유로운 담화 중에서 사건의 진상을 알아보자는 뜻이다. 이 허락이 내리자 경훈은 봉구의 손을 잡으며,

"신 형! 나를 용서하오. 애매한 형에게 내 아버지 죽인 죄를 씌워서 하마터면 형의 생명까지 위험할 뻔하였으니 나를 용서하시오. 낸들 그동안에 맘이 편했을 리가 있겠소만 나도 불원간[156]에 형의 뒤를 따라 죽을 것을 각오도 하였고 또 될 수만 있으면 형이 죽기 전에 내가 붙들려서 형을 구해내려는 생각도 가지고 있었소이다. 내가 이렇게 서울로 급히 들어온 데는 그런 이유도 있는 것이나 알아주시오. 믿어주실는지 어떨는지는 나는 모르지요."

"그 사건이 난 뒤에 내가 아버지 장례를 지내고도 이십여 일이나 집에 있었소. 나는 노형이 내 말을 내지 않고 그 무서운 애매한 죄를 가만히 뒤집어쓰는 것을 볼 때에 나는 진실로 울었소. 그때에 나는 곧 자현해서 형을 구원해낼 생각도 났었소. 그러나 나는 이왕 이 목숨을 버리려거든 좀더 뜻있게 버릴 양으로 지금까지 있었소이다. 신 형, 나를 용서하여주시오."

피곤과 흥분이 한데 섞인 듯한 경훈은 반쯤 미친 사람 같았으나 그의 일언일구一言一句에는 모두 정성이 찼다. 봉구는 너무도 의외의 일에 어찌할 바를 모르고 다만 경훈의 말을 듣고만 있었다.

경훈은 목이 메일 듯이 감격한 소리로,

"신 형, 나는 인제는 죽는 사람이오. 나 같은 놈은 이만하면 났던 보람도 한 심이오만 형은 인제는 살아나갈 터이니 내가 다 살지 못한 목숨까지 형께 드리니 부디 오래 살아서 조선을 위해 일 많이 하시오."

하고는 복받치는 울음을 참으려는 듯이 잠깐 말이 막힌다.

---

156 앞으로 오래지 아니한 동안.

169

경훈의 눈에서는 눈물이 흘러내린다.

"신 형, 내가 할 말이 대단히 많은데 두서를 찾을 수가 없소그려. 나를 용서하시오. 그리고 내 집 일 맡아보아 주시오. 될 수 있거는 내 누이 — 경주 — 사람은 변변치 못하지만 노형을 지극히 사모하니 될 수 있으면 아내로 삼아주시오……. 내가 만일 사형을 당한다 하더라도 다시 유언을 할 기회도 없겠지요."

하고 경훈은 주먹으로 눈물을 씻으며,

"나를 용서해주는 표로 이 손을 한번 힘껏 쥐어주시오."

하고 눈물 흐르는 눈으로 봉구를 본다. 봉구는 울면서 함께 경훈의 손을 잡았다. 두 손은 부르르 떨었다.

"더 할 말 없어?"

하는 검사의 말에 경훈은 문득 생각나는 듯이 무슨 말을 하려다가 참는 모양으로,

"없소!"

하여버린다.

"신봉구, 지금 김경훈이가 한 말은 다 참인가?"

하고 검사가 봉구에게 묻는다.

봉구는 대답이 없었다. 검사는 대답 안 하는 유명한 신봉구인 것을 생각하고 픽 웃었다. 그리고 몇 마디 더 물어도 대답이 없으므로 봉구와 경훈과의 회견은 이로써 끝이 났다.

십이월 이십육일에 간단한 재심의 절차를 마치고 이십팔일 함박눈이 퍼붓는 날 아침 열시에 봉구와 경주는 서대문 감옥 문을

나왔다. 문밖에 지키고 기다리던 봉구의 모친은 봉구를, 경주의 모친은 경주를 껴안고 울었다. 같은 감옥 안에 경훈이도 있는 줄을 아나 그를 만나볼 수는 물론 없었다.

황 간수도 빙긋 웃으며 봉구에게 잘 가라는 인사를 하였다.

경주는 봉구를 보더니 사람의 눈도 꺼리지 않고 봉구에게 매달려,

"살아나셨구려, 응, 살아나셨어요!"
하고 소리를 내어 울었다.

봉구는 그 모친에게 경주가 자기의 은인의 딸인 것과 그 어머니는 자기가 인천 있을 때에 많이 귀애주던 어른인 것을 말하고 경주 모녀도 우선 봉구의 집으로 들어가기로 하였다.

봉구는 이태 만에 처음 어머니의 집으로 돌아왔다. 본래 열댓 간밖에 못 되는 조그마한 낡은 집인 데다가 봉구가 떠난 후로는 늙은 어머니 혼자서 집을 돌라볼 정신도 없어서 아주 사람 안 사는 빈 집같이 황폐하였다. 대문 밖에는 물론이어니와 안마당에도 눈이 덮인 대로 사람 발자국 하나도 보이지 않는다. 이것이 어머니가 사시던 집인가 하며 봉구는 눈물이 나오려 하였다.

그러나 이 집은 봉구가 불쌍한 어머니의 슬하에서 어려서부터 자라난 집이다. 지금 저기 창이 뚫어진 건넌방이야말로 봉구가 어린 꿈, 젊은 꿈을 다 꾸던 데요 또 사랑하는 순영을 맞아들여 향기로운 사랑의 장래를 말하던 데다.

봉구는 마루에 올라서는 길로 건넌방 문을 열어보았다. 그 속에는 책상이라든지 방석이라든지 벽에 붙인 사진이라든지 모든 자기 떠날 때 모양 그대로 있다.

봉구는 손님이 있는 것도 꺼리지 않고 방금 마루에 올라서서 옷의 눈을 떨고 있는 어머니 앞에 꿇어앉았다.

"어머니 이제부터는 잠시도 어머니 곁을 떠나지 않을께요. 꼭 어머니 곁에만 있을께요. 어머니께서 저렇게 늙으셨습니다그려."

이렇게 맹세를 하였다. 자기 때문에 일생에 애를 쓰고 마침내 눈까지 어두워져서 아까 감옥문 밖에서도 자기를 붙드느라고 어릿어릿[157]하던 것을 생각할 때에는 가슴이 찢어지도록 어머니가 불쌍하고 어머니의 은혜가 망극함을 깨달았다.

"오냐. 네가 살아 돌아오니 나는 금시 죽어도 눈을 감겠다."

이렇게 말하고 어머니는 심히 만족해하는 듯이 손님을 안방으로 청해 들였다.

170

어머니의 손수 만든 간단한 반찬으로 네 사람이 마주앉아서 점심을 먹었다. 두 어머니는 각각 그립던 자식을 바라보느라고 밥을 먹는지 국을 먹는지도 몰랐다. 숟가락에 밥이나 국을 떠들고 아들이나 딸을 바라보다가는 그것을 소반 위에 엎지르고는 웃고, 그러고 나서는 손으로 아들이나 딸의 등을 만지고는 울었다.

"어서 더 잡수세요."

"왜 안 먹니? 더 먹어라."

---

157 말과 행동이 활발하지 못하고 생기 없이 움직이는 모양.

492

"에그, 얼마나 굶어주렸을까."

이 모양으로 한 어머니가 억지로 국에 밥을 말아주면 또 한 어머니는 억지로 두 젊은 사람의 밥그릇에 숭늉을 부어주었다.

그러다가 두 늙은 과부가 각기 신세타령을 하고는 울었다.

봉구는 어머니의 사랑이란 것을 처음 깨닫는 것같이 감격하였다. 만일 저렇게 깊고도 은근하고도 헌신적이요 아무 갚아지기를 바라지 않는 어머니의 사랑으로써 사람이 사람을 서로 사랑한다면 얼마나 세상이 행복될까, 만일 자기 혼자만이라도 어머니의 사랑을 가지고 조선을 사랑하고 모든 조선 사람을 사랑할 수가 있으면 얼마나 좋을까?

이때에 봉구의 눈앞에는 한 비전(광경)이 보인다. 그것은 맨발로 허름한 옷을 입은 예수가 갈릴리 바닷가에 무식한 순박한 어부들과 불쌍한 병인들을 모아 데리고 앉아서 일변 가르치고 일변 더러운 병을 고쳐주는 광경이다. 사막의 볕이 내리쬐고 바다에는 실물결을 일으킬 만한 바람도 없다. 그 속에서 얼굴이 초췌한 예수는 팔을 두르며 '사랑'의 복음을 말하고 불쌍한 백성들은 피곤한 얼굴로 예수를 쳐다보며 그 말을 듣는다.

"여우도 굴이 있고 공중에 나는 새도 돌아갈 깃이 있으되 오직 인자는 머리 둘 곳이 없다."

과연 그는 집도 없고 재산도 없고 아내도 없고 전대도 없고 두 벌 옷도 없고 싸가지고 다니는 양식도 없었다. 그는 거지 모양으로 이 성에서 저 성에, 이 동네에서 저 동네에, 이 집에서 저 집에 돌아다니면서 주면 먹고 안 주면 굶으면서, "사랑하라. 서로 사랑하라." 하고 돌아다녔다. 그리고 정치적으로 로마 제국의 압박을 받고 계급적으로는 바리새 교인의 압박을 받고 척박한 토지에서는 먹을 것, 입을 것도 넉넉히 나오지 않아 헐벗고 굶주리고, 인심은 효박효박[158]하여지고 궤휼하여져서 서로 미워하고 서로 속여 이웃이 모두 원수와 같이 된 유대의 불쌍한 백성들에게 끝없는 희망과 기쁨과 위안을 주었다. 그가 무엇을 바랐던가. 돈이냐, 권세냐, 이름이냐, 일신의 안락이냐. 그는 오직 어머니의 사랑으로 불쌍한 인류에게 기쁨을 주기를 바란 것이다.

봉구의 눈앞에는 다시 조선이 떠나온다. 산은 헐벗고 냇물은 말랐는데 그 틈에 끼여 있는 수없는 쓰러져가는 초가집들, 그 속에서 먹을 것이 없고 입을 것이 없어 허덕이는 이들, 앓는 이들, 우는 이들, 죽는 이들, 희망 없는 기운 없는 눈들, 영양 불량과 과도한 노동으로 휘어진 등들, 가난과 천대에 시달려서 구부러지고 비틀어진 맘들, 그러면서도 서로 욕설하고 서로 모함하고 서로 속이고 서로 물고 할퀴는 비참한 모양과 소리, 이런 것이 봉구의 눈앞에 분명한 비전이 되어 나뜬다.

"가거라! 어머니의 사랑과 노예의 겸손으로 저들 불쌍한 백성에게로 가거라!"

봉구의 귀에는 분명히 이 소리가 울린다.

"애, 밥 안 먹고 무슨 생각을 그리 하느냐?"

하는 어머니의 말에 봉구의 비전은 깨어졌다. 주름살 많은 그 어머니의 얼굴이 눈물과 기쁨으로 빛나는 것을 보고 봉구는

"네."

---

158 인정이나 풍속이 어지럽고 아주 각박함.

하고 웃으며 밥을 푹푹 떠넣었다.

"어머니! 내가 가는 데면 아무 데나 가시지요?"

하고 봉구는 웃으며 어머니를 쳐다보았다.

171

"암…… 왜?"

이렇게 어머니는 의심스런 눈으로 아들을 바라보며 물었다.

"아니야요. 글쎄 그러시겠나 말씀이야요."

경주와 눈이 마주칠 때에 경주의 눈은 이상하게 빛났다.

경주는 밥 먹는 동안에도 그 눈은 항상 봉구에게 있었다. 봉구
도 그것을 안다.

'나는 당신 가시는 데면 아무 데나 갈 테야요.' 하는 생각인 줄
을 봉구도 안다. 봉구뿐 아니요 두 어머니도 안다.

경주는 곁눈으로나 봉구를 보는 것이 아니라 마치 누이가 반
가운 오라비를 만나거나 어린 딸이 아버지를 보는 때에 하는 모
양으로 물끄러미 한참씩이나 봉구를 바라보는 것이다. 그 큰 눈
에 애정과 눈물이 가득 차 가지고.

그러나 그것을 볼 때에는 봉구의 맘은 괴로웠다. 그처럼 참된
경주의 사랑이 고맙기도 하고 또 한끝 기쁘기도 하면서도 자기
는 그 사랑을 받아들일 권리가 없음을 깨닫는 까닭이다. 예전 인
천 있을 때에는 오직 순영에게 대한 실연의 아픔 때문에 모든 여
자가 다 미웠을뿐더러 순영이를 사랑하던 눈으로는 경주는 너무

도 아름다움이 부족하였었다. 지금은 경주의 안에 크게 아름다운 것이 있는 것을 보았으나 이번에는 자기가 그 아름다움을 받아들일 자격이 없다고 생각한다. 물론 순영에게 대한 사랑의 뿌리가 뽑히지도 않았다. 뽑히기는커녕 한끝으로 순영을 원망하고 저주하는 생각이 깊으면 깊을수록 순영에게 대한 애착심도 더욱 깊어가는 듯하였다. 감옥에 있는 동안에도 혹 순영과 경주를 비교해볼 때에는 이성으로는 경주에게 값을 많이 치면서도 감정으로는 아무리 하여도 순영에게로 끌림을 깨달았다.

'만일 내가 살아 나가, 순영이가 내게 매달려……. 그러면 나는 어찌할까?' 하고 혼자 생각할 때에는 봉구는, "이 더러운 계집아, 저리 가거라." 하고 차 내어버릴 결심이 생기지를 않았다. 더구나 순영이가 법정에서 자기를 위하여 증인을 서준 뒤부터는 더욱 그러하였다.

점심이 끝난 뒤에 경주 모녀는 두시 차로 인천으로 내려갔다. 봉구는 정거장까지 나가서 표를 사고 자리까지 잡아주었다. 차에서 내리려고 할 때에 경주는 가만히 봉구의 손을 쥐고 울었다. 경주의 어머니는 딸이 하는 양을 책망도 않고, 며칠 후에는 어머니 모시고 부디 한번 오라고 부탁을 하였다.

눈은 아직도 부슬부슬 내리는데 봉구는 오래간만에 — 그도 천만 의외에 얻은 자유를 맘껏 즐기려는 듯이 전차도 안 타고 슬슬 걸어서 집으로 돌아왔다. 길이나 집들이나 길로 다니는 사람들이나 예와 다름이 없어도 처음 보는 것과 같이 신기하고 반가웠다. 봉구는 마치 시골서 처음으로 서울 구경을 올라온 사람 모양으로 두리번두리번 대한문 앞으로 걸어 들어온다.

정신없이 황토마루를 향하고 몇 걸음을 가다가 다시 정신을 차려서 새로 짓는 경성부청 앞으로 돌아나와서 모교毛橋다리 골목으로 들어서려 할 때에 한 손에 어린애 하나씩을 끌고 장곡천정長谷川町[159]으로 나오는 부인 하나를 보았다.

"순영이다!"

하고 봉구는 우뚝 섰다. 봉구의 가슴은 무엇에 놀란 사람 모양으로 뛰었다. 그리고 저도 모르는 동안에 돌아서서 외면을 하였다.

"눈 잘 온다. 메리야, 눈 오는 것 좋지."

"응, 아주머니 좋소? 나도 눈사람 만들 테야, 집에 가서."

"눈사람 만들거든 네 자켓을 입히고 과자도 줄까?"

"싫수. 내 헌옷 주어, 응."

순영은 아이들과 이런 이야기를 하면서 봉구의 대여섯 걸음 뒤로 지나간다. 봉구는 그 아이들이 순흥의 아들딸인 줄을 알았다.

172

대여섯 걸음이나 무심코 지나가다가 순영은 판장[160] 모퉁이에 저리로 향하고 섰던 남자의 모양이 눈에 띄었던 것을 생각하였다. 그 모양이 어딘지 모르나 눈에 익은 듯하고 또 자기를 보고 돌아서는 양이 수상하다고 생각하였다. 그렇게 생각하면 '봉구'라는 생각이 따라나온다. 봉구가 무죄가 되어 쉬 나오게 되리란

---

159 서울시 중구 소공동의 일제강점기 명칭.
160 널판장. 널빤지로 친 울타리.

말을 신문에서 본 순영은 그 남자와 봉구와를 한데 연상하지 않을 수 없었다.

순영은 뒤를 돌아보기가 심히 무서운 듯한 생각을 가지고 얼른 뒤를 돌아보았다. 십여 보나 뒤에 따라오는 사람은 분명히 봉구다. 두 사람의 눈이 마주쳤다. 봉구도 잠깐 발을 멈칫하였으나 순영이가 선 곳에서 될 수 있는 대로 먼 곳을 향하여 아무쪼록 순영의 눈을 피하는 듯이 빠른 걸음으로 활활 걸어서 앞섰다.

베드로도 봉구를 알아보고,

"모교다리 아자씨야."

하고 소리를 질렀다. 그러나 봉구는 뒤도 돌아보지 않고 복음전도관 모퉁이 골목으로 들어가버렸다.

그제야 순영은 걷기를 시작하였다. 그의 눈에는 눈물이 고였다. 마치 당연히 자기의 것이 될 보물을 영원히 놓쳐버린 것같이 서운하기도 하고, 또 오래 그리워하던 님을 만나서도 "당신이여!" 부르고 마주 나아가 안길 자격을 잃어버린 죄 지은 아내의 처지와 같이 부끄럽기도 그지없었다.

"아주머니, 모교다리 아자씨 왜 인사 안 허우?"

하고 베드로도 섭섭한 듯이 봉구가 들어간 골목을 바라보며 물을 때에는 더구나 순영의 얼굴에는 모닥불을 퍼붓는 듯하였다.

눈은 아직도 펄펄 날려서 순영의 머리 위에 덮인다.

'내가 먼저 불러나 볼걸.' 이렇게 후회도 하고,

'내가 무슨 면목에 그이를 부르긴들 하며 내가 부른다고 그이가 대답이나 할까?' 하고 자책도 하여보았다.

잠시 동안 부모 잃은 아이들 위로하느라고 물건 사러 돌아다니며 잊어버렸던 설움은 천근만근이나 되는 무게를 가지고 순영의 목덜미를 덮어누르는 듯하였다.

자기는 꼭 봉구를 따라야만 옳았을 것이다. 동래온천에 간 것도 자기가 자기의 유혹을 이기지 못한 것이지 안 가려면 안 갈 수도 있었고 또 가는 뜻이 무엇인지도 속으로는 알았던 것이요, 동래온천에서 둘째오빠가 자기와 백가만 두고 일본으로 간다고 할 적에도 자기는 혼자는 안 있는다고 서울로 뛰어올 수도 있었던 것이다. 가장 오빠의 말을 복종하는 체하고 거기 머물러 있은 것은 오직 핑계다. 도리어 자기는 맘에 백이 자기 방으로 들어올 것을 예기하지 않았던가, 도리어 그리하였으면 하고 바라지 않았던가, 아, 무섭다, 더럽다!

자기의 몸을 망쳐놓은 것은 오직 자기다. 둘째오빠도 아니요, 백도 아니다. 아, 무서워라, 더러워라!

석왕사에 갔던 때부터라도 자기는 봉구를 따를 수가 있었던 것이다. 그때에 만일 자기와 백과의 관계를 자복하고 용서함을 청하였던들 봉구는 비록 일시 성을 내더라도 반드시 용서하여주었을 것이다. 그러나 자기는 그 기회도 놓쳐버리지 않았는가.

그것은 다 못하였다 하더라도 자기가 재판소에서 봉구를 위하여 증인을 섰거든 그 다음 검사정에서도 그대로 뻗어서 자기의 증인 때문에 봉구가 무죄가 되었던들 그래도 자기는 봉구를 대할 면목도 있었을 것을 인제는 모든 기회를 다 놓쳐버렸다. 인제는 천상천하에 이 죄를 씻을 기회도 다 놓쳐버렸다. 아, 무서워라. 더러워라!

'행복을 따르다가 행복도 얻지 못하고 남은 것이 죄 많고 병든 몸!' 순영은 집에 돌아오는 길로 아이들을 피하여 얼음장 같은 건넌방에 엎드려 소리도 못 내고 울었다.

173

더욱이 순영을 슬프게 한 것은 락원이를 빼앗긴 것이다. 순영이가 순흥의 집으로 도망하여 온 지 사흘 후에 백은 순기와 다른 사람 하나를 보내어 락원이를 청구하였다. 순영은 부끄러움도 무릅쓰고 락원이가 백씨의 아들이 아닌 것을 주장하고 안 내놓으려 하였으나 순기는 법률을 빙자하고 락원이를 뺏어가고야 말았다.

순영이가 직접 윤희에게 락원이가 신봉구의 자식인 것을 말한 일도 있었거니와 백은 그 말을 믿지 않았을뿐더러 늦게야 난 첫아들이라고 여간 애중하지 않았다.

"……지금에 진정으로 말하거니와 락원이는 귀하의 아들이 아니요 분명히 신봉구 씨의 아들이오며, 지금 내 복중의 아이야말로 귀하의 아들이오니 락원은 내가 데리고 가오니 복중의 아이는 낳는 대로 귀하에게 드리겠나이다……."

이것은 순영이가 새벽에 백윤희 집에서 뛰어나올 때에 써둔 편지의 일절이다.

백은 이것을 보고는 미상불 락원에게 대하여 의심도 없지 않고 또 어린아이의 얼굴을 자세히 들여다볼수록 자기를 닮은 점이 없는 듯도 하였으나 그렇더라도 이미 당당히 자기의 호적에 자기의 아들로 박힌 락원을 내어놓을 생각이 없을뿐더러 달아나는 순영을 괴롭게 하기 위하여서라도 계집 뺏겼다는 분풀이를 위하여서라도 기어코 락원이는 순영에게서 떼어오려고 결심한 것이다.

순기는 바로 형의 위풍을 부리며,

"너 때문에 내가 어떻게 망신이 된 줄 아느냐."

하고 눈을 부릅뜨며 소리를 질렀다.

"오빠에게도 무슨 망신이 있소? 누이를 팔아먹고 나서도 아직 부족한 것이 있소?"

하고 순영은 울며 락원이를 빼앗겼다.

그렇게 어린애와 떨어지기가 싫거든 다시 백의 집으로 들어가라는 순기의 달램도 받았으나 죽을지언정 다시는 짐승의 밥이 안 된다고,

"어서 다 가져가시오, 내 모가지까지라도 잘라가시오그려! 퉤!"

하고 순영은 순기를 흘겨보았다.

모세(순영은 아들을 락원이라는 백가 집 이름으로 부르지 않고 자기 혼자 모세라고 불렀다. 그러나 이 이름을 아는 사람은 순영이밖에 없다. 모세는 영원히 자기 이름이 모세이던 것을 모르는지도 모른다.)를 빼앗긴 날 순영은 얼마나 슬펐는가, 밤새도록 울었다.

백의 아이가 든 뒤로부터는 젖이 없어서 유모의 젖만 먹였거니와 젖만 다 먹으면 자기가 안아주었고 더욱이 이 집에 온 후에는 꼭 자기 품에 넣고 자던 것을! 어떻게 원수의 잠이 잠깐 들었다가 번쩍 깨면 눈도 뜨기 전에 먼저 모세 누웠던 자리를 더듬어

보던 것을!

그러나 인제는 사랑도 잃고 처녀도 잃고 모세까지도 잃어버렸다.

'순영아, 네 앞에는 무엇이 남았느냐?'

이렇게 얼음장 같은 건넌방 장판에 끓는 가슴을 대고 순영은 몸부림을 하였다.

하늘에도 땅에도 몸 둘 곳이 없고 들에도 나무에도 지접할 곳이 없는 것을 생각할 때에 순영은 자기가 어머니 배 속에서 나오던 날을 저주하지 않을 수가 없었다.

통통 하고 마루에서 소리가 나더니,

"학교 아지. 나 과자."

하고 메리가 부르는 소리가 들린다. 베드로가 메리를 시킨 것이다.

"응, 내 갈게."

하고 순영은 벌떡 일어났다. 메리의 그 어린 소리는 순영에게는 더할 수 없는 명령이 된 것이다.

'불쌍한 조카들이나 기르고 살까.'

순영은 눈물을 씻고 머리를 다듬고 안방으로 건너갔다.

"나 모스코 과자 주우."

"나두 주우, 난 많이 주우."

아이들은 아까 사온 과자 상자를 바라보며 조른다.

174

모세를 빼앗길 때에 순영은 이러한 생각으로 단념을 하려고 힘을 썼었다.

'오냐 모든 것을 다 빼앗기자, 그리고 죽다가 남은 이 몸뚱이 하나만으로 세상을 섬기는 사람이 되자, 이 앞에 십 년을 살든지 이십 년을 살든지, 교사가 되거나 그것도 못 되면 간호부라도 되어서 다만 몇 십 명, 몇 백 명 사람이라도 도와줄 수 있는 서비스의 생활을 하자. P부인이 말한 대로 예수의 뒤를 따라 이 더할 수 없이 더러운 몸을 힘껏은 깨끗하게 씻자. 모든 행복의 꿈과 사랑의 욕망도 다 버리고 싸늘하고 깨끗한 수녀와 같은 생활을 하자. 이렇게 힘을 썼다.'

백을 죽이려던 결심도 버리고 자기 몸을 죽이려던 결심도 버리고, 백에게는 도리어 사죄에 가까운 부드러운 편지를 써놓고 오직 입던 옷 한 벌만 가지고 백의 집을 뛰어나오느라고 혼자 밤을 새워 애를 쓸 때에도 이러한 결심을 안 한 것은 아니다. 엽전 한 푼도 지닌 것 없는 몸이 우선 사랑하고 믿던 셋째오빠를 찾아서 모세를 데리고 밥 벌어 먹을 길을 의논하려고 왔던 것이다. 교사나 간호부나 남의 집 하인이라도 좋다고 생각한 것이다. 그러나 그때에는 아직도 모세를 기른다는 희망과 짐이 있었거니와 모세마저 빼앗긴 오늘날에는 오직 더럽고 병든 몸뚱이 하나밖에 없게 되었다.

'인제는 불쌍한 조카들이나 기르고.'

이렇게 생각하고 며칠 동안 모세를 잃어버린 슬픔도 눌러왔었다.

그러다가 봉구를 보았다. 죽은 사람으로 여기고 모든 일을 생각하였던 봉구를 만났다. 길에서 잠깐 본 봉구는 순영의 억지로 잔잔하게 눌러놓았던 밤을 폭풍우와 같이 흔들어놓았다. 왜?

봉구에게 대해서 미안한 것, 부끄러운 것, 후회 나는 것, 또 자신의 장래에 대하여 가엾은 것, 이런 것도 이런 것이려니와 그보다도 더욱 힘있게 더욱 무섭게 순영을 못 견디게 하는 것이 있으니, 그것은 순영의 가슴속에 새롭게 일어나는 사랑의 불길이다. 봉구에게 대한 사랑과 그리움의 폭발이다.

힐끗 봉구가 눈에 띌 때에 순영의 가슴은 울렁거렸고 봉구가 잠깐 자기를 보고는 못 본 체하고 훨훨 앞서서 복음전도관 골목으로 들어가버린 뒤에는 순영은 앞이 아뜩하고 전신의 피가 모두 이마로만 몰려 올라오는 듯하였다. 그러나 그때에도 그 뜻을 분명히는 몰랐었다. 집에 와서 한바탕 울며 생각하니 자기는 못 견디게 봉구를 사랑하는 것임을 깨달은 것이다. 마치 오랫동안 눌리고 덮었던 것이 무슨 기회에 소리를 내고 폭발하는 것처럼 폭발한 것이다.

아이들에게 과자를 나누어주고 나서 순영은 책상 앞에 앉았다.

종이를 펴놓고 철필에 잉크를 찍었다.

"존경하옵는 봉구 씨! 이 죄 많은 순영을 용서해줍시오."

여기까지 쓰고는 말이 막혔다. 무슨 소리를 쓸까 몇 백 마디 몇 천 마디를 쓴대야 "용서해줍시오."밖에 더 쓸 것이 없는 듯싶었다. 만일 더 쓸 것이 있다면, "봉구씨! 이 죄 많은 순영은 다시 봉구 씨를 대할 낯이 없으므로 이 더러운 목숨을 끊어버립니다.

봉구 씨가 이 편지를 보실 때에는 벌써 이 죄 많은 순영의 몸은 식어버렸을 것입니다. 이미 죽어버린 순영이니 그 무거운 죄도 다 용서하시고 불쌍하다고 하여줍시오." 이렇게 쓸까.

아무리 염치를 무릅쓰더라도, "저는 변치 않고 봉구 씨를 사랑합니다. 더럽고 죄 많은 몸이어니와 전에 지은 모든 죄를 뉘우치오니 다시 사랑해주세요." 이렇게 쓸 면목은 없었다.

순영은 붓을 내던지고 두어 줄 써놓았던 것을 박박 찢어서 입으로 잘근잘근 씹어버렸다. 그리고 제 손을 제 손으로 비틀었다.

'그것은 안 될 일이다. 나는 사랑도 자식도 다 잃어버리고 싸늘하게 식은 재와 같은 생활을 하여야만 한다! 이 가슴속에 남은 사랑의 뿌리를 끊어야만 한다.'

175

그러나 이 사랑의 뿌리를 끊을 수가 있을까. 순영은 오직 이를 악물었다.

'응, 편지는 다 무엇이냐, 찾아볼 맘도 죽여버리자!'

순영은 이렇게 굳게굳게 결심을 하였다. 실로 순영이가 이 사랑을 끊어버릴 수만 있었으면 얼마나 행복될까. 끊어버리자는 결심을 하는 순영은 마치 얼빠진 사람과 같았다.

이때에

"할로우!"

하고 영어로 인사하고 들어온 이는 김 박사다. 값가는 자알로 깃을 단 외투를 입고 지팡이를 짚었다. 그 검은 외투와 모자에 하얀 눈이 여기저기 보기 좋게 묻었다. 그는 그저께부터 오기 시작하여 어제도 오고 오늘도 온다.

"선생님 오세요?"

하고 순영은 학생이 선생에게 대한 태도로 공손하게 인사를 하였다. 순영의 뒤를 따라 나오는 베드로와 메리도 마루 앞에 선 대로 한 번씩 안아주고 인사를 한다.

"올라오세요."

하고 속으로는 귀찮게 여기면서도 순영은 이렇게 인사하였다.

"아까도 왔었어요. 여기 좀 볼일이 있어서 왔다가……. 들어가도 괜찮아요?"

하며 김 박사는 마루에 걸터앉아 구두를 벗는다.

"적적해서 어떻게 지내세요? 나는 집에서 혼자 순영 씨 일을 생각하면 눈물이 나요. 정말 어저께는 울었어요."

안방에 들어와 책상 앞에 앉으면서 김 박사는 이렇게 말한다.

"그러면 어떡합니까? 제 죗값은 제가 받는 것이 마땅하지요."

하고 순영은 메리를 무릎 위에 올려놓고 그 머리를 쓸어준다. 순영의 얼굴에는 김 박사가 위로하여주는 말을 그다지 고마워 아니하는 빛이 보인다.

그저께 김 박사가 처음 순영을 찾아왔을 때에는 순영은 그를 반갑게도 생각하고 고맙게도 생각하였다. 아무도 이 집이나 자기를 문둥병쟁이 모양으로 돌아보지 않을 때에, 더구나 모세까지도 빼앗긴 때에 자기를 찾아와서 간절히 위로해주는 정을 고맙게 생각하지 않을 수가 없었다.

그러나 김 박사가 찾아온 것이 자기의 불행을 위로하려 함이 아니요 도리어 자기의 불행을 기화奇貨로 삼아서 자기를 손에 넣으려 하는 눈치인 것을 깨달을 때에 순영은 김에게 대하여 비상한 반감을 느꼈다. 순영을 따라다니다가 순영을 놓치고는 또 어떤 계집애를 따라다니다가 그도 놓쳐버리고 그러고는 인순을 따라다니다가 그도 성공하지 못하고, 그러고는 예전 아내에게 경찰서에 설유원說諭願[161]과 고소까지 당하여 신문에까지 오르내리고 그러고는 인제 순영이가 백의 집에서 나온 것을 기회로 하여 다시 순영을 따라오는 것을 생각할 때에 순영은 구역이 나도록 김이 싫었다.

그러나 자부심이 강한 김 박사는 순영이가 이렇게 자기를 싫어하리라고는 생각지 않고 도리어 자기의 친절을 감사히 여기리라 하고 믿는다. 그래서 어저껜가,

"내가 할 수 있는 일이면 무엇이라도 해서 순영 씨를 도와드리고 싶어요."

하고 순영이가 자기에게 의탁하기를 슬며시 청하는 말도 하였다.

예전 아내가 학교와 P부인에게로 돌아다니며 자기의 험담을 하고 나중에는 이마에 생채기를 내어가지고는 경찰서에 고소를 하네 설유 청원을 하네 하고 한참 신문거리도 되었으나, 민적을 조사해본즉 분명히 그 아내는 김이 미국으로 가기 전에 이미 합의이혼이 된 것이 판명되어 형식상으로 김에게 아무 책임이 없이 되었으므로 일시 풀이 죽었던 김도 다시 기운을 회복하였다.

---

161 원통한 일을 당했을 때, 상대편을 말로 타일러 달라고 관계 기관에 청원함.

그렇기 때문에 인순을 대하거나 순영을 대하거나 누구를 대하거나 김은 조금도 자굴自屈[162]할 필요가 없다고 생각하는 것이다.

176

"나도 여행권 청원할 테야요. 일전에 경무국장과 총독을 찾아보았지요. 청원만 하면 곧 나오리라고 믿어요."

김 박사는 한참 말이 없다가 이런 말을 꺼낸다.

"어디를 가시게요?"

순영은 체면으로 이렇게 대답하였다.

"구라파로 아프리카로 아메리카로 실컷 돌아다니다가 어디나 있고 싶은 데가 있거든 있고 또 싫어지면 다른 데로 가고……. 에이, 조선은 싫어요. 숨을 쉴 수가 없어 숨을……. 안 그래요? 통에 잡아넣은 것 같구려. 사람을 알아주나, 그저 서로 잡아먹고 시기만 하고 이런 나라에 있다가는 사람이 말라죽고 말아요. 순영 씨도 그렇지, 안 그래요?"

하고 찬성하기를 구하는 듯이 순영을 쳐다본다. 전보다 좀 나이를 먹은 듯도 하나 순영은 여전히 아름답다. 더구나 그 노성한 듯한 빛이 아름다웠다. 순영을 대하면 인순이 따위는 김의 기억에도 나지 않는 듯하였다.

김에게는 다른 야심이 없었다. 그의 오직 하나인 야심은 아름

---

162 주장, 의지, 기개 따위를 스스로 굽힘.

다운 아내로 더불어 경치 좋은 곳에 집이나 잘 짓고 피아노 소리나 들으면서 살아가는 것이다. '스위트 홈' 이것이 김의 유일한 야심이다. 이 야심을 달한 뒤에 그에게는 명예의 야심이 있다. 어디를 가든지 누구라고 자기를 알아주고 대접해주기를 바란다. 이 때문에 그는 미국도 갔고 공부도 했고 학위도 얻었다. 자기만 한 얼굴과 재산에 그만한 학위만 얻어가지고 본국에 돌아오면 자기의 '스위트 홈'의 목적은 여반장[163]으로 달할 것을 믿었다.

그는 물론 미국에 있을 때에도 미국 여자를 셋이나 사랑하였었다. 하나는 주인 집 딸이요 하나는 같은 학교의 동창이요 또 하나는 어떤 미국 친구의 누이였었다. 그중에서 주인 집 딸은 이미 약혼한 데가 있기 때문에 실패하였고 다른 두 여자는 한꺼번에 사랑하면서 두고두고 하나를 고르려다가 마침내 두 여자가 다 그 눈치를 알게 되어서 특히 망신을 당하고 한꺼번에 절교까지 당하였다.

그러나 본국에만 돌아오면 자기의 목적은 용이하게 달하리라고 생각하였었다. 과연 그가 처음 본국에 돌아온 때 명성은 여간이 아니었다. 그러하건만 웬일인지 그는 남에게 호감을 주지 못하였고 더구나 여자에게 그러하였다. 그의 주위에 항상 여자가 떠날 때가 없었건만 그를 사랑해주는 이는 없었고 부질없이 말 많은 조선 세상에서 명예롭지 못한 말거리만 되다가 마침내 그의 본마누라라는 이가 툭 튀어나와서 학교와 교회와 경찰서로 돌아다니며 갖은 험담을 다 하고 고소를 하네 설유 청원을 하네

---

163 손바닥을 뒤집는 것 같다는 뜻으로, 일이 매우 쉬움을 이르는 말.

하기 때문에 의심 속에 조금 남았던 명예까지도 마저 떨어뜨려 버리고 말았다.

이 때문에 조선에 머물 재미도 없어 어디로나 외국으로 달아나려 하던 판에 순영이가 백의 집에서 나온 소문을 듣고 다시 순영을 따라온 것이다.

"그렇지 않아요? 순영 씨도 외국으로 가시지? 가요, 응, 가세요."

하고 재차 물을 때에 순영은,

"저야 외국으로 갈 힘이나 있나요?"

하고 가고는 싶다는 뜻을 보였다. 그것이 열심으로 권유하는 사람에게 대하여 인사도 되거니와 또 미상불 외국으로 달아날 수만 있으면 달아날 생각이 없지도 않았다.

"힘이라니? 돈 말이지요? 돈은 내 꾸어드리지요. 당해드린단 말이 실례가 된다면 이 담에 갚아주시기로 하고 내 꾸어드리지요. 그것은 염려 말아요."

김은 순영의 맘이 동하는 듯한 기회를 놓치지 않을 양으로 열심으로 권한다.

"또 이 애들도 있고……."

하고 순영은 아직도 김의 말을 거절할 필요가 있는 것을 생각하고 베드로와 메리를 가리킨다.

"이 애들? 이 애들은 어디 맡기지요, 좋은 사람헌테. 그렇지 못하거든 데리고 가도 좋지요."

177

"이 아이들을 데리고?"

하고 순영은 여비와 생활비가 무척 많이 들 것을 상상하고 놀라면서 김을 쳐다보았다. 김의 얼굴에는 열심이 넘친다. 그것을 보니 김이 불쌍한 생각도 난다.

"그럼! 순영 씨가 데리고 간다면 데리고 가세요. 나도 아이들을 좋아하지요."

하고 김은 버썩[164] 우긴다.

그러나 순영은 이 아이들을 데리고 김을 따라 외국으로 달아날 생각은 나지 않았다. 김이 그렇게 자기에게 열중하는 것이 가엾기도 하고 우습기도 하였다. 그러나 하도 김이 열심이기 때문에 외마디로 그것을 거절할 용기는 없었고 또 '두었다가 무엇에나 쓰더라도.' 하는 사람의 심리로 모처럼 가져오는 친절한 뜻을 단박에 물리쳐버리기는 싫었다.

"이 아이들도 떠날 수가 없구요, 또……."

하고 순영은 잠깐 주저하다가,

"또 제가 지금 태중이야요."

하고 얼굴을 붉혔다.

이 말은 김에게 퍽 불쾌감을 준 듯하다. 김은 말없이 한참이나 눈을 감고 있다. 그동안에 그 얼굴의 근육이 여러 가지로 움직이는 것을 순영은 보았다.

---

164 몹시 우기는 모양.

"몇 달이나 되었어요?"

마침내 김은 눈을 뜨고 묻는다. 아까보다는 기운 없는 어조다. 자기가 사랑하는 여자가 다른 사내의 씨를 배에 품었다고 생각할 때에 억제할 수 없는 불쾌감을 느낀 것이다.

"다섯 달이야요."

"다섯 달?"

"……."

김은 또 한참 생각하더니 말하기 어려운 듯이 입을 우물우물하다가,

"순영 씨."

하고 가만히 부른다.

"네?"

"내 말 한마디 들으시려오? 충고 말이오."

"무슨 말씀이세요."

"허물하지 않는다면 말하지요."

"어서 말씀하세요. 선생님이 제게 해로운 말씀 하시겠어요?"

"그렇게 말하면 좀 말하기 어려운데."

"아니야요. 무슨 말씀인지 하세요."

순영은 아무러한 말이든지 평심서기平心舒氣[165]로 듣겠다는 태연한 표정을 보인다.

"아이를 떼버려요."

"네?"

---

165 마음을 평온하고 순화롭게 함.

하고 순영은 놀란다. 순영은 놀라는 눈으로 김을 이윽히 바라
본다.

"아이를 떼어요? 낙태를 시키란 말씀이세요?"

하고 순영은 몸서리를 친다.

김은 무안한 듯이 말이 없이 고개를 숙인다.

순영은 며칠래로 자기의 배 속에서 생명이 꼬물꼬물 노는 것
을 감각한다. 다섯 달이면 이목구비와 사지백체四肢百體 다 갖추어
진단 말을 생각한다. 그것을 생각할 때에 순영은 한번 더 몸서리
를 쳤다.

두 사람 사이에는 한참이나 말이 없다가,

"다시 오지요. 내가 오늘은 좀 약속한 데가 있어요."

하고 김은 시계를 내어보고 일어나 돌아갔다. 순영은 잘 가라는
인사도 못하였다. 반드시 김의 말이 괘씸해서 그런 것도 아니요
그 말이 너무도 의외가 되어서, 너무도 순영이는 뜻하지 못하였
던 무서운 말이 되어서 순영은 어안이 벙벙하였던 것이다.

그러나 순영에게는 더욱 놀라지 않을 수 없는 일이 생겼다. 김
이 돌아간 뒤에 곰곰이 생각하면 과연 아이를 떼어버리는 것이
좋겠다는 생각이 남이다. 그것을 떼어버림으로 생각만 해도 지긋
지긋한 백가와의 관계가 아주 끊어질 것 같고 또 배 속에 그것만
없으면 자기가 봉구에게 가까이할 수가 있을 것도 같음이다. 죄
악의 증거가 스러져버리는 듯이 생각됨이다.

'참, 떼어버릴까?'

순영은 이런 생각을 배우게 되었다.

178

부끄러워서 그랬던지 그 이튿날은 김 박사가 오지 않았다. 기실은 김 박사는 이날에 한번 더 인순을 졸라본 것이다. 비록 아름다움이나 맘에 드는 품이 도저히 순영이만 못하지만 '처녀' 하는 것이 김의 맘에 인순의 값을 주었다. 그러하므로 한번 더 인순을 졸라보고 아주 가망이 없거든 순영에게 매달리기로 작정한 것이다.

그러다가 그날도 인순에게 거절을 당하였다.

"저는 글쎄 혼인할 생각이 없다는데 그러십니다그려. 저는 그저 조선 여자를 위하여 일생을 보내는 이름 없는 종이 되렵니다. 선생님 다시는 제 결심을 동요시키지 마세요."

이렇게 딱 잡아떼고,

"선생님도 인제는 사십이나 되셨고 또 사회적 지위도 그만하시니 연애는 그만두고 일이나 하시지요. 지금은 뜻있는 사람은 연애나 하고 있을 때가 아니라고 생각합니다."

이렇게 훈계까지 들었다.

이 때문에 김은 인순에게 대하여서는 아주 절망해버리고 말았다. 그러고는 밤새도록 순영을 데리고 외국으로 달아날 계교를 하였다.

이튿날 김은 아는 의사 하나를 찾아서 노회환魔會丸[166] 몇 개를 얻어가지고 순영을 찾아왔다가 이 말 저 말 하던 끝에 돌아갈 때

---

166 알로에를 둥글게 말아 만든 알약.

에 그 약을 순영에게 주며,

　"혹 배가 아프거든 자셔보시오."

하고 악수하자는 뜻으로 손을 내밀었다. 순영은 청구대로 손을
주었다. 김은 순영의 손을 힘껏 쥐고 의미 깊은 눈으로 순영을 바
라보았다.

　순영은 그것이 낙태시키는 약인 줄을 직각적으로 알아차리고
김이 돌아간 뒤에 혼자 펴보았다. 까맣고 동글동글한 환약이다.

　'먹어볼까?' 하고 순영은 일종의 유혹을 깨달았으나 '아니다!'
하고 그것을 도로 싸서 요강에 집어넣으려다가 '그래도.' 하고 책
상서랍에 집어넣고 말았다.

　그 후에도 김은 거의 날마다 와서는 순영의 눈치를 보고 여행
권이 안 나오면 천진이나 상해나 위해위威灌衛나 중국 땅에도 자
유롭게 살 데가 있다는 말을 점점 노골적으로 하게 되었다. 그리
고 돌아갈 때에는 반드시 악수를 청하였다. 날마다 만나보면 싫
은 맘도 좀 줄고 도리어 날마다 그때가 되면 기다려지기까지 하
였다.

　그런데 순영에게는 또 걱정되는 일이 생겼다.

　"재주 있고 인물 좋기로 유명하던 오백만장자 백윤희 씨의 애
첩 김순영, 백씨 집을 뛰어나와 모 박사와 연애의 단꿈에 취하
여"라는 커다란 제목으로 사흘이나 두고 순영의 말이 어느 신문
에 났다.

　순영은 오백만장자요 첩 갈아들이기로 유명한 백윤희의 애첩
이 되어 아들까지 낳았으나 순영이가 옛날 애인 신봉구를 위하
여 법정에서 증인을 선 때부터 내외간에 풍파가 끊이지 않고 또

근래에 백씨가 새로 어떤 여학생 애인을 얻은 뒤로는 순영을 돌아보지 않으므로 순영은 눈물을 머금고 깊은 밤에 어린아이를 안고 백의 집을 도망하여 나왔다가 아이도 백에게 빼앗기고 눈물과 원한으로 세월을 보내더니 ○○전문학교 교수 ○○○박사와 눈과 뜻이 서로 맞아 날마다 ○○○박사가 순영을 찾아와서는 혹은 이튿날 아침에 인력거를 타고 돌아가는 일이 있다 ― 대체로 말하면 이러한 기사인데 있는 소리, 없는 소리, 반쯤 소설을 짓는 솜씨로 순영을 더할 수 없이 음탕하고 요망한 여성을 만들어놓고 그와 동시에 순영의 출신 학교와 예수교회의 교육까지도 비난하였다.

이 기사를 본 순영은 두 손으로 머리를 쥐어뜯었다. 기사의 내용이 거의 다 거짓이요 자기를 모함하는 것이 분한 것보다는 그 기사를 쓴 사람의 태도가 분하였다. 순영은 이 기사를 쓴 사람이 누구인 줄을 잘 안다. 그는 당장에 그 사람을 찾아가서 질문을 하려 하였다.

179

그 글을 쓴 이는 한창리라는 사람이다. 순영이가 학교에 있을 때에 여러 번 연애편지를 보낸 것을 한번도 답장을 아니하였다. 한은 C예배당에서 주일학교 교사 노릇하고, 한두 번 삼일 예배에는 강도講道까지 하였다. 그러면서도 자기를 대하면 이상하게 굴고 편지질을 하고 죽네 사네 하는 소리를 듣고는 순영은 그를 몹시 미워하여 히포크리트(위선자)라고 별명까지 지었었다.

여자의 눈으로 보면 모든 남자가 다 여자만 따라다니는 것 같지만 특별히 한은 예수를 믿는 것도 여자를 위하여, 예배당에 다니는 것도 여자를 가까이하려고 하는 것같이 보였다. 그래서 순영과 인순은 예배당에 갈 때마다 가만히 그의 행동을 주목하였다. 그는 항상 부인석에 가까운 자리에 자리를 잡고 그의 눈은 항상 부인석에 있었으며, 수금을 하거나 기타 무슨 일이 있을 때에 항상 부인석으로 오기를 힘썼다. 그럴 때마다,

"또. 또. 또."

하고 순영은 인순과 서로 보고는 웃었다.

한이 머리에 기름을 반드르르하게 바르기 때문에 여학생 간에서는 기름 대강이라고도 부르고 아브라함(한문으로 아브라함은 아백라한이라고 쓴다.)이라고도 부르고 아부라무시油虫라고도 불렀다. 그러나 그는 선교사와 목사들에게 사랑을 받는 재주가 있어서 교회에서만 젠체할 뿐 아니라 Y여학교 중학부에 교사 노릇까지 시켰다.

그래서 반반한 여학생을 따라다니기도 하고 불러내기도 하더니 마침내 일본 데려다준답시고 여학생 하나를 여관에 꾀어들여서 실컷 희롱하다가 아이까지 배게 한 것이 탄로되어 교회에서도 쫓겨나고 학교에서도 쫓겨나게 되었다. 순영에게 편지질을 한 것도 이때다.

그는 시를 짓노라 하고 소설을 짓노라 하고 걸핏하면 인생이니 예술이니 사랑이니 하고 지껄였다. 교실에서 여학생을 대하여서까지 이런 이야기를 하여서 그 때문에 어떤 여학생에게도 배

척도 받았거니와 어떤 어린 여학생에게 사랑을 받았다고 한다.

학교에서 쫓겨나온 뒤에 그는 혹은 신문에 혹은 잡지에 연애 소설 편이나 쓰는 것을 순영이도 보았다. 그의 소설이나 시에는 '사랑'이니 '키스'니 '오오 나의 생명인 여왕'이니 '처녀'니 '피눈물'이니 '펄펄 끓는 피'니 '달콤한 설움'이니 이러한 문자가 수두룩하기 때문에 한참 중등 정도 학교 남녀 학생에게 꽤 환영을 받았다.

이리하여 그는 어느덧 일류 문사가 되어 가지고 머리를 길게 하고 손수건, 넥타이를 매고 성경 찬미도 다 집어던지고 요릿집, 기생집으로 문사 패들과 몰려다니는 건달이 되었다. 그러다가 어느 기회에 신문사에 들어갔는지 모르거니와 순영이가 순흥의 집에 온 지 얼마 후에 순흥의 부인에 관한 것을 알아본다고 명함을 들이고 들어와서 오래간만에 순영을 만나게 되었다.

그날은 한은 물으러왔던 말을 물어가지고 돌아가고 그 이튿날 저녁에 이번에는 순영이가 백의 집을 뛰어나온 전말과 이 앞에 살아갈 계획을 들려달라고 찾아왔다.

"참으로 순영 씨에게는 만강의 동정을 표합니다. 편협한 세상 사람들이야 여러 가지 말도 많이 하겠지요만 나는 순영 씨의 생각을 잘 이해합니다. 참으로 이해하고 동정합니다."

이렇게 한은 참으로 순영에게 동정하는 모양을 보였다. 그뿐인가,

"인제 암만해도 순영 씨 일이 각 신문에 드러날 터인데 순영 씨를 이해하지 못하는 사람이 되는 대로 기사를 쓰면 되겠어요? 그러니까 내게 숨김없이 말씀을 하세요."

하고 순영을 힘있게 보호할 힘도 있고 뜻도 있는 것같이 간절하게 말하였다.

들고 보니 그럴 듯도 하고 또 한의 뜻이 결코 자기를 해치려는 악의가 아니요 자기에게 동정을 가지는 선으로만 믿었다.

180

그래서 순영은 할 수 있는 대로 진실하게 자세하게 자기의 사정을 이야기하였다.

"나는 조금도 백씨를 원망하지 않아요. 모두 내 허물을 알기 때문에 나는 도리어 백씨에게는 사죄하는 뜻을 표하였습니다. 백씨는 아직도 나를 사랑해주지만 내가 깨달은 바가 있어서 나와 버린 것이야요."

이런 말을 분명히 하였건만, 한은 자기가 백씨에게 소박을 당해서 "철천의 원한을 품고 쫓겨나왔다."고 썼다.

"나는 이 앞으로는 행복도 사랑도 다 버리고 이 몸은 세상을 위해서 바치렵니다."

이런 말도 두세 번이나 힘있게 하였고 또 한 자신도,

"참, 갸륵한 뜻이세요. 나도 그러심을 믿었어요."

라고까지 말하였건만, 그는 마치 순영이가 잠시도 남자가 없이는 살 수 없어서 "주린 듯이 목마른 듯이 이성의 따뜻한 품을 그리워하는 빛이 사색에 나타났다."고 하였고 "이때에 나타난 것이 ○○○박사"라고까지 하였다.

"내가 언제나 그 박정한 백에게 대하여서는 피로써 원수를 갚을걸요."

하고 순영은 가슴에 품은 수건에 싼 무엇을 만지더라고 마치 순영이가 백에게 원수를 갚을 양으로 칼이나 품고 다니는 듯이 말하였다.

'어쩌면 그렇게도 거짓말을 쓴담. 그렇게도 사람의 말을 뒤집어 잡는담. 어쩌면…….' 하고 순영은 이를 갈았다.

순영은 한이 자기 기사를 흉악하게 이렇게 모함하는 것을 쓴 이유를 안다. 처음 순영을 찾아왔던 다음 날 술이 얼근히 취하여서 한이 순영을 찾아와서는 마치 오랫동안 정답게 사귀는 사람처럼 아랫목에 벌떡 자빠져 연애니 예술이니 한참 떠들다가 자정이나 되어서야 돌아갔으나, 그때에는 순영이도 후환이 무서워서 꾹 참고 아무 말도 아니하였다. 그 이튿날은 열한시나 되어서 아이들을 데리고 자리에 누웠는데, "문 열어라!" 하고 마치 제 집에나 들어오는 듯이 술 취한 친구를 사오 인이나 끌고 안방에 들어왔으나, 순영은 자기 신세가 세상에 의지할 데 없는 죄인인 것을 생각하고 꾹 참고, 한이 소개하는 대로 동행한 사람들과 인사도 하고 한편 구석에 가만히 앉아 있었다. 그들은 다 잡지 같은 데서 이름만으로 보던 문사들이므로 안심도 되고 한편으로는 존경하는 생각이 났다.

처음에는 그들은 술 냄새와 담배 냄새를 한데 피우면서 별로 의미도 없는 잡담을 하면서 순영이가 보기에는 별로 우습지도 않은 일에 집이 떠나가도록 웃더니, 점점 말이 연애로 돌아가고 기생으로 돌아가고 누구누구하고 이야깃거리가 되는 여자들로 돌아가다가 마침내 순영이로 화제를 삼게 되었다. 순영은 그들의 하는 말이 너무도 야비한 것을 불쾌히 여겼으나 그것도 참았고 도저히 여자의 앞에서는 입에 담지 못할 말도 있었으나 그것도 참았다. 후환이 무서워서 참았다. 신문과 잡지에 붓을 잡는 그들을 노엽게 하는 것은 결코 자기와 같이 비평거리 될 만한 사람에게 이롭지 못할 것을 안 까닭이다.

그러나,

"자네 어떤가? 역시 우리 순영이는 미인이지."

하고 한이 거리낌없이 순영의 손을 잡아끌 때에 곁에 앉았던 뚱뚱한 문사가 순영의 손을 한에게서 빼앗으며,

"이 자식 내 순영이라니, 괘씸한 자식."

하고 모두 유쾌한 듯이 하하 웃을 때에는 순영은 더 참을 수가 없어서,

"이게 무슨 짓이오? 좀 체면들을 차리시오. 문사들의 하는 버릇은 이래요? 다들 가시오!"

하고 소리를 질렀다.

좌중은 잠깐 고요해졌다.

순영은 숨이 막힐 듯이 분하여서 한과 뚱뚱보를 노려보았다.

181

다소 신경질인 한은 잠깐 부끄러운 표정을 보이고 다른 문사들도 시무룩해졌다. 순영은 한번 더,

"어서 다들 가시오!"

하고 손으로 문을 가리켰다.

그러나 뚱뚱보는 조금도 동하는 빛이 없이 뚫어지도록 순영을 바라보더니 껄껄 웃으며,

"여보게들, 고 성내는 모양이 더 예쁘구려. 못 견디게 예쁜걸."

한다.

이 말에 기운을 얻은 듯이 다른 사람들도 모두 웃는다.

"아, 그런데 이렇게 성내기요? 이렇게 나를 망신시키냐 말야?"

시무룩했던 한이 벌떡 일어나면서 순영을 노려본다.

"좀 사람이 되어!"

하고 순영도 발발 떨며 소리를 질렀다.

"무어 어째, 한번 더 해봐!"

하고 한이 금시에 순영을 때리기나 할 듯이 덤빈다.

"앗게, 그만두게."

"자, 용서해주게."

"흥, 내외 쌈이야."

"내외 쌈은 칼로 물 베길세."

이 모양으로 한마디씩 찧고 까분다.

"자, 가요 가! 이게 무슨 짓이야."

하고 그중에 키 후리후리한 사람 하나가 한을 문밖으로 떼민다. 이리하여 새로 한시나 되어서 이 상서롭지 못한 사건이 끝이 났다. 한이 순영의 기사를 그렇게도 흉악하게 쓴 것은 이 때문이다. 바로 그 이튿날 이 기사가 난 것이다.

순영은 당장에 칼이라도 품고 가서 한을 폭 찔러죽이고 싶었다. 정말 순영에게 칼이 있다. 백을 찔러죽이려던 칼을 순영은 가지고 왔다. 첫째는 칼을 사랑하는 맘으로, 둘째로는 혹 어느 때 쓸는지 아나 하는 맘으로 가지고 온 것이다.

'가서 질문을 하면 무엇하나, 그것들은 강하고 나는 약한데.'

순영은 이렇게 생각하면서도 맘을 진정치 못하고 앉으락일락 안절부절을 못하였다.

"아주머니, 왜 그러우?"

하고 어린 베드로도 순영의 괴로워하는 양을 차마 못 보는 듯이 물었다. 메리도 물끄러미 순영을 쳐다보았다. 두 아이는 인제는 어머니 아버지도 다 잊어버린 듯이 꼭 순영이 곁에만 있고 순영이가 잠시를 나와도 따라나온다. 만일 다른 일만 없다면 순영은 이 아이들을 데리고 평안히 살아갈 것도 같았다.

그러나 날마다 신문에는 자기를 비웃고 비방하는 소리가 나고 신문기자라는 명함을 가진 어중이떠중이들이 마치 요릿집이나 기생집에나 들어가는 셈으로 하루에도 이삼차씩 찾아와서는 듣기도 싫은 소리를 하고 말하기도 싫은 소리를 물었다. 그들은 모두 무슨 악의를 가지고 순영을 놀려먹고 못 견디게 굴고 해치려는 것 같아서 "이리 오너라." 소리가 날 때마다 순영은 몸에 소름이 끼쳤다. 게다가 형사들도 거의 날마다 찾아와서는 치근치근 귀찮게 군다.

"과연 미인인걸."

"본래는 백만금부자의 애첩이더라네."

저희들끼리 이런 소리를 주고받고 고개들을 기울여서는 무슨 구경거리나 되는 듯이 순영의 얼굴을 들여다볼 때에는 순영은 죽어버리고 싶도록 괴로웠다.

'나는 사냥꾼에게 잡혀온 사슴이다.'

순영은 이렇게 자기의 신세를 비겨보았다. 아직 채 죽지는 않고 눈이 껌벅껌벅하는 것을 길바닥에 동여놓고는 지나가는 사람마다 한번씩 들여다보고 발길로 푹푹 찔러도 보는 그러한 사슴과 같다고 생각하였다.

182

이럴 줄 알았다면 차라리 백씨 집에 그대로 있을 것을 하는 생각도 났다. 갑자기 새로운 환경 속에 던져진 것이 괴로울뿐더러, 백의 집을 뛰어나올 때에 기대하였던 맘의 화평조차 얻지 못할 뿐더러, 도리어 맘을 괴롭게 하는 일뿐인 것을 생각할 때에 순영의 용기는 흔들리기 시작하였다.

집에 종일 찾아오는 사람도 없다. 있대야 놀리러 오는 신문기자, 문사 패뿐이요 김 박사도 발이 좀 떠졌다.[167] 순영은 종일 어린아이들과 놀고 죽은 언니가 보던 책장이 돌돌 말리고 헝겊 껍데기에 때가 까맣게 묻은 성경을 보았다. 이따금 백의 집에 두고나온 피아노 생각이 난다. 이렇게 적적하고 맘이 괴로운 때에 피아노나 한 곡조 치면 얼마나 위로가 될까, 이렇게 생각하면 서러

167 뜸해지다.

웠다.

그러나 가장 순영을 못 견디게 괴롭게 하는 것이 모세와 봉구인 것은 말할 것도 없다. 가만히 앉기만 하면 모세가 눈에 아른거리고 손에는 모세의 살이 닿는 듯하였고, 베드로와 메리가 노는 것만 보아도 모세가 생각난다. 모세를 그리워하는 생각은 날이 갈수록 더 간절한 것 같아서, 어떤 때에는 살그머니 동대문 밖집에 가서 백이 없는 틈을 타서 모세를 한번 안아보고 올까 하는 생각도 하였고, 기회를 타서 모세를 몰래 빼앗아다가 어디로 달아나버리고 말까 하는 생각도 하였다. 그러나 생각하면 자기에게는 아무 힘이 없다. 첫째로 돈이 없다. 벌써 양식 팔아 올 것도 걱정이 되니 달아나간들 어디로 달아날까.

모세를 생각하면 곧 봉구가 생각나고 봉구를 생각하면 곧 모세가 생각난다. 봉구에게 용서하라는 편지, 자기는 모든 것을 버렸으니 불쌍히 여겨 달라고 편지도 여러 번 쓰다가는 찢어버렸고 참으로 봉구가 그리운 때에는 염치 불고하고 봉구 집을 찾아갈 생각도 났으나 그리할 용기도 없다.

이러한 때 백은 새로 얻었던 여학생을 어떤 중학생(그것은 백의 친척이란다.)에게 빼앗기고 순영을 그리워하는 생각이 나게되어서, 혹은 순기를 보내고 혹은 유모를 보내어 지나간 일은 다잊어버리고 돌아오기를 청하였다. 그러나 순영은 일일이 거절해버렸다. 자기를 모욕하는 듯한 분노하는 생각까지 가졌다.

했더니 하루는 밤이 늦게 봉구에게 편지를 쓰고 앉았는데 백이 찾아왔다. 순영은 김인 줄만 알고 들였다가 백인 것을 보고는어찌할 바를 몰랐으나, 당장에 "왜 왔어? 가!" 하는 소리도 나오지 않아서 백이 안으로 들어가는 뒤를 따라 자기도 들어와 앉았다.

　백은 아무 일도 없던 것같이 빙그레 웃는 얼굴로 순영을 보며,

　"글쎄 그게 무슨 일이야. 왜 나도 없는데 살짝 빠져나와?"

하고 맘 턱 놓은 듯이 궐련 하나를 내어 피워 문다.

　순영은 고개를 숙이고 대답이 없다.

　"자, 갑시다 마누라! 글쎄 왜 그래? 내가 다 잘못했소."

　"내가 또 당신 집으로 갈 줄 아시오?"

하고 순영은 위엄을 보이는 듯이 눈초리를 들었다.

　"응, 신문에 난 것도 보았소. 신문기자더러 내 험구를 한 것을 보니까 다시는 나를 안 만날 생각이던가 보오만, 그랬으면 어떠오?"

하고 백은 순영의 때 묻은 서양목 치맛자락을 만져본다. 순영이가 그런 옷을 입은 것을 이상하게 생각하는 듯하다. 그것은 순흥의 부인의 치마다.

　"왜 나만 그랬나요? 당신도 갖은 위협을 다하고 모세를 뺏어가지 않았어요? 아무러나 여러 말씀 하실 것 없어요. 나도 참사람 구실을 해볼 양으로 뛰어나온 것이니까 죽어도 당신 집에는 다시는 안 들어갈 테야요. 지금 내 배 속에 아이가 있으나 그것은 낳는 대로 당신 집으로 보내드리지요. 당신 것은 다 당신께로 보내드리지요. 나는 임질, 매독 오른 몸뚱이 하나밖에 가지고 나온 것은 없으니깐."

183

순영의 얼굴은 푸르락누르락한다.

"아따, 그러길래 내가 사죄를 않소? 또 이것 봐."

하고 고개를 돌려 어디를 가리키면서,

"죽게 되었어. 의사 말이 사흘을 견디기가 어려우리라니까 그것만 죽으면 순영이는 번듯이 민적에 오르는 내 아내가 아니오?"

하고 순영의 만족하는 빛을 기대하는 듯이 물끄러미 순영을 본다.

순영은 그 말을 들을 때에 소름이 끼쳤다. 자기 본마누라가 이삼일래에 죽으리라는 것을 다행으로 여겨서 자기를 끌려는 것이 무서운 까닭이다. 순영의 눈에는 얼마 전에 보던 본마누라의 뼈와 가죽만 남은 모양과 "왜 죽었나 보러 왔나? 아직 이렇게 눈이 시퍼렇게 살았어." 하던 모양과 그의 두 딸이 자기가 병 위문으로 가지고 갔던 과자 상자를 들고 나와서 "이것 잊어버렸어." 하고 반말로 도로 가지고 가라던 것을 생각할 때에는 부끄럼과 분하기가 형언할 수가 없었다.

"당신 부인이 돌아가게 되었거든 좀 지켜나 앉아서 병구완이나 하지 무엇하러 나한테를 와요? 당신도 죽어서 좋은 데로 가려거든 당신 부인 생전에 듣기 좋은 말이나 한마디 해드리고 새 마누라 얻을 생각이 나더라도 당신 부인이 숨이나 넘어가거든 하시구려."

순영의 음성은 떨린다.

백도 듣기가 매우 거북한 듯이 잠깐 눈살을 찌푸리더니 돌려 생각한 듯이 다시 빙그레 웃으며,

"이건 내가 마누라헌테 다녀왔다니까 바가지를 긁는 심인가, 하하하. 그렇게 나만 책망할 것이 있소? 내외 싸움은 칼로 물 베기라는데 싸우지 않는 내외가 어디 있나, 안 그렇소? 날더러 죽어서 좋은 데로 갈 공부를 하라니 고맙소만 죽어서 좋은 데로 가는 것보다는 순영이하고 재미있게 사는 것이 좋아, 허허허허."

하고 아랫목에서 자는 아이들을 들여다보며,

"응, 이 애들이 그 애들이로구면. 미쳤지. 어린것들을 두고 글쎄, 그게 무슨 짓이람. 응, 그런데 이 애들은 순기 집으로 보내야지 순기란 사람도 헐 수 없는 위인이야. 그 돈 이만 원도 어느새에 다 깝살리고[168] 또 나만 졸르니 낸들 어찌한다나⋯⋯. 응, 여보 좋은 일이 있소, 이 애들을 당신이 맡아 길르구려. 동성 아주머니 손에 길러내기로 어떠오?"

하고 모든 문제가 다 해결이 된 듯이 혼자 중얼거린다.

백도 인제는 늙었다. 웃수염에 센 터럭이 섞였구나. 저 사람은 무엇하러 나서 무슨 일을 하다가 저만치 늙었는가. '술', '계집', '돈', '술', '계집', '돈' — 이렇게 생각하고 순영은 도리어 백을 가엾이 여겼다. 그러나 순영은 듣기 좋은 소리를 하여줄 용기는 없었다. 백을 대할 때에는 반항하기 어려운 무슨 힘이 자기를 끄는 듯함을 깨닫는다. 그래서 어느 때나 백이 끌 때에는 굳세게 반항하리라는 굳은 결심만 가지고 잠자코 앉았다.

"이거 방이 춥구려. 양식이나 있소? 나무가 없나 보구면."

하고 백은 아이들 누운 자리를 쓸어보는 체 순영의 앉은 자리 밑

---

168 재물이나 기회 따위를 흐지부지 다 없애다.

에도 손을 넣어본다.

그래도 순영은 전등만 바라보고 말이 없다.

"자, 가지!"

"안 가요!"

"허기는 내가 무리요. 나도 기실은 당장 가자는 것은 아니어. 장례나 끝내고 또 화나 좀 풀릴 만하거든 오지요. 나도 들르지." 하고 커다란 지갑에서 한성은행 수표책을 내어 천 원 수표를 써서 순영의 도장과 함께 책상 위에 놓고 일어서면서,

"내 내일 쌀, 나무, 반찬거리는 사 보내리다. 맘 괴로워 말고 있으시오." 하고는 팔을 내밀어 순영의 허리를 얼른 끌어안아 보고 나간다.

"이거 가지고 가세요. 난 그런 것 싫어요." 하고 순영은 수표를 들고 따라나갔다.

184

그러나 백은,

"어서 그러지 말고 받아두오." 하고 인력거를 타고 달아나버렸다.

그 이튿날은 과연 얼음 같은 백미 한 가마니와 잎나무 한 바리, 장작 한 바리, 반찬거리 한 채롱이 왔다. 순영은 어찌할 줄을 몰랐으나 마침내 안 받을 수가 없었다.

이로부터 거의 매일 백의 집 하인들이 무엇을 가지고 와서는

순영에게 공순하게 인사를 드리고 또 '영감마님'께서 '아씨'를 항상 못 잊어 하신단 말을 전하였다.

하루는 여전히 하인이 와서 관철동 마님이 돌아가셨다고 전하였다.

일변으로 한참 동안 발길을 않던 김 박사가 다시 오기를 시작하였다.

"나는 아주 최후 결심을 하였소. 나는 학교와 교회의 모든 직분을 다 내놓고 집까지도 팔아버렸소. 세간까지도 죄다 팔아버렸는데 모레면 집값을 치른다니까 집값만 받거든 곧 떠날 테요. 다시는 조선을 아니 올 양으로, 이 맛없는 재미없는 조선에는 다시는 발길을 아니할 양으로 나는 조선을 떠날 테요. 어찌하려오?"
하고 김은 순영의 최후 결심을 물었다.

"여행권은 나왔어요?"

"여행권? 그것은 해서 무엇하오? 우선 중국 지방으로 실컷 돌아다니지요. 만주로 몽고로 북경으로 산동으로 양자강으로 동정호 칠백리로 배도 타고 차도 타고 실컷 돌아다니지요. 그러다가 중국에 있고 싶으면 있고 — 소주나 항주나 살기 좋은 데서 살고 그것도 싫어지면 또 다른 데로 가지요. 인도로 소아시아로 애급으로 유럽으로 어디는 못 가요? 남아메리카 북아메리카나 어디는 못 가요? 훨훨 돌아다니지요. 자유롭게 즐겁게 훨훨 돌아다녀요."
하고 유쾌한 듯이 순영을 바라보며 영어로

"웨어레버 유 고우 아일 고우(어디나 당신이 가는 곳이면 내가 가지요)."

하고 찬성을 구하는 웃음을 웃는다.

김 박사가 하도 유쾌하게 떠드는 바람에 순영이도 맘이 유쾌해져서 빙그레 웃는다. 김 박사도 그 눈치를 알아차리고 한번 더 다진다.

"컴 온! 노 헤지테이션!(자! 주저할 것 없어요!)"

이 말을 들을 때에 순영은 진실로 맘이 솔깃하였다. 귀찮은 이 세상을 떠나서 김이 말하는 대로 세계 어느 곳이나 자유로 활활 돌아다니면 얼마나 좋을까. 백의 집에를 다시 들어가는 것보다, 바라지 못할 봉구의 사랑을 바라고 있는 것보다, 아이들을 데리고 온갖 고생을 다하며 세상의 냉대와 비웃음을 받는 것보다, 어리석고도 여자면 오금을 못 쓰는 김의 귀염을 받아가며 세계 각처로 자유로 돌아다닌다면 얼마나 좋으랴. 순영의 맘은 진실로 걷잡을 수 없이 솔깃해진다.

"선생님, 저 같은 것과 같이 가셔서 무엇을 하세요? 거추장스럽기만 할 것을."

순영은 마침내 이런 말을 하게 되었다.

"오우 네버, 네버 마인(어 천만에, 천만에). 순영 씨만 같이 가신다면 어디나 가고 무슨 일이나 다하지요."

김은 순영이 솔깃하는 기색을 보매 기쁨과 감격으로 어찌할 줄 모르는 표정을 한다. 그것을 볼 때에 순영은 김을 불쌍히 여기지 않을 수가 없었다. 그도 선량한 사람이다. 다만 세상이 그에게서 바라지 못할 큰 것을 바라기 때문에 그를 비난하는 것이라고 생각하였다. 사십이 넘어 오십 줄에 든 남자가 여자의 사랑을 얻지 못하여 허덕이는 꼴이 실로 불쌍하고 측은하다. 내가 그를 사랑해줄까, 그러면 그가 얼마나 기뻐할까, 순영은 이렇게 생각하고 다정한 눈으로 김을 바라보았다.

'올 라잇, 아일 활로우 유(그러지요, 내 당신을 따르지요).' 이렇게 속으로 영어로 대답할까 하고 생각하느라고 순영은 이윽히 고개를 숙였다.

185

그렇게 생각할수록 자기가 김 박사를 따라가는 것이 가장 좋을 듯하였다. 이 고생을 어떻게 하랴. 이 천대를 어떻게 받으랴. 차라리 김을 따라가서 모든 시름을 잊어버릴까. 더구나 인순이가 그렇게도 자기에게 무정하게 한 것을 생각할 때에 분하기도 하고 조선 세상에는 자기를 용납할 곳이 없을 것 같았다.

순영은 백의 집에서 나온 지 사오일 후에 곧 인순에게 편지를 하였다. 그 편지를 받는 대로 반드시 인순이가 달려와서 자기를 위해주리라고 믿은 것이다. 천하 사람이 다 자기를 미워한다 하더라도 설마 인순이야 자기를 버리랴 하는 생각과 자기가 이렇게 잘못된 생활을 내버리고 새 생활에 들어서려는 결심을 들으면 반드시 기뻐할 것이라 하는 생각과 또 인순은 자기를 위하여 생활할 길도 찾아주리라 하는 생각으로 그를 기다린 것이다. 그러나 기다리는 그는 오지 않고, 어느 날 저녁 신문에 ― 그것은 바로 순영의 험구가 마지막으로 나던 신문이다 ― 인순의 사진이 나고 인순은 미국에 가는 길로 그날 밤차로 일본을 향하여 떠난다는 말이 났다. 그 기사를 볼 때에 순영은 실망과 분노와 시기가 한데 섞인 무서운 불쾌감을 깨달았다.

그 이튿날 엽서 한 장이 왔다.

"편지는 받았으나 길 떠날 준비에 분주하여 가지 못하오며 옛일을 다 회개하고 새 생활을 시작하려 하신다니 기쁘오며 아무쪼록 주의 뜻을 잊지 말고 나아가시기를 바라나이다. 총총 이만."

이렇게 냉랭한 편지다. 순영은 이 편지를 받을 때에 분하여서 울었다. 자기가 학교 안에서 가장 큰 신임을 받을 때에 인순이 따위야 누가 돌아보기나 했던가. 얼굴도 못생기고 재주는 없고 글씨조차 이렇게 쓸 줄 모르는 것을 누가 돌아보기나 하였던가. 그런데 이 편지는 아주 어른이 변변치 못한 후배를 경계하는 어조다! 순영은 자기가 그런 아니꼬운 것에게 자기의 진정을 고백한 것이 부끄러웠다.

'옳지, 내 편지를 웃음거리를 삼았구나.' 이렇게 생각하고 이를 갈았다.

삼사 년 후에 인순이가 공부를 마치고 M.A.나 Ph.D.의 학위나 얻어가지고 돌아오면 그 꼴을 차마 어찌 보랴.

'그년이 탄 배가 파선이나 하여버렸으면.' 이렇게 저주하고 싶도록 순영은 분하고 슬펐다.

그러나 만일 자기가 지금 김 박사를 따라가! 인순은 미국으로 갔으니 나는 프랑스나 이태리에 가서 음악을 배워! 그래서 큰 음악가가 되어! 삼 년이면 된다. 나는 음악 재주가 제일 많다. 그래서 세계에 이름난 피아니스트가 되어! 그리되면 무엇이 인순이 따위가 부러울까! 그리되면 조선 사람들은 다시 찬양하게 될 것이 아닌가. 그래 그래. 순영의 운명은 이 일순간에 결단되는 것 같았다.

"무얼 생각해요?"

하고 김은 한번 더 순영의 결심을 재촉한다.

"제가 선생님 따라가면 저 음악 공부 시켜주실 테야요?"

하고 마침내 순영은 고개를 들고 반쯤 농담인 것을 보이려는 듯이 웃었다.

"써튼리 이예스(암, 그러지오). 내가 순영 씨의 음악의 지니어스(천재)를 이해 못하는 줄 아시오? 우리 파리로 가요, 로움(로마)으로 가든지. 좋지요. 자, 그러면 작정하세요. 여행권은 중국 가서 얻기로 하고 우리 곧 떠나요. 모레 후면 애니타임 유 라익(어느 때나 당신 맘대로)."

그러나 순영의 얼굴에는 다시 수심 빛이 보이는 것을 보고,

"워츠 더 매터, 저스잇 텔 미!(왜 그러시오. 내게 말을 하시구려!)"

하고 김도 괴로운 듯이 양미간을 찌푸린다.

순영은 기운 없이 한숨을 쉬며 손가락으로 배를 가리킨다. 배 속에 있는 아이를 의미함이다.

186

그것을 보고는 김의 얼굴에도 불쾌한 빛이 뜬다. 봉구와 백과 순영과의 과거가 연상될 때에 김도 불쾌한 것이다. 차라리 홀몸

으로 정처 없이 돌아다니다가 어디서 맘에 드는 여자를 얻어 만나기를 바라자 하는 생각도 났다. 그러나 지금 앞에 앉은 순영의 아름다움을 잊을 수도 없을뿐더러 이미 거의 다 손에 들어온 보물을 놓쳐버리기가 아깝기도 하였다. 그래서 김은 다시 유쾌한 낯빛을 지으며,

"테이킷, 테이킷!(그걸 먹어요, 그걸 먹어요!)"

하고 눈짓을 하였다.

순영도 김의 말이 무슨 뜻인지를 안다. 순영은 비웃는 듯이 빙긋 웃었다.

"내 오늘 하루 생각해볼께요."

하고 마침내 순영은 반허락을 하였다. 그러나 김은 생각해본다는 것이 심히 불만한 듯이 의심스러운 눈으로 순영을 바라보며,

"테이킷! 월유?(그걸 먹어요! 먹지요?)"

하고 다졌다.

"아일 트라이(해보지요)."

하고 순영은 얼굴을 붉혔다. 김은 반신반의 하는 눈으로 순영을 바라보고는 가버렸다.

그날 밤 아이들이 다 잠들기를 기다려 순영은 종이에 싸두었던 노회환을 꺼내어서 입에 넣고 냉수를 마시고는 자리에 누웠다. 큰일을 저지른다고 생각하는 순영은 물론 잠이 들 리가 없다. 배 속에 들어간 독약이 어떤 작용을 일으키는가 하고 순영은 가만히 배 속만 생각하고 있었다. 베드로와 메리는 다들 잔다. 밤은 고요한데 행랑에서 어린애 우는 소리가 들린다.

반쯤 감은 순영의 눈에는 모세가 보인다. 모세가 보일 때에 순

영은 그것이 열 달 동안을 자기 배 속에 있던 것을 생각하였고 처음 배 속에서 꼬물거림을 깨달을 때에 느끼던 일을, 형언할 수 없는 기쁨과 슬픔을 생각하였다.

'참, 이상도 하다. 생명은 이상도 하다.' 그때에 이런 생각하던 것을 생각하고 순영은 가만히 자기의 배 위로 손을 쓸어내렸다.

'벌써 죽었나?' 하고 순영은 깜짝 놀랐다. 몸에는 오싹 소름이 끼쳤다. 무서웠다. 그러나 가만히 손을 내려쓸면 분명히 배 속에서 이불 밑에 싸인 고양이 모양으로 꼬물거리는 것이 있다. 순영은 아까 번보다 더한 놀람과 무서움으로 손을 빼고 몸서리를 쳤다.

'살았구나. 저를 죽이려는 어미의 뜻도 모르고 그 배 속에서 꼬무락거리는구나.'

순영은 벌떡 일어났다.

'이것을 토해야 한다. 토해야 한다.'

순영은 입에 손가락을 넣었다. 그러나 아무것도 나오지 않고 갑자기 메슥메슥한 기운만 생기며 아랫배가 쥐어뜯는 것을 깨달았다. 순영은 손가락으로 목구멍을 쑤시다가 눈물만 흘리고 쓰디쓴 무슨 물이 조금 나오고는 더 나오지 않아 "아이고." 하고 자리에 꺼꾸러졌다.

점점 창자 굽이는 꿈틀거리고 배는 힘있게 쥐어짜서 훑어내리는 듯이 아프다.

그러나 아아 실망이다. 독은 벌써 전신에 돌았다. 그 독은 나의 혈관으로 돌아 이 꼬무락거리는 태아에게로 가는 것이다. 오분 지나고 십분 지나는 동안에 그 독이 쌓이고 쌓여 이 아이는 죽어버리는 것이다.

이렇게 생각하면서 순영은 괴로운 중에도 가만히 태아가 살았나 안 살았나 주의하였다. 아직 살았다. 더 활발하게 노는 것 같다.

'괴로워서 그러는구나! 죽느라고 그러는구나!' 하고 순영은 두 주먹으로 얼굴을 가렸다. 이마에서는 식은땀이 뚝뚝 흐른다.

"하나님, 이 죄 많은 년을 죽여줍소사. 이 죄 없는 어린것을 살려줍소사!" 하고 몸을 비꼬았다.

배는 갈수록 더 아프다. 정신을 못 차릴 만큼 아프다. 입술이 파래지고 얼굴 근육에 경련이 일어나도록 아프다.

187

순영은 밤새도록 네 번이나 무서운 설사를 하였다. 아침에 아랫방 마누라가 안에 들어왔을 때에는 순영은 기운이 빠져 눈도 잘 뜨지 못하고 헛소리 모양으로, "죽일 년, 죽일 년, 하나님 죽여줍소서." 하고 중얼거리고 있었다.

아랫방 마누라는 깜짝 놀라서 순영을 흔들었다. 서너 번이나 이름을 부르고 흔든 뒤에야 겨우 눈을 떠서 물끄러미 보더니 손으로 자기의 배를 가리키며 분명치 않은 어조로,

"살았소? 살았소?"
하고 묻고는 다시 눈을 감는다.

아랫방 마누라는 처음에 무슨 뜻인지 몰랐으나 마침내 알아차리고 순영의 배에 가만히 손을 대어 보았다. 팔딱팔딱하는 것이

있다.

"살았어요. 잘 놀아요."

하였다.

순영은 안심하는 듯이 잠드는 양을 보인다.

오정 때나 되어서 김 박사가 왔다.

"할로우, 할로우!"

하고 마루 앞에서 부를 때에 베드로가 나오며,

"학교 아주머니 앓아요. 들어오시지 마세요."

하고 소리를 지른다.

"앓아? 어떻게?"

"배가 아파요. 들어오지 말고 가요."

하고 베드로는 더욱 어성을 높이며 올라서는 것을 막는 듯이 우뚝 김의 앞에 막아선다.

김은 잠깐 머뭇머뭇하더니 손으로 베드로를 떠밀고 마루 위에 걸터앉으며,

"디쥬 테이킷?(그것 먹었소?)"

하고 회답을 기다리다가 아무 회답이 없는 것을 보고 한번 더 소리를 높여,

"유 테이킷, 디쥬?"

하고 한 번 더 물었다.

"가세요! 보기도 싫고 말하기도 싫으니 가세요!"

하고 방 안에서 순영의 소리가 나온다. 김의 얼굴은 흙빛이 되었다.

김은 무안한 듯이 우두커니 앉았더니 곁에 섰는 베드로더러

가만히,

"의사 불러왔니?"

하고 묻는다.

베드로는 말없이 고개를 도리도리하였다.

"의사 불러다드려요? 대단히 괴로우시오?"

하고 이번에는 조선말로 묻는다.

순영은 창을 와락 열고 해쓱한 얼굴을 내밀어 김을 노려보며,

"김 선생! 어서 가세요. 다시는 내 집에 오시지 마세요. 나를 유혹도 마세요. 그리고 인제부터는 좀 사람이 되시오."

하고 창을 탁 닫쳐버렸다.

김은 고개를 푹 수그리고 나왔다.

사흘 만에 순영은 일어났다. 태아도 죽지 않았다.

일어나는 길로 순영은 옷을 갈아입고 베드로와 메리에게도 새 옷을 입혔다.

"아주머니 우리 어디 가우?"

이렇게 베드로는 새로 사온 재킷을 입으면서 좋아라고 묻는다.

"응, 모교다리 아자씨헌테 간다."

하고 순영은 기운 없이 대답하였다.

"모교다리 아자씨 그때에 왜 인사 안 했주? 노얏주?"

"내가 아니? 네가 아자씨더러 물어보렴."

"내 물어볼께."

순영은 두 아이를 데리고 얼음판이 된 길을 걸어서 봉구의 집으로 갔다. 순영의 얼굴에는 무슨 독한 결심의 빛이 있는 것 같았다.

순영은 아이들더러 먼저 들어가라고 메리의 손목을 베드로의 손에 쥐어주었다. 베드로는 메리의 손목을 끌고 대문 안으로 두어 걸음 들어가더니,

"아주머니도 가."

하고 뒤를 돌아본다.

188

봉구가 길에서 우연히 순영을 보고 집에 돌아온 날 그는 누를 수 없는 괴로움을 깨달았다. 다 꺼져가던 가슴의 불에 기름을 붓는 듯하였다.

마땅히 미워해야 할 사람이언만 마땅히 원망해야 할 사람이언만 그 사람을 대할 때에 맘에 누를 수 없는 그리움이 일어나는 것이 괴로웠다.

봉구는 남성적인 의지로 이 정을 억제하려 하였으나 안 되었다. 봉구도 자기의 강한 의지의 힘 — 무서운 고집쟁이라는 소리를 듣는 의지의 힘을 안 믿는 것이 아니나 부드러운 정에는 저항할 힘이 적은 듯이 생각하였다. 천한 사람이 강력을 가지고 자기를 내리누르면 그것은 거역하고야 말더라도 어린아이가 부드러운 정으로 봉구를 움직이려고 들면 자기는 아니 움직여지지 못할 것같이 생각되었다.

만일 순영이가 자기에게 울고 매달리면 어찌할까. "저리 가!" 하고 뿌리칠 용기는 없는 듯싶었다.

더구나 봉구의 가슴의 깊이 뿌리박힌 첫사랑 — 순영에게 대한 사랑은 봉구가 순결하니만큼, 의지력이 강하니만큼 더욱 뿌리가 깊었다. 순영을 본 때로부터 봉구의 맘에는 순영의 그림자가 떠난 일이 없었다. 물론 이렇게 봉구의 가슴속에 왕래하는 순영은 지금의 순영은 아니다. 백이란 사람과 더러운 돈에 더럽혀진 일전 길에서 만나본 순영은 아니요, 옛날 경찰에게 쫓기어 남의 집 광으로 쫓겨다닐 때 순영, 자기가 감옥에서 그리고 그리던 순영, 자기가 감옥에서 나온 뒤에 C예배당 합창대 속에 섰던 순영, 석왕사에서 자기의 품속에 몸을 던졌던 순영이다. 봉구는 천리만리를 가더라도 그 순영을 찾고 싶었고 하늘 위에나 땅속에나 비록 죽음의 그늘에 가더라도 그 순영을 찾고 싶었다.

그러나 그 순영은 영원히 갔다. 죽었다. 지금 살아있는 순영은 그 순영이가 죽어서 썩어진 시체다. 봉구는 순영의 썩어진 시체를 원치 않았다.

만일 순영이가 아주 죽어버려서 이 세상에 없었다면 얼마나 행복되었을까 하였다. 그랬다면 봉구는 가만히 눈을 감고 깨끗한 순영의 모양을 그리기나 하였을 것이요 맘에 홀로 향불을 피우고 앉아서 순영의 영혼을 불러라도 보았을 것이다. 그렇건만 순영이가 백이라는 사람과 돈의 종이 되어 더러운 생활을 한다고 생각할 때에 봉구는 두 팔을 내둘러 눈앞에 아른거리는 순영의 그림자를 쫓아보내지 않을 수 없었다.

"이 마귀야, 이 사람을 속이는 악마야!" 하고 외치지 않을 수가 없었다.

봉구는 얼마나 캄캄한 허공에 두 팔을 허우적거렸으랴! 그러나 순영이 가지 않을 때에 그는 아프게 울었다. 그의 가슴속에는 영원히 아물지 않을 생채기가 생겨 바람이 불 때, 비가 올 때에 가슴이 터지도록 쓰리고 아프게 하지 않느냐. 그러나 봉구는 순영이와 가장 가까운 것을 순영의 시체에서라도 찾아볼 것같이 생각도 하였다. 비록 죽어버렸다 하더라도 그 송장은 일찍 아름답던 순영을 담았던 그릇이 아니냐. 비록 썩었졌더라도 그의 썩다 남은 살점은 일찍 아름답던 순영의 한 부분이 아니냐. 만일 그 썩어진 시체를 불살라버린다면 거기서 오르는 연기와 그 자리에 남는 재라도 순영의 향기는 가졌을 것을!

이래서 봉구는 다시 한번 순영을 만나보고 싶은 생각이 나서 일전에 순영을 보던 대한문 네거리를 헤매기도 하고 초어스름에 순흥의 집 앞으로 얼른얼른 지나기도 하였다. 대문 앞으로 두어 번 오락가락하다가는 '아니다!' 하고 빠른 걸음으로 지나가버리기도 하였다.

그동안에 인천 경주의 모친에게서는 봉구에게 오라는 편지를 거의 날마다 하고 청혼하는 뜻도 여러 번 보였다. 경주의 이름으로 봉구더러 곧 오라는 전보 친 것을 받고 봉구가 경주의 집에 갔을 때에는 경주의 모친은 봉구의 손을 잡고 눈물을 흘리며 딸과 혼인하기를 청하였다.

189

그러나 봉구는 경주와 혼인하기를 허락하지 못하였다. 마치 이미 일생을 같이하기로 굳게 맹약한 사람에게 대하여 맹약을 배반한 것도 같고 또 경주로는 도저히 자기의 가슴속에 텅 빈 곳을 채울 수가 없는 것도 같았다.

'저도 비록 나를 배반하더라도 내야 어찌 그를 배반하랴. 나라로는 조선에게 이성으로는 순영에게 이 몸이 사랑과 노력과 목숨을 바치노라고 굳게 맹약한 나는 결코 결코 그 맹약을 깨뜨리지 않으리라.'

봉구는 이렇게 생각하였다.

그러나 봉구는 순영에게 관한 신문기사를 볼 때에 순영이가 백을 원망하는 독한 말과 백에게서 나온 지 며칠이 못 되어 배 속에는 백의 아이를 안고서 김 박사와 좋아한다는 말을 볼 때에 봉구는 신문을 움켜쥐고, "짐승 같은 계집!" 하고 소리를 안 지를 수가 없었다.

마침내 아주 썩어버렸는가, 터럭 끝만치도 안 남겨놓고 속속들이 아주 썩어버렸는가, 어찌하면 그렇게 아름답던 것이 그렇게도 아주 썩어버릴 수가 있을까. 그래도 순영의 정신의 어느 구석에는 아름다운 불꽃이 별만치라도 남아 있어서 그것이 무슨 기회를 얻어서 타오르는 날이면 지나간 모든 더러운 것을 다 태워버리고 한번 더 순영의 본색이 드러날 날이 있으리라고도 믿었다. 그것이 마치 이미 식어버린 달덩어리가 다시 불이 되어 타오르기를 기다리는 것과 같았던가.

그러나 순영은 죽어도 썩어도 다 녹아 없어져도 봉구의 가슴속에 박힌 순영의 그림자는 언제나 스러질 것 같지 않았다.

'잊어버리자! 잊어버리자!'

봉구는 잊어버리기를 힘썼으나 잊어버려지지를 않았다. 순영을 잊어버리는 것 ─ 순영의 아름답던 영혼이 여지없이 썩어져버린 것으로 여기고 잊어버리는 것은 마치 인류의 영혼이 모두 썩어져버렸다 하여 잊어버리려는 것과 같았다.

'잊지를 못하겠거든 미워하자! 미워하자!'

그러나 줄곧 미워할 수도 없었다. 잊어야 할 사람을 잊어버리지도 못하고 미워해야 할 사람을 미워하지도 못하는 곳에 봉구의 괴로움이 있는 것이다.

인제는 더욱 재촉이 온다. 경주의 모친의 병은 더욱 위중해진다. 이 기회를 타서 또 호주인 경훈은 아직도 미결수로 있는 기회를 타서, 경주의 친척이라는 어중이떠중이들은 경주 집 재산을 엿보고 미리 악을 쓰고 덤비었다. 봉구가 둘째 번 경주 집에 갔을 때에는 사랑과 안채에 머리 깎은 것, 갓 쓴 것 십여 인이 쭈그리고 앉아서 수군거리고 병인이 누워 있는 안방에서는 경주의 형 되는 과부가 돈을 내라고 앓는 계모와 경주와 아우성을 하고 싸우는 판이었다.

봉구가 들어오는 것을 보고 그 사람들은 못마땅한 듯이 고개들을 돌렸다. 들은즉 그들의 공동한 적은 봉구라 한다.

"호주 되는 경훈이가 돌아오기 전에 경주의 약혼을 할 수가 있나. 더구나 경주는 상중이니까 경훈이가 돌아오더라도 삼년상을 치르고야 혼인을 할 게지."

이 모양으로 봉구와 경주가 혼인한다는 것을 방해를 해놓고야 다른 수단을 쓸 수 있다고 그들이 생각한 것이다.

앓는 경주의 모친은 지금껏 전실 딸과 싸우느라고 흥분이 되어서 무섭게 상기가 되고 호흡이 단촉하여 이 모양대로 가면 오늘을 넘기지 못할 것같이 봉구에게 보였다.

경주의 모친은 봉구의 손을 잡고 한참은 목이 메어 말도 못하다가,

"여보게, 내가 죽을 날이 멀지 않으이. 내가 죽기를 기다리고, 안팎에 모두 칼들을 품고 기다리네그려. 이 애 오빠는 옥에 있고 내가 자네밖에 믿을 사람이 어디 있나. 이 애가 변변치는 못하지만 내 앞에서 이 애와 혼인한단 말 한마디만 해주게. 내가 그 말 한마디를 듣고야 눈을 감겠네."

하고 말끝이 흐린다.

190

봉구는 실로 대답할 말이 없었다. 그러나 모친의 생명이 경각에 있다 하면 적어도 재산 소유권을 확실하게 경주에게 넘겨줄 필요는 있는 것을 깨달았고 또 경주의 모친이 자기와 경주를 속히 혼인을 시키려 함도 이 재산이 경주의 손에 들어가기를 바라는 까닭인 줄도 알았다. 물론 경훈이가 호주지만 경훈은 살아서 이 세상에 나올 여망은 없는 것이요 또 경훈이가 해외로 달아날 때에 이미 자기가 팔고 남은 재산권을 그 모친 명의로 옮기고 말았다. 이것은 경훈이가 다시 안 돌아올 결심을 하고 그 계모에게 효행하는 너그러운 뜻을 표한 것이었다. 그러므로 이 집 재산을 처분하는 권리는 실로 지금 병들어 생명이 경각에 달린 경주 모

친의 유언 한마디에 달린 것이다. 이 눈치를 보고 혹은 경주의 과부 형을 내세우고 혹은 경훈의 처를 내세우고 혹은 경훈의 아들이 없으니 경훈이가 죽으면 경훈의 대신 양자로 들어올 경훈의 재종제를 내세우고……. 이 모양으로 여러 파가 갈려서 병인을 졸라대는 것이다.

"제가 다 무사하게 할게, 염려 마세요!"

하고 봉구는 곧 공증인과 경찰서원을 청하고 모든 친척을 입회케 한 후에 병인더러 유언하기를 청하였다. 병인과 경주는 이런 수가 있는 것을 보고 대단히 기뻐하였거니와 반대파들은 심히 낭패하여서 혹은 봉구를 붙들고 남의 집 일에 무슨 상관이냐고 힐난도 하고 혹은 공증인과 경관을 보고 저마다 옳은 이치를 말하였다. 그러나 마침내 유언 선언서를 썼다.

첫째, 경주와 봉구와 혼인하기를 허락함.

둘째, 전 재산은 경훈으로 하여금 상속케 하되 만일 경훈에게 재산을 상속치 못할 사정이 있을 때에는 경주로 하여금 상속케 함.

셋째, 재산의 정리와 관리는 이를 신봉구에게 위임함.

이것을 보고 곁에 돌라섰던 친척들은 악마구리[169]같이 떠들었다. 그러나 공증인과 경관은 유언이 끝나니 그들의 떠드는 말에는 귀도 안 기울이고 가버렸다.

공증인과 경관이 돌아간 뒤에 사람들은 모두 안방으로 들어 몰렸다. 병인에게 불공한 말을 하고 봉구를 여지없이 욕설하였

---

169 악머구리. 참개구리를 소리 잘 지르는 개구리라는 뜻으로 일컫는 별명.

다. 어떤 자는 이 일을 인륜에 어그러지는 일이라고 분개하고 어떤 자는 이 일을 신문에 내어야 한다고 떠들었다.

그중에도 경주의 과부 형은 병인더러 이년 저년 하고 소리를 지르며,

"이년아, 내 아버지 재산을 왜 네 맘대로 해?"

하고 악을 쓰고 그것을 막는다 하여 경주의 머리채를 끌고 싸움을 시작하였다. 봉구는 일가 사람들이 말리는 양을 보려고 마루 한편 모퉁이에서 기다리고 있었으나 아무도 말리는 이는 없고 도리어 둘의 싸움을 격려하는 태도를 취하였다. 그뿐더러 경훈의 당숙이라는 자는 자기의 종형수인 병인을 향하여 술 취한 어성으로 죄를 다투며 주먹으로 방바닥을 쳤다. 이 작자는 모인 사람 중에 가장 나잇살이나 먹고 말 마디나 하는 자인 듯하다.

마침내 병인은

"아이쿠, 아이쿠."

하고 울기를 시작하였다. 봉구는 더 참을 수가 없었다. 벌떡 일어나는 길로 두루막[170]을 벗어제치고 안방 문에 막아선 자들을 고양이 새끼 집어던지듯이 하나씩 마당으로 내려던졌다. 그러고는 안방으로 뛰어들어가서 방바닥을 두들기고 떠드는 자의 목덜미를 집어 마루로 끌어내다가,

"이 짐승 같은 놈아! 네 형수가 숨이 넘어가려는 판에 돈밖에는 모르는 개 같은 놈아!"

하고 발길로 차서 마당으로 내려굴렸다.

170 두루마기.

이 광경을 보고 더러는 무서워서 달아나고 더러는,

"오 이놈, 사람 잘 죽이는 놈이라더라."

하고 몽둥이를 들고 봉구에게 대들었다.

191

봉구는 맨주먹으로 몇 사람을 때렸으나 사오 인의 모듬매[171]에 마침내 이마가 터져서 꺼꾸러졌다. 봉구의 몸에서 피가 흐르는 것을 보고 사람들은 슬멋슬멋이 다 달아나버리고 말았다.

봉구가 어지러저떠렸다가 정신을 차린 때에는 봉구는 벌써 건넌방에 드러누웠었고 머리맡에는 의사와 경주가 지키고 있었는데 경주의 눈에서는 눈물이 흘렀다.

"괜찮으니 나는 올라갑니다. 무슨 일이 있거든 곧 기별합시오."

하고 경주 모녀가 붙드는 것도 듣지 않고 저녁만 조금 먹고 서울로 올라왔다.

이마의 상처를 보고 어머니는 놀라 물었다. 봉구는 그날 당한 일을 대강 말하였다. 어머니는,

"그렇게 간절히 청하는데 경주와 혼인을 하려무나. 그 애가 그렇게 어여쁘지는 아니하나 사람이 순하고 복성스럽더라."

하고 늘 하던 말로 봉구를 졸랐다. 어머니의 생각에는 물론 그 재

171 모듬매. 뭇매.

산도 있었거니와 어서 며느리를 보고 손주새끼들을 보고 싶은 마음이 간절한 것이다.

머리 터진 것이 아프고 또 경주 일과 순영의 생각으로 신경이 흥분하여 밤에 석 점을 치는 소리[172]를 듣고야 잠이 들었더니, "제례하옵고 어머님 병환이 밤새에 더욱 위중하여졌습니다. 어저께 그 짐승 같은 놈들 때문에 더치시었나[173] 보아요. 말씀도 잘 못하세요. 선생님만 찾으십니다. 제가 혼자 어찌합니까. 전보를 쳐도 더딜 것 같아서 내득이(사환)를 보내오니 곧 내려오시기를 바라나이다. 상하신 것이 대단치나 아니하시온지 저는 밤을 새워 근심하였어요. 즉일 선생님의 경주 상서."라 한 편지를 가지고 온 내득이[174]에게 일으킴이 되었다. 내득이는 첫차를 타고 왔다.

봉구가 일어나 아침을 먹고 방금 인천으로 가려 할 때에 베드로가 메리의 손을 끌고

"아자씨!"

하고 마당으로 들어섰다.

봉구는 입으려던 두루마기를 내던지고 사랑하던 동지의 자녀를 내려가 두 팔로 안아 쳐들었다.

"너희들이 나같이 무정한 아저씨를 찾아왔구나!"

하고 봉구는 목이 메었다.

"난 아자씨 보았죠. 저어기 길에서 보았죠. 학교 아주머니하구 보았죠."

172 폐종이 세 번 종을 침. 세시.
173 낫거나 나아가던 병세가 다시 더하여지다.
174 사사로운 편지나 소식을 직접 전해주는 인편.

"응, 그랬어?"

하고 봉구는 두 아이를 마루에 내려놓았다.

어머니도 뛰어나왔다.

"응, 베드로로구나!"

하고 늙은 어머니는 곧 눈물을 흘린다.

"에그 불쌍해라, 가엾어. 이를 어찌하나, 어서 추운데 이리 들어온."

하고 어머니는 메리의 조그마한 구두를 벗기고 안아 쳐들었다. 메리는 모두 낯선 사람이라 눈이 둥그레지더니,

"암지, 암지."

하고 울기를 시작한다.

"암지가 무어야?"

"아주머니를 암지라고 그래요."

하고 베드로는 신을 벗고 올라서며 당돌한 듯이 어머니에게 대답한다.

봉구는 순영이가 밖에 와 있는 줄을 깨달았다. 순영이가 자기를 찾아오는 방법으로 아이들을 앞세운 줄을 알았다. 그것을 생각할 때에 봉구는 순영을 불쌍하게 생각하였다. 얼른 대문에 뛰어나가서 그를 불러들이고도 싶었다. 그러나 어머니가 순영을 원수같이 여기고, "그년을 다시는 내 눈앞에 안 들여!" 하고 이를 갈던 것을 생각하면 그렇게 불러들이기도 어려웠다.

메리가 연해 "암지"를 부르고 베드로도 대문께를 바라보는 것을 보고는 어머니도 눈치를 채고 낯색이 변하면서 봉구를 바라본다. 봉구는 어머니의 눈치를 엿보았다.

192

"어머니!"

하고 봉구는 마침내 어머니 곁으로 가서 가만히 귓속말을 하였다.

"순영이가 저렇게 아이들을 데리고 찾아왔으니 어찌합니까. 그렇게 밉다가도 이렇게 찾아오면 불쌍한 생각이 나요. 들어오라지요. 무슨 소리를 하나 보게."

어머니는 대답도 않고 안방으로 들어가버리고 말았다. 나는 안 보겠다는 뜻이다.

봉구는 한참이나 주저하다가 겨우 결심한 듯이 대문으로 나갔다.

순영은 대문 밖 화방 모퉁이에 비켜섰다가 봉구가 나오는 것을 허리를 굽혀 인사를 한다. 인사를 하고는 마치 수줍은 처녀 모양으로 다시 고개를 들어 봉구를 바라보지 못하였다. 봉구도 공손히 허리를 굽혔다. 순영의 깊이 회개하는 눈물지는 영혼은 말없는 중에 봉구의 맘을 움직였다.

"들어오시지요!"

하고 봉구는 대문에서 비켜서서 순영더러 앞서서 들어가라는 뜻을 표하였다.

순영은 또 한번 허리를 굽히고 앞서 들어간다. 봉구도 뒤를 따랐다. 베드로와 메리가 마주 나와 순영에게 매달린다. 순영은 말없이 두 아이의 머리에 손을 올려놓는다.

봉구는 두 아이를 데리고 안마당으로 들어가는 순영을 보고 길게 한숨을 쉬었다. 그렇게도 호기롭고 그렇게 빛나던 순영이가 어찌 되면 저렇게도 세상을 꺼리는 듯하고 저렇게도 수심기를 띠었을까. 얼굴은 중병을 치르고 난 사람 같고 마치 무슨 큰 죄를 짓고 그것을 아프게 뉘우치는 사람 같았다. 그렇게 빛나던 옛날 순영에게 빛나는 아름다움이 있던 모양으로 그렇게 수심스러운 오늘의 순영에게는 오늘의 아름다움이 있었다.

"들어오세요!"

하고 봉구는 순영을 건넌방으로 청해 들였다. 아이들은 마루에서 맘놓고 뛰놀고 어머니는 안방에서 아들의 고생 많던 과거를 생각한다. 날은 추우나 볕은 난다.

봉구는 창을 향하고 책상에 기대어 앉고 순영은 봉구의 오른편 어깨를 보고 앉았다.

모으로 보는 봉구의 모양에 좀 수척한 기운이 있고 어딘지 말할 수는 없으나 나이 먹은 빛이 보인다.

두 사람의 가슴속에서는 수없는 생각이 용솟음을 쳤으나 피차에 할 말은 없는 듯하였다. 순영은 엄한 부친의 앞에 나아간 어린 딸 모양으로 입술을 달막달막할 뿐이요 입을 열지는 않았다.

봉구는 인천서 기다릴 일을 생각하고 시계를 내어보았다.

"어디 시간이 있으세요? 바쁘시면 다시 오지요."

하고 순영이가 입을 열었다.

"네, 인천 좀 가야 할 일이 있어서요……. 그렇지만 내게 하실 말씀이 있으시거든 하시지요. 아직 한 십오분은 시간이 있습니다."

이렇게 말하는 봉구의 어조는 순영이가 듣기에 퍽도 쌀쌀하였다. 더구나 인천이라는 말에 곧 경주를 연상하고 경주를 연상하매 자기는 마치 버려진 사람 같은 설움과 부끄러움을 깨달았다. 그러나 그것은 다 당연한 일이라고 순영은 단념하고 자기가 참된 맘으로 봉구에게 참회하고 사죄하러 오던 거룩한 결심을 어지럽게 안 하려고 애를 썼다.

"제가 다른 말씀이야 여쭐 것이 있어요? 그저 제가 과거에 잘못한 모든 죄를 용서해줍소사고, 그 말씀 한마디를 여쭈려온 것이지요……. 용서해달란 말씀인들 무슨 면목으로 할 수가 있겠어요만 저도 늦게나마 모든 것을 뉘우치고 참사람이 되어보려고 결심을 하였으니깐 첫째로……."

하고 봉구를 무엇이라고 부를까 하고 주저하다가,

"용서하심을 받고 싶어서……. 편지도 여러 번 쓰다가는 말고 쓰다가는 말고 하다가 이렇게 염치를 무릅쓰고 뵈오려 왔습니다."

하고는 울음을 참는 듯 말이 막힌다.

193

"내가 용서해드리기를 바라신다면 암만이라도 용서해드리지요. 일곱 번씩 일곱 번이라도 용서해드리지요."

하고 봉구도 입을 열었다. 입을 여니 할 말이 무한히 많은 것 같으나 억지로 참고 입을 닫치었다.

"제가 무슨 면목으로 다시 뵈올 생각을 했겠어요만 그래도 그저 용서해주실 줄만 믿고……."

하며 순영은 살짝 봉구를 쳐다보았다. 봉구의 얼굴의 근육이 움직인다. 이것은 봉구가 불쾌하거나 괴로울 때에 하는 표정인 줄을 순영은 잘 알므로 말을 그쳤다.

"나도 순영 씨를 원망도 했지요. 저주도 했지요. 죽여버리고 싶다고까지 생각도 했어요. 그러나 나는 사랑하는 법을 새로 배웠습니다 — 네가 사랑하는 이가 있거든 오직 그를 사랑하여라. 그에게서 사랑을 갚아지기를 바라기는 할지언정 안 갚아진다고 원망은 말아라. 비록 그가 네 사랑을 발로 밟아버리고 달아난다 하더라도 너는 그를 원망하지 말고 미워하지 말고 오직 그의 행복되기만 빌어라. 그리함으로 네 사랑은 완전할 수 있으니 그렇지 않으면 악이다 — 나는 이렇게 생각하였지요. 그렇게 생각하고 맘에 화평을 얻었소이다. 나는 그로부터 순영 씨가 옳게 되고 행복되게 되기를 빌었습니다. 물론 불완전한 사람의 맘이라 가끔 가다가 무서운 원망의 맘과 미움의 맘이 생기기도 하였지만 나는 그것을 이겨왔어요. 그런데 지금 순영 씨께서 옛일을 다 뉘우치시고 새로운 참된 생활을 하실 결심을 하셨다니 내가 빌던 것이 이루어진 듯해서 기쁩니다. 다시 말씀합니다. 모든 것을 다 용서해드리지요. 벌써 용서해드린 지가 오래라고 할 수 있습니다."
하고 봉구는 한번 순영을 바라보았다.

"저로 해서 그렇게 못하실 고생을 다하시고 하마터면……."
순영의 목소리는 더욱 측은하여진다.

"아닙니다. 그런 말씀을 하실 것이 없어요. 다 내 탓이지요. 내가 잘못해서 그런 것이지요. 나는 순영 씨를 원망하지 않습니다. 또 지나간 일은 말해서 무엇해요? 좋은 일이나 좋지 못한 일이나 다 지나간 일은 지나간 일이지요. 모래 위에 엎지른 물이지요. 결코 다시 주워담을 수는 없는 것입니다. 순영 씨나 나나 어찌어찌하다가 길을 잘못 들어서 좋은 세월 얼마와 좋은 정력 얼마와 또 명예 얼마를 잃어버렸으니까 그것이나 아프게 여기고 이로부터나 참길을 밟아나가기를 힘쓰는 것 이 좋겠지요. 지나간 일은 다 묻어버리구요."

봉구는 말을 그치고 시계를 내어본다. 그것이 순영에게는 아픔을 주었다. 모래 위에 엎지른 물은 다시 주워담지 못한다고 한 봉구의 말이 몹시 순영의 가슴을 찔렀다. 그 말이 마치 자기의 일생에 대한 사정없는 마지막 판결같이 들렸다.

순영은 그 자리에 더 앉아 있을 수 없고 더 할 말도 없는 듯하였다. 자기가 봉구에게 청하려던 것 — 옛날 일을 용서하여 달라는 것은 두말도 없이 봉구에게 허락을 받았다. 말하자면 얻으려던 것은 그것만이 아닌 것 같다 — 그렇게 싱거운 것만이 아닌 것 같다. 그보다도 더 생명 있는 무엇인 것 같다. 마치 순영은 알맹이 다 빠진 무엇을 헛얻은 것같이 서운하고 도리어 그것을 얻기 전보다도 어이없는 듯하였다.

"저는 갑니다."

일어나는 순영은 이렇게 말하였다.

"가세요? 아이들 생활비는 부족하거든 내게 기별하세요."

하고 봉구도 일어나 두루마기를 입는다.

"가우? 왜 벌써 가우?"

하고 무심한 베드로가 순영에게 매달린다.

순영은 봉구의 어머니에게 인사를 드릴까 말까 하고 안방을 바라보고 머뭇머뭇하였으나 봉구가 말없이 섰는 것을 보고는 눈치를 알아차리고 그대로 아이들을 데리고 나갔다.

194

"어머니! 나 인천 가요."

하고 봉구는 안방 문을 열었다. 어머니는 마주 나오면서,

"다들 갔구나. 아이들을 아무것도 못 먹여서 어찌하니?"

하고 아들의 얼굴빛을 살핀다.

"무어요, 담번에 주지요……. 그럼 댕겨옵니다."

하고 봉구는 마루 끝에 앉아서 구두끈을 맨다.

어머니는 아들의 뒤에 와 서서 아들의 목덜미를 내려다보며,

"목도리 하고 나가려무나."

하면서 경주를 생각한다.

"괜찮아요."

"애 너 어찌하련?"

"무어요?"

"혼인 말이다."

봉구는 말없이 하늘을 쳐다본다.

"오늘도 가면 경주 어머니가 또 말을 할 테지? 너 무어라고 대답하련?"

"글쎄요……. 혼인할 맘이 없어요."

하고 봉구는 픽 웃는다.

"글쎄, 밤낮 혼인할 맘이 없다니 혼인이 무슨 큰 죄나 되느냐? 나이 삼십이나 되도록 장가를 안 드는 법이 어디 있니? 게다가 나는 금년에 죽을지 명년에 죽을지 모르는데…… 글쎄, 그게 무슨 고집이야. 네 말마따나 네 일은 네가 더 잘 알겠지마는 어미 생각도 좀 해보아라. 오늘은 혼인 말이 나거든 허락을 하고 오너라. 또 경주가 사람이 덕스러워 저 구미여호 같은 순영 같은 년에 비길 뻔이나 하냐. 어서 내 말대로 해라."

"네……. 생각해봅지요."

하고 봉구는 대문 밖으로 나갔다.

봉구가 경주의 집에 다다랐을 때에는 안방에서 어제 모양으로 경주의 과부 형이 발악을 하는 중이었다.

"언니! 내 돈 줄게, 그러지 마우."

이것은 경주의 소리다.

"흥, 내가 왜 거진 줄 알았드냐. 너헌테 돈을 얻어가지게."

이것은 과부 형의 소리다.

"그럼, 어떻게 하란 말이오?"

"내 돈 내란 말이다. 내 아버지 돈 내란 말이다. 내 돈 내란 말이야!"

하는 과부 형의 어성은 더욱 높아간다.

"너 시집갈 적에 네 것 안 가지고 갔니?"

이것은 앓는 이의 말이다.

"왜 그것만 내 거야? 왜 그것만 내 거야?"

하고 과부는 더욱 소리를 지른다.

"흥, 과부면 과부답게 수절이나 하고 있지! 이놈 저놈과 배가 맞아서 가명을 더럽히는 년에게 주기를 무얼 주어!"

하는 병인의 목소리도 높아진다.

"응, 내가 무얼 잘못했어? 그래 내가 이놈 저놈과 서방질하는 것을 보았어? 보았어? 또 그러면 어때? 댁이 무슨 상관이야? 아비 죽인 년은 세간 다 주고 그래……."

과부의 기운은 좀 준다. 그 대신 다른 사람은 말할 새 없이 악만 쓴다.

"왜 이 모양이야. 그래 댁이 들어와서 헌 일이 무엇이야? 우리 아버지 천량[175] 가지고 댁이 왜 지랄이야? 죽어서 능구리[176]가 안 되려거든 맘을 그렇게 먹지 말어! 에이 참."

하고 과부가 가래침을 뱉는 소리가 난다.

"그래 무엇이 어째? 또 한번 해보아, 그 말을……. 언니는 돈만 알고 부모도 모르우!"

이것은 경주의 말이다.

"이년아 저리 비켜! 못난이! 바보! 아비 죽인 년!"

"무엇이 어째? 무엇이 어째?"

하고 경주가 형에게 대드는 모양이다.

"이 주릴 할 년이! 이 주릴 할 년이!"

하는 과부 형의 소리와 함께 끄는 소리와 때리는 소리와 경주의 우는 소리와 병인이 우는 소리가 들린다.

봉구는 참다못하여 기침을 하고 문을 열었다.

---

175 개인 살림살이의 재산.
176 능구렁이.

195

　봉구가 문을 열고 들어서는 것을 보고 경주와 병인은 말도 못하고 일제히 목을 놓아 운다.

　"당신은 무슨 까닭에 남의 안방에 말도 없이 쑥 들어오오?"

하고 과부가 봉구를 흘겨본다.

　"부끄럽지 않으시오?"

하고 봉구도 과부를 흘겨보았다. 통통한 얼굴에는 독살이 뻗쳤다.

　"왜 무슨 상관이야? 어서 나가!"

하고 과부는 여전히 소리를 지른다.

　"나는 당신 어머님께서 부르셔서 왔으니까 당신이 나가란다고 나갈 수 없어요. 당신 어머님께서 하실 말이 다 끝나거든 당신이 가라고 안 하셔도 가지요."

하고 한번 더 과부를 노려보고는 병인의 곁에 가 앉았다. 경주의 머리는 풀어지고 뜯기고 치마폭도 여기저기 떨어졌다.

　"자네 대하기가 부끄러워."

하고 병인은 겨우 정신을 차려서 입을 열었다. 숨이 차고 목에서는 가래 끓는 소리가 그르릉그르릉 들린다. 말 마디마디마다 숨이 넘어가는 듯하였다.

　"흥, 미친 녀석……. 제가 무언데……. 흥, 깬 듯싶은가 보구나, 전중이[177] 녀석이……. 내가 한번 더 저를 전중이를 만들고야 말걸."

---

177 징역살이하는 사람을 속되게 이르는 말.

이 모양으로 중얼거리던 과부는 봉구를 당할 수 없는 줄을 깨달았는지 밖으로 나간다. 봉구는 사랑에 번뜻 보이던 남자를 생각하였다. 그는 봉구가 김 참사의 신용을 얻기 전에 이 집에 서사書士[178]로 있던 사람이다. 변호사 사무원, 중매점 거간, 이런 직업으로 살아가는 사람이다. 김 참사의 돈을 좀 축을 내고 또 과부 딸과 어떻다는 말이 있어서 쫓겨났던 사람인데 봉구가 감옥에 있는 동안 이 집에 자주 출입하였다.

　아마 그 작자한테로 나가는 모양이라고 봉구는 생각하였다.

　"내가 면목이 없네. 내 가문의 수칠세."

하고 병인은 한번 더 힘들게 말한다.

　"오늘은 내가 죽을 테야."

하고 병인은 담이 걸려 말이 막힌다.

　"어머니는 새벽부터 저러신다누, 꿈자리가 사납다고."

하면서 경주는 타구唾具[179]를 대어 어머니 담을 받아낸다. 한참 있다가 겨우 숨을 돌리어,

　"여보게, 내가 마지막으로 이렇게 비네."

하고 합장을 하면서,

　"암만해도 내 꿈이 수상해! 재 어른이 하얗게 꾸민 장독교帳獨轎[180]를 가지고 와서 날더러 타라고 같이 가자고 그러길래 경주는 어찌하느냐고 했더니 김 서방만 맡기면 일 없다고, 영감은 아직도 자네를 김 서방으로만 아는 모양이야."

178　대서를 업으로 하는 사람. 혹은 남의 집일을 도와주면서 곁붙어 사는 사람.
179　가래나 침을 뱉는 그릇.
180　가마의 한 가지. 전체가 붙박이로 되어 있어 다른 가마처럼 떼었다 꾸몄다 하지 못함.

하고 눈물을 떨군다.

"꿈이 맞습니까? 어서 맘을 노세요! 안 돌아가십니다."

하고 봉구는 억지로 웃었다.

"아니, 아니, 맞는 꿈도 있고 안 맞는 꿈도 있지. 그러나 나는 오늘 안으로 죽네."

경주는 어머니의 이 말에 흑흑 느껴 운다.

병인은 엎디어 우는 경주를 먼히[181] 바라보고 기운이 빠지는 듯이 스르르 눈을 감더니 다시 눈을 뜨며,

"아가! 왜 우느냐? 울지 마라. 신 서방한테 의탁하고 아들딸 많이 낳고 오래오래 잘 살아라! 늙은 어미야 으레 죽는 법이지."

하고 다시 봉구를 바라보며,

"여보게, 자네야 좋은 데 장가들 데도 많겠지마는 저게 불쌍하지 아니한가. 저게 그래도 자네라면 물불을 안 가리고 따르네그려. 저것을 불쌍히 여겨서 버리지 말아 주게. 내가 눈감기 전 마지막 소원일세."

하고는 경주더러 가까이 오라고 불러서 봉구의 곁에 앉히고,

"내가 요행 살아나면 자네허구 이 애허구 혼인하는 게나 보고 죽으려고 했더니 인제는 그럴 새가 없어. 자, 나 보는 데서 둘이 손이나 마주 잡아주게."

하고 봉구의 손을 끌어간다.

181 멍하니. 정신이 빠진 것같이.

196

봉구는 병인이 끄는 손을 차마 뿌리칠 수가 없었고 또 그의 정성을 저항할 힘이 없었다.

병인은 봉구의 손을 자기의 베개 앞에 끌어다놓고는 다시 손을 내밀어 경주의 손을 끌어다가 봉구의 손 곁에 놓고, 다시 봉구의 손을 들고 경주의 손 위에 올려놓고 그러고는 자기의 손으로 그 두 손을 함께 쥐려 하나 기운이 없어 잘 쥐어지지를 않는다. 봉구는 얼른 경주의 손을 들어 병인의 손 위에 놓았다. 병인은 그제야 만족한 듯이 애쓰던 것을 그치고 잠이 드는 모양으로 스르르 눈을 감는다. 병인의 손은 얼음장같이 차고 경주의 손은 불덩어리같이 뜨거웠다.

봉구는 차마 병인도 바라볼 수 없고 경주도 바라볼 수 없어서 한편으로 고개를 돌렸다. 봉구의 눈앞에는 아까 보던 돈을 위한 더러운 싸움과 지금 당하는 인정의 아름다움이 보인다. 경주의 손이 봉구의 손 밑에서 움직이기를 시작하더니 그 손이 벌떡 뒤쳐지며 봉구의 손을 꽉 쥔다. 마치 다시는 아니 놓으려는 듯이 힘껏 쥐고 바르르 떤다. 봉구는 고개를 돌렸다. 눈물 흐르던 경주의 얼굴은 내던지는 듯이 봉구의 무릎 위에 놓인다.

경주는 슬픔과 그리움과 기쁨이 한데 북받쳐 오르는 모양으로 흑흑 느껴 운다. 손은 더 꼭 쥐어지고 마침내 두 손으로 봉구의 손을 쥐어다가 자기의 가슴에 안는다.

봉구는 한 팔을 들어 경주의 등을 만지며,

"울지 마시오! 방이 차니 불 때라고 이르시오!"

하고 가만가만히 경주의 몸을 흔들었다. 그러나 경주는 놓칠까봐 무서워하는 듯이 봉구의 손을 더욱더욱 힘있게 가슴에 품고 울음을 그치지 않았다. 봉구는 고개를 들어 멀거니 천장만 바라보고 있었다.

이윽고 병인이 몸을 움직이며 눈을 뜨더니 경주가 봉구의 무릎에 엎디어 우는 광경을 보고 만족한 듯이 빙그레 웃으며 무슨 말을 하려는 모양이나 입술 움직이는 것만 보이고 말은 되지 않는다. 그래도 무슨 말을 하려고 더 애를 쓰다가 마침내 할 수 없음을 깨달음인지 봉구를 향하여 두어 번 고개를 끄덕이고는 도로 눈을 감아버린다.

다시는 말 한마디도 못해 보고 그날 밤에 마침내 병인은 세상을 떠났다. 친족이라고는 한 사람도 안 오고 봉구와 경주와 경훈의 처와 셋이서 장례를 치렀다.

김 참사의 친구 몇 사람이 잠깐 들여다보았을 뿐이다.

장례를 지낸 후에 봉구도 변호사에게 청하여 간신히 경훈과 면회를 하였다. 어머니가 돌아가신 것과 어느 날 어느 곳에 장례를 지낸 것과 그전에 어떤 모양으로 재산 문제를 처리한 것을 말하고 그 유언서를 보였다.

경훈은 한참이나 맥맥하더니,

"잘하셨소. 고맙소이다. 이 앞에도 모든 것은 다 신 형께 위임하지요."

하고 얼마를 잠잠하더니,

"내 아내는 어디 있어요?"

하고 묻는다.

"댁에 계시지요."

하고 봉구는 처량하게 경훈을 보았다.

"다 형께 맡기지요. 좋도록 해주시오. 또 내 누님도 다 좋게 해주시오……. 그리구 경주는 어찌하시려오?"

하고 경훈은 봉구를 본다.

봉구는 대답이 없다.

"그걸랑 신 형이 거두어주시오. 나를 보아서라도 거두어주시오! 그게 내 선친이 퍽 귀애하든 딸이오."

하고 경훈은 아버지를 생각하고 눈물이 어린다.

"그리고 재산은 내 이름으로 옮길 필요가 없으니 이것저것 쓸 것은 다 쓰고 나머질랑 경주 이름으로 넘기고 무엇에나 형이 원하는 대로 좋은 일에 써주시오. 조선에 조금이라도 유익한 일에 써주시오……. 그리구 나를 위해서는 변호사 댈 필요는 없어요."

이렇게 면회가 끝났다.

197

경원선 금곡 정거장에서 석양에 내리는 여자 하나가 있다. 복계까지밖에 안 가는 완행차라 삼등 객실 하나밖에 달지 않은 이 차에는 이 정거장에서 저 정거장까지 가는 농부 승객밖에 없으므로 차가 정거장에 닿아도 극히 조용하였다.

그 여자는 서너 살 된 계집애 하나를 안고 짐도 아무것도 없이 왕십리에서 금곡 오는 삼등 차표를 내어주고는 정거장을 나와서 사방을 휘휘 살피더니 피곤한 듯이 조그마한 대합실로 들어가서 안았던 계집아이를 걸상 위에 내려놓고 자기도 그 곁에 앉는다. 음력 팔월 중순의 풀 말리는 바람이 산더미같이 쌓인 마초(군대 말 먹이려고 꼴 말린 것) 더미의 마른 풀 향기를 불어다가 그 여자의 이마에 흩어진 머리카락을 날린다. 입은 지 사오일은 되었을 듯한 옥양목玉洋木 치마 적삼에 발에는 까만 고무신을 신었다. 그러나 파란빛이 돌도록 수척한 그의 얼굴에는 아직도 지나간 지 얼마 안 된 청춘의 아름답던 자취가 남았다.

그는 계집아이의 본넷(여름 모자)을 고쳐 씌우고 발목까지 흘러내린 양말을 치켜준다. 그 애도 조그맣고 까만 빛나는 고무신을 신겼다. 그 얼굴 모습을 보아 그 애가 그 여자의 딸인 줄을 짐작할 수 있다. 한가한 정거장 순사와 역부들도 이 모녀를 맘놓고 물끄러미 바라본다.

어머니는 그 딸의 소경인 것을 남에게 보일까봐 부끄러워하는 듯이 어린애를 창을 향하여 돌려 앉히려 하나 어린애는 말을 듣지 않는다.

그 여자는 여기 오래 있을 수 없다는 듯이 소경 계집애를 안고 대합실을 나서서는 또 한번 사방을 휘 둘러보고는 철로길을 건너서 북쪽 신작로로 간다. 석양은 맑은 하늘에 차고 가을바람은 풀 많은 벌판에 찼다. 이 두 사람의 위로 커다란 소리개 하나가 기웃기웃 큰 바퀴를 지어서 난다. 어머니는 끌고 소경 딸은 끌려서 석양의 가을바람 속으로 뒤에다가 긴 그림자를 끌고 아장아장 걸어간다.

아직도 길가 마른 풀 속에는 국화에 속한 꽃이 한 송이 두 송이 대밭은 목을 바람에 간들거리고 있다. 어머니는 가끔 꽃 한 송이를 뜯어서는 딸에게 쥐어준다. 딸은 그것을 볼 줄도 모르고 먹을 것인 줄만 알고 입으로 뜯어보고는 맛이 없는 듯이 내버린다.

"꽃이야 꽃! 고운 꽃인데 너는 보지를 못하는구나! 가엾어라."

하고 어머니는 또 다른 꽃을 뜯어서 쥐어준다. 그 눈에는 눈물이 고였다.

이 모녀는 반시간이나 넘어 걸어서 새로 지은 초가집 십여 집으로 된 동네 어귀에 다다랐다. 집들의 굴뚝에서는 벌써 저녁연기[182]가 오르고 해는 벌써 뉘엿뉘엿 넘어간다.

모녀가 동네 어귀에서 방황하는 것을 보고 꺼멓게 볕에 그을은 계집애 사내 사오 명이 무슨 구경이나 난 듯이 몰려나와서 모녀를 에워싸고 먼빛에서 물끄러미 바라본다.

그 여자는 아이들 중에 그중 나잇살 먹어 보이는 계집아이 곁으로 가까이 가서 물었다.

"아가, 신봉구 씨 댁이 어디냐? 너 아니?"

"신봉구 씨가 누구야요? 몰라요."

하고 계집애는 고개를 살래살래 흔든다.

"저, 신 선생님 댁 말이야요?"

하고 곁에 섰던 사내아이가 뛰어나선다.

"응, 신 선생님 댁."

하고 그는 고개를 끄덕였다.

"저기 저 뒷집이야요, 저 내 나는 집이요."

---

182 저녁밥을 지을 때 굴뚝에서 피어오르는 연기.

하고 사내아이가 손을 들어 가리킨다. 그 여자는 가리키는 데를 바라보며,

"신 선생님 계시냐?"

하고 물었다.

"네 계셔요. 아까 모밀[183] 비어지고 들어왔어요."

아이들은 모녀의 곁으로 점점 바싹 가까이 모여들었다. 개들도 꼬리를 치며 두어 마리 따라와서 처음 보는 두 모녀를 물끄러미 바라보고 섰다.

198

"큰놈아! 큰놈아!"

하고 어떤 집 마당에서 웬 어머니가 부르자 신 선생의 집을 가리키던 사내애가,

"왜?"

하고 대답만 하고는 가지는 않고 바라보기만 한다.

"어서 들어오너라. 밥 안 먹으련?"

하고 어머니는 화를 내고 부엌으로 들어가버리고 만다.

남의 어머니가 밥 먹으러 들어오라고 부르는 것을 보고 몇 아이는 밥 생각이 나는지 두 모녀를 버리고 이따금 뒤를 힐끔힐끔 돌아보며 각각 제 집으로 들어가고 개들도 주인 아이를 따라 들

183 메밀.

어간다. 아이들이 들어간 집에서는 어른들의 고개가 문밖으로 쑥쑥 나온다. 아마 아이들에게서 웬 보지 못하던 모녀가 왔단 말을 듣고 내다보는 모양이다.

두 모녀가 어찌할 바를 모르는 듯이 우두커니 서 있는 것을 보고 처음에 말대답하던 사내아이가 가엾은 듯이,

"어서 가세요, 신 선생님 집으로 오세요?"

하고 묻는다.

두 모녀는 그 아이의 뒤를 따라서 넓게 아카시아 담을 두른 집 앞에 다다랐다. 나뭇대 두 개만 세운 대문 기둥에는 '申鳳求신봉구'라는 문패가 붙었다.

얼굴은 볕에 그을어서 검고 소매 짜른 굵은 무명 적삼에 무릎까지 치는 잠뱅이[184]를 입고 맨발로 짚세기를 끌고 신 선생님이 아이를 따라 손님을 맞으러 나오다가 벼락 맞은 사람과 같이 우뚝 선다.

한참은 말이 없다.

"잠깐만, 한번만 뵈러왔어요!"

하고 마치 사죄나 하는 듯한 어조로 손님이 먼저 입을 연다.

봉구는 그래도 한참이나 말이 없이 섰더니,

"들어오시오!"

하고 간단하게 말하고는 자기가 먼저 돌아서서 안으로 들어간다. 손님은 주인의 뒤를 따라 두어 걸음 들어가다가 대문 기둥을 붙들고 쓰러져버렸다. 딸은,

---

184 잠방이. 가랑이가 무릎까지 내려오도록 짧게 만든 홑바지.

"엄마! 엄마!"

하고 쓰러진 어머니를 붙들고 운다.

봉구는 황급하게 쓰러진 그를 붙들어 일으키며,

"여보시오! 여보시오! 정신 차리시오!"

하고 불렀다.

봉구가 이렇게 외치는 소리에 무슨 일이 났는가 하고 봉구의 모친과 경주도 뛰어나온다.

"웬일이냐, 그이가 누구냐?"

하고 봉구의 모친은 봉구의 팔에 기운 없이 안겨 끌려들어오는 여인의 뇌빈혈로 노랗게 된 얼굴을 들여다보다가,

"순영이로고나, 순영이로고나!"

하고 놀라서 소리를 지른다.

"에그머니!"

하고 경주도 놀라면서 땅바닥에 앉아 우는 소경 계집애를 안고 들어간다. 방에 누이고 얼굴에 냉수를 붓고 팔다리를 주무르고 하여 얼마 아니하여 순영은 깨어났다. 차 속에서부터 정신이 아뜩아뜩한 것을 참고 참고 오다가 봉구를 대할 때에, 또 봉구의 얼굴이 하도 엄숙하여 조금도 부드러운 빛이 없음을 볼 때에 그만 팽팽 도는 듯하다가 정신이 아뜩해진 것이다.

순영은 눈을 떠 봉구와 그 모친과 경주가 근심스러운 낯빛으로 자기를 바라보고 있는 양을 볼 때에 그만 눈물이 쏟아짐을 깨달았다. 무어라고 형언할 수 없는 설움이 북받쳐 올라와서 순영은 흑흑 느끼기를 시작하고 마침내 소리를 내어 울었다. 봉구도 울고 경주도 소리를 내어 울고 그렇게도 순영이라면 절치부심하

던 봉구의 모친도,

"울지 말게, 울지 말어!"

하고 순영의 가슴을 쓸어주다가 마침내 우우 하고 소리를 내어 울어버렸다. 어른들이 우는 것을 듣고 순영의 딸도 조그마한 두 손으로 어머니의 얼굴을 더듬으며 울었다.

199

순영의 울음소리는 더욱더욱 높아간다. 마치 네 사람 — 소경 계집애까지 다섯 사람이다 — 은 일생의 모든 슬픔과 사랑하던 것과 미워하던 것과 그리워하던 것과 원망하던 것과 이 모든 가슴에 뭉쳐두었던 감정을 한꺼번에 울어버리려는 듯하였다. 가슴에 뭉쳤던 모든 것이 다 눈물로 녹아나오고 에덴동산에서 첨으로 서로 만나는 사람들과 같이 서로 반갑고 서로 불쌍히 여기는 정이 솟아올랐다.

경주는 순영을 위하여 세숫물을 떠다주고 봉구의 모친은 손수 저녁상을 차렸다.

밥상을 받고 앉아서도 별로 말은 없고 다만 서로 맥맥히 바라보고는 목이 메일 뿐이었다.

"그래 그동안에는 어디 있었나?"

하고 봉구의 모친은 순영의 물 만 밥에 밥을 더 넣으며 물었다.

"영등포 있었어요."

순영은 다만 이렇게 대답하고는 또 목이 메는 듯이 고개를 돌렸다.

봉구는 영등포라는 순영의 말을 듣고 순영의 차림차림을 보고 그가 영등포 방직공장에서 여공 노릇한 것을 추측하였다.

밥이 다 끝나기까지 더 말이 없었다.

"어서 더 말게."

"많이 먹었어요."

하는 말이 있을 뿐이었다. 그러고는 순영의 목메어 하는 양과 소경 계집애가 더듬더듬 반찬을 집어먹는 꼴을 보고 한숨을 쉴 뿐이었다.

저녁 후에도 서로 말이 없었다. 그러나 순영의 입으로 말을 하지 않더라도 봉구의 눈에는 순영의 지나간 삼 년간의 생활이 환하게 보이는 듯하였다.

이렇게 말이 없이 서로 바라만 보고 있다가 각각 자리에 들었다.

추석 전날 달은 무섭게 밝아 등잔을 끈 봉구 방의 남창에 환하게 비추고 아직도 채 죽지 않은 풀판의 벌레소리는 끊일락이을락 합창이 되었다가 독창이 되었다가 밤 깊는 줄도 모르는 듯하다.

안방에서는 처음에는 조용하고 모두 잠이 든 듯하더니 차차 한 마디 두 마디 이야기가 시작된 모양이었다. 봉구는 이리 돌아눕고 저리 돌아눕고 끝없는 생각의 줄을 이 갈래 저 갈래로 따라가는 동안에 가끔 안방에서 흘러오는 말소리도 들었다.

이따금 우는 소리가 들리고 울지 말라고 위로하는 소리가 들리고 그러다가는 두 사람이 어우러져 우는 소리가 들리고. 그러다가 울음소리가 뚝 끊이고 잠깐 조용하다가는 또 이야기 소리

가 들리고 또 울음소리가 들린다. 끝없는 인생의 이야기와 끝없
는 인생의 눈물인 듯하였다.

봉구도 혼자 누워 지나간 반생 일을 생각하고는 울기도 하고
탄식도 하였다. 비록 내 한 몸을 위한 모든 기쁨과 슬픔을 다 잊
어버리고 죽다 남은 이 몸을 불쌍한 백성들을 위하여 바치기로
굳게 맹세한 얼음과 같이 차고 쇠와 같이 굳은 이 몸이라 하더라
도 피는 여전히 뜨겁고 눈물은 여전히 흐르지 않는가.

지나간 삼 년 동안에 봉구는 과연 기계와 같이 냉랭한 생활
을 하여왔다. 낮에는 노동하고 밤에는 자고 겨울에는 이 동네 저
동네를 돌아다니며 농사하는 백성들의 편지도 써주고 또 원하
는 이들을 모아 데리고 가가거겨 국문도 가르쳐주고 그들과 같
이 새끼 꼬고 신 삼으며 이야기도 하여주고 그리하다가 봄이 되
면 다시 농사하기를 시작하였다. 만일 늙은 어머니만 안 계시던
들 그는 전혀 집 한 간도 가지지 않고 아주 의지가지없는 사람이
되어버렸을는지도 모른다 ― 그처럼 봉구는 아주 일신상의 모든
행복을 떼어버리려고 애를 써왔다 ― 또 그대로 실행도 하여왔
다. 그러나 그러하는 삼 년의 긴 세월에 그는 일찍 순영을 잊어버
린 일이 있었던가.

200

야학을 가르치고 눈 위에 비친 달을 밟으면서도 늦게야 집으
로 돌아올 때에 그는 눈 위에 끌려오는, 혹은 앞서가는 자기의 외

로운 그림자를 보고 울지 않았는가 — 울 때마다 그의 눈물 속에는 순영을 생각하는 깊은 슬픔이 녹아들지를 않았던가.

경주가 인천에 있는 자기 집도 버리고 봉구를 따라와 진일 궂은일을 다하여 가며 오직 봉구의 곁에만 있기를 원할 때에 봉구는 경주의 그 참되고도 측은한 사랑을 받아들이지 못하는 것도 가슴에 깊이 박힌 순영의 생각을 떼어버릴 수가 없기 때문이 아니었던가.

"나는 경주 씨의 내게 대한 정성을 잘 알고 또 뼈가 저리도록 고맙게 생각합니다. 그렇지만 나는 맘에 굳게 맹세한 것이 있으니까 혼인할 수는 없습니다."

"그러시겠지요. 저도 그런 욕심도 못 가져요. 시집갈 생각도 없으니 그저 곁에만 두어두세요. 어머님 모시고 있게만 해주세요."

"나는 이렇게 농사를 합니다. 보시는 바와 같이 나는 농부가 되었어요."

"나도 농부가 되지요."

"무엇하러 농부가 되시오? 나는 무슨 작정한 목적이 있어서 농부가 되는 것이지만."

"나도 농부가 되렵니다. 하시는 대로 따라하렵니다."

이렇게 경주가 마지막 담판을 하고 화장 제구도 다 집어던지고 아주 봉구의 집에 와 있기로 작정한 때에도 봉구는 경주의 그 헌신적인 뜨거운 사랑에 감격되어 경주의 손을 붙들고 말은 못하고 울기만 하였다. 그러나 그러한 사랑을 받아들이지 못한 것도 순영을 못 잊음이 아니었던가.

"나는 사랑에 죽은 사람이다. 내 사랑은 순영 하나를 들이고 나서는 자리가 없다. 나는 순영에게 나의 사랑을 다 주어버렸으니 다른 여자에게 줄 사랑은 없다. 경주는 좋은 여자다. 덕이 있는 여자다. 그는 모든 것을 버리고 나를 사랑한다. 순영이가 만일 경주가 나를 사랑하여주는 사랑의 십 분지 일만 내게 대해서 가졌더라도 그는 내 사랑을 배반하지 않았을 것이다. 그러나 순영은 갔다. 순영은 영원히 나를 배반하고 가버렸다. 순영은 나의 사랑의 꽃밭을 모두 짓밟아버리고 소리 없이 가버렸다. 내 사랑의 꽃밭은 비었다. 그의 모진 발에 밟혀서 땅에 떨어진 꽃잎이 가엾게 푹푹 썩어질 뿐이다. 아아, 나의 순영은 영원히 가버렸다."

"나는 이로부터 혼자다. 하늘 아래 땅 위에 나는 혼자다. 영원히 혼자다. 인제부터 조선의 강산이 내 사랑이다. 내 님이다. 조선의 불쌍한 백성이 내 사랑이다. 내 님이다. 죽고 남은 이 목숨을 나는 그들에게 바치련다. 그들과 같이 울고 같이 웃고 그들과 같이 고생하고 같이 굶고 같이 헐벗자. 그들의 동무가 되고 심부름꾼이 되자. 종이 되자."

"모든 빛난 것이여! 모든 호화로운 것이여! 모든 아름다운 것이여! 다 가라! 조선의 모든 백성들이 다 안락을 누릴 때까지 내 몸에 안락이 없으라. 다 한가히 놀 수 있을 때까지 내게 한가함이 없으리라."

"만일 순영과 같이한다면? 그러나 그것은 지나간 꿈일러라. 다시 오지 못할 꿈일러라."

"가자! 우리 님에게로 가자! 불쌍한 조선 백성에게로 가자! 농부에게로 가자! 거기서 그들과 같이 땀 흘리고 그들과 같이 울고

웃고 그들과 같이 늙고 같이 죽어 그들과 같은 공동묘지에 묻히
자."

이것이 봉구가 서울을 떠나서 시골로 내려올 결심을 하느라고
여러 날 동안 밤을 새워가며 생각할 때에 일기 모양으로, 맹세 모
양으로 써놓은 글이다.

그러나 그로부터 천여 일 동안에 순영으로 하여 생긴 맘의 아
픔은 이 굳은 결심과 이 바쁘고 힘드는 생활 중에도 잊어버릴 수
가 없었다.

그러하던 차에 순영이가 왔다. 대문 밖에 부인네 손님이 왔단
말을 듣고 뛰어나가서 순영을 볼 때에 봉구의 머리는 두서를 잡
을 수가 없이 혼란해졌던 것이다.

201

대문간에서 만난 순영은 물론 봉구의 가슴속에 박혀 있는 순
영은 아니다. 그러나 그 초췌한 모양 — 그 의복, 그 거칠어진 손,
그보다도 그러한 몸에서 나오는 무한히 슬프고 무한히 가엾은
어떤 기운 — 이런 모든 것이 봉구의 슬픔을 자아내었다. 그 슬픔
과 측은한 생각은 옛날 순영에게 대한 사랑처럼 뜨겁지는 못하
여도 더욱 깊고도 힘있는 듯하였다.

그러나 봉구는 순영을 대하여 직접 자기가 순영에게 대하여
가지는 동정과 측은한 정을 발표할 용기가 없었다. 그래서 극히
평정하게 순영을 대하였다.

또 순영도 봉구에게 대하여 자기의 신세를 말하려고도 않고 마치 오랫동안 한 가족으로 살아서 새삼스럽게 할 말도 없는 것처럼 또는 아주 초면이 되어서 할 말도 없는 것처럼 봉구를 대하였다.

봉구의 집에 온 지 둘째 날부터는 순영은 울지도 않고 아주 천연스럽게 경주와 웃고 이야기하고 밥 지을 때에 불도 때어주고 저녁을 먹고 나서는 낮은 목소리로 경주와 함께 창가도 하였다.

순영이가 이렇게 하는 것을 보고 봉구는 적이 안심도 되었으나 순영이가 너무 평정하게 구는 것이 도리어 근심도 되었다. 대체 순영이가 어디로 가는 길에 여기를 들렀는가, 무슨 목적으로 나를 찾았는가, 이런 것이 모두 봉구에게는 가슴을 아프게 하는 근심이 되었다. 그렇다고 순영에게, "어찌할 테냐?" 물어보는 것은 마치 남의 아픈 곳을 칼로 찌르는 것 같아서 차마 할 수 없는 일이다.

"베드로와 메리는 어찌하셨나요?"

"제가 데리고 다니다가 암만해도 제 힘으로는 양육할 힘이 없길래 큰오빠 집에 갔다가 맡겼어요."

"언제요?"

"한 달 전에."

"순흥 군헌테서는 기별이 있어요?"

"없어요."

봉구가 순영에게 직접으로 물어본 것은 오직 이것뿐이다. 경주와는 무슨 이야기를 하는 모양이나 봉구에게는 아무 말도 없었다.

사흘째 되는 날 순영은 밤차로 원산으로 간다고 떠났다. 원산은 고모 한 분이 있으니 고모를 만나보러 간다고, 아무리 붙들어도 듣지 않고 떠나버렸다.

달이 밝고 이슬이 많이 내리는 밤이다. 봉구와 세 사람은 순영의 소경 딸을 데리고 인적 없는 벌판길을 걸어 정거장에 나갔다.

차가 떠나려 할 때에 순영은 차창으로 손을 내밀어 봉구에게 악수를 청하였다. 봉구는 순영의 손을 잡았다. 순영은 힘껏 봉구의 손을 잡는다. 순영의 싸늘한 손은 바르르 떨린다.

"봉구 씨 저를 용서하세요, 네, 용서하세요."

하고 순영은 운다. 더운 순영의 눈물이 봉구의 손등에 떨어진다.

"편지 드릴께요. 내 일은 염려 마세요."

하고 순영은 입술을 물어 억지로 울음을 참는다.

차가 떠난다.

"경주 잘 있어!"

"선생님 또 오우!"

차는 걸음을 빨리한다.

봉구는 미진한 말이 있는 듯이 닫는 차를 몇 걸음 따라갔으나 손수건 내어 흔드는 순영의 얼굴은 벌써 가물가물하게 되어버린다. 차는 벌써 포인트 있는 데를 건너서느라고 덜컥덜컥 소리를 내며 등불 단 궁둥이를 삥그르르 돌렸다.

"정말 원산을 가나요?"

경주는 봉구의 곁에 바싹 다가서며 묻는다. 경주도 우는 모양이다.

"글쎄."

하고 봉구는 고개를 푹 숙인다. 암만해도 순영이가 세상을 떠나는 길에 마지막으로 자기를 보러왔던 것같이 생각한다.

202

봉구와 경주는 정거장에서 나와서 이슬 맺힌 풀판에서 차 소리가 안 들리도록 물끄러미 차 가는 데를 바라보고 있었다.

"가세요."

"갑시다."

하고 봉구와 경주는 집을 향하여 걷기를 시작하였다. 경주는 몇 걸음에 한 번씩 봉구의 얼굴을 힐끗힐끗 쳐다보았다 — 봉구의 가슴속을 알아보려는 듯이.

"그이가 무엇하러 왔대요?"

하고 봉구가 생각하던 것을 그치는 듯이 고개를 돌려 경주를 바라보며 묻는다.

"그저 한번 와보러 왔다고 그래요."

"그 밖에는 별말 없어요?"

경주는 한참이나 무슨 생각을 하더니 부끄러운 듯이 빙그레 웃으며,

"날더러 왜 아기 안 낳느냐고."

하고는 한 걸음 뒤떨어져서 낯을 가린다. 봉구도 웃었다.

"그래 무어라고 했소?"

"애기는 무슨 애기야요? 시집도 안 가고 애기를 낳아요? 그랬

어요. 허니깐 응 그래? 그러구는 길게 한숨을 쉬겠지요. 아마 내가 혼인한 줄 알았던가 봐요. 세상에서는 다 그렇게 안다고……."

봉구는 고개를 끄덕였다.

"그 밖에는 무슨 말 없었어요?"

하고 봉구는 또 물었다.

"그 담에는……."

하고 경주가 무엇을 이윽히 생각하더니,

"어떻게 지내느냐, 무슨 일을 하시느냐, 너는 언제부터 와 있느냐, 그저 그런 말이야요."

"그러고는 자기 말은 없어요?"

"무슨 말을 물으면 그저 내 말이야 하면 무엇하오? 하고 잘 말씀을 안 해요. 퍽 낙심해하는 것 같아요. 잠도 잘 안 자는 모양이야요. 자다가도 혼자 울고……. 자기는 인제는 세상에서 아무 데도 쓸데없는 사람이라고, 날더러 좋은 사람이 되라고요……."

경주는 이렇게 자기의 기억에 남은 대로 한 마디 한 마디 주워섬겼다.

봉구는 밤이 새도록 잠을 이루지 못하였다. 아무리해도 순영의 이번 행동에 범상치 않은 뜻이 있는 듯하여 맘이 놓이지를 않고 그를 건져줄 사람이 자기밖에는 없는 듯하였다.

이 모양으로 온 집안이 근심 속에서 삼사일이 지나갔다. 편지를 주마 하였으니 편지나 오거든 주소를 알아가지고 어찌하였든지 봉구가 몸소 찾아가리라고 결심하고 그것만 기다리고 있었다.

순영이가 다녀간 지 엿새 만에 과연 편지 한 장이 왔다. 금강산 온정리라는 우편국 도장이 맞았을 뿐이요 발신인의 주소 성명은 없다.

떼어보니 물론 순영에게서 온 편지다.

"마지막으로 나의 사랑하는 봉구 씨라고 부르게 하여주시옵
소서.

순영은 지금 죽음의 길을 떠나나이다. 이 편지를 보실 때에는
순영은 이미 이 세상에 있지 아니할 것이로소이다. 죄 많고 불행
한 순영은 이미 이 죄에 더럽힌 육체를 벗어나버렸을 것이로소
이다.

사랑하는 나의 봉구 씨여! 순영은 전날의 모든 생활을 뉘우치
고 새로운 참 생활을 하여보려고 있는 힘을 다하였나이다. P부인
께와 기타 어른께 청하여 교사 자리도 구하여 보았사오나 이 더
러운 순영을 용서하는 이도 없어 그것도 못하옵고, 하릴없이 세
브란스와 총독부 의원에 간호부 시험도 치러보았사오나 모두 매
독, 임질이 있다고 신체검사에 떨어지어 거절을 당하옵고, 배오
개 어떤 정미소에서 쌀 고르는 일도 하여보고 영등포 방직공장
에 여공도 되어보고, 갖추갖추 애를 써보았사오나 몸은 점점 쇠
약하여지고 어미의 병으로 소경으로 태어난 어린것을 제 아비
되는 이는 제 자식이 아니라 하여 받지 아니하고, 선천 매독으로
밤낮 병은 나고 도저히 이 병신 한 몸으로는 세 아이를 양육해
갈 길이 없사와 두 아이는 일전에 말씀한 바와 같이 큰오빠 댁에
데려다두옵고 순영이 모녀만 죽음의 길을 떠났나이다. 인제는 몸
의 힘도 다하고 맘의 힘도 다하여 이 세상에 하루라도 더 살아갈
길이 없으므로 죽음의 길을 떠났나이다."

203

편지는 갈수록 더욱 글씨가 어지러워진다.

"죽음의 길을 떠날 때에 나 같은 것에게 아까울 것이 무엇이 오리이까. 순영이가 세상에 들어온 지 이십칠 년에 한 가지도 하여놓은 일이 없사오니 벌써 죽었더라도 아까울 바가 무엇이 있으리까마는 야속한 것은 인정이라 죽을 때까지도 잊히지 못할 것은 오직 당신과 동대문 밖 백의 집에 있는 모세로소이다.

죽기 전에 꼭 한번만 볼 양으로 천신만고하여 모세를 잠깐 보았으나 한번 만지어보지도 못하옵고 그 길로 왕십리에 나와 차표를 사가지고 댁으로 갔었나이다. 댁에 가온 뜻은 일생에 못 잊히는 당신님을 잠깐이라도 마지막으로 뵈옵고저, 말 한마디라도 들어뵈옵고저, 그 밖에 다른 뜻이 없었나이다. 그래도 차마 당신님의 곁을 떠나지 못하여 하루 이틀 사흘이나 머물다가 그렇게 오래 머무는 것이 여러 사람에게 폐가 될 것을 생각하옵고 간절히 만류하심도 뿌리치고 그날 밤에 금곡을 떠났나이다.

두 분을 작별하고 순영은 눈물로 밤을 새워 원산에 왔사옵다가 마침 순영을 위하여 원산까지 차표를 사주신 까닭에 노자가 남기로 어제 이곳에 당도하였나이다. 단풍이 한창이라 하여 사람들이 좋아하오나 죽을 자리를 찾는 죄 많은 순영에게는 오직 슬픈 피눈물과 아픈 뉘우침이 있을 뿐이로소이다.

순영으로 하여 당신님께서도 갖은 고락을 다 겪으시었으니 생각할수록 가슴이 아프오나 지나간 일을 순영의 힘으로는 어찌할 수 없사옵고 오직 죽는 순간까지 용서하시기와 이 앞으로 복 많이 받으시와 불쌍한 동포를 위하여 일 많이 하시옵기만 빌 따름이로소이다. 순영이가 남겨두고 가는 목숨을 당신님께 드릴 수 있도록 하나님께 비나이다.

할 말씀이 무한한 듯하오나 두서를 찾을 수 없나이다. 할 말씀 다하지 못하와도 순영을 불쌍히 여기시는 맘으로 헤아려 생각하여주시옵소서."

하고 편지를 끝을 마쳤다가 다시 이렇게 말을 이었다.

"비록 당신님께오서 순영의 말을 믿지 아니하신다 하더라도 죽을 때에 하는 한마디는 믿어주실 줄 믿나이다. 순영이 비록 당신님의 사랑을 배반하였다 하더라도 순영은 이 세상에 있는 동안에 오직 당신님을 사랑하였을 뿐이로소이다. 모두 부질없는 말이오나 순영은 목숨이 끊어질 때에도 당신님을 생각하옵고 오오 사랑하옵는 나의 남편이여 하고 부르려 하나이다. 그때에 혼자 당신님을 나의 남편이라 부르는 것이야 뉘라서 금하오리이까. 이 불쌍한 순영의 모든 죄를 용서하여주시옵고 불쌍타 생각하시옵소서. 죽음의 길을 떠나면서 순영은 울며 사뢰나이다."

편지를 다 읽고 봉구는 마루로 뛰어나오면서,

"어머니! 순영이가 죽었어요!"

하고 황황하게 소리를 질렀다.

"순영이가 죽었어?"

하고 어머니도 뛰어나오고,

"에그머니, 언제?"

하고 경주도 부엌에서 뛰어나온다.

봉구의 손에 들었던 길다란 순영의 편지는 펄렁펄렁 흔들리다가 힘없이 마룻바닥에 떨어졌다. 봉구는 정신 잃은 사람 모양으로 멀거니 서 있고 모친과 경주는 봉구를 바라보고 우두커니 서 있어 말이 없다. 담 위에서 낮닭이 소리를 길게 뽑아 운다. 천지는 고요하다.

봉구는 곧 행장을 수습하고 금강산을 향하여 떠났다. 무엇하러 가는지 자기도 잘 알지 못하건만 안 갈 수 없는 듯하여 떠난 것이다. 만일 그 편지를 쓰고 나서 곧 어디서 죽었다면 죽은 지가 벌써 사흘은 넘었을 것이다. 그러면 무엇을 보러 가나, 순영의 몸을 덮은 흙을 보러 가나, 그가 소경 딸을 업고 마지막으로 허덕허덕 걸어가던 길이라도 보러 가나, 차는 가을바람에 너흘거리는 마른 풀바다로 평강의 높은 벌을 허덕거리고 올라간다.

204

봉구에게 편지를 부치고 나서 순영은 주막에서 싸주는 도시락을 들고 온정리 주막을 떠나 구룡연 구경을 나섰다.

"어린아이를 업고는 못 가십니다. 장정들도 빈 몸으로 가기도 힘이 드는데."

하고 주인이 말리는 말도 안 듣고 나섰다. 같이 가던 사람들도 앞서 버리고 뒤에 오던 사람들도 앞서 버리고 순영은 어린애 손을 끌고간다. 구룡연이 삼십 리라 하니 한 걸음에 쉬고 두 걸음에 쉰들 해 지기까지 거기야 못 가랴. 갔다가 돌아오지도 않을 길을 바빠할 것이 무엇이랴.

그러나 주막에서 삼 리밖에 안 되는 극락의 고개에서 벌써 소경 딸은 어머니에게 매달리기 시작한다. 순영은 그것을 안았다가 업었다가, 한 굽이에 쉬고 두 굽이에 쉬고 겹옷을 입어도 오히려 선선한 날이언만 고개턱에 올라선 때에는 벌써 전신이 땀에 젖고 기가 턱턱 막힌다. 수학여행 온 중학생 한 패가 먼지를 펄펄 날리며 순영의 곁으로 뛰어 지나가고 그 뒤로 양복에 운동화 신고 지팡이 끄는 교사 한 떼가 또 순영의 앞으로 지나간다. 순영은 그중에 혹 아는 사람이라도 있을까 하여 그 사람들 지나갈 때에는 외면을 하였으나 그들의 유심한 시선이 자기에게 떨어지는 줄을 깨달을 수가 있었다. 그러나 누가 순영을 알아보랴, 이처럼 변한 순영을 알아보랴, 하고 순영은 맘을 놓았다.

단풍은 한창 무르녹았다. 금강산 만이천봉 꼭대기에 눈 덮인 듯한 흰 바위를 내어놓고는 모두 피가 뚝뚝 흐르는 단풍인데 사이사이 잣나무, 소나무의 푸른빛은 마치 하늘이 점점이 떨어져 내려갔다.

순영은 소경 딸을 업고 한 걸음 한 걸음 그 속으로 연주담의 무서운 비탈에서는 어떤 일본 학생이 어린애를 안아 올려주고, 비봉포 못 미쳐 무서운 비탈은 어떤 서양 사람의 도움으로 올라, 옥류동의 무서운 비탈은 수학여행 오는 중학생들의 도움으로 건너왔다. 그러나 옥류동에 왔을 때에는 벌써 오후 두시나 되었다.

"어쩌자고 어린애를 데리고 여기를 와?"

"무엇하러 소경 계집애를 데리고 여기를 와?"

하고 혹은 비웃고 혹은 동정하고 혹은 이상히 여기는 소리를 귀로 흘려들으면서 순영은 옥류동 한복판 천화대天花臺라는 바윗등에 앉아서 딸에게는 과자를 먹이고 물을 먹이고 자기는 도시락을 먹었다.

참으로 아름다운 경치다. 무시무시하도록 아름다운 경치다. 저렇게 맑은 푸른 하늘, 그것을 돌려막은 깨끗한 봉들, 그 봉에 가슴과 허리에 무르녹은 단풍, 그 밑으로 소리를 내며 흘러가는 맑은 물, 물 밑에 깔린 반석. 아아, 천지는 아름답고 유유한데 그 아름답고 유유한 것을 볼 줄 아는 사람의 목숨은 잠깐이로구나.

생명의 기쁨이 넘치는 어린 학생들은 목껏 소리를 지르고 기껏 춤을 춘다. 세상에 있는 모든 노래와 모든 곡조와 시와 인생의 모든 위대한 사업이 여기 오면 모두 값없는 한 티끌이다. 천지의 사업이 어떻게 위대하며 그 노래와 곡조와 시가 어떻게나 아름답고 깊고 웅장한가.

"참 크다! 오래다! 신통하다!"

순영은 이렇게 한탄하였다. 그러할 때에 모든 시름은 다 잊어버리고 천지와 함께 유유한 것같이 생각하였다.

"천년이나 살고저, 억만년이나 살고지고!"

이렇게 좋은 천지를 버리고 죽을 맘이 없어지는 것이 사람의 정이다. 그래서 그는 바위에 자기의 이름을 새긴다. 그러나 그것은 몇 날이나 가나, 사람은 수없이 나고 늙고 죽는데 천지는 한없이 길고 오래구나. 순영은 천화대 높은 봉에 스르르 돌아가는 구름 조각을 보며 길게 한숨을 쉬었다.

"엄마! 과자!"

이 소리에 순영은 유유한 천지의 꿈에서 깨었다. 다시 무겁고 무거운 인생의 의무의 쇠사슬에 얽혀짐을 깨달았다. 푸른 하늘도

붉은 단풍도 보지 못하고 과자만 찾는 어린 딸을 볼 때에 피눈물
이 흘렀다.

205

점심을 다 먹고 났으나 몸도 노곤하고 맘도 급하지 않아 순영
은 바윗돌에 새긴 이름들도 보며 오색수병풍을 두른 듯한 단풍
도 바라보며, 어린애 낯도 씻겨주고 시름없이 옥류동 바위 위에
앉아 있었다. 해는 벌써 오후 세시나 되어 구룡연 갔던 사람들이
단풍잎과 잣송이를 손에 들고 옷깃에 꽂고, 아마 동석동까지 해
지기 전에 보려는 듯이 성큼성큼 뛰어들 내려온다. 옥류동 너럭
바위에 와서는 그래도 잠깐 머물러 사방을 한번 둘러보고 혹은
코닥 사진기로 사진도 박는다.

아까 어린아이를 업어 올려주던 일본 학생도 순영 모녀를 보
고 고개를 숙여 인사하고 지나고, 수학여행 하는 학생패도 산이
울리도록 소리도 지르고 체조 구령도 부르며 지나간다. 비봉포
못 미쳐 돌비탈에서 순영이 모녀를 붙들어주던 키 큰 서양 사람
이 수심스러운 얼굴로 동행은 다 어디 두고 혼자 내려오더니 순
영이 모녀가 아직도 여기 앉았는 것을 보고 혀 잘 안 돌아가는
조선말로,

"구룡연 칼 씨각 있소? 없소."
하고 구룡연 갈 시간이 부족하다는 뜻을 말하고 이윽히 순영이
모녀를 바라보더니 내가 상관할 일이 아니라고 깨달은 듯이 모

자를 벗어 인사하고 물을 건너가 버린다. 그래도 맘이 안 놓이는 듯이 우두커니 서서 한참이나 순영 모녀를 바라보다가 안심 안 되는 표정을 하고는 바위 모퉁이를 돌아서버렸다. 순영은 그 사람이 자기네 모녀를 위하여 진정으로 근심해주는 것이 심히 고마웠다.

반드시 무정한 세상은 아니다. 자기 모녀를 바위 비탈로 끌어올려주던 사람들의 정을 생각하면 인생은 반드시 무정한 것은 아니다. 역시 천지간에는 사랑의 신이 있고 사람의 가슴속에는 사랑의 신이 사는구나 하고 순영은 소경 딸을 껴안았다.

구룡연 갔던 사람들은 점점 많이 내려온다.

"또 가보자."

하고 순영이가 딸을 업고 일어나서 쇠줄을 붙들고 저 돌비탈을 어떻게 올라가나 하고 첫발 붙일 곳을 더듬더듬 찾을 때에 비탈 위 수풀 속에서 여학생들의 노랫소리가 들려온다. 그것은 순영의 귀에 익은 노래다. 밤낮으로 부르던 노래다. 아이들에게 가르쳐주던 노래다.

"I can hear my saviour calling

I can hear my saviour calling

I can hear my saviour calling

I'll go with him, with him, all the way."

(주의 부르시는 소리 들리네

주의 부르시는 소리 들리네

주의 부르시는 소리 들리네

나는 가려네, 주 따라, 주 따라 끝까지 가려네.)

순영은 비탈에 한 발을 올려놓고 들었다. 이 노래를 부른 지도 퍽 오래고 이 노래를 들은 지도 퍽 오래다. 극히 단순하고도 극히 간절한 이 노래를 순영은 얼마나 즐겨 불렀던가, 얼마나 깊은 감격으로 불렀던가. 때도 안 묻고 먼지도 안 묻은 백설같이 흰 순영의 영혼이 얼마나 이 노래를 부르고 기도 올리는 고개를 숙였던가.

"Where'er he leads me I'll follow
Where'er he leads me I'll follow
Where'er he leads me I'll follow
I'll go with him, with him, all the way."
(어디로 이끄셔도 따라가려네
어디로 이끄셔도 따라가려네
어디로 이끄셔도 따라가려네
나는 가려네, 주 따라, 주 따라 끝까지 가려네.)

노랫소리가 더욱 가까워진다. 부르는 아이들은 무심히 부른 것이언만 한많은 순영의 피눈물을 자아내었다.

206

노래 부르는 여학생들은 바위 비탈 위에 다다랐다. 하얀 적삼 옥색치마에 가슴에 초록 교표를 붙인 것은 순영의 모교 학생들이 분명하다.

'이를 어째!' 하고 순영은 두어 걸음 물러섰다. 여학생들은 깨득거리고 쇠줄에 달려 내려와서는 순영을 힐끗힐끗 돌아보고는 무에라고 소곤거리고 웃고 지나가서 순영의 모녀가 앉았는 너럭바위 위에 혹은 앉고 혹은 서서 동행들이 내려오기를 기다린다. 순영이가 학교를 떠난 지가 벌써 사오 년이 되었으니 그때에 이만큼 컸던 아이들은 벌써 다들 졸업하고 나가서 아내도 되고 어머니도 되었을 것이요, 지금 여기 온 학생들은 순영이가 학교에 있을 때에는 보통과에서 코 흘리던 아이들이다. 순영의 눈에는 혹 전에 보던 모습이 있는 아이들이 보이려니와 학생들은 순영을 알아볼 길이 없을 것이다.

어린 학생들이 내려오는 뒤를 따라서 둘씩 셋씩 굵은 학생들이 오고 그 뒤에 얼마를 떨어져서 선생인 듯한 이들이 달렸다. 굵은 학생들 중에는 순영을 힐끗 보고 의심스럽게 고개를 기웃거리고 두세 번 돌아보는 이가 있었으나 순영이가 모른 체하므로 말도 못 붙이고 저희들끼리만 수군거리며 먼발치서 바라보고 섰다.

흰 양복에 흰 운동화를 신고 맥고모를 쓴 키 작은 여자는 분명히 인순이다. 인순이다! 순영이와 한방에 있었고 미국 갔던 인순이다. 시카고 서북 대학에서 M.A.의 학위를 얻어가지고 월전에 본국으로 돌아왔다는 소문은 순영도 신문에서 보았다. 꼭 저 모자에 저 양복을 입고 박힌 사진이 동아일보 부인 면에 화변花邊[185] 달아서 커다랗게 난 것을 순영은 영등포 방직공장에 있을 때에 보았다.

인순은 옛날의 좀 느리고 수줍어하던 태도가 없어지고 활발해지고 우쭐우쭐하는 것같이 순영의 눈에 띄었다. 인순이가 한 손으로만 쇠줄을 잡고 성큼성큼 자기의 곁으로 내려올 때에 순영은 아뜩하여짐을 깨달았다. 인순은 뛰어내려오던 탄력으로 서너 걸음이나 순영을 지나쳐 뛰어가더니 우뚝 서며 이윽히 순영을 바라본다. 순영도 바라보았다.

"할로우, 이게 누구야!"
하고 인순은 뛰어와서 순영의 손을 잡아 흔든다. 그 어조와 손잡아 흔드는 태도가 냉정한 듯해서, 또는 낮추어 보고 조롱하는 듯해서 순영은 불쾌하였다.

"언니 오셨단 말은 신문에서 보았지요."
하고 순영은 안 나오는 말을 억지로 짜내는 듯이 이렇게 말을 하고 고개를 숙였다.

"어쩌면 내가 온 줄을 알면서도 안 와 보아? 나는 순영을 암만 찾으니 알 수 있나…… 어쩌면 그래?"

인순의 어조에는 다정한 빛이 점점 나오는 듯하였다. 그러나 인순이가 미국으로 떠날 때에 엽서 한 장만 주고 만 것을 생각하면 순영은 인순의 진정을 믿을 수가 없었다.

---

185 인쇄물의 가장자리와 본문의 내용을 꾸미는 장식 활자로, 꽃무늬나 구름무늬 따위가 있음.

인순은 순영의 등에 있는 아이의 머리를 만지며 영어로,

"도오터(딸)?"

하고 순영의 초라한 차림차림을 훑어본다.

여학생들도 하나씩 둘씩 순영과 인순의 곁으로 모여든다. 그 중에는,

"아이 김 선생님이셔!"

하고 인사하는 이도 있다. 순영은 말없이 고개를 숙여서 답례를 한다. 한 입 건너 두 입 건너 이것이 한창 적 미인으로 유명하고, 재주 있기로 유명하고, 영어 잘하고 피아노 잘 치기로 유명하고, 백만금부자 백윤희의 첩으로 들어갔다가 소박받고 뛰어나와서 이내 종적을 모르기로 유명하던 김순영의 후신이라는 것을 오십 여 명 여학생이 다 알게 되자, 여학생들의 시선은 모두 이 방직회사 직공에서 뛰어나와 소경 딸 업은 여인에게로 쏠렸다. 그리고 이 어린 여학생들의 호기심으로 쏘는 시선은 마치 독약을 바른 화살 모양으로 순영의 전신을 폭폭 찌르는 듯하였다.

207

다른 교사들도 내려오는 대로 순영과 인사하고 대개 인순이가 하던 모양대로 한다. 반가운 모양을 보이려고는 하나 마치 거지에게 무엇을 던져주는 태도와 같다. 더구나 혹은 순영이에게 지금까지 어디 있었으며 무엇을 하고 살아왔는가를 묻고, 혹은 이 어린애가 어찌하여 소경이 되었는가, 혹은 동행이 누구인가를 물

을 때에 순영은 땅속으로 기어들어가고 싶도록 괴로웠다.

더구나 차차 이것이 순영인 것을 한 입 건너 두 입 건너 알게 된 여학생들은 무슨 큰 구경이나 난 듯이 혹 먼발치서 혹 바싹 가까이 와서 순영을 위아래로 훑어보고 연해 손가락질을 하고 소곤거리고 픽픽 웃고 깨득거리기까지 하는 것을 보면 순영은 얼굴에 모닥불을 담아 붓는 듯하다.

순영은 시각이 바쁘게 이 자리를 빠져나가려 하나 가장 반가운 듯이 붙들고 씩둑깍둑[186] 말하는 것을 뿌리치고 달아날 수도 없어서 가슴에 불만 타올랐다.

맨 나중에 뚱뚱한 P부인이 씨근거리고 내려온다. P부인은 얼른 순영을 알아보지 못하고 다른 사람들과만 이야기를 하다가 순영이가 인사를 할 때에야 비로소 눈이 둥그레지며,

"오오, 순영이오?"

하고 순영을 바라본다. P부인은 한참이나 순영의 모양을 훑어보고 순영의 등에 업힌 소경 계집애를 바라보더니 두 뺨의 근육이 씰룩씰룩하여지며 눈에 눈물이 고였으나 더 말은 없고,

"기도 많이 하시오, 순영이 기도 많이 하시오."

하고는 찾아오란 말도 없이 여학생들 속으로 가버리고 만다. 순영을 에워싸고 있던 여학생들도 "무서운 것 다 보았네." 하는 듯이 어깨를 으쓱으쓱 추면서 P부인의 뒤를 따라간다.

"저물었는데 어떻게 구룡연을 가?"

하고 인순은 순영을 만류하였으나 듣지 않고 여러 사람을 향하

---

186 쓸데없는 말로 지껄이는 모양.

여 도틀어[187] 한 번 인사를 하고는 눈이 아뜩아뜩하는 것을 억지로 참고 다시 올라가기를 시작하였다.

바위 비탈을 다 올라가서 얼른 뒤를 돌아보니 여학생 패들은 물끄러미 순영을 바라본다. 자기가 소경 딸을 업고 비탈을 기어오르는 꼴을 보고 있었구나 하면 얼굴이 화끈하였다. 손수건을 둘러주는 이가 있으나 그것이 누군지도 몰랐다.

'어쩌면 내게 배우던 계집애까지도 인사도 안 한담.'

슬프고 괴로운 중에도 순영은 이렇게 원망을 하였다.

내려오는 사람조차 다 끊어지고 깊은 골짜기에는 자줏빛 안개조차 들기를 시작할 때에 순영은 기운이 진하여 구룡연에 다다랐다.

쾅쾅쾅쾅 웅웅웅웅 하는 소리에 온 땅이 흔들리는 듯한 속에 순영은 소경 딸을 업고 바위 비탈을 돌아 구룡연 가로 기어올라갔다.

하얀 물기둥은 파란 석양의 하늘에서 떨어지고 천길인지 만길인지 깊이를 모르는 검푸른 소에서 뽀얀 안개가 덮였다 걷혔다 하였다. 얼음같이 찬 물보라와 물보라를 따라 일어나는 바람이 순영을 칠 때에 등에 업힌 소경 딸은 흑흑 느끼며 무서운 듯이 울었다.

"오오, 우지 말아! 엄마허구 천당 가."

이렇게 순영은 몸을 흔들며 물끄러미 뽀얀 안개가 걷히기를 기다려서는 검푸른 물을 물끄러미 들여다본다.

---

187 이러니저러니 여러 말 할 것 없이 죄다 몰아서.

물보라에 순영의 때 묻은 옷은 축축이 젖고 몸에는 찬 기운이 돌았다. 등에 업힌 딸은 폭포 소리를 무서워함인지 발을 버둥거리며 울었다.

"우지 마라, 아가 우지 마라."

하고 순영은 고개를 들어 하늘을 바라보았다. 거기는,

"오오, 가엾은 내 딸이여!"

하고 팔을 벌리고 자기를 부르는 무엇이 번뜻번뜻 보이는 듯하였다.

208

아무도 순영이가 어떻게 된 줄을 알지 못하였고 또 알려고 하는 사람도 없었다. 순영이가 구룡연 떠나는 날 밥값 회계까지 다 하였으므로 순영이가 어찌 되었는지 생각할 필요도 없었고, P부인 일행도 저녁을 먹고 나서는 혹 순영이가 찾아올까 하고 기다리기도 하였으나 아마 부끄러워서 안 오는 게지 하고 잊어버리고 노래를 부르고 유희를 하고 잘 놀다가 자고 그 이튿날 떠나버렸다.

순영이가 구룡연으로 올라간 지 사흘째 되던 날 봉구는 원산서부터 독자동차를 내어 타고 밤새도록 몰아서 새벽에 온정리에 왔다. 오는 길로 여관을 두루 찾아 숙박부를 보았으나 물론 김순영이란 이름은 없고 하릴없이 소경 계집애를 데리고 온 여자를 물어서 그끄저께 구룡연으로 올라간 뒤로는 소식이 없단 말을 탐지하였다.

"구룡연에서 일간 죽은 사람은 없어요?"

"없어요."

이런 말을 듣고 봉구는 아침을 먹는 듯 마는 듯 구룡연으로 뛰어올라갔다. 그러나 구룡연에는 오직 푸른 하늘에 달린 폭포와 뽀얀 안개에 싸인 검푸른 소가 있을 뿐이요 순영의 종적은 찾을 길이 없었다.

봉구는 소 가장자리 바위 위에 서서 한참이나 검푸른 물을 들여다보다가 다시 신계사로 내려와 순영이가 혹 승방에나 가지 않았나 하고 승방과 그 근처 암자를 두루 찾았으나 아무도 아는 이가 없었다.

어찌할 줄을 모르고 봉구는 신계사에서 점심을 시켜먹으며 순영이 찾을 도리를 생각할 때에 구룡연에 아이 업은 여인의 시체가 떴다는 기별을 들었다.

봉구는 미처 밥도 다 먹지 못하고 다시 구룡연으로 올라갔다. 만나는 사람마다 물어보면 아이 업은 여인의 시체가 오정 때나 지나서 쑥 솟아올랐다고 한다.

봉구가 구룡연에 다다른 때에는 찻집 앞에 구경꾼이 많이 모여섰으나 그 속에 시체는 없었다. 사람들은 모두 지껄이기만 하고 아무도 시체를 건져낼 생각은 안한 모양이다.

봉구는 폭포 밑으로 뛰어갔다. 뽀얀 안개에 싸인 검푸른 물에는 분명히 순영이가 소경 딸을 업은 대로 얼굴을 하늘로 향하고 둥둥 떠서 폭포가 내리찧을 때마다 끔벅끔벅 물속으로 들어갔다 나오기도 하고 둥그런 수면으로 이리로 저리로 빙빙 돌기도 한다.

"순영이! 순영이!"

하고 봉구는 발을 구르며 소리를 질렀다. 그러나 순영은 여전히 끔벅끔벅하면서 붙일 곳 없는 혼 모양으로 이리로 저리로 빙빙 돌았다.

순영이가 금곡 집에 왔을 때에 어찌하여 자기는 다정스럽게 안아주지를 않았던가, 진정으로 그렇게 그리워하고 그렇게 불쌍히 여기면서도 그 모양으로 냉랭하게 하였던가, 속으로는 은근히 순영이가 조만간 자기의 사랑의 품속에 돌아오기를 기다리지 않았던가.

그날 밤 금곡 정거장을 떠날 때에 자기의 손을 잡고 차마 놓지 못할 때 어찌하여 자기는 순영을 붙들어 내리지 않았던가, 붙들어 내리지를 못하면 따라가기라도 하지 못하였던가.

"아아, 순영이! 안 죽어도 좋을 것을."

하고 봉구는 바윗등에 펄썩 주저앉아 순영이의 시체를 붙들려고 허리를 굽히고 두 팔을 물 위로 내밀었으나 순영의 시체는 잡힐 듯 잡힐 듯하면서 손에 안 닿으리만큼 끔벅끔벅하면서 빙빙 돌았다. 봉구의 눈에 눈물이 많이 흐를수록 그 시체조차 보일락말락하였다.

209

순영이가 다시 살아만 나오면 봉구는 그를 자기의 품에 안고 영원히 놓지 않으리라고 맹세를 하건만 한번 죽은 순영은 다시 살아날 리는 없었다.

여러 사람들이 몰려와서 울고 엎드려 물속으로 흘러들어가려 하는 봉구부터 끌어내고 순영의 시체를 물 밖으로 끌어내어 너럭바위 위에 놓은 때에는 봉구는 정신없이 순영의 찬 가슴에 얼굴을 대고 울었다. 자는 사람을 깨우는 듯이 몸을 흔들기도 하였다.

얼마나 사랑하던 사람인가 ─ 그런데 그 사람은 소리 없는 시체가 되어버리고 말았구나! 한마디만 말을 하였으면 한이 없겠다. 봉구 자기가 지금까지 변함없이 순영을 사랑하여 왔다는 것과 순영의 지나간 모든 허물을 용서해주겠다는 말만 들려준 뒤에 순영이가 죽었더라도 한이 없을 것 같았다.

금곡 왔을 때에 봉구가 한마디만 부드러운 말을 하여주었더라도 순영이가 죽지는 않았을 것을 ─ 순영을 사랑하노라고 한마디만 하여주었던들 순영은 자기의 사랑의 품속에서 남은 세상을 살아갈 수도 있었을 것을 ─ 세상에서 다시 지접할 곳이 없어 자기를 찾아온 순영을 자기마저 냉대하여 죽음의 나라로 보낸 것을 생각할 때에 봉구의 가슴은 칼로 우비는 듯이 아팠다.

피가 똑똑 흐르는 단풍 가지에 덮인 두 시체를 앞세우고 구룡연의 깊은 골짜기를 내려올 때에 봉구는 그 지접할 곳 없는 두 영혼이 공중에 떠서 자기를 따라오면서, "무정한 사람! 무정한 사람!" 하고 원망의 눈물을 흘리는 듯하였다.

과연 나는 무정한 사람이다. 내 품을 의탁하고 들어온 두 생명을 건져주지를 않았다. 마치 물에 빠져 살겠다고 허우적거리는 두 생명을 내 손으로 떠밀어낸 것과 같다. 아아, 무정한 봉구야,

너는 이천만 조선 불쌍한 생령을 건지기 위하여 몸을 바치겠다고 하면서 네 품으로 들어오려는 순영과 그의 불쌍한 소경 딸을 건지지 못하였구나! 봉구는 이렇게 스스로 애통하였다.

봉구는 이틀 동안 밤을 새워 순영의 시체를 지키고 곁을 떠나지 않았다.

둘째 날 밤 거적자리로 만든 엇가게[188] 속에서 봉구가 혼자 시체를 지키고 있을 때에 자정도 넘고 음력 팔월 스무사흗날 하현 달이 동석동 육육봉 위에 걸렸을 때에 어떤 사람의 발자취가 점점 가까워지는 것이 들렸다. 등잔불 빛에 비친 순영의 얼굴을 물끄러미 바라보고 앉았던 봉구는 고개를 돌려 어떤 장삼 입은 중의 모양을 보았다. 그중은 고개를 숙이어 엇가게 속으로 들어오며,

"봉구! 그만 순영이가 죽었네그려."

하고 봉구의 손을 힘껏 쥐고 운다.

"이게 웬일인가?"

하고 봉구도 앉았다 일어나며 놀랐다. 그 중은 순흥이다.

"자네를 안 보리라 하고 여기까지 왔다가는 가고 왔다가는 갔네. 그렇지만 아무리 하여도 자네를 안 볼 수가 없고 또 죽은 누이의 얼굴도 한번 안 볼 수가 없어서 왔네……. 그만 순영이가 죽었네그려, 죽었어!"

하고 순흥은 순영의 시체를 물끄러미 들여다보고 운다.

"내가 죽인 걸세, 용서하게."

---

188 지붕 가운데에서 마루가 지지 아니하고 한쪽으로 어슷하게 기울게 하여 덮은 헛가게.

하는 봉구의 말을 막으며,

"저도 만족하겠지. 비록 이렇게 섬거적에 싸였을망정 자네 손에 묻히는 것을 젠들 기쁘게 알지 않겠나. 고마워, 자네도 이 애의 허물을 용서해주게. 내가 제 맘을 알거니와 비록 맘이 약하여 여러 가지 유혹에 넘어갔다 하더라도 제가 사랑한 사람은 자네밖에 없네."

하고는 순흥은 작별을 하자는 듯이 봉구에게 손을 내민다. 봉구는 청하는 대로 손을 주면서,

"가려나?"

하고 순흥의 바투 깎은 머리와 눈물에 젖은 얼굴을 본다.

"응, 가네. 세상을 버린 내가 아닌가. 어디를 가든지 자네와 조선을 위하여 기도함세."

하고는 저편 송림 속으로 스러지고 만다.

이튿날 신계사 동구 밖 길 왼쪽에는 새 무덤 둘이 가지런히 생기고 그중 한 무덤에는, '나의 사랑하는 아내 순영의 무덤'이라는 목패가 섰고 그 목패 뒤 옆에는, '무정한 봉구는 울고 세우노라.' 하고 좀 작은 글자로 씌었다.

이광수 연보

1892년   평안북도 정주군 갈산면에서 이종원과 삼취三娶 부인 충주 김씨 사
           이에서 전주 이씨 문중 5대 장손으로 출생.
1905년   일진회가 만든 학교에 들어가 일진회의 유학생 9명 중에 선발되어
           일본으로 건너감. 일본에서 손병희를 만남. 동해의숙에서 일어를
           배움.
1906년   대성중학교 1학년에 입학. 홍명희를 만남. 일진회 내분으로 학비가
           중단되어 귀국.
1907년   유학비를 국비에서 해결해주어 다시 일본으로 감. 백산학사를 거쳐
           메이지 학원 보통부 3학년에 편입.
1908년   메이지 학원의 급우 권유로 톨스토이에 심취. 홍명희의 소개로 최남
           선을 만남.
1909년   홍명희의 영향으로 자연주의 문예사조에 휩쓸림. 아호를 고주孤舟
           로 지음.
1910년   일본 메이지 학원 보통부 중학 5학년을 졸업. 정주의 오산학교 교주
           이승훈의 초청으로 오산학교 교원이 됨. 7월 백혜순과 결혼.
1911년   105인 사건으로 이승훈이 구속되자 오산학교 학감으로 취임.
1912년   톨스토이와 생물진화론을 강의하여 신앙심을 타락케 한다는 이유
           로 교회와 대립.

1913년	오산교회의 로버트 목사에게 배척을 받음. 오산을 떠나 만주를 거쳐 상해로 감. 상해에서 홍명희, 문일평, 조소앙 등과 동거.
1914년	샌프란시스코에서 발행하는 신한민보의 주필로 가기로 하고 블라디보스토크에 갔다가 제1차 세계대전이 일어나 귀국. 최남선 주재로 창간된 〈청춘〉에 참여.
1915년	인촌 김성수의 도움으로 다시 일본으로 감. 와세다 대학 고등예과에 편입.
1916년	고등예과를 수료한 뒤 와세다 대학 문학부 철학과에 입학. 〈매일신보〉의 요청으로 〈동경잡신〉을 씀.
1917년	〈매일신보〉에 소설《무정》을 연재하기 시작. 재동경 조선유학생학우회의 기관지인 〈학지광〉의 편집위원이 됨. 〈매일신보〉에 두 번째 장편《개척자》를 연재.
1919년	'2·8 독립선언문' 수정에 참여. 임시정부의 기관지 독립신문의 사장 겸 편집국장에 취임. 안창호의 흥사단 이념에 감명을 받음.
1920년	흥사단에 입단. 상해에서 시와 평론을 집필하여 국내에 보냄.
1921년	허영숙과 정식으로 결혼. 동아일보사, 조선일보사 등에서 언론 활동. 〈개벽〉에 《민족개조론》을 발표하여 큰 물의를 일으킴.
1922년	'수양동맹회' 발기.
1923년	동아일보 입사.
1924년	〈동아일보〉에 〈민족적 경륜〉을 써 물의를 일으키고 퇴사. 김동인·김소월·김안서·주요한 등과 '영대' 동인이 됨.
1925년	안창호의 지시로 평양의 동우구락부와 수양동맹회와 교섭하여 합동을 교섭.
1926년	수양동우회 발족. 5월 동우회 기관지 〈동광〉을 창간하여 주요한과 함께 편집에 진력. 동아일보 편집국장 취임.
1927년	동아일보 편집국장 사직.
1928년	〈동아일보〉에 《단종애사》 연재.
1929년	《3인 시가집》(춘원·주요한·김동환)을 삼천리사에서 간행.
1931년	《무명씨전》을 〈동광〉에 연재.
1932년	〈동아일보〉에 《흙》 연재.
1933년	조선일보 부사장에 취임. 장편《유정》을 〈조선일보〉에 연재.
1934년	조선일보 사직.
1935년	〈조선일보〉에 《이차돈의 사》를 연재.

1937년	동우회 사건으로 종로서에 피검. 서대문형무소에 수감됨.
1938년	단편 〈무명〉과 장편 《사랑》 집필에 착수함.
1939년	《세종대왕》 집필 착수. 김동인·박영희 등의 소위 '북지황군위문'에 협력함으로써 친일을 하기 시작함. 친일문학단체인 조선문인협회의 회장이 됨.
1940년	가야마 미쓰로香山光郎라고 창씨개명. 총독부로부터 저작 재검열을 받아 《흙》, 《무정》 등 십수 편이 판매금지처분을 받음.
1941년	동우회 사건, 경성고법 상고심에서 전원 무죄를 선고받음. 태평양전쟁이 발발하자 각지를 순회하며 친일 연설을 함.
1942년	장편 《원효대사》를 〈매일신보〉에 연재. 제1회 대동아문학자대회(동경)에 유진오, 박영희 등과 함께 참석.
1943년	조선문인보국회 이사 역임. 〈징병제도의 감격과 용의〉, 〈학도여〉 등을 써서 학도병 지원을 권장. 이성근, 최남선 등과 함께 학병 권유차 동경에 다녀옴.
1944년	대동아문학자대회(중국 남경)에 다녀옴. 한글로 쓴 그의 저작은 모두 판매금지처분.
1946년	재산을 보호하기 위해 허영숙과 위장 합의이혼.
1947년	흥사단 요청으로 전기 《도산 안창호》 집필.
1949년	반민특위에 체포되어 최남선과 서대문형무소에 수감. 《사랑의 동명왕》 집필 시작. 《나의 고백》 집필.
1950년	유작 《운명》 집필. 6·25 전쟁 때 서울에서 인민군에 체포. 납북되어 10월 25일 자강도에서 폐결핵으로 사망.

26

이광수 장편소설

재생

초판 1쇄 인쇄 2014년 11월 21일
초판 1쇄 발행 2014년 11월 28일

지은이 이광수
펴낸이 이범상
펴낸곳 (주)비전비엔피 · 애플북스

기획 편집 이경원 박월 윤자영 강찬양
디자인 김혜림 김경년 손은이
마케팅 한상철 이재필 김희정
전자책 김성화 김소연
관리 박석형 이다정

주소 121-894 서울특별시 마포구 잔다리로7길 12 (서교동)
전화 02) 338-2411 | **팩스** 02) 338-2413
홈페이지 www.visionbp.co.kr
이메일 visioncorea@naver.com
원고투고 editor@visionbp.co.kr

등록번호 제313-2007-000012호

ISBN 978-89-94353-72-2 04810

· 값은 뒤표지에 있습니다.
· 잘못된 책은 구입하신 서점에서 바꿔드립니다.

「이 도서의 국립중앙도서관 출판시도서목록(CIP)은 서지정보유통지원시스템 홈페이지(http://seoji.nl.go.kr)와 국가
자료공동목록시스템(http://www.nl.go.kr/kolisnet)에서 이용하실 수 있습니다.(CIP제어번호: CIP2014031761)」

2014. 11.